Perry Rhodan

Hornschrecken

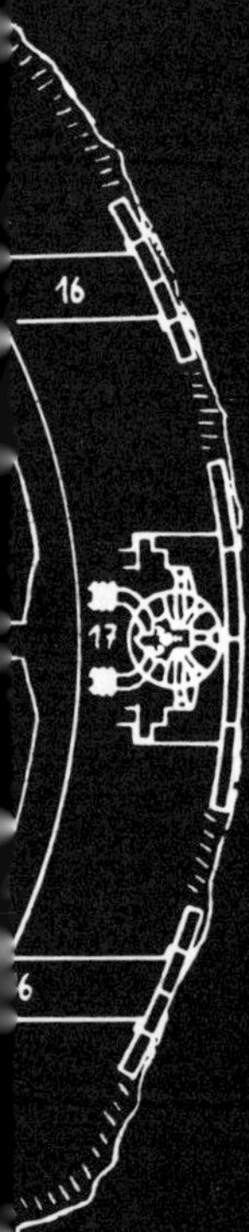

Allgemeines:

Quinto-Center ist das Hauptquartier der USO. Der Name wurde nach dem berühmten Chef von Abteilung III, Mike Quinto, ausgewählt. Abteilung III galt als Vorläufer der USO.
Das Hauptquartier ist in einem 62 km durchmessenden ausgehöhlten Mond untergebracht. Der Stützpunkt ist 28 444 Lichtjahre von der Erde entfernt. Die nächste Sonne ist 18 Lichtjahre von Quinto-Center entfernt.
Bis zum Zusammenbruch während der Kämpfe gegen die Bestien gab es 104 USO-Stationen.

Technische Daten:

1. Hauptzentrale mit eigenem Antrieb und Quartieren für äußersten Notfall
2. 38 atomare Kraftwerke
3. Großtransmitter mit eigener Energie-erzeugungsanlage
4. Kleintransmitter
5. Mannschafts-quartiere mit Lebensmitteldepot und Räumen für Freizeitgestaltung für fast 10 000 Mann Besatzung (stark vergrößert gezeichnet)
6. Erholungsgebiet mit natürlicher Landschaft und künstlicher Sonne
7. Energiestationen
8. Positronik und Speicherbänke
9. Kernfusions-reaktoren
10. Labors und Entwicklungs-abteilungen
11. Fertigung von Raumschiffteilen
12. Antigrav-generatoren
13. Antigravschächte
14. Gleitbänder
15. Energiekonverter
16. Schleusen für Raumschiffe
17. Antrieb zur Positionsänderung (versenkt)
18. Transform-geschütze und Desintegratoren (versenkt)
19. Transform-geschütz in Aktionsbereit-schaft
20. Ortungsschirm (ausgefahren)
21. Hypersender (ausgefahren); Nr. 18, 19, 20 und 21 stark vergrößert dargestellt
22. Ausschnitt der Zeichnung 20 km breit
23. Natürliches, ursprüngliches Gestein des Mondes, ca. 6 km dick

Perry Rhodan

Hornschrecken

Verlag Arthur Moewig GmbH,
Rastatt

Redaktion: William Voltz
Lektorat: G. M. Schelwokat
Satz: Utesch, Hamburg
Druck und Bindung: Mohndruck
Graphische Betriebe GmbH, Gütersloh
Printed in Germany
ISBN 3-8118-2031-1

Vorwort

Es gibt durchaus ernstzunehmende Wissenschaftler, die behaupten, der natürliche, altersbedingte Tod eines Menschen sei in unserem ursprünglichen genetischen Programm eigentlich nicht vorgesehen und daher überflüssig. Vielleicht haben sie recht, und vielleicht hat unsere Sehnsucht nach dem ewigen Leben etwas damit zu tun. Die Mythen der Welt wimmeln jedenfalls von Geschichten über Jungbrunnen, Lebenselixiere und andere Formen der relativen Unsterblichkeit. Kein Wunder, daß sie auch in dem „modernen Mythos" Perry Rhodan eine Rolle spielt. Wir hatten ja auch keine andere Wahl, als die relative Unsterblichkeit, um unseren Titelhelden über die ersten fünfzig Wochen seiner Existenz hinüberzuretten. Was Perry Rhodan recht war, mußte vielen seiner beliebten Begleitfiguren billig sein; für alle mußten Zellaktivatoren beschafft werden. Die relative Unsterblichkeit, garantiert durch diese Instrumente, ist ein interessanter Aspekt dieses Buches, in dem folgende Originalromane (unberücksichtigt der darin vorgenommenen Kürzungen und Bearbeitungen) Verwendung fanden: *Die Spezialisten der USO* von *K. H. Scheer; Signale der Ewigkeit* von *Clark Darlton; Größer als die Sonne* von *Kurt Brand; Lemy und der Krötenwolf* von *K. H. Scheer; Explorer in Not* von *Clark Darlton; Die Geißel der Galaxis* von *Clark Darlton* und *Der Spiegel des Grauens* von *Kurt Mahr*.

Die Autoren waren sich bei der Niederschrift der philosophischen und psychologischen Probleme, die mit der relativen Unsterblichkeit verbunden sind, durchaus im klaren. (Für mich würde sie z. B. bedeuten, bis in alle Ewigkeit silber-blaue Perry Rhodan-Bücher herauszugeben!) In einigen Romanen wurde damals berichtet, wie Menschen sich verhielten, als es um die Verteilung von fünfundzwanzig Zellaktivatoren ging. Drei dieser Erzählungen finden sich nicht in diesem Buch, denn sie sind nur Varianten des genügend berücksichtigten Grundproblems und hätten außerdem vom eigentlichen Schwerpunkt der Geschichte (dem Molkexkomplex) abgelenkt. Ich hoffe, daß die Auswahl eine glückliche war; ein rundum spannender Roman ist in jedem Fall entstanden. Dabei standen mir wie immer Christa Schurm, Franz Dolenc und G. M. Schelwokat zur Seite, bei denen ich mich bedanke. Auch die zahlreichen Perry Rhodan-Freunde, die mich mit mündlichen und schriftlichen Ratschlägen bei dieser gewiß nicht einfachen Arbeit unterstützten, sollen nicht unerwähnt bleiben.

Heusenstamm, 1984 William Voltz

Zeittafel

Die Geschichte des Solaren Imperiums in Stichworten:

1971: Die STARDUST erreicht den Mond, und Perry Rhodan entdeckt den gestrandeten Forschungskreuzer der Arkoniden.

1972: Aufbau der Dritten Macht und Einigung der Menschheit.

1976: Perry Rhodan löst das galaktische Rätsel und entdeckt den Planeten Wanderer, wo seine Freunde und er von dem Geisteswesen *ES* die relative Unsterblichkeit erhalten.

1984: Rhodans erster Kontakt mit dem Robotregenten von Arkon im Kugelsternhaufen M-13. Der Robotregent versucht, die Menschheit zu unterwerfen.

2040: Das Solare Imperium ist entstanden. Der Arkonide Atlan taucht aus seiner Unterwasserkuppel im Atlantik auf. Die Druuf dringen aus ihrer Zeitebene in unser Universum vor.

2043: Rhodans Frau Thora stirbt und ihr gemeinsamer Sohn Thomas Cardif wird zum Gegenspieler seines Vaters.

2044: Die Terraner stoßen nach Arkon vor und verhelfen Atlan zu seinem Erbe. Die Antimutanten tauchen auf.

2102: Perry Rhodan entdeckt das Blaue System der Akonen.

2103: Thomas Cardif stirbt, und Perry Rhodan erhält den Zellaktivator von *ES*.

2104: Der Planet Mechanica wird entdeckt. Vernichtung des Robotregenten von Arkon.

2112: Die Posbi-Roboter und die unsichtbaren Laurins tauchen auf.

2114: Entdeckung der Hundertsonnenwelt und Bündnis mit den Posbis.

1. Lemy Danger

Mein Name ist Lemy Danger. Nur erdgeborene Menschen mit Kenntnissen der englischen Regionalsprache wissen, daß mein Familienname „Gefahr" bedeutet. Auf meiner Heimatwelt, dem zweiten Planeten von Gladors Stern, bin ich eine geachtete Persönlichkeit; dies wollen aber die terranischen Riesen nicht einsehen.

Wenn ich auf den tieferen Sinn meines Namens hinweise und dazu andeute, daß ich eine ganz besondere Ausbildung genossen habe, ernte ich zumeist schallendes Gelächter. Es ist bedrückend, von keinem Menschen in entsprechender Form anerkannt zu werden.

Als ich mit den Riesen zum ersten Mal in Berührung kam, wurde ich wie ein Erard-Pinscher auf den Arm genommen und verhätschelt.

„Auf den Arm genommen" soll nicht etwa ein Slangausdruck sein. Ich meine es vollkommen ernst, denn Sie müssen wissen, daß ich nur 22,21 Zentimeter groß bin; genau gesagt 222,11 Millimeter.

Meine Schulterbreite ist jedoch enorm. Mit meinem vollendeten neunzigsten Lebensjahr habe ich das siganesische Idealmaß von über 60 Millimeter erreicht. Jetzt bin ich 92 Jahre irdischer Zeitrechnung alt, und meine Schultern sind schon 63,32 Millimeter breit.

Auf meiner Welt, dem Planeten Siga, bin ich Schwergewichtsmeister in verschiedenen Sportarten. Dies ist nicht allein ein Verdienst meiner Tüchtigkeit, sondern – ich will aufrichtig sein – mehr eine Folgeerscheinung meines enormen Körpergewichts. Ich wiege 852,18 Gramm und bin deshalb meinen leichteren Gegnern überlegen.

Meine Lebenserwartung beläuft sich nach den Angaben unserer Wissenschaftler auf etwa achthundert bis neunhundert Jahre. So ganz genau kann es aber noch niemand sagen, da ich zur letzten Reifegeneration zähle. Es gibt noch keine praktischen Erfahrungen über die Lebensspanne für Leute aus meinem Geburtsjahrhundert.

Wir Siganesen wissen nur, daß unsere Vorfahren terrageborene Menschen waren, die im Jahre 2003 ihre Heimat verließen, um sich auf der schönen Sauerstoffwelt Siga im System von Gladors Stern als Kolonisten anzusiedeln.

Heute schreiben wir das Jahr 2326. Seit der Besiedlung sind also 323 Jahre vergangen. Mein Großvater war noch fast einen Meter groß, aber er wurde auch nur annähernd zweihundert Jahre alt.

Mit jeder neuen Generation wurden die Sigageborenen kleiner. Niemand kann sagen, welche umweltbedingten Gesetze das Schrumpfen meines Volkes bewirken.

Vor zweihundert Jahren soll es noch Siganesen gegeben haben, die deshalb verzweifelten. Man hatte sogar an das Verlassen unserer wunderbaren Welt gedacht, was ich persönlich als unsinnig empfinde.

Mir ist es auch völlig gleichgültig, welche biochemischen oder biophysikalischen Vorgänge daran schuld sind, daß die Neugeborenen immer kleiner werden als ihre Eltern.

Wir Siganesen sind ein stolzes und strebsames Volk, auch wenn wir bald so klein sein werden, daß man uns mit der Lupe suchen muß. Das macht aber gar nichts, denn wir wissen genau, daß unsere Nachkommen andere, ungeahnte Fähigkeiten entwickeln werden.

Schon die Leute aus meinem Geburtsjahrhundert sind die besten Mikromechaniker des Universums. Wir haben sogar die Gurkenleute von Swoon eingeholt, die bis vor zweihundert Jahren noch als die fähigsten Mikrotechniker galten.

Wir machen es jetzt schon besser. Mein Sohn, der erst vor wenigen Wochen geboren wurde, dürfte eine Größe von höchstens zweihundert Millimeter erreichen. Das wird wahrscheinlich zur Folge haben, daß er etwa eintausend Jahre alt wird. Auch hier gibt es keine Erfahrungen, nach denen man vorausschauend die Lebenserwartung oder die erreichbare Körpergröße bestimmen könnte.

Um meine Vorstellung abzurunden, muß ich Ihnen sagen, daß Siganesen eine wunderschöne, lindgrüne Hautfarbe und tiefschwarze Haare besitzen. Ehe ich damit begann, diese Zeilen niederzuschreiben, fragte ich mich voll Furcht, ob Sie mich vielleicht verachten, oder – was viel schlimmer wäre – auslachen würden. Sie werden bestimmt viel größer und stärker sein als ich, obwohl ich ja – was ich nochmals bescheiden erwähnen möchte – 222,11 Millimeter messe.

Trotzdem will ich es wagen, von den Taten jenes galaktischen Volkes zu berichten, das man Menschen nennt.

Bitte sehr – auch wir Siganesen sind Menschen. Ich werde selten ernstlich wütend, aber wenn es ein terranischer Dummkopf hier und da wagt, mein Menschentum anzuzweifeln, werde ich zum rasenden Ungeheuer.

In solchen Fällen greife ich zu einer exemplarischen Strafe. Was halten Sie davon, wenn man Ihnen mit einem auf schwächste Leistung eingestellten Thermostrahler in die große Zehe schösse?

Meine Waffe ist natürlich nur winzig, aber ich habe noch nie einen Erdbewohner erlebt, der nach einem sorgfältig gezielten Schuß nicht mit einer dicken Brandblase herumgehüpft wäre.

Das Brüllen der Riesen ist für mein überfeines Gehör sehr unangenehm. Wir Siganesen hören zehnmal besser als ein terranisches Tier, das man „Luchs" oder so ähnlich nennt.

Ich bitte herzlich um Verzeihung, wenn ich Begriffe verwechseln oder unrichtig wiedergeben sollte. In unseren Schulen wird zwar terranische Geschichte gelehrt, aber meistens ist es so, daß sich die Leute meines Volkes doch mehr für die eigenen Belange interessieren. Auch wir haben bereits eine Geschichte, die mit der Landung des Siedlerschiffs LEDA begann.

Ich darf dazu bemerken, daß ich der direkte Nachkomme von Josua Hendrik Danger bin, der nachweislich mit der LEDA auf Siga ankam. Selbstverständlich lassen wir Erstlinge die von später eingetroffenen Siedlern abstammenden Siganesen nicht fühlen, daß wir in gewissem Sinn adlig sind.

Auf alle Fälle sind wir Menschen, auch wenn wir im Verhältnis zu den Erdgeborenen klein und schwach sind. Wir lassen uns die Bezeichnung „Mensch" nicht streitig machen.

Wir sind ein langlebiges, friedfertiges und gottesfürchtiges Volk, das seinen Schrumpfprozeß mit heiterer Gelassenheit erträgt. Der Planet Siga gehört zum Imperium und überdies zur Galaktischen Allianz, die von Perry Rhodan am 10. September 2113 begründet wurde.

Damals funktionierte die Allianz noch nicht so recht, was sich aber wenige Jahre später änderte.

Die wirkliche Festigung der Galaktischen Allianz geschah nach dem 1. Januar 2115, als der arkonidische Imperator abdankte und Perry Rhodan zum Großadministrator gewählt wurde.

Damit wurde aus dem ehemaligen Arkonidenreich und aus dem Solaren Imperium ein neuer Großstaat, den man von da an „Vereintes Imperium" nannte. Wir sagen aber nur „Imperium" dazu, denn jedermann in der Galaxis weiß, was damit gemeint ist.

Seit dieser Zeit führt Perry Rhodan den Titel Großadministrator. Vor dem 1. 1. 2115 war er Regierungschef des relativ kleinen Solaren Imperiums. Aus diesem Grunde nannte sich Perry damals Erster Administrator.

Ich bin sehr stolz darauf, einen so wunderbaren Menschen wie den Großadministrator als obersten Vorgesetzten zu haben. Genau genommen hätte mir Perry Rhodan eigentlich nichts zu befehlen, aber über solche Kleinigkeiten sehe ich gern hinweg.

Mein tatsächlicher Chef ist der Arkonide Atlan, der bis zum Ende des Jahres 2114 als Imperator Gonozal VIII. amtierte.

Atlan legte mit Wirkung vom 1. Januar 2115 sein Amt nieder und gründete am 1. Juli des gleichen Jahres die „United Stars Organisation", zu der wir USO sagen.

Er nahm den Titel „Regierender Lordadmiral" an und handelte mit Perry Rhodan einen Vertrag aus, der den Großadministrator verpflichtet, zehn Prozent der arkonidischen und terranischen Staatseinnahmen an die Kasse der USO abzuführen. Damit war die Finanzierung der galaktischen Feuerwehr gesichert.

Die USO ist eine übergeordnete Organisation mit eigener Flotte, Forschungsstationen und planetarischen Zentren, eine mächtige Nachfolgerin der ehemaligen terranischen UNO also.

Und ich, Lemy Danger, bin ein Spezialist der USO.

Der Titel Spezialist kann nur von der USO-Akademie auf dem Planeten Fossil vergeben werden. Er bedeutet viel mehr als etwa die uralte terranische Bezeichnung Doktor oder Professor.

Spezialisten haben eine Ausbildung hinter sich, die im Universum einmalig ist. Ich bin beispielsweise dreißig Jahre lang geschult worden, bis man mir den Titel Spezialist verlieh.

Nebenbei stehe ich noch im Rang eines Majors. Dabei handelt es sich aber nur um einen militärischen Dienstgrad. „Spezialist" ist viel mehr.

Wir Geheimagenten der USO haben die Aufgabe, die Belange des Imperiums und der Galaktischen Allianz zu wahren. Niemand außer uns weiß, wo unsere kosmischen Einsatzstationen zu suchen sind. Wenn es irgendwo in der Galaxis Schwierigkeiten gibt, werden wir vom Lordadmiral eingesetzt. In die internen Belange der autarken Imperiums-Planeten haben wir uns nicht einzumischen. Wenn es aber zu außenpolitischen Konflikten zwischen den Mitgliedern der Galaktischen Allianz oder zu Einmischungen fremder Kräfte in die inneren Belange eines Imperiumsplaneten kommt, beginnt unser Einsatz.

Nun ja, ich will später berichten, welch ein großartiges Instrument die USO ist. Eigentlich möchte ich mich ja nur vorstellen.

Ehe ich jedoch schließe, muß ich noch etwas erwähnen, das mich mit zwiespältigen Gefühlen erfüllt. Schuld daran ist dieser Melbar Kasom, der sich auf seine Körpergröße sehr viel einbildet.

Für meine Begriffe ist es rätselhaft, wie dieser überhebliche Umweltangepaßte den Titel eines Spezialisten erringen konnte. Wahrscheinlich hat er die Lehrer der USO-Akademie unablässig bedroht. Melbar Kasom ist alles zuzutrauen.

Ich gebe zu, daß er ein tüchtiger Kerl ist, aber seine charakterlichen Werte lassen doch zu wünschen übrig.

Oder halten Sie es für besonders vornehm, wenn ein kleiner Bursche wie ich so brutal in Jackentaschen und Stiefelschäfte gesteckt wird, daß er bald zermalmt wird? Beim letzten Einsatz mußte ich mich als terranischer Affe tarnen, und Kasom ließ mich zwei Stunden lang tanzen und die Trommel schlagen. Dazu spielte er so laut auf einer wurmstichigen Orgel, daß ich bald taub wurde. Am schlimmsten aber ist noch das Halsband gewesen, mit dem er mich zur Vorstellung zwang.

Das Unternehmen war ein voller Erfolg, aber den Kapuzineraffen vergesse ich Melbar nie.

Dabei ist der umweltangepaßte Überriese nur ein Oberleutnant, und ich bin ein Major. Hören Sie nur nicht auf ihn, wenn er über mich schimpfen sollte. Er hält sich für ein einmaliges Exemplar der menschlichen Rasse. Ich werde ihm bald wieder einmal in die große Zehe schießen müssen, direkt unter den Nagel.

2. *Melbar Kasom*

Mein Name ist Melbar Kasom, Spezialist und Oberleutnant der USO. Ich bin ein umweltangepaßter Mensch, dessen Vorfahren auf dem Riesenplaneten Ertrus im Sonnensystem Kreit angesiedelt wurden.

Ertrus besitzt eine Gravitation von 3,4 Gravos, die das einzigartige Wachstum meines Volkes bedingt.

Ich bin 2,51 Meter groß, in den Schultern 2,13 Meter breit und wiege 16,3 Zentner. Wenn ich mich auf Welten mit niedriger Schwerkraft befinde, muß ich einen Mikrogravitator tragen, der mir die gewohnte Schwerkraft von 3,4 Gravos vermittelt. Wenn ich durch ein Zimmer gehe, zittern die Fensterscheiben.

Wir Ertruser sind stolz auf unsere Fähigkeiten, in erster Linie auf eine unnachahmliche Reaktionsgeschwindigkeit. Was ich sonst noch beherrsche, möchte ich vorerst verschweigen.

Schließlich bin ich kein siganesischer Wichtelmann wie Lemy Danger, der seine Minderwertigkeitskomplexe mit seinem vorlauten Mundwerk überspielen möchte.

Der Kurze, wie ich ihn nenne, hat wieder einmal furchtbar angegeben. Die Sache mit dem Affen war eine dienstliche Notwendigkeit. Natürlich habe ich den Kurzen mit dem Stachelhalsband gekitzelt und ihn auf der Stange herumhüpfen lassen. Er hielt es ja für taktisch klug, sich als Kapuzineräffchen zu maskieren.

Ich gebe zu, daß ich meinen Spaß dabei hatte, zumal Danger gezwungen war, zwei Stunden lang seinen Mund zu halten. Für mich bedeutete das eine Wohltat. Was denken Sie wohl, wie sehr der Kurze einem Menschenwesen von meiner Art auf die Nerven gehen kann. Seine Angeberei stört mich kolossal. Wir Ertruser sind da wesentlich bescheidener, obwohl wir zu den stärksten Menschen der Galaxis zählen.

Wenn Einbildung weh täte, müßte der Kurze Tag und Nacht vor Schmerzen brüllen. Ich habe mir vorgenommen, ihn bei der nächsten

Gelegenheit durch die Nase einzuatmen und ihn erst dann wieder auszuhauchen, wenn er um Gnade winselt.

Es ist überhaupt eine Zumutung, mir einen solchen Wichtelmann als Vorgesetzten aufzuzwingen. Meine letzte Eingabe an den Lordadmiral wurde abgelehnt, obwohl ich eindeutig bewies, daß in dem winzigen Schädel des Kurzen niemals Platz für ein Gehirn sein könnte.

Lordadmiral Atlan kam aber zu der bedauerlichen Ansicht, Quantität hätte nichts mit Qualität zu tun.

Nun schön, die Meinung meines höchsten Vorgesetzten ist für mich oberstes Gebot. Ich hoffe nur, daß ich Lemy Danger, diesem Schrumpfterraner, nicht nochmals unterstellt werde.

Es ist eine Zumutung, unter Dangers Befehl zu stehen. Außerdem ist er erst zweiundneunzig Jahre alt; also noch ein Jüngling nach den Begriffen seines Zwergenvolks. Da Lemy aber wenigstens achthundert Jahre alt werden dürfte und ich bestimmt dreihundertfünfzig, steht mir noch allerlei bevor. Zur Zeit habe ich erst das vierundvierzigste Lebensjahr vollendet.

Ich bin im Vollbesitz meiner Kräfte und ebenfalls Schwergewichtsmeister aller Klassen; allerdings auf einer 3,4-Gravo-Welt, und das will etwas heißen.

Da der Kurze in diesem Punkt ehrlich war, will ich es auch sein. Meine sportlichen Erfolge sind ein Produkt meiner USO-Ausbildung. Mehr gebe ich aber auf keinen Fall zu. Schließlich muß man trotz allem noch an sich selbst arbeiten, bis man solche Erfolge nachweisen kann.

Die Männer und Frauen meines Volkes besitzen eine schöne rotbraune Hautfarbe. Bei edlen Geschöpfen sind die Haare sandfarben, so wie meine.

Ich trage meinen Schopf als Sichelkamm, der über der Stirn beginnt und sich bis zum Nacken hinzieht. Die übrige Kopfhaut ist enthaart. Um wirkliche Eleganz erreichen zu können, kommt es darauf an, die Haare des Sichelkamms steif und borstig zu halten.

Was sind dagegen Lemys kohlschwarze Seidenfäden, die lang und gewellt seinen Mückenkopf bedecken?

Ich sage das nur, um Ihnen deutlich vor Augen zu halten, welche Unterschiede zwischen mir und dem Kurzen bestehen. Die Muskulatur meines rechten Beines ist beispielsweise umfangreicher als der

Rumpf eines normalen Terraners. Wie ich sonst aussehe, kann man sich nach diesem Maßstab vorstellen.

Die sogenannten Überschweren der Springer sind gegen uns Ertruser Schwächlinge. Außerdem sind sie nur an 1,8 bis höchstens 2,5 Gravos gewöhnt. Ich bin unter 3,4 Gravos geboren und aufgewachsen, und deshalb bin ich ein echter umweltangepaßter Mensch.

Ich freue mich schon auf die nächste galaktische Olympiade. Da werden wir Ertruser wieder einmal beweisen, was wir unter „Leistung" verstehen.

Wir machen nicht viele Worte um die Dinge. Der Kurze hätte wahrscheinlich noch stundenlang über sich selbst erzählen können. Lassen Sie sich nur nicht von ihm beeinflussen. Er versteht es, Charme zu entwickeln, was die Leute meistens begeistert. Übrigens habe ich den Begriff „Charme" nur deshalb niedergeschrieben, um zu beweisen, daß ich ebenfalls eine altterranische Sprache beherrsche.

Ich bereue es jetzt schon, mich auf diesen Bericht eingelassen zu haben. Der Kurze wollte mich unbedingt als Partner haben, wahrscheinlich aber nur deswegen, um mich mit seiner geschliffenen Ausdrucksweise erniedrigen zu können. Ich nenne die Dinge beim Namen, auch wenn ich dadurch ungehobelt erscheinen sollte. Der Kurze soll sich nur nicht einbilden, er könnte meine Berichte korrigieren. Es bleibt alles so stehen, wie ich es niederschreibe.

3. Lemy Danger

„Wir sind gelandet – Sir", sagte der Erste Pilot des Imperiumsschiffs.

Ich fixierte ihn scharf. War das „Sir" nicht etwas zögernd gekommen? Wagte dieser terranische Riese etwa zu grinsen?

Sein grobporiges Gesicht schwebte über mir wie die lunare Kraterlandschaft. Wahrscheinlich war dieser Terraner der Meinung, er besäße eine glatte und reine Haut.

Für meine Augen, mit denen ich mikroskopische Dinge sehen konnte, glich sein Gesicht einer Kraterlandschaft. Er hatte sich beim

Rasieren die Oberlippe verletzt. Die winzige Schramme, die der Pilot sicherlich kaum wahrnehmen konnte, bot sich mir als Wunde von erschreckenden Ausmaßen dar. Sie war entzündet und von Eiterbakterien verseucht.

Ich gestand mir ein, daß ein Sehvermögen wie das meine nicht immer sehr angenehm ist. Schließlich bin ich kein Mediziner, der an den Anblick solcher Dinge gewöhnt ist.

Ich wandte mich ab und sorgte dafür, daß der Terraner meine Schulterstücke sah. Dann vergaß ich meinen Groll. Ich liebte sie nun einmal, diese großen, ungestümen Männer, unter denen ich viele Freunde hatte. Solange der Pilot nicht auf die Idee kam, mein Menschentum anzuzweifeln, wollte ich über seine Entgleisungen hinwegsehen.

Ich bat darum, meine Spezialausrüstung aus dem Schiff zu befördern.

„Vielleicht können Sie einen Lastenheber schicken?" rief ich zu dem Gesicht hinauf.

Die Stirn des Terraners runzelte sich. Lässig schob er seinen Zeigefinger an mir vorbei, hakte ihn unter die Verschnürung des Pakets und hob es vor seine Augen.

„Einen Lastenheber, Sir?" meinte er gedehnt.

Es war sein Glück, daß er mich nicht stärker verhöhnte. Dieser Mann hatte mit Siganesen noch nie zu tun gehabt. Es war nicht verwunderlich, daß er mich unterschätzte. Aus meinen Rangabzeichen ging nämlich nicht hervor, daß ich ein Spezialist der USO bin. Alle Agenten hatten von Lordadmiral Atlan den strikten Befehl erhalten, ihre Identität zu verschleiern.

Mein Spezialbett hatte ich bereits zusammengeklappt. Es war alles in dem Paket untergebracht.

„Wollen Sie nach draußen gebracht werden, kleiner Mann?"

Ich erstarrte. War das nun eine Frechheit gewesen oder ein Anflug von freundschaftlichen Gefühlen? Ich spähte nach oben.

Der Pilot hatte sich in die Hocke gesetzt und lachte mich an. Da konnte ich ihm nicht böse sein. Es war keine Kränkung, kleiner Mann genannt zu werden.

Ich nickte ihm zu, schwang mich mit einem Sprung auf seinen Schuh und streckte die Hände aus.

„Wenn Sie die Güte hätten, junger Freund, mich in Ihre Rocktasche zu stecken und mich nach draußen zu bringen, wäre ich dankbar", bat ich. „Wissen Sie, wir Siganesen sind etwas klein geraten."

Er nahm mich vorsichtig auf und steckte mich in die Außentasche seiner Kombination. Die Kapppe schloß er nicht, damit ich genügend Luft bekam.

So wurde ich unauffällig aus dem Schiff befördert. Der Terraner befehligte eine moderne Space-Jet der Flotte. Dieses kleine Fahrzeug hatte mich auf Siga abgeholt und gleichzeitig Sonderbefehle vom Chef mitgebracht. Die Anweisung hatte mich sofort aufbrechen lassen, obwohl mir ein längerer Urlaub zustand.

Ich dachte an meine liebe Frau Mitra, die mir vor acht Wochen Terrazeit einen Sohn geschenkt hatte. Ich hatte ihn nach einem terranischen Freund, der im Einsatz gefallen war, Bosil genannt.

Wenn ich mich etwas zusammenkrümmte, konnte ich in der Außentasche vollkommen verschwinden. Ich trug meine Galauniform, zu der keine Dienstwaffe gehörte. Die Kleidung mußte gewechselt werden, ehe ich mich in den Transmitter begab. Befehlsgemäß hatte ich mit dem nächsten Transport im Hauptquartier zu erscheinen.

Atlans Anweisungen hatten das Geheimzeichen für Dringlichkeitsstufe I enthalten. Im Großraum der Galaxis mußte etwas geschehen sein, was ich noch nicht ahnen konnte. Wahrscheinlich würde ich noch mehr Spezialisten treffen, die alle auf dem schnellsten Weg zum HQ kommen sollten.

Dazu muß ich erwähnen, daß die Macht der USO hauptsächlich auf den hundertvier kosmischen Geheimstationen basiert.

Sämtliche Stationen schweben stationär in sternarmen Gebieten der Galaxis. Keine natürliche Sonne beleuchtet und erwärmt sie. Atlan hat auch nicht den Fehler begangen, unsere fliegenden Niederlassungen aus Stahlblechen zu bauen, wie das normalerweise üblich ist.

Die USO-Stationen bestehen grundsätzlich aus Himmelskörpern, die vor Jahren eingefangen und mit Hilfe von gewaltigen Schubtriebwerken an die vorbestimmten Plätze gebracht wurden.

Erst dort sind sie mit Desintegratoren ausgehöhlt und eingerichtet worden. USO-I, gleichzeitig das Hauptquartier der USO, ist beispielsweise ein zweiundsechzig Kilometer durchmessender Kleinmond, den Atlans Kommandos aus einem Sonnensystem entführt haben.

USO-Stationen tragen keine Eigennamen, ausgenommen das HQ. Im Gedenken an einen terranischen Geheimdienstoffizier, der schon vor hundertfünfzig Jahren gefallen ist, hat Atlan den ausgehöhlten Mond „Quinto-Center" genannt. Sonst aber bezeichnen wir die Schwebekörper nur mit Nummern, denen man die Abkürzung USO voransetzt.

Ich war also auf dem Weg zum Quinto-Center, wo ich weitere Befehle erhalten sollte.

Solche Reisen warfen für mich immer kolossale Schwierigkeiten auf; hatte ich doch die Anweisung erhalten, mich so wenig wie möglich sehen zu lassen. Siganesische Spezialisten gehören infolge ihrer winzigen Körpermaße zu den fähigsten Mitarbeitern in Atlans Stab. Wo andere Spezialisten längst nicht mehr hingehen können, bieten sich für uns immer noch Möglichkeiten.

So war es für mich gar nicht schwierig, in schwergesicherte Festungen einzudringen, geheime Beratungen zu belauschen und an Bord von Feindraumschiffen zu schlüpfen.

Ich kam überall durch. Wenn es auf normale Art nicht mehr möglich war, dann legte ich eben eine meiner zahllosen Masken an. Die Phantasie der Wissenschaftler und Techniker meines Volkes ist unerschöpflich in der Herstellung der verschiedenartigsten Verkleidungen, die zum größten Teil flugfähig sind. Als Vogel getarnt, hatte ich mich immer ausgezeichnet bewegen können.

Schwieriger waren schon Kerbtiere nachzuahmen. Dazu war ich nun doch zu riesenhaft gebaut. Allerdings gab es auf verschiedenen Welten Insekten, die ich ebenfalls imitieren konnte.

Meine Spezialausrüstung bestand demnach überwiegend aus Masken, die dem jeweiligen Einsatzgebiet angepaßt werden mußten. Natürlich kann ich auf einem Planeten, auf dem es niemals terranische Tauben gegeben hat, nicht als Taube auftreten. Das ist ganz klar.

Der Pilot setzte mich auf meine Bitte hin neben einem Abwasserkanal ab. Das Rohr war zur Zeit trocken und bot ein vorzügliches Versteck. Mein Paket schob er in die Öffnung, und ich war wunschlos glücklich.

Nach einigen Grußworten ging er davon. Ich sah seine Füße über den Stahlbelag des Raumhafens davonschreiten.

Ich befand mich auf dem dritten Planeten der Arkonwelten. Hier hatte mein jetziger Oberbefehlshaber bis vor 212 Jahren als Imperator amtiert. Nun, das war lange vorbei. Aus den Erzählungen wußte ich, daß man damals gegen die biopositronischen Roboter, die wir einfach Posbis nannten, einen erbitterten Abwehrkampf gekämpft hatte.

Schließlich hatten Perry Rhodan und Atlan die Hundertsonnenwelt gefunden und mit dem Zentralplasma der Posbis Frieden geschlossen. Seit dieser Zeit hatten sich die Posbis als wertvolle Bundesgenossen erwiesen.

Ich war sehr froh, daß es dem Großadministrator gelungen war, diese eigenartigen Geschöpfe zu Freunden der Menschen zu machen.

Ich zwang mich dazu, meine Träumereien aufzugeben. Immer wenn ich nach Arkon III kam, begann ich über Vergangenheit und Zukunft nachzudenken.

Da waren zum Beispiel die anderen Völker, die ebenfalls der Allianz angeschlossen waren, und die deshalb auch das Recht besaßen, die USO um Unterstützung zu ersuchen.

Zur Allianz gehörten neben Terra und den autarken Kolonialwelten Arkon mit allen Kolonien, Akonen, Aras, Antis, Springer, Überschwere und die Posbis.

Damit waren die bis zum Jahre 2114 andauernden Streitigkeiten endgültig überwunden worden. Es war ja immer nur um persönliche Freiheit, Freizügigkeit des Handels und Autarkie gegangen.

Alle einstigen Kolonialwelten hatten allerdings dem Imperium und damit auch der Galaktischen Allianz beitreten müssen. Das waren Rhodans Bedingungen gewesen.

Die freien Welten konnten machen, was sie wollten, nur durften ihre Regierungen niemals allein über außenpolitische Dinge entscheiden. Das war mit eine Angelegenheit des Imperiums, das sich schließlich hatte absichern müssen.

Ärgerlich auf mich selbst, stellte ich meine Betrachtungen ein. Es wurde Zeit, die Transmitterstation aufzusuchen. Wie gewohnt, durfte ich mich nicht in meiner wahren Gestalt sehen lassen, ehe ich nicht im Transmitter war. Auf Arkon III gab es zu viele neugierige Augen.

Ich schritt bis zum Rand des Kanalrohrs vor und spähte in östliche Richtung.

Dort, wo früher die gewaltige Energiekuppel des Robotregenten den Himmel beleuchtet hatte, war vor zweihundert Jahren ein monumentales Hochhaus mit zahlreichen Nebengebäuden errichtet worden. Es unterschied sich erheblich von den arkonidischen Trichterbauten, denn hier hatten terranische Architekten geplant.

In dem Gebäudekomplex lag die Vermittlungszentrale der USO. Da die hundertvier Kampf- und Einsatzstationen nur von uns betreten werden durften, war es naheliegend gewesen, ein Zentrum zur Nachrichtenübermittlung und für den unerläßlichen Papierkrieg zu errichten.

Wer etwas von der USO wollte, hatte sich an die Vermittlung zu wenden, die dann die Anträge, Beschwerden oder was es sonst sein mochte, an Atlan auf Quinto-Center weitergab.

Desgleichen besaß die Vermittlung den größten Ferntransmitter der Neuzeit. Von hier aus konnten Spezialisten, Nachschubgüter aller Art und sogar kleinere Raumschiffe durch den Pararaum befördert werden.

Ich mußte unbemerkt in die Vermittlung hineinkommen, mich beim Chef melden und meine Identität beweisen. Er würde mir die Frequenzmarke geben, ohne die man keinen Transmitter betreten konnte.

Die Sicherheitsmaßnahmen waren naturgemäß sehr streng, denn wir legten keinen Wert darauf, von feindlich gesinnten Fremdintelligenzen überrascht zu werden. Die USO-Stationen waren so gut gegen Ortung abgesichert, daß sie nur durch einen unwahrscheinlichen Zufall entdeckt werden konnten.

Ich ging in das Rohr zurück und öffnete das Paket. Es enthielt meine persönlichen Habseligkeiten und einen Tarnanzug, der mich nach außen hin in einen Papagei verwandelte. Dieser Vogel war auch auf Arkon heimisch geworden. Ich konnte daher kaum durchschaut werden.

Ich legte das bunte Federkleid auf den Boden, öffnete am Brustteil den Magnetverschluß und schlüpfte mit den Füßen voran in die Hülle. Wie immer stieß ich schmerzhaft gegen die Mikromechanik der Flügel, die ich nicht durch Körperkraft bewegen konnte.

Unter meinem Leib, die Brust des Vogelkleides ausfüllend, lag die von Siga-Technikern gebaute Stromspeicherbank, deren Energie für einen Flug von zweihundert Stunden ausreichte und sogar länger, wenn man den Segelflug einwandfrei beherrschte.

Nun, damit war ich in vielen Trainingsstunden vertraut gemacht worden. Ich konnte bei einer einigermaßen guten Thermik stundenlang schweben, ohne die Flügelmechanik benutzen zu müssen. Das sparte Strom.

Ich zwängte mich weiter in den von Geräten eingeengten Kunstbalg hinein, schob die Füße durch die naturgetreue Imitation der kurzen Vogelbeine und tastete unten nach den Druckschaltern der Krallenbewegung. Ich mußte mich jederzeit auf Ästen oder sonstigen Haltepunkten niederlassen können.

Endlich konnte ich mich aus meiner liegenden Stellung aufrichten. Der „Papagei" stand auf seinen Füßen. Zuletzt steckte ich meinen Kopf in den Schädel des Balges und klemmte die Elastobänder hinter meine Ohren. Die Schalter der Triebwerksbedienung lagen am Ansatzpunkt des Kunsthalses. Der Flug wurde durch zwei Impulsknüppel gesteuert.

Ich ließ die Flügel flattern, überprüfte meine Anzeigen und ließ dann den Brustverschluß zuschnappen. Wer mich jetzt noch als den Spezialisten Lemy Danger erkannte, mußte schon einen sechsten Sinn haben. Ich hatte bei meinen Abschlußprüfungen Vogelkenner so nachhaltig getäuscht, daß einer der Professoren fast ohnmächtig geworden war, als ich auf seiner Schulter landete und aus dem Balg kletterte.

Aus dieser Schilderung können Sie entnehmen, wie gefährlich ein Spezialist von meiner Größe sein kann. Die Schwingen einer Papageitarnung trugen immerhin eine Nutzlast von vierhundert Gramm, mich nicht eingerechnet.

Selbstverständlich wäre alles nicht möglich gewesen, wenn die Frauen und Männer meines Volkes nicht so hervorragende Mikrotechniker gewesen wären. Ich besaß beispielsweise einen starken Hyperfunksender, der mitsamt dem Empfängerteil nicht größer war als die Daumenkuppe eines Erdenbürgers. Wenn man bedenkt, wie kompliziert ein überlichtschnelles Funkgerät ist, werden Sie vielleicht ermessen können, was wir Siganesen unter Mikrotechnik verstehen.

Darf ich nochmals daran erinnern, daß ich nur 22,21 Zentimeter groß bin? Sie glauben mir doch hoffentlich, daß ich einen Papagei imitieren kann? Ich war sogar schon ein Zwergpinscher, aber daran denke ich nur ungern zurück. Es war für mein Ehrgefühl erniedrigend, immer zu schnüffeln und das Beinchen heben zu müssen. Melbar Kasom hat den damaligen Einsatz zunichte gemacht, weil dieser ungehobelte Bursche im entscheidenden Augenblick wie ein Wahnsinniger zu lachen begann. Es geschah, als mir die Herzogin von Pronatus V einen Leckerbissen ins Mäulchen stopfte, an dem ich bald erstickt wäre.

Na ja, lassen wir die wenig schmeichelhaften Dinge. Wenn Sie jedoch das Gefühl haben sollten, mich deshalb verachten zu müssen, so bitte ich herzlich darum, zu bedenken, daß ich im Interesse unserer Menschheit handle. Und bitte – bezweifeln Sie nie, daß ich ein Mensch bin.

Mein restliches Gepäck hatte ich vor dem Verschließen des Balges erneut verschnürt. Es handelte sich jetzt nur noch um ein Päckchen – sogar für siganesische Begriffe. Ich verstaute es nach einigen Verrenkungen im Laderaum unter den Schwanzfedern und fühlte mich von da an ganz wohl. Endlich durfte ich wieder in den Einsatz gehen und etwas erleben. Meine Dienste wurden benötigt; Atlan hatte dringend gerufen. Was wollte ich noch mehr?

Als ich zum Ende des Kanalrohrs ging, verfiel ich automatisch in den Vogelschritt. Ich vergaß auch nicht, den Hals rhythmisch zu strecken und einzuziehen. So etwas geht einem in Fleisch und Blut über, wenn das Leben und der Erfolg eines Unternehmens davon abhängen.

Vorsichtig sah ich mich um. Weit entfernt donnerte ein gewaltiges Raumschiff seinem Element entgegen. Ich wartete, bis die Druckwelle abgeflaut war, und spreizte die Flügel.

Flatternd stieg ich in die Lüfte empor, lauschte auf das nur für mich hörbare Summen des Antriebs und der Pendelstangen der Flügel, um dann Kurs auf die Vermittlung zu nehmen.

Ich flog schnell und sicher. Die Maschine lag ruhig in der Luft und reagierte auf jeden noch so leichten Ausschlag des Steuerknüppels.

Schon wuchs der fünfhundert Meter hohe Hauptturm des Zentrums vor mir auf. Ich flog näher heran und landete mit steil angestellten Schwingen, die nun als Luftbremsen wirkten, auf der Fensterbank eines Zimmers im 93. Stockwerk. Hier lag das Arbeitszimmer des Dienststellenleiters.

Es handelte sich um Generaloberst Nargo Hemitsch, einen ehemaligen Offizier der Galaktischen Abwehr, den Atlan für die USO verpflichtet hatte.

Hemitsch war mein Freund. Wir kannten uns schon lange. Ich wartete, bis die Klimaautomatik seines Zimmers die Außenbelüftung öffnete und schlüpfte durch den Spalt.

Vor mir lag ein riesiger Raum, der von einem Arbeitstisch mit zahllosen technischen Geräten zur Nachrichtenübermittlung fast ausgefüllt wurde.

Hemitsch sprach mit einem verwahrlost aussehenden Terraner, in dem ich einen Spezialisten der USO erkannte. Auch dieser Mann war in seiner vorgeschriebenen Maske erschienen.

Erleichtert schaltete ich das Triebwerk ein, flatterte durch das Zimmer, drehte über Hemitsch Kopf einen gewagten Looping und landete genau vor ihm auf dem Schreibtisch.

Er stockte mitten im Wort, betrachtete mich und sagte dann in seiner brummigen Art: „Sie wollen sich wohl das Genick brechen, Danger! Was soll das?"

Mein als Vagabund getarnter Kollege begann zu lachen.

„Hei, Lemy, du siehst heute aber zerrupft aus", meinte er. „Willst du rauskommen?"

Für mich war es ein wunderbares Gefühl, von den Männern so freundschaftlich begrüßt zu werden. Ich öffnete den Brustverschluß ein wenig und streckte den Kopf ins Freie.

„Hallo, wie geht es euch?" rief ich, damit man meine zarte Stimme auch gut verstehen konnte.

„Brüllen Sie nicht so, Danger", wies mich Hemitsch zurecht.

Ich war zufrieden. Hier wurde ich als Mensch anerkannt. Wenn jemand über mich lachte, dann nur deshalb, weil ich in meiner Verkleidung sehr komisch wirkte. Es wäre aber keinem Freund eingefallen, mich in gehässiger Weise zu hänseln.

Das heißt – Hänseleien gab es genug, aber ich ging von dem Grundsatz aus, daß der Ton die Musik macht.

„Wenn Sie gestatten, Sir, bleibe ich gleich in dem Balg. Es ist nicht einfach, laufend ein- und auszusteigen", entgegnete ich.

Hemitsch schmunzelte. Sein Gesicht wies plötzlich viele Falten auf. Hemitsch hatte schon graue Haare, obwohl er erst zweiundfünfzig Jahre alt war.

Er hatte im Einsatz das rechte Bein verloren. Nach seiner Wiederherstellung hatte er die Vermittlungszentrale der USO übernommen.

Der General machte nicht viele Worte. Mir war es recht. Schon zehn Minuten später hatte ich meine Individualmarke erhalten, auf deren Schwingungen die Kontrollpositronik des Transmitters ansprechen würde.

Steve Paarts, mein Kollege, nahm mich auf die Schulter. Ich begann dummes Zeug zu plappern, als wir in die belebten Gänge der Vermittlung hinausschritten.

Es machte mir Spaß, einem dicken Zaliter „Speckmops" zuzurufen, was den Arkonidenabkömmling sichtlich erboste. Ich kann wunderbar krächzen, müssen Sie wissen.

„Halte den Schnabel, Kleiner", flüsterte Paarts. „Ich werde sonst noch verhaftet. Der Sicherheitsdienst hat mich ohnehin kaum in das Gelände eingelassen."

„Gib Kussi, gib Kussi", schrie ich einer jungen Dame zu. Sie lachte mich an, rümpfte dann aber die Nase, als mein Kollege stehenblieb.

„Willst du wohl weitergehen", sagte ich zu Paarts. „So war das nicht gemeint."

Ungefährdet gelangten wir durch die automatischen Sperren der Kellerräume. Der akonische Großtransmitter war fünfhundert Meter unter der Oberfläche erbaut worden.

Als wir erst einmal jene Bezirke verlassen hatten, die auch dem galaktischen Publikum zugänglich waren, konnten wir uns ungezwungener bewegen. Ich flatterte zum Abfertigungsrobot hinüber, landete auf dem Verkleidungsblech des Individualtasters und ließ mich überprüfen. Die kleine Marke hielt ich im Schnabel.

„Durchgang genehmigt, Spezialist Danger", hallte es aus dem Lautsprecher der gefährlichen Maschine. Mir war bei der Kontrolle nie ganz wohl, da es schon zweimal zu bedauerlichen Irrtümern gekommen war. Zwei Kollegen hatten dabei fast ihr Leben eingebüßt, da der Automat mit Abwehrwaffen ausgerüstet war.

Auch Paarts kam anstandslos durch. Ich durchflog den Hauptgang, passierte die Sicherheitsschleuse und gelangte somit in den Transmitterraum.

Hinter der transparenten Trennwand bemerkte ich die gleißenden Energiesäulen der Transportstation.

Paarts nahm mich mit. Die Finsternis zwischen den Bogensäulen kam näher. Noch einen Schritt weiter, und ich fühlte das schmerzhafte Ziehen der Entmaterialisierung.

Fast im selben Augenblick landete ich im Empfänger von Quinto-Center, 10 113 Lichtjahre von Arkon und 28 444 Lichtjahre von Terra entfernt.

Für einige Sekunden blieb ich erschöpft auf Paarts Schulter sitzen. Meine Füße ruhten auf den Kontaktschaltern der Krallenbewegung, bis der Terraner „au“ sagte. Die Kunstklauen hatten seine Kleidung durchdrungen und die Haut geritzt.

„Entschuldige“, sagte ich matt. Transmitterbeförderungen waren für mich immer sehr anstrengend.

Ich flog zum Wachoffizier hinüber, ließ mich auf seinem Schreibtisch nieder und sammelte Kräfte.

Der Captain warf mir einen forschenden Blick zu. Er kannte die Schwächen der siganesischen Agenten.

„Danger, sind Sie es?“

Ich bejahte, und schon erhielt ich weitere Befehle.

„Melden Sie sich sofort beim Chef des Stabes. Es eilt.“

Schon wenig später bestieg ich zusammen mit Paarts eine Kabine des Rohrbahnzugs. Quinto-Center ist ein völlig ausgehöhlter Mond mit einem Durchmesser von zweiundsechzig Kilometern. Atlan hat damit eine künstliche Welt errichten lassen, der man es von außen nicht ansieht, daß sie geheimnisvolles Leben birgt. Aus dem Raum betrachtet, ist USO I nichts weiter als ein öder Himmelskörper ohne Luft und Sonne.

Als der Mond ausgebaut wurde, hatte ich noch nicht gelebt. Er glich innen einem Labyrinth, in dem sich ein Fremder verirren konnte.

Alle Zimmer, Säle und Riesenhallen waren nach sorgfältiger Planung ausgeschmolzen worden. Genau betrachtet war Quinto-Center eigentlich ein gigantisches Raumschiff, dessen Außenhaut aus einer massiven Felsschale bestand.

Der robotgelenkte Zug fuhr los. Wir passierten die Schleuse und rasten in den luftleeren Rohren unserem Ziel entgegen.

Die Zentrale lag im Mittelpunkt der Station. Dort angekommen, mußten wir uns nochmals ausweisen. Die aufmarschierten Kampfroboter waren von den Posbis geliefert worden. Es handelte sich um

Spezialkonstruktionen, die nach Atlans Wünschen auf der Hundertsonnenwelt gebaut worden waren. Die Maschinen besaßen einen biologisch lebenden Gefühlssektor, der den mechanischen Gehirnen zugeschaltet war. Es waren die besten Roboter der bekannten Galaxis, und ich konnte sie gut leiden.

Der Chef des Stabes war General Macom Dootsman, ein ertrusgeborener Überriese. Ich landete vor ihm und öffnete den Brustverschluß meines Fluganzugs.

„Spezialist Danger, Sir“, sagte ich mit erhobener Stimme. „Ich soll mich bei Ihnen melden.“

Dootsman warf mir einen prüfenden Blick zu, streckte die Hand aus und tippte mich mit seinem Zeigefinger an. Ich hielt nur mit Mühe Balance. Wenn diese Ertruser nur etwas behutsamer mit ihren Körperkräften umgegangen wären.

„Sie kommen spät, mein Lieber“, dröhnte seine Stimme. Ich preßte die Hände über meine Ohren und dachte an Melbar Kasom, den ich seit Monaten nicht mehr gesehen hatte.

„Das Schiff kam zu spät an, Sir. Einen planmäßigen Linearraumer wollte ich nicht nehmen. Ich erhielt Geheimhaltungsstufe eins.“

Dootsman winkte ab, und ich wurde durch den entstehenden Luftzug vom Schreibtisch gefegt. Ziemlich hart fiel ich zu Boden, wo ich wütend schrie: „Muß das sein?“

Der Chef des Stabes lachte. Es klang wie Donnergrollen. Die ebenfalls anwesenden Terraner schienen mich jetzt erst zu bemerken. Jemand sagte etwas, das ich unter anderen Umständen sofort geahndet hätte.

So rief ich nur warnend: „Unterlassen Sie das, oder ich vergesse mich. Sie wissen wohl nicht, wen Sie vor sich haben, was?“

Dazu muß ich erwähnen, daß nur wenige Besatzungsmitglieder der USO-Station Spezialisten sind. Selbstverständlich müssen die komplizierten Anlagen eines Kunstplaneten ständig gewartet und überprüft werden. Der Technikerstab von Quinto-Center belief sich zur Zeit auf etwa zweitausend Mann.

Ich flog zur Tischplatte zurück und hörte mir an, was der General zu sagen hatte. Er sprach jetzt so leise, daß mein Gehör nicht mehr schmerzte.

„Melden Sie sich beim Lordadmiral. Ihre Ausrüstung ist überprüft und vervollkommnet worden. Sie starten in zwei Stunden mit Ihrem Spezialboot zu einem Ferneinsatz. Kommen Sie, ich bringe Sie hinüber."

Mein Herz schlug bis zum Hals. Beim Lordadmiral sollte ich mich melden? Seit wann war es üblich, daß Atlan persönlich die Befehle erteilte? Dies geschah nur in ganz besonderen Fällen.

Dootsman steckte mich in seine Rocktasche. Die Schwingenautomatik zerdrückte mir bald die Wirbelsäule, aber der General hörte nicht auf mein Geschrei.

Als ich wieder aus der Tasche hervorgeholt wurde, sah ich mich rasch um. Ich befand mich in Atlans Privaträumen. Dootsman grüßte, ließ mich dabei los, und ich fiel erneut zu Boden. Jetzt hatte ich aber genug von diesem Überriesen.

Erzürnt kletterte ich aus meiner Maschine, schob sie in eine Ecke des Raumes und nahm Haltung an. Ich salutierte so überhastet, daß ich mir die Dienstmütze vom Kopf streifte. Zum Glück bemerkte es niemand.

Die Riesen hatten mich noch nicht einmal gesehen.

„Spezialist Danger zur Stelle!" schrie ich mit vollster Lungenkraft. Natürlich mußte dieser Dootsman dazwischenreden. Meine Stimme wurde überhaupt nicht vernommen.

Anschließend mußte ich einen kurzen Spurt einlegen, um nicht von den Füßen eines Terraners zertrampelt zu werden.

„Unverschämtheit!" schrie ich dem Leutnant nach. Jetzt wurde ich endlich gehört, aber es war kein Terraner, der meinen Zornesausbruch wahrnahm.

Ein Nichtirdischer kam auf mich zu. Ich erkannte den Mausbiber Gucky, von dem man sich die unwahrscheinlichsten Dinge erzählte. Zutiefst erleichtert streckte ich die Hände aus. Sofort wurde ich durch telekinetische Kräfte angehoben und durch die Lüfte befördert.

Gucky war etwa einen Meter groß. Für terranische Begriffe war er ebenfalls klein, aber auf mich wirkte er wie ein Gigant.

Ich landete in seinen Armen, wo ich für einen Augenblick liegenblieb. Über mir gewahrte ich Guckys große Augen. Er kitzelte mich mit seinen Schnurrbarthaaren, lachte hell und meinte dann: „Da hast du aber wieder einmal Glück gehabt, Kleiner. Beinahe hätte dich der Tölpel getreten."

„Wenn es das nur wäre", seufzte ich. „Gucky, was tust du hier? Gehst du mit mir in den Einsatz?"

Der weißschimmernde Nagezahn des Nichtirdischen verschwand. Ich konnte in Guckys Mausegesicht gut lesen und seine Gefühle erkennen.

Er setzte sich auf sein verdicktes Hinterteil, legte mich in seine Armbeuge und flüsterte mir zu: „Perry ist hier. Ich bin mit ihm gekommen. Mercant und Bully sind ebenfalls erschienen. Das hat aber mit deinen Befehlen nichts zu tun. Es ist etwas passiert, was wir mit euch besprechen wollen."

Das „euch" erfüllte mich mit Stolz. Natürlich hatte er die Spezialisten der USO gemeint. Außer Gucky konnte ich keinen Mutanten bemerken. Diese Männer und Frauen waren so dünn gesät, daß man kaum erwarten konnte, mehrere auf einmal zu treffen.

Atlan allein besaß das Recht, Mutanten anfordern zu dürfen. Das geschah aber nur dann, wenn wir Spezialisten mit dem besten Willen nicht mehr weiterkamen. Die Mutanten des Korps unterstanden ausschließlich dem Befehl des Imperiums. Wenn wir einen benötigten, mußten Perry Rhodan persönlich oder Staatsmarschall Reginald Bull gefragt werden.

„Bully", wie der Mausbiber den hohen Offizier und Staatsmann respektlos genannt hatte, war seit dem 1. Januar 2115 Vizeadministrator auf Arkon und Oberbefehlshaber der ehemals arkonidischen Schlachtflotte.

Wenn also Rhodan und Bull anwesend waren, dann mußte etwas in der Luft liegen. Ich war beunruhigt.

Leise fragte ich nach Details, aber Gucky hüllte sich in Schweigen. Die wartenden Offiziere kannte ich alle. Als Atlan eintrat, nahmen die Männer Haltung an.

Nur Gucky kümmerte sich nicht darum. Völlig regelwidrig watschelte er auf seinen kurzen Beinen durch den Raum und setzte mich auf der Platte des halbrunden Konferenztisches ab. Ich wurde schrecklich verlegen; richteten sich doch alle Augen auf mich.

Atlan, der Unsterbliche, bemerkte mich sofort. Ich stand so stramm wie noch nie in meinem Leben. Vor lauter Verlegenheit schmetterte ich eine Meldung, nannte Namen und Dienstgrad und wartete dann auf das Donnerwetter, das über mich kommen mußte.

„Vielleicht solltest du deinen Tölpeln einmal einschärfen, daß es nicht schön ist, kleine Leute zu treten!" rief jemand so schrill, daß mir die Ohren schmerzten.

Verzweifelt sah ich zu Gucky hinüber, dessen Gesicht gerade noch über die Tischplatte hinwegragte. Ich war ihm dankbar, ja, ich war sogar gerührt über seine Fürsorge, aber das ging doch etwas zu weit.

Ich war einem Trugschluß erlegen.

Atlan lachte nur, erwiderte meinen Gruß und meinte dann: „Lemy, Sie sollten sich grundsätzlich nicht auf dem Boden bewegen. Bleiben Sie auf der Tischplatte stehen."

Ich stammelte einige Entschuldigungen und sah mich um. Rhodan und Bull erschienen nun ebenfalls. Ich wurde dem Großadministrator vorgestellt, und Atlan fügte noch ernsthaft hinzu, ich wäre sozusagen sein Staragent.

Ich kam aus dem Strammstehen gar nicht mehr heraus, so viele bedeutende Persönlichkeiten sprachen mich an.

Verklärt vor Glück sah ich in Rhodans hageres Gesicht hinauf. Auch er war unsterblich, da er gleich Atlan einen Zellaktivator trug. Reginald Bull und die Mutanten des Korps erhielten auf dem Kunstplaneten Wanderer in Abständen von etwa sechzig Jahren eine sogenannte „Zelldusche". Dadurch wurde der Alterungsprozeß unterbrochen.

Dieses Verfahren brachte erhebliche Gefahren mit sich. Wenn ein Zellbestrahlter nach Ablauf der Wirkungsfrist nicht sofort eine neue Dusche erhielt, kam es zu einem schnellen Zerfall des Organismus. Auf Perry und Atlan traf das nicht zu, denn sie allein besaßen Geräte, die einen ähnlichen Aktivierungseffekt in konstanter Form bewirkten.

Die Männer setzten sich. Ich stand so lange auf der Tischplatte, bis mir Atlan eine Sitzgelegenheit zuschob. Es handelte sich um ein tragbares Funksprechgerät, auf dem ich gut Platz nehmen konnte.

Ich fühlte mich erst wieder wohler, als sich die allgemeine Aufmerksamkeit Perry Rhodan zuwandte. Er saß neben dem Arkoniden Atlan. Als er zu sprechen begann, bemerkte ich erst, daß sämtliche Übertragungskameras eingeschaltet waren. Sollte man in der Station etwa hören, was hier gesprochen wurde?

Gleich darauf bestätigte sich meine Vermutung. Rhodans graue Augen bannten mich. Sie strömten eine warme Herzlichkeit aus.

„Meine Herren, dies ist eine informatorische Lagebesprechung, die wir auf Grund besonderer Umstände einberufen haben. Es ist Atlans und mein Wunsch, daß die Spezialisten der USO eingehend unterrichtet werden. Meiner Auffassung nach werden die Mutanten des Korps die kommenden Aufgaben nicht allein bewältigen können. Das Imperium bittet um die Hilfe der Spezialisten."

Ich räusperte mich und spähte in die Runde. Wie – keiner beachtete mich? War man etwa der Meinung, ich wäre kein Spezialist? Die Unhöflichkeiten schienen kein Ende zu nehmen.

Resignierend achtete ich auf Rhodans Ausführungen. Er sprach langsam und leidenschaftslos, obwohl schon seine folgenden Worte so schwerwiegend waren, daß sogar der gefühllose Dootsman zusammenschreckte.

„Ich habe vor fünf Tagen Standardzeit eine Nachricht von dem Fiktivlebewesen auf Wanderer erhalten. Ich brauche Ihnen nicht näher zu erklären, um wen es sich handelt. Die unglaubliche technische und wissenschaftliche Macht dieser vergeistigten Intelligenz ermöglichte die lebensverlängernden Zellduschen. Es ist kein Geheimnis, daß die Mutanten des Korps in erster Linie behandelt worden sind. Drei Männer des Korps müssen sich in den nächsten Monaten einer Zellaktivierung unterziehen, oder sie werden sterben. Staatsmarschall Bull kommt sogar noch früher an die Reihe."

Rhodan wandte den Kopf und sah zu dem untersetzten Offizier hinüber, den ich als Menschen und Vorgesetzten verehrte. Ich witterte Gefahr, jedoch hätte ich in diesen Augenblicken nicht sagen können, in welcher Hinsicht sie sich äußerte. Die Lösung des Rätsels erfolgte sofort.

„Die Existenz des Imperiums beruht in erster Linie auf der Tätigkeit der Mutanten. Sie, die Spezialisten, wissen auch ohne meine Belehrung, daß es manche Aufgaben gibt, die Sie nicht allein bewältigen können. So wäre der Aufbau der ehemals Dritten Macht und des Solaren Imperiums niemals möglich gewesen, wenn die besonderen Fähigkeiten der Mutanten nicht hätten eingesetzt werden können. Die Langlebigkeit der Mutanten ist abhängig von den Zellduschen. Nun wurde mir, wie erwähnt, vor fünf Tagen mitgeteilt, die lebenserhaltende Aktivierung könne nicht mehr gewährt werden."

Die Mitteilung schlug ein wie eine Bombe. Natürlich wußten wir, wie wertvoll die Mutanten für das Bestehen des Imperiums waren. Niemand sprach etwas, und Rhodan fuhr fort: „Wir wissen nicht, weshalb das Fiktivwesen plötzlich sein Versprechen bricht. Mir war vor mehr als dreihundert Jahren die Benutzung des Physiotrons zugestanden worden. Es soll auch nicht Ihre Aufgabe sein, das rätselhafte Verhalten unseres vergeistigten Freundes näher zu ergründen. Ich werde mich persönlich darum kümmern und demnächst Wanderer aufsuchen. Ich habe Sie zusammenrufen lassen, um Sie mit der Tatsache vertraut zu machen. Zusätzlich muß ich noch erwähnen, daß *ES* eine zweite Nachricht durchgab. Sie erreichte mich einen Tag später. Darin wurde mitgeteilt, *ES* hätte dafür gesorgt, daß fünfundzwanzig Personen das ewige Leben erhalten könnten. Diese Unsterblichkeit sei an verschiedenen Orten der Galaxis zu erlangen. Funkimpulse und rätselhafte Ereignisse würden den Weg zu diesen Orten weisen. Der eigentümliche Humor des Fiktivwesens ließ es anscheinend nicht zu, daß es seine Andeutungen verdeutlichte. Ich habe deshalb die wenigen Stichworte zur Auswertung an das impotronische Rechengehirn auf Luna weitergeleitet."

Ich nickte anerkennend. Perry Rhodan hatte richtig gehandelt.

Ich konnte mir ungefähr vorstellen, zu welchem Ergebnis NATHAN, wie wir das neue Robotgehirn auf dem irdischen Mond nannten, gekommen war. NATHAN war in zweihundertjähriger Arbeit erbaut worden. Die Posbis hatten das Gehirn mit einem hochaktiven Plasmazusatz ausgerüstet, der den Riesenrobot befähigte, auch gefühlsbedingte Urteile zu fällen und solche Grunddaten zu verarbeiten, die ein rein mechanisches Gehirn niemals zur Kenntnis hätte nehmen können. NATHAN war leistungsfähiger als der ehemalige arkonidische Robotregent, den mein Chef persönlich vernichtet hatte. Aus der Chronik des Imperiums ging hervor, daß diese Maschine anmaßend und gemeingefährlich geworden war. Bei NATHAN konnte das niemals passieren. Dafür hatten schon die terranischen Robotiker und die Mikrotechniker meines Volkes gesorgt.

Rhodan blickte nicht auf, als er seine folgenschweren Schlußworte sprach: „Die Auswertung liegt vor. Unter Berücksichtigung aller Tatsachen wird von NATHAN festgestellt, daß *ES* bereit ist, fünfundzwanzig Zellaktivatoren auszuteilen. Sie wissen, daß Atlan und ich solche Geräte tragen. Ich könnte meinen Aktivator beispielsweise nicht an eine andere Person weitergeben, da er nur auf meine Individualschwingungen abgestimmt ist. Ebenso verhält es sich mit Atlans Apparat. Bei den fünfundzwanzig Aktivatoren, die nach NATHANS Aussagen zur Verfügung gestellt werden sollen, handelt es sich jedoch mit achtzigprozentiger Wahrscheinlichkeit um Konstruktionen, die von jedem Intelligenzwesen getragen werden können. Das Robotgehirn kommt ferner zu der Feststellung, daß die fünfundzwanzig Aktivatoren bereits vor einiger Zeit ausgestreut worden sind."

Ich hielt den Atem an. Meine Überlegungen überstürzten sich. Ich wollte etwas einwerfen, doch da sprach Rhodan schon weiter.

„Sie haben richtig verstanden – ich sagte ‚ausgestreut'. Wir vermuten, daß *ES* die kostbaren Aktivatoren irgendwo niederlegte, wo sie von jedermann gefunden werden können. Mehr läßt sich darüber noch nicht sagen. Wenn ich *ES* richtig kenne, werden über kurz oder lang nähere Mitteilungen kommen. Sie dürften verschleiert sein und einem Rätsel gleichen. Ich möchte Sie ersuchen, bei Ihren Einsätzen Augen und Ohren offenzuhalten. Das ist der Sinn meines Besuchs auf Quinto-Center. NATHANS Wahrscheinlichkeitsberechnungen können unrichtig sein. Sicher ist nur, daß *ES* die fünfundzwanzig Apparate ausgeben oder verschenken will, um uns für den Verlust der Zelldusche zu entschädigen. Wenn sich jedoch die Vermutungen des Automaten ebenfalls bewahrheiten, gehen wir schweren Zeiten entgegen. Sie werden sich wohl vorstellen können, welche Folgen es nach sich zieht, wenn in der Galaxis allgemein bekannt wird, daß das ewige Leben auf fünfundzwanzig Personen wartet und man weiß, auf welche Art dieses Leben gesucht und gefunden werden kann. Es gibt nur wenige, die wissen, wie ein Aktivator aussieht und wie er arbeitet, aber ich fürchte, daß auch dies bald allgemein bekannt wird."

„Dann gibt es Mord und Totschlag", rief ich erregt. „Jedermann, der glaubt, einen Zellaktivator entdeckt zu haben, wird versuchen, sich um jeden Preis in den Besitz dieses Geräts zu setzen. Und hat er es einmal, werden andere kommen, die ihm das Gerät wieder abzunehmen versuchen."

Rhodan sah mich an und nickte. Atlan winkte mir zu, und ich rannte zu den Tischmikrophonen hinüber. Dort blieb ich stehen und nahm Haltung an.

„Hätten Sie besondere Vorschläge zu machen, Spezialist Danger?“ fragte der Lordadmiral.

Immer noch erregt, antwortete ich: „Dazu dürfte es noch zu früh sein, Sir. Wir können nicht mehr tun, als den Ratschlag des Großadministrators befolgen. Vielleicht läßt es sich bald ermitteln, wie man die Geräte finden kann und welcher Art die angekündigten rätselhaften Ereignisse sein werden. Wenn es sich um einen Spaß des Fiktivwesens handeln sollte, bleibt ihm keine andere Wahl, als weitere Andeutungen zu geben. In diesem Fall haben wir zu handeln.“

Ich hatte gesagt, was im Augenblick zu sagen war. Die Besprechung dauerte noch zwei Stunden. Spezialisten und terranische Wissenschaftler wurden gehört, aber wir gelangten zu keinem Ergebnis.

Gegen Ende der Sitzung lief eine Meldung der Galaktischen Abwehr ein. Solarmarschall Allan D. Mercant teilte mit, jene Nachrichten, die Rhodan von dem Fiktivwesen erhalten hätte, seien auch an anderen Stellen der Galaxis gehört worden. Das bedeutete, daß Fremde jetzt schon zu recherchieren begannen. Man war bereits auf Dinge aufmerksam geworden, die man auf den Hauptwelten der Springer, Aras und Akonen höchstwahrscheinlich richtig beurteilen würde.

Die Angelegenheit wurde damit noch problematischer.

Nach dem Essen bestiegen die hohen Gäste den Großtransmitter und reisten nach Arkon II ab. Wir waren wieder allein. Ich unterhielt mich noch mit den Kollegen über den Fall. Spezielle Richtlinien konnte uns niemand geben. Es kam ganz auf die Entschlußkraft und Findigkeit des einzelnen an, ob wir Rhodan unterstützen konnten oder nicht.

Ich schlief zwei Stunden und wurde anschließend zum Chef befohlen. Ich rannte die Gänge entlang, schlüpfte durch die Panzertür und meldete mich. Atlan war allein. Er trug die schwarze Uniformkombination der USO.

Wortlos hob er mich auf und stellte mich auf seinem Schreibtisch ab. Sein Gesicht war ernst.

„Vergessen Sie einstweilen diese unerfreulichen Dinge, Lemy“, sprach er mich an. „Ich habe Sie nicht nur wegen der Besprechung ins HQ rufen lassen. Das siganesische Team ist angewiesen worden, Ihr Boot startklar zu machen. Die Programmierung der Steuerautomatik ist bereits erfolgt. Fliegen Sie so schnell wie möglich los und steigen Sie am Treffpunkt in die KASO-V um."

„KA – KASO-V, Sir?" stammelte ich entsetzt. Melbar Kasoms Gesicht tauchte in meiner Vorstellungskraft auf. Fast glaubte ich, den öligen Duft seiner Haare zu riechen.

Atlans Lippen verzogen sich. „Aber Lemy! Was haben Sie gegen Oberleutnant Kasom?"

„Er bezweifelt, daß ich ein Gehirn besitze, Sir", beschwerte ich mich. „Ich kann mich sogar daran erinnern, daß er eine diesbezügliche Eingabe machte."

„Ich habe sie weggeworfen, Spezialist Danger. Noch Fragen?"

Flehend sah ich zu Atlans rötlichen Augen hinauf, aber er schüttelte den Kopf.

„Sie werden sich mit Melbar Kasom ausgezeichnet verstehen, Lemy. Oder glauben Sie ernsthaft, er würde jemals Ihre Menschenwürde anzweifeln? Sie und Kasom sind mein bestes Team."

Ich räusperte mich und winkte ab. „Gut, Sir, ich werde es noch einmal mit dem Ungeheuer probieren."

„Schön. Auf Haknor, dem zweiten Planeten des Atanus-Systems, ist ein Bürgerkrieg ausgebrochen. Weshalb, soll von Ihnen geklärt werden. Wenn fremde Mächte daran beteiligt sind, wird die Sache zu einem USO-Fall. Leiten Sie entsprechende Maßnahmen ein. Ich bin an Haknor deshalb interessiert, weil es sich um einen der seltenen Planeten handelt, auf dem Springer ansässig geworden sind. Die Alarmmeldung stammt vom Kommandanten eines Explorerschiffs. Der Forschungsraumer ist auf Haknor gelandet, um Frischwasser und Gemüse zu übernehmen. Dabei wurde die EXPLORER-1207 beschlagnahmt und die Besatzung interniert."

„Eine Frechheit, Sir!" empörte ich mich.

Die Forschungsschiffe der Explorerflotte waren harmlose Fahrzeuge, deren Besatzungen aus Wissenschaftlern aller Fachgebiete bestanden. Es bedeutete einen offenen Rechtsbruch, wenn die Explorer angegriffen wurden.

Atlan sah mich so seltsam an, daß ich argwöhnisch wurde. Lachte er über meinen Zorn?

Schon wollte ich darauf hinweisen, daß ich der Spezialist Lemy Danger mit einer Körpergröße von immerhin 22,21 Zentimeter sei, als er weitersprach: „Der Krieg auf Haknor ist für uns völlig rätselhaft. Es sieht fast so aus, als wäre er von Unbekannten entfacht worden. Schleusen Sie sich ein und nehmen Sie die entsprechenden Masken mit. Spezialist Melbar Kasom tritt als nichtlizensierter Händler aus einer Springersippe auf. Offiziell gilt er als Pendler. Sein Raumschiff ist präpariert worden. Wir haben nur noch auf Sie gewartet. Erledigen Sie den Fall schnell und gründlich. Ich möchte wissen, was auf dem zweiten Planeten der Sonne Atanus gespielt wird."

Mit diesen dürftigen Hinweisen wurde ich entlassen. Ich hüpfte vom Tisch, fing den Aufprall mit einer Rolle ab und stand wieder auf den Beinen.

Dazu muß bemerkt werden, daß Siganesen von meinem Wuchs eine Distanz überspringen können, die etwa ihrer fünfzehnfachen Körperlänge entspricht.

Ein terranischer Riese hatte es einmal gewagt, mich mit einem irdischen Floh zu vergleichen, der auch viel weiter hüpfen könne, als seine Größe vermuten ließe. Diesem Terraner hatte ich beigebracht, wie gut er springen konnte.

Die Giganten können es einfach nicht unterlassen, einen Siganesen zu verulken. Dabei übersehen sie aber unsere Reaktionsschnelligkeit, die ebenfalls ein Produkt unserer extrem geringen Körpergröße ist.

Meine Bewegungen können von den meisten Terranern nicht mit dem Auge verfolgt werden. Wenn ich zur Waffe greife, geschieht es mit einer Schnelligkeit, die kein Terraner nachahmen kann.

Atlan entließ mich, und ich eilte im Dauerlauf zur Tür zurück. Draußen sprang ich auf das langsame Transportband, wechselte dann über zur schnellen Verbindung und ließ mich so zur Ausrüstungsabteilung tragen. Hier und da mußte ich die Raumfahrer verjagen, die mich in ihrem Unverstand nicht bemerkten.

Einem dickköpfigen Unither schoß ich mit einem schwachen Thermostrahl so dicht an den großen Ohren vorbei, daß er erschreckt mit dem Rüssel aushieb. Schadenfroh lachend eilte ich davon. Der Unither schrie mir etwas nach, was ich – wahrscheinlich zu seinem Glück – nicht mehr verstehen konnte.

Die Ausrüstungszentrale interessierte mich nur am Rand. Siganesische Spezialisten können nur von anderen Siganesen betreut werden. Wenn ich einen Terraner mit dem Aufladen meiner Impulswaffe beauftragt hätte, wäre er hilflos gewesen. Der Strahler war winzig, aber seine Leistung ließ nichts zu wünschen übrig. Bei voller Kapazität und schmaler Bündelung durchschoß ich dreißig Zentimeter starke Stahlplatten.

Weitaus gefährlicher war jedoch meine geheime Einsatzwaffe, die hochenergetische Fusionsladungen verschoß. Die von den chemischen Treibsätzen beschleunigten Miniraks besaßen eine Energieentwicklung bis zu einer Kilotonne TNT. Unterschätzen Sie nur nicht die Spezialisten von Siga! Jene, die es bisher getan haben, mußten es immer bitter bereuen.

Endlich kam ich in der siganesischen Abteilung an. Die Türen wurden niedriger und die Einrichtungsgegenstände normal. Für mich bedeutete es eine Wohltat, aus den Riesengewölben der Terraner entkommen zu sein.

Um so skeptischer dachte ich an Melbar Kasom, der in den Tiefen des Raumes auf mich wartete.

Techniker und Wissenschaftler meines Volkes berieten mich bei der Spezialausrüstung. Einen Papagei konnte ich auf dem Planeten Haknor nicht darstellen. Wir waren jedoch genau über die dortige Tier- und Vogelwelt informiert.

Nur wenige Stunden später war mein Gepäck verladen. Wir fuhren mit einem Wagen zu den Hangars hinüber. Zwischen einigen Terraschiffen lag mein Einsatzboot, das ebenfalls auf Siga gebaut worden war.

Es war zweieinhalb Meter lang, glich einer Walze mit stumpfer Spitze und durchmaß sechzig Zentimeter. Die Triebwerke waren eine Meisterleistung unserer Ingenieurkunst. Im Linearflug überwand es so riesige Entfernungen, daß selbst terranische Fachleute staunten.

Das Schott war bereits geöffnet. Ich bestieg die geräumige Zentrale, schnallte mich im Kontursessel fest und überprüfte die Instrumente. Der Mikromeiler lief bereits.

Zehn Minuten später bekam ich die Starterlaubnis. Vor mir glitten die Schleusentore des Hangars auf. Mein Boot wurde eingefahren, und die Gleitsicherungen schnappten zurück. Die Bildschirme arbeiteten einwandfrei.

Ich wartete auf das grüne Signal des Druckausgleichs und drückte auf den Schalter der Abstoßautomatik. Das Impulstriebwerk heulte auf. Gleichzeitig wurde ich von dem Kraftfeld aus der Drucktube gestoßen.

Ich lauschte auf das Singen meines Andruckneutralisators und ging dann auf volle Beschleunigung. Das Arbeitsgeräusch des Triebwerks wurde zum Dröhnen. Augenblicke später war Quinto-Center verschwunden. Ich befand mich allein im All.

Ich lehnte mich im Kontrollsessel zurück, wohl wissend, daß die Automatik meines Schiffes so sorgfältig programmiert war, daß ich mich nicht um den Kurs zu kümmern brauchte.

Bei fünfzig Prozent LG gab die Mikropositronik das Alarmzeichen. Ich setzte mich zurecht und wartete auf das Eintauchmanöver. Das Kalupsche Absorptionsfeld schirmte die energetischen Einflüsse des Normalraums ab. Ehe ich mich's versah, befand ich mich schon in der Zwischenzone, wo weder die Gesetze des Einsteinuniversums noch die des Hyperraums galten.

Ich flog mit dreißigmillionenfacher Lichtgeschwindigkeit. An Bord meines Bootes gab es nichts zu bemängeln. Wenn siganesische Techniker ein Raumschiff flugklar meldeten, dann war es auch klar.

Der Zielstern war als blaßrote Scheibe auf dem Reliefschirm zu sehen. Dort wartete Melbar Kasom mit seinem künstlich verunstalteten Raumschiff. Warum nur hatte Atlan mir ausgerechnet dieses Ungeheuer zugeteilt?

4. *Melbar Kasom*

Na – ist Ihnen der Kurze jetzt lange genug auf die Nerven gegangen? Können Sie sich nun vorstellen, was ein ausgewachsenes Menschengeschöpf wie ich auszustehen hat, wenn es unter dem Kommando eines siganesischen Wichtelmanns steht?

Ich, der Spezialist Melbar Kasom, Meister aller Klassen auf Ertrus, wette meinen Bizeps gegen Lemys Milchzähnchen, daß ich mich diesmal nicht vor versammelter Mannschaft erniedrigen lasse.

Vor einer Viertelstunde traf ein Rafferspruch aus dem Hauptquartier ein. Darin wurde mir mitgeteilt, welche schwerwiegenden Eröffnungen vom Großadministrator gemacht worden waren. Meine Freunde und ich sind jetzt noch bestürzt.

Ich schreibe diesen Bericht nieder, solange mir der Siganese noch Zeit dazu läßt. In wenigen Minuten wird er mit seinem kuriosen Raumschiff aus dem Zwischenraum kommen und sofort versuchen, an Bord meines stolzen Einsatzraumers den großen Mann zu spielen.

Leider bin ich Lemy erneut unterstellt worden. Die Disziplin unter den Spezialisten der USO ist streng. Es fiele mir natürlich niemals ein, den Befehl zu verweigern; selbst dann nicht, wenn ein rechthaberischer Zwerg wie Lemy Danger die Anweisungen erteilt.

Er ist infolge rätselhafter Umstände rasch zum Major avanciert, und ich bin Oberleutnant geblieben. Also habe ich zu gehorchen, auch wenn ich Lemy mitsamt seinem Mikrokahn bequem unter den Arm nehmen und auf den nächsten Schrotthaufen werfen könnte.

Ich mache nochmals darauf aufmerksam, daß ich nicht so geschliffen sprechen kann wie der Kurze. Trotzdem bin ich ein ehrlicher Mensch, der nichts weiter im Sinn hat, als seinen Aufgaben pflichtbewußt nachzugehen.

Ich kann von mir nicht behaupten, daß ich klein und zart wäre, um damit an Ihr Mitgefühl zu appellieren. Lemy verwendet diesen Trick, um mich auszuspielen.

So hat er bezeichnenderweise noch niemals meine prächtige Gestalt erwähnt, oder auch nur den Versuch gemacht, meine stahlharte Muskulatur zu würdigen.

Die Besatzung meines Schiffes besteht einschließlich meiner Person aus fünf Spezialisten, deren Erfahrung, Fachwissen und Mut ausreichen, um den Bürgerkrieg auf Haknor zu beenden.

Die USO-Zentrale verschaffte mir auf meine Vorschläge hin eine Ladung, mit der ich auf der Springerwelt sehr willkommen sein werde. Es handelt sich um zweitausend Tonnen Schiffsbaubleche aus dem besten Terkonitstahl.

Der Gedanke, mit einer solchen Ladung über Haknor zu erscheinen, wurde sogar von Atlan begrüßt. Lemy soll es sich also nur nicht einfallen lassen, letzten Endes zu behaupten, er hätte alles veranlaßt.

Infolge meiner Figur kann ich einen abtrünnigen Springer aus dem

Volk der Überschweren verkörpern. Das sind Wesen, die auf Planeten mit hohen Gravowerten geboren wurden.

Natürlich gibt es keinen Überschweren, der diese Bezeichnung wirklich verdient hätte. Um so mehr kann ich bei meinen Einsätzen vorgeben, einer zu sein.

Wenn ich in meiner Maske als gesetzloser Pendler auf fremden Häfen lande und aus der Schleuse trete, fallen nicht nur alte Jungfern in Ohnmacht. Bisher bin ich noch nie behelligt worden, ganz im Gegensatz zum Kurzen, der einmal von einem Fisch verschluckt wurde – mitsamt Raumanzug.

Ich werde als Pendelfahrer Kasom über dem zweiten Atanusplaneten erscheinen, landen und einmal nachsehen, was dort eigentlich gespielt wird. Viel kann es nicht sein, was mir schon die relativ harmlose Internierung der Explorerbesatzung beweist.

Wahrscheinlich ist es zwischen den Viehzüchtern auf Haknor zu Streitigkeiten gekommen, die schließlich zu einem Bürgerkrieg ausarteten. Ich werde als Schwarzhändler auftreten, augenzwinkernd erstklassigen Terkonitstahl anbieten und durchblicken lassen, daß es dieses Material ja eigentlich nur auf den Staatswerften des Imperiums gäbe. Dann wollen wir doch einmal sehen, wie schnell die auf Haknor ansässigen Springer auf den Leim gehen.

Wir wissen aus Geheimberichten, daß auf Haknor nicht nur Viehzucht betrieben wird. Es gibt wenigstens vier große Werften und Ausrüstungshäfen, die von solchen Kapitänen aufgesucht werden, die sich anderswo nicht sehen lassen dürfen. Dazu zählen in erster Linie die Pendler, die weder Parias noch ordentliche Mitglieder einer angesehenen Sippe sind.

Parias kann man natürlich auch treffen. Keiner von diesen Burschen besitzt ein in unserem Sinn taugliches Raumschiff, weshalb auch ich gezwungen war, meine KASO-V in einen rostzerfressenen Kahn mit lebensgefährlichen Eigenschaften zu verwandeln. Der Schein trügt jedoch.

„Er ist da, Sir. Peilung positiv, Kodezeichen sind anerkannt worden. Kann ich den Traktorautomat einschalten, Sir?“

Ich fuhr zusammen. Mit einer schnellen Bewegung schob ich mein Tagebuch in die Schublade des Schreibtisches, drückte sie zu und schaltete den elektronischen Verschluß ein.

Ich räusperte mich, schaute auf die Uhr und erhob mich. Mein Erster Offizier, Spezialist Achard, war auf dem Bildschirm des Visiphons zu sehen.

„Holen Sie ihn herein, Don. Passen Sie aber auf, daß die winzige Schachtel nicht zerstört wird."

Ich bereitete mich auf Lemys Ankunft vor. Dabei stellte ich erstaunt fest, daß mich ein Gefühl der Freude erfüllte.

„Bist du verrückt geworden, Spezialist Kasom?" murmelte ich im Selbstgespräch.

Kopfschüttelnd schritt ich hinaus, versetzte einem rostigen Roboter einen Tritt, daß er bis zum Antigravlift flog und stampfte auf die Zentrale zu.

Als ich die Tür öffnete und mich bückte, um nicht gegen die Fassung zu stoßen, rief der Robot: „Befehl ausgeführt, Sir."

Ich warf ihm einen drohenden Blick zu und dachte daran, daß man als Pendler solche schrottreifen Konstruktionen dabeihaben mußte. Ich hatte jedenfalls noch kein Pendlerschiff gesehen, auf dem ein Robot – wenn überhaupt vorhanden – in Ordnung gewesen wäre.

Ein Wink mit dem Zeigefinger genügte, um den Ersten Offizier fluchtartig aus meinem Kommandosessel flitzen zu lassen.

„Unterlassen Sie das gefälligst", knurrte ich.

Er nahm Haltung an, schaute an mir hinauf und meldete vorschriftsmäßig: „Einschleusungsmanöver hat begonnen, Sir. Die Mücke zappelt im Traktorstrahl."

Ich holte tief Luft. „Haben Sie mit der Mücke etwa Spezialist-Major Danger gemeint, Spezialist Achard?"

Der kleine Terraner, er war kaum einsneunzig groß, schaute mich verwirrt an.

Da fügte ich brüllend hinzu: „Herr – wenn ich meinen Freund Lemy Danger hier und da mit Kosenamen bedenke, so steht es Ihnen noch lange nicht zu, diese Bezeichnungen ebenfalls zu gebrauchen. Haben wir uns verstanden?"

Nein, Don Achard, Leutnant und Spezialist der USO, hatte meine Schlußfrage nicht verstehen können.

Dieser kaum zwei Zentner schwere Schwächling hatte die Handflächen gegen die Ohren gepreßt und war erbleichend in seinen Sitz gesunken.

Leutnant Ibrahim Bentosa, ein Terraner mit kohlschwarzen Kraushaaren, lachte und streifte ostentativ die Kopfhörer über. Bentosa war ebenfalls ein Spezialist und an Bord der KASO-V verantwortlich für Funk und Ortung. Zufrieden ließ ich mich in meinen Sessel sinken, fuhr mit der Manschette der Einsatzkombination über den Sonnenorden zweiter Klasse und freute mich auf Lemys Gesicht. Der Kurze wußte nämlich noch nicht, daß ich vom Lordadmiral ausgezeichnet worden war.

Fünf Minuten später zeigten die Kontrollen die vollzogene Einschleusung an. Lemys Spezialboot war im Hangar.

Spezialist Komo Hetete, ein Terraner mit dunkler Hautfarbe und so herrlichen weißen Zähnen, daß ich ihn darum beneidete, holte Lemy Danger in der Schleuse ab. Hetete war Oberfähnrich und Chefingenieur auf der KASO-V. Er gehörte zu jenen Technikern, die verborgene Fehler mit traumhafter Sicherheit finden und sich in allen Situationen mit Bordmitteln helfen können. Ich hatte schon eine ausgezeichnete Mannschaft an Bord.

Mein Herz begann heftig zu pochen, als die Panzerschotte der Luftschleuse aufglitten.

Ich räusperte mich nochmals, schwenkte meinen Sessel herum und streckte die Beine aus.

Komo Hetete trat ein, stellte sich neben dem Schott auf und meldete die Ankunft des Spezialisten Lemy Danger.

Ich wartete, bis der Kurze über die Schwelle sprang, tat aber so, als hätte ich ihn nicht gesehen. Stirnrunzelnd sah ich mich um, schnüffelte wie ein Hund auf der Fährte und fragte ziemlich laut: „Wo ist der Herr Major, Oberfähnrich?"

Hetete rollte die Augen und deutete mit dem Daumen nach unten, wo dicht vor seinen Füßen ein zornbebendes Etwas stand.

Der Wichtelmann hatte die Hände in die Hüften gestützt und begann zu schreien. „Nehmen Sie Haltung an!" zirpte er.

Ich stand auf und hieb die metallenen Magnetsohlen meiner Stiefel gegeneinander, daß die Funken spritzten. Lemy ging in Deckung, hielt sich die Ohren zu und schrie etwas, was ich bewußt überhörte.

Ich machte meine Meldung mit erhobener Stimme und stieß dann die Luft aus den Lungen, daß es sich wie der Mündungsknall eines altmodischen Gewehrs anhörte.

Lemy reagierte nicht darauf. Maliziös lächelnd kam er auf mich zugetrippelt und schaute an mir hinauf. Ich stand so stramm, wie es sich laut Dienstvorschrift gehörte. Hetete und Bentosa hatten ebenfalls Haltung angenommen. Nur Achard drückte sich davor und mimte den Wachoffizier, der seinen Blick nicht von den Kontrollen abwenden durfte.

„Stehen Sie bequem, Spezialist Kasom", sagte der Kurze und winkte gnädig ab. „Guten Tag, meine Herren. Ich sehe, Sie befinden sich bei bester Gesundheit. Verlieren wir also keine Zeit. Gehen Sie auf Zielkurs, Kasom."

Der Wicht lachte mich an und sprang mit einem Satz auf den Kontrollsessel, der direkt neben meinem stand. Von dort aus hüpfte der Kurze auf das Hauptschaltpult hinauf und machte es sich auf dem Knopf der Katastrophenautomatik bequem.

Als ich mich setzte, befand er sich ungefähr in Höhe meines Gesichts. Wir maßen uns eine Weile mit den Blicken, bis der Kurze sagte: „Deine Pickel sind noch häßlicher geworden, mein lieber Melbar."

Ich holte tief Luft und sah, daß sich der Kurze vorsorglich mit Händen und Füßen an dem Schalter festklammerte.

„Unterlasse das. Wie sieht es an Bord aus? Alles in Ordnung? Oder sind die Maschinen wieder so sauber geputzt, daß uns niemand den Pendler glaubt?"

Ich lief rot an. Lemy wurde schon wieder unverschämt.

„Darüber sprechen wir noch", knirschte ich. „Ein Raumschiff unter Melbar Kasoms Kommando ist einwandfrei präpariert."

„Schön, schön", rief der Kurze und schlug die Händchen zusammen, „dann starte endlich. Ich habe keine Zeit zu verlieren."

Ich lehnte mich zurück, setzte eine gelangweilte Miene auf und ließ endlich die linke Hand sinken, die den Orden verdeckt hatte.

Der Kurze bekam Stielaugen, und in mir jubelte alles.

Ich grinste solange, bis Lemy in die Tasche griff und einen golden glitzernden Gegenstand hervorholte. Er heftete ihn an seine Brust und meinte gönnerhaft: „Na ja, es wurde auch allmählich Zeit, daß man dir wenigstens die zweite Klasse verlieh. Ich besitze seit dem Lepatus-Einsatz natürlich den Sonnenorden erster Klasse. Ist dir übel, mein Freund?"

Ibrahim Bentosa feixte, und Achard sah den Kurzen so zärtlich an, wie mich bestenfalls einmal meine Mutter angeblickt hatte.

„Klar zum Manöver!“ brüllte ich und hieb mit der Faust so auf die Polsterlehne meines Spezialsitzes, daß der Kurze durch die Druckwelle vom Schaltknopf gefegt wurde.

„Oberfähnrich Hetete, vielleicht sind Sie bald in Ihrem Maschinenleitstand und geben Ihre Klarmeldung ab.“

Hetete verschwand, und ich verschickte drohende Blicke. Der Kurze lachte und kroch wieder zu dem Schalter vor, an dem er sich mit einer Kunstfaserschnur festband.

Dazu sagte ich höhnisch: „Im Gefahrenfall bin ich leider gezwungen, mit der Faust auf den Knopf zu schlagen. Dies dient nur zu Ihrer Information, Herr Major.“

Lemy winkte ab. Fünf Minuten später nahm die granatförmige, nur fünfundachtzig Meter lange KASO-V Fahrt auf. Ich redete den Kurzen nicht mehr an, bis wir fünfundsiebzig Prozent der einfachen Lichtgeschwindigkeit erreicht hatten und der Hypersprungautomat zu zählen begann.

Lemy blies eine Miniaturluftmatratze auf und schnallte sich darauf fest. Die Unterlage verankerte er mit Saugnäpfen an der Plastikverkleidung des Koordinatengebers.

Ich fuhr meinen Andrucksessel zurück und nahm eine liegende Haltung ein. Da wurde ich erneut gedemütigt.

„Freund, wenn ich an den Wölbungen deines Leibes entlangschaue, muß ich stets an gesottenes Saurierfleisch denken. Diese gehirnlosen Riesengeschöpfe haben ja nichts anderes im Sinn als ihr Freßbedürfnis und ihre Fortpflanzung.“

Lemys hämisches Gelächter erreichte mich noch, ehe die Entmaterialisierung begann. Meine KASO-V durfte nicht mit Lineartriebwerken ausgerüstet werden, da es keinen Pendler gab, der sich eine derart kostspielige Anschaffung hätte leisten können.

Mein letzter Gedanke galt dem Kurzen. Wie würde er die Belastungen von insgesamt fünf Sprüngen überstehen? Wir waren noch etwas über zehntausend Lichtjahre vom Atanus-System entfernt. Es gehörte bereits zu den Zentrumsringwelten, über die wir noch so gut wie nichts wußten. Haknor war einer der wenigen Planeten, die von den Schiffen der Explorerflotte entdeckt worden waren.

5. *Lemy Danger*

Die gegenseitigen Hänseleien waren vergessen. Jetzt fragte niemand danach, wie groß oder wie klein der Freund war.

Gleich nach der fünften Transition, die meinem Organismus die letzten Reserven abgefordert hatte, waren wir angegriffen worden. Es war noch außerhalb des Atanus-Systems, dicht vor der Umlaufbahn des fünften Planeten, geschehen.

Ein riesiges Walzenschiff hatte ohne Warnung das Feuer eröffnet und erst danach eine Funkanfrage abgesetzt. Vorher aber hatten wir einen schweren Treffer erhalten.

Der Thermobeschuß hatte Außenzelle und Doppelwandungen von Laderaum zwei durchschlagen, das Querschott abgeschmolzen und den Rest seiner Energie im Pumpenraum abgegeben.

Sämtliche Hydrauliksysteme waren ausgefallen. Spezialist Argo Multpol, zweiter Ingenieur des Schiffes, war schwer verwundet worden. Jetzt bemühten wir uns verzweifelt, die von dem Angreifer geforderte Landung durchzuführen.

Melbar Kasom flog das Schiff in Manuellsteuerung. Achard und Komo Hetete versuchten, die durchschossenen Panzerschläuche der Hydraulik zu flicken und eine Reservepumpe in Gang zu bringen. Wenn wir die Landebeine nicht ausfahren konnten, mußte das Schiff nach dem Aufsetzen unweigerlich umstürzen.

Der dritte Umlauf begann. Unter uns lag ein rotbrauner Planet mit weiten Geröll- und Wüstengebieten, die immer wieder von mächtigen Gebirgszügen unterbrochen wurden.

Auf Haknor hatte es noch nie viel Wasser gegeben. Die wenigen Flüsse und Seen hatten jedoch grüne Vegetationsstreifen hervorgebracht, die von den Springern dicht besiedelt worden waren.

Ibrahim Bentosa und ich kümmerten uns um den Zweiten Ingenieur, dessen rechtes Bein fürchterlich verbrannt worden war.

Multpol stöhnte nicht mehr. Eine Injektion hatte seine Schmerzen beseitigt und ihn gleichzeitig einschlafen lassen. Ich bezweifelte, daß Multpols Bein noch zu retten war, es sei denn, auf dem Planeten hätte es eine moderne Klinik gegeben.

Wir sprühten einen gewebeerneuernden Plasmafilm über die Brandwunden und legten den Verletzten auf sein Lager. Mehr konnten wir augenblicklich nicht tun.

Ich ließ Bentosa als Wache zurück und rannte zur Zentrale vor. Melbar Kasom saß wie ein Felsklotz in seinem Kommandosessel. Seine Schaltungen erfolgten schnell und präzise. Wenn jemand die KASO-V trotz des Treffers auf den Boden bringen konnte, dann war es der Ertruser.

Achard und Hetete arbeiteten in den Tiefen des Schiffes. Hinter uns, knapp drei Kilometer entfernt, hing scheinbar bewegungslos das Walzenschiff. Seine Kanonen drohten immer noch.

Ich sprang auf den Sessel des Zweiten Kosmonauten und ging hinter der Armlehne in Sichtdeckung. Die Bildsprechverbindung war von Bentosa kurz nach dem Angriff hergestellt worden.

„Nach diesem Umlauf landen, Überschwerer. Wir wollen sehen, wie du das schaffst", klang die Stimme eines Fremden aus den Lautsprechern.

Ich spähte vorsichtig um die Ecke der Armlehne. Das braungebrannte Gesicht eines hochgewachsenen Mannes blickte mir von dem Bildschirm entgegen. Seine blauen Haare waren zu vielen kleinen Zöpfen geflochten, die ihm bis auf die Schultern niederhingen.

Das waren die leicht mutierten Springerabkömmlinge, die vor etwa tausend Jahren den zweiten Planeten der gelben Sonne Atanus besiedelt hatten. Die Chronik sprach von einem Schiffsunglück, das die Besatzung auf diese Welt verschlagen hatte. Anschließend waren die Überlebenden seßhaft geworden, bis sie einige hundert Jahre später wiederentdeckt wurden.

Der Planet Haknor war völlig autark, da er vor einundfünfzig Jahren der Galaktischen Allianz beigetreten war. Es war aber lediglich ein kluger Schachzug und weniger ein Herzensbedürfnis gewesen.

„Was hast du angeblich an Bord, Sichellocke?" fragte der Sprecher wieder an. „Terkonitstahl, eh? Wieviel Tonnen?"

„Ich werde dir das Genick zermalmen, du feiger Halunke", entgegnete Kasom. „Lasse mich erst unten sein."

Der Fremde, es war der Kommandant des Springerschiffs, lachte laut. „Dazu wirst du nicht kommen."

„Ich, Melbar Kasom, der Überschwere, komme dazu, du Narr. Seit wann schießt man auf harmlose Pendler, die nur deshalb gekommen sind, um ein Geschäftchen zu machen? Oder braucht ihr Schafsköpfe vielleicht keine hochwertigen Schiffsbaubleche?"

„Wir werden sehen, ob deine Angaben richtig sind."

„Sie sind es."

„Wir werden sehen, ich sagte es. Vorerst haben wir einmal geschossen. Auf Haknor herrscht Krieg, Sichelkopf."

„Woher sollte ich das wissen?" schrie Kasom zurück. Drohend blickte er zu der Bildaufnahme hinüber. „Das kostet euch ein Vermögen. Ihr bezahlt den Schaden, oder ich sorge dafür, daß kein Pendler mehr eure Häfen anfliegt."

„Nimm den Mund nicht so voll, Überschwerer. Du sprichst mit dem Vertreter einer regulären Macht."

Kasom lachte dröhnend. Ich hielt mir schnell die Ohren zu.

„Reguläre Macht! Im Angeben seid ihr groß, was? Ich habe gehört, daß ihr für gute Geschäfte immer zugänglich seid."

„Was hat das mit der regulären Macht zu tun?" grinste der Haknorer.

Von da an stand mein Urteil über die Springer von Haknor fest. Sie waren um keinen Deut anständiger als die vielen Schleichhändler, die auf ihren nahezu raumuntauglichen Schiffen die bekannte Galaxis durchkreuzten. Die Haknorer saßen lediglich am längeren Hebelarm. Je länger ich über die Verhältnisse nachdachte, um so mehr kam ich zu der Überzeugung, daß sich Haknor zu einem USO-Fall entwickeln würde. Ich ahnte, daß hier außerplanetarische Kräfte eine Rolle spielten.

Ich gab Kasom einen Wink, nickte ihm anerkennend zu und schwang mich aus dem Sessel. Alle Bodenerhebungen als Deckung ausnutzend, lief ich davon. Melbar lenkte die Fremden ab. Er beschimpfte sie so, wie es sich für einen Pendlerkapitän gehörte.

Im Verbindungsgang zu den Kabinen angekommen, überlegte ich. Die Lage auf Haknor schien ernster zu sein, als angenommen. Der Angriff hatte mir alles verraten. Ich hielt es daher für besser, nicht in meiner wahren Gestalt gesehen zu werden.

Minuten später erreichte ich meine Kabine. Ich rief Bentosa herbei und bat ihn, mein Gepäck auf dem Boden auszubreiten. Er half mir, soweit es ihm mit seinen ungeschickten Riesenfingern möglich war.

Meine Maschine war die beste Ausführung, die siganesische Mikrotechniker jemals gebaut hatten. Sie war speziell für den Haknoreinsatz angefertigt worden.

Es handelte sich um die Nachbildung eines auf Haknor heimischen und sehr beliebten Vogels, dem man außerordentliche Intelligenz und Sprachfertigkeit nachsagte.

Er glich einem terranischen Raben, nur war er gut um die Hälfte größer und rotschwarz gefiedert. Die Spannweite der Schwingen hatte mich ebenso begeistert wie ihre elegante, langgestreckte Form. Der Vogel, den man auf Haknor Kubu nannte, war ein hervorragender Segler.

Die Halslänge sagte mir ebenfalls zu. Der lange Dreikantschnabel war gerade, was den Einbau einer Impulskanone erlaubt hatte – nach siganesischen Maßstäben.

Raubvögel konnte ich damit leicht abwehren. Die Sichtöffnungen befanden sich im Rumpf und Halsansatz. Vor allem aber besaß ein Kubu so kräftige und lange Beine, daß ich meine ausgezeichnet darin unterbringen konnte.

Die Triebwerksleistung war dreifach so groß wie bei der Papageienmaske. Die Batteriekapazität reichte für dreihundert Betriebsstunden bei ununterbrochenem Schwingenschlag.

Die Vogelbrust war mit Formalplastik nach meinen Körpermaßen ausgegossen worden. Es gab sogar eine Verstellmöglichkeit des Auflagebetts, wonach ich entweder ziemlich flach liegen oder halb aufgerichtet stehen konnte. Wenn ich beim Überlandflug die Beine aus den Schalen zog, konnte ich bequem ruhen. Bentosa stellte die Maschine auf das Beinwerk, und ich öffnete den Brustverschluß. Die Innenbeleuchtung flammte auf. Ehe ich in den Balg schlüpfte, kontrollierte ich noch den Laderaum im Heck.

Es war alles vorhanden, was ein Mann von meiner Größe benötigte, um vier Wochen leben zu können. Die Nährkonzentrate reichten sogar für sechs Wochen, nur der Wasservorrat war beschränkt. Dies bedeutete aber kein ernstes Hindernis, da ich jederzeit den Brustwölbungstank auffüllen konnte.

Die Waffen waren voll aufgeladen und die Mikro-Fusionsbomben in den Abwurfvorrichtungen des Hecks eingehängt.

Ich überprüfte den Sitz meiner Kampfkombination, holte Luft und schwang mich dann mit einer Rolle in die Einstiegsöffnung hinein. Meine Beine rutschten in den Vogelhüllen nach unten, und schon lag ich auf dem weichen Polster.

Ein Druck auf den Verschluß, und das Brustluk schnappte zu. Die Blenden in Hals und Brust glitten auf. Sie boten einen guten Blickwinkel, und die Fernbeobachtungs-Optik funktionierte ebenfalls ausgezeichnet. Ich konnte bis auf hundertfache Vergrößerung schalten.

Als ich mir die Instruktionen und Filmberichte über Flugverhalten und sonstige Eigenarten eines haknorschen Kubus ins Gedächtnis zurückrief, begann es jenseits der Schiffswandungen zu heulen. Melbar setzte zum Landeanflug an. Damit wurde es für mich höchste Zeit, ein Versteck zu suchen.

Ich wußte, daß Kasom seit einer Stunde seinen Mikroempfänger im Ohr trug. Ich schaltete mein Sprechfunkgerät ein und rief ihn an. Er meldete sich sofort.

„Alles in Ordnung, Kleiner?" fragte er leise zurück.

„Bestens. Hast du die Landebeine ausfahren können?"

„Mit Mühe und Not. Ich falle zur Zeit mit hundert Meter pro Sekunde. In elf Minuten setzen wir auf. Du solltest im Bugraum in Deckung gehen. Ich öffne die Blende der Steuerbord-Umlenkdüse. Das Hilfstriebwerk wird nicht arbeiten. Ich stabilisiere mit den Gyros aus."

„Einverstanden. Lasse es dir aber nicht einfallen, nur so zum Spaß die Backborddüse zischen zu lassen, hast du gehört?"

Er lachte unterdrückt, und ich ertappte mich bei einem Schmunzeln. Wie – war ich etwa drauf und dran, die Lausbübereien dieses Jünglings zu entschuldigen? So alt war ich mit meinen zweiundneunzig Jährchen aber wirklich noch nicht, um schon väterliche Gefühle empfinden zu können. Diesem Muskelprotz durfte man nicht die Zügel schießen lassen.

„Das ist ein Befehl, Herr Oberleutnant", fügte ich deshalb hinzu.

In meinem Minilautsprecher dröhnte es. Melbar Kasom hatte anscheinend geschluckt.

So zog ich mich in den Bugraum zurück.

Schon wenige Minuten später erfolgte ein heftiger Stoß. Die KASO-V hatte aufgesetzt.

Besorgt lauschte ich auf das Zischen und Gurgeln in den provisorisch reparierten Hydraulikschläuchen. Das Schiff neigte sich nach rechts, wurde wieder aufgefangen und kam dann zum Stillstand. Das Gurgeln verstummte. Ein Knall bewies, daß Melbar Kasom die Sperrverriegelung eingeschaltet und damit die Landebeine blockiert hatte. Wenn das Schiff jetzt einigermaßen gerade stand, dann veränderte es auch nicht mehr seine Lage.

„Gelungen", ertönte es aus meinem Lautsprecher. „Nördlich unseres Standorts landet der Kreuzer. Soldaten kommen mit zwei Wagen näher. Man hat uns anscheinend erwartet. Hast du Vorschläge zu machen, Kleiner?"

„Nein, aber ich habe Befehle zu geben", entgegnete ich. „Wir dürften kontrolliert und anschließend durchsucht werden. Spiele deine Rolle als Pendler weiter, schimpfe und drohe. Anschließend versuche, deine Ladung an den Mann zu bringen. Wenn die Haknorer nicht vollends den Verstand verloren haben, werden sie es nicht wagen, das Frachtgut eines freien und politisch uninteressierten Pendlers zu beschlagnahmen. Das gäbe böses Blut. Richte dein Verhalten danach aus. Vor allem aber beweise einwandfrei, daß dies ein Pendlerschiff ist."

„Sonst noch etwas?"

„Man wird dich und deine Begleiter verhören. Das dürfte zwei bis drei Tage dauern. Spiele den wilden Mann und benimm dich so, wie man es von einem Grobian erwartet. Die Überschweren gelten als rüpelhaft. Anschließend sieh zu, daß man dich entläßt. Wahrscheinlich wirst du Start- und Funkverbot erhalten, damit die Geschehnisse auf Haknor nicht zu schnell bekannt werden. Alles klar, Großer?"

„In Ordnung. Was machst du mittlerweile?"

„Ich setze mich mit der Besatzung des Explorerschiffs in Verbindung. Wenn ich diese Männer richtig beurteile, so werde ich von ihnen alles erfahren können, was uns interessiert. Sie sind lange genug hier, um genau informiert zu sein. Ich rufe dich an, sobald sich unser weiteres Vorgehen abzeichnet. Versuche du ebenfalls, die Leute auszuhorchen. Ich will in erster Linie wissen, weshalb es zu einem Bürgerkrieg kam."

„Verstanden. Ich muß die Schleuse öffnen. Etwa dreißig Uniformierte verlangen Einlaß. Ende."

Kasom schaltete ab. Während ich noch nachdachte, wurde es unter mir laut. Der Ertruser brüllte wie ein Urwelt-Saurier in der Brunft.

Ich kümmerte mich nicht weiter um Melbars Geschrei. Wenn es jemand verstand, die Rolle eines unkultivierten Überschweren zu spielen, so war es mein Freund Melbar Kasom. Oh – habe ich soeben Freund gesagt? Das muß ein Denkfehler gewesen sein. Natürlich kann ich diesen Angeber gar nicht so gut leiden.

Ich wartete, bis unsere Besatzung aus dem Schiff war. Durch die Düsenblende spähend, bemerkte ich, daß die Männer mit einem offenen Wagen abtransportiert wurden. Den Verwundeten hatten die Haknorer auf eine Bahre gelegt. Wahrscheinlich würden sie ihn behandeln. Ich war zufrieden.

Mein überfeines Gehör nahm verschiedenartige Geräusche wahr. Die Haknorbewohner durchsuchten die KASO-V. Ehe ich durch einen Zufall entdeckt werden konnte, hüpfte ich auf den Blendenring und überblickte den Raumhafen. Er war so groß, daß ich sein Ende nicht ausmachen konnte. Zahlreiche Schiffe standen auf den farbig markierten Landefeldern, aber darunter gewahrte ich nur eins, das mit dem Explorerkreuzer identisch sein konnte.

Weiter östlich erspähte ich den Kugelrumpf eines Raumers, der fraglos auf einer terranischen Werft erbaut worden war. Er wurde von einem Energiegatter umgeben.

Ich überlegte nicht mehr lange. Die Zeit drängte. Nach einer letzten Kontrolle schaltete ich den Schwingenmotor ein, stieß mich ab und stieg mit kräftigen Flügelschlägen in die Luft empor.

Niemand beachtete mich.

Minuten später war der Kugelrumpf des Forschungsschiffs so groß geworden, daß ich ihn nicht mehr mit einem Blick übersehen konnte.

Vorsichtig umflog ich das Energiegatter. Es schloß die EXPLORER-1207 ringförmig ein und verhinderte einen Ausbruch der Besatzung. Mein Energietaster zeigte an, daß ein Überfliegen ungefährlich war, wenn ich eine Höhe von fünfhundert Meter einhielt.

Ich stieg mit gewaltigen Schwingenschlägen hoch und setzte dann über dem Schiff zum Sturzflug an. Die obere Polkuppel diente mir als Fixierpunkt. Der Forschungsraumer war aus der Zelle eines Schweren

Kreuzers aufgebaut worden. Er durchmaß zweihundert Meter. Ich landete auf dem heißen Stahlmantel der Zelle und hielt Ausschau nach einer Rumpföffnung, die ich schließlich in der ausgefahrenen Kuppel des Bordobservatoriums entdeckte.

Ich schlüpfte hinein und befand mich in einem Raum, in dem ein Teleskop aufgebaut war.

Zwei Männer waren lustlos damit beschäftigt, die ohnehin blanken Teile des Instruments zu polieren. Einer davon war ein Korporal.

Ich flatterte zu einem Geländer hinüber und ließ mich auf dem Handlauf nieder. Der Korporal entdeckte mich sofort. Ich sah ihn mit den Vogelaugen treu an, neigte nach Kubuart den Kopf und krächzte freundlich in Interkosmo: „Ha-Bubi-ha-Bubi, Bubi fleißig – ha ...“

Der Terraner legte seinen Putzlappen zur Seite, schaute zur Teleskopöffnung hinauf, anschließend zu mir hinüber und sagte dann: „Mistvieh! Wenn du mir das Geländer bekleckerst, geht es dir schlecht.“

Die wenig vornehme Begrüßung schockierte mich. Ich erschrak so sehr, daß ich fast von der Stange gefallen wäre.

Der zweite Mann lachte, doch die Miene des Korporals wurde noch grimmiger. Scheinheilig lächelnd und Lockrufe ausstoßend kam er auf mich zu. Ich fürchtete um mein Leben. Deshalb öffnete ich schleunigst den Brustverschluß und steckte den Kopf heraus.

„Bedienen Sie sich gefälligst einer anständigen Ausdrucksweise“, brüllte ich.

Der Mann blieb ruckartig stehen, verfärbte sich und begann dann krampfhaft zu schlucken. Ich lachte hämisch.

„Sie bekommen wohl kalte Füße, was? Wenn Sie sich erholt haben, nehmen Sie mich auf Ihre Schulter und bringen Sie mich zum Kommandanten des Schiffes. Ich bin Lemy Danger, Spezialist und Major der USO. Sie haben doch einen Notruf abgestrahlt, nicht wahr?“

Es dauerte noch einige Minuten, bis ich den Korporal davon überzeugt hatte, daß ich kein Geist war. Terraner können manchmal wirklich eine lange Leitung haben.

Eine halbe Stunde später landete ich auf dem Schreibtisch des Kommandanten. Offiziere und leitende Wissenschaftler stürmten herein. Ich wurde bestaunt, als wäre ich das größte Wunder der

Galaxis. Schließlich kletterte ich aus der Maschine und zeigte mich in voller Größe.

Oberstleutnant Fred Hymik, Kommandant der EXPLORER-1207, wahrte seine Würde.

„Willkommen an Bord", sagte er. „Es wird höchste Zeit, daß die USO eingreift. Was darf ich Ihnen anbieten? Ihre Maske dürfte nicht sehr bequem sein."

Darin irrte sich der Mann zwar, aber ich hielt es für unhöflich, ihn belehren zu wollen.

Ich bedankte mich und kam zur Sache. Ein Offizier sorgte dafür, daß wir unter uns blieben. Was ich anschließend hörte, warf meine gesamte Planung um.

6. *Melbar Kasom*

Die Haknorer hatten mich bei Sonnenaufgang entlassen, nachdem sie drei Tage lang versucht hatten, Widersprüche in meinen Aussagen festzustellen. Mein Auftreten als Überschwerer und Pendler war so überzeugend gewesen, daß den Haknorern keine andere Wahl geblieben war, als mir die Freiheit zu geben.

Sie war allerdings nur beschränkt, denn ich hatte Start- und Funkverbot erhalten. In die KASO-V zurückgekehrt, hatte ich leere Laderäume und eine zertrümmerte Funkstation vorgefunden. Meine Beschwerde war fruchtlos gewesen. Die für die Hafenabfertigung verantwortlichen Beamten hatten schulterzuckend erklärt, der Kriegszustand auf Haknor bedinge nun einmal gewisse Härten. Allerdings könne man „gelegentlich" über den Preis der Waren verhandeln.

Zwei Stunden nach meiner Rückkehr waren Achard, Hetete und Bentosa eingetroffen. Auch sie waren Tag und Nacht verhört worden.

Der Tod unseres Kollegen Multpol erfüllte uns mit Trauer. Er war zwei Tage nach seiner Einlieferung in ein Militärhospital an einer Lungenembolie gestorben.

Als sich meine Erregung gelegt hatte, war Lemy erschienen. Wie erwartet, konnte er sich in seiner Vogelmaske ungehindert bewegen.

Nachdem wir die Sachlage besprochen hatten, war ich in die Stadt gefahren. Die Ansiedlung besaß hunderttausend Einwohner, nannte sich Tesonta und war Sitz der Regierung. Auf Lemys Anweisung hin hatte ich in einer Tierhandlung einen Kubu gekauft. Bei der Gelegenheit hatte ich feststellen können, daß ich von der haknorschen Geheimpolizei überwacht wurde.

Ich hatte mich mit dem Vogel beschäftigt, ein Kettchen um sein Bein gelegt und war über den Hafen zum Schiff zurückmarschiert. Kurz vor Sonnenuntergang war ein Offizier mit einem Begleitkommando erschienen und hatte uns den Zutritt zu KASO-V verboten.

Eine Nacht durften wir jedoch noch in unseren Kabinen schlafen. Es wäre einfach gewesen, mit dem versteckten Hypersender einen Notruf an den Lordadmiral abzusetzen.

Jedoch kam auch der Kurze zu der Ansicht, daß die Abhörgefahr zu groß und die bisherigen Ermittlungsergebnisse zu dürftig seien. Wir verzichteten also auf einen Funkspruch.

Während der Nacht stieg Lemy mit dem echten Kubu in die Lüfte. Ich hatte dem Vogel Fesseln angelegt, die von Lemy weit außerhalb der Stadt durchschnitten wurden. So gab er dem Kubu die Freiheit wieder zurück, und er spielte von da an die Rolle des gefiederten Haknorbewohners.

Nach der langen Nachtperiode – Haknor rotiert in 34,12 Stunden – mußten wir das Schiff verlassen, das von da an unter Bewachung stand. Anscheinend hatten sich die Herren der Geheimpolizei nicht sofort dazu entschließen können, uns das Betreten des Raumers zu verbieten. Ich hatte schon genug Drohungen ausgestoßen und war sogar tätlich geworden.

Immerhin schien man uns nicht mehr für politisch gefährlich zu halten. Nach diesen Ereignissen war Lemy nochmals zur EXPLORER-1207 geflogen und hatte sich dort die inzwischen angefertigten Spezialunterlagen geben lassen.

Nach seiner Rückkehr hatte ich bei der Geheimpolizei vorgesprochen und um die Erlaubnis gebeten, ins Innere des Landes reisen zu dürfen.

Zu meiner Überraschung hatte man sich nicht gegen mein Ansinnen gesträubt. Die Bewilligung war erteilt worden, allerdings hatte man mir nahegelegt, mich freiwillig als Kämpfer zu melden – für die Regierungspartei, die in einem erbitterten Abwehrkampf gegen die Farmer stünde.

Die Farmer und Viehzüchter des Landes, die fast jede Verbindung zu den raumfahrenden Haknorbewohnern des Ostens verloren hatten, inszenierten ständig neue Erhebungen, um die Regierung zu stürzen.

Ich hatte eingewilligt. So war ich zwei Tage nach meiner Entlassung mit Lemy aufgebrochen, um die Front zu erreichen. Dem Vernehmen nach sollte es dort ein Freiwilligenkommando geben, das sich aus jenen Männern zusammensetzte, deren Raumschiffe auf dem Hafen festgehalten wurden. Chef dieser Truppe war ein Springer namens Tschatel, über den wir durch unsere Explorerbesatzung eingehend informiert worden waren. Mit der Ankunft des Galaktischen Händlers hatten die Kämpfe auf Haknor begonnen. Es erschien uns notwendig, diesen Mann näher unter die Lupe zu nehmen.

Mit einem Militärflugzeug waren Lemy und ich zur Front geflogen worden. Das Kampfgebiet lag in den unübersichtlichen Bergen des Westens. Von einer „Front" im Sinne des Wortes konnte man eigentlich nicht sprechen.

Wir hatten längst erkannt, daß auf beiden Seiten die Guerillataktik bevorzugt wurde. Um so mehr Erfolgsaussichten boten sich für uns. Weder Lemy noch ich dachten daran, für unsinnige Ziele das Leben zu riskieren. Uns ging es darum, festzustellen, was auf dem zweiten Atanusplaneten geschah. Wenn es sich tatsächlich nur um Zwistigkeiten zwischen den Siedlern und den in Großstädten ansässigen Haknorern handelte, so konnten wir getrost wieder abfliegen.

Waren jedoch fremde Mächte beteiligt, so war ein USO-Fall gegeben. Dann galt es, das Hauptquartier zu verständigen.

Die kleine Stadt Polma am Ufer des Blauen Flusses glich einem Trümmerhaufen. Erst hatte sie den Rebellen gehört, anschließend den Regierungstruppen und dann wieder den Aufständischen. Der häufige Besitzwechsel hatte es mit sich gebracht, daß Polma nur noch am Verlauf seiner Straßen identifiziert werden konnte.

Hier und da waren schon atomare Sprengkörper verwendet worden, obwohl es eine stille Vereinbarung gab, keine nuklearen Waffen einzusetzen. Dagegen machte man von Strahlkanonen reichlich Gebrauch.

Ich besaß meinen USO-Strahler, eine so große und schwere Impulswaffe, daß sie von einem Springer nicht gehandhabt werden konnte. Sie wog über einen Zentner, war jedoch so kurz gebaut, daß ich sie als Handfeuerwaffe benutzen konnte.

Ich trug nach wie vor die Kombination, die ich schon an Bord der KASO-V angelegt hatte. Niemand schien zu ahnen, welche Dinge sich darin verbargen. In Zusammenarbeit mit siganesischen Mikrotechnikern und der Ausrüstungsabteilung war die Kombi zu einem Waffenarsenal geworden. Das Gewicht machte mir nichts aus. Ich brauchte nur meinen Mikrogravitator etwas zu drosseln, und schon fühlte ich die paar Kilogramm nicht mehr.

In Polma herrschten andere Verhältnisse als in der Hauptstadt. Niemand fragte nach dem Woher oder Wohin. Die Bevölkerung war längst geflüchtet.

Ich konnte mich frei bewegen. Trotzdem hütete ich mich, einem höheren Offizier über den Weg zu laufen.

Die derzeitige Front lag einige Kilometer weiter westlich in den Durstbergen. Rebellen sollten sich dort verschanzt haben und Angriffe gegen die Nachschublinien der Regierungsverbände vorbereiten.

Allerorts hörte man den Namen eines Mannes, der uns schon von den Wissenschaftlern der EXPLORER-1207 als wichtige Persönlichkeit in den Reihen der Aufständischen genannt worden war. Es handelte sich um Bentlef Hakira; angeblich der reichste Mann des Landes. Großgrundbesitzer und bester Freund der Eingeborenen, die man auf Grund ihrer Statur als „Sprinter" bezeichnete.

Sie sollten schneller laufen können als ein terranisches Pferd, vor allem aber wesentlich ausdauernder. Die Sprinter interessierten mich, da man ihnen Intelligenz und philosophische Lebensauffassung nachsagte. Allerdings sollten sie auch einen besonderen Stolz besitzen, der für Fremde lebensgefährlich war.

Die Lage wurde immer interessanter, nur befürchtete ich allmählich, wegen meiner noch nicht erfolgten Freiwilligenmeldung verhaftet zu werden.

Das Militärflugzeug hatte uns außerhalb von Polma auf freiem Feld abgesetzt. Etwa hundert Soldaten und Freiwillige aus den Handelsgebieten des Ostens waren mit uns angekommen. Meine Gestalt war nicht unbemerkt geblieben. Zwei Offiziere hatten mich eingeladen und der Hoffnung Ausdruck gegeben, ich würde mich ihnen als Unterführer zur Verfügung stellen.

Lemy saß meistens auf meiner Schulter und krächzte so närrische Worte, daß sich die Zuhörer vor Lachen krümmten.

Wenn er zu übermütig wurde, zog ich kurz an dem Kettchen, das ich an seinem linken Bein befestigt hatte. Die Folge davon war, daß ich übel beschimpft wurde, was die Zuschauer zu Heiterkeitsstürmen reizte.

Wenn ich gewollt hätte, wäre der Kurze längst in anderen Besitz übergegangen. Ein Offizier hatte mir eine hübsche Summe für den „einmaligen Kubu" geboten. Darauf war der Wichtelmann auch noch stolz. Er meinte, er würde seine Rolle vollendet spielen.

Nach der Landung hatte ich mich erst einmal in ein Auffanglager für versprengte Soldaten zurückgezogen und die Lage sondiert. Die Kämpfe forderten viele Opfer und wurden von beiden Seiten brutal und fanatisch geführt. Die Regierungstruppen beschwerten sich über die Siedler, und die Siedler behaupteten, das Regime in Tesonta sei korrupt.

Im Grunde genommen war es uns gleichgültig, was die Haknorer voneinander dachten. Bürgerkriege gab es an vielen Stellen der Galaxis, nur schien hier ein besonderer Fall vorzuliegen.

Der von den Truppen fieberhaft gesuchte Anführer der Farmer hatte sich kurz nach der Ankunft des Explorerschiffs persönlich an Bord geschlichen und die Terraner um Unterstützung ersucht. Von ihm stammten die Nachrichten, die uns von Oberstleutnant Hymik mitgeteilt worden waren.

Wir mußten mit Bentlef Hakira Verbindung aufnehmen und außerdem noch die Freundschaft der Eingeborenen gewinnen, denn sie hatten entdeckt, daß unmittelbar vor dem Ausbruch des Bürgerkriegs in der Bergwüste des Planeten ein unbekanntes Schiff von riesigen Dimensionen gelandet war.

Wie der Begriff „riesig" in diesem Fall aufzufassen war, mußte noch geklärt werden. Für einen Sprinter konnte schon ein Leichter Kreuzer riesig sein. Viel interessanter war die Frage, wer sich in den Bergen versteckte, was man dort tat und ob diese Aktivitäten in einem Zusammenhang mit dem Bürgerkrieg standen.

Die gelbe Sonne Atanus war hinter den schroffen Gipfeln der Durstberge verschwunden. Ich war aus dem Lager geschlendert, um im Freien auf den Kurzen zu warten.

Er war schon zur Mittagsstunde losgeflogen, um zu versuchen, das Hauptquartier der Rebellen ausfindig zu machen.

Die Regierungstruppen waren für uns völlig unwichtig geworden. Was diese Männer von den Geschehnissen wußten, hatten wir unterdessen auch erfahren. Sie hegten einen blinden Haß gegen die Siedler, die sie für die Zerwürfnisse verantwortlich machten.

Die Hand an der Waffe schritt ich aus. Das Lager wurde von Außenposten umgeben, da man stündlich mit einem Überfall der Rebellen rechnete.

Der wolkenlose Himmel wurde von dem Licht zahlloser Sterne so aufgehellt, als stünde der Sonnenaufgang bevor. Auf Haknor wurde es niemals finster.

Kurz darauf wurde ich angerufen. Eine Waffenmündung schob sich aus dem hohen Stamm eines Flaschenbaums hervor, in dem ein Posten sein Quartier aufgeschlagen hatte.

„Langsam", knurrte ich unwirsch. „Wie du siehst, komme ich von hinten."

„Kein Grund dafür, dich nicht zu kontrollieren. Bist du ein Überschwerer?"

Ich atmete tief ein, stemmte die Arme in die Hüften und fragte: „Siehst du es, Blauzopf?"

Ein zweiter Mann lachte, die Waffenmündung verschwand. Einer der Wachsoldaten schlängelte sich aus einem Loch hervor. Der zweite Mann folgte sofort. Ich trat näher.

„Habt ihr meinen Kubu gesehen?" erkundigte ich mich vorsichtshalber. Lemy konnte jeden Augenblick erscheinen.

Ein Haknorer sah sich um. „Nein, keine Spur. Nachts fliegt er auch nicht. Wenn ihn die Eingeborenen nicht angelockt haben, kommt er morgen früh."

„Angelockt?“

„Sicher. Weißt du nicht, daß die Sprinter die Kubus als heilige Vögel ansehen? Wenn einer außerdem so schlau ist wie deiner, wird er garantiert zum Stammessymbol erhoben.“

Der Schreck fuhr mir in die Glieder. Das hatte noch gefehlt. Möglicherweise hockte der Kurze längst in einem Käfig und brüllte sich die Kehle wund. Ich erkundigte mich hastig nach dem Kult, den man mit den Kubus trieb.

„Zum Schreien komisch“, erklärte man mir. „Kubus sind angeblich wundertätig, machen Regen und entscheiden über Krieg und Frieden. Man fesselt sie an geweihte Felsen und befragt sie nach verschiedenen Dingen. Wenn das Krächzen so ausfällt, wie man es gern hören will, richtet man sich danach.“

In meiner Vorstellung sah ich Lemy auf einigen Steinen herumhüpfen und den Sprintern Auskünfte erteilen. Unter Umständen hatte man ihm den Hals umgedreht. Wer konnte das sagen?

„Träume nicht“, klang es plötzlich in meinem Ohr. Das dort versteckte Minigerät hatte angesprochen. Ich atmete befreit auf und blickte unauffällig nach oben. Der Kurze war auf Haknor wohl der einzige Kubu, der noch nach Sonnenuntergang flog.

„Wenn du noch nicht bemerkt haben solltest, daß man soeben ein bewaffnetes Kommando nach dir ausschickt, so nimm es hiermit zur Kenntnis“, vernahm ich Lemys Stimme erneut. „Ein Abwehroffizier sucht dich. Wahrscheinlich sind neue Befehle aus Tesonta eingetroffen. Ich war im Lager und habe gehört, daß du plötzlich als unzuverlässig giltst. Bentosa scheint eine Dummheit gemacht zu haben. Wenn ich richtig verstanden habe, so versuchte er in das Schiff einzudringen und einen Funkspruch abzusetzen. Dabei wurde er verhaftet. Das Gerät ist beschlagnahmt worden.“

Ich ballte die Hände zu Fäusten. War Bentosa verrückt geworden? Ich hatte ihn, Achard und Hetete in der Hauptstadt zurückgelassen. Die Männer sollten dort weitere Ermittlungen anstellen.

Lemy meldete sich wieder. Weit über mir vernahm ich den Schlag seiner Flügel.

„Bentosa muß etwas entdeckt haben, was ihn bewegte, die KASO-V aufzusuchen. Ich kann ihn nicht mehr erreichen. Verschwinde, Großer. Das Verhaftungskommando rückt an.“

„Wie schwer bist du eigentlich, Freundchen?“ fragte ich den einen Haknorer. Er stand etwas weiter weg als der andere. Ich faßte ihn mit zwei Fingern am Gürtel, hob ihn mit einer Schlenkerbewegung hoch und klemmte ihn zwischen meine Beine.

„He ...“, sagte der zweite, doch da hatte ich ihn ebenfalls erfaßt. Er wollte sich wehren, gab es aber auf, als ich ihn an die Brust zog. Ein Klaps mit meinen Fingerspitzen auf seinen Schädel genügte, um ihn sofort besinnungslos werden zu lassen. Dem Blauzopf, der zwischen meinen Beinen zappelte, wischte ich lediglich mit der flachen Hand über die Stirn.

Ich legte den Betäubten in eine Bodenvertiefung und schaltete meinen Mikrogravitator auf Nullwert. Sofort spürte ich die Haknor-Schwerkraft nicht mehr. Ich freute mich darauf, wieder einmal meine Muskulatur spielen lassen zu dürfen.

Hinter mir rief jemand. Zwei Stimmen antworteten. Ein Sprung brachte mich hinter einen acht Meter entfernten Felsblock, aber auch dort blickte ich wieder in eine Waffenmündung.

„Hallo“, sagte ein Unbekannter. „Wenn du geradeaus gehst, findest du unsere Maschine. Du willst doch zu Bentlef Hakira, oder?“

Sekunden später war die Hölle los.

Rechts und links von mir begannen Strahlwaffen zu dröhnen. Sonnenhelle Energiebahnen verwandelten das Dämmerlicht zum Tage, und dann wölbte sich der Boden auf.

Der Angriff der Rebellen war schon in vollem Gang. Mit der Verwegenheit von Irrsinnigen stürmten sie vor und schossen, was die Thermostrahler hergeben wollten.

Ich rannte mit gewaltigen Sätzen in die Dunkelheit hinein. Lemy leitete mich über Sprechfunk. Nach zehn Minuten erreichte ich ein halbvertrocknetes Flüßchen, dessen Bett ich übersprang. Es war nur knapp zwanzig Meter breit.

Eine schattenhafte Gestalt erhob sich hinter einem Stachelbusch und winkte. Ich hielt an, ging in Sprungstellung und wartete auf den Anruf.

„Melbar Kasom?“ fragte jemand.

„Bin ich“, sagte ich etwas lauter als üblich. Hinter mir schien ein Vulkan ausgebrochen zu sein. Das Hämmern einer energetischen Drehlaufkanone bewies mir, daß es die Angreifer ernst meinten.

Der Unbekannte schritt näher, winkte, und schon heulte ein Impulsformer auf. Ein flaches Luftfahrzeug, schwebend auf seinem Antigravfeld, glitt hinter der Deckung hervor. Niemand sprach ein überflüssiges Wort.

Ich stieg auf die Flugscheibe und legte mich im Mittelpunkt nieder, damit der Pilot die Balance halten konnte.

„Du hast wohl ein halbes Dutzend Bronzestatuen gefrühstückt, wie?“ fragte der Mann, und dann schimpfte er, wie ich es selten gehört hatte. Immerhin gelang es ihm, den Prallfeldgleiter in die Luft zu bringen. Der Uniformierte, der mich angerufen hatte, war auch da. Er führte das Mikrophon eines Sprechfunkgeräts an die Lippen und sprach so laut hinein, daß ich ihn gut verstehen konnte: „Der Wasserturm klebt auf dem Ast, fertig, abbrechen. Vergeßt nicht die Konzentrate. Ende.“

Verblüfft sah ich den in eine zerfetzte Kombi gekleideten Haknorer an. Seine Zopffrisur hing ihm bis weit über die Schultern nieder.

„Hast du mit dem Wasserturm vielleicht mich gemeint?“ fragte ich.

„Sicher, aber das ist auf einer Trockenwelt ein Ehrentitel. Beruhige dich, Säugling, du bekommst gleich deine Milch.“

Vorsichtshalber hielt mir der Revolutionär seine Energiepistole vor die Nase. Das wäre weiter nicht schlimm gewesen, wenn ich nicht Lemys Gelächter vernommen hätte.

Der Kurze schien die Worte gehört zu haben, obwohl er zehn Meter hinter dem Gleiter herflog. Ich beschloß, meine Friedfertigkeit zu beweisen, und legte mich wieder flach auf den Boden der Maschine.

Der Pilot flog über Höhenzüge hinweg und tauchte so waghalsig in ortungsdeckende Täler ein, daß ich mein Ende gekommen glaubte. Schon Minuten später wuchsen rechts und links die Felswände empor. Fraglos waren wir auf dem Weg zum derzeitigen Hauptquartier der Rebellen.

7. *Lemy Danger*

Melbar Kasom saß breitschultrig unter dem Hüttendach. Er spielte den Pascha und grinste dabei, daß sich sein ohnehin breites Gesicht noch mehr der Pfannkuchenform näherte.

Mich hatte er so kurz angeleint, daß ich mich kaum bewegen konnte. Wenn ich es wagte, mit den Flügeln zu schlagen, zupfte er an der Kette, daß ich glaubte, mein rechtes Bein würde sich aus dem Gelenk lösen.

Zweck der Übung war eine Vorführung für fünf Eingeborene, die in demutsvoller Haltung vor dem ertrusischen Angeber kauerten und angstschauernd auf meine Verwünschungen lauschten.

Die Sprinter waren humanoide, zweieinhalb Meter große Geschöpfe mit spindeldürren Leibern und starken Laufbeinen. Ihre Oberschenkelmuskulatur war fast dicker als der Leib eines normalen Menschen. Außerdem nahmen diese Beine zwei Drittel der Körperlänge ein. Ich konnte mir gut vorstellen, wie schnell diese Wesen rennen konnten.

Ihre Köpfe waren klein, eiförmig gewölbt und mit zwei großen Kugelaugen ausgestattet. Als Waffen trugen die Sprinter gefährlich aussehende Speere, die mit Hebelstangen geschleudert wurden. Ihre scharfen Haumesser waren mir noch unsympathischer.

Seitdem Melbar Kasom wußte, daß die blauhäutigen Kahlköpfe auf Kubus besonders ansprachen, wurde meine Geduld strapaziert. Ein Schweißausbruch folgte dem anderen, da ich alle Augenblicke Flugkunststückchen vorführen, auf Lockrufe antworten und anschließend wieder auf der Schulter des Dicken landen mußte.

Die fünf Sprinter verehrten mich, das war sicher. Nach meiner Ankunft auf Haknor hatte ich mich bemüht, die wichtigsten Vokabeln der Sprintersprache zu lernen.

„Großer Krieger mit Rotspeer“, krächzte ich und nickte mit dem Kubukopf. „Großer Krieger Rotspeer, hu, großer Krieger.“

Ich krümmte die Krallenautomatik, ritzte Melbars Haut und flüsterte ihm zu: „Laß mich los, du Schlafmütze. Das war ein Kompliment.“

Kasom öffnete den Verschluß der Kette, und ich flatterte zu dem älteren Sprinter hinüber, der mit verklärtem Gesicht zu mir aufblickte. Er besaß einen Speer mit rotgefärbter Spitze.

Von dem Rebellenführer Bentlef Hakira, der jetzt neben uns saß und die Szene beobachtete, hatte ich erfahren, daß dieser Eingeborene ein wichtiger Mann seines Volkes war. Er befehligte alle Stämme, die in diesem Gebiet ansässig waren.

Ich flatterte auf ihn zu, ließ mich auf dem Schaft seiner Wurfwaffe nieder und krächzte weiter: „Tod den Fremden, Tod dem dicken Kubu, falscher Kubu. Rotspeer Weg zeigen.“

Mehr riskierte ich nicht. Ich hatte schon genug erfahren. Außerdem schämte ich mich, den Aberglauben der Eingeborenen auf so schändliche Weise auszunutzen. Sie waren mir als anständige und relativ friedfertige Wesen geschildert worden. Gegen Entgelt hüteten sie für die Viehzüchter die Haknorschafe. Diese Tiere waren vor vielen hundert Jahren importiert worden. Mittlerweile hatten sich daraus im Zug einer umweltbedingten Mutation angriffslustige Riesengeschöpfe entwickelt, deren Wolle jedoch so zart und duftend war, daß sie zum kostbarsten Exportartikel des Planeten geworden war.

Ich schwang mich auf Melbars Schulter zurück, stieß einen Siegesschrei aus und begann erneut mit dem Ertruser zu schimpfen.

Einer der Sprinter hob den Arm. Die Bewegung erfolgte so schnell, daß ich sie kaum verfolgen konnte. Zwischen Melbars gespreizten Beinen zitterte der Schaft eines Speeres.

„Vorsicht!“ warnte der Rebellenführer leise. „Sie dürfen den Vogel nicht mehr ketten. Er ist zum heiligen Kubu erhoben worden.“

Melbar warf den erregten Eingeborenen einen resignierenden Blick zu und löste dann meine Kette.

„Heiliger Kubu, ha“, knurrte der Umweltangepaßte.

Ich jedoch schwang mich in die Lüfte empor, drehte einige Kreise sowie zwei Loopings und landete dann auf dem Kopf eines anderen Sprinters, der als Führer eines Bergstamms fungierte.

„Falschen Kubu töten“, schrie ich und stieg erneut auf.

Ich setzte das Spiel fort, bis die Eingeborenen so schnell und lautlos verschwanden, wie sie gekommen waren. Sie bewegten sich lautlos und nutzten jede Deckung aus, trotzdem entdeckte ich sie auf ihrem Weg.

Wie leichtfüßige Bergtiere rasten sie auf schwindelerregenden Pfaden davon. Wenn sie mich sahen, warfen sie sich zu Boden und grüßten mit demutsvoll erhobenen Händen.

Ich verfolgte sie bis in ihr Dorf, landete dort auf einem aus Natursteinen gefügten Rundbau und schrie nochmals meinen Kampfruf hinaus.

„Roter Speer kommt!" rief ich einigen Eingeborenen zu.

Anschließend kehrte ich im Eilflug zum Camp der Revolutionäre zurück. Es war in einer Schlucht angelegt worden, die den Vorteil bot, von oben nicht eingesehen werden zu können. Außerdem gab es dort eine Quelle, und Wasser war auf Haknor noch wichtiger als Gold und Edelsteine.

Ich landete neben dem Rebellenchef, der mich eine Weile musterte. Bentlef Hakira war ein großer Mann unbestimmten Alters mit scharfgeschnittenen Gesichtszügen. Sein offener Blick warb um Vertrauen. Ich war davon überzeugt, daß sich die Regierung übel benommen haben mußte, wenn dieser besonnene Viehzüchter zum Rebellen geworden war.

„Ausgezeichnet", sagte er überlegend. „Sie wissen natürlich, daß Sie sich in einem der unwegsamsten Gebiete des Planeten befinden. Damit ist nicht gesagt, daß andere Distrikte besser ausgebaut oder besiedelt wären; aber die Durstberge sind besonders gefährlich. Nur die Eingeborenen kennen die wenigen Wasserstellen. Wenn Sie den Raumer finden wollen, dann nur mit Hilfe der Sprinter. Was kann ich für Sie tun?"

Ich war schweißgebadet. Die Kampfkombi klebte an meiner Haut fest, und außerdem war ich müde.

Ich öffnete den Brustverschluß des falschen Vogels, sah mich um und hüpfte vorsichtshalber tiefer in die Höhle zurück. Dort kletterte ich aus der Maschine, deren Belüftungsanlage ich auf vollen Touren laufen ließ.

Seufzend setzte ich mich neben dem Haknorer zu Boden. Er verzog keine Miene. Ein Mann von seiner Art lachte nicht über ein Menschlein vom Planeten Siga.

„Schlafen Sie", riet Hakira. „Die Eingeborenen halten jetzt ein großes Palaver ab. Sie sind zuverlässig, aber sie reden auch gern. Grahkor wird ..."

„Wer ist das?"

„Der Oberhäuptling, den Sie als Roten Speer ausgezeichnet haben. Er wird stundenlang von der Gunst des heiligen Kubu zu berichten haben und den neuen Namen annehmen. Natürlich bringt er sämtliche Unterführer auf seine Seite, und damit ist Ihnen die Unterstützung dieses Sprinterstammes sicher. Es handelt sich um sehr fähige Wesen, deren Intelligenz Sie nicht unterschätzen sollten. Sie sind gute Handwerker, verstehen etwas von Astronomie und beherrschen die Kunst der Bronzebearbeitung hervorragend. Ihre Schmelzöfen und Gußformen sind erstklassig. Sehen Sie sich nur einmal die Speerspitzen an."

Ich sah mich um, aber die Waffe war verschwunden. Beunruhigt richtete ich mich auf. Zugleich zischte etwas durch die Luft. Eine Bronzespitze traf einen ausgedörrten Baum mit so fürchterlicher Gewalt, daß sein Stamm durchbohrt wurde.

„Das ist ein Speerwurf", hörte ich Kasoms Stimme grollen. Er erschien hinter einem Felsvorsprung. Der Boden der Höhle erbebte unter seinen Schritten.

Der Viehzüchter lachte. Seine Blicke huschten zwischen uns hin und her.

„Sie sind ein gutes Team", meinte er. „Ich kann höchstens einen Mann zu Ihrer Begleitung abstellen. Die Regierungstruppen bereiten eine Offensive vor. Wahrscheinlich muß ich morgen schon mein Lager räumen. Ich habe mich vor Wochen mit dem Kommandanten des Explorerschiffs deshalb in Verbindung gesetzt, weil ich auf seine Hilfe hoffte. Einen Tag später wurde er aber schon entwaffnet und interniert. Immerhin gelang ihm noch ein Notruf."

„Deshalb sind wir hier." Ich nickte. Der freiheitsliebende Mann gefiel mir.

„Leider etwas zu spät. Ich weiß nicht, was in den Bergen geschieht. Wir haben noch vor der Ankunft des Forschungskreuzers ein Raumschiff geortet, das anscheinend mit dem Einverständnis der Regierung in der Bergwüste landete. Dort steht es heute noch. Die Berichte der Eingeborenen sind vage. Sie werden in einer Stunde mehr erfahren können als ich. Ich vermute, daß man den Aberglauben der Sprinter kannte und ihn ausnutzte."

„Wer ist ‚man'?"

„Die Besatzung des Raumers. Es war ein Schiff, das einer arkonidischen Raumkugel gleicht, jedoch besitzt es stark abgeflachte Pole."

„Akonische Bauweise!" warf Melbar ein.

„Möglich." Der Viehzüchter nickte. „Wir kennen die Akonen nicht. Es handelt sich jedenfalls um ein Riesenschiff. Wenige Tage nach seiner Landung kam der Springer Tschatel auf Haknor an, und schon begannen die Zwistigkeiten. Ich weiß aus zuverlässigen Quellen, daß er die Unzufriedenheit auf beiden Seiten schürte. Bis dahin hatte ich gehofft, bei den kommenden Wahlen als Sieger hervorzugehen. Plötzlich aber griffen die Regierungstruppen an. Unsere Farmen wurden bombardiert, die Herden von der Luft aus abgeschossen und unsere Agrostädte vernichtet. Ich sammelte die längst existierende Untergrundarmee und zog mich in die Berge zurück. Unseren Nachschub an Waffen und Munition erhalten wir aus dem Osten. Händler bleiben Händler, und seßhafte Springer sind nicht zu bessern."

„Sie stammen von dem gleichen Volk ab."

Bentlef Hakira blickte mich verweisend an. „Mit den Händlern haben wir seit fünfhundert Jahren nichts mehr gemein. Sie sind aus Arkoniden hervorgegangen, und wir sind wieder zu Arkoniden geworden. Das freie Land gehört uns Züchtern und Farmern. Wir lassen es uns nicht streitig machen und durch untragbare Steuerlasten entwerten. Sehen Sie sich in den Bergen um, aber passen Sie auf, daß Sie nicht Ihr Leben verlieren. Nur die Eingeborenen können Sie führen."

„Gibt es Transportmittel?" warf Kasom ein. „Vielleicht Reittiere? Oder geländegängige Fahrzeuge?"

„Nichts davon. Die Sprinter sind schneller als jedes andere Geschöpf auf Haknor. Sie haben nie Reittiere gezüchtet, obwohl es einige Antilopen- und sogar Laufvogelarten gibt, die sich dazu geeignet hätten. Fahrzeuge kann ich Ihnen nicht zur Verfügung stellen. Ich besitze zwar schmalspurige Geländepanzer und Feldgleiter, aber wenn Sie die benutzen, sind Sie zehn Minuten später geortet. Wollen Sie das?"

Ich verneinte. Es war selbstverständlich, daß wir kein Transportmittel verwenden durften, dessen energetische Ausstrahlungen ausgemacht werden konnten. Unsere Mission wäre dann gescheitert.

Eine Frage bewegte mich seit unserer Ankunft. Jetzt sprach ich sie aus. „Wenn Sie schon das fremde Raumschiff geortet haben, warum haben Sie es nicht angegriffen? Oder bezweifeln Sie doch, daß seine Besatzung für die Unruhen auf Haknor indirekt verantwortlich ist?"

Melbar Kasom lehnte sich gegen die Felswand zurück. Seine Augen verengten sich. Er hatte auch daran gedacht.

„Das Durstgebirge ist sehr weitläufig und besitzt zahllose Täler und Cañons. Die Ortung erfolgte während des Anflugs."

„Sie wissen also nicht genau, wo das Schiff gelandet ist?"

„Sie sagen es. Ganz davon abgesehen, verfügen wir auch nicht über die schweren Waffen, die zu einem Angriff erforderlich gewesen wären. Unsere wenigen Raumschiffe wurden von Regierungsfahrzeugen abgeschossen. Mit hochfliegenden Bombern können wir nicht operieren. Das Raumjäger-Mutterschiff OSKRUSA gehört der Regierung. Es umkreist den Planeten auf einer günstigen Bahn. Sie haben selbst erlebt, daß unsere Kriegsführung bodengebunden ist. Rechnen Sie nicht mit meiner Hilfe. Nur die Bergstämme der Eingeborenen dürften wissen, wo das Schiff zu finden ist. Sprinter sind schweigsame Wesen."

„Sie müssen aber doch etwas ausgesagt haben", warf Kasom ärgerlich ein.

Bentlef Hakiras Gesicht verdüsterte sich. „Sie kennen die Sprinter nicht. Man kann sie zu nichts zwingen. Ich habe oft genug gefragt und bekam nur Andeutungen zu hören. Danach zu urteilen, wurde das Landegebiet zur Todeszone erklärt."

Ich wurde noch aufmerksamer. „Todeszone" – dieses Wort war auch schon von Oberstleutnant Hymik erwähnt worden. Was war darunter zu verstehen?

Ich erkundigte mich, doch der Revolutionsführer zuckte nur mit den Schultern. „Ich arbeite seit frühester Jugend mit den Eingeborenen zusammen, doch ihre Riten habe ich nie genau kennengelernt. Man sieht immer nur das Oberflächliche."

Nach einer Stunde wurde das Gespräch beendet. Kasom lud die Batterie meiner Maschine an der Stromversorgungsanlage des Camps auf.

Bei Sonnenuntergang gingen wir schlafen.

Vorher meinte der Ertruser: „Ich bin davon überzeugt, daß Bentosa ähnliche Nachrichten an die Zentrale durchgeben wollte. Es sieht ganz danach aus, als würde die Regierung mit der Schiffsbesatzung gemeinsame Sache machen. Worum kann es sich handeln?"

Das wußte ich allerdings auch nicht. Ich sah zu meiner Maschine hinüber, die mit blockiertem Laufwerk auf dem Boden der Höhle stand. Wenn ich jetzt mit meinem Minisender eine Hyperfunkmeldung abstrahlte, wurden die Impulse sicher von einem Raumschiff aufgenommen. Auch wenn eine Einpeilung wegen der geringen Dauer eines Rafferspruchs unmöglich war, würde man doch wissen, daß jemand gefunkt hatte. Was konnte daraus entstehen?

Unter Umständen würde das Schiff starten, und für uns würde es immer rätselhaft bleiben, warum auf Haknor ein Bürgerkrieg ausgebrochen war. Also kam ein Hilferuf nicht in Frage, wenigstens jetzt noch nicht. Die Ermittlungsarbeiten durften nicht gefährdet werden.

Ich wappnete mich mit Geduld, der anerzogenen Eigenschaft eines USO-Spezialisten. Der USO-Kreuzer, der aufgrund des Einsatzplans nur wenige Lichtmonate vom Atanus-System entfernt im freien Raum stand, mußte ebenfalls warten. Mit Halbheiten wäre Lordadmiral Atlan nicht gedient gewesen. Außerdem – und das war wichtig – hatte sich eine Gruppe von Akonen in Geschehnisse eingeschaltet, die sie nichts angingen. Es mußte festgestellt werden, was sie auf Haknor suchten.

Als ich meine Luftmatratze aufblies, war es im Lager noch immer nicht ruhig geworden.

„Bentlef Hakira hat einen schweren Stand", murmelte Melbar.

Ich entgegnete nichts und legte mich nieder. Die Überlandflüge der letzten Tage waren anstrengend gewesen.

Unter mir dehnte sich die Hochlandwüste aus, von der Roter Speer berichtet hatte. Es handelte sich um eine fünftausend Meter über dem Flachland liegende Geröllstrecke von so großen Abmessungen, daß ich sie nicht überblicken konnte.

Hier und da wuchsen zerklüftete Felsformationen aus dem eintönigen Rotbraun hervor. Zahlreiche Täler und Bodenrisse spalteten die Hochlandwüste auf. Manche Cañons wirkten, als hätte sie ein Riese mit der Axt in das Gestein geschlagen.

In einem hatte ich das Raumschiff entdeckt. Es stand in einem fast fünfhundert Meter tiefen Bodenriß, der nur an einigen Stellen knapp dreihundert Meter Breite aufwies. In eine solche Formation war das Schiff hineinmanövriert worden, was mir bewies, daß die Besatzung ihr Handwerk verstand.

Wenn sie nicht den Fehler begangen hätten, ihr Fahrzeug nach oben hin zu tarnen, wäre ich ohne weiteres über die Schlucht hinweggeflogen. So aber hatte man eine Netzkonstruktion über den Rumpf gespannt, die dem Boden der Schlucht zum Verwechseln glich.

Das Netz hatte ich nicht einpeilen können, wohl aber das Konturfeld, von dem es in der Luft gehalten wurde.

Ich saß auf einem Felsdom in unmittelbarer Nähe des Cañons und überlegte. Die Ausschläge meines Energieorters waren so gering, daß ich gezwungen wurde, meine Meinung über den Leichtsinn der Akonen zu ändern.

Ein hochfliegendes Schiff hätte die Impulsstrahlung niemals wahrnehmen können. In einem solchen Fall hätte sich die Netztarnung bestens bewähren müssen. Mein Kubu war jedoch für Feinortung wesentlich besser geeignet.

Das Schiff durchmaß in der Äquatorlinie etwa zweihundert Meter. Weshalb um alles in der Welt hatte man das Risiko auf sich genommen, den Koloß in die Bodenrille zu bringen?

Von Regierungstruppen oder Revolutionären war weit und breit nichts zu sehen. Die Akonen konnten ungestört ihrer Beschäftigung nachgehen.

Meine Überlegungen schweiften vom primären Thema ab. Wie gut waren die Akonen über die Lebensbedingungen auf Haknor informiert? Wußten sie etwa, daß sich ein Kubu niemals in die Einöde der Durstberge verirrte?

Ich hoffte es nicht. Selbst die Eingeborenen vermieden es weitgehend, sich in diese Gegend zu wagen. Die Wasserstellen waren selten, und oftmals geschah es, daß Quellen plötzlich versiegten. Das bedeutete den Tod für einen Mann, der sich auf das lebenserhaltende Naß verlassen hatte.

Wir hatten bisher Glück gehabt. Melbar Kasom benötigte sehr viel Wasser, um seinen Körper leistungsfähig halten zu können. Müdigkeit kannte er kaum, aber ohne Wasser erschlaffte er relativ schnell.

Zusammen mit den Sprintern war er fünf Tage lang marschiert und gesprungen, bis sie die Ausläufer der Hochebene erreicht hatten. Der Aufstieg durch das Gebirge war mühsam gewesen. Ein normaler Mensch hätte es niemals schaffen können.

Das Camp der Rebellen war nur dreihundert Kilometer entfernt – allerdings in Luftlinie gerechnet. Wie anstrengend der Weg gewesen war, konnte ich kaum ermessen, denn ich war geflogen. Die Thermik der Bergwelt erlaubte ein fast ununterbrochenes Segeln. Bisher hatte ich kaum Energie verbraucht.

Das Tosen eines Strahlschusses riß mich aus meinen Gedanken. Ich fuhr zusammen und sprang instinktiv tiefer in den Schatten zurück. Ein zweiter Schuß erklang. Die Geräusche kamen aus den Tiefen des Cañons.

Dann wurde es wieder still.

Als sich nichts mehr ereignete, stieß ich mich ab und flog auf die Schlucht zu, in die ich mich mit engen Spiralen hineinsinken ließ. Das Schiff verschwand hinter der nächsten Biegung. Fündhundert Meter tiefer landete ich auf einem Felsvorsprung, lief darauf bis zum Rand der Biegung vor und spähte nach vorn.

Etwa fünfzig Meter entfernt stand das Schiff auf seinen Landebeinen. Zwischen seinen Bordwandungen und den Felswänden klafften Lücken von höchstens dreißig Metern. Wieder bewunderte ich die Meisterschaft des Piloten. Selbstverständlich hatte man den Raumer in schwerelosem Zustand nach unten bugsiert, aber es war trotzdem eine Leistung.

Ich beobachtete gleichzeitig die Umgebung und meinen Impulsorter, der jedoch nicht ansprach. Die Akonen fühlten sich so sicher, daß sie auf eine funkmeßtechnische Überwachung verzichteten.

Viel interessanter war die Tätigkeit von drei Männern, die seltsamerweise dichtgeschlossene Raumanzüge trugen. Ich hielt den Atem an und sah sprachlos nach vorn.

Die drei näherten sich einem Toten, der so dicht unter mir lag, daß ich ihn jetzt erst bemerkte. Der gefallene Akone hielt noch seinen Strahler in der Hand. Ich blickte in das verzerrte Gesicht und dann wieder zu den anderen Männern hinüber, deren Schritte noch vorsichtiger wurden.

Zweifellos hatten sie ihren Gefährten erschossen. Warum aber?

Weshalb trugen sie in der gut atembaren Bergluft Raumanzüge? Auf dem Boden der Schlucht war es viel kühler als auf der Hochebene. Irgendwo schien es sogar Wasser zu geben, denn ich vernahm das Plätschern eines Rinnsals.

Ich schaute an den Felswänden hinauf. Die perspektivische Verkürzung wirkte sich so extrem aus, daß der Himmel des Planeten nur noch als heller Streifen zu sehen war. Die Augen mußten sich erst an das Dämmerlicht gewöhnen.

Ich riskierte es, den Kopf aus dem Brustverschluß zu strecken. Dabei drückte ich die Maschine so dicht an die Wand, daß ich nicht bemerkt werden konnte.

Die drei Vermummten blieben vor dem Toten stehen und tasteten ihn ab. Als sie anscheinend nicht fanden, was sie suchten, liefen sie zurück, drehten sich in angemessener Entfernung um und eröffneten das Feuer.

Knapp unter mir schlugen die Energieschüsse ein. Der Fels explodierte. Glutflüssige Materie spritzte empor. Ich wurde von dem Luftdruck gegen die Wand geschmettert und von einem heißen Gesteinsschauer überschüttet.

Die Alarmanlage schrillte. Ich bemerkte fast zu spät, daß mein Gefieder verdampfte. Die Druckwelle mißachtend, wälzte ich mich auf dem Felsband umher, bis ich den Schwelbrand gelöscht hatte. Dann blieb ich erschöpft liegen. Ein Hustenreiz plagte mich. Giftige Gase stiegen zu mir hoch.

Nach einer Weile besserten sich die Verhältnisse. Trotz der bösen Erfahrungen ging ich wieder nach vorn auf meinen Beobachtungsposten. Der Tote war verschwunden. Dort, wo er gelegen hatte, klaffte ein Trichter.

Die drei Akonen hatten inzwischen das Raumschiff erreicht. Ich bemerkte, daß sie unterhalb der Polschleuse desinfiziert wurden.

Benommen schüttelte ich den Kopf. War an Bord des Schiffes eine Seuche ausgebrochen? Hatte man erkrankte Besatzungsmitglieder ausgesetzt? Wurden sie erschossen, wenn sie es wagten, Einlaß zu fordern?

Schon Sekunden später wies ich den Einfall von mir. Kein raumfahrendes Volk der Milchstraße hätte sich derart primitiv verhalten. Ein Funkspruch hätte genügt, um den nächsten Arastützpunkt zu alarmieren. Die Galaktischen Mediziner hätten in fast jedem Fall Rat gewußt. Selbst die haknorsche Regierung wäre mit einer Seuche fertig geworden.

Das war nicht die Ursache für ein Vorgehen in dieser Weise. Andererseits stand es für mich fest, daß der Tote auf seine Gefährten geschossen hatte. Erst danach war er getötet worden. Weshalb aber hatte man sich ihm im Raumanzug genähert? Wozu die Einäscherung, nachdem man vorher hastig nach etwas gesucht hatte?

Ich spürte, daß ich einem Geheimnis auf der Spur war. Wenn mich nicht alles täuschte, so war die Schiffsbesatzung an dem Ausgang der Kämpfe auf Haknor völlig uninteressiert. Wenn sie die Zerwürfnisse hervorgerufen hatte, dann nur deshalb, um in Ruhe ihrer rätselhaften Tätigkeit nachgehen zu können.

„Und worin besteht sie, Spezialist Danger?" fragte ich halblaut.

Anschließend wagte ich es, aus der Maschine zu klettern und die Außenbordschäden zu begutachten. Das Federkleid wies einige Brandflecken auf. Das Skelett hatte den Anprall einwandfrei überstanden.

Ich ruhte etwas, ließ mich von der kühlen Luft umschmeicheln und trank dann einen Schluck Wasser. Mein Tank war nur noch viertelvoll. Es wurde Zeit, den Behälter aufzufüllen.

Kasom und die fünf Eingeborenen mußten unterdessen die Hochlandwüste erklommen haben. Sie sollten in einer genau bezeichneten Schlucht auf mich warten, obwohl es dort kein Wasser gab. Die nächste Quelle war neun Kilometer vom Treffpunkt entfernt. Bis zum Anbruch der Nacht mußte sie erreicht werden. Kasoms Vorräte waren aufgebraucht, obwohl er einen Lederschlauch mit dreihundert Litern Inhalt mitführte.

Ich sah auf meine Mikrouhr und kehrte in den Kubu zurück. Alle Kontrollen zeigten Grünwert. Anschließend riskierte ich es, an dem Raumschiff vorbeizufliegen. Niemand bemerkte mich.

Weit hinten krümmte sich der Cañon erneut. Mehrere Seitenschluchten zweigten ab. Eine führte steil nach oben und erlaubte ein Besteigen der Hochebene. Andere schlängelten sich zwischen den Wänden hindurch. Nie hatte ich eine so wildromantische Landschaft gesehen.

Als ich mich eben in die Lüfte schwingen wollte, entdeckte ich einen

Mann. Er trug einen Raumanzug, dessen Helm zersplittert war. Der Mann stürmte auf einen Felsbrocken zu und trat so heftig dagegen, daß er vor Schmerz aufschrie.

Von einem Felsvorsprung aus beobachtete ich die Szene. Dabei fühlte ich plötzlich eine Unruhe, die ich nicht zu deuten wußte. Schon kurze Zeit später befand ich mich in einer derart gereizten Stimmung, daß mich die Zeiger meiner Meßinstrumente ärgerten.

Ich ertappte mich bei dem Gedanken, die Nadeln und Skalen zu hassen. Mit aller Willenskraft gegen dieses Gefühl ankämpfend, gewann ich meinen klaren Verstand zurück. Das harte USO-Training kam mir dabei so zustatten, daß ich mich fangen konnte.

Bisher hatte ich das Treiben des Unbekannten als relativ unbeteiligter Zuschauer verfolgt. Nun begann ich zu ahnen, weshalb er sich die Glieder an Steinen fast zerschmetterte und in fürchterlicher Wut auf alles einhieb, was in seinen Bereich geriet.

Es dauerte nicht mehr lange, und es trat das ein, was ich erwartet hatte. Drei Uniformierte erschienen mit einer Schwebeplattform. Sie kamen in halsbrecherischer Fahrt näher, schossen den offenbar Verrückten nieder und verschwanden so schnell, daß ich die Wendung der Maschine kaum verfolgen konnte.

Dieser kaltblütige Mord hatte mich erschüttert. Was ging hier vor? Ich erinnerte mich an den Begriff „Todeszone", der auch von dem Sprinterhäuptling mehrere Male erwähnt worden war.

Warum wurde man hier verrückt? Ich blickte auf meine Meßinstrumente und versuchte, etwas zu orten oder anzupeilen, was ich mir nicht vorstellen konnte. Es war vergeblich. Hier gab es keine Strahlung, die sich auf Gehirnzellen schädlich hätte auswirken können.

Als der Drang zum Wüten erneut in mir aufwallte, schaltete ich das Triebwerk ein und flog so rasch davon, wie es die Schwingen erlaubten. Je höher ich stieg, um so besser wurde es. Über der Geröllwüste angekommen, fühlte ich nichts mehr.

Von widerstreitenden Vorstellungen erfüllt, flog ich nach Osten. Schon fünfzehn Minuten später sichtete ich das Tal, in dem die Freunde auf mich warten sollten.

Nach kurzem Suchen fand ich Melbar und die fünf Sprinter. Nachdem ich gelandet war und Melbar über Funk von meinen Beobachtungen berichtet hatte, gönnte ich mir eine Schlafpause.

Als ich aus meinem kurzen Erschöpfungsschlaf erwachte, waren die Eingeborenen fort.

Melbar Kasom saß mit schußbereiter Waffe hinter einem Felsblock und beobachtete die Umgebung. Ich klappte die Einstiegsöffnung auf und streckte den Kopf heraus. Der Ertruser sah mich an. Er deutete meinen bangen Gesichtsausdruck richtig. Bisher hatten sich die Sprinter noch nie von uns entfernt. Jetzt waren sie nicht mehr zu sehen.

„Spare deinen Atem", erklärte Kasom. „Fehler zu begehen ist menschlich. Die Sprinter haben logisch gefolgert, daß du kein Kubu bist. Mehr gibt es kaum zu sagen."

Meine Kehle war ausgedörrt. Hastig trank ich einen Schluck Wasser und fragte dann nach Einzelheiten.

„Sie verschwanden vor einer Stunde. Einer wollte dich töten, die anderen waren dagegen. Ich gab mir Mühe, daß sie sich friedlich von uns trennten. Mir blieb keine andere Wahl, als sie über unsere Mission aufzuklären. Sie sind damit einverstanden, daß wir die Sache ergründen. Ihnen gefällt es auch nicht, daß sich Fremde in ihrem Gebiet herumtreiben. Roter Speer versprach, nichts gegen uns zu unternehmen. Er verzichtete darauf, die Akonen zu warnen."

Ich ahnte, wie schwer es gewesen war, die Eingeborenen friedlich zu stimmen, hatte ich doch mit ihrem Glauben Schindluder getrieben.

„Wie haben sie den Betrug entdeckt?"

Sein breites Gesicht verzog sich. „Du mußt im Schlaf den Feuermechanismus berührt haben. Der Schnabel ging auf, und deine Minikanone schob sich zwei Zentimeter weit ins Freie. Das verriet den Sprintern genug. Pech, Kleiner. Weißt du wenigstens genau, wo die nächste Wasserstelle zu finden ist?"

Ich war deprimiert. Wie hatte das nur passieren können? Ein Blick auf meine Maschine belehrte mich, daß die Waffe noch immer erkennbar war.

„Ich habe vom Wasser gesprochen, Kleiner."

„Ich kenne die Quelle", entgegnete ich zerstreut. „Bist du sicher, daß der Oberhäuptling keine Hinterlist plant?"

Kasom sah mich seltsam an. „Freund, wenn diese Wesen ja sagen, dann bedeutet es niemals das Gegenteil. Ich habe sie davon überzeugt, daß es für sie vorteilhaft ist, den Glauben an den heiligen Kubu bestehen zu lassen. Das bedeutet für sie beachtliche Erfolge in ihrer Stammespolitik. Du bist in der einen Ansiedlung gesehen worden. Roter Speer wird seine Macht festigen können."

„Ich verstehe. Danke, Großer."

„Bitte sehr. Hast du dir schon meinen Wasserschlauch angesehen?"

Ja, ich hatte längst entdeckt, daß er geleert war. Melbar sah auf die Uhr.

„In fünf Stunden geht die Sonne unter. Bis dahin brauche ich Wasser, oder du kannst mich auf die Verlustliste der USO setzen lassen. Überprüfe deine Maschine. Du solltest vorerst nicht fliegen."

Ich wußte, daß er mir eine Erholungspause verschaffen wollte. Außerdem spielte es für Kasom keine Rolle, ob er mich trug oder nicht.

Zehn Minuten später marschierten wir los. Ich steckte in Kasoms Außenbrusttasche und wies den Weg. Der Ertruser lief mit weiten Sprüngen durch die gewundenen Täler. Es war unglaublich, was er seinem Körper abverlangte.

Die Hochebene brauchten wir nicht zu erklimmen, da es hier überall Schluchten gab, die untereinander durch Nebencañons verbunden waren. Meiner Schätzung nach blieben wir stets auf der Höhe jenes Einschnitts, in dem das Akonenschiff verborgen lag.

Kasoms Mikrogravitator arbeitete mit voller Kraft, doch diesmal mit umgekehrter Feldpolung. Die Schwerkraft des Planeten wurde auf 0,4 Gravos reduziert. Mehr konnte das Gerät nicht leisten. Für Melbar Kasom, der 3,4 Gravos als so normal empfand wie ein Mensch die Schwerkraft seiner Heimatwelt, wurden die neun Kilometer bis zur Quelle zu einem Spaziergang.

Wir erreichten sie noch lange vor Sonnenuntergang. Nach einem erfrischenden Bad stieg ich wieder in meine Einsatzmaschine und flog die Strecke bis zu dem Raumschiff ab. Auf dem Rückweg tauchte ich in die Täler ein und markierte die geeigneten Pfade mit ultrarot leuchtenden Klebefolien.

Bei Anbruch der Dunkelheit kehrte ich zurück. Kasom ruhte.

Nach der Landung verließ ich meine Vogelmaschine und sprang erneut in das klare Wasser. Es sickerte aus einem Felsspalt hervor und sammelte sich in einem Becken, von dem Melbar behauptete, sein Inhalt würde spätestens nach vierzehn Tagen verdunstet sein.

Prustend stieg ich ans Ufer zurück. Für meine Begriffe war der See recht ordentlich.

„Da bekomme ich nicht einmal den rechten Fuß hinein", grollte der Ertruser. „Wie weit habe ich noch zu laufen, Wichtelmann?"

„Keine Beleidigungen", sagte ich mit einem wilden Blick.

Kasom grinste. „Wie weit?"

„Luftlinie drei Kilometer, Fußweg achtzehn bis zwanzig. Wir müssen durch enge Schluchten. Zwei Aufstiege sind zu bewältigen. Schaffst du das noch? Das nächste Wasser gibt es beim Raumschiff."

Der Große überlegte. Er wußte, welches Risiko er einging. Wenn wir nicht an die Quelle herankamen, war eine Rückkehr zum jetzigen Rastplatz fast ausgeschlossen. Melbars Bedarf an Wasser und Nahrungsmitteln war nun einmal ungeheuer.

„In Ordnung. Wir marschieren nach Sonnenuntergang los. Du bleibst in der Tasche und bedienst den Ultraorter. Achte auf jedes ungewöhnliche Geräusch. Ich werde mich ausschließlich auf den Weg konzentrieren."

Zwei Stunden später brachen wir auf. Die Nacht würde zu dieser Jahreszeit etwa dreizehn Stunden dauern.

Ich stand hochaufgerichtet in der Brusttasche und lehnte die Arme auf den Rand. Mit der Infrarot-Brille suchte ich nach den Klebestreifen, die ich auch einwandfrei entdecken konnte.

Melbar raste unermüdlich durch die Schluchten, spurtete Geröllhänge hinauf und übersprang riesige Spalten, daß ich mein Ende gekommen glaubte. Es war, als flöge er. Erst nach einer Stunde legte er eine Pause ein.

Nachdem wir die zweite Steilwand überwunden hatten, begann der Abstieg in die Schlucht, die zum Standort des Schiffes führte. Melbar ignorierte die restlichen zwanzig Meter der glatten Wand und sprang einfach nach unten. Ich konnte mich gerade noch auf den Rücken werfen und das Material der Brusttasche als federndes Bett benutzen. Trotzdem empfand ich den Anprall so hart, daß mir fast die Sinne schwanden.

„Bist du wahnsinnig geworden?" ächzte ich und zog mich wieder nach oben.

Er antwortete nicht, sondern rannte weiter. Jeder Sprung seiner Gigantenbeine brachte uns um etwa zehn Meter weiter.

Am Anfang der Schiffsschlucht, wie ich sie getauft hatte, gab es eine geräumige Höhle. Ich hatte sie inspiziert und für gut befunden. Melbar sah sich den Hohlraum an, ehe er bereit war, dort unser Lager aufzuschlagen.

Dann trank er. Als er das Mundstück des Schlauches absetzte und zufrieden rülpste, fehlten wenigstens dreißig Liter.

„Man muß sparsam damit umgehen", beschwerte sich der Riese. „Haben der Herr besondere Anordnungen zu treffen?"

Ich richtete mich zur vollen Größe auf und maß ihn mit einem verweisenden Blick.

„Das Volumen deines Gehirns ist direkt unanständig. Um so erstaunlicher ist es, welche minderwertigen Denkprozesse darin ablaufen."

„Wenn ich jetzt den Fuß senke, bist du so platt wie ein Regenwurm, der von einer Walze überfahren wurde", entgegnete er.

Ich sprang aus seiner Reichweite und stellte mich in Positur.

„Nehmen Sie Haltung an, Oberleutnant!" brüllte ich.

„Äh?" Melbar stocherte mit dem kleinen Finger im Ohr herum.

Ich wollte ihn auf meinen Dienstgrad hinweisen, doch im selben Augenblick veränderte sich sein Gesichtsausdruck. Ich wurde aufmerksam.

Kasom griff in die Tasche und zog ein Funksprechgerät hervor, wie es von erdgeborenen Menschen normalerweise als Tornisterausführung verwendet wurde.

Die Wellenlinie des automatischen Frequenztasters hatte sich zu einer Zacke aufgewölbt und war stehengeblieben.

Aus dem Lautsprecher drangen zirpende Töne. Es handelte sich um Morsezeichen.

„Kurz – kurz – lang – kurz – kurz –, Wiederholung", zählte der Ertruser mit. „Was ist das? So morst ein Anfänger. Die Zeichen kommen langsam und scharf begrenzt auf ultrakurzer Welle."

Die Erregung überflutete mich.

„Einpeilen", sagte ich unnötig laut. „Nun mach schon und peile den Sender ein. Woher kommen die Signale?"

Melbar wurde aktiv. Fünf Minuten später wußten wir, daß die Zeichen aus nordöstlicher Richtung kamen. Da wir nicht ahnen konnten, mit welcher Leistung der Sender arbeitete, war eine Entfernungsbestimmung unmöglich. Die Lautstärke war aber so groß, daß es sich nur um wenige Kilometer handeln konnte.

„Halbmesser etwa zweitausend Meter", meinte Melbar. „Hat man eine Erklärung?"

„Man hat eine", sagte ich erbost. „Kann es vom Schiff kommen?"

„Wozu sollten sie immer das gleiche Zeichen senden? Es klingt nach einem Markierungsfeuer."

„Markierungsfeuer? Verrückt! Wer sollte hier einen Peiler aufgebaut haben? Wir befinden uns in den Durstbergen, mein Lieber. Die Hochlandwüste ist nur ein winziger Teil davon. Außerdem ist der Sendebereich so klein, daß man wenige Kilometer entfernt nichts mehr hören kann. Oder hat dein Empfänger schon früher angesprochen?"

„Ich habe ihn eben zum erstenmal gehört. Wer von uns hat denn die scharfen Ohren?"

„Ich natürlich", entgegnete ich überzeugt. „Allerdings habe ich vorher auch nichts vernommen. Schön, streiten wir uns nicht. Was hältst du davon?"

Ich fieberte seiner Antwort entgegen, da ich mir längst eine Meinung gebildet hatte.

Die Dunkelheit schien mit jeder verstreichenden Minute undurchdringlicher zu werden. Draußen war nichts mehr zu erkennen. Ab und zu vernahmen wir Geräusche, die nur von der Schiffsbesatzung herrühren konnten. Die Schlucht wirkte wie ein Schalltrichter.

Einmal heulte eine Maschine auf. Dann vibrierte der Felsboden bei der Durchfahrt eines nur schemenhaft erkennbaren Allzweckpanzers.

„Die bieten aber allerhand auf", murmelte der Umweltangepaßte. „Ich vermute, daß die Tätigkeit der Akonen mit den Peilzeichen zusammenhängt."

„Aha."

„Werde nicht frech, Kurzer. Wenn jemand so viel Mühe aufwendet, um ungestört im Hörbarkeitsbereich eines schwachen Senders arbeiten zu können, dann sollte man eigentlich annehmen, daß es damit eine besondere Bewandtnis hat."

„Aha."

„Ich werde dich doch noch einatmen müssen, Siganese. Sei vorsichtig. Kannst du mir verraten, weshalb die Akonen so wild auf ein

Funkfeuer sind? Was gibt es da zu holen? Selbst wenn der Sender den Standort aller Schätze der Galaxis markierte: Wie haben die Akonen davon erfahren? Ist das, was der Peiler anzeigt, so wichtig, daß es sich lohnt, deshalb einen Bürgerkrieg zu entfesseln?"

„Ablenkung der Haknorer vom Wesentlichen."

„In Ordnung, wollen wir den Gedanken akzeptieren. Aber es bleibt immer noch die Frage offen, wer auf die Station hinweist. Die zweite Frage, wie die Akonen davon etwas erfahren haben, ist noch rätselhafter."

Ich mußte mich zusammennehmen, um nicht mit meinen plötzlich aufkeimenden Vermutungen herauszuplatzen. „Der Standort liegt nordöstlich von uns?"

„Ich sagte es."

„Dort habe ich den Tollwütigen im Raumanzug gesehen. Dort wurde ich auch von dem Haßgefühl übermannt."

„Überzwerg."

„Halte den Mund. Es handelt sich um etwas, was ich nicht identifizieren konnte. Könnte es sein, daß der Peilsender gleichzeitig Impulse ausstrahlt, durch die man zum Wahnsinn getrieben wird? Überlege einmal, Großer. Die Schiffsbesatzung erschießt Männer, die von draußen kommen. Ich dachte erst an eine Infektionskrankheit, aber die Vermutung gab ich bald wieder auf. Wäre es möglich, daß man einer gewissen Panikstimmung unterliegt und deshalb auf Gefährten schießt, die ihrer Sinne nicht mehr mächtig sind? Vielleicht sieht man die Zusammenhänge falsch und glaubt, die Kranken litten tatsächlich an einer Seuche."

„Ausgeschlossen. Den Akonen würde niemals ein derartig gravierender Irrtum unterlaufen."

„Das ist auch meine Meinung. Also weiß man, daß jeder, der nach draußen geht, als Geistesgestörter zurückkehrt und in unsinniger Wut auf das Schiff schießt. Die Befehlserteilung des akonischen Kommandanten geht uns nichts an, aber deshalb lassen sich die Tatsachen nicht abstreiten. Er läßt auf seine eigenen Leute feuern. Ich sah, daß man den Toten durchsuchte. Als man nichts fand, wurde er eingeäschert."

„Bei dieser Hitze kann man keine Toten im Gelände liegen lassen."

„Natürlich nicht, aber man könnte sie ordnungsgemäß bestatten."

„Auf den Akonwelten werden Tote aufgelöst."

Ich schwieg und überlegte den Einwand. Melbar Kasom beobachtete mich gespannt.

„In Ordnung“, sagte ich langsam, „sie werden also nach ihrer Väter Sitte verbrannt. Die Frage ist nur die, weshalb man die Männer tötet. Die medizinische Wissenschaft der Akonen ist hoch entwickelt. Weshalb heilt man die Geistesgestörten nicht?“

Wir sahen uns lange Zeit an. Melbars Gesicht hob sich schwach aus der Dunkelheit hervor.

Schließlich sagte er gedehnt: „Vielleicht gibt es hier etwas so Kostbares, daß man keinen Wert darauf legt, Kranke zu behandeln? Wenn es ans Teilen geht, müßten sie berücksichtigt werden.“

„Der Fall ist denkbar, aber er setzt voraus, daß wir es mit einem gewissenlosen Kommandanten zu tun haben. Bist du dir darüber klar?“

Melbar entspannte sich. Wir schwiegen und dachten über das Problem nach. Währenddessen drangen die Peilzeichen „kurz – kurz – lang – kurz – kurz“ ununterbrochen aus dem Lautsprecher des Empfangsgeräts. Die abgehackten Töne machten mich nervös.

Schließlich konnte ich die Ungewißheit nicht mehr ertragen und stand auf. Melbar holte wortlos meine Maschine aus dem Tragbeutel hervor.

„Du kannst es ja doch nicht lassen“, meinte er. „Gut, dann fliege los und peile den Sender genau ein. Die Frequenz kennst du nun. Wenn du allerdings geistig labil werden solltest, kann ich dir nicht helfen. Deine ‚Mühle‘ besitzt keine Fernsteueranlage.“

Ich winkte ab und bestieg meinen Kontursitz. Augenblicke später hüpfte ich nach vorn, schaltete die Infra-Optik ein und flog davon.

Sicherheitshalber schaltete ich um auf Laserbeobachtung. Das Bild wurde schärfer, aber es wurde von der Schirmfläche eingeengt. So zog ich schließlich doch die Infrarotbeobachtung vor, die mir durch die Übertragungsbrille einen größeren Blickwinkel bot.

Ich überflog das Raumschiff in großer Höhe und tauchte erst später in das Schluchtengewirr ein.

Als ich die Stelle erreichte, an der ich den Wahnsinnigen beobachtet hatte, spürte ich plötzlich wieder die eigenartige Unruhe. Ich setzte meinen Flug trotzdem fort, obwohl ich in einen solchen Zorn geriet, daß ich meine Kontrollen hätte zerschlagen können.

Vor mir wurde es heller. Ich schoß aus der Schlucht heraus und bemerkte einen weiten Talkessel, dessen Felswände allseitig kerzengerade anstiegen.

Hier verlor ich beinahe den Verstand. Mit letzter Willenskraft schaltete ich die Steigautomatik ein. Ich fühlte kaum noch, daß mein Einsatzkubu immer höher und höher flatterte, als wollte er im freien Weltraum Schutz suchen. Die Nacht des Planeten nahm mich auf.

8. *Melbar Kasom*

Mit wachsendem Argwohn beobachtete ich meinen Impulsator. Lemy war vor drei Stunden im Ladeluk des Raumschiffs verschwunden, um zu versuchen, die Besatzung zu belauschen.

Die Tatsache, daß mein Echopeiler nicht ansprach, deutete eigentlich darauf hin, daß man den Kleinen weder entdeckt noch gefangen hatte. In beiden Fällen hätten die Akonen wohl sofort mit der radartechnischen Überwachung der Umgebung begonnen, da sie aus der Anwesenheit des Kleinen auf weitere Gegner geschlossen hätten.

An und für sich hätte ich beruhigt sein müssen. Trotzdem traute ich dem Frieden nicht mehr, seitdem der Kurze in jämmerlichem Zustand von seinem Erkundungsflug zurückgekehrt war.

Ich hatte ihn halb besinnungslos aus dem Kubu gezogen. Als Lemy wieder zu sich gekommen war, hatte er so zu toben begonnen, daß ich ihn mit der Hand umschließen und eine gute Stunde lang festhalten mußte.

Erst danach hatte sich sein Verstand wieder geklärt. Nun wußten wir, daß die Geistestrübung nur vorübergehend war. Wenn man sich aus dem Einflußgebiet des geheimnisvollen Senders entfernte und etwas wartete, wurde man wieder vernünftig.

Sechs Stunden vor Sonnenaufgang war der Kleine wieder munter gewesen. Seinem lebhaften Temperament entsprechend, hatte er nicht eher Ruhe gegeben, bis ich mit seinem Erkundungsgang in das Raumschiff einverstanden gewesen war.

Dieses Menschlein, das sich Lemy Danger nannte, war flinker als ein terranisches Wiesel. Ich hatte dem Kleinen seinen Mikro-Gravitationsneutralisator auf den Rücken geschnallt und das Gerät auf die herrschende Schwerkraft einjustiert.

Als der Kurze schwerelos geworden war, hatte ich ihn von der nächsten Schluchtwindung aus zu dem Raumschiff hinübergeworfen. Er war gut angekommen und – wie gesagt – im Frachtluk verschwunden.

Ich lag auf einem Felsband etwa dreißig Meter über der Cañonsohle. Lemy hatte es ausgekundschaftet. Die überhängende Wand deckte mich gegen Sicht von unten.

Das Schiff war etwa fünfzig Meter von meinem Standort entfernt. Die Wärmestrahlung der Zelle und der Schleusentore war so intensiv, daß ich mit der I-Brille einwandfrei sehen konnte.

Ein Blick auf meine Uhr informierte mich, daß in zirka drei Stunden die Sonne aufgehen würde. Ob wir während des Tageslichts etwas unternehmen konnten, war fraglich. Ich hätte gern die Dunkelheit ausgenutzt, um den Peilsender zu suchen.

Ich wurde immer unruhiger. Ich kroch noch weiter vor und suchte die Oberfläche des Rumpfes mit den Blicken. Wenn sich Lemy so verhielt, wie ich es vermutete, würde er Kopf und Kragen riskieren, um aus den Gesprächen entnehmen zu können, was hier eigentlich gespielt wurde. Wahrscheinlich versteckte er sich hinter allen möglichen Geräten und Einrichtungsgegenständen.

Der Kurze war als Kundschafter nicht zu übertreffen. Mir ging er allerdings mit seiner Pedanterie auf die Nerven. Wahrscheinlich kehrte er nicht eher zurück, bis er genau wußte, was die Akonen nach Haknor geführt hatte.

Nach einer weiteren halben Stunde begann ich darüber nachzudenken, mit welcher Methode ich den Kurzen aus der Zwangslage herausholen könnte. So lange hatte er noch nie gebraucht, um eine Besatzung zu belauschen.

Ich versuchte mir einzureden, in dem Schiff würde jedermann schlafen. Schmale Lichtstreifen, die aus den Öffnungen der Zelle hervorglitten, bewiesen jedoch, daß ein Teil der Besatzung wach war. Das untere Großraumluk war sogar so weit geöffnet, daß ich hineinsehen konnte. Mehrere Akonen hantierten an einer Art Panzer.

Wenn der Kurze schlau war, würde er sich ausschließlich in diesem Raum aufhalten. Arbeitende Männer sprechen gern über die Probleme, die sie mit ihrer Tätigkeit lösen wollen.

Zehn Minuten später bemerkte ich endlich einen Leuchtpunkt, der sich vom Rand der Schleuse löste. Lemy ließ sich fallen und setzte dicht über dem Boden seinen Gleitflug fort. Die Auspuffflammen seines Schubtriebwerks waren so geringfügig, daß ich sie trotz meiner Infrarotbrille kaum verfolgen konnte.

Unter mir angekommen, stieß sich der Kurze ab und schwebte nach oben. Ich fischte ihn mit der Rechten auf und steckte ihn mitsamt seinem Antigravgerät in die Brusttasche.

Lemy redete keinen Ton, und ich zog mich auf dem Felsband zurück. Als ich eben zur Schluchtsohle hinabspringen wollte, sprach mein Impulsator an. Eine schnelldrehende Sucherantenne streute den Cañon mit ihren lichtschnellen Echowellen ab.

Ich blieb liegen, bis das Pfeifen verstummte.

„War das ein Taster?" schrie der Kurze aus der Tasche heraus. „Au, bewege dich gefälligst vorsichtiger!"

Ich hob die Brust ein wenig an, um die Mücke nicht zu zerquetschen. Wenig später erreichten wir eine Höhle, die zu meinem Leidwesen keine Quelle besaß.

Wasser – das war unser nächstes Problem. Nach Sonnenaufgang würde wieder der quälende Durst beginnen. Ich hatte nur noch wenige Schlucke in meinem Schlauch; vielleicht hundert Liter.

Die Wasserstelle lag in einer Seitenschlucht. Wenn ich sie erreichen wollte, mußte ich an dem Raumschiff vorbei oder versuchen, es anderweitig zu umgehen.

Lemy sprang aus meiner Tasche heraus und schnallte den Antigravtornister ab.

„Noch zweieinhalb Stunden bis Sonnenaufgang", sagte ich leise. „Wie sieht es mit dem Wasser aus? Ich wage es nicht, am Schiff vorbeizuspringen. Sie würden mich orten."

„Mit größter Wahrscheinlichkeit." Lemy nickte. „Wir brechen sofort auf. Ich kenne einen Weg zur Wasserstelle."

Wir versäumten keine Zeit mehr. Wenig später rannte ich schon wieder durch das Felslabyrinth und überlegte dabei, was der Kurze herausgefunden haben könnte. Sonst schwieg er nie so lange.

Nach zwei Stunden begann ich zu ermatten. Die Anstrengungen der letzten Tage machten sich bemerkbar.

Bei Sonnenaufgang steckte ich in einem Kamin, in dem ich etwa dreihundert Meter nach oben klettern mußte.

Auf dem Grat angelangt, bemerkte ich die auf der anderen Seite liegende Schlucht. Der Abstieg war nicht einfach, zumal die Tageshitze mit jeder Minute intensiver wurde.

Unten angekommen, trank ich einen Teil meines Wassers, ruhte zehn Minuten und rannte dann weiter. Wir befanden uns bereits westlich von dem Schiff.

Um Atem ringend, kam ich endlich in dem Cañon an, wo Lemy die Quelle gefunden hatte. Das Raumschiff war etwa fünfhundert Meter entfernt. Man brauchte nur einen Hang zu überwinden und in die nächste Schlucht einzutauchen.

Lemy flog in seinem Kubu davon, um die Lage zu erkunden. Ich wartete, bis er hinter der nächsten Biegung auftauchte und das Zeichen gab. Ein gewaltiger Spurt brachte mich zur Quelle. Sie lag in einer großen Höhle. Ich löschte meinen Durst, füllte den Schlauch und rannte zurück. Im Nebencañon entdeckten wir einen anderen Hohlraum. Er lag etwa sechs Meter über der Sohle, und der Eingang wurde von einer Gesteinstafel abgedeckt.

Hier kam ich endlich zur Ruhe. Von der Schiffsbesatzung war nichts zu sehen. Ab und zu heulte ein Panzermotor auf. Schüsse waren nicht zu vernehmen.

Als die höhersteigende Sonne die Düsternis verdrängte, konnte ich den Kurzen besser sehen. Sein Gesichtsausdruck erschreckte mich. Ich setzte mich bequemer hin und lehnte den Rücken gegen die Wand.

„Was hast du herausbekommen?" erkundigte ich mich.

Lemy saß auf meinem Fuß, den er gleichzeitig als Liegebett verwendete. Da er nicht antwortete, schnippte ich ihn nach unten.

„Rohling", sagte er, aber in seinem Gesicht zuckte kein Muskel. Da wurde ich noch unruhiger.

Endlich hob er den Kopf. Er stand mir gegenüber und spähte ins Freie.

„Man weiß nicht, daß die Tollwütigen wieder gesund werden, wenn man nur lange genug wartet", erklärte er übergangslos. „Außerdem glaubt man doch an eine Infizierung. Niemand auf dem Schiff kann sich vorstellen, daß der krankhafte Zustand durch paraphysikalische Effekte erzeugt wird. Das erklärt, weshalb die Kranken erschossen werden. Die Einäscherung ist unter den Umständen selbstverständlich. Die Herrschaften sind noch nicht auf die Idee gekommen, einen Kranken länger als drei Stunden zu isolieren. Kurz nach der Landung hatte man es versucht, doch dann gab der Kommandant den Tötungsbefehl. Hätte er noch eine Stunde länger gewartet, wäre es zur Normalisierung gekommen. Man unterliegt einem schrecklichen Irrtum."

Ich verzichtete auf eine Antwort. Lemy sprach monoton. Ich fühlte, daß er keine Entgegnung erwartete.

„Der Bürgerkrieg geht auf das Konto der Akonen. Die Regierung wird seit Jahren finanziell unterstützt. Die Androhung, die geheimen Zuwendungen einzustellen, falls man die Freiheitsbestrebungen der Farmer nicht eindämmte, genügte, um die ohnehin schwelende Feindschaft mit den freien Züchtern zum Krieg ausarten zu lassen. Eine einflußreiche akonische Gruppe, die mit verschiedenen Springersippen eng zusammenarbeitet, kümmert sich schon viel länger um diese Randzonenwelt, als wir angenommen hatten. Ein USO-Fall ist einwandfrei gegeben."

Ich blickte bezeichnend zu Lemys Kubu hinüber, in dessen Laderaum der Minisender verborgen war. Er schüttelte aber nur den Kopf.

„Nein, vorerst dürfen wir nicht funken. Wenn der Akonenkommandant die USO-Flotte ortet, wird er über dem Talkessel eine Bombe abwerfen. Das, was dort verborgen liegt, ist zu wertvoll, als daß er es in unsere Hände fallen ließe. Diesbezügliche Befehle sind schon kurz nach der Landung erlassen worden."

Meine Erregung legte sich. Lemys seltsamer Zustand blieb mir nicht verborgen. Er hatte etwas entdeckt, was nicht mit ein paar Worten gesagt werden konnte.

Als mich der Kleine plötzlich scharf ansah und seine rechte Hand zur Hüfte niedersank, hielt ich den Atem an. Lemys Strahlwaffe war winzig, aber ich kannte ihre Wirkung. War er verrückt geworden? Warum nahm er die typische Schußhaltung ein.

„Du dürftest etwa dreihundertfünfzig Jahre alt werden, Großer", sagte er langsam. „Genügt dir das?"

Ich zog die Beine an.

„Bleib sitzen, Melbar Kasom. Ich fragte, ob dir diese Lebensspanne genügt?"

„Vollauf. Das ist meine ehrliche Meinung."

„Ich hoffe es, Großer, denn nur wenige Kilometer entfernt liegt für einen von uns das ewige Leben. Erinnerst du dich an die Lagebesprechung im Hauptquartier? Der Großadministrator teilte mit, *ES* hätte fünfundzwanzig Zellaktivatoren über die Galaxis verstreut. Weiterhin teilte *ES* mit, daß in der jeweiligen Umgebung der Spender des ewigen Lebens rätselhafte Ereignisse, gekoppelt mit Funksignalen auftreten würden."

„Ich werde verrückt."

„Keine billigen Versprechungen, wenn ich bitten darf. Die Funksignale gehen vom Aktivator aus. Sie wurden schon vor Wochen zufällig von einem akonischen Forschungskommando aufgefangen und an die unbekannte, aber zweifellos einflußreiche akonische Gruppe auf Sphinx weitergegeben. Dort wurden die Signale annähernd richtig gedeutet, als *ES* seine Absichten in der ganzen Galaxis bekanntgab. Anscheinend wissen die Mitglieder dieser Gruppe ganz genau, wie ein Zellaktivator aussieht und wie er arbeitet. Möglicherweise haben sie dieses Wissen von den Antis erhalten, die vor etwa 220 Jahren durch Thomas Cardif in den Besitz von zwanzig Aktivatoren gelangt sind, die sich für ihre Träger damals jedoch verhängnisvoll auswirkten. Jedenfalls wurden die hiesigen Mitglieder der akonischen Gruppe in Marsch gesetzt. Sie vermaßen die Irrsinnszone und schickten alle Daten in die Zentrale auf Sphinx. Von dort aus wurde dann ein Kreuzer hierhergeschickt. Gleichzeitig erschien der Springer Tschatel auf Haknor und überbrachte der hiesigen Regierung das Ultimatum der Akonen, gegen die Farmer und Viehzüchter mit allen Mitteln vorzugehen, andernfalls die finanzielle Unterstützung gestrichen würde. Jetzt ist man davon überzeugt, daß in dem Talkessel einer der fünfundzwanzig Aktivatoren liegt. Dummerweise kann man sich ihm nicht nähern. Man hat den makabren Humor des Fiktivwesens überschätzt; ja, man weiß noch nicht einmal, daß die Irrsinnsstrahlung nur ein Scherz sein soll. Man hält sie für unabänderlich und billigt ihr mehr Bedeutung zu, als sie es verdient. Wir sind in dieser Hinsicht wesentlich besser informiert. Die Strahlung ist nicht mehr als ein Hindernis, das man sicherlich irgendwie umgehen kann. Aus der terranischen Geschichte geht hervor, daß der Unsterbliche einmal ein galaktisches Rätsel aufgab, dessen Lösung zur Auffindung des Kunstplaneten Wanderer führte. Hier liegt der Fall ähnlich, wenn auch weniger kompliziert."

Lemys Hand schwebte noch immer über dem Griff seiner Waffe.

Ich knurrte ihn an: „Laß es sein. Was soll der Unfug?"

„Man kann es keinem Intelligenzwesen verübeln, wenn es nach der Unsterblichkeit strebt."

„Freilich nicht."

„Du bist ein Mensch mit allen Fehlern und Schwächen, Melbar Kasom. Wer garantiert mir dafür, daß du nicht jetzt schon mit dem Gedanken spielst, Diensteid und Treue zu vergessen, um dich in den Besitz des Geräts zu bringen?"

Ich starrte Lemy an. Verwirrt stellte ich fest, daß sich in mir ein Gefühl regte, das ich nicht genau bestimmen konnte. War das die Gier nach dem ewigen Leben, nach einer biophysikalischen Zellkernaktivierung, die keine Alterung zuließ?

Lemy lächelte wissend.

„Du spürst es schon, wie? Ich auch, zugegeben. Die Frage ist nur, wer von uns mehr Willenskraft, Anstand und Pflichtbewußtsein besitzt. Ich erinnere mich an einen Mann, der den Titel eines Staatsmarschalls führt und der neben Perry Rhodan saß. Reginald Bull ist sein Name. Er wird in wenigen Wochen sterben, wenn er keinen Aktivator erhält. Ich schätze diesen Mann, der zusammen mit Rhodan und Atlan das heutige Imperium aufbaute. Wie wirst du dich entscheiden, Melbar Kasom?"

Ich bemühte mich, das eigenartige Gefühl zu unterdrücken.

„Großer, allein schaffe ich es nicht. Die Akonen sind hervorragende Techniker. Sie arbeiten soeben eine Methode aus, um das Strahlungsfeld durchdringen zu können. Ich bin davon überzeugt, daß die Irrsinnsimpulse verlöschen, wenn man das Gerät berührt. Damit endet der Scherz. Wie wirst du dich entscheiden, Spezialist Kasom?"

„Wie hast du dich entschieden?" antwortete ich.

„Zugunsten des Imperiums. Wir sind gebeten worden, Augen und Ohren offenzuhalten. Wir haben es getan. Außerdem, Freund – ich werde bestimmt neunhundert Jahre alt, und das genügt mir. Du hast allerdings nur dreihundertfünfzig Jahre zu leben."

Ich stand auf. Minuten später hatte ich mich gefangen. Das Bohren und Wühlen erstarb in mir.

„Was ist zu tun? Hast du einen Plan?"

Lemy nahm die Hand von der Waffe. „Ja. Ich habe das Diagramm meines Impulsorters ausgewertet. Die Wellenfront breitet sich horizontal nach allen Richtungen aus."

„Und vertikal?"

„Ebenfalls, aber nicht so stark. Der Aktivator befindet sich in einem Hohlraum der nördlichen Kesselwand. Das ist für die Akonen nachteilig, da der Zugang genau entgegengesetzt liegt. Sie müssen etwa sechshundert Meter fahren, fliegen oder laufen, bis sie die Talsohle überquert haben. Vorher aber haben sie die schwächeren Ausläufer der Strahlung zu überwinden, damit sie erst einmal bis zum Kesseleingang kommen."

„Warum stoßen sie nicht von oben herab?"

„Man hat es probiert. Die Maschinen sind zu groß. Sie wirken wie eine Sammellinse. Ich habe mit dem Kubu eine bessere Chance."

Wir sprachen das Vorhaben durch. Dabei lauschten wir immer wieder nach draußen, wo Panzermotoren heulten. Lemy hatte gesehen, daß man die schnellen Fahrzeuge mit allen bekannten Strahlabschirmungen ausrüstete.

Etwas war mir noch unklar. Ich fragte nach dem Forschungskommando, das die Peilsendung zuerst aufgefangen haben sollte. Der Hörbarkeitsbereich war gering. Weshalb waren Akonen in die Durstberge gekommen?

„Zufall", erklärte der Kleine. „Man suchte nach einem geeigneten Ort für die Fabrikation von verbotenen Waffen. Bei diesem Unternehmen kam man hier vorbei und hörte die Morsesignale."

Nachdem wir jeden denkbaren Fall erörtert hatten, legten wir uns schlafen. Ich mußte Kräfte sammeln, und der Kurze sollte seine strapazierten Nerven unter Kontrolle bringen.

Es wurde ein langer Tag. Ich fuhr alle Augenblicke hoch. Erst mit beginnender Abendkühle fand ich die notwendige Ruhe.

9. *Lemy Danger*

Um das Ziel ohne Zeitverlust anfliegen zu können, hatte ich es kurz vor Sonnenuntergang gewagt, in den Kessel einzutauchen und vor dem angepeilten Lageort des Zellaktivators einen Infrarot-Leuchtkörper abzuwerfen.

Er war nur wenige Meter vor dem übermannshohen Eingang einer Höhle niedergefallen, und jetzt konnte ich seinen Wärmeschein einwandfrei sehen. Die Ausstrahlung war so stark, daß sogar die Öffnung in der Felswand ausgeleuchtet wurde. Wenn es mir gelang, niederzustoßen, ohne eine Sekunde zu verlieren, und mit dem Schwung, den ich beim Auffangen der Maschine gewinnen mußte, in die Höhe zu rasen, konnte ich es schaffen.

Schon beim Werfen des Leuchtkörpers hatte ich die unheimliche Gewalt zu spüren bekommen, obwohl ich ihn hundert Meter über der Talsohle ausgeklinkt hatte. Anschließend hatte ich zwei Stunden zur Erholung benötigt.

Das Experiment hatte mir aber verraten, daß die Irrsinnsstrahlung nicht schlagartig zu wirken begann. Einige Zeit konnte man den Zwang überwinden. Jetzt ging es also darum, das auf Haknor niedergelegte Gerät zu bergen. Die Anwesenheit der Akonen war störend. Sie waren wie besessen. Immer wieder fanden sich Männer, die es noch einmal versuchen wollten, den Aktivator zu bergen. Der Kommandant ließ ihnen freie Hand. Er verfügte noch über tausend Besatzungsmitglieder. Er brauchte nur an Bord seines Schiffes zu warten, bis es einem Besatzungsmitglied gelingen würde, den Aktivator zu bergen. Danach würde er ihm den Aktivator abnehmen, denn der Betreffende mußte an Bord zurückkehren, falls er – trotz Aktivator – nicht infolge Wassermangel sterben wollte.

Ich schwebte zu einem Hang hinüber, landete und verabreichte mir eine kreislaufstabilisierende Injektion. Als die Wirkung eintrat, wußte ich, daß ich alles getan hatte, um Körper und Geist zu festigen.

Melbar hatte den Befehl erhalten, mir unter allen Umständen den Rücken freizuhalten.

Ich schaute auf die Uhr. Es wurde Zeit. Der Umweltangepaßte mußte längst eine gute Abwehrposition gefunden haben. Ich flog los.

Fünfhundert Meter über dem Tal setzte die Wirkung bereits abgeschwächt ein. Da die Kesselsohle etwa vierhundert Meter unter dem Niveau der Hochlandwüste lag, reichte die Strahlung neunhundert bis tausend Meter weit in vertikaler Richtung. In der Breitenausdehnung war sie wesentlich weiträumiger. Der Ort, wo Melbar sich aufhielt, war wenigstens eineinhalb Kilometer vom Aktivator entfernt.

Ich wartete nicht länger. Den Leuchtkörper scharf fixierend, legte ich die Schwingen an und stürzte im Winkel von neunzig Grad auf den Boden zu. Die Felswände näherten sich schnell. Augenblicke später hatte ich die Oberfläche der Hochebene erreicht und flog in den Kessel hinein.

Hier traf mich die Strahlung so stark, als wäre ich auf einen festen Körper geprallt. Meine Sinne verwirrten sich. Den ersten Wutanfall konnte ich neutralisieren und im selben Augenblick die Maschine abfangen.

Haarscharf über dem Talboden brachte ich sie in horizontale Fluglage und raste dann mit vollem Fahrtüberschuß auf die Wandöffnung zu.

Ich wußte, daß ich wie ein Wahnsinniger schrie. Eine parapsychische Gewalt wollte mich zwingen, jede vernünftige Tätigkeit aufzugeben und auf alles einzuschlagen und zu schießen.

Ich flog trotzdem mit schnellen Flügelschlägen weiter, bis sich vor mir ein Hohlraum auftat.

Auf einem Felsblock lag ein bläulich fluoreszierender Körper, der mich jetzt, da ich ihn direkt sah, ganz in seinen Bann schlug. Ich vergaß alles, was ich mir vorgenommen hatte. Die paranormale Strahlfront überflutete mich völlig, und ich begann endgültig zu wüten.

Allerdings hatte ich mein Unterbewußtsein noch vor dem Anflug suggestiv so beeinflußt, daß ich unwillkürlich richtig handelte. Es gelang mir mit dem letzten Rest meiner Willenskraft, den unbezwingbaren Zorn ausschließlich auf das Gerät zu richten.

Ich unterwarf mich der Strahlung, flog jedoch weiterhin auf den Aktivator zu. Vom Zerstörungswahn besessen, stürzte ich mich mit der Maschine auf das Gerät, schob die Arme aus dem Brustluk und umfaßte das schimmernde Metall. Im selben Augenblick erlosch der ungeheure Druck. Jemand lachte so laut, daß ich glaubte, mein Kopf müsse bersten.

„Willkommen", sagte die telepathische Stimme. „Hüte dein Gut und versuche, wenigstens eine Stunde lang unsterblich zu sein."

Wieder erklang das Lachen, um dann zu verstummen. Ich lag fast besinnungslos über dem Apparat, den ich kaum mit den Armen umspannen konnte.

Keuchend und ständig nervöser werdend, kletterte ich aus der Maschine und suchte nach einer Lösung. Da vernahm ich ein Geräusch. Ich zog die Waffe und ging in Deckung.

„Ich bin es, Melbar Kasom", dröhnte die Stimme des Ertrusers. „Du mußt ihn gefunden haben, oder die Strahlung hätte nicht plötzlich aufgehört. Lemy, wo steckst du? Lemy ..."

Ich meldete mich, und Kasom kam in die Höhle gestürmt. Dem Aktivator, der einem Mann das ewige Leben verleihen konnte, schenkte er kaum einen Blick.

„Die Akonen werden in spätestens fünf Minuten wissen, daß die Irrsinnsstrahlung erloschen ist. Zwei Panzer stehen vor der Schlucht, in der du den Tollwütigen gesehen hast. Wer von uns bringt das Ei in Sicherheit?"

„Du hättest nicht kommen dürfen", ächzte ich, noch immer von Kopfschmerzen und Übelkeit geplagt. „Wie willst du aus dem Kessel entfliehen? Man wird den einzigen Zugang blockieren."

„Ich mußte nach dir sehen, Kleiner. Wenn dir etwas passiert wäre, hätte ich wenigstens noch versuchen können, den Aktivator in Sicherheit zu bringen. In der Südwand gibt es eine Aufstiegsmöglichkeit. Es kann allerdings sein, daß ich überrascht werde. Wer von uns soll das Gerät an sich nehmen?"

Wir sprachen nicht mehr viel. Melbar zog aus seinen unergründlichen Taschen meinen Mikro-Gravitationsneutralisator hervor, und ich schnallte ihn auf den Rücken. Dadurch wurde mein Körpergewicht aufgehoben und der Kubu entlastet.

Ich warf die Ausrüstung aus dem Laderaum und behielt nur meinen

Hypersender. Der Zellaktivator war an einer Kette befestigt. Diese Kette schlang Kasom um die Kububeine und verknotete sie.

Ich stieg in die Maschine und legte die Sicherheitsgurte an. Der Große trug mich hinaus. Im Freien angekommen, warf er mich in die Luft, und ich nahm mit voller Maschinenkraft Fahrt auf. Als die Geröllwüste in meinem Blickfeld auftauchte, hing Kasom schon in der Steilwand und begann mit seinem Aufstieg. Minuten später war im Talkessel die Hölle los.

Panzerfahrzeuge preschten durch den Zugang und fuhren auf die Höhle zu. Ich saß am Rand der Kesselwandung und spähte nach unten. Kasoms Körperwärme erzeugte ein schwaches Infrarotbild, das sich aber kaum von dem noch erhitzten Gestein abhob.

Zu allem entschlossen, fuhr ich die Schnabelkanone aus und nahm einen Panzer aufs Korn. Der Sprechfunkverkehr der Akonen war so stark, daß ich es wagen konnte, mit Melbar Verbindung aufzunehmen.

„Wo bist du, Dicker?"

„Die Hälfte habe ich geschafft", antwortete er. „Bist du in Sicherheit?"

„Ja, ich habe die Hochlandwüste erreicht."

„Dann fliege weiter."

„Nicht ohne dich."

„Rede keinen Unsinn, Kleiner. Das Gerät ist wichtiger als alles andere. Fliege hinab in die Ebene, strahle deinen Notruf ab und wechsle den Standort. Ich verstecke mich und gebe später Peilzeichen."

Ich wartete trotzdem, bis Kasom oben ankam. Weit unter uns brach ein Feuergefecht aus, das anscheinend auf einem Irrtum beruhte. Als Melbar bereits davonrannte und ich mit der überladenen Maschine folgte, begann es in den Schluchten zu tosen.

„Sie starten", gab Kasom durch. „Hier oben werde ich sofort geortet. Wo kann ich am besten absteigen? Ich muß die Wasserstelle finden, wo wir zuerst gelagert haben. Fliege vor und suche einen Weg."

Ich kannte das Gelände ziemlich genau. Noch ehe das Akonenschiff aus seinem Versteck auftauchte, hatte ich Kasom den Weg bis zur Quelle gewiesen und flog dann davon.

„Ich warte auf euch. Wenn ihr keine Peilzeichen erhaltet, sucht nicht lange. Mache deine Sache gut, kleiner Freund.“

Meine Augen wurden feucht, als ich durch die Nacht davonschoß. Ich dachte auch noch an Melbar Kasom, als ich hundert Kilometer entfernt in die Ebene niederstieß, meinen Funkspruch an den wartenden USO-Kreuzer absetzte und sofort die Stellung wechselte.

Kaum getan, dröhnte ein feuerspeiendes Ungeheuer aus dem Himmel herab. Dort, wo ich gefunkt hatte, brach der Boden auf. Die Akonen scheuten sich nicht, die Landschaft mit einer schweren Kernbombe zu verwüsten.

Fünf Minuten später antwortete der Kreuzer auf der Hyperwelle der USO. Ich meldete mich nochmals und forderte mit einem Raffimpuls Alarmstufe eins an. Das bedeutete die baldige Ankunft eines USO-Geschwaders. Anschließend wechselte ich wieder die Stellung.

Das Raumschiff war noch bis Tagesanbruch sichtbar. Mein Impulsorter sprach ununterbrochen an. Die Fremden suchten nach dem Unbekannten, der ihnen den Zellaktivator vor der Nase entführt hatte. Vor allem aber hatte ich durch meine leicht einpeilbaren Hyperfunksprüche erreicht, daß man nicht nach Melbar Kasom suchte.

Drei Stunden nach Sonnenaufgang nahm das Akonenschiff plötzlich Fahrt auf und dröhnte in den Himmel. Wenige Minuten später teilte mir der Kommandant des USO-Kreuzers mit, daß das akonische Schiff bei einem Gefecht abgeschossen worden sei. Die Chance, an die Drahtzieher dieser akonischen Aktion heranzukommen, war dadurch vertan worden. Aber ich machte dem Kommandanten keine Vorwürfe. Er hatte keine andere Wahl gehabt. Wahrscheinlich war er durch die Akonen derart in Bedrängnis geraten, daß er sich dazu entschließen mußte, zu feuern, ehe er selbst vernichtet wurde.

Die nachfolgenden Ereignisse interessierten mich nicht mehr. Ich flog vorsichtig zur Hochlandwüste zurück und kam am späten Nachmittag bei Melbar an.

Nur vierundzwanzig Stunden später erfuhren die Herren der haknorschen Regierung, was es heißt, gegen die Gesetze des Imperiums zu verstoßen. Eine Interventionsflotte unter Atlans Führung traf über dem Planeten ein.

Die Feindseligkeiten zwischen Regierungstruppen und Rebellen wurden eingestellt, die EXPLORER-1207 freigegeben und Neuwahlen angekündigt, bei denen die Farmer wohl als Sieger hervorgehen würden.

Melbar und ich wurden in einem Beiboot abgeholt. Es setzte uns auf dem Raumhafen von Tesonta ab, wo wir von Lordadmiral Atlan in das Flaggschiff befohlen wurden.

Ich stand im besten Dienstanzug und in strammer Haltung auf dem Schreibtisch des unsterblichen Arkoniden.

Vor meinen Füßen lag der Zellaktivator. Atlan hatte erst nach unserer Ankunft erfahren, was wir auf Haknor gefunden hatten.

Der Dicke hatte sich neben mir aufgestellt. In seinem breiten Gesicht zuckte kein Muskel. Die Offiziere des Geschwaders waren anwesend, desgleichen Oberstleutnant Hymik, dessen wissenschaftliche Besatzung die Echtheit des Aktivators bestätigt hatte.

Atlan hatte mich etwas gefragt, und ich suchte nach einer Antwort. Schließlich entgegnete ich leise: „Nun ja, wenn ein Mann ohnehin neunhundert Jahre alt werden kann, dann verlangt er weniger nach dem ewigen Leben als andere Menschen. Außerdem . . .“, ich unterbrach und schaute an mir herunter, „außerdem hätte ich den Apparat mit dem besten Willen nicht tragen können.“

Atlans ernste Züge veränderten sich. Sein herzliches Lachen stimmte mich froh.

Wissen Sie – für einen Siganesen ist es immer ein Festtag, wenn er den großen Terrageborenen behilflich sein kann. Ich war glücklich, und das reichte mir.

„Sie, Melbar Kasom, hätten das Gerät aber bestimmt tragen können“, meinte Atlan.

Ich sah den Dicken neugierig an. Er ist zwar ein Angeber, aber doch mein Freund, was ich ihm natürlich niemals offen sagen werde.

„Ertrusische Prachtmenschen erreichen auch ein hübsches Alter“, entgegnete er. „Außerdem war Lemy der Meinung, es gäbe einen gewissen Staatsmarschall, der ohne den Aktivator in wenigen Wochen sterben müßte. Da gab es nicht mehr viel zu überlegen.“

Anschließend wurden wir entlassen. Der Einsatz war beendet.

Vor meiner Spezialkabine angekommen, maß ich Melbar von oben bis unten.

„Werde satt und dick, du Prachtmensch!“ rief ich zornig. „Dir werde ich, dir Fettsack, noch beibringen, was andere Menschen unter Zurückhaltung und Anstand verstehen."

„Dein Mundwerk ist größer als das kosmische Stäubchen, das du Siga nennst."

Jetzt bewährte es sich, daß ich meine Dienstwaffe schon vorher auf schwächste Leistung eingestellt hatte. Ich zog blitzschnell und schoß dem Riesen in die linke große Zehe. Die Brandblase war ein wirkungsvoller Denkzettel.

Als Kasom wie ein Urwelttier zu brüllen begann und auf einem Bein herumhüpfte, schlüpfte ich in meine Kabine und verriegelte die Tür. Aufmerksam lauschte ich seinen fürchterlichen Drohungen, die schließlich in ein wehleidiges Stöhnen übergingen.

Man sollte eben einen siganesischen Spezialisten von meiner stattlichen Größe niemals beleidigen.

10.

Der Schwere Kreuzer NOSTASA befand sich auf dem Flug von Arkon zum Planeten des ewigen Lebens, Wanderer genannt. Die Raumkugel mit einem Durchmesser von zweihundert Metern und vierhundert Mann Besatzung an Bord glitt aus der Librationszone in den Normalraum zurück, um dem überanstrengten Antrieb eine Erholungspause zu gönnen.

Perry Rhodan wurde durch schrilles Läuten aus tiefem Schlaf gerissen. Er fuhr hoch, und es dauerte fast zwei Sekunden, ehe er sich besinnen konnte, wo er war. Stimmt, er hatte Bully gebeten, in der Kommandozentrale der NOSTASA zu bleiben und Oberst Ten Hogard zu unterstützen. Wenn auch die Position des Kunstplaneten einigermaßen sicher bestimmt werden konnte, war man nie vor Überraschungen sicher. Die Art dieser Überraschungen hing davon ab, in welcher Laune sich der Unsterbliche befand.

Das Läuten . . .

Es war der Interkom. Rhodan richtete sich ganz auf und drückte den

Knopf ein, der die Verbindung zur Zentrale herstellte. Man mußte schon einen gewichtigen Grund haben, ihn aufzuwecken.

„Ja?“

„Gott sei Dank!“ Das war Bullys Organ. „Du hast einen Schlaf, um den man dich beneiden kann. Der Wecker klingelt schon drei Minuten.“

„Du übertreibst wie immer. Was gibt's?“

„Hyperfunk, Perry. Atlan will dich sprechen.“

„Bin gleich da.“

Rhodan sprang aus dem Bett, auf dem er in voller Bekleidung gelegen hatte. Einige Sekunden lang lauschte er Bullys Stimme nach. Sie hatte völlig normal geklungen. Der Freund beherrschte sich ausgezeichnet, auch wenn er praktisch durch das Wesen auf Wanderer zum Tode verurteilt worden war.

Seit dreihundertfünfzig Jahren gab es die Zelldusche, die das Leben jedesmal um zweiundsechzig Jahre verlängerte. Aber seit dem März des Jahres 2326 gab es sie nicht mehr. Seit vier Wochen war die lebenserhaltende Zelldusche wieder zu einem unerreichbaren Wunschtraum geworden. Nur Rhodan und Atlan besaßen einen Zellaktivator, der sie unsterblich machte.

Alle anderen Menschen, darunter die Mutanten, waren wieder sterblich geworden. Von einer Minute zur anderen. *ES* hatte es so gewollt.

Für drei Mutanten waren die zweiundsechzig Jahre in wenigen Monaten um. Wenn bis dahin nichts geschah, würden sie in wenigen Stunden plötzlich altern und sterben.

Bullys Frist aber lief bereits in vierzehn Tagen ab.

Und er tat so, als sei nichts geschehen. Allmählich begann Rhodan ihn zu bewundern.

Er schüttelte die trüben Gedanken ab und trat auf den Gang. So schnell er konnte, eilte er zur Kommandozentrale und wurde dort vom diensthabenden Funkoffizier in Empfang genommen. Bully stand neben dem Kommandanten und schien den Eintritt Rhodans nicht bemerkt zu haben.

Rhodan preßte die Lippen fest aufeinander und folgte dem Funkoffizier.

„Unsere Position jetzt?“

„Siebentausendundzwei Lichtjahre von Arkon, Sir. Ruheperiode dauert noch zwanzig Minuten, dann folgt nächste Linearetappe."

Rhodan war vor die Funkanlage getreten. Vom großen Bildschirm herab sah ihm Atlans Gesicht entgegen. Der unsterbliche Arkonide sah ihn im selben Augenblick, Tausende von Lichtjahren entfernt. Er lächelte unmerklich.

„Stelle keine Fragen, Perry, wir haben wenig Zeit. Ich werde dir später berichten. NATHAN hatte mit seiner Auswertung recht. *ES* hat tatsächlich fünfundzwanzig Zellaktivatoren verstreut. Wir haben einen Zellaktivator gefunden."

Rhodan starrte in Atlans Gesicht.

Er war unfähig, sofort zu antworten, denn hundert Möglichkeiten schossen ihm durch den Kopf.

Einen Zellaktivator. Ewiges Leben für ihn, der ihn trug. Jetzt, wo die Zelldusche wegfiel, tausendmal wertvoller als je zuvor.

„Wer fand ihn?"

„Lemy Danger und Melbar Kasom, zwei Spezialagenten."

„Und sie haben ihn abgeliefert?" fragte Rhodan gespannt.

In Atlans Gesicht zuckte kein Muskel, als er nickte. „Ja, sie haben ihn abgeliefert, Perry."

Einer der fünfundzwanzig Aktivatoren war gefunden, blieben noch vierundzwanzig. Es konnte Jahre dauern, bis man alle gefunden hatte.

Rhodan hörte hinter sich eine Bewegung. Er drehte sich um. Bully stand gegen eine Konsole gelehnt und sah Atlan an. Sein Blick ging durch Rhodan hindurch.

Ein zum Tode Verurteilter, dachte Rhodan plötzlich, der eine Möglichkeit erkannt hat, dem Henker zu entgehen.

Der Zellaktivator ...

Er wandte sich wieder Atlan zu. „Was hast du unternommen?"

Atlan begriff sofort. „Der gefundene Aktivator ist auf dem Weg zu dir. Der Leichte Kreuzer KENIA trifft die NOSTASA bei Position BL-67-KJ, siebenhundert Lichtjahre vom jetzigen Standpunkt entfernt."

Rhodan atmete auf. „Danke, Atlan."

Dann aber durchzuckte ihn ein fast schmerzhafter Schreck. Der Wert eines Aktivators war unschätzbar. Wer ihn trug, war unsterblich. Konnte es überhaupt einen Menschen geben, dem man einen Aktivator anvertrauen durfte? War es richtig, einen Menschen einer solchen Versuchung auszusetzen? Würde nicht jeder einer solchen Versuchung erliegen?

Hinter sich hörte er Bullys Atemzüge. Waren sie nicht unregelmäßiger, heftiger geworden?

Rhodan spürte das Gewicht der auf ihn zukommenden Entscheidung.

„Keine Sorge, Perry." Atlan schien Rhodans Gedanken gelesen zu haben. „Ich habe den Aktivator jemand gegeben, der sicherlich nichts damit anfangen kann – und dem du vertrauen kannst. Er wird sicher in deine Hände gelangen. In wenigen Stunden."

„Doch nicht etwa . . ."

Atlan nickte ungerührt. „Natürlich, wem sonst? Du wolltest doch Mutanten nach Wanderer mitnehmen. Gucky hatte seinen Auftrag erledigt und meldete sich bei mir. Er kam gerade zur rechten Zeit. Ich gab ihm den Aktivator und ließ ihn auf die KENIA teleportieren."

Gucky.

Rhodan atmete erleichtert auf. Es gab niemand, der zuverlässiger war als Gucky. Außerdem war der Mausbiber der einzige, der bisher freiwillig auf die Zelldusche verzichtet hatte, obwohl sie ihm oft genug angeboten worden war. Wie alt ein Mausbiber eigentlich werden konnte, wußte immer noch niemand. Gucky war bestimmt mehr als vierhundert Jahre alt.

„Danke", wiederholte Rhodan. Hinter sich hörte er das erleichterte Räuspern Bullys. „Du warst sehr umsichtig."

„Es sind nicht alle wie Lemy Danger und Melbar Kasom, Perry. Du erhältst von Gucky einen ausführlichen Bericht über das Auffinden des ersten Aktivators. Vielleicht ergibt das Hinweise. Frage auf jeden Fall den Unsterblichen. Vielleicht kann er dir die Position der anderen bekanntgeben. Und frage ihn, warum die Zelldusche nicht mehr gewährt wird."

„Das ist der Zweck meines Fluges. Ich melde mich, sobald ich Erfolg habe."

Der Bildschirm erlosch.

Langsam drehte Rhodan sich um und sah direkt in die weit geöffneten Augen von Bully, seinem ältesten Freund und Gefährten. Er glaubte, so etwas wie Angst in ihnen flackern zu sehen.

„Der alte Atlan – immer zu einem Schwätzchen aufgelegt“, sagte Bully leichthin. „Dann wird Gucky also doch mit von der Partie sein. Ich dachte, er könnte sich nicht von Iltu losreißen. Seit die beiden verheiratet sind, hocken sie doch immer zusammen.“

Etwas in seiner Stimme ließ Rhodan aufhorchen. Er schmunzelte. „Mein Alter, du wirst doch nicht etwa neidisch sein? Gönne den beiden ihr Glück.“

„Und ob ich das tue.“ Bullys Stimme klang scherzhaft, aber seine Augen blieben ernst. Die Angst war noch nicht aus ihnen gewichen. Sie paarte sich mit Ungewißheit und der Qual, die alles entscheidende Frage doch einmal stellen zu müssen.

Rhodan beschloß, das grausame Spiel zu beenden. „Gucky bringt den ersten gefundenen Zellaktivator. Ich werde ihn dir geben. Du warst sowieso der nächste mit der Zelldusche.“

Keine Worte hätten Bullys Erleichterung beschreiben können. Man sah ihm förmlich an, wie ein imaginärer Stein von seinem Herzen rollte. Seine Augen leuchteten auf, und unwillkürlich machte er einen Schritt auf Rhodan zu, streckte ihm die Hand entgegen. „Danke, Perry. Ich hätte dich nie darum gebeten.“

Rhodan nahm die Hand.

„Wem hätte ich den Aktivator sonst geben können?“ fragte er mit gespieltem Erstaunen und kehrte in die Zentrale zurück.

Kommandant Hogard erwartete ihn bereits. Wenn er etwas von dem Gespräch zwischen Rhodan und Atlan vernommen hatte, so ließ er sich das nicht anmerken.

„Wir nehmen in zwei Minuten wieder Fahrt auf, Sir.“

Rhodan gab ihm die Koordinaten des Treffpunkts und erklärte dann: „Sorgen Sie dafür, daß beim Austritt aus der Librationszone ständig Peilzeichen mit Hyperfunk gegeben werden. Wann können wir die angegebene Position erreichen?“

„In drei bis vier Stunden.“

„Gut. Sie finden Reginald Bull und mich in meiner Kabine.“

Die KENIA erreichte die festgesetzte Position nur wenige Minuten später als die NOSTASA. Nach einem kurzen Funkgespräch der beiden Kommandanten konnte sie ihren Flug fortsetzen.

Vorher aber teleportierte Gucky in die NOSTASA.

Für den Mausbiber war es eine Kleinigkeit, die geringe Entfernung zu überspringen. Er entmaterialisierte auf der KENIA und entstand noch in derselben Sekunde wieder auf der NOSTASA. Er hatte dabei sein Ziel so genau angepeilt, daß er auf dem Schoß des Navigators rematerialisierte.

Der junge Leutnant, obwohl auf das Erscheinen eines Teleporters vorbereitet, erschrak derart, daß er entsetzt aufsprang. Dabei rutschte Gucky auf den Boden und landete auf seinem Hinterteil. Mit einem Satz war er wieder auf den Beinen.

„Schwächling!" zeterte er und rückte seine Spezialuniform zurecht, die man extra für ihn geschneidert hatte. Sein Biberschwanz zitterte erregt in dem flachen Futteral. „Bei dir hat wohl noch nie jemand auf dem Schoß gesessen, was?"

„N – nein, Mister Guck – eh, Leutnant Guck."

Der Mausbiber grinste. Dann aber fauchte er wütend: „Erinnere mich nicht daran, daß ich immer noch Leutnant bin. Man hat mich vergessen. Ich werde auch dann noch Leutnant sein, wenn wir den Nebel der Andromeda zur Kronkolonie ausrufen. Na, von mir aus." Plötzlich grinste er wieder. „Du bist wohl von Natur aus schüchtern, was?"

Der Navigator hatte sich inzwischen von seinem Schreck erholt. Er schien es nicht zu lieben, über private Dinge zu sprechen. Schon gar nicht mit Gucky, der ohnehin seine Gedanken lesen konnte.

„Möchte den sehen, der bei deinem unverhofften Erscheinen keinen Schreck kriegt", knurrte er und nahm wieder auf seinem Stuhl Platz.

Gucky hielt ihm drohend die geballte Faust unter die Nase, watschelte dann mit triumphierender Miene zu dem sprachlosen Ten Hogard und baute sich vor ihm auf. „Telepathischer Telekinetenteleporter Leutnant Guck wie befohlen zur Stelle."

Ehe der Oberst einen vernünftigen Ton hervorbringen konnte, traten Rhodan und Bully in die Zentrale. Mit ausgebreiteten Armen eilte Bully auf den Mausbiber zu, der entsetzt seinen Nagezahn bleckte und sich hinter Oberst Hogard zu verstecken suchte.

Für einen Augenblick vergaß Rhodan seine Sorgen. Lächelnd sah er zu, wie die beiden Freunde sich begrüßten.

Ganz so schnell allerdings ging das nicht.

„Was hast du denn, Gucky? Angst vor mir?"

Bully rannte um Oberst Hogard herum, immer hinter Gucky her. Sie wirkten wie zwei Schuljungen, die um eine Litfaßsäule herum Nachlaufen spielen.

„Glaubst du, ich wäre auf deine Zärtlichkeiten scharf? Iltu ist verdammt eifersüchtig."

Bully blieb so schnell stehen, als sei er mit dem Kopf gegen eine Wand gerannt. Gucky, der im Eifer des Gefechts weitergelaufen war, rammte ihn daher mit voller Wucht von hinten.

„Eifersüchtig?" dehnte Bully und drehte sich langsam um. Mit schnellem Griff packte er den Mausbiber, ehe der sich in Sicherheit bringen konnte. „Was hat denn Iltu gegen mich?"

Gucky wand sich vergeblich, und seine telekinetischen Fähigkeiten wagte er jetzt nicht einzusetzen. Sein flehender Blick traf Rhodan. „Kannst du mitansehen, wie ich von diesem Barbaren zerquetscht werde? Jetzt hebt er mich auch noch hoch. Wenn er weiter so unvorsichtig ist, zerdrückt er mir glatt den Zellaktivator, den ich in der Tasche . . ."

Bully ließ ihn prompt los.

Zum zweitenmal innerhalb von fünf Minuten landete Gucky recht unsanft auf seinem Hinterteil.

„Eine Behandlung ist das hier!" fauchte er erbost und sah Bully herausfordernd an. „Sofort hebst du mich auf."

Bully zögerte.

„Ich sitze auf dem Aktivator. Hoffentlich hält der das aus."

Und Bully handelte sofort. Er bückte sich, griff Gucky unter die Arme und richtete ihn auf. Dabei hatte er das Gefühl, daß der Mausbiber dreimal soviel wie sonst wog. Der kleine Gauner machte sich extra schwerer.

Als der Mausbiber stand, sagte er zu Bully: „Guten Tag, Dicker. Wie geht es denn? Immer noch keine Frau gefunden?"

Bully stöhnte.

So ging das nun, seitdem Gucky verheiratet war. Immer dieselbe Anspielung. Als ob er, Bully, Zeit hätte, jemand zu heiraten. Er hatte genug mit sich selbst zu tun. Besonders jetzt.

„Wer will mich schon?" antwortete er und lächelte sanft. „Ich werde immer ein armer, einsamer Mann bleiben. Du bist mein einziger wirklicher Freund, Gucky. Glaubst du mir nicht?“

Gucky betrachtete ihn von oben bis unten.

„Nein“, sagte er dann, griff in die Tasche und reichte Rhodan den Zellaktivator. „So“, wandte er sich dann wieder an Bully. „Und nun wiederhole, was du eben gesagt hast.“

Aber Bully hatte dazu keine Gelegenheit mehr. Er nahm gerade von Rhodan den Zellaktivator in Empfang und hängte ihn sich um den Hals. So schnell ging das. So einfach und ohne besonderes Zeremoniell.

Von einer Sekunde zur anderen war Bully unsterblich geworden.

Der Aktivator unterschied sich äußerlich durch nichts von dem Rhodans und Atlans. Dennoch war Rhodan überzeugt, daß NATHAN recht hatte, als er behauptete, daß die fünfundzwanzig Aktivatoren von jedermann getragen werden konnten. Endgültige Gewißheit erhoffte man sich jedoch von *ES*.

Rhodan zweifelte nicht daran, daß die von *ES* ausgestreuten Geräte echt und keiner der berüchtigten Scherze des Unsterblichen waren – wie damals, als Cardif zwanzig Aktivatoren von *ES* besorgt und an die Antis weitergegeben hatte.

„Nun?“ pfiff Gucky erwartungsvoll. „Was ist?“

Bully nickte Rhodan zu und drehte sich dann zu Gucky um. Er bückte sich und sah ihm in die klugen, braunen Augen. „Also, ich wiederhole, Gucky: Du bist mein einziger und bester Freund. Bist du jetzt zufrieden?“

Gucky gab ihm die Hand.

„Danke, Bully. Und Ich dachte schon, du wolltest mir den Aktivator abluchsen.“ Er stolzierte in der Zentrale hin und her. „Und was nun?“ Er zeigte auf Oberst Hogard. „Warum macht der Onkel denn seinen Mund nicht zu?“

Jedes Mitglied der Raumflotten des Imperiums kannte Gucky wenigstens dem Namen nach, aber die wenigsten hatten ihn je in ihrem Leben gesehen. Der Mausbiber war so etwas wie eine legendäre Persönlichkeit geworden, über den Tausende von Geschichten kursierten. Gucky wußte das – und er genoß es.

Oberst Ten Hogard sah in diesem Augenblick wirklich wie ein entgeisterter Onkel aus. Sein Mund klappte zu.

„Sir ...", sagte er hilflos und sah Rhodan an. „Ihre Befehle?"

Gucky ging zu ihm und klopfte ihm wohlwollend auf den Körperteil, den er irrtümlich für den Rücken hielt, was bei seiner Größe von knapp einem Meter leicht zu entschuldigen war.

„Nichts für ungut, Oberst. An mich muß man sich erst gewöhnen." Er trippelte wieder zu Rhodan und sagte, wobei seine Stimme plötzlich ganz verwundert klang: „Ich habe so das Gefühl, mit diesen verdammten Zelleiern werden wir noch eine Menge Ärger kriegen. Ich bin müde. Wo ist meine Kabine?"

Rhodan nickte Hogard zu und verließ dann hinter Gucky die Zentrale.

Bully folgte ihnen.

Seine Finger strichen liebkosend über den leicht pulsierenden Metallgegenstand, der sich samtweich gegen die Haut seiner Brust schmiegte.

Er spürte die Energie, die ihn plötzlich durchströmte.

Nach zwei Flugtagen näherte sich die NOSTASA der Position des Kunstplaneten Wanderer, auf dem das unbegreifliche und unsterbliche Wesen existierte, das – nach seinen eigenen Angaben – aus der Vergeistigung einer uralten Zivilisation hervorgegangen war.

ES oder auch: der Unsterbliche.

Die Orter des Kreuzers sprachen an. Irgendwo in der Leere des Raumes war Materie, wenn sie auch von einem Zeitfeld eingehüllt war. Wanderer war eine flache und fast ebene Scheibe, über die sich ein künstlicher Himmel wölbte, mit einer künstlichen Sonne und einer ebenfalls künstlichen, aber für Menschen geeigneten Atmosphäre.

Wanderer durchzog die Milchstraße. Seine Bahn hatte die Form einer langgestreckten Ellipse. Einer der beiden Brennpunkte war merkwürdigerweise die Sonne des Solsystems.

Der Planet war relativ klein und nur ein winziges Staubkorn in der Unendlichkeit des Raumes. Gleichzeitig aber war es auch das erstaunlichste Staubkörnchen der Galaxis. Jeder Gegenstand auf seiner Oberfläche, ob Gebirge, Meer, Steppen, Gebäude oder Lebewesen, war zu Materie gewordener Gedanke. Der Unsterbliche formte sich seine Umgebung ganz nach seinem Willen.

Ein materialisierter Traum, hatte Rhodan einmal gesagt.

Die NOSTASA hatte ihre Geschwindigkeit weiter verringert. Halb so schnell wie das Licht strebte sie auf den noch unsichtbaren Punkt zu, der sich nur auf dem Orterschirm als winziger Fleck abzeichnete.

Rhodan, Bully und Gucky hielten sich in der Kommandozentrale des Schiffes auf. Mit unbewegter Miene gab Ten Hogard den Offizieren seine Anweisungen. Manchmal streifte sein Blick Gucky, der mit auf der Brust verschränkten Armen zwischen Rhodan und Bully stand und Napoleon mimte.

„Entfernung fünf Lichtminuten. Geschwindigkeit verringern."

Der Fleck auf den Schirmen wurde deutlicher. Dann wurde Wanderer auch auf den normalen Bildschirmen sichtbar. Das Zeitfeld schien nicht mehr vorhanden zu sein. Ungehindert konnte man bis auf die Oberfläche hinabsehen.

Immer näher schob sich die NOSTASA an den Planeten heran.

„Wir sollten nicht nähergehen", sagte Rhodan plötzlich. „Ein Gefühl warnt mich. Wenn wir dort landen, gibt es eine Katastrophe."

Bullys Hand fuhr unwillkürlich zur Brust. Als er den Zellaktivator spürte, schien ihn zugleich eine ungeahnte Zuversicht zu durchströmen.

„Der Unsterbliche würde uns warnen, wenn eine Gefahr bestünde."

„Warum sollte er?" Rhodan schüttelte zweifelnd den Kopf. „Ich habe Wanderer noch nie ohne Zeitfeld erlebt. Gucky, was meinst du?"

Der Mausbiber tat so, als sei er überrascht, dabei hatte er bestimmt die Absicht einer Frage in Rhodans Gehirn rechtzeitig erkannt. Aber er tat ja immer so, als spioniere er niemals in den Gedanken der anderen herum.

„Verdächtig, äußerst verdächtig", murmelte er und schob die andere Hand unter den Rockausschnitt. „Wir sollten mal den Unsterblichen fragen. Der weiß doch sonst alles."

„Das ist vielleicht ein schlauer Ratschlag", kritisierte Bully. „Als ob wir nicht von selbst daraufgekommen wären. Dann frag doch mal jemand, der gar nicht da ist."

Gucky maß ihn von oben bis unten, wobei er sich fast den Hals verrenkte.

„Der ist schon da – irgendwo um uns. Unsichtbar und nicht zu erfassen. Auch telepathisch nicht. Aber was verstehst du schon davon?“

„Ruhe!“ befahl Rhodan. „Streitet euch später. Im übrigen hat Gucky recht. Der Unsterbliche hört und sieht uns. Wenn er uns etwas zu sagen hätte, könnte er es jederzeit tun. Warten wir also.“

Die NOSTASA hatte ihre Geschwindigkeit jetzt soweit verringert, daß sie in eine Kreisbahn um den Kunstplaneten einschwenken konnte. Die Orter registrierten die Welt zwar, aber die Massetaster sprachen nicht an. Wenn man ihnen glauben wollte, besaß Wanderer überhaupt keine Masse.

In der Vergrößerung war die Oberfläche gut zu erkennen. Meere wechselten ab mit weiten Ebenen und hohen Gebirgen. Eine Landschaft, die morgen schon ganz anders aussehen konnte, je nach Laune ihres Schöpfers.

Die Hallen und Gebäude, in denen das Physiotron für die Zelldusche untergebracht gewesen war, tauchten nicht auf. Sie waren verschwunden, als hätte es sie nie gegeben.

„Kommt nicht näher heran! Ich warne euch! Gefahr!“

Jeder in der Zentrale hatte die Worte gehört. Ob auf akustischem oder telepathischem Weg, das vermochte niemand zu sagen. Die Stimme war einfach dagewesen und hatte zu ihnen gesprochen. Für Rhodan, Bully und Gucky war das keine neue Erfahrung. Der Unsterbliche hatte schon so oft zu ihnen gesprochen, wenn er auch meistens dafür sorgte, daß ein Mittler körperlich vorhanden war.

„Halten Sie die Höhe der Kreisbahn, Hogard. Nicht tiefer gehen.“

Aber der Unsterbliche war damit nicht zufrieden.

„Abstand vergrößern, sonst kann ich nicht für eure Sicherheit garantieren“, sagte die Stimme aus dem Nichts. „Der Planet wird nur noch wenige Minuten in der jetzigen Form existieren. Ich kann es nicht ändern.“

Sie vermißten das homerische Gelächter, das sonst alle Reden des Unsterblichen begleitete. Hatte *ES* seinen Humor verloren? Rhodan konnte sich nicht entsinnen, die Stimme je zuvor so ernst gehört zu haben.

Was war geschehen?

„Wir vergrößern den Abstand“, sagte er. „Aber willst du uns nicht mitteilen, warum wir nicht landen dürfen? Warum gibt es keine Zelldusche mehr? Du hättest uns eher von deinen Absichten in Kenntnis setzen sollen.“

Diesmal lachte der Unsterbliche wieder. Es war ein höhnisches Gelächter, und es dröhnte durch das ganze Schiff. Die Männer sahen sich in den Gängen, Kabinen und Maschinenräumen ängstlich an, ohne eine Erklärung zu finden. Das Gelächter kam aus den Wänden, aus den Decken und aus den Böden. Es kam aus dem Nichts.

„... von meinen Absichten in Kenntnis setzen ...“ Erneutes Lachen unterbrach die Feststellung des Unsterblichen. „Es gibt Dinge, die auch ich nicht weiß, Perry Rhodan. Du siehst mich als mächtiges Wesen, dem keine Grenzen gesetzt sind und das jeder Gefahr trotzt. Aber wisse, daß du mich nicht richtig siehst. Ich muß Wanderer und die Galaxis verlassen, weil mir dort eine unvorstellbare Gefahr droht. Ich muß fliehen.“

Fliehen? Der Unsterbliche mußte fliehen? Vor wem?

Bully sah Rhodan schweigend an. Von einer Sekunde zur anderen war die Lage tödlich ernst geworden. Der Einfluß des Unsterblichen auf die Geschicke der galaktischen Zivilisation war größer, als Unbeteiligte ahnen mochten.

Ehe Rhodan sich äußern konnte, war die Stimme wieder da. „Mir bleibt nicht viel Zeit. Ohne die Schaffung katastrophaler Paradoxa kann ich nichts gegen das drohende Schicksal unternehmen. Ich muß fliehen und Wanderer vernichten. Fünfundzwanzig Zellaktivatoren liegen in der bekannten Galaxis verstreut – einen fandet ihr bereits. Bull trägt ihn. Finde auch die anderen, Rhodan, und verzeihe meine Scherze, die ich mit ihrem Auffinden verband. Zum Trost aber leihe ich dir Homunk, meinen treuen Diener. Er wird einige Tage bei euch bleiben und dann spurlos verschwinden.“

Homunk, dachte Rhodan verblüfft. Er will mir Homunk leihen, den Androiden oder Roboter – was war Homunk eigentlich? Er sah wie ein Mensch aus, aber sein Gehirn war halborganisch, inpotronisch, sein Bewußtsein funktionierte sechsdimensional, richtiger ausgedrückt. Homunk war es gewesen, der sie stets bei der Zelldusche empfangen und ihnen die Botschaften des Unsterblichen überbracht hatte.

Ehe Rhodan antworten konnte, stieß Gucky ein schrilles Pfeifen aus. Er deutete erregt in die Mitte der Zentrale, wo aus dem Nichts etwas entstand.

Homunk.

Der Robot lächelte und verneigte sich in Rhodans Richtung.

„Mein Herr will, daß ich dir diene. Meine erste Bitte an dich ist, sofort mit deinem Schiff Fahrt aufzunehmen, denn jene Welt, die du Wanderer nennst, wird in hundert Sekunden zu existieren aufhören."

Rhodan nickte Oberst Hogard zu. Die Triebwerke liefen Sekunden später an. Wanderer wurde kleiner.

„Du wirst mit uns kommen, Homunk?"

„Ja, Rhodan. Ich stehe zu deiner Verfügung."

„Hast du noch etwas vom Unsterblichen zu überbringen? Hatte er uns nichts mehr zu sagen?"

Homunk schritt auf Rhodan zu. Unterwegs fuhr er mit der Hand streichelnd durch Guckys Fell.

„Doch. *ES* gab mir eine Botschaft mit, aber ich weiß nicht, ob sie erfreulicher Natur ist. *ES* läßt dir, Rhodan, sagen, ihr alle tätet ihm leid. Die Galaxis täte ihm leid."

Rhodan starrte den Robot an.

„Das ist alles?" Er schüttelte den Kopf. „Warum tun wir ihm denn leid? Kann es eine Gefahr geben, die stärker als der Unsterbliche ist? Kann es überhaupt eine Gefahr geben, der man völlig hilflos ausgeliefert ist? Ich glaube es nicht. Was wird wirklich gespielt, Homunk?"

In diesem Augenblick ging mit Wanderer eine Veränderung vor.

Die hundert Sekunden waren längst vergangen, aber die NOSTASA hatte sich bereits zwanzig Lichtsekunden von dem Planeten entfernt. So kam es zu der geringfügigen und nur scheinbaren Verzögerung. Aber nun war die Frist abgelaufen.

Wanderer begann an allen Stellen zugleich aufzuglühen. Die Atomglut raste über die Scheibe dahin und zerfraß die fiktive Landschaft. Die Atmosphäre flammte auf, die künstliche Sonne erlosch. Der Himmel stürzte ein. Dann zog sich der Feuerball zusammen. Er wurde schnell kleiner.

„Wenden Sie, Hogard. Nach Wanderer zurück."

Homunk schien etwas sagen zu wollen, aber dann schwieg er doch. Er mochte einsehen, daß er Rhodan nicht von seinem Entschluß abbringen konnte.

Der ganze Vorgang hatte höchstens eine Minute gedauert. Bei einer normalen atomaren Vernichtung eines Planeten würde eine neue Sonne entstehen, die langsam verglühte. Zumindest würde eine glühende Wolke den Platz bestimmen, an dem einst ein Planet gestanden hatte.

Wanderer aber war verschwunden.

Die NOSTASA beschrieb einen weiten Bogen und kehrte an die Stelle zurück, an der Wanderer gewesen war.

Ein winziges Stück Materie schwebte im Raum. Es war kaum größer als ein Haus, unregelmäßig geformt und von einem relativ starken Kraftfeld umgeben. Langsam rotierend zog es auf seiner Bahn dahin, die sich nicht geändert zu haben schien.

Das war alles, was von der Welt des ewigen Lebens übriggeblieben war. Ein Asteroid, ein kleiner Brocken Materie.

Homunk berührte Rhodans Arm. „Mein Herr, der Unsterbliche, ist fort. Aber er hat eine Nachricht hinterlassen. Sie wird von jenem Asteroiden dort ausgestrahlt werden, sobald wir weit genug von ihm entfernt sind. Gib Befehl, daß dieses Schiff zur Erde zurückkehrt. Oder nach Arkon, wohin du willst. Aber bleibe nicht hier."

Rhodan nickte Hogard zu. Die NOSTASA nahm erneut Geschwindigkeit auf. Der Asteroid war innerhalb von Sekunden verschwunden, untergetaucht in der Unendlichkeit des Alls.

„Eine Botschaft? Was willst du damit sagen?"

„Gar nichts. Ich kann nichts sagen, weil ich nichts weiß. Die Botschaft wird für alle Intelligenzen der Milchstraße bestimmt sein."

„Vielleicht betrifft sie die Gefahr, vor der *ES* die Flucht ergriff. Ich frage mich nur, wie wir uns einer Gefahr erwehren sollen, vor der *ES* flüchtete. Wir sind schwächer und sterblich. Wir sind materiell. *ES* war vergeistigt und unsterblich – und flüchtete."

In diesem Augenblick erfüllte eine Stimme das ganze Schiff, so laut und dröhnend, daß jeder sich unwillkürlich die Ohren zuhielt. Das Funkpersonal der NOSTASA wurde halb betäubt, denn die Stimme kam aus den Geräten. Ein unvorstellbar starker Hypersender schlug durch und übertönte alles andere. In allen Lautsprechern des Schiffes war die Stimme, und Rhodan erkannte in ihr die Stimme des Unsterblichen.

Das mußte sie sein, die Botschaft.

Die Stimme sagte: „Hier spricht der Unsterbliche. Der Galaxis droht eine furchtbare Gefahr, vor der ich mich zurückziehen muß, denn mich würde sie zuerst treffen. Versucht, eines Tages mit ihr fertig zu werden – ohne meine Hilfe. Aber allen Intelligenzen dieser Galaxis sei mitgeteilt, daß ich ein Geschenk zurücklasse – ein Geschenk für die Tüchtigsten, Klügsten und Fähigsten. Fünfundzwanzigmal verschenke ich das ewige Leben. In Form kleiner Zellaktivatoren verstreute ich es auf fünfundzwanzig Welten. Sucht – und ihr werdet das ewige Leben finden. Und beginnt bald, denn ihr habt nicht mehr viel Zeit. Die Galaxis ist in großer Gefahr, aber es besteht Hoffnung. Erkennt die Gefahr früh genug – und findet das ewige Leben."

Ein schreckliches Gelächter beendete die Sendung, die sich nach wenigen Minuten zu wiederholen begann.

Ausdruckslos starrte Rhodan auf Homunk. Er hatte begriffen, was die Botschaft des Unsterblichen bedeutete. Das Geheimnis der Zellaktivatoren war zum zweitenmal enthüllt worden. Diesmal jedoch mit einer derartigen Intensität, daß es in der gesamten Galaxis gehört werden konnte.

Die Jagd nach den Zellaktivatoren würde beginnen. Überall dort, wo eines dieser Geräte auftauchte, würde es zu chaotischen Verhältnissen kommen. Jene, die einen Aktivator fanden, würden sich ihres Schatzes nicht lange erfreuen können, denn bald würden andere auftauchen und versuchen, ihnen den Aktivator wieder abzujagen.

Und über allem stand die Drohung einer unbekannten Gefahr, vor der *ES* fliehen mußte.

„Warum hat *ES* das getan?" fragte Rhodan tonlos.

Homunk zuckte mit den Schultern.

„*ES* wird seine Gründe dazu haben", sagte er schließlich.

Rhodan benötigte fünf Sekunden, um einen Entschluß zu fassen. „Hogard! Kurz zurück! Wir müssen den Asteroiden finden. In ihm befindet sich der Sender des Unsterblichen. Wir müssen ihn vernichten."

Aber so sehr sich die NOSTASA auch bemühte, sie fand den Asteroiden nicht mehr.

Er war und blieb für alle Zeiten verschwunden, von einem Zeitfeld umgeben und für alle Augen und Instrumente unauffindbar.

Resigniert gab Rhodan den Befehl, die Erde anzusteuern.

Die ständige Wiederholung der Botschaft des Unsterblichen war auch dann zu hören, wenn alle Hyperfunkgeräte ausgeschaltet waren.

Es gab niemand, der die Botschaft nicht vernommen hätte.

Rhodan landete nicht auf der Erde, sondern auf dem Mond. Der Trabant war zu einer Raumschiffswerft ersten Ranges geworden und stellte Raumschiffe am Fließband her. Kein Fleck der Oberfläche war unbebaut geblieben, und gewaltige Energieschirme ermöglichten eine ungehinderte Bewegungsfreiheit.

Das Wichtigste auf Luna jedoch war NATHAN.

„Nathan, der Weise", wie Bully stets betonte.

NATHAN war ein riesiges Rechengehirn auf positronisch-inpotronischer Grundlage. Tief in der felsigen Kruste des Mondes verankert, löste es Probleme, die ihm gestellt wurden. Der Zugang zu dem Gehirn war nur den Spezialisten gestattet – und den Beauftragten Rhodans, die einen Sonderausweis mit Gehirnwellenmuster vorzuzeigen hatten. Das Gehirn wies jeden ab, der nicht zum Zutritt berechtigt war. Rhodan landete wegen NATHAN auf dem Mond.

Immer noch war die Botschaft des Unsterblichen zu vernehmen, wenn die Lautstärke auch nachgelassen hatte. Wahrscheinlich entfernte sich der geheimnisvolle Sender mit unvorstellbarer Geschwindigkeit. Eine Tatsache, die Rhodan keineswegs beruhigte, denn sie bedeutete ja nur, daß der Hörbereich der Sendung sich vergrößerte.

Gerade als die NOSTASA den Mondboden berührte, verstummte die Sendung. Aber nur fünf Minuten. Dann begann sie wieder.

Diesmal allerdings mit neuem Wortlaut.

Der Unsterbliche sagte: „Wer einen Zellaktivator findet, darf ihn behalten – es sei denn, er verstößt gegen ein Gesetz des Solaren Imperiums, dann darf ihm der Aktivator von den rechtmäßigen Vertretern des Imperiums wieder abgejagt werden. Diesen Vorzug bekommen die Terraner deshalb, weil ich in Perry Rhodan den moralischen Verwalter der Aktivatoren sehe und weil es die Terraner sind, die durch den Wegfall der Zelldusche hart betroffen wurden. Alle Geräte, die die Mitglieder des Solaren Imperiums rechtmäßig in ihren Besitz bringen, sollen von Perry Rhodan nach dessen Gutdünken verteilt werden. Ein Zellaktivator ist ein ovales, etwa hühnereigroßes Gerät, das in der Regel an einer Schnur befestigt ist. Es schützt vor Krankheiten und bringt dem Träger die relative Unsterblichkeit, das heißt, auch der Besitzer eines Zellaktivators kann *gewaltsam* zu Tode kommen. Die ausgestreuten Aktivatoren können von jedem Lebewesen getragen werden; ihre Strahlung paßt sich der jeweiligen Zellstrahlung an. Wer einen Aktivator längere Zeit trägt und (aus welchen Gründen auch immer) ihn länger als zweiundsechzig Stunden ablegt, erleidet rapiden Zellverfall und stirbt. Die Erkennungszeichen der versteckten Geräte variieren, einige strahlen bis zu zwei Lichtjahre weit, andere nur wenige Kilometer. Die Impulse verstummen, sobald der Aktivator gefunden und berührt worden ist. In der Umgebung eines jeden versteckten Aktivators kommt es zu rätselhaften oder dramatischen Ereignissen, die ebenfalls dann beendet sind, wenn das Gerät gefunden wurde."

Nach einer kurzen Pause begann sich die Botschaft zu wiederholen.

Rhodan hatte schweigend zugehört. Bully blieb nicht so ruhig. Sein Gesicht färbte sich rot.

„Der Teufel soll den Unsterblichen holen!" rief er zornig. „Weiß er denn nicht, was er damit anrichtet?"

„Einer seiner berüchtigten, makabren Scherze. Eine Jagd wird beginnen, die Jagd nach den Zellaktivatoren. Zwistigkeiten werden entstehen, die besten Freunde werden sich gegenseitig bekämpfen, nur um in den Besitz eines solchen Aktivators zu gelangen. Wir werden sehr schnell sein müssen, wenn wir einige unserer Mutanten am Leben erhalten wollen."

Bullys Gesicht wurde wieder normal – und dann blaß. „Himmel, die Mutanten! John Marshall, Ras Tschubai, die Mädchen . . . Perry, was sollen wir tun? Wir müssen ihnen helfen. Aber vierundzwanzig Aktivatoren – und Hunderttausende von Planeten, auf denen sie liegen können. Wie sollen wir sie finden?"

Rhodan sah Gucky entgegen, der durch den Korridor auf die Zentrale zuwatschelte. „Kommt, wir müssen NATHAN fragen. Oberst Hogard, Sie halten die NOSTASA startbereit. Wir werden in zwei Stunden zur Erde fliegen. Es gibt viel zu tun."

Es waren drei einsame, winzige Gestalten, die kurze Zeit darauf zu dem gigantischen Block gingen, der nichts als der Eingang zu dem Rechengehirn war. Seine Hauptmasse lag unter der Oberfläche.

Lautlos öffnete sich das Tor. NATHAN hatte Rhodans Gehirnschwingungen erkannt und sofort reagiert. Die beiden Männer und Gucky traten ein und glitten dann in einem Prallfeldgleiter dem Zentrum des Giganten entgegen.

Sie gaben dem Gehirn die bekannten Daten und stellten dann ihre Fragen.

Sie erhielten die Antwort.

Überall in der Milchstraße hatte die Jagd nach den Zellaktivatoren bereits begonnen.

Und die Wahrscheinlichkeitsberechnung ließ vermuten, daß es nicht lange dauern konnte, bis der nächste gefunden wurde.

11.

Gus Orff, Chef der Abteilung Kosmonautik auf der EXPLORER-2115, vierundfünfzig Jahre alt, untersetzt, mit scharfgeschnittenen Gesichtszügen, sah Oberstleutnant Thomas Herzog bedeutungsvoll an.

Tyll Leyden, Astronom und Physiker, verließ im gemütlichen Schrittempo die Kabine des Kommandanten. Was Herzog und Orff im Augenblick über ihn dachten, war ihm gleichgültig. Beide hatten zu seinem Vorschlag nein gesagt, während er gern ein Ja gehört hätte.

„Dann eben nicht", hatte er schulterzuckend bemerkt.

Als die Kabinentür hinter ihm zufiel, sagte Herzog, Kommandant der EXPLORER-2115: „Ein eigenartiger junger Mann, Orff. Und so etwas habe ich auf meinem Schiff. Der schläft ja beim Gehen ein."

Das war ein hartes Urteil. Gus Orff widersprach: „Bei Leyden kann man mit Recht sagen, daß der äußere Eindruck täuscht. Während der letzten zehn Minuten hat er sein Phlegma regelrecht hochgespielt. Das hat Sie gestört, Herzog. Aber glauben Sie nur nicht, daß Leyden nicht mehr daran denkt, sein Projekt durchzubringen. Ich gehe mit Ihnen jede Wette ein, daß er irgendwie zum Ziel kommt."

Oberstleutnant Thomas Herzog war seit acht Jahren Kommandant der EXPLORER-2115. Man sah ihm seine einundvierzig Lebensjahre nicht an. Er strahlte Aktivität aus, besaß jugendlichen Schwung.

Er stammte nicht von der Erde, seine Heimat war der Planet Rual im Rigelsystem – eine zweite Erde, auf der mittlerweile schon siebzehn Millionen Terraner lebten. Man sah es Herzog an, daß er nicht von der Erde kam.

Jede Welt drückt den Bewohnern ihren Stempel auf.

Die Hautfarbe des Kommandanten besaß einen satten Goldton, und seine Haare leuchteten tintenblau. Das aber waren die einzigen Merkmale, die Herzog von einem Terraner unterschieden.

Der Oberstleutnant blickte an seiner Uniform herunter, betrachtete seine Schuhspitzen, sah dann wieder Orff an und sagte: „Fast bin ich versucht, eine Gegenwette einzugehen. Mit meiner Erlaubnis hat Leyden nicht zu rechnen. Sein Wunsch, einen Versuch mit der Faltonschen Theorie zu machen, ist unnötige Zeitverschwendung. Sie haben es ihm ja auch gesagt."

Orff lächelte. „Stimmt. Es ist auch meine ehrliche Meinung. Die Sache hat jedoch einen Haken. Leyden ist Astronom und Physiker, ich, wenn auch Chef der Abteilung, bin Astrophysiker. Und soweit ich meinen jungen Mann kenne, wird er uns eben wieder einmal nicht ausreichend informiert haben, denn er ist auch ziemlich mundfaul."

„Hat Ihr Liebling noch einige andere nette Eigenschaften?" fragte Herzog sarkastisch.

Jetzt schmunzelte Gus Orff. „Woher wollen Sie wissen, daß ich Tyll Leyden gern in meiner Abteilung habe?"

Herzog beugte sich vor und sah ihn eindringlich an. „Wie lange fliegen wir beide schon auf diesem Schiff?"

„Acht Jahre. Sie sogar einen Tag länger als ich."

„Und in diesen acht Jahren soll ich Sie nicht kennengelernt haben, Orff? Nein, Sie machen mir nichts vor. Über Leyden halten Sie Ihre Hand. Warum?" Die letzte Frage klang fordernd.

„Weil der Mann etwas von seinem Fach versteht. Er ist zwar kein Genie. Er schüttelt die Resultate nicht aus dem Ärmel, sondern muß sie sich sauer erarbeiten. Aber er ist trotzdem ein Könner. Der Mann drängt sich nicht vor und ist bei seinen Kollegen beliebt, obwohl er keine Freunde hat."

„Keine Freunde?" unterbrach Herzog und blickte erstaunt auf.

„Unter seinen Kollegen nicht; an Bord hat er Freunde. Tyll Leyden ist ein etwas eigenartiger Mensch. Er steht abseits, aber er ist immer zur Stelle, wenn Not am Mann ist. Er macht nie viel Aufhebens, sondern erledigt pflichtgetreu seine Arbeit. Verstehen Sie nun, warum ich ihn gern in meinem Team sehe?"

„Hm . . ." Das hieß weder ja noch nein. „Orff, Sie haben mir noch nicht erklärt, weshalb Sie überzeugt sind, daß Leyden sein Projekt trotz Absage doch noch genehmigt bekommen wird."

Orff machte eine Geste, die Ratlosigkeit ausdrückte. „Das kann ich nicht erklären, Oberstleutnant Herzog. In diesem Punkt habe ich Leyden noch nicht durchschaut. Ich weiß nicht, wie er es immer wieder anstellt, daß er das erreicht, was er sich vorgenommen hat. Er benutzt stets neue Wege."

„Dann bin ich gespannt, wie er es diesmal fertigbringen wird, seinen Kopf durchzusetzen", sagte Herzog. „Ich jedenfalls genehmige sein Projekt nicht. Und Sie?"

„Ich bleibe auch bei meinem Nein."

„Trotzdem sind Sie der Ansicht, daß Leyden doch noch unser Ja erhält?" Gespannt blickte der Kommandant den Wissenschaftler an.

„Ja", sagte Gus Orff ohne Zögern.

„Hm . . .", brummte Herzog und strich mit der linken Hand über sein Haar. „Der junge Mann beginnt mich zu interessieren."

Vor zweihundert Jahren waren die ersten Explorerschiffe in den Sternendschungel der Milchstraße eingeflogen. Perry Rhodan dachte nicht daran, die gleichen Fehler zu begehen wie die Akonen, Arkoniden und andere Völker, die die Raumfahrt beherrschten. Sie hatten sich nicht darum bemüht, die Galaxis mit wissenschaftlicher Gründlichkeit systematisch zu durchforschen.

Perry Rhodan schuf eine Spezialflotte und für diese Aufgabe den Explorertyp.

Auch im Vereinten Imperium wurden keine neuen Schiffskonstruktionen von heute auf morgen entwickelt. Als die ersten dreißig Explorer von ihren Einsätzen zurückkamen, wurden eine Menge Beschwerden von seiten der Kommandanten vorgetragen. Dieses und jenes im Schiff sei für einen Erkunder überflüssig oder sogar störend.

Anderes wiederum fehlte und sollte eingebaut werden. Transformkanonen wurden gefordert. Rhodan hatte jedoch kategorisch abgelehnt. Die Schiffe erhielten Defensivbewaffnung, aber keine Transformkanonen.

Drei Jahre lang waren diese dreißig Schiffe in den Einsatz geschickt worden. Drei Jahre lang beschwerten sich die Kommandanten, wenn sie von diesen Einsätzen zurückkamen.

Aus dieser dreijährigen Erfahrung entstanden die Explorer, die Forschungsschiffe des Vereinten Imperiums.

Knapp 10 000 Schiffe aller Größenordnungen wurden hergestellt. Die von der Grundkonstruktion her kugelförmigen Explorerschiffe besaßen grundsätzlich keine Eigennamen, sondern lediglich ihre Fabrikationsnummer, der man die Buchstaben EX vorsetzte. Die Besatzungen bestanden aus qualifizierten Wissenschaftlern aller Spezialgebiete. Die Besatzungsstärke der Explorerschiffe richtete sich nach der Größe des jeweiligen Schiffes. Bei den 500 Meter großen Einheiten, wie der EX-2115, betrug sie 1000 Frauen und Männer verschiedener Imperiumsvölker.

Alle angeflogenen Systeme wurden von den Explorereinheiten katalogisiert. Es stand dabei den Kommandanten frei, die entdeckten Systeme mit Namen ihrer Wahl zu versehen oder die allgemein gebräuchliche Form zu wählen, nach der die entdeckten Systeme fortlaufend numeriert wurden. Dabei wurde dieser Numerierung die Fabrikationsnummer des Explorers vorangestellt (z.B. EX-2115-484).

Mit dem 9618. Explorer lief die Serie aus. Der Verband unterstand Rhodan. Jeder, der die richtige Vorstellung von der Milchstraße hatte, wußte, daß ihre Durchforschung Jahrtausende beanspruchen würde.

Nicht die Ausdehnung der Galaxis machte die Forschungsaufgaben so schwer, sondern die Aberhundertmillionen Systeme, die Planeten besaßen. Viele von ihnen wurden beim Anflug als lebensfeindliche Welten erkannt. Auch sie wurden untersucht. Der Großadministrator vertrat immer wieder die These, daß es auch auf Planeten, die für eine menschliche Besiedlung nicht geeignet waren, andersgeartetes Leben geben könnte. Die Explorer sollten Kontakte mit fremden Zivilisationen knüpfen und nach geeigneten Kolonialwelten suchen.

Das inpotronische Gehirn auf Luna wertete die Forschungsberichte der Explorer aus.

EXPLORER-2115 stand 52.419 Lichtjahre tief in der Galaxis, in Richtung auf das Zentrum der Milchstraße.

Nach seinem Gespräch mit Gus Orff hatte Oberstleutnant Herzog wieder die Zentrale seines Raumers aufgesucht.

Mit halber Lichtfahrt flog der Raumer sein nächstes Ziel an. In der Zentrale gab es keine Neuigkeiten. Herzog mußte wieder an *ES* denken. Er konnte sich unter dem Wesen von Wanderer nicht viel vorstellen. Aber er war sich klar darüber, daß *ES* über eine unvorstellbare Macht verfügen mußte.

Herzog ertappte sich dabei, wie er in der unbeschreiblichen Wunschvorstellung schwelgte, einen der verstreuten Zellaktivatoren zu finden.

Wer möchte nicht ewig leben, dachte Herzog. Gleichzeitig wurde ein anderer Gedanke in ihm wach. Würde sein Leben in dem Fall nicht zu einer einzigen Flucht vor all den anderen werden, die versuchen würden, ihm den lebensverlängernden Aktivator abzujagen?

Das kühlte ab. Der Wunsch, eines dieser unbegreiflichen Wundergeräte zu besitzen, verging.

Herzog hatte jetzt *ES,* seine über die Milchstraße verstreuten Zellaktivatoren und alles, was damit zusammenhing, vergessen. Vor seinem geistigen Auge stand Tyll Leyden. Deutlich glaubte er das lange, etwas schmale Gesicht des jungen, neunundzwanzigjährigen Mannes zu sehen, der Astronom und Physiker war. Trug er sein aschblondes Haar glatt nach hinten gekämmt, oder war es kurzgeschnitten? Herzog wußte es nicht mehr. Er konnte sich auch Leydens Figur nicht mehr vorstellen. Um so besser aber erinnerte er sich der gleichgültigen Stimme des jungen Mannes, mit der dieser sein Projekt vorgetragen hatte.

Gus Orff hatte ihm erklärt, was ein faltonscher Versuch war. Falton, ein Arkonide, der schon vor sechseinhalbtausend Jahren gestorben war, hatte kurz vor seinem Tod eine Theorie entwickelt, nach der man aufgrund einer Anzahl bestimmter Messungen im freien Raum feststellen könnte, welche Sonnen Planeten besaßen und ob sie bewohnt waren.

Faltons Theorie war erst vor einigen Monaten wiederentdeckt

worden. So war es auch zu verstehen, daß man sie bis heute noch nicht überprüft hatte. Anscheinend hatte es sich Tyll Leyden in den Kopf gesetzt, als erster Wissenschaftler damit zu arbeiten.

„Kommt nicht in Frage", sagte Herzog laut vor sich hin. „Wer sich so schwunglos für sein eigenes Projekt einsetzt wie Leyden – und Orff hält ja auch nichts von dem Versuch." Herzog war sehr verstimmt. „Freundchen, ich werde Sie von jetzt ab scharf kontrollieren, wie Sie Ihre Aufgabe erledigen, wenn Sie Besatzung sind."

Sein Gesicht zeigte noch immer Unmut, als er sich den Bildschirmen zuwandte. Alle Explorer waren mit starken Funkanlagen ausgerüstet. Sie verfügten über die modernsten Chiffriergeräte, über automatisch arbeitende Sender, die ununterbrochen einen Peilnotruf ausstrahlten, wenn die Besatzung des Schiffes durch irgendeinen Katastrophenfall nicht mehr dazu in der Lage war. Vom Technischen her war an alles gedacht worden.

Die Wissenschaftler arbeiteten mit dem Wissen der Akonen und Arkoniden und mit den Ergebnissen ihrer Forschungen. Von der wissenschaftlichen Seite her konnte keine Panne passieren. Der Unsicherheitsfaktor Mensch wurde durch regelmäßig wiederholte Reihentests und schwierige Prüfungen so klein gehalten, daß bisher nur drei Explorer verlorengegangen waren.

Im stillen war Herzog stolz auf die Besatzung.

„Etwas Neues?" fragte er den diensttuenden Funker.

„Nein", antwortete dieser knapp.

Bevor Herzog weitere Fragen stellen konnte, gab es Alarm.

Herzog schloß geblendet die Augen. Eine Stelle des Panoramaschirms, größer als vier Quadratmeter, glich einem Scheinwerfer mit mehr als zehn Millionen Stilb.

„Abblenden!" schrie Herzog und hielt beide Hände vor seine Augen.

„Dann müssen wir blind fliegen", sagte eine Stimme.

Herzog reagierte sofort. „Schiff stoppen! Verdunkeln! Warum ist das nicht getan worden?"

„Schiff steht schon, Sir. So – Schiff verdunkelt!" meldete der Pilot.

Als Herzog wieder normal sehen konnte, lag der gewaltige Rundsichtschirm erloschen vor ihm. Sein 1. Offizier erstattete ihm Bericht.

„Unsere Ortungen liefen auf Null, Sir. Das Schiff flog, wie angeordnet, mit halber Lichtgeschwindigkeit. Plötzlich auf Grün 67:34,00 eine punktförmige Lichtquelle. Dann war es schon aus. Automatisch schlossen sich unsere Blenden, aber sie schlossen nicht vollständig. Was sie an Licht hereinließen, machte uns alle halb blind."

Hinter dem 1. Offizier wurde geflüstert. Die ersten Auswertungen kamen. Die Geräte hatten bei der Lichtflut nicht versagt.

Über Interkom meldete sich die Abteilung Physik. Leuchtsignale gaben an, daß drei weitere wissenschaftliche Abteilungen auch mit der Schiffszentrale sprechen wollten.

Dieser Lichtausbruch, der die EXPLORER-2115 plötzlich getroffen hatte, schien nicht natürlichen Ursprungs zu sein.

Herzog hörte Stilb-, Candela-, Lux- und Lumenwerte in einer Größenordnung, die über seine Vorstellungskraft gingen. Und dazwischen klang die Stimme des Abteilungsleiters für Physik. Er sprach von einer unklaren Lichtblitzbombe mit langer Brenndauer.

Herzog blickte über seinen Piloten hinweg auf das Steuerpult.

„In welcher Entfernung von uns hat sich die Lichtquelle befunden?" Die Angaben vermißte Herzog immer noch.

Von der Distanzortung kam Stöhnen.

„Sir", erklärte der Mann an dem Gerät, „ich kann Ihnen nur unterschiedliche Werte mitteilen. Das Lichtding rast hinter uns her."

„Was?" fragte Herzog kurz.

„Ja, Sir. Beim Aufblitzen war der Abstand 1,7 Millionen Kilometer. Wir flogen mit Halblicht. Innerhalb der ersten sechs Sekunden war die Lichtquelle bis auf rund 300 000 Kilometer an unser Schiff heran. Als wir stoppten, ging sie mit ihrer Fahrt fast auf Null herunter und trieb von da an nur noch langsam auf uns zu, bis das Grellicht vor wenigen Sekunden erlosch."

Herzog blickte zum Mikrophon, das ihn mit der physikalischen Abteilung verband. „Haben Sie mitgehört?"

„Mitgehört, Sir. Leider ist durch den Alarm meine Abteilung nicht mehr besetzt gewesen. Von unserer Seite kann dazu nichts gesagt werden."

Herzog nickte. Zum Piloten sagte er: „Verdunklung aufheben."

Über den Panoramaschirm kam das Licht der Milliarden Sonnen in die Zentrale hinein.

Der Oberstleutnant ging die Geräte ab. Alle hatten ihre Messungen ausgewertet, nur nicht die Energie- und Materieorter. Sie zeigten Nullwerte.

„Das verstehe ich nicht", sagte Herzog unzufrieden. „Energie, die nicht zu orten ist – eine Lichtquelle, die unserem Schiff folgt. Dieses Rätsel zu lösen, ist wohl mehr eine Arbeit für unseren Experten." Zu dem Piloten sagte er: „Bei erneutem Lichtausbruch sofort abdunkeln. Gehen Sie wieder auf Fahrt."

Nach gut drei Stunden wurde der Alarm abgeblasen. Aus der Besatzung wurden wieder Wissenschaftler. Sie kamen aus den Maschinenräumen, aus den Kraftstationen, aus der Kalupabteilung, von den Waffentürmen, von überall her.

Im wahrsten Sinne des Wortes jagten sie durch die Antigravschächte zu ihren Arbeitsplätzen.

Eine Ausnahme bildete Tyll Leyden, der sich nicht an seinen Arbeitsplatz, sondern in die Kantine begab.

Er frühstückte ausgiebig. Das Frühstück war seine Hauptmahlzeit. Er machte sich gerade daran, einige der wohlschmeckenden blaurotgestreiften Mendfrüchte zu verspeisen, als Gus Orff an seinem Tisch auftauchte.

„Leyden, seit länger als einer halben Stunde frühstücken Sie schon."

„Ich weiß", antwortete Leyden gelassen.

Gus Orff beherrschte sich. Er beugte sich zu Leyden hinunter und bemerkte: „Die ganze Astro-Abteilung wartet auf Sie. Alle haben ihre Arbeit abgesetzt und stehen herum."

Leyden blickte Orff aufreizend ruhig an und sagte: „Können Sie nicht einen älteren Kollegen mit der Führung der Arbeit betrauen? Dann könnte ich wenigstens in Ruhe frühstücken."

Tyll Leyden standen, wenn kein Alarm herrschte und wenn das Schiff sich nicht im Linearflug befand, siebzig Minuten Frühstückszeit zu. Bei einem täglichen Arbeitspensum von oft mehr als zwölf Stunden Standardzeit hatte jeder Wissenschaftler ein Recht auf Entspannungspausen. Darum dachte der junge Experte auch nicht daran, auf die letzten Scheiben der Mendfrüchte zu verzichten. Was er Orff mit seinem Phlegma antat, schien er nicht zu ahnen.

Der fauchte: „Und wenn die ganze Milchstraße auseinanderfliegt – Sie bleiben der Projektleiter in meiner Abteilung."

„Ich verstehe nicht, warum Sie so nervös sind", sagte Leyden und widmete sich erneut seinem Frühstück.

Dann blickte er Orff nach, der aus der Kantine stürmte und dabei mit einem Roboter zusammenstieß.

Danach blickte er auf seine Uhr. Er hatte noch zwölf Minuten gut, aber er hatte nichts mehr zu essen. Deshalb hielt es ihn nicht länger in der Kantine.

Mit kurzen Anordnungen teilte Tyll Leyden seinen Kollegen die Arbeit zu.

„Was passiert ist, wissen wir alle. Oberstleutnant Herzog verlangt über die Natur des Lichtblitzes aufgeklärt zu werden. Was jeder von uns zu tun hat, ist bekannt."

Die Kollegen verließen den Besprechungsraum. Orff hielt Leyden zurück, als er auch gehen wollte. „Leyden, Sie haben auf EXPLORER-2115 den letzten Flug mitgemacht, wenn heute durch Ihre Schuld die Astro-Abteilung blamiert wird."

Ruhig blickte Tyll Leyden seinen Vorgesetzten an. „Was hätte ich mehr sagen sollen? Ich verfüge nicht einmal über die geringste Vollmacht. Chef der Abteilung sind Sie."

„Nein!" brauste Orff wieder auf. „Damit kommen Sie heute bei mir nicht durch. Sie haben Vollmachten, und damit Sie beruhigt sind, werde ich zusätzlich beim Kommandanten nachfragen, ob er mit meiner Vollmachterteilung einverstanden ist."

„Mich brauchen Sie nicht zu beruhigen, Orff. Ich bin ruhig. Machen Sie's, wie Sie wollen."

Hinter sich ließ er einen vor Erregung zitternden Gus Orff zurück. In dieser Minute bedauerte Orff jene Worte, die er heute über Tyll Leyden dem Kommandanten gegenüber gesagt hatte.

Kurz darauf erklärte sich der Kommandant damit einverstanden, daß Orff dem Astronomen und Physiker Tyll Leyden zur Aufklärung des Lichtblitzes weitestgehende Vollmachten erteilte.

Leyden nahm es kommentarlos zur Kenntnis.

Er war in den Räumen seiner Abteilung überall zu finden. Mit unzähligen anderen wissenschaftlichen Stellen des Schiffes stand er in Sprechkontakt. Er fragte in seiner knappen Art, bat um diese und jene

Gefälligkeit, forderte zusätzliche Messungen an und brachte es fertig, zwei Drittel der Wissenschaftler für seine Aufgaben einzuspannen.

Nach einigen Stunden erkundigte sich Thomas Herzog bei Gus Orff, ob bald etwas über die Blitzbombe zu erfahren wäre.

„Ich weiß selbst nichts, Sir", mußte Orff zugeben. „Leyden läßt sich nicht in die Karten sehen."

„Muß er deswegen siebzig Prozent der Wissenschaftler einspannen, Orff?"

„Geben Sie Leyden noch eine Stunde, Sir", schlug Gus Orff vor, dem die Fragen des Kommandanten unangenehm waren. Er verstand selbst nicht, wie es Tyll Leyden gelungen war, so viele Abteilungen mit seinen Aufgaben zu versorgen.

Dreiundzwanzig Minuten vor Ablauf dieser Stundenfrist, von der Tyll Leyden nichts gewußt hatte, meldete er sich über Interkom bei Gus Orff. „Ich glaube, wir haben es."

„Was denn?" rief Orff über die Sprechverbindung. „Wovon sprechen Sie?"

„Von dem Lichtblitz, der kein Lichtblitz gewesen ist."

„Was war es denn?" Orff brüllte jetzt.

„Eine neuartige Ortungsmethode, sich Raumschiffe anzusehen, die ins System fliegen oder einen bestimmten Grenzbereich verletzen. In diesem Zusammenhang habe ich mir erlaubt, die Faltonsche Theorie durch einen praktischen Versuch auf ihre Richtigkeit zu prüfen."

„Sagen Sie das noch einmal", forderte Gus Orff.

Tyll Leyden erklärte ruhig: „Der vermeintliche Lichtblitz war eine Art Detektorstrahl aus dem Hyperraum oder einem anderen Kontinuum. Was wir dabei als Lichtblitz mit langer Brenndauer gesehen haben, kann nichts anderes gewesen sein als der Überraum . . ."

„Reden Sie keinen Unsinn."

„Den Vorwurf müssen Sie unseren Meßinstrumenten und Positroniken machen, Orff. Ich wiederhole nur das, was sie uns gezeigt haben. Wenn wir den Tasterstrahl aus einem Überraum auch als Licht gesehen haben, so ist dies doch kein Licht gewesen, sonst hätten unsere Energieorter angesprochen."

„Wie kommen Sie dazu, von einem Tasterstrahl zu sprechen, Leyden?" Orff saß wieder dicht vor seinem Bildschirm. Ein Leuchtsignal rechts von seinem Arbeitstisch gab an, daß der Kommandant mithörte und mitsah, ohne selbst von Leyden entdeckt zu werden. „Die Dauer des Strahles liegt fest, und die das ganze Schiff durchlaufenden Strahleneinbrüche haben überall winzige Spuren in Form von verschwundener Energie hinterlassen. Innerhalb der Tasterstrahldauer von 6,09 Minuten ist also tatsächlich die EXPLORER-2115 wortwörtlich auseinandergenommen und untersucht worden. Sagen Sie jetzt nicht, dies sei unmöglich. Unsere Positronik behauptet es."

„Und jetzt?" Irgendwie war Gus Orff von Leydens Sicherheit doch beeindruckt.

„Wir sollten uns das Sonnensystem in 3,93 Lichtjahren Entfernung ansehen. Nach der Faltonschen Theorie trägt ein Planet dieses Systems Leben."

„Und die Wesen darauf sollen den Tasterstrahl, oder was es gewesen ist, losgeschickt haben? Leyden, machen Sie sich nicht lächerlich."

Der ging auf die letzte Bemerkung nicht ein. „Ich sehe mein Projekt als durchgeführt an, Orff. Die Unterlagen stehen zu Ihrer Verfügung."

„Das glauben Sie!" rief Orff ihm zu. „Der Kommandant und ich haben Ihnen ausdrücklich untersagt, die Faltonsche Theorie zu erproben. Sie haben gegen dieses Verbot verstoßen und werden die Folgen zu tragen haben."

In Tyll Leydens Augen blitzte es nicht einmal auf, als er diese Worte hörte. Kein Muskel zuckte in seinem Gesicht. „Damit bin ich ja wohl meiner Aufgabe enthoben, Orff. Ich habe noch zwölf Minuten von meiner Frühstückspause gut."

Orffs Befehl, vor dem Bildschirm zu bleiben, erreichte Tyll Leyden nicht mehr. Er hatte den Interkom in seinem Arbeitsraum abgeschaltet.

Als Orff in das Arbeitszimmer stürmte, fand er es leer. Auf Leydens Schreibtisch lagen, übersichtlich geordnet, die Unterlagen. Orff rief seine erfahrendsten Mitarbeiter zusammen. Zu fünft arbeiteten sie sich durch die Unterlagen. Die kleine Positronik wurde ununterbrochen mit Kontrollberechnungen belastet. Schließlich fiel die Entscheidung, daß man sich das rätselhafte Sonnensystem näher ansehen würde.

Als die EX-2115 kurze Zeit später aus dem Linearraum stürzte, war die Überraschung perfekt.

Fassungslos betrachtete Orff den Bildschirm des Observatoriums, wo er sich gemeinsam mit Tyll Leyden und einigen anderen Männern aufhielt.

Ein Bildschirm zeigte eine gelbe Sonne. Stufenlose Blenden ließen nur so viel Licht hereinkommen, daß das menschliche Auge nicht geblendet wurde.

„Das ist Ihre Sonne, Leyden", sagte Orff mit Betonung.

Tyll Leyden verbarg seine Überraschung.

Die gelbe Sonne besaß nur einen Planeten.

Aber welch einen Planeten. Ein Ungeheuer von Planeten. Etwas, das man im Sternendschungel noch nie angetroffen hatte.

Der Durchmesser des Planeten betrug 2213000 Kilometer. Damit war er im Durchmesser rund 800000 Kilometer größer als seine Sonne.

Ein Planet größer als das Muttergestirn? Die ersten Auswertungen ergaben, daß der Riesenplanet 17 Monde besaß, von denen jeder einzelne etwa so groß wie die Erde war.

„Hat es Ihnen auch die Sprache verschlagen, Leyden?" fragte Gus Orff aggressiv.

Im Hintergrund sagte ein Kollege: „Der Riese ist eine eiskalte Methanwelt. Ein Planet, der größer ist als eine Sonne. Ein Herkules."

Ein Name war geboren worden. Unter EX-2115-485 wurde das System katalogisiert; der gigantische Planet erhielt den Namen Herkules.

Über Interkom meldete sich der Kommandant. Seine Stimme vibrierte vor Erregung. „Orff, man erzählte mir in der Zentrale, dieser Riese von Planet hätte siebzehn erdgroße Monde. Was ist daran richtig?"

„Alles, Sir."

„So? Alles? Und können Sie mir verraten, warum bei der Durchmusterung dieses Abschnitts vor etwa vierzig Stunden weder Sonne noch Riesenplanet beobachtet wurden?" Freundlich klang Herzogs Stimme nicht.

Orff mußte Leyden erst auffordern, an seiner Stelle dem Kommandanten die gewünschte Auskunft zu geben.

Der junge Wissenschaftler strich sich über das kurzgeschnittene, aschblonde Haar und sagte gelassen: „Bei der Durchmusterung vor vierzig Stunden betrug unser Abstand zu diesem System vier Lichtjahre. Zwischen diesem System und uns standen nicht nur abdeckend zwei Überriesen, sondern lag auch ein Strahlungsgürtel, der stark genug war, unsere Meßergebnisse zu verfälschen."

Er hatte kein Wort zuviel gesagt, aber er hätte es bedeutend gefälliger formulieren können. Tyll Leyden sah seine Aufgabe, Auskunft zu geben, als erledigt an. Er betrachtete wieder intensiv dieses unfaßbare Bild auf dem großen Schirm.

Rechts die normal große gelbe Sonne, im Zentrum, alles beherrschend, Herkules. Die Sektorvergrößerung hatte einige Monde sichtbar gemacht. Einzelheiten waren darauf noch nicht zu erkennen. Die EXPLORER-2115 stand noch zu weit vom System ab.

Die Positronik des Massedetektors gab Grün-Signal.

Über Leydens Schulter blickend, las Orff die Schlüsselzeichen mit. Die hektische Betriebsamkeit um sie herum bemerkten die beiden Männer nicht. Der Massedetektor hatte für Herkules unwahrscheinliche Werte herausgefunden. Ebenso unwahrscheinlich waren allein schon die Schwerkraftangaben über acht der siebzehn Monde. Sie bewegten sich zwischen 0,9 bis 1,3 Gravos.

Am Teleanalysator stieß ein Kollege einen Überraschungsruf aus. „Wir haben schon drei Sauerstoff-Mondwelten festgestellt."

Gus Orff war durch die festgestellten Werte des Massedetektors und die Nachricht von der Feststellung dreier Sauerstoff-Mondwelten derart überrascht, daß er unüberlegt sagte: „Wenn jetzt die Hyperfunkzentrale durchgibt, man hätte einen Funkspruch von einem der Monde aufgefangen mit den Worten ‚Herzlich willkommen!', dann glaube ich es sofort."

Er sah Tyll Leyden gelassen neben sich stehen. Dessen scheinbare Gleichgültigkeit regte ihn auf. „Zum Teufel, was muß bei Ihnen denn passieren, bis Sie auch einmal aufgeregt werden?"

„Das ist jetzt der Fall. Ich bin aufgeregt." Leyden glaubte damit erschöpfend Auskunft gegeben zu haben.

Gus Orff flüsterte Leyden ins Ohr: „Darf man auch erfahren, warum Sie aufgeregt sind, Mister Leyden?"

Der deutete stumm auf Herkules, suchte nach einem Lichtzeiger, fand ihn auf der großen Rechenmaschine und ließ den Lichtstrahl wie einen Zeigestock auf die Äquatorlinie von Herkules treffen.

„Das da ist der dritte Mondplanet. Können Sie mir verraten, warum ich gern sehen würde, daß wir zuerst auf dieser dritten Welt landen? Weil ich diesen Wunsch so stark in mir verspüre – das regt mich auf."

Er schaltete den Lichtzeiger wieder aus und legte ihn auf seinen alten Platz zurück.

Gus Orff blickte seinen Mitarbeiter mißtrauisch an.

Vom Teleanalysator rief man Leyden zu: „Dritte Mondwelt einwandfrei Sauerstoffatmosphäre. Leyden, hat der Massedetektor die Schwerkraft schon genau bestimmt?"

Tyll Leyden hielt immer noch die Stanzfolie in der Hand. Er warf einen Blick darauf. „Ja, berechnet. Schwerkraft 1,09 Gravos." Damit verstummte er.

Er sprach tatsächlich kein Wort zuviel.

Oberstleutnant Herzog übernahm sein Schiff in Manuellsteuerung. Herkules erschien ihm so ungeheuerlich, daß er die Verantwortung für eine einwandfreie Landung auf dem dritten planetengroßen Mond allein übernehmen wollte.

Er stutzte, als er wieder nur an den dritten Trabanten von Herkules dachte. Während sein Schiff sich mit schwacher Beschleunigung dem Riesen näherte, kontrollierte er sich.

Wer oder was suggerierte ihm ein, unbedingt auf dieser dritten Welt landen zu müssen? Gedankenverloren schaute er auf das Instrumentenbrett, ohne etwas zu sehen. Der Mann, der sonst die EXPLORER-2115 flog, hatte Thomas Herzogs Geistesabwesenheit bemerkt und vom Ko-Sitz aus stillschweigend die Schiffsführung übernommen.

Je länger Herzog über diese Sache nachdachte, um so mysteriöser wurde sie ihm. Sollten Suggestivwirkung und Tasterstrahl letztlich von diesem dritten Trabanten kommen?

Er wußte, daß man mittels Funk Hypnokräfte abstrahlen konnte, er wußte aber auch, daß sein Schiff Anlagen besaß, die sofort derartige Manipulationen entdeckt und gemeldet hätten. Trotzdem wollte er sichergehen. Über Interkom befahl er, für fünf Minuten jeden Empfang stillzulegen.

Die fünf Minuten verstrichen. In dieser Zeit hatte sich Herzog ununterbrochen kontrolliert. Sein Wunsch, auf dem dritten Trabanten zu landen, schien inzwischen noch stärker geworden zu sein.

Eine Idee schoß ihm durch den Kopf. Mit seinem Sessel drehte er sich um, blickte seine Offiziere an und fragte: „Hat einer der Herren vielleicht ein anderes Landungsziel als Welt Nummer drei vorzuschlagen?"

Daß alle für den dritten Planetenmond stimmten, machte ihn noch mißtrauischer.

„Übernehmen Sie", sagte er zu dem Piloten, blickte dann überrascht auf, als er feststellte, daß dieser schon die Führung des Schiffes übernommen hatte. Herzog fing sich schnell wieder, verließ die Zentrale und setzte sich mit Gus Orff in Verbindung. Er war seiner Meinung nach der einzige Mann, mit dem er ein Problem dieser Art vertraulich durchsprechen konnte.

„Ich komme sofort", gab Orff nach dem Anruf bekannt.

Über einen der Hauptantigravschächte fuhr er zum A-Deck hinauf. Erwartungsvoll sah der Kommandant ihn an, als er eintrat. Orff nahm im Sessel Platz.

„Orff, welchen Planetenmond schlagen Sie als Landungsziel vor?" Der Chef der Astro-Abteilung konnte nicht wissen, welcher Sinn sich hinter dieser Frage verbarg.

„Den dritten Trabanten, Sir", erwiderte Orff, ohne zu überlegen. Dann sah er Herzogs bestätigendes Nicken. „Liegt in meiner Antwort eine Besonderheit?"

„Ja, Orff. In Ihrer Abteilung ist doch über unser erstes Anflugziel gesprochen worden. Was hat man gesagt? Bitte, denken Sie scharf nach."

„Brauche ich nicht, Sir. Alle haben – Donnerwetter. Wir alle sind für den dritten Trabanten gewesen. Doch zuerst war es Tyll. Großer Himmel, was tut sich denn bei uns im Schiff?"

„Wenn Sie einmal versuchen würden, zusammenhängend zu reden, wäre ich Ihnen dankbar", sagte Herzog, seine Spannung mühsam unterdrückend.

Gus Orff berichtete. Thomas Herzogs Aufmerksamkeit wuchs.

Als Orff schwieg, meinte er zögernd: „Ich hätte die größte Lust, Leyden einem Paratest zu unterziehen."

„Nur das nicht, Sir", wehrte sich Orff gegen diesen Vorschlag. „Leyden ist es doch selbst gewesen, der mich über den Grund seiner Unruhe informierte."

„Es kann ebenso der Versuch gewesen sein, sich damit aus dem Kreis der Verdächtigen zu begeben."

„Das glaube ich nicht, Herzog. Leyden hat mit diesem Phänomen nichts zu tun."

Herzog schlug mit der Faust auf den Schreibtisch. „Soll vielleicht der dritte Trabant hinter unserem Wunschgefühl stecken, auf ihm zu landen?"

„Das möchte ich nicht behaupten. Die Gefahr, mich lächerlich zu machen, wäre doch zu groß ..."

„Sie sagen selbst, daß der Mondplanet ausscheidet. Also – wir haben einen Para im Schiff, der uns auf Hypnobasis kommandiert. Der Verdächtigste ist Tyll Leyden. Er muß sich einem Paratest unterziehen. Das hat unauffällig für die anderen zu geschehen." Er drückte die Sprechtaste. Herzog war mit dem Schiffslazarett verbunden. „Doktor Lao zum Kommandanten."

Der Arzt kam. Er bestätigte, ebenfalls den Wunsch zu haben, daß das Schiff auf dem dritten Trabanten landen sollte.

Er sagte kein Wort, als er vom Kommandanten den Befehl erhielt, den Astronomen und Physiker Leyden einem Paratest zu unterziehen.

„Ich erwarte schnellstens das Resultat. Das Schiff fliegt vorläufig nicht weiter." Er stellte Sprechkontakt zum Piloten her. „Hier Kommandant, Schiff stoppen! Ende."

Im anderen Sessel saß Gus Orff. Er schüttelte unzufrieden den Kopf. „Ich würde es nicht tun, Sir."

„Es bleibt bei meinem Entschluß. Bitte, Doktor Lao, erledigen Sie den Fall. Aber so unauffällig, daß außer Ihren Mitarbeitern keiner davon etwas erfährt."

Als der Arzt gegangen war, sagte Thomas Herzog wie zu seiner Verteidigung: „Wo kommen wir denn hin, wenn das Schiff durch einen Hypno kommandiert wird, Orff?"

Orff hüllte sich in Schweigen. Besonders wohl in seiner Haut fühlte er sich nicht. Er kam sich als Verräter an Tyll Leyden vor.

Der Test lief. Leyden, der vorher über den bevorstehenden Test informiert worden war, lag im Tiefschlaf. Immer öfter sahen sich Lao und seine Kollegen hilflos an. Der Mann, den sie einem Paratest unterzogen, war vollkommen normal.

„Sollen wir abbrechen?" machte einer den Vorschlag.

Lao fragte bei dem Kommandanten um Erlaubnis.

„Nein. Zu Ende führen."

Der Test wurde zu Ende geführt. Eine halbe Stunde später erwachte Leyden aus dem Tiefschlaf. Seine erste Frage lautete: „Bin ich normal?"

„Vollkommen, Mister Leyden", bestätigte ihm Dr. Lao.

Wortlos verließ Leyden das Labor. Sein Gesicht verriet nicht, was er dachte.

Er ging nicht zum C-Deck in die Astro-Abteilung zurück. Leyden suchte die Bordbibliothek auf. Der positronische Sucher holte ihm drei Bänder aus den Fächern. Nacheinander ließ Tyll Leyden sie ablaufen. Dazu machte er sich Notizen.

„Schade", sagte er, als das dritte Band seine Wiedergabe beendet hatte. Erst durch den Inhalt des letzten Bandes hatte er erfahren, daß laut Gesetz jeder Raumschiffskommandant bei klarem Verdacht berechtigt war, an der verdächtigen Person einen Paratest durchführen zu lassen. Der Begriff klarer Verdacht war genau spezifiziert worden. Tyll Leyden war so ehrlich, sich einzugestehen, daß er in klarem Verdacht gestanden haben mußte.

Nicht schneller als sonst, äußerlich kein bißchen erregt, fuhr er zum C-Deck hinauf, suchte sein Arbeitszimmer auf und machte sich an seine Arbeit.

Im freien Fall umlief die EXPLORER-2115 immer noch Herkules. Auf diesem extrem kalten Methanriesen gab es nicht viel zu beobachten. Er war nichts anderes als ein unvorstellbar großer Planet, bis in tiefste Tiefen eingefroren. Man hätte ihn ruhig vergessen können, wenn nicht seine siebzehn Monde gewesen wären.

Über Telemessungen und Beobachtungen hatte man inzwischen alle siebzehn Trabanten erkundet, soweit es aus dieser Entfernung möglich war.

Elf davon umkreisten Herkules normal, sechs gegenläufig. Aber alle befanden sich relativ im gleichen Abstand zum Muttergestirn.

Im Teleobservatorium verwendete man den Ausdruck: unglaublich. Die verhältnismäßig geringen Abstände der einzelnen Monde zueinander deuteten einmal darauf hin, daß dieses Trabantensystem schon seit undenklichen Zeiten bestand und sich buchstäblich eingependelt hatte, zum anderen ließen sie vermuten, daß auf den insgesamt zehn Monden mit einer Sauerstoffatmosphäre fast die gleichen klimatischen Verhältnisse herrschen mußten.

Während des freien Falls der EXPLORER-2115 stand den Wissenschaftlern zusätzlich das Bordrechengehirn in der Zentrale zur Verfügung. Sie machten von dieser Möglichkeit rigoros Gebrauch, und sie wären zum erstenmal restlos zufrieden gewesen, wenn nicht jeder den Wunsch verspürt hätte, möglichst schnell auf dem dritten Mond zu landen.

Unbewußt richtete sich auf ihn das Hauptaugenmerk. Seine mittlere Entfernung von Herkules lag schon mit 984 000 Kilometern fest. Aufgrund anderer Daten hatte man seine Rotation mit 21,80 Erdstunden berechnet, die später auf 21,85 genau ermittelt wurde.

Die Luftzusammensetzung unterschied sich kaum von der Terras.

Gus Orff tauchte nach langer Abwesenheit wieder in seiner Abteilung auf. Als er Leyden über seiner Arbeit sitzen sah – nicht anders als sonst –, schüttelte er verwundert den Kopf. An Leydens Stelle hätte er nach einem Paratest nicht so konzentriert arbeiten können.

Phlegmatisch muß man sein, dachte er und erinnerte sich daran, daß die Suche nach dem Hypno im Schiff im Sand verlaufen war.

Es gab in der EX-2115 kein Besatzungsmitglied, das sie mittels seiner Parakräfte zu zwingen versuchte, auf dem dritten Mond zu landen.

Als Oberstleutnant Herzog wieder die Zentrale betrat, gab er den Befehl, Kurs auf den Trabanten Nummer eins zu nehmen.

Die Werte kamen vom Bordrechengehirn. Die EXPLORER-2115 ging aus dem freien Fall heraus auf Fahrt. Die Führung lag in der Hand des Kommandanten. Niemand sah ihm an, daß er immer stärker gegen den Wunsch ankämpfte, doch auf der dritten Welt zu landen.

Der Explorer jagte hinter dem ersten Mond her. Alle Automatiken im Schiff, extra für die Explorertypen entwickelt, begannen zu laufen, als der Kugelraumer die obersten Schichten der Giftgasatmosphäre berührte. Nach dem vierten Umflug war die für Menschen lebensfeindliche Welt kartographisch aufgenommen, waren die wichtigsten Daten ermittelt worden, und mit neuen Kurswerten jagte der Forschungskreuzer dem zweiten Mond zu.

Man hatte sich zu beeilen, wenn man von seiner Oberfläche noch ein Bild haben wollte, denn er hatte jenen Punkt fast erreicht, von wo aus er in den Planetenschatten von Herkules kam.

Auch Nummer zwei war kein lohnenswertes Objekt.

Thomas Herzog hörte mit gemischten Gefühlen das erleichterte Aufatmen, als die Positronik den Kurs für den dritten Trabanten festgelegt hatte.

Als riesige Scheibe, einen großen Teil der Rundsichtanlage des Forschungsschiffs einnehmend, stand Herkules am Himmel. Man mußte sich erst daran gewöhnen, ständig einen Sternenkoloß zu sehen, der fast die Hälfte des Himmels einnahm. Einige Männer im Schiff waren nur schwer imstande, diesen Anblick noch länger zu ertragen. Die Furcht, das Planetenungeheuer könnte herunterstürzen – obwohl die Männer wußten, daß es unmöglich war –, ging fast in Panik über.

In 100 000 Kilometer Entfernung vor dem dritten Trabanten bremste der Kugelraumer ab.

Herkules stand jetzt hinter dem Schiff. Aus der Tiefe des Raumes flog eine andere Sternenkugel zu den Menschen hoch. Bei jeder Landung war es stets das gleiche, aber immer wieder faszinierende Bild.

Grünes sonnenüberflutetes Land lag plötzlich unter ihnen.

Ununterbrochen meldeten Energie- und Strahlortung Nullwerte. Die Meßwerte sah gleichzeitig der Feuerleitoffizier.

Ein Ozean tauchte auf, der sich über die Rundung des Planeten erstreckte. Der langgezogene Kontinent unter ihnen hatte stellenweise Steppencharakter. Jetzt aber kamen Schachtelhalmwälder in ihr Blickfeld. Die Gattung Bäume verriet schon, daß die Durchschnittstemperaturen ziemlich hoch liegen mußten. Auf ein himalajaähnliches Gebirge jagte der Explorer zu. Er zog elegant über die Achttausender hinweg. Da erklang in der Zentrale der Ruf auf: „Eine Stadt!"

Thomas Herzog zwang sein Schiff in eine enge Kurve. Das Gebirge lag dicht hinter ihnen. Am Fuß eines Achttausenders, in einem kreisbogenförmigen Tal, sahen sie die Überreste einer Stadt.

Einen Kilometer vor den letzten Trümmern, auf einem Felsplateau, setzte Herzog seinen Kugelraumer sanft auf.

Die Geschütztürme des Explorers blieben besetzt, ebenfalls sämtliche Ortungsanlagen. Über die Vergrößerung holte man die Trümmer einer untergegangenen Stadt fast greifbar heran.

Die Archäologen hatten plötzlich Arbeit. Aber bevor sie einen Schritt nach draußen tun konnten, schickte Thomas Herzog einen Doppelsatz Sonden los: Spezialraketen, die automatisch nach Erledigung des Forschungsauftrags zurückkamen.

Die Resultate einer exakten Luftanalyse wurden dem Kommandanten mitgeteilt. Als er den hohen Mittelwert der Temperatur von 23,5 Grad hörte, wunderte er sich nicht. Er hatte ihn erwartet.

Ein gut fünfzig Meter hoher, halbzerfallener Turm der uralten, primitiven Befestigungsanlage war das höchste Bauwerk innerhalb der Ruinen.

Herzog erkundigte sich, wie lange es draußen noch hell bleiben würde.

„Acht Stunden und zwanzig Minuten", kam die Antwort.

Herzog setzte sich mit der Hauptschleuse in Verbindung. „Schwebepanzer ausladen. Einsatzkommandos nach Order A-eins." Das hieß: Besuch einer scheinbar friedlichen, erdähnlichen Welt. Es hieß aber auch, Betreten der unbekannten Welt nur im Kampfanzug und vollbewaffnet erlaubt.

Nach knapp anderthalb Stunden kehrte Oberstleutnant Herzog mit einer achtköpfigen Begleitung von der ersten Erkundung im Schwebepanzer zurück. Bis auf die Männer der Alarmbereitschaft konnten alle das Schiff verlassen. Besondere Befehle, wie sie sich zu verhalten hatten, waren bei diesen eingespielten Teams nicht mehr erforderlich.

Sicherheit rangierte an erster Stelle. Arbeitsroboter bauten rund um das Schiff ein Energiegatter auf, das im Gefahrenfall für jeden Angreifer ein unüberwindliches Hindernis darstellte.

Die Archäologen kümmerten sich nicht darum, was hinter ihrem Rücken geschah. Sie interessierten sich für die stark zerfallenen Überreste einer uralten Stadt im Schatten eines majestätischen Achttausenders, der seine eisbedeckte, leicht abgerundete Spitze in den wolkenlosen grünblauen Himmel streckte.

Die Archäologen benötigten keine Physiker, um das Alter der

Trümmer zu bestimmen. Ein handliches, arkonidisches Gerät übernahm diese Aufgabe.

Wo sie auch Messungen vornahmen, überall trafen sie auf den Wert von 37 000 Jahren.

Mehr als dreihundert Männer kletterten auf und zwischen den Trümmern umher. Jeder hoffte, der erste zu sein, der eine Abbildung, irgendeine Darstellung von den Wesen fand, die mit dieser Stadt untergegangen waren.

Am Fuß des ruinenartigen Turmes gab es Alarm. Zufällig hatte ein Archäologe hier Altersmessungen vorgenommen. Der Zeiger seines Geräts stand auf 41 000 Jahre. Das Fundament des Turmes war also viertausend Jahre älter als alle anderen Bauwerke in der Stadt.

„Hier gibt es nichts mehr zu finden", sagten schon viele und gingen zum Schiff zurück. Sie hatten sich von diesen Ruinen mehr versprochen.

Über Sprechfunk setzte sich der Leiter der Archäologen mit dem Schiff in Verbindung. Er verlangte nach Sondenbohrgeräten.

Roboter, die schwere Antigravplatten steuerten, brachten die Bohrgeräte heran.

Dreißig Meter neben dem Sockel des Turmes wurde ein Gerät angesetzt. Nach einer halbstündigen Montage war es betriebsbereit. Roboter, auf diese Spezialarbeit programmiert, setzten die Sondenbohrer in Tätigkeit.

Schwaches Summen klang auf. Es kam aus dem Bohrkopf. Er arbeitete mittels Antischwerkraft und kalt schneidenden Strahlen. Er bohrte fast lautlos und schnell. Meterlange, röhrenförmige Geröllmassen hob er aus dem Boden.

Mit jedem Bohrvorgang drang das Gerät ungefähr einen Meter tiefer in die Erdschichten. Ein Spezialdetektor im Bohrkopf unterbrach die Bohrung automatisch, wenn er entdeckt hatte, daß man innerhalb des betreffenden Schachtabschnitts auf Dinge gestoßen war, die nicht natürlichen Ursprungs waren.

Als die Bohrung die Sechsmetersohle überschritten hatte, zeigte die Altersmessung schon mehr als 80 000 Jahre an.

Beim nächsten Hochführen des Gesteinzylinders schlug der Detektor an. Archäologen durchsuchten mit der ihnen angeborenen Sorgfalt und Behutsamkeit das Geröll.

Einer entdeckte einen Metallsplitter. Spuren von Bearbeitung wies er nicht auf. Sein Alter wurde mit 108 000 Jahren festgelegt.

„Was ist das? Weder Eisen, Stahl, noch irgendein anderes uns bekanntes Metall."

Der Leiter der Gruppe sah den Fund für so wichtig an, daß er Oberstleutnant Herzog davon Mitteilung machte. „Ich möchte noch an anderen Stellen Sondenbohrungen durchführen lassen, Sir."

„Bitte", erwiderte Herzog knapp. Er stellte dann eine merkwürdige Frage: „Haben Sie eigentlich noch den Wunsch, auf diesem Mond zu bleiben, oder möchten Sie jetzt lieber starten?"

„Sir ..." Der Wissenschaftler verstummte leicht verwirrt. „Eine eigenartige Frage. Fort von hier? Im Gegenteil. Einmal diese interessante, uralte Ruinenstadt, und ... Auch das ist seltsam. Ich habe den Wunsch, hierzubleiben."

Thomas Herzog machte ihn mit seinen Sorgen vertraut. „Wir alle haben den unerklärlichen Wunsch, auf diesem Mond zu bleiben. Ich habe einen Verdacht, mehr aber auch nicht."

„Wieder Verdacht gegen Tyll Leyden?" fragte Orff fast lauernd.

„Nein", erwiderte Herzog. „Gegen jemand anders. Es ist regelrecht unheimlich, daß wir alle den Wunsch haben, für immer und ewig auf diesem Mond zu bleiben. Jetzt beruhigt es mich, daß ich Perry Rhodan eine kurze Meldung mit unseren Koordinaten übermittelt habe. Kommen Sie, Orff. Gehen wir nach draußen und sehen uns die Ruinenstadt einmal an. Wollen Sie?"

Thomas Herzog und Gus Orff, die in der großen Schleuse standen und hinausblickten, wurden von dem majestätischen Bild beeindruckt. Ihr Blick wanderte nach rechts und links, ging in die Höhe zu den Graten und Gletschern, ging in die Tiefe, wo am Fuß des mächtigsten Berges in einem Talkessel, der deutlich einen Halbkreis bildete, die Ruinen der toten Stadt lagen. Als Mahnung, daß alles vergeht, überragte der zum größten Teil zerfallene Turm die zusammengestürzten und verwitterten Bauwerke.

Doch immer wieder fesselte das Massiv ihre Aufmerksamkeit: eine dunkle Felswand, fast bis zur Spitze reichend, viele Kilometer breit und nur hier und da von dunkelbraunen Gesteinsadern durchzogen.

Aus der Ferne sah diese Wand wie eine gigantische Schiefertafel aus.

Die Männer mußten zur Seite treten. Weitere Schwebepanzer wurden ausgeladen. Ein starkes Kommando Arbeitsroboter stampfte aus dem Schiff. Die Rampe erzitterte leicht.

Wieder kam eine Sonde von ihrem Flug zurück. Automatisch steuerte sie den Sondenhangar an und verschwand im Explorer. Orff hatte ihr einen kurzen Blick geschenkt.

„Auch sie hat kein intelligentes Leben auf diesem Mond entdeckt", bemerkte er. „Wer hat ihm eigentlich den Namen Impos gegeben?"

„Irgend jemand, der ihn imposant fand", sagte Herzog unbeteiligt. „Schade, daß Leyden mit der faltonschen Theorie nur fünfzig Prozent Erfolg gehabt hat."

Orff riß den Kopf herum und schaute den Oberstleutnant an. „Jetzt reden Sie auf einmal so? Haben Sie Ihre Meinung geändert?"

„Ist das ein Fehler? Ich habe sogar in meiner Meldung an Perry Rhodan auf die Faltonsche Theorie hingewiesen. In Terrania wird man schon dabei sein, sie nach allen Seiten zu prüfen."

„Gratuliere", sagte Orff. „Ich ..."

Ihre Minikome im Handgelenk sprachen an.

Kurz – kurz – lang – kurz – kurz. Ununterbrochen.

„Ich habe es geahnt!" rief Herzog aufgeregt.

Einer der fünfundzwanzig Zellaktivatoren hatte sich mit diesem Peilton gemeldet. Hier, auf Impos, hatte *ES* eines dieser Geräte versteckt.

Herzog und Orff hasteten zum Hauptantigravlift.

„Davon ist der hypnotische Zwang ausgegangen", sagte Herzog, als sie im Schacht zur Zentrale hinaufschwebten. „Und unser aller Wunsch, auf Impos zu bleiben, kommt auch von dem Teufelsding."

In der Zentrale klang das Signal aus dem Lautsprecher. Männer zuckten zusammen, als Thomas Herzog den Raum betrat.

Die Männer ertappten sich bei dem nahezu unwiderstehlichen Verlangen, diesen Zellaktivator zu besitzen.

Das ewige Leben lockte ...

Wer das Gerät fand und sich umhing, für den gab es kein Altern mehr. Er blieb so alt, wie er im Augenblick war, seine abgebauten Zellen wurden durch die geheimnisvollen Kräfte des Aktivators immer wieder erneuert.

Oberstleutnant Herzog ahnte, was in den Köpfen der Offiziere vorging. Ihr Wunsch, einen Aktivator zu besitzen, war der natürlichste aller Wünsche.

Jeder Mann, auch die sich draußen befanden, hatten das Peilsignal gehört.

„Schwebepanzer anrufen", sagte Herzog, als gäbe er einen Manöverbefehl.

Nacheinander meldeten sie sich. Die Stimmen der Männer darin zitterten vor Erregung.

„Kreuzpeilverfahren!" bestimmte der Oberstleutnant. Wieder sah er sich um. Die Spannung in der Zentrale war fast ins Unerträgliche gestiegen. „Meine Herren", begann er, „auch ich möchte ihn besitzen, aber ich kenne meine Pflichten."

Das war ein geschickter psychologischer Schachzug. Herzog stellte sich mit seinen Offizieren auf eine Stufe. Er hatte zugegeben, wie gern auch er der Besitzer eines Zellaktivators geworden wäre.

Lachen kam auf, zum Teil klang es nicht echt, zum Teil löste es die Spannung.

Die ersten zwei Schwebepanzer meldeten sich. Die Werte, die sie durchgaben, wurden vom Rechengehirn verarbeitet. Dazwischen meldete sich die Vermessungsstelle im Schiff. Mitten in der kartographischen Aufnahme ihrer nächsten Umgebung hatte sich der Peilsender gemeldet. Überstürzt übermittelte die Vermessungsstelle jetzt eine nicht besonders exakt gearbeitete Landkarte.

Drei weitere Schwebepanzer meldeten sich, die ebenfalls im Kreuzpeilverfahren versuchten, den Aktivator und seinen Standort genau festzulegen. Ein Projektor zeichnete die Landkarte auf die Wand. Die Vermessungsstelle gab durch, alle Angaben der Positronik übermittelt zu haben. Ein Offizier schaltete Projektor mit Positronik zusammen.

Fünf Linien, die alle ihren Ausgangspunkt auf einem Kreisbogen hatten, trafen sich nicht in einem Punkt, aber sie hatten trotzdem schon den Standort des Zellaktivators bis auf einige Quadratkilometer lokalisiert.

Vier von fünf Schwebepanzern hatten jetzt Stellungswechsel vorgenommen, um von anderen Punkten erneut anzupeilen.

Auf der Projektion erschienen vier weitere Linien. Sie überschnitten sich an einer Stelle. Die Positronik warf einen genauen Wert aus. Die Karte zeigte unmißverständlich an, daß sich der Zellaktivator in dem Achttausender befand – im Bergriesen, zu dessen Füßen die Ruinenstadt lag.

Bestürzt blickten sich Herzog und Orff an. Vor wenigen Minuten hatten sie noch unter dem majestätischen Eindruck dieses riesigen Berges gestanden, und jetzt wies das Peilverfahren aus, daß der Aktivator mitten im Berg steckte.

„Drei- bis viertausend Meter tief im Fels“, gab ein Offizier bekannt.

Herzog gab Alarm. Alle Personen, die sich im Freien befanden, hatten auf schnellstem Weg ins Schiff zu kommen.

„Schwebepanzer Kreuzpeilung beenden!“

Er beobachtete die Offiziere unauffällig. Nach einigen Minuten atmete Herzog erleichtert auf. Auch die Männer wurden nicht mehr von dem Verlangen getrieben, den Zellaktivator unter allen Umständen in eigenen Besitz zu bringen. Sie wirkten in diesem Augenblick nicht anders als sonst, wenn es galt, ein schwieriges Problem zu lösen.

ES verfügte über unvorstellbare Machtmittel, überlegte Herzog. Aber es kamen ihm Zweifel, ob die Macht, über die *ES* verfügen sollte, wirklich unbegrenzt war. Weshalb hatte *ES* seine Welt verlassen und sie in einem atomaren Feuer vernichtet?

Auch Herzog hatte vor gut zwei Wochen den in den Kosmos abgestrahlten Spruch gehört, daß *ES* sich zurückzöge, aber als letzten Gruß fünfundzwanzigfaches Leben in der Milchstraße versteckt hätte.

Einer dieser Grüße lag jetzt unter einigen tausend Metern Fels verborgen. Dieser Zellaktivator machte sich völlig anders bemerkbar, als man es erwarten konnte. Herzog begriff, warum er und alle anderen unbedingt auf diesem dritten Mond landen und bleiben wollten. Nur von dem Aktivator konnte dieser Hypnoeffekt ausgelöst worden sein. Das galt vermutlich auch für den Tasterstrahl, der sie in dieses System gelockt hatte.

Herzog befürchtete noch weitere Komplikationen. Wenn er sich des gräßlichen homerischen Gelächters erinnerte, das in der ganzen Galaxis zu hören gewesen war, dann bekam er einen kleinen Begriff davon, was *ES* unter einem Scherz verstehen mochte.

Der Sondenhangar gab durch: „Sir, alle Sonden zurück. Aggregate zur Auswertung an die einzelnen Abteilungen weitergegeben.“

Herzog hörte kaum zu. Er wartete auf die Nachricht von der Hauptschleuse, daß sich die Mannschaft komplett an Bord befand. Ein ihm neues, beunruhigendes Gefühl machte ihn entschlußlos. Mißtrauisch fragte er sich, ob diese Entschlußlosigkeit vielleicht abermals von einer Hypnoausstrahlung des Aktivators herrühren konnte.

Der gewaltige Rundsichtschirm wurde dunkler und dunkler. Die Beleuchtung in der Zentrale wurde schwächer. Die Kontrollampen an der Positronik blinkten trübe.

„Orter setzen aus!" gellte der Ruf durch den großen Steuerraum.

„Aus", sagte Herzog mit belegter Stimme. „Die Bordverständigung tut es auch nicht mehr."

Man konnte kaum noch die Hand vor Augen sehen.

Dann war es dunkel im Schiff.

Notbeleuchtung? Sie versagte ebenfalls. Geräusche kamen aus der Richtung der Funkzentrale. Es hörte sich so an, als ob das Schott manuell geöffnet wurde.

„Was ist mit unserem Schiff los? Gesamte Funkanlage ausgefallen, Sir!" schrie ein Mann.

„Ruhe! Absolute Ruhe!" befahl Herzog. Für einen Moment schätzte er sich glücklich, daß es stockdunkel war und niemand sehen konnte, wie er sich die schweißnasse Stirn abtrocknete.

Absolute Ruhe trat ein.

Die EXPLORER-2115 war nichts anderes als eine Stahlkugel von fünfhundert Metern Durchmesser, mit tausend Menschen an Bord, die nicht mehr über ein einziges technisches Gerät verfügten. Alles, was auf energetischer, positronischer oder elektronischer Basis gearbeitet hatte, lag jetzt still.

In der Zentrale blieb jeder stehen, wo er stand.

„Meine Herren", begann der Kommandant, „wir müssen uns sehr schnell überlegen, wie wir diesem unglaublichen Zustand entgegentreten. Die Hauptschleuse scheint noch geöffnet zu sein. Das ist unser Glück. Durch diese Öffnung erhalten wir Sauerstoff. Das heißt aber auch, daß es im ganzen Schiff kein geschlossenes Schott mehr geben darf. Befehlsübermittlung geschieht per Läufer. Ich benötige drei Mann, um das A-Deck zu informieren. Ich benötige für jedes Hauptdeck einen Offizier, der dort die Leitung übernimmt..."

Gellendes Gelächter zerriß seinen Satz. Es dröhnte in der Zentrale, und es dröhnte im Kopf der Männer. Fast alle erkannten es wieder.

„*ES* lacht uns aus!“ rief jemand.

Andere fluchten ungehemmt.

Das Fiktivwesen hatte ihnen diesen Streich gespielt und die gesamte technische Einrichtung ihres Schiffes stillgelegt.

Abrupt brach das höllische Gelächter ab. Eine Stimme klang auf. Auch sie war überall – und in jedem Kopf.

„Verdammter telepathischer Spuk“, tobte ein Offizier.

ES kümmerte diese Verwünschung herzlich wenig.

Warum so garstig, liebe Freunde? vernahmen sie. *Perry Rhodan versteht mehr Spaß als ihr. Nicht nur der Tod kostet etwas, auch das ewige Leben. Und das ewige Leben findet ihr nur dann, wenn ihr auch mit den Mitteln der Vergangenheit einen Weg zu ihm bahnt. Ihr habt doch Köpfchen, Terraner, oder nicht?*

Die letzte Bemerkung triefte vor Spott. Jeder einzelne fühlte sich angesprochen, aber niemand kam dazu, *ES* drastisch die Meinung zu sagen. Jeder zuckte zusammen, als wieder dieses unheimliche Lachen die Zentrale erfüllte.

Dann brach es abrupt ab. Der Telepathiekontakt war zu Ende.

In undurchdringliches Dunkel gehüllt, lagen alle Räume des Erkunderschiffs.

Drei Mann machten sich daran, das Schott zum Deck über pneumatischen Handbetrieb zu öffnen.

„Keine Lifts benutzen!“ rief Herzog den beiden Läufern nach, die sich aufmachten, das dreihundert Meter tiefer gelegene Depot aufzusuchen. Ob sie innerhalb der nächsten beiden Stunden zurück sein würden, blieb offen.

„Ist hier die Zentrale“, rief gut eine halbe Stunde nach Einsetzen der Finsternis vom Deckgang ein Mann.

Herzog meldete sich. Der Läufer kam vom Polturm des Explorers.

„Sir, kommen Sie mit nach oben. Draußen in den Ruinen spukt es.“

Was dort spuken sollte, konnte der Läufer nicht sagen. Der Polturmoffizier hatte ihn mit dem Auftrag zur Zentrale geschickt, den Kommandanten auf schnellstem Weg zum Turm zu bringen.

„Kommen Sie mit, Orff“, forderte Herzog den Wissenschaftler auf. An seinen 1. Offizier gab er das Kommando ab.

Wie hoch der Polgeschützturm lag, erfuhren sie jetzt zum erstenmal.

Der erste Lichtschimmer tauchte vor ihnen auf. Sie schlängelten sich an den Strahlantennen der Geschütze vorbei. Eine schmale Stahlleiter kam. Eine winzige Schleuse, deren beide Tore weit geöffnet waren. Auf einer dreißig Meter durchmessenden Fläche, begrenzt durch einen fußhohen Stahlwulst, empfing sie der Polturmoffizier.

„Na, wo spukt es denn hier?“ fragte Herzog.

„Dort“, erwiderte der Mann und deutete zu den Ruinen der Stadt hinunter.

Orff blieb neben Herzog. Bis an den Stahlwulst der völlig geöffneten Kuppel gingen sie heran.

„Großer Himmel!“ rief der Kommandant. Mehr sagte er nicht. Was er sah, konnte er nicht begreifen.

Aus den Ruinen wuchs eine Stadt.

Unsichtbare Kräfte sammelten an allen Stellen Trümmer. Unsichtbare Kräfte erbauten eine Stadt. Unsichtbare Kräfte zogen den Turm hoch. Weit über hundert Meter schon ragte er in den grünlichblauen Himmel.

Fremd sah die nächste Umgebung aus, vollkommen verändert.

Ein Fluß, der vor einer Stunde noch nicht existiert hatte, kam von der südlichen Bergflanke, durchquerte das halbkreisförmige Tal, durchquerte die Stadt.

Herzog rieb sich die Augen und sagte: „Ich träume doch nicht? Ich bin doch nicht verrückt?“

Der Fluß floß unter einer mächtigen Stadtmauer hindurch.

„Eine unerhört echt wirkende Fata Morgana“, stellte der Turmoffizier fest. „Ich begreife nur nicht, warum *ES* diese Schau aufzieht.“

„*ES* und eine Schau aufziehen?“ fuhr Herzog den Offizier heftiger als beabsichtigt an. „Leider hat *ES* das nicht nötig. Und was Sie als Fata Morgana ansehen, mein Lieber, das ist Wirklichkeit.“

Orff lenkte den Kommandanten ab. „Sehen Sie sich einmal den Waldrand hinten rechts an, Sir. Ist dort nicht Bewegung?“

Herzog konnte nichts entdecken. Er richtete seine Aufmerksamkeit wieder auf die unwirkliche Stadt. Sie war nicht klein. Dreißig- bis vierzigtausend Menschen konnte sie beherbergen. Wuchtig wirkte die kreisförmige Stadtmauer.

„Da, noch ein Turm.“

Man konnte erschauern, wenn man sah, wie ein Turm aus dem Nichts entstand und höher und höher wuchs.

Die eigenartigen Häuser hinter der Mauer, alle einstöckig, zeigten kreisrunde Fenster. Nicht anders sahen Türen und Tore aus. So weit man sehen konnte, gab es nur Flachdächer mit niedrigen Umrandungen. Alles sah grau und trostlos aus. Nirgendwo waren Spuren von Farbe zu sehen.

„Jetzt entstehen die Tore in der Befestigungsmauer. Herzog, sehen Sie nur!“ rief Orff bestürzt.

Und dann sahen beide es zur selben Zeit. Aus den Kaminen der Häuser stieg Rauch.

Die Stadt lebte.

Aus mehr als fünfhundert Metern Höhe hatten die Männer eine ausgezeichnete Sicht nach allen Seiten. Vor ihnen lag die aus Trümmern wiedererstandene Stadt, eine Bastion, eine Festung aus Stein und Mörtel. Die Mauer umgab sie als Kreis. Aber dieser Kreis war nicht vollständig. Ein Fünftel des Kreisbogens fehlte. Die schwarze, viele tausend Meter hohe Wand des Singenden Berges ersetzte das letzte Fünftel.

Vor ihnen lag eine Stadt, die belagert wurde. Riesige Scharen menschenähnlicher Wesen waren inzwischen aus dem dunklen Wald hervorgebrochen und liefen auf die bewehrte Stadt zu.

Der Wind trug den Männern auf dem Polturm des Explorers das Kriegsgeschrei dieser Wesen herüber.

Plötzlich blitzte es auf der Mauerkrone dicht neben dem rechten Turm auf. Eine schmutzigweiße Wolke wurde vom Wind gepackt und davongetrieben. Inmitten der Angreifer entwickelte sich plötzlich eine dichte Rauchwolke. Schlagartig brach Panik unter den Kriegern aus.

„Kanonen“, stellte Herzog nüchtern fest.

Das Donnern des Abschusses kam zu ihnen herüber. Es war der Auftakt zu einem schweren Artillerieduell. Vom Waldrand her wurde es mit steigender Heftigkeit erwidert.

„Diese Wesen sind ja dreiarmig“, sagte der Polturmoffizier überrascht.

„Aber sie bewegen sich auf zwei Beinen wie wir.“ Das stellte Orff fest. Aus der angreifenden Masse hatten sich einige Krieger abgesondert. Sie blickten zur gigantischen Kugel herüber und waren stehengeblieben.

Sie sahen grotesk aus. Ihre Beine konnten die Glieder von Menschen sein. Der Rumpf jedoch war kugelförmig, und der Kopf besaß keine Haare. Die Wesen hatten zwei Paar Augen, und drei Arme wuchsen im gleichen Abstand zueinander in der Mitte ihres Kugelleibes aus dem Rumpf. Die Krieger waren nicht größer als einen Meter.

Sie liefen nicht etwa nackt herum, sondern trugen, soweit man es erkennen konnte, einen metallenen Schuppenpanzer, der nur den Rundkopf, die Unterarme und Unterschenkel freiließ.

„Was soll das nur bedeuten?" fragte der Polturmoffizier.

Herzog wollte sich nach ihm umdrehen, als gut fünfzig Meter unter seinem Standort etwas gegen den Stahlmantel der EXPLORER-2115 krachte und explodierte. Einen Moment später war das gleiche häßliche Geräusch seitlich zu hören. Der Turmoffizier erfaßte die Lage sofort.

„Man beschießt uns von zwei Seiten. Deckung!" Und dabei riß er den Kommandanten und Orff hinter den Metallwulst.

Heulend raste ein Geschoß dicht über sie hinweg.

Sie krochen zurück und standen auf der schmalen Metalleiter, als Herzog sagte: „Das ist noch einmal gutgegangen."

Sie zogen sich von der Leiter zurück. Im Halbdunkel blickte Herzog den Astrophysiker nachdenklich an. „Haben Sie es auch begriffen, Orff?"

„Ja", sagte dieser heftig. „Ein verdammter Spaß. *ES* hat tatsächlich einen eigenartigen Humor."

Kurz unter der Plattform schlug ein Geschoß ein und brachte die kugelförmige Stahlhülle der EXPLORER-2115 zum Dröhnen.

Thomas Herzog ließ seinem Zorn freien Lauf. Der Polturmoffizier und der Mann, der als Läufer zu ihnen gekommen war, konnten ihn nicht hören, als er zu Orff sagte: „Ich könnte ihm für diesen Witz den Hals umdrehen."

„Leider hat *ES* keinen Hals", erwiderte der Astrophysiker trocken. „Aber je länger ich über diesen Zauber nachdenke, um so verdächtiger wird mir alles."

„Wie meinen Sie das, Orff?" fragte Herzog hastig.

„Ich kann's noch nicht sagen, Sir. Nach meiner Ansicht ist das, was *ES* uns draußen aus der Vergangenheit dieser Welt gezeigt hat, im Grunde genommen ein billiges Schauspiel. Das Fiktivwesen, das so unvorstellbar mächtig sein soll, hat es doch gar nicht nötig, mit billigen Effekten zu arbeiten ..."

Thomas Herzog unterbrach ihn: „Es kommt immer auf den Standpunkt an, wie man eine Sache ansieht. *ES* hat uns unmißverständlich gesagt: Ihr kommt nur dann in den Besitz des Zellaktivators, wenn ihr mit den Mitteln der Wesen, die sich gerade bemühen, sich gegenseitig umzubringen, den Weg zum Versteck des Gerätes findet. Und damit wir nicht in Versuchung kommen, es auf anderem Weg zu probieren, hat *ES* das Schiff vollständig lahmgelegt. Ich ..."

Das infernalische Lachen dröhnte abermals. *ES* meldete sich auf telepathischer Basis erneut. Entsetzt stürmten der Polturmoffizier und der andere die Metallstiege hinunter.

Hallo, unzufriedener terranischer Raumerkommandant! meldete *ES* sich. *Ich möchte dich für die Aufgabe, die ich dir und deinen Männern gestellt habe, begeistern. Ihr müßt mit den Mitteln der Zeit, in die ich euch versetzt habe, den Zellaktivator finden. Im Augenblick haltet ihr euch, gemessen an eurer Zeit, in achtunddreißigtausendjähriger Vergangenheit auf. Glaubt ihr, mein Freund Rhodan könnte euch jemals finden? Setze auch keine Hoffnungen auf deinen Hyperkomspruch nach Terrania, Kommandant. Natürlich wird Rhodan hier erscheinen, wenn das Schiff nicht zurückkommt. Er wird ein schrottreifes Raumschiff finden. Euch aber nicht mehr. Denn ihr seid alle ja schon vor achtunddreißigtausend Jahren gestorben. Nun, Terraner, seid ihr denn nicht begierig, den Aktivator zu finden? Findet ihr ihn nicht, dann wird die EXPLORER-2115 erst nach achtunddreißigtausend Jahren Impos verlassen – abgeschleppt als Wrack. Hahahaha ...*

Und dann war es still, bis auf den kriegerischen Lärm draußen, still.

Keiner der tausend Mann im Explorer hatte sich vorstellen können, daß reibungsloses Arbeiten unter diesen Voraussetzungen möglich sei.

Vierundzwanzig Stunden waren erforderlich gewesen, bis man sich den veränderten Bedingungen angepaßt hatte. Über achthundert

Mann klagten über Muskelkater. Jeder Gang mußte zu Fuß zurückgelegt werden. Auf den schwach beleuchteten Treppen war ein ununterbrochenes Kommen und Gehen. Auf jedem Deck waren allein zwanzig Mann damit beauftragt, die wie Wachskerzen brennenden Patylsteine rechtzeitig zu erneuern. Der Vorrat davon war größer als erwartet. Trotzdem mußte gespart werden.

„Eine Unverschämtheit, uns die Auffindung dieses verflixten Wunderdings zur Pflicht zu machen." Leydens Kollege, der mittels eines Schwengels und einer provisorisch zusammengebastelten Zahnradübersetzung die primitive Drehbank auf Touren halten sollte, tobte.

Tyll Leyden, der Metallbüchsen ausdrehen sollte, blickte kurz auf. Ruhig hielt er seinem Kollegen vor: „Wenn Sie wieder so ruckartig drehen, dann kann ich auch die fünfte Hülse zum Schrott werfen."

„Hundert Büchsen sollen mit diesem unmöglichen Apparat ausgedreht werden?" rief Leydens Kollege wütend.

„Hundertvier", verbesserte dieser gelassen. „Die ersten vier sind ja in den Schrott gewandert. Warum drehen Sie nicht gleichmäßiger? Die Arbeit muß getan werden."

Leyden dachte an die Schlafgasbomben, die handwerklich hergestellt werden sollten. Die Hülsen, die er auszudrehen hatte, sollten die Zünder beherbergen.

Nebenan befanden sich die Bohrmaschinen. Auch sie wurden durch Muskelkräfte in Tätigkeit gesetzt. Auch diese Geräte gehörten zur allerletzten Notausrüstung eines jeden Explorers. Daß es solche Apparate an Bord gab, hatte man erst nach stundenlangem Suchen in den großen Depots entdeckt. Es war nicht mehr möglich, das positronische Register zu Rate zu ziehen. Es schwieg sich darüber aus, wo das Gesuchte zu finden war. Wie alles andere im Schiff, so lag es ebenfalls still.

Im Deck G, Abteilung 34, war die Konstruktionsabteilung untergebracht worden. Die Männer, die primitive Waffen entwickeln sollten, kamen sich vor, als hätte man sie ins Mittelalter der Menschheitsgeschichte versetzt. Sie konnten im Schlaf erklären, wie Strahlwaffen arbeiteten und wie diese konstruiert waren, aber keiner konnte sagen, wie das beste Mischungsverhältnis des Schwarzpulvers lautete. Von Dynamit und seiner Herstellung hatte man nie etwas gehört. Nachschlagewerke gab es nicht. Das Wissen war auf Bändern gespeichert.

Um sie ablaufen zu lassen, benötigte man elektrische Energie. Diese im Schiff zu erzeugen, war unmöglich.

Warmes Essen gab es nicht mehr. Offenes Feuer durfte nur in der Schmiede gemacht werden. Die Konzentratnahrung wurde widerwillig geschluckt.

Was niemand für möglich gehalten hatte, wurde Tatsache. In Handarbeit stellten die Männer Waffen her. Langsam, aber sicher lief die Produktion an, und zusehends wurden die angefertigten Geräte immer besser.

Auf Impos tobte der Krieg. Zwei Parteien bekämpften sich. Sie hatten vor nicht langer Zeit das Pulver erfunden. Aber im Gegensatz zu der Entwicklung auf der Erde verwendeten sie nicht Eisen als wichtigstes Metall, sondern einen Stoff, der durch Analysen nicht zu bestimmen war.

Oberstleutnant Herzog hütete sich, den Spezialisten deswegen Vorwürfe zu machen. Die Männer waren es einfach nicht gewöhnt, mit einfachen Mitteln ein Problem zu lösen.

Ein dumpfes Brüllen klang durch die Zelle des Explorers. Seit einem halben Tag war es in Abständen immer wieder zu hören. Die durch das geheimnisvolle Wesen zu erneutem Leben erweckte Urbevölkerung von Impos versuchte mit Hilfe von Pulversprengungen in das Raumschiff zu gelangen. Zu Tausenden umlagerten die dreiarmigen Kugelbauchwesen das Sternenschiff. Hunderte von Kanonen hatten sie von allen Seiten aufgefahren und feuerten daraus ununterbrochen gegen Arkonstahl.

Die Besatzung hatte die Angreifer gewähren lassen müssen. Durch das üble Spiel, das *ES* mit ihnen getrieben hatte, verfügten sie über keine einzige Waffe mehr. Sich auf der Plattform des Polturms aufzuhalten, war inzwischen auch gefährlich geworden. Von der stark befestigten Stadt her feuerten Kanonen ebenfalls ununterbrochen gegen den Raumer. Oft flogen die Granaten, die eine erstaunliche Geschwindigkeit besaßen, dicht über den fußhohen Metallwulst hinweg. Vier Mann, die dort oben zu beobachten hatten, was sich im Talkessel entwickelte, fluchten über die genau zielenden Kanoniere.

Drei Impostage vergingen. Tag und Nacht wurde im Explorer gearbeitet. Viele Männer drohten über ihrer Arbeit zusammenzubrechen. Aber dann hatten sie das Wunder vollbracht. Sie verfügten nicht nur über eine ausreichende Anzahl von Waffen, sondern auch über eine hervorragende Auswahl: Zum Beispiel weittragende, genau schießende Gewehre, Schlafgasbomben, primitive Pulverraketen, wie sie Jahrhunderte vorher im Seenotdienst benutzt worden waren, um auf ein untergehendes Schiff ein Seil hinüberzuschießen.

Über einen einzigen Punkt war sich Oberstleutnant Herzog nicht im klaren: Wenn er mit seiner Besatzung einen Ausfall machte und sie aus allen Waffen auf den Gegner schossen – vernichteten sie dann tatsächliches Leben oder nicht?

Aus fünfhundert Metern Höhe kam das Unheil über die Kugelbauchwesen. Fußballgroße, schwere Kugeln regneten herunter. Die grellroten Plastikkörper knallten nicht einmal, wenn sie auseinanderplatzten. Das Bombardement aus der Höhe beantworteten die Krieger mit frenetischem Gebrüll. Doch plötzlich verstummte das Kriegsgeschrei dort, wo die Bälle auf den Boden schlugen und auseinanderrissen. Reihenweise sanken die Kugelbäuche nieder.

Plastikkörper regneten vom Explorer herunter. Achtzig Männer, hinter dem Metallwulst Deckung suchend, arbeiteten wie besessen.

„Die werden aber schlafen“, sagte ein Mann keuchend und stieß gleichzeitig drei mit Schlafgas gefüllte Bälle über den Rand.

Das Gas, das sich draußen unsichtbar nach allen Seiten ausbreitete, wirkte schlagartig.

Ausfallbereit standen über dreihundert Mann in den Gängen zu den Schleusen. Vom Polturm kam nach vier Minuten die Nachricht durch, daß über viertausend Gasbälle abgeworfen worden wären und das Schlafgas sich bald verflüchtigt hätte. Das war das Einsatzzeichen für jene Teams, die mittels Handbetätigung die riesigen Schleusentore öffnen mußten.

Zentimeter um Zentimeter öffneten sich die gewaltigen Schleusentore. Unendlich langsam fuhren zwischen den Teleskopstützen die Rampen aus. Wer von den Angreifern sich in den Weg stellte, wurde zur Seite geschoben.

Vor dem Schiff zwischen dem Ring von Stützen kämpfte der Gegner immer noch. Weitere Gasbälle flogen vom höchsten Punkt des Explorers herunter und durch die Schleusenschlitze.

Unter dem Ausfallkommando traten die ersten Verluste auf. Die meisten Schleusen hatten schon meterbreite Schlitze. Von außen feuerte der Angreifer hinein. Das hatte man nicht erwartet. Oberstleutnant Herzog ändert sofort den Schlachtplan.

„Tränengasraketen verschießen!"

Die einzelnen Kommandos, die nur die Aufgabe hatten, die Schleusen zu öffnen, stellten ihre Arbeit ein. Auf primitiven Lafetten zu sechsen nebeneinandergelegt, rollten die plumpen Pulverraketen mit ihrer Tränengasladung heran. Mit offenem Feuer mußten sie gezündet werden. Sekunden dauerte es, bis die glimmende Zündschnur die Pulverladung erreichte. Nach rechts und links stoben die Männer in Deckung. Sie waren vor dem Feuerstrahl gewarnt worden.

Unter infernalischem Zischen flogen die Treibsätze davon, zwischen die mächtigen Ausleger der Teleskopstützen und platzten beim Aufschlag auseinander.

„Hoffentlich können diese Kugelbauchwesen auch weinen", hatte Herzog zu bedenken gegeben, als man ihm den Vorschlag unterbreitete, Tränengas zu verschießen.

Sie konnten es.

Im Raumer drängten sich die ersten Männer an die Schleusenschlitze.

Sie konnten es nicht fassen, was sie sahen.

Das Tränengas war hundertmal wirksamer als das Schlafgas.

Sie hörten schrille Schreie. Sie sahen, wie die Angreifer die Arme verzweifelt in die Höhe rissen, sich dabei vom Schiff abwandten und zu entkommen versuchten.

„Raketen her! Schnell!"

Ein Mann hatte begriffen, was dort draußen geschah. Für diese Wesen schien Weinen wohl das Furchtbarste zu sein. Man schob ihm die nächste Lafette zu. Er richtete sie mit der primitiven Zieleinrichtung genau aus. Man reichte ihm Feuer. Er setzte die Lunten in Brand und machte dann, daß er in Deckung kam.

Genau hinter den verzweifelt Fliehenden und schrill Schreienden schlugen die Pulverraketen auf dem Boden ein und zerplatzten. Das Tränengas wurde frei.

Neue Raketen folgten den Fliehenden, schlugen zwischen den einzelnen Gruppen ein und schufen ein Chaos.

„Schleusen zu!" wurde überall in der EXPLORER-2115 befohlen. Läufer hetzten davon, jagten über stillstehende Rolltreppen von Deck zu Deck und erreichten fast völlig erschöpft die Labors, in denen das Tränengas hergestellt wurde.

Als sie den Wissenschaftlern von der unerwarteten Wirkung des Defensivkampfstoffs berichteten, wollten diese zunächst die Nachricht nicht glauben. Als der dritte Läufer eintraf und den Befehl des Kommandanten überbrachte, nur noch Tränengas zu produzieren, standen die Experten plötzlich vor einem großen Problem. Wie sollten sie in kurzer Zeit derartige Mengen herstellen?

In der Raketenwerkstatt herrschte die gleiche Sorge; nebenan, wo man die primitiven Lafetten gebaut hatte, war es nicht anders.

Das Schlagwort hieß: Großfabrikation.

Eine Stunde später kontrollierte Thomas Herzog selbst, wie weit man damit war. Der Ausfall aus dem Explorer war verschoben worden.

„Meine Herren", erklärte Herzog den Gasfabrikanten, „unser Tränengas ist für die Zeit, in die *ES* uns versetzt hat, die ultimate Waffe. Ich bin erleichtert, daß wir keinen Kugelbauchmenschen töten müssen. Ich denke aber auch nicht daran, das Leben eines einzigen Mannes aufs Spiel zu setzen. Die erstaunlich genau schießende Artillerie unserer Gegner bedeutet eine große Gefahr für uns. Mit Pulverraketen, die einige Kilometer weit fliegen, könnte diese Gefahr völlig ausgeschaltet werden. Wir brauchen weitreichende Raketen. Und wir benötigen einige tausend Tränengasbehälter, die als Handgranaten geworfen werden. Morgen vor Sonnenaufgang erwarte ich eine Meldung, daß eine Reserve von fünftausend Tränengashandgranaten vorhanden ist. Berücksichtigen Sie dabei, daß die Ausfallgruppen noch vorher damit ausgerüstet werden müssen. An weitreichenden Raketen sind rund tausend Stück herzustellen. Lassen Sie sich etwas einfallen, damit man mit den Lafetten besser zielen kann. Das wär's, meine Herren."

Der Kommandant ließ die Männer allein zurück.

Über Impos ging die Sonne auf. In dem gewaltigen Talkessel wurde es zusehends heller. Aus dem Dunst schälte sich die befestigte Stadt heraus. Wie ein riesiges Loch sah die dunkle glatte Wand des Achttausenders aus, in dem *ES* einen Zellaktivator versteckt hatte.

Hinter dem Gebirgsmassiv stand Herkules, der Methanriese. Voll vom Licht der Sonne getroffen, zeigte er seine aufgewühlte Atmosphäre und wirkte dadurch noch drohender.

Oberstleutnant Thomas Herzog hatte dem Planeten, der fast den doppelten Durchmesser von Sol besaß, nur einen flüchtigen Blick zugeworfen. Ihn interessierte die befestigte Stadt aus vieltausendjähriger Vergangenheit und die Belagerer vor der durchschnittlich dreißig Meter hohen Mauer.

Mit dem ersten Sonnenstrahl hatte das Riesenheer der Angreifer das schwere Feuer wieder eröffnet.

Nur meterweit waren die Hauptschleusen an der EXPLORER-2115 geöffnet. Das allein war schon mit großen Risiken verbunden. Von der Ringmauer her und von den Belagerern wurde der Kugelraumer immer noch unter Artilleriefeuer genommen. Die sich bekämpfenden Kugelbauchwesen sahen in dem unbegreiflichen Gebilde etwas Feindliches. Beide Parteien feuerten in unregelmäßiger Folge ihre Granaten darauf ab. Die Geschosse konnten der Stahlhülle nichts anhaben, aber sie wurden in dem Moment lebensgefährlich, wenn sie in einer geöffneten Schleuse krepierten. In der vergangenen Nacht hatten die Männer Übermenschliches geleistet und den größten Teil der von Herzog geforderten Waffen hergestellt.

Herzog zögerte noch, den Befehl zum Ausfall zu geben. Das Riesenheer der angreifenden Kugelbauchwesen bereitete ihm große Sorgen. Der Kommandant sah völlig klar, daß er mit seinem Vorrat an Tränengasbomben gegen dieses Heer nicht ankam. Selbst wenn das Unwahrscheinliche doch der Fall sein sollte, dann stand ihnen die Erstürmung der dreißig Meter hohen Ringmauer bevor und gleichzeitig dort oben neue Kämpfe mit den Verteidigern der Stadt.

Die Aggregate lagen still, es funktionierte keine einzige Strahlwaffe, kein Blaster.

Er blickte in die Senke hinein, ein unübersichtliches, mit hohen Sträuchern bewachsenes Gelände. In diese Richtung sollte der Ausfall vorgetragen werden und ihre linke Flanke durch Verschießen von

Tränengasraketen gesichert werden. Dann sollte bis zum Fluß vorgestoßen und an seinem Ufer, im Schutz der Böschung, die Ringmauer der Stadt erreicht werden. Mit dreihundert Mann wollte Herzog gegen schätzungsweise fünftausend Kugelbauchwesen den Durchbruch bis zum Fuß der massiven Mauer erzwingen.

„Fertig machen!" befahl er.

Vier Läufer rannten davon, zu den vier anderen Gruppen. Wieder stellten sich Kommandos rechts und links der Schleuse auf, um sie sofort nach Befehl vollends zu öffnen und dabei die Rampe auszufahren. Das war erforderlich, um den Höhenunterschied zwischen Schleuse und Boden auszugleichen.

Fünfhundert Meter über ihnen warteten dreißig Mann, geduckt hinter den primitiven Raketenlafetten.

Herzog trat vom Schleusenpult fort. Das Gestell mit sechs weitreichenden Raketen wurde herangeschoben. Etwas umständlich visierte ein Mann das Ziel an: die Ringmauer. Man reichte ihm Feuer. Er setzte die Lunte in Brand und verschwand hastig zur Seite.

Unter lautem Zischen sauste die erste Pulverrakete davon, den Schleusenvorraum mit beizendem Qualm füllend. Danach folgte die zweite, die dritte, und dann war auch die sechste glücklich gestartet, ohne auf der Lafette zu explodieren.

Vom höchsten Punkt der EXPLORER-2115 aus sahen die dreißig wartenden Männer die sechs Raketen und ihre glühenden Pulverschweife stadtwärts fliegen.

„Ab damit!" brüllte einer.

Dreißig Mann setzten die Zünder an hundertzwanzig Raketen in Brand. Diese Raketen waren für die Belagerer bestimmt. Diese sollten solange abgelenkt werden, bis den dreihundert Raumfahrern der Durchbruch zur Stadtmauer gelungen war.

Unten im Raumer, rechts und links von den Schleusen, versuchten die Kommandos die Tore manuell zu öffnen und die Rampen auszufahren. Zentimeter um Zentimeter gingen sie weiter auseinander; Meter um Meter schoben sich die breiten schweren Rampen dem Boden zu.

Kaum hatten die Rampen den Boden berührt, stürmten die Männer los. Auf primitiven Fahrgestellen nahmen sie ihre Raketenartillerie mit. Einige hatten die Aufgabe, offenes Feuer mitzuführen.

Als Thomas Herzog die Rampe hinunterstürmte, sah er zwischen den Teleskopstützen drei weitere komplett ausgefahrene Rampen. Das beruhigte ihn.

Herzog, der früher einen Schweren Kreuzer der Imperiumsflotte geflogen hatte, begann die Wissenschaftler zu bewundern. Wie kampferprobte Soldaten benahmen sie sich. Mit fünf Raketen hatte man die Postenkette davongejagt.

Herzog gab seinen Gruppen das Zeichen, loszustürmen. Über ihren Köpfen heulten Pulverraketen zur Stadt.

Die Kampfgruppen ereichten die Senke und durchquerten sie ohne Beschuß. Zwischen Büschen sahen sie den Fluß und sein steiles Ufer.

Herzog nahm den Umweg durch die drei Flußschleifen in Kauf. Dreihundert Mann stürmten am Wasser entlang.

Plötzlich krachten von der Böschung herunter Schüsse. Herzog und seine Männer wurden von einer wild brüllenden Schar Kugelbauchwesen angegriffen. Hinter dem Kommandanten sank ein Mann stöhnend zu Boden. Drei weitere bekamen Streifschüsse ab, die die Männer aber glücklicherweise nicht außer Gefecht setzten.

Die handgefertigten Gewehre der Terraner waren besser als die Handfeuerwaffen der Eingeborenen. Laut Anweisung feuerten die Männer in die Luft, während andere wiederum ihre Tränengashandgranaten die Böschung hinaufschleuderten.

Wieder setzte dort oben Geschrei ein. Drei Kugelbauchwesen stürzten sich in panischer Angst die Böschung herunter und standen unten blitzschnell auf den Beinen.

Sie hielten unverwandt ihre drei Arme hoch, rasten auf wenige Meter Abstand von der Spitze der Kampfgruppe auf das Wasser zu und warfen sich in die reißende Strömung. Im nächsten Augenblick riß das Wasser sie mit sich.

Von der Böschung war nichts mehr zu hören. Herzog wollte aber einen zweiten Überfall auf seine Männer unterbinden. Er beauftragte Leyden mit zehn weiteren Männern, oben entlangzumarschieren.

Der nickte nur, wartete, bis die zehn Mann bestimmt waren, und stieg mit ihnen hinauf.

Bis zur Ringmauer sah Thomas Herzog die Gruppe nicht wieder. Er hatte sie schon abgeschrieben, als Tyll Leyden plötzlich neben ihm stand und ihm einen heftigen Stoß gab.

Der dumpfe Aufprall neben Herzog verschloß ihm den Mund.

„Wie in der Steinzeit", kommentierte Leyden den Vorfall, während der Oberstleutnant begriff, daß er dem anderen das Leben zu verdanken hatte. Denn ihm war entgangen, daß von der dreißig Meter hohen Mauer ein zentnerschwerer Stein heruntergekommen war.

Die Terraner hatten die Kugelbauchwesen bis auf drei Kilometer Entfernung zurückgejagt.

Durch eine Signalrakete, die hoch in den hellen Tag stieg und dort unter grellrotem Leuchten explodierte, ließ Herzog der Besatzung auf der Polturmplattform die Nachricht zukommen, daß er mit seinen vier Einsatzgruppen vor der Ringmauer stand.

„Seile hochschießen!" befahl Herzog, während zweihundert Meter weiter zurück mit kleinen Raketen die Mauerkrone beschossen wurde und sie von den letzten Verteidigern säuberte.

Zehn Spezialraketen, die Plastikseile zur Mauerkrone hochzogen, zischten senkrecht vor der Mauer in den Himmel.

In rund vierzig Metern Höhe, nach einer bestimmten Brenndauer, sollte die abbrennende Pulverladung gleichzeitig eine Sperre an den stabilisierenden kleinen Flossen durchbrennen. Dadurch wurde Federdruck frei, der das Leitwerk blitzschnell um hundert Grad versetzen sollte, um der Rakete Kurs über die Mauerbrüstung zu geben.

Drei von zehn Raketen waren Versager. Statt über die Mauer in die Stadt zu fliegen, kippten sie aus ihrem Senkrechtflug in die entgegengesetzte Richtung.

Sieben Seile lagen jedoch über der Mauerkrone. Sieben Mann spulten die Seile zurück. Jeder hoffte, daß der kleine stabile Haken am anderen Ende des Plastikmaterials irgendwo in einer Mauerfuge hängenbleiben würde.

Fünfmal kam der Ruf: „Seil fest!" – die beiden anderen Seile fielen aus dreißig Metern Höhe wieder zu Boden.

Der schwierigste Teil der Expedition begann jetzt: an dünnen Seilen vierzig Meter hoch klettern. Für diese Aktion hatten sich schon im Explorer Freiwillige gemeldet, einer hieß zur Verwunderung von Herzog Tyll Leyden.

„Sir, geben Sie Befehl, die Mauerkrone unter ständigem Beschuß zu halten. Ich mache allein dort oben die Brüstung frei", sagte Leyden.

Herzog, hinter einem mannshohen Felsen liegend, hatte Bedenken. „Das ist Selbstmord."

„Hier unter Beschuß zu liegen, ist auch kein Vergnügen", war Leydens Antwort.

„Leyden, Sie können einen Menschen rasend machen", wollte Herzog sagen, statt dessen rief er nach hinten lautstark den Befehl: „Mauerkrone unter Gewehrfeuer nehmen, trotzdem sparsam mit Munition umgehen!"

Als er wieder zur Seite blickte, war Tyll Leyden schon verschwunden.

Er stand an der Mauer, ließ sich Tränengasbomben aushändigen, brachte sie in irgendwelchen Taschen unter und griff nach einem der fünf Plastikseile.

In diesem Moment setzte starkes Gewehrfeuer ein. Die ersten Granaten schlugen in gefährlicher Nähe der dreihundert Mann starken Kampftruppe ein.

Tyll Leyden hinderte dies nicht, mit Hilfe des Seiles an der Mauer hochzusteigen. Die Fugen zwischen den einzelnen Steinblöcken waren oft handbreit und erleichterten ihm das Klettern. Zügig kam er höher. Die Last, die er mitschleppte, schien ihn kaum zu stören, obwohl sie nicht leicht war.

Gut die Hälfte der Ringmauer hatte er erklettert, als er nicht mehr weiter konnte. Er mußte pausieren.

Aus dieser Höhe sah er seine Kameraden unten vor der Mauer. Er beobachtete auch, daß vom Schiff her konzentrierter Raketenbeschuß auf die anmarschierenden Gruppen eröffnet worden war. Aber der zusehends stärker auffrischende Wind hob die verheerende Wirkung des Gases auf.

Noch war die Spitze der anrückenden Eingeborenen gut zwei Kilometer entfernt. Das bedeutete eine Frist von einer halben Stunde. Reichte die Spanne aus, dreihundert Mann auf die Mauer zu bringen?

Der junge Wissenschaftler entwickelte Riesenkräfte. Er setzte seine Kletterei fort und wurde immer schneller.

Noch einmal erhielt Leyden Feuerschutz aus Gewehren, dann hatte er sein Ziel erreicht.

Nicht einmal eine Sekunde zum Verschnaufen bekam er. Er sah Kugelbäuche heranstürmen. Er sah zum erstenmal deutlich ihre plumpen, grotesk aussehenden Gewehre. Hinter einer Mauerstrebe hockend warf er ihnen seine Tränengasbomben vor die Füße.

Halb irr vor Angst und Panik jagten die Verteidiger der Stadt schreiend davon. Hinter ihnen her kam der Wind und trug ihnen das Gas nach.

Das Ersteigen der Mauer hatte die Terraner sechzehn Verwundete gekostet. Die sechzehn Verletzten waren im letzten Augenblick hinaufgeschafft worden.

Von der Mauerkrone aus sahen sie auf die Stadt hinunter, die sie als konturloses Trümmerfeld bei ihrer Landung vorgefunden hatten. Jetzt zeigte sie sich ihnen, wie sie vor achtunddreißigtausend Jahren ausgesehen hatte.

Jedes Haus in der Stadt wirkte häßlich. Ein einheitlicher Baustil war nicht zu sehen. Es gab aber auch viele Ruinen, deutliche Zeichen des Krieges zwischen Stadtbewohnern und Belagerern.

Und dann sahen sie die Bewohner, die zweibeinigen, dreiarmigen Kugelbauchwesen.

Die Terraner auf der Mauer waren entdeckt worden. Panikschreie gellten auf. Ziellos rannte die Menge durch die winkligen Gassen tiefer in die Stadt.

„Ich weiß nicht, was ich von dieser Kultur halten soll", sagte Herzog zu Gus Orff, der neben ihm stand und auf das Gewimmel herunterblickte. „Ich begreife *ES* immer weniger. Warum macht *ES* uns zum Schreckgespenst für diese Wesen?"

Mitten in der Stadt wirbelte, vom Wind getragen, eine Staubwolke hoch. Fragend blickten sich Herzog und Orff an. Ein kleines Stück weiter links war jetzt ähnliches zu sehen. Nun auch rechts, und von dort aus, wiederum ein Stück weiter, ebenfalls.

Thomas Herzog äußerte seinen Verdacht. „Es sollte mich nicht wundern, wenn man dort hinten Häuser einreißt, um Barrikaden zu errichten."

Die mit Gas gefüllten Raketen traten wieder in Tätigkeit. Eine Signalrakete gab der Polturmbesatzung Nachricht, daß die Kampfgruppe jetzt von der Mauer in die Stadt stieg.

Es war kein Problem, in die Stadt zu kommen. Breite, grob gebaute

Treppen führten nach unten, an einigen Stellen sogar steile Fahrbahnen, über die man wohl die primitiven Geschütze nach oben gebracht hatte.

Mit zweihundert Mann machte Thomas Herzog sich auf, die Stadt zu durchqueren, um den Singenden Berg zu erreichen, in dem *ES* einen seiner Aktivatoren versteckt hatte.

Die restlichen Männer ließ der Kommandant bei den Verwundeten zurück.

Das Schicksal kam den Terranern zu Hilfe. Der frische Wind ließ merklich nach, als sie auf der anderen Seite am Fuß der Ringmauer angelangt waren und enge Gassen vor sich sahen. Herzog teilte seine Einsatzgruppe in acht Kolonnen auf. Ihr Ziel war auch in den Gassen nicht zu übersehen. Drohend stand die schwarze, schieferglatte Wand des Singenden Berges über der Stadt und darüber, durch die Rotation des Mondes etwas versetzt, der Methanriese Herkules.

Schrittweise tasteten sich die Männer vor, als sie über acht verschiedene Gassen die Stadt betraten. Sie blickten durch die kreisförmigen Fensteröffnungen in einfache, fremdartig eingerichtete Wohnungen. Sie fanden keinen einzigen Imposbewohner. Alle Häuser waren leer.

Keine einzige der acht Kampfgruppen Herzogs verfügte noch über eine Tränengasrakete. Der Bestand an Handgranaten war in der letzten Viertelstunde erschreckend klein geworden.

Sie kamen nicht mehr vor und auch nicht zurück. Von allen Seiten waren sie von Kugelbauchwesen umgeben. Ein Kugelregen prasselte so stark gegen ihre Deckungen, daß niemand wagen durfte, den Kopf zu heben.

Der Zufall hatte es mit sich gebracht, daß Thomas Herzog und Tyll Leyden in einem Loch steckten. Von drei Seiten war es von Mauerresten umgeben. Die vierte Seite, in Blickrichtung zur schwarzen Wand, war offen. Drei Schritte hinter ihnen lagen in einer Deckung die nächsten sechs Männer. Auf der anderen Seite rief einer aus einer Unterkellerung etwas zu ihnen herüber, was jedoch im höllischen Spektakel der Imposgewehre unterging.

Die Verständigung zwischen den einzelnen Gruppen war seit einer Viertelstunde abgerissen.

Herzog sah, wie Leyden fünf mit Gas gefüllte Handgranaten auf den Rand ihres Loches legte.

„Was haben Sie vor?" brüllte Herzog ihm ins Ohr.

„Denen das Schießen abgewöhnen." Das war Leydens knappe Antwort.

Einen Augenblick später lauschten beide. Bisher nie erlebtes Geschützfeuer dröhnte über die Stadt. Sie sahen sich an und nickten. Sie hatten begriffen, daß die eingeschlossenen Kugelbäuche wieder ihr Stadtmauer besetzt hatten und mit ihren dort fest eingebauten Kanonen in das Heer der Angreifer feuerten.

Mit Sorgen dachten sie an die auf der Mauer zurückgelassenen verletzten sechzehn Mann mit ihren Helfern.

„Für jeden Toten, den wir durch *ES* und sein wahnsinniges Spiel zu beklagen haben, möchte ich *ES* an den Galgen bringen", sagte Thomas Herzog wütend. „Leyden, Sie verdamm . . ."

Der lag schon wieder neben ihm, aber auf der Kante ihres Loches fehlten zwei Handgranaten. Nur noch drei lagen dort. Blitzschnell hatte Tyll Leyden sich ungeachtet des Kugelregens aufgerichtet und zwei der Tränengasbehälter geworfen.

Schrille Schreie drangen jetzt zu ihnen herüber. Das Gewehrfeuer der rechten Seite ließ nach. Leyden griff zum nächsten Gasbehälter.

„Legen Sie sich mal auf den Rücken."

Herzog schluckte, dann versuchte er, sich in ihrem Loch auf den Rücken zu legen. Mit Mühe und Not gelang es ihm.

„Luft anhalten!" rief Leyden ihm zu.

Herzog hielt die Luft an. Deshalb konnte er nicht protestieren.

Tyll Leyden stand mit seinem vollen Körpergewicht auf seinem Brustkorb.

Leyden warf haarscharf an der Kante des deckunggebenden Mauerrestes den Plastikbehälter nach links. Eine Sekunde lang hatte er auf Herzogs Brustkorb gestanden.

„Erledigt", sagte er danach.

Keuchend richtete Herzog sich auf. Auch von links drang schrilles Geschrei zu ihnen herüber. Der Oberstleutnant erkannte die veränderte Situation, die seiner Kolonne jetzt einige Chancen gab.

„Raus aus den Löchern! Handgranaten werfen!" brüllte er nach hinten.

Eine Hand griff nach seinem Armgelenk. Tyll Leyden stand schon zwischen den Trümmern.

Wie macht er das? fragte sich Herzog, und kletterte schnell mit Leydens Unterstützung aus dem Loch.

Sein Befehl war hier und da gehört worden. Plastikgranaten flogen nach allen Seiten. Eine Gaswolke kam auf sie zu. Männern liefen die Tränen über das Gesicht. Sie fluchten. Aber das schrille Geschrei der entsetzten Imposbewohner entfernte sich immer weiter. Das Gewehrfeuer war fast verstummt.

„Weiter!" brüllte Herzog. „Meldung an mich, wer vermißt wird!"

Als sie die Trümmerstrecke hinter sich hatten, erreichte ihn die Meldung, daß es glücklicherweise nur drei Leichtverletzte gegeben hatte.

Sie befanden sich wieder in einer winkligen Gasse. Sie vertrauten einfach darauf, daß auch diese Häuser geräumt waren.

„Können Sie sich vorstellen, wohin die ganze Stadtbevölkerung geflohen ist, Leyden?"

Der schüttelte nur den Kopf.

Die Angreifer kamen erstaunlich schnell vorwärts. Dreimal schlug ihnen aus Seitengassen Feuer entgegen. Mit einigen Gasgranaten vertrieben sie die Kugelbäuche.

„Ich frage mich immer wieder, warum keiner von uns auf den Gedanken gekommen ist, mit den Imposwesen Verbindung aufzunehmen, Leyden."

Der betrachtete sich nicht als angesprochen. Er warf eine Gasgranate in die Gasse zu seiner Rechten. Zwischen einer Gruppe Kugelbäuche, die über das Auftauchen der Terraner so erschrocken war, daß auch nicht einer sein Gewehr hochriß, platzte der Plastikbehälter. Die Eingeborenen machten auf der Stelle kehrt und jagten davon.

Herzog wagte es, kurz Tyll Leyden anzusehen. Zum wiederholten Male hatte der Wissenschaftler vor ihm, dem erfahrenen Offizier, Gefahren entdeckt und blitzschnell reagiert.

Leydens Gesicht zeigte weder Stolz noch Triumph. Wurfbereit trug er in jeder Hand einen Plastikbehälter. Es waren seine beiden letzten Gasgranaten.

Der schwarzen Wand waren sie unmerklich nähergekommen. Ihre dunkle Oberfläche war so glatt wie eine polierte Schieferplatte. An einigen Stellen durchzogen dunkelbraune Adern das Gestein. Die Gasse, durch die die Kolonne jetzt im Laufschritt stürmte, führte steil bergan. Hinter einem scharfen Knick blieben Herzog und Leyden abrupt stehen.

Sie hatten den Stadtrand erreicht.

Vor ihnen, zweihundert Meter entfernt, ragte die dunkle Wand senkrecht in den Himmel. Sie sahen die beiden Fugen, wo die Ringmauer sich mit der Felswand des Achttausenders verband.

„Großer Gott“, keuchte Herzog. „Da, Leyden . . . da ist die Bevölkerung der Stadt.“

Der Fluß durchströmte das befestigte Stadtgelände. Innerhalb dieses Gebiets war der Gebirgsfluß an einigen Stellen zehnmal so breit wie draußen im Talkessel. Auf seiner breitesten Strecke lag eine erstaunlich große Insel, die von einer mächtigen Mauer umgeben war.

Die Flöße, die angekettet auf dem Wasser tanzten, verrieten, wie die Bevölkerung der Stadt die Insel erreicht hatte. Drei Kilometer weit waren Herzog und seine Männer davon entfernt.

Hinter ihnen wurde es laut. Zwei weitere Gruppen hatten kurz nach ihnen die schwarze Wand erreicht. Fünf Verwundete brachte man mit. Einer war schwer verletzt.

Wieder gab es Alarm. Vom Fluß her schossen Kugelbäuche aus Gewehren auf sie. Die Terraner gingen in Deckung. Herzog setzte einen Trupp in Marsch, der die Aufgabe hatte, die Kugelbauchwesen von der Wand fernzuhalten.

„Warum jagen wir nicht eine Gasrakete hinüber?“ fragte ein Mann.

„Wieviel sind davon noch vorhanden?“

„Drei.“

Herzog schüttelte den Kopf. Der Trupp bekam den endgültigen Befehl, in Einsatz zu gehen.

„Wahrscheinlich kommen noch Situationen“, erklärte Herzog, „in denen diese drei Raketen unsere letzte Chance sind. Wenn ich mir diese schwarze, glatte Wand ansehe, dann frage ich mich: Wie wollen wir einige tausend Meter tief in den Berg hineinkommen?“

Die letzte Gruppe erreichte den Stadtrand.

Warum liefen die Männer, als ob ihnen die Angst im Nacken säße?

„Alarm an unser Schiff! Alarm! Die Eingeborenen kommen mit Kanonen! Sie sind uns auf den Fersen!“

Torkelnd kamen die Männer heran. Ihr Anführer konnte sich kaum noch auf den Beinen halten. Nach Luft ringend, erstattete er Oberstleutnant Herzog Bericht.

„Was?“ schrie Herzog. Er konnte es nicht glauben. Er hatte im stillen immer gehofft, daß das Spiel des Unsterblichen mit ihnen keine tödlichen Folgen haben würde. Und jetzt mußte er hören, daß die achte Kolonne ihren Durchbruch durch die Stadt mit drei Toten hatte bezahlen müssen.

Herzog war außer sich. „Notsignal schießen!“

Die Signalrakete stieg zischend hoch, aber ihr Kurs war nicht stabil. Sie kam der schwarzen Wand näher und näher. Jetzt prallte sie dagegen, explodierte, und statt eines dreifachen Rotzeichens standen acht Zeichen über ihnen in der Luft.

Betroffen blickten die Männer sich an. Niemand verfügte über eine weitere Signalrakete. Beim Durchbruch in die Stadt war der Vorrat verlorengegangen.

Die letzten drei Gasraketen wurden auf der Lafette ausgerichtet. Niemand glaubte daran, daß man damit die anrückenden Angreifer und ihre Kanonen vertreiben könnte.

Von der Ringmauer her donnerten ununterbrochen die Geschütze.

Die ersten Ureinwohner, zusammen mit einer Kanone, tauchten auf – fast einen Kilometer von ihnen entfernt.

„Und wir haben nur drei Gasraketen“, hörte Herzog in seiner Nähe sagen.

Er hatte das gleiche gedacht.

Wie ein Ameisenschwarm strömten Kugelbäuche mit ihren Geschützen aus den Gassen. Dicht nebeneinander fuhren sie die Kanonen auf.

Herzogs Männer lagen wieder in Deckung. Nur einer nicht: Tyll Leyden. Er ging an der schwarzen Wand entlang und musterte sie eingehend.

„Leyden, kommen Sie zurück!“ schrie ihm Herzog nach.

Vielleicht hörte der Wissenschaftler wirklich nicht, vielleicht wollte er aber den Ruf nicht hören, weil ihn die Wand mehr interessierte als alle Kanonen.

Thomas Herzog konnte sich nicht länger mit dem Einzelgänger beschäftigen. Ihre Lage wurde von Sekunde zu Sekunde bedrohlicher.

„Erste Rakete – ab!“ rief er zur Lafette hinüber.

Feuer setzte die Lunte in Brand. Der mit Gas gefüllte Körper schoß zischend auf die Geschützstellung der Eingeborenen zu. Zwischen den Kanonen platzte die Rakete auseinander.

Wie immer bisher, auch dort das gleiche Bild: Panik, davonrennende Kugelbauchwesen.

Aber die Front der aufgefahrenen Geschütze war gut zweihundert Meter lang. Die Gaswolke reichte bei Windstille nicht weiter als vierzig Meter.

„Sir, wir bekommen gleich Feuer!“ schrie der Mann, der weit vorn lag und die Gegner beobachtete, seinem Kommandanten zu.

„Rakete zwei und drei – ab!“ befahl Herzog.

Wieder schaute er zur schwarzen Wand. Wo war Tyll Leyden geblieben? Er mußte ihn suchen.

Das Zischen der zweiten Rakete lenkte Herzog ab. Eine Sekunde später hob auch die letzte ab. Eine lange Rauchfahne hinter sich her ziehend, raste sie der Artilleriestellung zu.

Aber was war das?

Wo waren beide Raketen geblieben? Warum schrien die Männer?

Und dann schrie auch Oberstleutnant Thomas Herzog.

Er sah etwas, das er nicht glauben konnte.

Alle hielten den Atem an. Entsetzen lag in ihrem Blick, dann Fassungslosigkeit, und dann stöhnte einer: „Nein, das kann nicht wahr sein.“

Überall war die schwarze Wand kalt, obwohl sie im vollen Licht der Sonne lag. Überall war sie glatt, aber dort, wo Tyll Leyden jetzt stand, fühlte sie sich an, als wäre die Oberfläche poliert. Sie sah anders aus als die übrige Wand.

Leyden sah zur Wand hoch. Das Zischen der Raketen hinter seinem Rücken störte ihn nicht. Er trat nicht einmal überrascht zurück, als er dicht vor sich einen senkrechten Riß entdeckte, der immer breiter wurde.

Tyll Leyden kümmerte sich auch nicht um das Schreien hinter seinem Rücken. Mit großer Spannung verfolgte er, wie der Berg sich vor ihm öffnete.

Rechts und links knirschten Steine, als würden sie etwas zermahlen. Ein hundert Meter hohes, doppelflügeliges Tor tat sich vor ihm auf. In einem Bogen schloß es in der Höhe ab.

Zwei schwarze Wandflächen, jede mehrere Meter dick, glitten seitwärts.

Auf vierzig Meter Breite schätzte Leyden die Öffnung, als die beiden Schiebetore sich nicht mehr bewegten.

Er sah in einen vierzig Meter breiten Gang, in dem es taghell war. Ein Gang, der tief in den Achttausender führte und dessen Ende Leyden von seinem Standort aus nicht sehen konnte.

Hinter seinem Rücken hörte er die Schritte vieler Männer. Er drehte sich um.

„Oooh ...", sagte er und wischte sich über die Augen.

Er suchte die Stadt. Jetzt erst vermißte er das Donnern der Kanonen.

Er gab keine Stadt mehr. Es gab nur jene Ruinen, die sie bei der Landung mit der EXPLORER-2115 vorgefunden hatten.

Auch der Fluß verschwand und jener Waldrand.

Die Vergangenheit lebte nicht mehr. Sie war schlagartig verschwunden, wie *ES* sie hatte aufleben lassen.

Zwei Hände legten sich auf seine Schultern. Oberstleutnant Herzog stand vor ihm und strahlte ihn an.

Die Erschütterung steckte allen noch in den Gliedern. Sie hatten die Rückkehr in ihre Zeit viel eindringlicher erlebt als Tyll Leyden.

Vor ihren Augen waren die beiden Gasraketen verschwunden. Gleichzeitig begannen sich die Konturen der aufgefahrenen Kanonen zu verwischen. Die niedrigen Häuser mit ihren Rundfenstern und Kreistüren bekamen ein unwirkliches Aussehen. Das Donnern der Kanonen wurde leiser und leiser. Und dann brach vor ihren Blicken alles zusammen.

Die Eingeborenen verschwanden, die Stadt mit ihrer Ringmauer. Von den beiden Türmen blieben nur die Ruinen des etwas niedrigeren Turmes übrig. Dort hinten, zwischen verwittertem Gestein, stand der Sondenbohrer. Neben ihm bewegten sich jetzt wieder die Arbeiterroboter.

Der Fluß hatte sich vor ihren Augen aufgelöst. Ihre EXPLORER-2115 stand wieder mit den Teleskopauslegern auf Fels. Im großen Bogen um das Schiff stand die Energiewand.

Das war die eine Seite des ablaufenden Vorgangs gewesen. Die andere hatte die Männer nicht weniger beeindruckt: zu sehen, wie die schwarze Wand sich nach beiden Seiten öffnete, wie der dunkle Fels weiter und weiter zurückglitt und ein hundert Meter hohes und vierzig Meter breites Bogentor sie einlud, in den Berg hineinzugehen.

„Halt!" hatte Thomas Herzog gerade befohlen. „Wenn ich auch nicht glaube, daß *ES* noch einmal seinen irrsinnigen Humor an uns ausläßt, so will ich jetzt verhindern, daß einer von uns noch zu Schaden kommt. Wir haben Tote und Verletzte zu beklagen ..."

Herzog und rund dreihundert Männer fuhren zusammen.

Das unerträgliche Gelächter des Fiktivwesens klang in ihren Gehirnen auf.

Hoho, Thomas Herzog, du beurteilst mich besonders schlecht. Meine Witze sind nie blutig. Befiehl deinen Männern, sie sollen dir den Ausblick auf die Ruinen freigeben.

Sie räumten den Eingang. Sie wollten wissen, was es draußen zu sehen gab.

Eine Gruppe von zwanzig Männern kam schnell näher. Und dann tauchten noch drei Personen auf.

„Das sind ja die Männer, die im Kampf gefallen sind", stotterte der Führer der achten Kolonne.

Hahaha ..., lachte *ES* wieder, *und wer von euch kann noch einen einzigen Kratzer aufweisen? Thomas Herzog, ich habe es als Spaß aufgenommen, daß du mir den Hals umdrehen wolltest. Warum hast du über dem köstlichen Spiel vergessen, was ich sagte? Der Tod kostet etwas, das ewige Leben auch. Jetzt wartet mein Aktivator auf den Finder. Wie tief er im Berg liegt, habt ihr ja ausgemessen. Holt ihn euch. Aber bemüht euch nicht, ihn zu suchen. Nur Tyll Leyden wird ihn finden.*

Die Stimme brach ab. Dreihundert Mann sahen Tyll Leyden an.

ES brach in infernalisches Lachen aus.

Tyll Leyden, brüllte *ES* jetzt, *dein Witz war der beste, den mir je ein Terraner erzählt hat.*

„Was haben Sie denn gedacht, Leyden?" drängte Herzog, der sich nicht erklären konnte, daß man *ES* durch einen Witz zum Lachen bringen konnte.

„Vergessen", sagte Leyden.

Ich glaube es ihm, kicherte *ES* wieder. *Aber warum sollt ihr den Witz nicht auch hören? Als ich euch sagte, daß nur Leyden den Zellaktivator finden würde, dachte er: Das dumme Ding. Was geht es mich an? Ich will wissen, was in diesem Berg steckt. Hoho, Freund, dafür gebe ich dir eine Nuß zu knacken, aber Spaß hast du mir doch gemacht. Schade, daß ich nicht mehr in eurer Nähe sein kann. Ich bin auch jetzt nicht da. Was ihr hört, kommt aus dem Zellaktivator – alles ist durch ihn ausgelöst worden. Manchmal ist es praktisch, diese Spielereien zu beherrschen, besonders dann, wenn man eine gefährliche Gegend zu meiden hat. Und diese Gegend ist eine der gefährlichsten in der Galaxis. Es war kein Zufall, daß einer der Zellaktivatoren auf dieser Welt deponiert wurde. Und es war auch kein Zufall, daß ihr euch hier befindet. Ich habe euch schon vor längerer Zeit beobachtet und eure moralische Qualifikation überprüft. Als ich sicher war, die richtigen Wesen gefunden zu haben, lockte ich euch mit Hilfe des Tasterstrahls, der, ebenso wie alles hier, das Produkt einer uralten Kultur ist, hierher. Etwas später aktivierte ich die Peilzeichen des Aktivators, und das Spiel begann.*

Noch einmal brandete das Gelächter auf. Dann wurde es schwächer und verstummte.

Von der EXPLORER-2115 kamen die ersten Schwebepanzer. Über Minikom unterhielt sich Herzog mit seinem 1. Offizier. Mit Verschwinden der Stadt hatten sofort alle Funktionen des Raumschiffs wieder eingesetzt. Der Erste war im Begriff, die Impulsmotoren laufen zu lassen. Er drängte darauf, daß der Kommandant wenigstens die Techniker zum Schiff zurückschickte.

Herzog schickte alle bis auf acht Mann zum Schiff. Als er den Befehl gab, erschrak er. Gier sprach aus vielen Blicken, die Gier nach dem ewigen Leben.

„Meine Herren", sagte er schärfer als eben, „ich habe Ihnen den Befehl gegeben, zum Schiff zurückzukehren."

Zögernd setzten sich die Männer in Bewegung. Tyll Leyden trat neben den Kommandanten. Er drückte ihm etwas in die Hand – einen Desintegratorstrahler. Die anderen sahen es nicht.

Tyll Leyden fand den Zellaktivator. Die anderen sahen ihn erst, als Tyll die Hand danach ausstreckte und ihn vom Gehäuse eines unbekannten Geräts nahm.

„Hier." Damit überreichte er ihn Thomas Herzog.

„Wenn wir wieder im Schiff sind, wird der Aktivator in einem Safe verschlossen", sagte Herzog. „Ein Robotkommando wird den Tresor bewachen. Niemand soll in Versuchung geraten."

Acht Mann betrachteten das Gerät, das seinem Besitzer ewiges Leben garantierte. Tyll Leyden zeigte kein Interesse. Er wußte, daß er niemals Ruhe finden würde, wenn er den Aktivator behielt.

Während das geheimnisvolle Gerät durch acht Händepaare ging, um schließlich wieder in Herzogs Händen zu landen, sah Tyll Leyden sich in der großen Halle um.

Leise summten überall Maschinen – fremde Geräte mit unbekannten Funktionen. Viertausend Meter tief befanden sich die Männer im Berg. Bisher hatten sie keinen einzigen Hinweis gefunden, der ihnen andeutete, wozu diese Anlage geschaffen worden war.

Eins stand fest: Die Kugelbäuche konnten nicht die Erbauer dieser Zentrale sein. Auf dem Weg zu diesem Maschinensaal hatten die Terraner sich erinnert, daß innerhalb der kurzen Sondenbohrung in tiefer liegenden Erdschichten Spuren viel älterer Kulturen gefunden worden waren.

„Wie alt mag diese Anlage sein?" fragte Gus Orff, der zu dem achtköpfigen Begleitkommando gehörte.

Niemand wagte darauf zu antworten.

Tyll Leyden hatte sich von der kleinen Gruppe immer weiter entfernt und ging zwischen den singenden Maschinen hindurch.

Plötzlich verlor er den Boden unter den Füßen. Ein Feld hatte ihn erfaßt und trug ihn sanft nach oben. Als er den Kopf in den Nacken legte, sah er unter der Decke eine kreisrunde Öffnung entstehen. Darauf trieb er zu. Ein eigenartiges Wohlbehagen bemächtigte sich seiner, als er durch die Öffnung schwebte. Diffuses Licht umgab ihn. Ob er sich in einer Röhre befand, konnte er nicht sagen. Einen Augenblick später berührten seine Füße Boden.

Er stand in einem Raum.

„Nein“, hörte er sich sagen, „das ist kein Raum. Das ist keine Halle. Das ist der Achttausender. Man hat ihn ausgehöhlt bis auf eine dicke Felsschale und,...“

Als er in die Höhe blickte, sah er das Unglaubliche.

Leyden glaubte die Milchstraße zu sehen – die ganze Milchstraße.

Sie schwebte über ihm mit ihren Milliarden Sonnen, mit ihren Systemen, mit ihren Sternenballungen und ihren sternenarmen Räumen. Sie schwebte Tausende Meter über ihm, und er stand im Mittelpunkt einer kreisrunden Fläche, die er nach den Seiten auf vier bis fünf Kilometer schätzte.

Wo befand er sich?

Einmal dort hinaufkommen, dachte er und zuckte zusammen, als ihn eine unsichtbare Strömung erfaßte und nach oben trug.

Tyll Leyden glaubte nicht an Spuk, dafür war er zu sehr Wissenschaftler. Diese Einrichtung, die ihn nach oben trug, wurde von seinen Gedankenströmen dirigiert. Aber wie war das möglich?

Ich möchte wieder Boden unter den Füßen haben, dachte er intensiv. Es sollte nur ein Versuch sein. Im selben Moment wurde sein Hinaufschweben weich abgebremst. Mit der gleichen Geschwindigkeit ging es wieder nach unten.

So etwas hatte er noch nicht erlebt.

Er stand wieder auf dem Boden und schaute nach oben.

Mein Gott, dachte er erschüttert, wer hat das erbaut?

Was er über sich sah, war keine Projektion, es war die Milchstraße, millionenfach verkleinert, aber maßstabgerecht erstellt.

„Das kann nicht möglich sein“, hörte er sich sagen, und er gab dem übermächtig werdenden Wunsch nach, das Wundergebilde aus der Nähe zu betrachten.

Während er erneut hochgetragen wurde, mußte er daran denken, daß eine verkleinerte Nachbildung der Galaxis technisch unmöglich war. Je höher er kam, um so überzeugter war er, eine Projektion vor sich zu haben, die zweidimensional war, aber sich infolge technischer Tricks dreidimensional zeigte.

Immer öfter blickte Tyll Leyden nach unten. Immer besser wurde sein Überblick über die kreisrunde Bodenfläche. Sie war nicht völlig leer. An ihren Randzonen standen Geräte. Aus der Entfernung war es ihm unmöglich, sie zu erkennen.

Seine Aufwärtsfahrt endete abrupt. Leyden schätzte, daß er noch fünfhundert Meter von der Projektion entfernt war. Er stellte sich Herkules mit seiner Sonne und den siebzehn Monden vor. Das wollte er auf der Projektion sehen.

Im selben Augenblick ging seine Höhenfahrt weiter, aber nicht mehr senkrecht nach oben, sondern weit zur Seite im schwachen Anstieg. Immer näher kam er der projizierten Milchstraße. Keine hundert Meter trennten ihn von dem Halo, den sternenarmen Randzonen der Galaxis.

Da glaubte er ruckweise aus der Richtung gebracht worden zu sein. Als er sich umdrehte, sah er unter sich eine Miniatursonne kleiner werden.

Eine winzige Kunstsonne, die frei im Raum schwebte.

„Nein!" hörte er sich schreien. „Ich träume!"

Er träumte nicht.

Er war von Sternen umgeben. Und viele davon hatten Planeten. Und diese Planeten – große, kleine, ganz kleine – umliefen auf unsichtbaren Energiebahnen ihr Muttergestirn.

Alles war Wirklichkeit. Nichts war Projektion. Hier war das Unmögliche verwirklicht worden. Hier, im Innern eines Berges, gab es im verkleinerten Maßstab die Milchstraße.

Der Astronom und Physiker Tyll Leyden begeisterte sich an diesem Wunder.

Ein schwacher Ruck erfaßte ihn. Er hatte sich in Gedanken gewünscht, das Sonnensystem zu sehen, in dem die EXPLORER-2115 gelandet war. Intensiv dachte er nun an den dritten Mond, an Impos.

Geblendet schloß er die Augen. Drei grelle Punkte schienen ihn anzustarren: Eine Sonne, ein riesiger Planet – größer als die Sonne – und ein kleiner Körper.

Die Sonne EX-2115-485, der Methanriese und Impos. Bis auf drei Meter war Leyden heran.

Er sah, wie Impos den Methanriesen umlief. Er sah, wie alle drei Sternenkörper allmählich als Lichtquelle verblaßten.

Sollte irgend etwas registriert haben, daß er sie erkannt hatte und nun wußte, wo sie im Sternendschungel zu finden waren?

Dicht vor ihm zogen Himmelskörper ihre Bahn. Er wurde sich über sein Verhalten nicht klar. Er versuchte, nach einem der nachgebildeten Planeten zu greifen.

Im selben Moment schrie er auf. Ein schmerzhafter Schlag hatte seinen Arm nach unten gerissen.

War diese Abwehr auch gesteuert? Leyden konnte sich darauf keine Antwort geben. Er sah sich um. Er wünschte sich intensiv, das dichteste Sternenmeer aus nächster Nähe zu sehen.

Es war ein neues Experiment.

Das, was ihn trug, hielt ihn auch in sicherer Entfernung vom Ziel. Vierzig Meter vor der Sternenballung hielt ihn der Tragstrahl.

Plötzlich schoß ihm eine verrückte Idee durch den Kopf.

Mit größter Intensität wünschte er sich diese Galaxisdarstellung so zu sehen, wie er sie als Beobachter von Terra aus sah.

Im selben Augenblick glaubte er den Untergang einer Galaxis im Kleinen zu erleben. Der Tragstrahl riß ihn nach unten. Über ihm bewegten sich in einem unfaßbaren Spiel Milliarden Sonnen. Er sah nur noch ein wild durcheinander wogendes Lichtband. Mehr als tausend Meter tief hing er im freien Raum der Bergkuppel und schaute intensiv nach oben.

Er schwebte wieder hinauf.

Eine Galaxis, völlig verändert, aber so vertraut, wie er sie von der Erde aus kannte, mit den terranischen Sternenbildern, bot sich ihm dar.

Er empfand die Stille, die um ihn herrschte, als etwas Bedrückendes. Er begriff, daß er mit seinem Sich-Entfernen von der Gruppe gegen die Bestimmungen verstoßen hatte. Wahrscheinlich waren schon Suchkommandos nach ihm unterwegs.

Nach unten, dachte er. Er kam sich wie ein Mann vor, der zu viel getrunken hat. Aber ein unbeschreibliches Glücksgefühl durchströmte ihn.

Es war Nacht, als er mit einem Suchkommando aus dem Berg trat.

Es war Mitternacht, als er Oberstleutnant Herzog in seiner Kabine verließ. Mit ihm gingen die herbeigerufenen Astronomen, Physiker und Robotiker.

Am nächsten Morgen, nach einigen Stunden Ruhe, wies Tyll

Leyden einer dreißigköpfigen Gruppe den Weg in sein Planetarium. Die letzten Zweifel an seinem Bericht schwanden, als einer nach dem anderen, von einem unerklärlichen Tragstrahl erfaßt, zu dem Wundergebilde geführt wurde.

Leyden war nicht unter den Männern, die sich hinauftragen ließen. Ihn interessierten heute die Geräte der Randzonen, die er gestern aus der Höhe gesehen hatte. Robotiker und Archäologen begleiteten ihn.

Die Archäologen waren vollends verwirrt. Ihre Altersmessungen hatten Werte von einer Million bis eineinhalb Millionen Jahren ergeben.

Die Wissenschaftler hatten diese Werte als irreal bezeichnet. Als Hauptargument führten sie an: „Allein schon dieses Gebirgsmassiv müßte in diesem Zeitraum um Hunderte von Metern abgetragen worden sein. Dieser Innenraum dürfte nicht mehr existieren, wenn er so alt sein soll, wie unsere Geräte behaupten. Hier müssen unerklärliche Einflüsse unsere Altersmessungen verfälschen."

Thomas Herzog beobachtete Tyll Leyden unentwegt. Von Tag zu Tag begann ihn dieser junge Mann stärker zu interessieren. Leyden in seiner trägen Art beteiligte sich nicht am Streitgespräch der Archäologen. Er blieb den Robotikern dicht auf den Fersen und hörte ihnen aufmerksam zu.

Plötzlich erklang ein Ruf. Man ging ihm nach, eilte zwischen hundert Meter langen, dreißig Meter breiten verkapselten Geräten hindurch und stand vor einer Statue, die sich langsam auf ihrem Sockel drehte. Dieser Sockel aber berührte den Boden nicht.

Ein Mensch? Nein.

Eine schlanke Figur ohne Arme und Beine. Eine Figur größer als zwei Meter. Eine Figur, die ihren Körper unter einem weichfallenden Gewand verbarg.

Auch der Kopf war nicht menschlich. Er besaß keine Nase, er hatte keinen Mund, aber er hatte ein Paar Augen. Und diese Augen leuchteten von innen heraus.

Menschliche Augen.

Aber welcher Mensch besaß Augen, aus denen Weisheit, Abgeklärtheit und Güte in diesem Maß sprachen?

Der Kopf war stilisiert, ebenso das Gewand.

Sollte mit dieser Plastik eine ganze Zivilisation dargestellt werden?

War in dieser einzigen Figur alles zum Ausdruck gebracht worden?

„Ein Oldtimer“, sagte ein Robotiker erschüttert.

Ein Wesen aus der alten Zeit.

Der Begriff „Oldtimer“ machte die Runde. Am Abend mußten die Archäologen eingestehen, daß sie hier mit Millionen und mehr Jahren zu rechnen hatten. Sie hatten den Fels des Achttausenders angemessen. Das Gebirgsmassiv mit dem ewigen Gletscher auf der Spitze sagte ihnen, daß es anderthalb Milliarden Jahre alt war.

„Wo ist dieses Volk geblieben?“

Die Frage konnte auch am dritten Tag nicht beantwortet werden. Bis auf die sich langsam drehende Plastik, von gigantischen, rätselhaften Maschinen umgeben, wies nichts darauf hin, wer dieses Wunder in grauer Vorzeit geschaffen hatte. Aber daß dieses Volk die damalige Milchstraße bis in ihren letzten Winkel kannte, das hatte es mit seiner verkleinerten Wiedergabe der Galaxis bewiesen. Wie meisterhaft die Wesen die Astronomie beherrscht hatten, zeigte ihr Planetarium.

Nach mehr als einer Million Jahren stimmten die Konstellationen auch heute noch.

Die EXPLORER-2115 war startbereit. Über Hyperkom hatte Thomas Herzog Großadministrator Rhodan mitgeteilt, daß er mit einem Zellaktivator zurückkommen würde. Den meisten Platz in seinem Bericht aber hatte die Entdeckung des Planetariums beansprucht.

„Lassen Sie ein Forschungskommando vorschlagen.“ Herzog konnte ihm darauf erwidern, daß über hundert Mann auf dem dritten Mond des Methanriesen zurückbleiben würden.

Dann liefen die Impulsmotoren schon warm, als Herzog der Astronom und Physiker Leyden gemeldet wurde. Tyll Leyden gehörte zu den Männern, die auf Impos zurückblieben.

Der junge Mann trat ein. Wieder wirkte er in seinen Bewegungen viel zu langsam, aber Herzog hütete sich, Leyden noch einmal für eine Schlafmütze zu halten.

„Ich glaube, etwas entdeckt zu haben, Sir“, begann Leyden. „Eben erst. Zufällig. Mit einigen Sternengruppen scheint in der verkleinerten Wiedergabe etwas nicht zu stimmen. Mir fehlen allerdings Vergleichsmöglichkeiten. Das nächste Schiff, das Impos wieder anfliegt, soll uns ausreichendes Material mitbringen.“

„Was stimmt mit einigen Sternengruppen nicht?"

„Ich weiß es nicht. Ich hatte kaum Zeit, mir die Gruppen genauer anzusehen, und kein Vergleichsmaterial."

„Leyden", sagte Herzog gereizt, „Sie wissen mehr, als Sie mir bis jetzt gesagt haben. Reden Sie."

Ruhig erwiderte der Wissenschaftler: „Ich weiß in Wirklichkeit gar nichts, Sir. Aber vorhin, im Planetarium, beschlich mich jenes eigenartige Gefühl wie an dem Tag, als sich der Berg vor mir öffnete."

„Woraus soll das Vergleichsmaterial bestehen, Leyden? Großer Himmel, warum reden Sie denn nicht?"

„Veranlassen Sie, daß mit dem nächsten Schiff Sternkarten kommen. Die besten, über die das Vereinigte Imperium verfügt."

Herzog verbarg seine Enttäuschung. Er hatte etwas anderes, etwas viel Aufregenderes erwartet.

„Ich werde dafür Sorge tragen, Leyden. Ist das alles?"

Tyll Leyden nickte nur.

Herzog verlor die Geduld. „Leyden, Sie sind mit Ihrer Redefaulheit ein entsetzlicher Mensch. Sie verderben sich damit Ihre ganze Karriere."

„Die interessiert mich nicht. Viel lieber möchte ich wissen, was es mit diesem System auf sich hat, und warum diese Gegend zu den gefährlichsten der Galaxis zählt."

„Ihre Laufbahn als Wissenschaftler interessiert Sie nicht?" fragte Herzog ungläubig.

„Ich bin doch nicht Wissenschaftler geworden, um Karriere zu machen", war Leydens Antwort.

Herzog atmete tief durch. Er sah auf die Uhr. In zehn Minuten startete sein Schiff. Er mußte in die Zentrale. Im gewissen Sinn war er froh, daß er Tyll Leyden verabschieden konnte.

12.

Im Lauf der nächsten Wochen und Monate wurden immer mehr Zellaktivatoren gefunden, so daß Perry Rhodan schließlich in den Besitz von neunzehn dieser kostbaren Geräte kam. Sechs weitere Aktivatoren waren einfach nicht aufzuspüren; entweder waren sie zu gut versteckt oder von Intelligenzen gefunden worden, die sie stillschweigend für ihre eigenen Zwecke einsetzten.

Am ersten Juli des Jahres 2326 gab es innerhalb des Solaren Imperiums folgende Personen, die (neben Perry Rhodan und Atlan) Zellaktivatorträger waren:

Reginald Bull, Allan D. Mercant, Julian Tifflor, Homer G. Adams, Arno Kalup, Tako Kakuta, Ras Tschubai, Betty Toufry, John Marshall, André Noir, Fellmer Lloyd, Anne Sloane, Wuriu Sengu, Son Okura, Kitai Ishibashi, Tama Yokida, Ralf Marten, Laury Marten und Iwan Iwanowitsch Goratschin.

Perry Rhodan war sich über die ethische Fragwürdigkeit seiner Verteilung im klaren, und er war weit davon entfernt, sein Modell als auch nur halbwegs gerecht anzusehen. Er hatte jedoch versucht, jene Menschen zu berücksichtigen, die für die Menschheit am wichtigsten erschienen – und das waren in erster Linie die Mutanten. Über das Problem der Verteilung verbrachte Perry Rhodan manche schlaflose Nacht, und er grollte *ES,* das ihn in diese Situation gebracht hatte. Seine Rolle als Manipulator über Leben und Tod bereitete ihm Unbehagen, aber er wußte, daß sie ihm aufgezwungen war und er sich nicht davor drücken konnte.

Mit der Entdeckung einer fremden technischen Anlage auf dem Planeten Eysal im Eyciteo-System nahm die Zellaktivatorgeschichte eine dramatische Wendung, die zu dem Zeitpunkt, als Rhodan Spezialisten und die Mutantin Anne Sloane nach Eysal schickte, noch nicht abzusehen war.

13. *Lemy Danger*

Pastor Inkon, Bordgeistlicher des siganesischen Schlachtkreuzers NAMANO, beendete die Andacht mit der Mahnung an uns alle, technische Macht nicht mit seelischer Reife zu verwechseln.

Ich schaute hinauf zu dem Bildschirm, auf dem die Sterne der Galaxis flimmerten und von der Größe des Schöpfers zeugten. Wir hatten unsere Bordkapelle mit diesem Schirm ausgerüstet, um uns jederzeit vor Augen zu halten, wie unendlich groß das Universum ist und wie nichtig wir Menschen sind.

Ich bemerkte, daß meine Brüder ebenfalls hinüberblickten. Anschließend erhoben wir uns von den Plätzen und schritten auf die Luftschleuse der Kapelle zu. Die NAMANO würde in zehn Minuten erneut in den Linearraum vorstoßen, um mit diesem letzten Überlichtflug mein Ziel zu erreichen.

Es lag 39.834 Lichtjahre von der Erde entfernt. Die grüne Sonne Eyciteo gehörte bereits zu den Zentrumssternen und war erst vor wenigen Monaten entdeckt worden.

Eyciteo besaß vier Planeten. Nummer II war eine blühende Sauerstoffwelt mit dem Eigennamen Eysal.

Die intelligenten Bewohner dieses Planeten waren in die Barbarei zurückgefallene Nachkommen ehemaliger Arkonidenkolonisten, die vor etwa viertausend Jahren das Eyciteosystem besiedelt hatten.

Die Umwelteinflüsse hatten zu einer Mutation geführt. Diese Tatsache wäre nicht bemerkenswert gewesen, da negative oder positive Modifikationen überall dort eintraten, wo intelligente Wesen ihren ursprünglichen Lebensraum verlassen hatten, um andere Welten als Wahlheimat zu erobern.

Wir Siganesen hielten es für ein göttliches Gesetz, denn auch wir hatten dafür zu bezahlen, daß unsere Vorfahren die Heimaterde aufgegeben hatten, um auf Siga zu siedeln.

Nein, das war es also nicht, was mich bewegte, mit dem modernsten

Schlachtkreuzer unserer Planetenflotte in unbekannte Gebiete der Milchstraße vorzustoßen.

Der Arkonide Atlan, mein oberster Vorgesetzter und Chef der USO, hatte mich durch einen Hyperkomspruch höchster Dringlichkeitsstufe angefordert.

Der Regierende Lordadmiral, wie sich Atlan seit der Gründung der USO im Jahre 2115 nannte, war in Schwierigkeiten. Ungeheuerliches war auf dem zweiten Planeten der Zwergsonne Eyciteo geschehen.

Einer unserer Spezialisten, Leutnant Ebrolo aus dem Volk der Antis, hatte Treueid, Gesetz und Gott vergessen, als er sich dazu hinreißen ließ, eine Mutantin des Solaren Mutantenkorps zu ermorden, um in den Besitz ihres Zellaktivators zu gelangen.

Wie es geschehen konnte, war uns heute noch unklar. Wir wußten nur, daß Ebrolos Antifähigkeiten offenbar ausgereicht hatten, um die Telekinetin Anne Sloane parapsychisch lahmzulegen und die schreckliche Untat zu vollbringen.

Atlan hatte sich nach Eingang der Nachricht, die durch einen letzten Hilferuf der Mutantin ausgelöst worden war, mit schwersten Selbstvorwürfen gepeinigt, war er es doch gewesen, der Ebrolo zur Unterstützung Anne Sloanes nach Eysal geschickt hatte.

Natürlich mußte der Mörder gefunden und bestraft werden. Erschwerend war dabei die Tatsache, daß er ein Anti war. Mutanten konnten gegen ihn nicht eingesetzt werden, da sein mentales Ausstrahlungsfeld die Fähigkeiten von Mutanten aufhob.

Außerdem oblag es auch uns, den Spezialisten der USO, den aus unseren Reihen stammenden Unhold zu stellen und ihn dem Richter zuzuführen.

Ich, das kleinste Menschengeschöpf in den Reihen der USO-Spezialisten, maßte mir nicht das Recht an, Ebrolo zu verdammen. Es stand mir nicht zu, denn ich wußte auch so, daß er seiner gerechten Strafe nicht entgehen würde.

Atlan und Melbar Kasom befanden sich seit vier Wochen auf Eysal, um die Vorbereitungen für den Einsatz zu treffen. Wir mußten äußerst vorsichtig sein. Anne Sloanes letzter Bericht hatte uns bewiesen, daß sich die Galaktische Abwehr unter der Leitung von Solarmarschall Allan D. Mercant getäuscht hatte.

Ein Explorerschiff hatte auf dem zweiten Eyciteoplaneten energetische Ausstrahlungen festgestellt, die nur von atomaren Maschinen herrühren konnten. Das war natürlich alarmierend gewesen, denn die barbarischen Bewohner dieser Welt wußten nicht mehr, daß es solche Geräte gab.

Die Mutantin war ausgeschickt worden, um festzustellen, was auf Eysal geschah. Wenn man in der Abwehr gewußt hätte, daß verbrecherische Götzenpriester des berüchtigten Báalol-Kultes ausgerechnet auf Eysal ihr Unwesen trieben und die primitiven Eingeborenen beherrschten und mißbrauchten, wäre niemals ein Mutant eingesetzt worden. Wir USO-Spezialisten hätten das viel besser erledigen können, da niemand von uns über parapsychische Fähigkeiten verfügte.

Anne Sloane hatte ihre Gaben natürlich eingesetzt, und damit war sie schon in größte Gefahr gekommen.

Sie war von den Báalols erkannt worden, hatte sich aber trotzdem noch in Sicherheit bringen und von ihrem Versteck aus einen Hyperfunkspruch abstrahlen können.

Gerade weil unser Spezialist Ebrolo ebenfalls ein Anti war, hatte ihn Atlan abgestellt, um der Kollegin aus dem Mutantenkorps beizustehen und die Ermittlungen fortzuführen.

Ebrolo jedoch hatte sich von der Gier nach der relativen biologischen Unsterblichkeit übermannen lassen und die Trägerin eines Zellaktivators ermordet.

Wir wußten aber, daß er noch auf Eysal weilen mußte. Deshalb hatte sich Atlan persönlich eingeschaltet, denn dieser schreckliche Fall war dazu geeignet, die USO in Mißkredit zu bringen und unseren guten Namen zu untergraben. Außerdem war es eine selbstverständliche Pflicht gegenüber der Menschheit, dem Vereinten Imperium und Perry Rhodan, den Verbrecher zu verhaften.

Das ist die Vorgeschichte, die zu meiner überstürzten Abreise führte. Atlan hatte nach mir gerufen – nach mir, dem Spezialisten Lemy Danger, obwohl Atlan wissen mußte, daß ich auf dem neuentdeckten Planeten keine Tiermaske anlegen konnte.

Es gab auf Eysal keine Vogelart, die sich als Vorbild für meine sonst üblichen Masken eignete. Das erschwerte meine Aufgabe erheblich.

Ich war entschlossen, zu beweisen, daß ein Menschlein von meiner Art auch dann nicht zu unterschätzen ist, wenn es nicht unerkannt durch die Lüfte flattern kann.

Meine Brüder hatten mich sofort unterstützt. Der Schlachtkreuzer NAMANO war von der siganesischen Bruderschaftsregierung ausgeschickt worden. Auf Quinto-Center, der zentralen Raumstation der USO, war ich mit dem Spezialistenteam meines Volkes eingestiegen, und wir waren mit dem Schiff zum Zentrum der Galaxis gestartet.

Die NAMANO war ein riesiges Schiff von dreißig Metern Durchmesser.

Unsere Maschinen und Ortungsanlagen waren ein Spitzenprodukt siganesischer Mikrotechnik. Sie können mir ruhig glauben, daß ein Hochkatalyse-Fusionsreaktor der NAMANO tausend Megawatt leistet.

Die irdischen Riesen meinen zwar verächtlich, „ein solches Ding könne man in einer Hand davontragen", aber wenn sie hören, was „ein solches Ding" leistet, werden sie meistens sehr kleinlaut.

Na ja, ich will nicht über meine Freunde spotten. Sie können nichts für ihre urweltliche Größe. Ich habe sie lieb und bin weit davon entfernt, sie wegen ihrer grobporigen Haut und ihrer ungehobelten Sitten anzuprangern. So etwas macht kein Siganese. Kein Geschöpf darf wegen seiner Körperform, seiner Hautfarbe oder wegen seines Glaubens verurteilt werden. Das ist nicht gerecht, also auch nicht menschenwürdig.

Uns Siganesen hatte der „Fall Ebrolo" zutiefst getroffen. Für uns war es einfach unvorstellbar, daß ein intelligentes Wesen ein anderes Geschöpf wegen eines persönlichen Vorteils töten konnte.

Auf Siga, meiner schönen Heimatwelt, hat es in unserer dreihundertjährigen Geschichte noch nicht einmal einen Diebstahl gegeben. Schriftliche Verträge kennen wir nicht. Alle Geschäfte und Abmachungen werden mit Handschlag besiegelt. Wir haben es auch abgelehnt, unseren Beitritt zur Galaktischen Allianz durch Brief und Siegel zu erhärten. Dafür haben wir unser Wort gegeben, und das wiegt natürlich viel schwerer als hunderttausend Unterschriften.

Vielleicht können Sie sich vorstellen, wie entsetzt wir waren, als wir von den Vorfällen auf Eysal hörten.

Ich hatte jetzt zu versuchen, meinen Dienst so auszuüben, wie es die Gesetze vorschrieben und wie es mir mein Gewissen befahl.

Als ich zusammen mit meinen Brüdern die Zentrale betrat, wußte ich, daß mir ein schwerer Einsatz bevorstand.

Der Spezialist Ebrolo würde sich nicht so ohne weiteres verhaften lassen. Er kannte die USO, und er wußte auch, wie wir gewöhnlich vorgingen.

Drei Minuten später glitt die NAMANO in den Linearraum.

Auf dem Zielbildschirm leuchtete die Sonne Eyciteo.

Oberst Tilta, Kommandant des Schlachtkreuzers NAMANO, flog den Zerstörer persönlich. Bruder Tilta hatte es sich nicht nehmen lassen, mich auf Eyciteo II abzusetzen, da er der Meinung war, der „Fall Ebrolo" könne nicht wichtig genug genommen werden. Außerdem war ich mit Tilta befreundet, und so verstand es sich von selbst, daß er sich um mich sorgte.

Tilta war nur 19,11 Zentimeter groß, aber ich hatte ihn selbstverständlich nie fühlen lassen, welch ein Gigant ich war. Tilta war der Meinung, mit dem 1,90 Meter langen Zerstörer ein ausreichend großes Fahrzeug gewählt zu haben. Ich fühlte mich dagegen sehr beengt. Meine Spezialausrüstung war umfangreich.

Tilta stieß mit hoher Fahrt in die dichter werdende Atmosphäre des Barbarenplaneten vor. Dabei rief er mir ununterbrochen Belehrungen zu, die ich als höflicher Mensch zu beherzigen versprach.

Schon Minuten später tauchte auf den Bildschirmen die bedeutendste Stadt dieser Welt auf.

Ich hatte mich eingehend informiert und auch ein Hypnotraining absolviert, das mich mit dem Altarkonidisch der Eysalbewohner vertraut gemacht hatte.

Obwohl sie alle von den gleichen Kolonisten abstammten, hatte sich vor längerer Zeit ein Volksstamm herauskristallisiert, der auf Eysal seit nunmehr dreihundert Jahren die entscheidende Rolle spielte.

Diese Eysaler nannten sich Salonen. Unsere Wissenschaftler hatten die Salonen mit den alten Römern der Mutterwelt Terra verglichen. Sie hatten ein großes Reich aufgebaut, die anderen Volksstämme unterdrückt oder versklavt und wollten weitere Gebiete erobern.

Ihre Hauptstadt Malkino galt als geistiger und kultureller Mittelpunkt des Planeten. Die anderen salonischen Städte waren weniger bedeutend. Die Ansiedlungen der wilden Eingeborenen, die wir Eysaler nannten, waren für uns überhaupt nicht wichtig.

Das Salonenreich wurde von einem sogenannten Masho regiert, einem absolutistischen Herrscher, dem das Recht zustand, seinen Nachfolger zu bestimmen. Das waren die wichtigsten Punkte, die ich mir gemerkt hatte.

Die Báalol-Priester waren die wirklichen Befehlshaber auf Eysal. Sie hatten es verstanden, dem gesamten Volk die Verehrung einer heidnischen Gottheit aufzuzwingen.

Schuld daran waren die technischen Kunststückchen der Antis, denen zahllose Möglichkeiten zur Verfügung standen, den Barbaren das Zähneklappern beizubringen.

Wir wußten also genau, was auf Eyciteo II gespielt wurde. Jetzt kam es nur noch darauf an, die Übermacht der Antis auszuschalten und Ebrolo zu finden. Ich zog die Anschnallgurte fester und blickte auf den Konturschreiber, auf dem soeben der Zentralozean auftauchte.

Die Hauptstadt Malkino lag im subtropischen Gebiet der nördlichen Halbkugel. Es war sehr warm auf dem zweiten Planeten der grünen Sonne, die insgesamt vier Trabanten besaß.

„Ortung", sagte Tilta plötzlich und deutete auf den Echotaster. „Jemand arbeitet mit ultrakurzen Impulsen. Ob man uns erkennen wird?"

Ich schüttelte den Kopf. „Bruder, du überschätzt die Größe deines Zerstörers. Kein Anti wird in dem angepeilten Fremdkörper ein Raumschiff vermuten. Beruhige dich."

„Ich werde auf alle Fälle mit der NAMANO in der Nähe bleiben", sagte der Oberst.

Ich nickte wieder und dachte dabei über die Wirksamkeit der Schiffswaffen nach. Unsere Thermogeschütze waren etwa so leistungsfähig wie die schweren Impulsstrahler terranischer Roboter. Ich gab vor mir selbst zu, daß damit nicht sehr viel anzufangen war.

Wenn wir aber mit einem Ferngeschoß-Bombardement begannen, so gab es für einen Planeten keine Rettung mehr. Soweit durfte es nicht kommen. Außerdem stand es uns eigentlich nicht zu, auf Eysal militärisch zu intervenieren. Das war auch der Grund, weshalb Atlan auf ein Landemanöver verzichtet hatte. Damit wäre nichts gewonnen gewesen.

Anne Sloanes Tod und der Raub des Zellaktivators waren eine Angelegenheit der Geheimdienste.

Anders würde der Fall aussehen, wenn es uns gelang, nachzuweisen, daß sich die Antis in die internen Belange einer fremden Welt eingemischt hatten. Damit wäre das Eingreifen der USO-Flotte gerechtfertigt gewesen.

Bisher fehlten aber noch die notwendigen Beweise. Wir mußten äußerst vorsichtig sein, um die galaktischen Partnervölker nicht zu brüskieren.

Es blieb uns keine andere Wahl, als auf den Einsatz einer Flotte zu verzichten und in mühevoller Kleinarbeit zu versuchen, die Hintergründe des „Falles Ebrolo" klarzustellen. Erst dann konnte offiziell gehandelt werden.

Ich schaute auf die Bildschirme und dachte über die Lebewesen nach, die sich in den riesigen Urwäldern des Planeten aufhalten mochten. Für mich bedeuteten unbekannte Tiere eine große Gefahr. Diese unvernünftigen Geschöpfe begriffen nie, daß sie es in meinem Fall mit einem ausgewachsenen Siga-Menschen zu tun hatten. Was ich in der Hinsicht schon alles erlebt hatte, würde Bände füllen.

Eyciteo II wurde mir bereits unsympathisch. Minuten später erreichten wir den Nordwestkontinent, und Tilta drosselte die Fahrt. Antriebslos glitten wir durch die Lüfte.

Die Stadt Malkino wurde von der Bildoptik erfaßt. Ich schaltete die Vergrößerungen ein und bemerkte sofort, daß die Ausdehnung dieser Ansiedlung erheblich war. Malkino sollte etwa zwei Millionen Einwohner besitzen, sehr beachtlich für ein barbarisches Volk, das sich – den Berichten zufolge – allerdings für sehr fortschrittlich hielt.

Tilta landete die Maschine in einem Urwaldstreifen, der von einer breiten Straße durchzogen wurde. Sie führte zu den Festungsanlagen hinüber.

Nur wenige Meter von einem windbetriebenen Pumpwerk entfernt stieg ich aus.

„Still – was ist das?" flüsterte Tilta. Ich griff zur Waffe und lauschte. Das staubige Band der Straße erzitterte unter dem Marschtritt von zahllosen Füßen. Wir zogen uns hinter den Zerstörer zurück und warteten, bis die Armee vorüber war. Das Klirren der Wurf- und Hiebwaffen war noch nicht verstummt, als nochmals ein Trupp Krieger auftauchte, deren eiserne Brustharnische in der Sonne glänzten.

Vierbeinige Tiere zogen ein Gefährt, auf dem eine Art Feuerspritze montiert war.

„Ein Flammenwerfer", erklärte Tilta. „Primitiv, aber wirkungsvoll. Man findet hier ein leichtes Gasöl, das sich bei der Hitze schnell verflüchtigt. Es wird unter Druck abgeblasen und entzündet. Damit räuchern die Salonen die Festungen der wilden Völker aus. Scheußlich. Ich werde versu . . ."

Er unterbrach sich und ging mit einem gewaltigen Satz unter dem Rumpf in Deckung. Ich folgte ihm, wich einem starrenden Kriechtier aus und griff gleichzeitig nach meinem Thermostrahler.

Zwei riesige Füße, umspannt von Lederriemen und einer dicken Sohle, brachen durch den Urwald. Wir lauschten atemlos. Wasser rauschte, und ein genüßliches Schnaufen erschallte so laut, daß mein empfindliches Gehör schmerzte.

Ein Barbar trank aus dem Auffangbottich des Pumpwerks. Als Gefäß benutzte er einen Holzeimer von so enormen Ausmaßen, daß Tilta schon wieder fassungslos wurde. Er hatte eben zu wenig Umgang mit den Titanen anderer Welten.

Einen Augenblick später schüttete der Salone den Wasserrest aus dem Behälter, und wir wurden von der Flutwelle aus unserer Deckung gespült. Rülpsend schritt der Wilde davon. Das war auch sein Glück.

Ich schüttelte mich und schaute dem Kerl ergrimmt nach. Der Laderaum des Zerstörers war durchnäßt, und meine kostbare Ausrüstung hatte auch etwas abbekommen.

Ich entschloß mich trotzdem, mein Versteck nahe der Pumpe anzulegen. Hier schien ein beachtlicher Durchgangsverkehr zu herrschen. Unter Umständen hatten wir eine der Hauptausfallstraßen der salonischen Legionen entdeckt.

Tilta richtete sich würdevoll auf, trocknete seine durchnäßten Haare und half mir dann, die Gegenstände meiner Spezialausrüstung zu bergen.

Ich schaltete den Verdampfungsstrahler ein und brannte ein vierzig Zentimeter tiefes und doppelt so breites Loch in den Boden.

Der Antigravheber setzte die zusammengerollte Kuppelfolie in den Abgrund, und ich blies sie mit Druckluft auf. Das Loch wurde genau ausgefüllt. Unter einem Druck von zehn atü war die Decke des Bunkers so fest, daß man sie betreten und mit Erde tarnen konnte.

Als das ebenfalls erledigt war, trugen wir die kleineren Gerätschaften hinein. Die schweren Gegenstände wurden von einem Antigravheber durch die obere Lastenluke befördert.

Die Arbeit dauerte zwei Stunden. Anschließend verabschiedete sich Bruder Tilta mit den Worten: „Du mußt aufpassen. Ich habe fürchterliche Ungeheuer gesehen. Manche sind so groß wie du. Es kann dich das Leben kosten, wenn du unaufmerksam bist."

Ich nickte dem Kommandanten zu und unterdrückte eine Bemerkung, die ihn hätte belehren müssen, daß ein Spezialist der USO immer mit solchen Dingen rechnet.

Der Zerstörer hob ab, stieg über das Unterholz empor und nahm dann Fahrt auf. Endlich war ich allein.

Gebückt durchschritt ich das Schott, schloß es und brachte Ordnung in die Ausrüstungsgegenstände. Dann montierte ich den Hypersender, schaltete das Band mit den vorgefertigten Raffer-Notrufen auf den Automatgeber und ließ anschließend den Reaktor laufen.

Die Stromanzeigen wiesen aus, daß der Meiler einwandfrei auf volle Kapazität ausgefahren werden konnte.

Neben dem Eingang stellte ich Klapptisch und Stuhl auf. Mein Lager erstellte ich zwischen Kisten, die Mikrobomben enthielten.

Nun ging ich hinaus und holte Wasser. Nach einer ausgiebigen Mahlzeit legte ich meinen siganesischen Kampfanzug an, der in dem breiten Rückentornister das Mikro-Energieaggregat, den Gravitationsneutralisator und einen hochwertigen Deflektorprojektor enthielt.

Es war eine schwere und unhandliche Ausführung von fast dreihundert Gramm. Mir blieb aber keine andere Wahl, als sie zu tragen, da ich unter allen Umständen meine Flugfähigkeit herstellen und überdies noch dafür sorgen mußte, daß mich niemand sah.

Meine Waffen überprüfte ich mit großer Sorgfalt. Der Thermostrahler war klar. Die Atomprojektile meines Mikro-Raketenwerfers hätten ausgereicht, um alle Festungen des Salonenreichs einzuäschern.

So gerüstet, verließ ich meinen Versorgungsbunker, verschloß die Tür und tarnte sie. Die Automatik justierte den Antigrav genauer ein, als ich es jemals hätte tun können. Schwerelos geworden, stieß ich mich vom Boden ab, trimmte mich auf Flughaltung und schaltete dann das Strahltriebwerk ein. Es arbeitete mit dem vorhandenen Medium Luft. Das Pulsator-Prinzip war uralt, aber auf Planeten mit einer atmosphärischen Hülle hatte es sich am besten bewährt.

Die Turbine saugte die Luft an, verdichtete sie und preßte sie in die Expansionskammer, wo sie atomar aufgeheizt und mit hohem Überdruck ausgestoßen wurde.

Die Schwenkdüse riß mich nach oben. In sausender Fahrt stieß ich über die Gipfel der Bäume empor. Oben angekommen, orientierte ich mich und nahm Kurs auf die Befestigungsanlagen von Malkino.

Hoch über den Zyklopenmauern hielt ich an und spähte nach unten. Mein Triebwerk arbeitete fast lautlos, und der eingeschaltete Deflektorschirm machte mich unsichtbar.

Hinter dem Schutzwall gab es noch einen zweiten. Als Festungsbauer waren die Salonen nicht zu verachten.

In den Straßen bewegten sich buntgekleidete Eingeborene. Die Vornehmen ritten auf riesigen Vögeln, die anscheinend nie flugfähig gewesen waren. Dafür besaßen sie hohe und kräftige Laufbeine, die ihnen sicherlich eine beachtliche Geschwindigkeit verliehen.

Andere Salonen wurden auf Liegesänften getragen. Bewaffnete Wächter prügelten eine Gasse in die Menge, die den Mächtigen nicht schnell genug Platz machte.

Zornerfüllt blickte ich nach unten. Solche Methoden gefielen mir überhaupt nicht, obwohl ich wußte, daß auf Eysal die Sklaverei und Unterdrückung selbstverständlich waren.

Ich flog tiefer und sah mir einen der Reiter an. Er trug einen prächtig gearbeiteten Brustharnisch, lederne Beinschienen und ein langes Schwert. Wer dem Salonen nicht ehrerbietig den Gruß entbot, wurde von den beiden Begleitwächtern entweder mit der Peitsche geschlagen oder sogar mit der Wurflanze gestochen. Das waren tatsächlich barbarische Sitten.

Die Salonen waren menschenähnlich, nur besaßen sie eine grünliche Hautfarbe und lange, spitz auslaufende Ohren, die sie bewegen konnten. Sonst waren keine Anzeichen einer Mutation zu bemerken, es sei denn, Skelett und Organe unterschieden sich ebenfalls vom arkonidischen Normaltyp.

Die Frauen und Männer waren muskulös und hochgewachsen. Ich schätzte die Durchschnittsgröße auf 1,95 Meter. Die körperliche

Stärke schien eine Folgeerscheinung der auf Eysal herrschenden Schwerkraft von 1,14 Gravos zu sein.

Atlan konnte hier kaum auffallen.

Sein Körper war so hochgewachsen und kräftig, daß er ohne Schwierigkeiten einen Salonen spielen konnte. Anders stand es mit Melbar Kasom, dessen Erscheinung Aufsehen erregen mußte. Gegen ihn waren selbst die Salonen zerbrechliche Geschöpfe.

Ich überflog die Vorstadt mit ihren niedrigen Gebäuden, und dann sah ich die Paläste der Innenstadt. Weiter rechts erhoben sich die Festungsanlagen eines Hafens, dessen Ausmaße mich überraschten.

Mein überfeines Gehör nahm ein Tosen wahr. Es dauerte einige Zeit, bis ich erkannte, daß es sich um die Rufe von vielen tausend Salonen handelte, die die Ränge einer Arena bis zum letzten Platz füllten.

Da ahnte ich, welche Rolle Melbar Kasom auf dieser Barbarenwelt spielte. Sicherlich spielte er wieder einmal den Gladiator, was er schon auf anderen Himmelskörpern getan hatte, deren Bewohner ähnlich rohen Sitten huldigten.

Melbar war natürlich der geborene Kämpfer. Ich hatte noch kein intelligentes Lebewesen kennengelernt, das dem umweltangepaßten Ertruser gewachsen gewesen wäre. Ich konnte diesen Muskelprotz allerdings sehr gut zähmen, wozu ich meine eigenen Methoden hatte.

Mir gefiel es nicht, daß Melbar schon wieder in der Arena stand, wo er Kämpfe auf Leben und Tod auszutragen hatte. Wahrscheinlich hatte er aber die entsprechenden Befehle erhalten.

Als ich die Arena langsam überflog und die Einzelheiten in mich aufnahm, schaltete ich zum ersten Mal nach meiner Landung das Funksprechgerät ein. Atlan rechnete mit meinem Erscheinen. Wahrscheinlich würde er sein siganesisches Mikro-Ohrgerät immer auf Empfang stehen haben. Auch Melbar trug ein Zeugnis unserer Ingenieurkunst am Körper.

Ich hielt über dem Kampfgelände und versuchte, die schreiende Menge zu vergessen. Unter mir hieben vier Männer aufeinander los. Diese Wesen würden wahrscheinlich niemals verstehen, wie widerlich und frevelhaft ihr Gebaren war.

Ich zog das Armbandgerät an die Lippen und rief nach Atlan. „Federball an Netz – Federball ruft Netz, erbitte Position.“

Das waren die vorgeschriebenen Kodeworte. Ich war der Federball, der Lordadmiral galt als Netz, und Melbar hatte die Bezeichnung „Schläger“ erhalten.

Ich hatte nur wenige Augenblicke zu warten, bis es in meinem Gerät knackte. Atlan meldete sich.

„Verstanden, Federball. Sendung einstellen. Position Punkt vierzehn, Ende.“

Ich wußte nicht, warum ich enttäuscht war. Wahrscheinlich hatte ich aber gefühlsmäßig mit einem freundlicheren Empfang gerechnet.

Beunruhigt dachte ich darüber nach, wo Punkt vierzehn lag. Die einzelnen Positionen waren von der Einsatzzentrale nach Atlans Anweisungen in einer Schlüsselliste zusammengefaßt worden, die ich hatte auswendig lernen müssen.

Ich fragte mich, wie groß die Abhörgefahr durch die Antis war. Mein Mikrogerät besaß bei schwächster Sendestärke eine Reichweite von zwei Kilometern. Es erschien mir unglaubhaft, daß sich ausgerechnet zum Zeitpunkt meiner ersten Anfrage ein Götzenpriester mit einem auf unsere Geheimfrequenz einjustierten Empfänger im Hörbarkeitsbereich aufgehalten haben sollte.

Dennoch – der Zufall hatte schon manchen USO-Spezialisten das Leben gekostet. Punkt vierzehn lag am Haupteingang der Arena. Ich war nur wenige hundert Meter von meinem Chef entfernt.

Der Arkonide aus altem Adelsgeschlecht hatte sich nicht gescheut, eine Maske als blinder Bettler anzulegen, um sich so unauffällig wie nur möglich bewegen zu können. Ich hatte Bilder von Atlan gesehen und war erschrocken. Von den klaren Linien seines Gesichts war nichts mehr zu bemerken. Es war unter der biomedizinisch aufgetragenen Folie aus Synthogewebe verschwunden, das Atlans Antlitz in eine Fratze verwandelt hatte.

Ich machte mich auf einen noch scheußlicheren Anblick gefaßt, denn hier, im Mittelpunkt des Salonenreichs, hatte der Chef außerdem noch so verwahrlost auszusehen, wie es aus den Aufnahmen der Maskenabteilung hervorgegangen war.

Langsam flog ich über die vollbesetzten Ränge der Arena hinweg. Dem weiten Oval der Umfassungsmauer folgend, entdeckte ich bald den Haupteingang. Mächtige Steinsäulen stützten ein vorspringendes Dach, unter dem breite Stufen hinauf zu den Rängen führten.

Die Bettler waren überall zu entdecken. Sie bildeten auf Eysal eine geheimnisvolle Gilde, deren Einfluß beträchtlicher war, als man annehmen sollte. Atlan hatte es verstanden, sich in diese Gemeinschaft einzuschleusen. Hier erhielt er bessere Informationen als in den Palästen des Masho.

Ich flog die Reihe der Mißgestalteten ab. Immer wieder entdeckte ich welche, die eine Verkrüppelung nur vortäuschten. Einige „Blinde", die sich unbeobachtet glaubten, zählten ihre Einnahmen, und einer, der angeblich keine Beine mehr besaß, massierte ächzend seine Waden, die bei der „Tarnungs-Verrenkung" anscheinend eingeschlafen waren.

Minuten später fand ich den Lordadmiral, und da erschrak ich wirklich. Unsere Biomediziner hatten eine Meisterleistung vollbracht. Jeder, der nicht ein informierter Wissenschaftler der USO war, hätte die lange Narbe, die sich quer über Atlans Augen hinwegzog, für echt gehalten. Es sah so aus, als wäre diese Gesichtspartie einmal von einem Schwerthieb zerschlagen worden. Eine zweite Narbe, in der das rötliche Kunstgewebe pulsierte, spaltete Lippen, Stirn und Nase auf. Die aus dem klaffenden Mund hervorstehenden Zahnsplitter sahen so erschreckend aus, daß mir übel wurde.

Minuten vergingen, bis ich mich von meinem Schrecken erholt hatte. Dann flog ich näher und versuchte, Atlans Augen unter der Quernarbe zu entdecken. Ich konnte sie nicht finden, so sorgsam ich auch suchte. Dabei wußte ich aus den Belehrungen, daß er durch die feine Kunsthaut hindurchblickte. Sie war speziell präpariert worden, damit sie nur von der Innenseite aus durchsichtig war.

Langsam umkreiste ich den Kopf des im Staub sitzenden Mannes. Atlan trug nur einen zerfetzten Lendenschurz. Sein hochgewachsener, muskulöser Körper ließ es glaubhaft erscheinen, daß er einmal ein erstklassiger Krieger gewesen war. Seine Haut schimmerte in dem salonischen Grün, und die biomedizinische Verlängerung seiner Ohren war so hervorragend, daß er die handlangen Spitzen einwandfrei bewegen konnte.

Er lehnte mit dem Rücken an der Mauer der Arena und blickte nach der Art eines Blinden unbewegt in die gleiche Richtung. Ab und zu erhob er den Kopf, um zu lauschen.

Zwischen den gespreizten Beinen hielt er ein zerbeultes Gefäß, in dem ich etliche Münzen, zwei rostige Nägel und einen Klumpen schwärzlichen Fleisches entdeckte.

Dicht vor seinem Gesicht hielt ich an. Ich war gespannt, wie gut der Chef hören konnte. Die Ohren bewegten sich, und die Muscheln drehten sich nach vorn.

Der Mund klaffte auf, und schon vernahm ich Atlans jämmerlichen Ruf: „Eine Gabe, ihr Edlen, eine kleine Gabe für Umbarth, den Feuerbläser, der in den Diensten des göttlichen Masho die Zeluterfestung Llahakal zerschmorte. Eine Gabe für Umbarth, ihr Edlen."

Ich erschauerte, so echt klangen die Worte. Doch schon erschrak ich erneut.

„Danger, sind Sie es?" fügte Atlan seinen Rufen leise hinzu. „Vorsicht! Mein Nachbar hat scharfe Ohren. Landen Sie auf meiner Schulter."

Ich befolgte den Befehl und glitt zu ihm hinüber. Meine Füße berührten seinen mächtigen Rücken. Dann setzte ich mich und ließ die Beine an seiner Brust herabbaumeln.

Ehe ich noch etwas sagen konnte, überfiel mich ein Hustenreiz. Es steht mir nicht zu, meinen höchsten Vorgesetzten zu kritisieren, aber der Lordadmiral stank so fürchterlich, daß es mir den Atem verschlug.

Atlan lachte kaum hörbar, und ich würgte immer noch.

„Wenn Bettler überhaupt ein Körperöl besitzen, so ist es ein ranziges Öl", raunte er.

Ich klammerte mich an der Schnur fest, die Atlan über dem Rücken trug und an der ein Beutel mit Habseligkeiten befestigt war. Es dauerte lange, bis ich den Ekel überwunden hatte und wieder richtig atmen konnte.

„Verzeihung, Sir", sagte ich würgend. „Sie duften gerade nicht nach Rosen. Spezialist Danger zur Stelle, Sir."

„Sie werden lachen – das habe ich bereits gemerkt. Welcher Narr gab Ihnen den Befehl, per Funk nach mir zu rufen? Wenn die Impulse gehört wurden, wissen die Antis, daß ihre technischen Kunststückchen nicht mehr die einzigen sind, die auf Eysal praktiziert werden."

„Der Befehl kam vom Chef des Stabes, Sir", sagte ich betont.

„Schön, wollen wir hoffen, daß man uns nicht hörte. Ab sofort herrscht Funkverbot, das nur in Notfällen durchbrochen werden darf. Sie fungieren in erster Linie als Nachrichtenvermittler zwischen

Leutnant Kasom und mir. Haben Sie ihn gesehen? Er hat heute gegen einen zelutischen Krötenwolf zu kämpfen. Jemand möchte Kasom töten. Ich befürchte, er wird dem Ungeheuer unterliegen."

Ich richtete mich auf und ließ die Schnur los. „Ein Krötenwolf, Sir?"

„Ja. Das ist ein gepanzerter Saurier aus den Urwäldern der Zeluter, die den Salonen nach wie vor Widerstand leisten. Ich habe zu spät erfahren, daß man Kason mit dem Ungeheuer zusammenbringt." Er informierte mich über weitere Einzelheiten des Krötenwolfs und schloß: „Sie sind zur rechten Zeit gekommen, kleiner Mann. Ich brauche Sie."

Ich hüstelte dezent. Die Bezeichnung „kleiner Mann" empfand ich in dieser Situation nicht als ehrenrührig. Es kommt ja immer darauf an, wie solche Worte ausgesprochen werden.

„Sagen Sie – Sie verwenden doch hoffentlich keinen Antigravtornister?" flüsterte der Lordadmiral.

„Doch, Sir. Ich dachte, Sie ..."

„Abfliegen, sofort abfliegen!" befahl der Chef. „Sind Sie denn noch bei Sinnen, Danger? Auch wenn die Eigenstrahlung Ihres Mikrogeräts sehr schwach ist, kann sie jeden Augenblick geortet werden. Haben Sie ein anderes Fluggerät dabei?"

„Einen Hubkreisler auf Batteriebasis, Sir", erklärte ich zerknirscht. „Mein Deflektorschirm ist ..."

„Den können Sie behalten", unterbrach mich Atlan erneut. „Nur Gravitationsimpulse werden gefährlich. Dennoch sollten Sie den Deflektor nur dann einschalten, wenn Sie in der Nähe von Salonen sind. Fliegen Sie schleunigst los, wechseln Sie die Ausrüstung und leisten Sie Leutnant Kasom Hilfestellung. Er wird in etwa dreißig Minuten zum Kampf antreten müssen. Es ist der letzte für diesen Tag. Beeilen Sie sich. Ich warte hier auf Sie."

Ich verlor keine Worte mehr, schaltete den Antrieb ein und schoß in die Luft empor. Die Rüge war so unerwartet gekommen, daß ich kaum noch fähig war, einen klaren Gedanken zu fassen. Niemand hatte mit einer solchen Aktivität der Antis gerechnet. Oder waren sie mittlerweile auf Ebrolo aufmerksam geworden? Wußten sie, was dieser Unhold angerichtet hatte? Wenn ja, dann wurde Ebrolo nicht nur von uns, sondern auch von den heimlichen Herrschern auf Eysal gejagt.

Atlans wenige Worte hatten mir alles verraten. Wir waren in ein kosmisches Wespennest vorgestoßen, und Melbar Kasom sollte anscheinend das erste Opfer sein.

Ich flog mit Höchstgeschwindigkeit über die Festungswälle hinweg. Ich mußte mich beeilen, wenn ich noch rechtzeitig in der Arena erscheinen wollte.

14. Melbar Kasom

Weil ich ein zelutischer Gladiator in Diensten des Edlen Voszogam war und meine Stirn keinen Sklavenbrand aufwies, war ich ein Mann, dessen Lebensfunke täglich ausgelöscht werden konnte.

Ich, Leutnant Melbar Kasom, war seit dem Einschleusungsmanöver gezwungen, meine wissenschaftliche Schulung zu vergessen.

Die Chance des Überlebens bestand nur noch darin, primitive Waffen geschickt zu handhaben, den Gegner richtig einzuschätzen und mehr Psychologe zu sein als Ingenieur.

Mein Wissen um die Geheimnisse des Atoms nützte mir auf Eysal überhaupt nichts. Hier ging es darum, die Zuschauer zufriedenzustellen und die Gunst der Mächtigen zu erringen. Die Auswahl meiner Gegner oblag Salonen, die ich nur dem Namen nach kannte. Da mir keine andere Wahl geblieben war, als in die Dienste eines Mannes zu treten, der nach Stellung und Geburt das Privileg besaß, Gladiatoren zu halten, war ich ein Opfer der allgemeinen Wettleidenschaft geworden.

Voszogam galt als größter Feldherr des Salonenreichs. Außerdem war er Kommandant der in und um Malkino stationierten Elitetruppen, deren Aufgabe darin bestand, das Reich zu behüten.

Insoweit war alles in so guter Ordnung, wie es auf Grund der Einsatzplanung sein konnte. Genau betrachtet, war es von Lordadmiral Atlan ein Wagnis gewesen, einen Überriesen von meiner Art auf eine Welt zu schicken, wo hochgewachsene Männer zwar alltäglich waren, ein Ertruser aber trotzdem auffallen mußte.

Hier, auf dem zweiten Planeten der Sonne Eyciteo, durfte ich keinen Mikrogravitator anlegen, da seine Eigenstrahlung sofort von den Antimutanten angemessen worden wäre.

Man hätte annehmen können, diese Tatsache wäre für meine Arenakämpfe nur förderlich gewesen, da ich bei der geringen Planetengravitation Sprünge von über zwanzig Metern machen konnte.

Das Gegenteil war eingetreten. Ich mußte immerzu aufpassen, meine Fähigkeiten nicht zu deutlich zu zeigen, denn eine solche Körperstärke besaß kein Eingeborener – auch kein Wilder aus den Dschungelwäldern der Zeluter.

Natürlich gab es für mich keinen ernstzunehmenden Gegner. Ich mußte darauf bedacht sein, andere Gladiatoren nicht versehentlich zu zerquetschen.

Alle diese Tatsachen hätten Atlan – wie schon erwähnt – bewegen müssen, mich nicht in der Maske eines Eingeborenen einzusetzen. Er hatte jedoch triftige Gründe gehabt, und so hatte ich vor etwa vier Wochen Standardzeit in den Urwäldern des Westens das Raumschiff verlassen.

Schon zwei Tage später war ich auf einen Trupp eroberungslustiger Salonen gestoßen, denen ich vorgeheuchelt hatte, auf dem Weg nach Malkino zu sein.

Nach dem ersten Testkampf mit den drei stärksten Männern des Stoßtrupps war der Befehlshaber davon überzeugt gewesen, mit mir einen guten Fang gemacht zu haben.

In Eilmärschen war ich zur Hauptstadt geleitet worden, wo ich von dem Stoßtruppführer an den Edlen Voszogam verschachert worden war. Seitdem stand ich Tag für Tag in der Arena, um durch meine Erscheinung zu versuchen, Ebrolo aus seinem Versteck hervorzulocken.

Atlan verwendete mich sozusagen als Köder. Der Chef hoffte, Ebrolo würde sich dazu verführen lassen, etwas gegen mich zu unternehmen, da er natürlich sofort erkennen mußte, daß ich kein Eingeborener war.

Atlans Planung hatte sich fast vier Wochen lang nur negativ ausgewirkt. Ich hatte mich zusammennehmen müssen, um nicht mit eingeborenen Wilden zu jonglieren, und Ebrolo hatte sich nicht gemeldet.

Seinen Stützpunkt hatten wir nicht mehr finden können. Nach dem Verbrechen war Ebrolo schlau genug gewesen, sein Depot aufzulösen und die Gegenstände seiner Ausrüstung anderswo einzulagern.

Da es nicht möglich war, einen Zellaktivator anzupeilen, der von jemand benutzt wurde, hatten wir auf kriminalistische Ermittlungsarbeit zurückgreifen müssen. Ebrolo mußte sich in der gestellten Falle fangen, oder wir würden ihn nie entdecken.

Vereinzelte Spuren wiesen darauf hin, daß er sich in Malkino aufhielt. Dies ging auch aus Ebrolos Psychogramm hervor.

Dieser lebenshungrige Mann brachte es nicht fertig, in der Abgeschiedenheit der Wildnis zu leben. Ebrolo mußte andere Menschen um sich haben, die Atmosphäre einer großen Stadt, Nervenkitzel und Ablenkungen aller Art.

Jetzt besaß er außerdem noch einen Apparat, der die Alterung der Zellen verhinderte, alle nur denkbaren Krankheitskeime abtötete und damit das relativ ewige Leben verhieß.

Unter diesen Umständen konnte ich Ebrolo überhaupt nicht mehr dazu zwingen, die Gesellschaft zu meiden, um erst einmal für einige Jahre im Dschungel unterzutauchen. Darin lagen unsere Erfolgsaussichten.

Das für uns günstige Testbild über den Mörder Ebrolo wurde noch durch die Tatsache abgerundet, daß er ein Anti war, der alle Fähigkeiten dieses Volkes durch seine Spezialschulung besonders hoch entwikkelt hatte.

Die Mutanten des Vereinten Imperiums waren gegen Ebrolo machtlos. Er reagierte weder auf Telepathen, noch war es möglich, in seiner Nähe andere Psi-Kräfte einzusetzen.

Atlan war davon überzeugt, daß es Ebrolo schon kurz nach dem Mord an Anne Sloane verstanden hatte, sich in die salonische Gesellschaft einzuschleusen und seine Kenntnisse voll und ganz für seine Bereicherung einzusetzen. Wahrscheinlich suchte er nach einer Möglichkeit, den Barbarenplaneten verlassen zu können. Dies war aber nur mit einem Raumschiff der Antis möglich, die hier vermutlich seit einigen hundert Jahren die wahren Herrscher waren.

Selbst die gewiß nicht dummen Salonen der regierenden Kaste hatten sich von den Antis übertölpeln lassen.

Die sogenannte Kulan-Gottheit, die weiter nichts war als ein von den Antis aufgebauter Götzenkult, wurde verehrt und gefürchtet. Für primitive Geschöpfe, deren Technik gerade bis zur Steinarchitektur und Metallverarbeitung reichte, mußte es allerdings ungeheuerlich sein, wenn das Standbild des Kulan-Gottes zu sprechen begann oder ein Unwetter wie auf Bestellung ausbrach.

Kulan hatte alle anderen heidnischen Götter weit überflügelt, zumal die Antis in genauer Dosierung dafür sorgten, daß bestimmte Wünsche erfüllt wurden und allerlei „Wundertaten“ geschahen.

Mein Einsatz wurde durch diesen Humbug noch komplizierter, denn ich durfte meine Mißachtung niemals zeigen. Es fiel mir schwer, beim Eintritt in die Kampfbahn das Knie zu beugen und um Kulans Gunst zu flehen.

Noch schwieriger war es für mich, zu vergessen, daß in den Logen Antis saßen und mit wissenschaftlicher Gründlichkeit erwogen, ob dieser oder jener Kampf im Zuge der Politik gefördert werden solle oder nicht.

Unter den vielen Gladiatoren aus allen Teilen des Reiches und der Barbarenkontinente war ich der einzige, der genau wußte, daß man niemals gegen die Interessen der wahren Herrscher handeln durfte. Wagte man es doch, war es gleichbedeutend mit einem Todesurteil.

Todesurteil – dieses Wort rüttelte mich auf und ließ mich daran denken, daß ich jemand mißfallen hatte.

In dreißig Minuten würde ich einem Ungeheuer gegenüberstehen, das noch kein Gladiator besiegt hatte. Es war ein offenes Geheimnis unter den Kämpfern auf Leben und Tod, daß die Begegnung mit einem Krötenwolf nur unter besonderen Umständen angeordnet wurde. Die hohen Herren verloren nicht gerne einen erstklassigen Gladiator. Besonders ich hatte dem Edlen Voszogam schon viel Geld eingebracht. Außerdem konnte er damit protzen, den stärksten Mann des Planeten in seinen Diensten zu haben.

Die Tatsache, daß ich mich einem Ungeheuer stellen sollte, konnte nur mit einem Todesurteil identisch sein. Unbekannte Gegner mußten es verstanden haben, meinem „Gebieter“ die Kampferlaubnis abzulocken oder aufzuzwingen.

Vor acht Stunden hatte ich erst von dem Kampf erfahren. Da Atlan niemals die Arena betrat und ich nicht hinauskonnte, hatte ich einen Funkanruf riskiert. Der Chef sollte wenigstens informiert sein.

Ich gab vor mir selbst zu, daß ich gegen einen Krötenwolf so gut wie keine Erfolgsaussichten hatte. Wahrscheinlich hätte ich ihn besiegen können, wenn ich es mir hätte erlauben können, alle meine Fähigkeiten einzusetzen. Ich durfte es aber nach wie vor nicht wagen, Riesensprünge auszuführen. Auch durfte ich mich nicht dazu hinreißen lassen, eine mehrere Zentner schwere Eisensäule als Hiebwaffe zu verwenden. All das hätte zu einem Erkennen durch die Antis geführt, die bisher erwiesenermaßen noch nicht wußten, daß der Planet Eysal von einem Explorerschiff des Imperiums entdeckt worden war.

Ebrolo dagegen hatte sich wohl gehütet, seine Rassegenossen zu informieren. Er war nur auf seinen Vorteil bedacht.

Möglicherweise wurde ich von den Antis trotzdem verdächtigt, nicht von dieser Welt zu stammen. Der Einsatz des Krötenwolfs konnte ein Test sein. Wenn ich mich verführen ließ, durch Übersprünge und andere Dinge klarzulegen, daß ich an andere Schwerkraftverhältnisse gewohnt war, hatte man den Beweis. Dies mußte unseren Einsatz gefährden. Mein Leben wäre dann ohnehin verwirkt gewesen.

Ich überlegte seit Stunden, in welcher Form ich den Hochwaldsaurier unschädlich machen könnte, ohne mich dabei zu verraten. Es gab keine Möglichkeit. Ich versuchte auch nicht, mir innerlich etwas vorzumachen. Wenn die gepanzerte Hornspitze seiner Springzunge meine Haut ritzte, oder wenn er mich mit einer Pranke erwischte, war ich verloren.

Trotz der in mir bohrenden Unruhe war es mir gelungen, ausgiebig zu essen und anschließend einige Stunden zu schlafen. Nur Atlan konnte jetzt noch helfen. Ich hatte jedoch keine Ahnung, welche Mittel er einsetzen konnte.

Durch meinen „Lockvogelauftrag" war ich seit etwa drei Wochen von der Außenwelt abgeschnitten. Was der Chef in dieser Zeit ermittelt hatte, war mir nur ungefähr bekannt. Wir warteten immer noch auf Spezialist Lemy Danger, den der Lordadmiral angefordert hatte. Ob der Kurze mittlerweile auf Eysal eingetroffen war, wußte ich nicht. Der ehemalige Verbindungsmann zwischen Atlan und mir war vor einigen Tagen im Kampf getötet worden. Seitdem war ich ohne Nachrichten.

Ich gebe offen zu, daß ich den siganesischen Wichtelmann noch nie so herbeigesehnt hatte wie in diesen Stunden. Normalerweise ging er mir auf die Nerven, was auch Ihnen verständlich erscheinen wird, wenn ich erkläre, daß Lemy grundsätzlich bestrebt ist, vor mir den Vorgesetzten herauszukehren und mich zu schikanieren.

Ich, Melbar Kasom, Meister aller Klassen auf der Gigantenwelt Ertrus, will an dieser Stelle und angesichts meines baldigen Todes nur noch sagen, daß ich Lemy alles verzeihe.

Nun ja, ich will nicht mehr lange über den Kurzen reden. Wäre er jetzt bei mir gewesen, hätte ich ihn wenigstens zu Atlan schicken können, um zu erfahren, was der Chef für mich tun wollte. Selbstverständlich würde mich der Lordadmiral nicht einfach in den Tod gehen lassen, dessen war ich ganz sicher.

Von diesen Gedanken getröstet, schritt ich auf die Bohlentür meiner Kammer zu, bückte mich und trat auf den Verbindungsgang hinaus. Das Gebrüll der Zuschauer wirkte hier unten wie das Tosen eines Wasserfalls.

Zwei Gardisten der Leibwache musterten mich argwöhnisch. Sie hielten ihre Wurfspeere so, daß sie mich jederzeit angreifen konnten.

Ich trat bewußt schwer auf und ging auf sie zu. Weiter hinten erschien Akußa, der Leiter der Gladiatorenschule von Malkino. Ich blieb vor einem Gardisten stehen, stemmte die Arme in die Hüften und sah auf ihn hinunter. Mein rechter Oberschenkel war dicker als der Leib dieses Schwächlings, der kaum etwas über zwei Meter groß war. Ich trug nur einen Lendenschurz, da mich Akußa persönlich rüsten wollte.

„Und?“ sagte ich so laut, daß der Wächter um zwei Schritte zurückwich. Die Spitze seines Speers war auf meinen Magen gerichtet. Ich ließ die Muskulatur zucken, deutete darauf und erklärte: „Daran wird dein Eisen bestimmt abprallen. Was denkst du wohl, was ich anschließend mit deinem Genick mache?“

Grinsend stampfte ich an den Wächtern vorbei und schaute neugierig in die rechts von mir liegenden Zellen, wo einige Zeluter eingesperrt waren. Die hochgewachsenen Männer, die mich für einen der Ihren hielten, winkten mir stumm zu. Sie wußten, daß ich mich einem Krötenwolf zu stellen hatte.

Akußa wartete unter der Bogentür der Rüstkammer. Drei andere Gladiatoren wurden vom Arenaarzt behandelt.

Jeder von ihnen hatte mehr oder weniger schwere Verletzungen erlitten, die von einem Quacksalber mit viel Kraftaufwand und wenig Geschick ausgebrannt, genäht oder verpflastert wurden.

Ich ignorierte das Schmerzgebrüll. Es war immer wieder dasselbe in den Verliesen hinter den Arenamauern. Hier unten besaß man keine Freunde. Wenn einer Zuneigung heuchelte, so nur deshalb, um die Schwächen des zukünftigen Gegners herauszufinden.

Akußa war ein großer, breitgebauter Mann mit einem so vernarbten Körper, wie ich noch nie einen gesehen hatte. Er besaß ein kantiges Gesicht und überdies einen Humor, der von einem Leben voller Kämpfe geprägt worden war. Akußa gehörte zu den wenigen Männern, die es geschafft hatten, zehn Jahre lang zu überleben. Allerdings hatte er auch das Glück gehabt, niemals gegen einen Krötenwolf kämpfen zu müssen.

Ich stieß den Arztgehilfen aus dem Weg und setzte mich auf die Rüstbank. Akußa trat näher und begann meine Rückenmuskulatur zu massieren.

„Hart, schön hart", sagte er in seiner gemächlichen Art. „Du da hinten – wenn du den Arzt noch einmal an die Wand wirfst, ehe er mit der Behandlung fertig ist, werde ich ärgerlich."

Ein kräftiger Mann aus dem südlichen Teil des Salonenreichs fluchte fürchterlich. Er beschimpfte sogar die zweithöchste Gottheit des Landes, was den stöhnend am Boden liegenden Arzt entsetzt aufspringen ließ.

„Das wird dir den Wundbrand einbringen", behauptete er gehässig.

Akußas Gehilfen erschienen mit meiner Rüstung. Sie bestand aus einem geschmiedeten Brustharnisch, an den die Schulterstücke angehängt waren. Arm- und Beinschienen aus dem gleichen Material vervollständigten die Kampfkleidung.

„Willst du einen geschlossenen Helm?" erkundigte sich Akußa.

Ich schüttelte den Kopf. „Offen."

„Tüchtig. Du solltest auch auf den Halsschutz verzichten. Wenn sich eine Kralle in dem Kettengewebe verfängt, hast du einmal einen Kopf besessen. Das ist nur ein guter Rat."

Ich schaute den erfahrenen Salonen prüfend an. Sein Gesicht war so ausdruckslos wie immer.

„Du bist plötzlich sehr um mich besorgt", stellte ich gedehnt fest.

„Es hat mir noch nie gefallen, wenn ein Mann allein vor einen Krötenwolf gestellt wurde. Runzle nicht die Stirn, Zeluter. Ich bin immer ehrlich, wenn ich mit einem Toten spreche."

Einer der Verletzten lachte schallend. Der Arzt fiel meckernd ein, sah sich nach mir um und drückte seinem Patienten das glühende Wundeisen versehentlich in die gesunde Schulter. Eine Sekunde später klebte er schon wieder an der Wand, nur verlor er diesmal das Bewußtsein.

Der Gehilfe des verunglückten „Mediziners" schmierte dem erzürnten Gladiator Salbe auf die neue Wunde. Ich nahm meinen Helm entgegen. Es handelte sich um eine Spezialanfertigung, da mir die normalen Größen nicht paßten. Auch Harnisch und Gliederschienen waren in Voszogams Auftrag für mich hergestellt worden.

Das Material war durchschnittlich um zwei Millimeter dicker als die üblicherweise verwendeten Bleche. Akußa setzte mir den Helm auf und schloß die Riemenschnalle unter meinem Kinn.

„Aus welchem Teil deines Landes kommst du eigentlich, Zeluter?" erkundigte er sich wie beiläufig.

Ich wurde sofort argwöhnisch. „Was soll die Frage? Ist das jetzt noch wichtig?"

Der Kampfschulenleiter verzichtete auf eine Antwort. Gewissenhaft überprüfte er meine Ausrüstung und lauschte dann nach draußen. Noch leiser als bisher riet er mir: „Paß auf, Akwor. Du hast meinem Sohn das Leben geschenkt. Das ist hier nicht üblich, und ich habe es nicht vergessen. Es handelte sich um deinen Antrittskampf."

„Mein Gegner war dein Sohn?"

Er nickte und schob mir noch Lederpolster unter die Kugelschalen der Schulterpanzerung.

„Ich darf von mir behaupten, schon viele Kämpfe mit Krötenwölfen gesehen zu haben. Es kam kein Gladiator davon, aber es war auch keiner so stark wie du. Wenn ich dir die verwundbaren Stellen der Bestie verraten soll, so muß ich zuerst wissen, welche Waffe du wählst. Hast du dich entschlossen? Der Gong ertönt schon."

Ich sah zu den Regalen hinüber. Ja, ich hatte mich längst entschlossen, wozu eine kleine wissenschaftliche Überlegung erforderlich gewesen war.

Krötenwölfe waren Saurier mit einem dicken Chitinpanzer.

Wenn sich unter dem Chitinpanzer nicht eine gummiähnliche Gewebeschicht von wenigstens sechs Zentimeter Stärke befunden hätte, wäre eine Kugelkeule mit hoher Aufschlagwucht auf möglichst kleiner Auftreffläche von Vorteil gewesen. Ich hätte damit eine rückgratbrechende Wirkung erzielt.

Das hochelastische Gewebe verhinderte jedoch eine Überleitung der Auftreffkräfte auf lebenswichtige Organe, also kamen Keulen nicht in Frage.

Schwerter waren in diesem Fall zwecklos. Ein Krötenwolfpanzer war damit weder zu zertrümmern noch zu durchstechen. An die weichen Stellen des Rachens und der extrem großen Nüstern kam ich niemals heran, da das Ungeheuer jeden frontalen Angriff mit seiner lanzenähnlichen Springzunge abwehren konnte.

Die idealste Waffe, die hohe Aufschlagwucht mit kleinstem Treffpunkt und hohe Skalpell-Trennfähigkeit in sich vereinte, war eine schwere Handaxt mit vierzig Zentimeter langer, an der Schneide aber nur drei Zentimeter breiter Keilklinge. Dazu mußte sie einen langen Stiel besitzen, durch den die Auftreffenergie bei einem Rundschlag mit großem Radius verdreifacht werden konnte.

Ich sah keine andere Möglichkeit, den Panzer aufzubrechen und mit dem gleichen Hieb das Gummigewebe zu durchtrennen, um lebenswichtige Körperstellen entscheidend zu verletzen.

Akußa sah mich gespannt an. Er besaß einen großen Erfahrungsschatz, jedoch war er zweifellos unfähig, technisch fundierte Überlegungen anzustellen.

So sagte ich mit einem dankbaren Lächeln: „Gib mir die schwerste Keilaxt, die du in deiner Rüstkammer hast, dazu ein Rundschild mit Handbuckel, in den ein Stoßdolch eingesetzt werden muß. In die Schildhand nehme ich noch ein enges Netz aus Guldirgewebe, mit dem ich vielleicht die Springzunge zusätzlich abfangen kann."

Der Kampfschulenleiter sah mich lange an. Seine Stirn war gerunzelt, und die spitzen Ohren spielten nervös.

„Eine Keilaxt?" wiederholte er ungläubig. „Bist du sicher? Ich würde eine Hieblanze mit Breitklinge nehmen, damit schlagen, dann werfen und anschließend mit einer Kugelstachelkeule angreifen."

„Beim ersten Hieb mit der Lanze wäre ich erledigt. Gib mir die verlangte Ausrüstung."

Zehn Minuten später besaß ich die Waffen. Die Keilaxt war ein sogenannter Beidhänder, der von sehr starken Arenakämpfern nur dann angewendet werden konnte, wenn sie die Kraft beider Hände und Arme einsetzten. Für meine Begriffe war die etwa achtzig Pfund schwere Hiebwaffe viel zu leicht. Stärkere Ausführungen gab es aber nicht.

Als ich Schild und Keilaxt an mich nahm, meinte Akußa warnend: „Denke nicht an Flucht. Die Ausgänge werden bewacht. Man hat zwei Feuerbläser aufgestellt. Sie werden dich verschmoren, noch ehe du die Fallgitter erreicht hast, die übrigens ebenfalls bewacht werden. Verschlossen sind sie sowieso. Also, bist du fertig, Zeluter? Viel Glück und schlage gut. Ich würde an deiner Stelle nur zwei Punkte suchen: einmal den Schädel, und dann das Rückgrat dicht hinter dem Kopf. Du mußt springen, verstehst du? Versuche, der Zunge auszuweichen. Der Krötenwolf kann sie nur langsam zurückziehen. Wenn er damit beschäftigt ist, kann er nicht schnellen. Nimm die Zunge als Sprungbrett, stoße dich ab, hüpfe mit beiden Füßen auf die Außenwülste und schlage zu. Das ist deine einzige Möglichkeit. Wenn du in der Wahl deiner Waffen auch eigene Wege gehst, so befolge wenigstens meine Angriffstaktik."

Ich schlug ihm sanft auf die Schulter, und er knickte in die Knie. Wieder sah er mich so prüfend an, daß ich unruhig wurde.

Als wir hinausgingen und die wartende Eskorte rechts und links von mir aufmarschierte, flüsterte mir Akußa noch zu: „Voszogam ist gezwungen worden, dich zu stellen."

„Von wem?" raunte ich zurück. „Kulan-Priester?"

„Nein, von einem Fremden aus Oszala. Er soll mächtig sein."

„Wie lange ist er schon hier?"

„Man spricht von drei Ektaden. Er besitzt viele Schiffe. Wo hast du ihm oder einem Freund von ihm an den Hals geschlagen?"

Der Ausdruck „an den Hals geschlagen" bedeutete im Sprachgebrauch der Gladiatoren „Ungelegenheiten bereitet".

Von diesem Augenblick an ahnte ich, daß Ebrolo gehandelt hatte. Er hatte sich in Malkino umgesehen und sofort entdeckt, daß ich kein Eingeborener war.

Die Antis waren also nicht in das Spiel verwickelt. Mein ehemaliger Kollege hatte einen guten Weg gefunden, mich unauffällig schachmatt zu setzen. Wahrscheinlich wartete er nun darauf, ob ich es wagen würde, angesichts der zuschauenden Antis meine ertrusischen Superfähigkeiten zu zeigen oder nicht. Es war ein Spiel mit dem Feuer, aber Ebrolo hatte alle Trümpfe auf seiner Seite. Ich war so oder so erledigt.

Vor dem Fallgitter blieb ich stehen. Es schloß das unterirdische Labyrinth von der Arena ab. Draußen war der vorletzte Kampf beendet worden.

Die leblosen Körper wurden aus dem Gelände geschleift. Frischer Sand vom Ufer des Meeres wurde über den zerwühlten Boden gestreut.

Fanfaren erklangen. Die Leibwache des Masho marschierte auf. Akußa schlug mir noch einmal auf die Schulter. Es war wie ein stummer Abschied. Dann glitt das Gitter nach oben, und ich schritt hinaus.

Von zehn prächtig uniformierten Kriegern flankiert, ging ich auf die Loge des Herrschers zu. Über mir, unübersehbar und das Kampfgelände beherrschend, erhob sich das bronzene Standbild des Kulan-Gottes. Es stellte einen gerüsteten Krieger mit dem Kopf eines Krötenwolfs dar.

Die Menge begann zu jubeln. Heisere Rufe erreichten mein Ohr. Mein Name, der in den vergangenen Wochen für die Salonen zum Begriff geworden war, erklang immer lauter.

Die Szene faszinierte mich wie immer. Ertruser sind geborene Kämpfer, die keiner Gefahr ausweichen. Als sich die buntgekleidete Menge enthusiastisch von den Rängen erhob, schätzte ich den Kampf mit dem Krötenwolf plötzlich leichter ein, als er es war. Die Begeisterung des Volkes riß mich mit.

Das Gefühl der Siegessicherheit steigerte sich noch, als ich die Unruhe der Vornehmen bemerkte. Auf dem zweiten Planeten der Sonne Eyciteo war es genauso wie auf anderen Welten: Wenn die einfachen Bürger ihre Gefühle zu laut offenbarten, wurde die Minderheit der Herrschenden nervös.

Der Masho geruhte sogar, sich von seinem Prunklager zu erheben und die Hände auszustrecken. Neben ihm saßen zwei Kulan-Priester mit blutroten Umhängen aus feinsten Flaumfedern.

Ihre Hautfarbe war ein lichtes Braun. Sie stammten nicht von dieser Welt, aber das war weder von den Salonen noch von anderen Völkern erkannt worden. Kulan-Priester waren eben nicht grün wie normale Eysaler.

Ich bemerkte die Schutzschirmgeneratoren, die von den wahren Herrschern auf Eysal ganz offen getragen wurden. Die Geräte hingen an breiten Gürteln. Ich war davon überzeugt, daß es die beiden Antis in diesen Augenblicken für richtig hielten, die Schirmfelder aufzubauen und sie durch ihre mentalen Körperstrahlungen zu verdichten. Damit waren sie für die auf Eysal gebräuchlichen Waffen unverwundbar.

Die Gardisten blieben stehen, und ich breitete die Arme aus. Das rechte Knie beugend, den Blick zum Kulan-Standbild erhoben, sprach ich die rituellen Worte, die ich an dieser Stelle nicht erwähnen möchte, da sie lästerlich und frevelhaft sind. Ich mußte jedoch dem allgemeinen Brauch folgen, um meinen Einsatz nicht zu gefährden.

Der Masho erteilte die Kampferlaubnis. Anschließend hatte ich noch auf die Begleitworte eines Antis zu warten, der allgemein als „rechte Hand des Kulan-Gottes" verehrt wurde.

Der Bursche nannte sich Mahana-Kul. Seine Macht nutzte er so aus, wie es für einen Anti typisch war. Als er sich aufrichtete und seinen Federwedel nach meiner Richtung ausschwenkte, wußte ich, daß ich ihn in diesem Augenblick hätte töten können, wenn ich eine Energiewaffe besessen hätte. Zweifellos hatte er seinen Individualschirm auf materiell stabile Körper eingestellt. Die einseitige Polung bedeutete, daß der Abwehrschirm zur Zeit von Energieschüssen durchschlagen werden konnte.

Leider besaß ich keinen Impulsstrahler. Es hätte mir auch nichts genützt, den Anti anzugreifen.

„Kulans Arm wird dir gehören, wenn du es verdienst!" rief der Betrüger in die Arena hinab.

Ich bedankte mich mit einem Schlag meiner Faust gegen die Brust.

Nachdem ich einmal die innere Kampfbahn umschritten hatte, ertönten wieder die Fanfaren. Schlagartig wurde es still.

Ich sprang in die Kampfbahn zurück und packte meinen Schild fester. Auf dem Handhöcker war ein fünfzig Zentimeter langer Stoßdolch montiert worden. Das Fangnetz hielt ich ebenfalls in der Schildhand. Die Keilaxt hatte ich mit einem starken Lederriemen am rechten Handgelenk befestigt.

Die schenkelstarken Eisensäulen des Fallgitters glitten nach oben. Der Krötenwolf ließ sich Zeit. Er war schon einige Jahre hier und wußte genau, was von ihm erwartet wurde.

Zuerst bemerkte ich den Schädel mit dem meterbreiten Rachen, über dem riesige Nüstern saßen. Die Augen waren relativ klein. Sie ruhten in horngepanzerten Höhlungen. Diese Stelle zu treffen, war ein Kunststück, das noch keinem Gladiator gelungen war.

Der Schädel des Sauriers glich ungefähr dem Kopf einer terranischen Kröte, nur war er wenigstens vier Meter breit und drei Meter hoch.

Langsam, als wolle er die Lage sondieren, zog der Saurier seinen Körper nach. Der Leib war im Verhältnis zum Schädel dünn, aber immerhin noch fast drei Meter dick.

Am charakteristischsten waren die mächtigen Hinterbeine, die ebenfalls jenen einer Kröte glichen. Sie waren zweifach eingeknickt und dienten dem Ungeheuer als Sprungfedern. Krötenwölfe konnten mit einem Satz etwa zwanzig Meter überwinden.

Die Vorderbeine waren dagegen wesentlich kürzer und gerade, jedoch hatte ich auf sie besonders zu achten. Die Pranken waren breiter als meine Brust.

Insgesamt mochte der Saurier zehn Meter lang sein. Wie ein plumpes Panzerfahrzeug kam er auf mich zu. Noch wirkte er schwerfällig, aber das war eine Täuschung. Der hoppelnde Normalgang war durch die hinteren Sprungbeine bedingt. Wehe dem Kämpfer, der sich davon über die wahren Fähigkeiten des Monstrums hinwegtäuschen ließ.

Ich blieb mitten in der Arena stehen. Der Krötenwolf hielt ebenfalls an, öffnete seine Nüstern zu mehr als fünfzig Zentimeter durchmessenden Löchern und nahm Witterung auf. Ein dumpfes Knurren war alles, was er hören ließ.

Ich dachte auch nach, aber meine Überlegungen beschäftigten sich mit Atlan, der auf Grund meiner verzweifelten Funkmeldung wissen mußte, wem ich nun gegenüberstand.

Mein Übermut war längst wieder verflogen. Wie gebannt beobachtete ich den gnadenlosen Feind, der nun den gepanzerten Rachen spaltweit öffnete und die Spitze seiner Springzunge sehen ließ. Ich wußte, daß er sie über eine Distanz von etwa fünf Metern herausschnellen konnte. Die harte Chitinverjüngung besaß einen Giftkanal, der sich beim Auftreffen auf ein Ziel entleerte.

Der Saurier stieß erneut das Grollen aus. Dann sprang er. Dreißig Meter von mir entfernt fiel er in den Sand zurück. Eine Staubwolke wirbelte auf, und ich sah, wie sich die Hinterbeine wiederum spannten. Ich mußte dieser ungeheuren Masse ausweichen, aber wie lange würde es gelingen?

Ich ging in Sprungstellung und stellte dabei fest, daß ich mehr an Lordadmiral Atlan als an den Kampf dachte. Das war verkehrt. Ich durfte mich nicht ablenken lassen.

Als sich der Saurier noch tiefer duckte und seine Zungenspitze weiter aus dem Rachen hervortrat, knackte es in meinem Ohrempfänger.

Atlan meldete sich mit drei Worten: „Hilfe unterwegs, durchhalten."

15. Lemy Danger

Atlan unterbrach seine Bettelrufe und wandte lauschend den Kopf. Ich war soeben auf seiner Schulter gelandet. Das Summen des Miniatur-Elektromotors erstarb. Er diente als Kraftquelle für die zwei gegenläufigen Hubschrauben, die aus dem Getriebekopf herausragten. Das Aggregat hing auf meinem Rücken. Die Flugleistungen waren befriedigend.

„Haben Sie die neue Ausrüstung, Danger?"

„Jawohl, Sir."

„Dann fliegen Sie los. Nach dem Gebrüll zu urteilen, hat der Kampf mit dem Krötenwolf soeben begonnen. Ich setzte eine Nachricht an Kasom ab. Versuchen Sie, den Saurier durch einen Strahlschuß ins Gehirn zu töten. Vermeiden Sie aber unter allen Umständen, daß die Entladung gesehen wird."

Atlan hatte gut reden. Wie sollte ich schießen, wenn es niemand bemerken durfte?

Es kam aber noch schlimmer.

„Sorgen Sie außerdem dafür, daß Ihr Feuerstoß nicht gehört wird. Ihr Impulsstrahler ist trotz seiner geringen Größe noch ziemlich laut. Suchen Sie einen Weg, Lemy. Ich verlasse mich auf Sie. Von hier aus kann ich die Lage nicht genauer beurteilen. Fliegen Sie los.“

Ich schaltete das Triebwerk ein, umfaßte mit der linken Hand den Knüppel für die Blattverstellung und hob senkrecht von Atlans Schulter ab. Die Mikrobatterie lieferte Energie für zehn Stunden. Das war wenig, zumal es auf Eysal keine Kraftquellen zum Aufladen gab. Wenn mir unterwegs einmal der Strom ausgehen sollte, war ich darauf angewiesen, bis zu meinem Versorgungsbunker zu marschieren.

Die Hubkreisler rissen mich über die turmhohen Mauern hinweg. Als ich in die Arena hineinsehen konnte, gewahrte ich Melbar Kasom, der soeben mit zwei riesigen Sätzen nach links auswich und so dem Anprall einer ungeheuren Masse aus Zähnen, Krallen und Fleisch entging.

Brüllend schlug der Krötenwolf nach dem Fehlsprung im Sand auf, doch schon wirbelte er herum und hieb mit einer Tatze nach dem Ertruser.

„Melbar!“ schrie ich entsetzt.

Wieder wich der Ertruser aus, dann zuckte sein Arm nach hinten. Ein blitzender Gegenstand sauste durch die Luft und bohrte sich in die gepanzerte Flanke des Ungeheuers. Ich sah, daß es sich um eine lange und schmale Axt handelte, die wie ein Keil geformt war.

Das Brüllen des Krötenwolfs übertönte die Rufe der Zuschauer. Kasoms Kräfte zeigten sich, als er die bis zum Heft eingedrungene Schneide einfach aus dem Körper herausbrach, anstatt sie aus der Wunde zu ziehen. Dabei sprang er auf den Rücken des Sauriers, der ihn aber mit einer schnellen Bewegung abschüttelte.

Wieder raste Melbar davon. Die aus dem Maul hervorzuckende Giftzunge verfehlte ihn um Haaresbreite. Ich wartete auf einen von Melbars Riesensprüngen, aber es erfolgte keiner. Er bewegte sich kaum schneller als ein normaler Salone. Dafür aber führte er seine Hiebe mit ertrusischer Kraft, was so schnell niemand nachprüfen konnte. Ich verstand, daß es Melbar nicht wagte, mit der Schwerkraft des Planeten zu spielen.

Wenn ich bisher an einer Niederlage des Ertrusers gezweifelt hatte, so wurde mir nun klar, daß er unter diesen Umständen verloren sein mußte. Lange ließ sich der Saurier nicht mehr hinhalten.

Der Axthieb hätte ein kleineres Tier bestimmt getötet. Der Krötenwolf reagierte nicht darauf. Er konnte nur dann unterliegen, wenn ihm die Schädeldecke aufgespalten und das Gehirn getroffen wurde.

Melbar rannte, um aus der gefährlichen Nähe der Umfassungsmauer zu kommen. Der Saurier folgte ihm mit einem gigantischen Satz, der ihn dicht hinter Kasoms Füße in den Sand stürzen ließ.

„Nach links!" schrie ich, nicht begreifend, wie zwecklos meine Rufe waren.

Melbar warf sich jedoch schon zur Seite. Die nach vorn schnellende Hornzunge streifte seinen Schild, prallte ab und zuckte so dicht über Melbars Gesicht hinweg, daß ich infolge eines falschen Flugmanövers beinahe abstürzte.

Dicht über dem Boden fing ich mich, schaltete auf schnellen Vorwärtsflug und glitt so auf das Ungeheuer zu.

Ich war sicher, daß mich niemand sehen konnte. Der Deflektorschirm arbeitete einwandfrei und konnte wegen seiner geringen Leistung kaum geortet werden.

Der zweite Teil von Atlans Auftrag, nämlich die Forderung nach einem möglichst lautlosen Schuß, wurde ohne mein Zutun erfüllt. Zehntausende von Salonen brüllten so laut, daß sogar das Donnern einer Kanone darin untergegangen wäre.

Kasom konnte sich noch einmal retten und einen zweiten Axthieb anbringen, der diesmal das Bein über der linken Pranke traf. Der Krötenwolf zuckte zurück und gab Melbar die Möglichkeit, sich vor der Springzunge in Sicherheit zu bringen.

Zu diesem Zeitpunkt kam ich über Kasoms Kopf an. Ich prallte gegen seine Schulterpanzerung, klammerte mich an einer Kette fest und schrie dem Großen mit aller Stimmkraft zu: „Ich bin es, Lemy! Ich greife ihn an, wenn er zum nächsten Sprung ansetzt!"

Ich erklärte ihm meinen Plan. Er mußte nach meinem Eingreifen den Kopf des Tieres so bearbeiten, daß Spuren des Strahlenschusses nicht zu entdecken waren.

„Nimm die Nüstern, Kleiner!" rief er mir zu und warf sich zur Seite.

Ich flog empor und sah mich nach dem Monstrum um. Es schien zu überlegen. Seine linke Pranke lag im rotgefärbten Sand.

Da ahnte ich, daß Melbar den nächsten Ansturm nicht mehr überstehen würde. Für mich wurde es daher höchste Zeit, wenn ich noch etwas für Kasom tun wollte.

Mit voller Maschinenleistung flog ich auf den Krötenwolf zu, reduzierte über seinem Kopf die Fahrt und setzte eben zum Sturzflug auf die Nüstern an, als der Saurier unvermittelt sprang.

Ich wurde von dem Rücken gestreift und so heftig in die Luft geschleudert, daß ich die Kontrolle über mein Flugaggregat verlor. Eine Sekunde später prallte ich im Sand auf, versank darin und konnte gerade noch meinen Kopf frei machen, um nicht zu ersticken.

Da verließ mich die Geduld. Zornig drohte ich zu dem Saurier hinüber, raffte meine Waffe auf und flog wieder in die Lüfte empor.

Wie ein Blindwütiger stieß ich auf den Krötenwolf nieder, der sich nunmehr mit kleinen Sprüngen an Kasom heranarbeitete, um ihn endgültig in die Enge zu treiben.

Ich flog von vorn an und schrie dazu solche Drohungen, daß der Wurm wahrscheinlich vor Respekt umgekehrt wäre, wenn die Zuschauer nicht so laut gebrüllt hätten, daß meine Worte übertönt wurden.

Mit vorgestreckten Beinen landete ich zwischen Augen und Nüstern auf der Panzerung. Nachdem ich die Hubschrauben abgestellt hatte, riß ich meinen Einsatzdolch hervor und grub ihn mit einem so fürchterlichen Hieb in eine weiche Stelle der Nüstern, daß der Krötenwolf zu grunzen begann.

Schon kletterte ich zwischen den Panzerschuppen hinab, als sich die Nüstern des Giganten öffneten. Ich trat noch fester mit dem Absatz auf den Griff des Dolches. Gerade wollte ich mich mit gezückter Waffe nach vorn beugen, um durch die Atemöffnung hindurch in das Gehirn schießen zu können – da holte das bösartige Tier Luft, und ich wurde von dem Sog erfaßt.

Ehe ich mich's versah, befand ich mich auf der Reise zu den Lungen dieses unhöflichen Burschen, der sich in der Tat einzubilden schien, sich einen Spezialisten der USO so einfach einverleiben zu können.

Ich wurde von widerlich riechenden Schleimhäuten umspannt. Ein Lichtschein bewies mir, daß ich höchstens zwanzig Zentimeter tief in den Nasenlöchern des Sauriers steckte.

Jetzt wurde ich von allen Seiten eingeklemmt. Ein Gurgeln und

Brausen verriet mir, wie sehr das Untier mit einem Niesreiz kämpfte. Da schaltete ich trotz meiner beginnenden Luftnot die Hubschrauben an, deren scharfe Leichtstahlblätter die Nasenschleimhäute zerschnitten.

Ein fürchterliches Brüllen ertönte, aber das nötigte mir in meiner berechtigten Wut keinen Respekt ab.

Ich schob den Impulsstrahler nach oben, schloß die Augen und drückte auf den Feuerknopf. Das Dröhnen der Energiewaffe gewahrte ich in halber Besinnungslosigkeit. Ultrahelle Glutströme durchbrachen Knochenwandungen und Häute, um im darüberliegenden Gehirn ihre Energien abzugeben.

Ich schoß auch noch, als ich von dem sterbenden Ungeheuer mit so fürchterlicher Gewalt ausgeblasen wurde, daß Flugaggregat und Deflektorgenerator von meinem Rücken gerissen wurden.

Als ich nach dem Aufschlag wieder zu mir kam und mein Blick sich klärte, hatte ich meine gesamte Ausrüstung verloren. Nur den Energiestrahler hielt ich noch in der Hand.

Ich wühlte mich schleunigst in den Sand, streckte den Kopf heraus und sah auf diese Weise den Angeber Melbar Kasom, der im Reitersitz auf dem Nacken des Tieres hockte und mit der Keilaxt die Schädeldecke zertrümmerte. Der Krötenwolf lag in seinen letzten Zuckungen, was der Ertruser natürlich nur mir zu verdanken hatte.

Ich fand meine innere Würde wieder und begann mit der Säuberung meiner Kleidung. Von den begeistert tobenden Zuschauern bemerkte mich niemand. Für die Augen der Sensationslüsternen wirkte ich wahrscheinlich wie eine Hornschuppe, die der Krötenwolf verloren hatte.

Kasom schlug so lange auf den Schädel ein, bis sich das Ungeheuer nicht mehr rührte.

Unter Ausnutzung aller Deckungsmöglichkeiten rannte ich zu Kasom. Als die Krieger der Leibgarde näher kamen um nachzuprüfen, ob der Saurier tatsächlich nicht mehr lebte, bückte sich der Ertruser und nahm mich in die Hand. Ohne ein Wort zu sagen, steckte mich dieser Lümmel unter seinen Brustharnisch, wo ich mich am Gürtel des Lendenschurzes festhalten mußte, um nicht in die Tiefe zu stürzen.

Ich kniff Kasom in den Bauch und resignierte dann. Mit dem

Ertruser war im Augenblick nichts anzufangen. Immerhin schien er erkannt zu haben, daß ich mich nicht mehr unsichtbar machen konnte. Für mich warf sich das Problem auf, wie ich aus der Arena kommen sollte. Im Depot hatte ich noch andere Flugaggregate. Wenn ich jedoch an den weiten Weg dachte, verlor ich den Mut. Jemand mußte mich hinbringen.

Es dauerte lange, bis Melbar seinen Triumph ausgekostet hatte. Während dieser Zeit kletterte ich an dem Innenfutter des Brustpanzers nach oben und blickte durch den Spalt zwischen Kasoms Hals und dem oberen Rand der Rüstung nach draußen.

Über mir zuckte Melbars Adamsapfel. Wenn der Ertruser brüllte, mußte ich mir die Ohren zuhalten und gleichzeitig nach einem Halt tasten.

Das Standbild des Kulan-Gottes sprach nochmals, und der Herrscher rief auch einige Worte in die Arena hinab. Anscheinend wurde Kasom unter dem Jubel der Zuschauer zum Tor geleitet.

Zu diesem Zeitpunkt hielt es mein Herr Untergebener endlich für nötig, seinen Vorgesetzten über die Lage zu informieren. Er sagte so leise, wie es ihm möglich war: „Schau hinüber zur dritten Loge rechts vom Lager des Masho. Der alte Mann mit dem hageren Gesicht ist Voszogam, mein Gebieter. Neben ihm sitzt ein junger Salone mit einem grünblauen Federumhang. Er trägt das Haar lang. Hinter den Ohren wird es von einem Kettchen zusammengehalten. Siehst du ihn?“

Melbar drehte unauffällig den Körper. Die Loge war leicht zu finden. Voszogam und der jüngere Mann unterhielten sich. Sie schienen erregt zu sein. Jetzt lachte der Alte, der Jüngere machte einen verbissenen Eindruck.

„Erkannt“, sagte ich laut, damit mich der ertrusische Riese auch verstehen konnte. „Wer ist das?“

„Mit neunzigprozentiger Wahrscheinlichkeit unser Mann. Er ist seit etwa vier Wochen in Malkino, stammt angeblich aus der zweitgrößten Stadt des Salonenreichs und besitzt viele Frachtschiffe.“

„Ebrolo?“ erkundigte ich mich gespannt. Unwillkürlich tastete ich nach meiner Waffe.

„Ich nehme es an. Ich weiß noch nicht, wie er sich nennt, aber das dürfte zu erfahren sein. Du mußt sofort zu Atlan.“

„Wie? Mein Hubkreisler liegt im Sand."

„Ich habe ihn gesehen und zu Staub zertreten. Er war unbrauchbar. Er kann nicht mehr gefunden werden. Sieh zu, daß du zum Chef kommst. Hast du noch dein Funkgerät?"

„Am Arm. Es soll aber nicht gesendet werden."

„Ich habe es trotzdem getan, als ich auf den Krötenwolf einschlug. Atlan ist schon informiert. Er braucht dich. Ich kann dich jetzt nicht aus der Arena bringen."

„Wirst du überhaupt herauskommen?"

„In einigen Stunden. Der Sieg über das Ungeheuer hat alles zu meinen Gunsten entschieden. Ich werde einen Urlaub fordern. Ebrolo muß gestellt werden."

Ich zog den Kopf ein. Kasom wurde von einem Salonen angesprochen und beglückwünscht. Der Mann nannte sich Akußa. Ich erfuhr erst später, daß er der Chef der freien Gladiatoren war. Jene, die als Sklaven gehalten wurden, unterstanden ihm nur für die Dauer ihres Kampftags.

„Ich werde ein Bad nehmen", entschied Kasom. Das verriet mir, daß ich mein Versteck aufgeben mußte.

Wenig später legte Melbar seine Rüstung ab. Ich schlüpfte aus dem Harnisch und rannte zu einem Holzkübel hinüber, hinter dem ich in Deckung ging. Der Baderaum enthielt mehrere in den Boden eingelassene Wannen. Eine davon wurde von Sklaven mit heißem Wasser gefüllt.

Der Ertruser ließ sich bedienen, als wäre er ein Mächtiger dieser Welt. Kurz darauf geschah etwas, was ich erwartet hatte. Es wäre verwunderlich gewesen, wenn Kasoms „Gebieter" nicht in die Verliese gekommen wäre, um seinen besten Mann zu beglückwünschen.

Der alte Salone trat ein. Zwei bewaffnete Wächter schlugen auf die Sklaven ein, die sich nicht rasch genug zu Boden warfen und auf den Knien davonrutschten. Ich mußte mich beherrschen, um nicht zu einer exemplarischen Strafe zu schreiten. Es war unerhört, wie sich diese Unholde benahmen.

Melbar hatte ein dickeres Fell als ich. Fast gelangweilt sah er über die Szene hinweg und begrüßte seinen Gebieter.

Voszogam ließ sich auf einem eilig herbeigeschafften Liegesessel nieder und lächelte zum Badebecken hinab.

„Ein guter Kampf, Akwor. Unser Vertrag läuft in wenigen Tagen ab. Wirst du bei mir bleiben?“

Der Alte, der dem Vernehmen nach ein großer Feldherr sein sollte, lächelte immer noch. Kasom wurde vorsichtig. Die Frage war bedeutsamer, als uns lieb sein konnte.

„Ich bleibe, Herr“, dröhnte Kasoms Stimme. „Jedoch bitte ich um freien Weg für eine Ektade.“

„Weshalb?“

Kasom grinste und machte eine Handbewegung, die ich nicht verstand. Die beiden Wächter begannen zu lachen, und Voszogams Lächeln wurde persönlicher.

„Ich verstehe, Malkinos Vergnügungen locken. Ich gewähre dir freien Weg. Du solltest jedoch wissen, daß ich dich erwarte.“

„Ich komme, Herr. Es zieht mich nicht in die Wälder meines Stammes zurück.“

„Gut. Du wirst dich fragen, warum ich den Kampf erlaubt habe?“

„Es sollte wenigstens zwischen uns geklärt werden, Herr“, entgegnete Kasom gelassen.

„Der Edle Magontin, ein mächtiger Schiffseigner und Handelsmann aus Oszala, bezweifelte deine Qualitäten. Er wollte dich vor dem Rachen eines Krötenwolfs sehen.“

„Habe ich ihm an den Hals geschlagen, Herr?“

Voszogam zögerte. „Ich kann es mir nicht vorstellen. Er wettete jedoch mit dem Masho, der ebenfalls viel von dir hält. Ich konnte deshalb nicht anders als zuzustimmen.“

Ich nickte grimmig vor mich hin. So war das also gewesen. Dieser eigenartige Edle und Reeder aus der zweitgrößten salonischen Hafenstadt hatte den Umweg über den Masho gewählt, um Voszogam vor vollendete Tatsachen zu stellen. Das entsprach ganz perfekter Spezialisten-Taktik.

Der Feldherr wechselte noch einige Worte mit seinem Gladiator. Dann ließ er nach seiner Sänfte rufen.

Vier Sklaven krochen in den Baderaum. Die Wächter halfen ihrem Herrn auf das von einem Sonnendach überspannte Liegegestell. Kasom räusperte sich. Das wäre nicht nötig gewesen, denn auch ich hatte längst erfaßt, daß diese Sänfte eine gute Möglichkeit bot, um schnell und gefahrlos aus der Arena zu kommen.

Kasom lenkte die Wächter durch einen Zuruf ab. Ich spurtete hinter dem Bottich hervor und sprang mit einem weiten Satz auf die Polster, unter denen ich mich sofort versteckte.

Augenblicke später legte sich Voszogam nieder. Ich mußte unter dem Rand des Kopfkissens nach oben kriechen, um nicht zerquetscht zu werden. Kasom bemerkte meine winkende Hand.

„In drei Stunden wird die Stadt mir gehören", sagte er lachend.

Ich verstand.

Der Weg durch die breiten Gänge der Arena interessierte mich nicht. Die Wächter sorgten für freie Bahn, und so gelangte ich, ohne entdeckt zu werden, aus dem Labyrinth.

Ehe wir das Hauptportal passierten, schob sich ein Ungeheuer an meine Seite. Vorsichtig das Tuch des Kissenbezugs anlüftend, spähte ich nach draußen und erkannte einen riesigen Vogel, auf dem ein Mann ritt. Es war der Salone, in dem Kasom Leutnant Ebrolo vermutete.

Ich prägte mir die Gesichtszüge genau ein. Wahrscheinlich hatte der Unhold alles getan, um seine Einsatzmaske so zu verändern, daß man ihn anhand der Bilder nicht mehr erkennen konnte.

„Gruß dir, Voszogam", sagte der Fremde in einem Dialekt, den ich noch nicht gehört hatte. Es schien die Sprache der Küstenbewohner zu sein.

„Gruß, Magontin", entgegnete der Feldherr. „Ich werde dir eine Kralle des Krötenwolfs übersenden. Erinnerungen an verlorene Wetten sollen bedeutsam sein, da sie zur Vorsicht raten."

Der Reiter lachte. Er spielte den guten Verlierer. „Wie hat sich dein Gladiator entschieden? Wirst du ihn an mich abtreten?"

Voszogam seufzte. „Nur die Götter wissen, was diesen Wilden an mich bindet. Ich finde seine Zuneigung erstaunlich."

„Er will also nicht?"

„Ich möchte eher sagen, er zieht die Vorsicht der Höflichkeit vor. Gerechterweise mußte ich ihn darüber aufklären, daß der Kampf nicht ganz nach meinem Willen erfolgte. Dein Wunsch war mir Befehl, Edler Magontin."

Der Reiter machte eine bedauernde Handbewegung und verabschiedete sich. Mit einem schrillen Ruf trieb er seinen Laufvogel an. Zu dieser Zeit hatten wir schon die Arena verlassen. Atlan stand auf einen dicken Knotenstock gestützt an der Einfassungsmauer und ließ seine kläglichen Rufe hören.

„Umbarth, der Feuerbläser, treuester Diener des großen Voszogam vor Llahakal, bittet um eine Gabe", jammerte der Chef. „Ihr Edlen, denkt an Umbarth, den Feuerbläser, der sein Augenlicht für das Reich opferte."

Voszogam vernahm den Ruf. Er dirigierte seine Sänfte an dem Bettler vorbei und warf eine Münze in den Topf.

Ich benutzte die Gelegenheit, um aus einem Meter Höhe abzuspringen. Der Aufprall war hart, aber Siganesen können ja bekanntlich viel mehr aushalten, als es ihre Körpergröße vermuten läßt.

Ich ging hinter Atlans Bein in Deckung und wartete, bis er mich blitzschnell aufhob und in seinen Umhangbeutel steckte.

Von dort aus schrie ich, so laut ich konnte: „Aufpassen, Sir. Der Bursche auf dem Reitvogel scheint Ebrolo zu sein."

„Schon registriert", flüsterte der Lordadmiral.

Diese Bemerkung verblüffte mich, obwohl es für die Spezialisten der USO kein Geheimnis war, daß Atlan einen überragenden Instinkt für Gefahren aller Art besaß.

Es dauerte einige Zeit, bis ich auf die Idee kam, den Knotenstock etwas näher zu begutachten. Ich streckte den Kopf aus dem übelriechenden Beutel, und da ahnte ich, was unsere siganesischen Einsatzexperten in den Stock eingebaut hatten. Er enthielt bestimmt mehr als nur eine Filmkamera. Wahrscheinlich konnte Atlan im Bedarfsfall die Kampfkraft von fünf eysalischen Armeen entwickeln. Das war für mich ein tröstlicher Gedanke.

„Ich habe Flug- und Deflektoraggregat verloren, Sir", gab ich bekannt.

Atlan wartete, bis sich die aus der Arena strömende Menge verlaufen hatte. Die vielen Bettler zogen mehr oder weniger schnell ab.

Atlan entleerte seinen Topf in den Beutel und begann tappend auszuschreiten.

„Wir gehen zu meinem derzeitigen Stützpunkt", erklärte er leise. „Wann kommt Kasom?"

„Er sagte etwas von drei Stunden, Sir."

„Gut. Ihr Einsatz war erstklassig, Lemy. Vielen Dank."

Ich wurde rot vor Freude und Verlegenheit und war froh, daß es der Chef nicht sah. Dann durchfuhr mich der Schreck.

Mußte ich meinem Vorgesetzten sagen, daß mich das Tier eingeatmet hatte? Oder würde es genügen, einfach zu berichten, ich hätte durch die Nüstern geschossen, wodurch die Blitzentladung befehlsgemäß von niemand bemerkt worden war?

Ich haderte mit mir selbst. Mein Mannesstolz wollte es nicht zulassen, zu gestehen, in welch eine würdelose Situation ich geraten war.

Schließlich siegte doch meine Erziehung, und ich war bereit, alles zu gestehen. Siganesen lügen niemals. Allerdings wollte ich meinen verehrten Chef bitten, dem ertrusischen Angeber nichts von meinem Mißgeschick zu sagen.

Atlan schritt erstaunlich schnell aus. Er schien zu wissen, was er wagen durfte, ohne seine Maske als Blinder zu gefährden.

Sein Weg führte in verwinkelte Gassen des alten Stadtviertels, das sich hinter der Arena zum Ufer eines großen Flusses erstreckte. Hier lebten die Armen von Malkino.

Die Gebäude waren meist flach mit winzigen Fensteröffnungen. Schmutz und Unrat bedeckten die Gassen. Nach einer Stunde erreichten wir unser Ziel. Es handelte sich um ein größeres Haus, das von einer hohen Mauer umgeben war und etwas abseits von der Straße lag.

Ein Hämmern und Klingen ließ mich aufhorchen und erneut den Kopf aus dem Beutel stecken. Ein mit einem Lederschurz bekleideter Sklave öffnete das Eisentor. Dahinter erblickte ich einen Hof, in dem zwei andere Männer damit beschäftigt waren, eine Lanzenspitze rotglühend zu machen.

Da wußte ich, daß sich Atlan eine Waffenschule als Stützpunkt ausgesucht hatte. Er tappte in den Hof und rief einen Gruß.

„Wie waren die Einnahmen?“ fragte ein älterer Salone.

Atlan lachte und schwenkte seinen Knotenstock. „Der Edle Voszogam ließ sich herab, einen größeren Betrag in meinen Topf zu werfen. Ob er schon bemerkt hat, daß ihm dabei sein Beutel abhanden kam, ist mir zur Zeit noch unbekannt. Ich gehe die nächsten Tage nicht aus dem Haus. Die Hälfte gehört dir, Tromur.“

Ich war entsetzt. Hatte sich der Lordadmiral tatsächlich so erniedrigt und einen Diebstahl begangen?

Atlan schritt auf einen Anbau des Hauses zu, tastete nach dem Schloß und stieß die Tür auf. Als uns niemand mehr hören konnte, fragte ich zögernd nach der Herkunft des Beutels.

Der Chef lachte leise. „Kleiner Freund, Sie sollten Ihre siganesischen Ehrbegriffe über Bord werfen, solange Sie sich auf Eysal befinden. Natürlich habe ich den Beutel genommen. Ich muß mich vor dem Waffenschmied rehabilitieren. Auf Eysal gilt es als Sport, die Reichen zu erleichtern."

„Ganz wie Sie meinen, Sir", entgegnete ich unglücklich. „Dürfte ich jetzt den Beutel verlassen? Das Atmen fällt mir schwer."

Atlan setzte mich auf dem Boden ab, und ich suchte mir ein Fleckchen aus, wo der Schmutz nicht so dick lag. Anschließend mußte ich durch die Türritzen spähen und aufpassen, ob jemand kam.

Etwas später suchte uns der Schmied auf, kassierte seinen Anteil und versicherte dabei seinem „alten Kriegsgefährten", er könne so lange im Hause wohnen, wie es ihm beliebe.

Als wir endlich allein waren, räumte Atlan seine Lagerstatt zur Seite und öffnete eine Bodentür. In dem darunterliegenden Geheimfach, von dessen Existenz auch Tromur nichts wußte, war ein Teil der Spezialausrüstung Atlans untergebracht.

„Tromur wird heute noch reparierte und geschärfte Hiebwaffen zur Wachstation des Timos schicken. Die Festung sichert die Ausfallstraße nach Westen ab. Sie haben Ihren Versorgungsbunker an der Wasserpumpe angelegt, sagten Sie? Gut, dann fahren Sie mit dem Karren. Er wird das Wasserwerk passieren. Springen Sie dort ab und versorgen Sie sich mit neuen Geräten. Haben Sie Neuigkeiten aus dem Hauptquartier mitgebracht?"

Viel hatte ich nicht mitzuteilen. Ich berichtete von meiner Landung und gestand auch, von dem Saurier eingeatmet worden zu sein. Ängstlich beobachtete ich Atlans Gesicht, aber dieser wunderbare Arkonide verspottete mich nicht.

Ganz sachlich meinte er: „Das war ausgezeichnet, Herr Major. Unauffälliger hätten Sie nicht schießen können."

Ich fühlte mich erleichtert und war Atlan behilflich, den bereits entwickelten Film aus der Kamera zu nehmen. Sie war in der oberen Verdickung des Knotenstocks eingebaut worden.

Die Farbbilder waren scharf und dreidimensional. Wir schoben sie in den elektronischen Taster eines Erkennungsgeräts, das auf die Werte von Leutnant Ebrolo einjustiert war.

Fünf Minuten später wußten wir, daß Ebrolo und der Edle Magontin derselbe Mann waren.

„Na also“, sagte der Lordadmiral gelassen.

Ehe ich mich auf den Hof schlich und auf den fahrbereiten Karren kletterte, erhielt ich noch einige Anweisungen. Atlan beschloß, aufgrund der neuen Sachlage den Stützpunkt im Haus des Schmiedes zu räumen und sich an die Spur Ebrolos zu heften.

„Sobald Sie Ihre Ausrüstung ergänzt haben, kommen Sie zum Hafen. Der Zweimastsegler OGOLAM ist mein Eigentum. Melden Sie sich an Bord. Ich gelte als Kapitän und Eigner des Küstenschiffs. Mein Name ist Fennetra. Ich werde Sie dort erwarten.“

Ich fand es erstaunlich, was der Chef seit seiner Landung auf Eysal geleistet hatte. Auf der OGOLAM befand sich ein großes Versorgungsdepot mit Waffen, Nachrichtengeräten und Spezialausrüstungen, wie sie zur Abwehr der Antis entwickelt worden waren.

Kurz vor Sonnenuntergang fuhr der Waffenschmied ab. Ich hörte, wie er über die Zumutung schimpfte, bei Nacht die unsicheren Wege benutzen zu müssen. Mir war es einerlei. Ich suchte mir ein Plätzchen und schlief sofort ein. Bei der Kontrolle an den Festungswällen würde ich bestimmt wach werden. Über solche Dinge machte ich mir keine Sorgen.

Ich träumte von einem feuerspeienden Ungeheuer, das mich fressen wollte. Dieser Traum regte mich so auf, daß ich von meinem Kampfgeschrei erwachte.

Erschreckt lauschte ich nach draußen. Der Karren rumpelte über hölzerne Zugbrücken und wurde dann angehalten. Die Kontrolle war flüchtig. Ich brauchte mich nicht zu verstecken.

Erst eine Stunde später kam mir die Gegend bekannt vor. Eyciteo II besaß keinen Mond. Dafür war der leuchtende Wasserstoffring vor dem Milchstraßenzentrum so hell, daß ich alles erkennen konnte.

Beim Pumpwerk sprang ich ab, zückte meinen Impulsstrahler und sah mich nach streunenden Tieren um. Ein Wurm wollte mich verspeisen, und ein Nachtvogel stieß mit krächzendem Schrei auf mich herab, so daß ich unter den morschen Bohlen des Wasserbehälters in Deckung gehen mußte.

Es ist schon eine Plage, wenn man so klein ist wie ich. Ich wartete vielleicht zehn Minuten lang, dann verlor ich die Geduld. Wenn der Vogel nicht gutwillig wich, mußte er eben dazu gezwungen werden.

Ich warf ihm einen Stein an den Kopf, brüllte wie ein terranischer Tiger und zeigte dazu mein kräftiges Gebiß. Das genügte.

Unangefochten erreichte ich meinen Bunker, in dem mir endlich wieder bewußt wurde, daß ich ein zivilisierter Mensch war.

Ich aß eine Frischkonserve, schluckte dazu zwei Konzentrate und suchte meine Ausrüstung zusammen. Atlan hatte mir strikt befohlen, kein Antigravgerät zu verwenden. Also mußte ich mich erneut mit einem Hubkreisler begnügen.

Diesmal wählte ich als Energiequelle einen Mikroreaktor, um nicht auf die leistungsschwache Batterie angewiesen zu sein. Als ich auf die Uhr sah, stellte ich fest, daß ich viel Zeit vertrödelt hatte. Die Zugtiere des Waffenwagens waren nicht besonders schnell gewesen.

16. Atlan

Als der Gravitationstaster erneut summte, unterbrach ich meine Arbeit. Es war die vierte 5-D-Ortung, die ich im Zeitraum von einer Stunde erhalten hatte.

Schneller als beabsichtigt, zerrte ich das lebende Kunstgewebe von meinem Gesicht und rieb es mit dem Lösungsmittel ein. Die Überreste der Maske weichten auf und konnten abgewaschen werden. Meine Rolle als Bettler war ausgespielt.

Ich befand mich im Laderaum der OGOLAM, die ich kurz nach meiner Landung auf Eysal erworben hatte. Meine sechsköpfige Besatzung war schon seit zwei Tagen an Land. Niemand konnte mich stören.

Ich lauschte immer besorgter auf das Summen des Tasters, legte die Kleidung der Seeleute an und schnallte den Schwertgürtel um den knielangen Rock.

Prüfend musterte ich mich im Spiegel.

Das also war aus Atlan, dem ehemaligen Herrscher über das Sternenreich der Arkoniden geworden – ein grünhäutiger, narbenbedeckter Seemann auf einer Barbarenwelt, die schon Jahrtausende zuvor von meinen Vorfahren besiedelt worden war.

Das Pochen meines Zellaktivators erinnerte mich daran, daß ich seit vierundzwanzig Stunden nicht mehr geschlafen hatte. Das Gerät arbeitete heftiger als sonst.

Die letzten Tage waren anstrengend gewesen, doch nun hatten wir Ebrolo gefunden.

Ich zog die Aufzeichnungen aus dem Schlitz des Auswerters und sah mir die Daten an.

Die angetasteten Gravitationsimpulse stammten von Fluggeräten. Die Werte lagen alle unter achtzigtausend Merobin, einer arkonidischen Maßeinheit für fünfdimensionale Feldstärken.

Das häufige Auftreten der Strahlung bewies, daß technisch hochstehende Wesen kleinere Flugmaschinen mit Gravitationsneutralisatoren verwendeten. Was hatte das zu bedeuten? War man auf Ebrolo aufmerksam geworden, oder hatte sich Melbar Kasom verraten?

Ich verließ den Laderaum, kletterte durch das Luk an Deck und sah mich um. Die OGOLAM war ein kleiner Segler. Ich hatte ihn in einem abgelegenen Arm des alten Hafens verankert, wo ich angeblich auf eine billige Reparaturmöglichkeit der Takelage wartete. Bisher hatte ich die Angebote der Werften ausgeschlagen, um einen Grund zu haben, noch länger an dieser Stelle verweilen zu können.

Weiter rechts erstreckten sich die Festungsanlagen des neuen Beckens. Dort machten die großen Seeschiffe fest. Eins davon gehörte Ebrolo.

Nachdem ich meinen Stützpunkt im Haus des Waffenschmieds aufgegeben hatte, hatte ich in der Nähe der Arena einen Deflektorgenerator für Kasom deponiert. Kasom würde, wenn er die Arena verließ, automatisch zu diesem Versteck kommen und den Generator sowie eine Nachricht, daß er zur OGOLAM kommen solle, vorfinden.

Danach hatte ich versucht, die Spur Ebrolos zu finden. Mein erster Weg führte zum Haus des Edlen Voszogam. Tatsächlich hielt sich Ebrolo dort auf. Ich kam gerade an, als er sich verabschiedete. Mit Hilfe meines Deflektors nahm ich die Verfolgung auf, die mich schließlich zu seinem Schiff führte.

Nachdem ich einigermaßen sicher war, daß Ebrolo sein Schiff nicht so schnell verlassen würde, war ich an Bord meines Schiffes gegangen, um auf die Ankunft Kasoms und Dangers zu warten.

Ich hatte sofort nach meiner Ankunft an Bord die Ortungsgeräte aktiviert. Wenn sich auf Ebrolos Schiff etwas tat, würden die Geräte dies registrieren. Ich war davon überzeugt, daß Ebrolo seine gesamte USO-Ausrüstung auf seinem Schiff versteckt hatte.

Für mich warf sich jetzt die Frage auf, ob er sich unentdeckt glaubte und sich somit in relativer Sicherheit wiegte, oder ob er bereits damit beschäftigt war, auch dieses Depot zu verlagern. Bisher hatte ich aber noch keine Transporttätigkeit feststellen können.

Ich ging zum Achterdeck hinauf, bewegte nachdenklich das einfache Ruder und spähte zu den Kaianlagen hinüber, auf denen zu dieser Stunde niemand zu sehen war.

Weiter östlich heulte das Horn eines Hafenwachboots. Im Reich der Salonen war man ständig auf Angriffe gefaßt, denn die Barbarenstämme aus den Urwäldern und Hochebenen des Westens waren ernstzunehmende Gegner.

Auf den Festungswällen der Stadt flammte ein Feuerbläser auf. Das rote Lohen erhellte die Finsternis, und ein Tier begann zu schreien. Stimmengewirr klang zu mir herüber. Malkinos Wachtruppen schliefen nie. Man rechnete mit einem Aufstand der kriegerischen Zeluter, die neuerdings das Geheimnis der Gasöl-Geschütze herausgefunden hatten.

Mein zweiter Blick galt dem sternübersäten Himmel dieser fremden Welt. Dort oben, etliche Lichtmonate von der grünen Sonne entfernt, stand ein Einsatzgeschwader der USO auf Warteposition. Noch konnte ich es nicht wagen, meine Schiffe zu rufen. Wenn die Báalol-Priester nachweisen konnten, daß sie schon einige hundert Jahre lang auf Eyciteo II weilten, konnte von einem Eingriff in die internen Belange einer planetarischen Bevölkerung keine Rede sein. Ein USO-Fall hätte daraus nicht abgeleitet werden können.

Die Takelage des hochbordigen Schiffes knarrte im aufkommenden Seewind. Trotzdem vernahm ich das Geräusch, das immer entstand, wenn Spezialist Lemy Danger mit vorgestreckten Beinen auf irgendeinem Gegenstand landete. Wer es kannte, wußte, was das Klacken zu bedeuten hatte.

Nachdem er sein Deflektorfeld abgeschaltet hatte, sah ich, daß er auf der Reling gelandet war und um seine Balance kämpfte.

Sofort ging ich auf ihn zu und kam ohne Umschweife auf unsere Probleme zu sprechen: „Lemy, ich bin um Kasom besorgt. Ich habe einen Deflektorgenerator am vereinbarten Ort vor der Arena niedergelegt. Wenn Leutnant Kasom planmäßig das Gelände verlassen konnte, muß er das Gerät gefunden haben. Halten Sie es für möglich, daß er unterwegs aufgehalten wurde? Ich habe auf dem Deflektor einen Zettel befestigt. Melbar muß wissen, daß ich nicht mehr im Haus des Schmiedes anzutreffen bin. Den Weg zum alten Hafen kennt er."

„Melbar wird von niemand aufgehalten, Sir", entgegnete der Kleine betont.

Seine stille Rivalität zu dem Ertruser war mir bekannt. Deshalb fand ich es bewundernswert, daß Lemy niemals einen ernsthaften Versuch unternahm, Kasom zu schädigen. Ich wußte, wie sehr der Kleine durch die körperliche Stärke des Ertrusers deprimiert wurde. Der Bericht über den Kampf mit dem Krötenwolf hatte das Psychogramm über die charakterlichen Eigenarten der Siganesen erneut bestätigt.

Lemys Empfindungen schwankten zur Zeit wie ein Rohr im Wind. Wahrscheinlich dachte er schon darüber nach, in welcher Form er den Ertruser davon überzeugen könne, er sei freiwillig und aus eiskalter Berechnung in die Nüstern des Ungeheuers geschlüpft.

In wenigen Worten erklärte ich Danger, wo Ebrolo sich aufhielt.

Ich überlegte nicht mehr lange. Leutnant Ebrolo mußte noch in dieser Nacht verhaftet oder anderweitig kampfunfähig gemacht werden. Wir durften ihm keine Gelegenheit mehr bieten, sich nochmals in Sicherheit zu bringen.

„Major Danger, fliegen Sie bitte los und versuchen Sie, Melbar Kasom zu finden. Er müßte längst hier sein. Für Funksprüche ist die Ortungsgefahr zu groß. Ich warte noch eine Stunde, anschließend greife ich an. Richten Sie Kasom aus, ich hätte mehrere Gravitationsortungen empfangen."

„Gravoortungen, Sir?" sagte der kleine Mann erschreckt. Ich hielt ihn schnell fest, da er sonst ins Wasser gefallen wäre. „Aber, Sir, das kann doch nur bedeuten, daß die Antis ebenfalls auf Ebrolos Fährte sind."

„Ich befürchte es, jedoch habe ich keine Ahnung, wie sie auf seine Spur gekommen sind. Man fliegt das Hafengelände ab. Ich habe alle Maschinen abgestellt. Seien Sie vorsichtig. Vielleicht weiß Kasom mehr. Gehen Sie nun."

Danger flog davon, und ich begab mich eilig nach unten. Ich zog einen Kampfanzug neuester Fertigung an. Als Waffe wählte ich einen Kombilader, der speziell zur Bekämpfung von Antis entwickelt worden war.

Die schwere und fast armlange Kombinationswaffe besaß zwei grundverschiedene Feuersysteme, die aus einem Gleichrichtungswandler zur Abstrahlung atomarer Thermoenergien und aus einem Führungslauf für Kunststoff-Raketengeschosse in Miniaturbauweise bestanden.

Es war bekannt, daß die durch mentale Psi-Kräfte aufgeladenen Körperschirme der Antis immer nur einen Abwehrbereich besaßen. Entweder absorbierten sie Energiestrahlungen jeder Art, oder sie verhinderten das Eindringen von materiell stabilen Körpern.

Die Kombilader waren mit einem mikropositronischen Rechengehirn verbunden. Wenn die Schußentfernung zu einem Anti einmal ermittelt war, wurden die Laufzeiten von Energie- und Projektilschuß berechnet und auf die Synchronschaltung weitergeleitet.

Beim Abfeuern eines Kombiladers verließ die Rakete zuerst den Lauf. Der wesentlich schnellere Energiestoß erfolgte um jene Zeitspanne später, die sich auf Grund der Entfernungsmessung ergeben hatte.

Infolge dieser genauen Auswertung trafen beide Schüsse im selben Augenblick das Ziel – und dann gab es für einen Anti keine Chancen mehr. Entweder stand sein Feld auf Körperabwehr oder auf Energie-Absorption. Kombilader arbeiteten mit einer Auftreffgenauigkeit von einer Zehntausendstelsekunde.

Ich wog die plumpe Waffe in den Händen. Ebrolo hatte ausgespielt.

17. Melbar Kasom

Ich tippte dem Wächter mit den Fingerspitzen auf den Kopf und ließ den Besinnungslosen zu Boden gleiten.

Am Ende der Mauer erkannte ich die Bohlen des Tores. Es verschloß den Hinterausgang der Arena, der nur von solchen Leuten benutzt wurde, die in dem Kampfgelände etwas zu tun hatten.

Wieder versuchte ich, anhand der Sterne die Uhrzeit zu bestimmen, aber es gelang mir auch diesmal nicht. In diesem Teil der Galaxis waren die Einzelsterne nicht mehr zu erkennen. Der Himmel war von Milliarden Sonnen übersät, die wie ein leuchtendes Band bis zum Horizont reichten.

Einen Funkanruf konnte ich nach den letzten Geschehnissen nicht mehr wagen. Nachdem die Antis zu meiner Überraschung den Entschluß gefaßt hatten, den Kadaver des Krötenwolfs zu untersuchen, war man auf mich aufmerksam geworden.

Der mir von Voszogam gewährte Ausflug in die Stadt war mir daraufhin verwehrt worden. Statt dessen landete ich im Verlies.

Vor zehn Minuten war ich aus den Verliesen ausgebrochen. Akußa war mir dabei behilflich gewesen, jedoch hatte er darum gebeten, ihn anschließend bewußtlos zu machen. Das war geschehen. Mein einziger Freund in der Festung des Hasses und der Mißgunst lag hinter dem ersten Fallgitter des Labyrinths. Wahrscheinlich hatte man ihn schon gefunden.

Ich lauschte nochmals und rannte in das Torgewölbe hinein. Die einfachen Riegel boten kein Hindernis.

Weiter hinten, etwa zehn Meter entfernt, entdeckte ich das Standbild eines in Ungnade gefallenen Götzen. Dort sollte Atlan den Deflektorgenerator niederlegen.

Ich kauerte mich zusammen und setzte zum Sprung an. Plötzlich flammten zwei Scheinwerfer auf, und ich wurde von ihren Lichtbahnen voll angestrahlt. Da rührte ich mich nicht mehr.

„Sehr vernünftig, Überschwerer", sagte jemand in einwandfreiem Interkosmo, das sich vom Altarkonidisch der Eysaler erheblich unterschied.

Ich hütete mich, ein Glied zu bewegen. Scheinwerfer besaßen nur die Antis. Es wäre zwecklos gewesen, in das Licht hineinzuspringen. Hatten sie meinen Generator gefunden?

„Langsam aufrichten und zwei Schritte nach vorn treten", sagte der gleiche Mann.

Ich veränderte meine Haltung nicht. Die Aufforderung wurde wiederholt. Dann meinte der Unbekannte mit einem ärgerlichen Unterton: „Überschwerer, du solltest kein Theater spielen. Du beherrscht die Sprache, in der ich dich anrede. Ich warte noch drei Sekunden. Kommst du nicht, wird zwischen deinen Füßen ein kleiner Vulkan entstehen."

Ich wartete zwei Sekunden und richtete mich auf. Langsam schritt ich nach vorn und blieb stehen. Hinter mir quietschte das Tor. Also war noch jemand anwesend.

Die Scheinwerfer erloschen. Als sich meine Augen wieder an das Sternenlicht gewöhnt hatten, erkannte ich zwei Kulan-Priester. Sie wären ungefährlich gewesen, wenn sie nicht schwere Thermostrahler in den Händen gehalten hätten.

Ich zog es vor zu schweigen und überdachte dabei die Situation. Sollte ich mich gefangennehmen lassen? Wollten sie mich überhaupt gefangennehmen? Als der hochgewachsene Anti zu sprechen begann, wußte ich, daß mein Leben an einem seidenen Faden hing.

Ihren ersten Fehler hatten sie bereits begangen – nein, eigentlich waren es schon zwei Fehler. Sie verwechselten meine schöne Gestalt mit dem plumpen Körper eines Überschweren aus den Sippen der Galaktischen Händler. Das war unklug. Kein Ertruser vergleicht sich mit einem solchen Wurm, der im extremsten Fall an eine Schwerkraft von nur 2,4 Gravos gewöhnt ist.

Außerdem hätten die Herren nicht auf die Blendung verzichten sollen. Natürlich wollten sie nicht von jedermann bemerkt werden.

Nun kam es nur noch darauf an, wie sie meine Geistesgaben einschätzten. Ein Melbar Kasom läßt sich von zwei Thermostrahlern nur dann nachhaltig beeindrucken, wenn sie in den Händen von erfahrenen Kämpfern liegen.

Diese Gegner waren keine Kämpfer, sondern nur verweichlichte Parasiten, die sich auf Kosten der Eysaler mästeten.

Die Tatsachen bewogen mich, das Versteckspiel aufzugeben. Ich mußte mit dem Psychoduell beginnen, ehe die Burschen auf die Idee kamen, mich zu töten.

„Im Fall einer Entdeckung wurde mir aufgetragen, euch von meinem Patriarchen zu grüßen und euch auszurichten, daß dreihundert Großkampfschiffe nur wenige Lichtstunden entfernt stehen, Anti", sagte ich betont. „Diese Welt erscheint uns geeignet, auf ihr einen zentrumsnahen Stützpunkt zu errichten. Ich biete euch Partnerschaft oder den Tod an. Ihr könnt wählen."

„Du sprichst große Worte, Überschwerer", entgegnete der Wortführer.

Ich bewegte bedauernd die Hände. Was wußten die Burschen über das Eingreifen der USO? Nach unseren Ermittlungsergebnissen konnten sie nichts davon ahnen. „Mehr habe ich nicht zu sagen. Wer ist dein Chef? Ich möchte ihn sprechen, ehe ihr Dummheiten macht."

„Wieviel Leute hat dein Patriarch gelandet?"

Ich erinnerte mich an den Funkverkehr mit Atlan. Etwas mußte ich zugeben. „Noch einige außer mir, jedoch sind es keine Überschweren. Es würde mich persönlich interessieren, wem ich den Kampf mit dem Krötenwolf zu verdanken habe. Wer wollte mich beseitigen? Ihr?"

„So unklug sind wir nicht. Jemand, der sich von dir verfolgt glaubte, arrangierte den Arenakampf."

Sie wußten nichts von uns. Es wäre auch verwunderlich gewesen. Ich spielte die Rolle als Galaktischer Händler weiter.

„Von mir verfolgt glaubte?" wiederholte ich verblüfft. „Hier, auf dieser primitiven Randwelt? Die hiesigen Verbrecher sind uns gleichgültig. Ich bin gelandet, um im Auftrag meines Patriarchen die Lage zu sondieren. Das ist alles. Ihr solltet die Finger von den Feuerknöpfen nehmen. Wenn ich nicht in Abständen von zehn Stunden meinen Automatsender unterbreche, geht ein Notruf über Hyperwelle in den Raum. Die von mir gesammelten Daten werden ebenfalls als Rafferimpuls abgestrahlt. Ihr solltet euch mit mir einigen. Ich bin Melbar Kasom, Chef der Barussippe, die unter dem Oberkommando des Patriarchen Katzotel steht. Wir wollen verdienen, Anti, aber außerhalb des Machtbereichs des Imperiums. Mein Aufenthalt in der Arena lohnte sich. Dort wird viel gesprochen. Wir sehen nicht ein, daß ihr das Geschäft allein machen sollt. Wie ist das nun mit eurem Chef? Kann ich ihn sprechen oder nicht?"

Der Anti musterte mich. Der zweite Mann verhielt sich schweigsam. „Wer hat den Krötenwolf erschossen, Überschwerer?"

Ich lachte und überlegte dabei. „Der Nadlerschuß kam von den Rängen. Ich wich schnell genug aus. Meine Freunde sind wachsam. Wer wollte mich umbringen lassen? Ich halte es für wichtig, darüber informiert zu werden."

„Jemand, der sich verfolgt glaubte. Ich sagte es bereits."

„Wer ist es? Ich bin beunruhigt."

„Ein Agent der Galaktischen Abwehr, der ausgeschickt wurde, um einer Kollegin behilflich zu sein. Er ermordete sie. Wir beobachten ihn seit längerer Zeit."

Also wissen sie nicht, daß Ebrolo einer unserer Agenten war, dachte ich.

„Galaktische Abwehr?" sagte ich fassungslos. „Wie kommen diese Agenten hierher? Sind sie auf eurer Spur?"

„Das wollten wir eigentlich von dir wissen, Überschwerer. Dich haben wir gleich nach deinem ersten Auftreten erkannt. Wir hielten es aber für ratsam, erst einmal abzuwarten."

„Aber ihr könnt doch den Agenten nicht laufen lassen", fiel ich erregt ein. „Ein Funkspruch von ihm genügt, und die Abwehr greift ein."

„Bisher bestand keine Gefahr. Magontin wird jedoch heute nacht fallen. Du kommst mit uns. Der Gleiter steht hinter den Sträuchern."

Er winkte mit dem Strahler, und ich schritt vorsichtig aus. Die beiden Antis blieben hinter mir.

Meine Lügen hatten kurze Beine, darüber war ich mir klar. Immerhin hatte ich alles erfahren, was ich wissen wollte.

Da sie über Ebrolos Verschwinden informiert waren, hatten sie es für unwahrscheinlich gehalten, daß er um Hilfe funken würde. Dagegen hatten die Antis abgewartet, was der Mord an Anne Sloane für Folgen haben würde.

Wenig später war ich entdeckt worden, und man hatte sich gefragt, ob ich Ebrolos Jäger sei oder nicht. Bis dahin waren die Überlegungen der Antis richtig gewesen. Wahrscheinlich hätten sie sich anders verhalten, wenn sie geahnt hätten, daß Ebrolo ein Aktivatorträger war.

Vor dem Imperium fühlten sich die Báalols zweifellos sicher. Niemand konnte ihnen unlautere Einmischungen in Fremdangelegenheiten nachweisen. Da wog meine Drohung mit einem Angriff durch eine Flotte der Springer schon viel schwerer. Die Händler kümmerten sich nicht darum, ob eine Planetenkolonisierung erlaubt war oder nicht.

Zur Rettung meines Lebens hatte ich den richtigen Weg beschritten. Jetzt hatte man sich sogar dazu entschlossen, mich in den Kulan-Tempel zu bringen. Was war daraus zu folgern?

„Wir werden in drei Stunden wissen, ob du ein Gesandter des Patriarchen Katzotel bist oder ein Offizier der Abwehr", sagte der hochgewachsene Anti so spöttisch, als hätte er meine Gedanken mitlesen können. „Im ersten Fall werden wir mit uns reden lassen. Im zweiten Fall wirst du nochmals vor einem Krötenwolf stehen, nur wird dann niemand von den Rängen aus schießen können. Dafür sorge ich. Wenn die Untersuchung durch die Abwehr stattfinden sollte, werden wir zutiefst bedauern, nichts von deiner Mission gewußt zu haben. Sonst hätten wir natürlich den vom Masho geforderten Kampf unterbunden."

„Und meine Mitarbeiter? Hast du sie vergessen?" entgegnete ich noch spöttischer.

„Wir werden nicht nach ihnen suchen. Allerdings werden sie auch nicht erfahren, was wir miteinander besprochen haben. Du bist doch ein Gladiator, nicht wahr? Wen wundert es da, daß man dich zum Kampf fordert?"

„Ich bin der Überschwere Melbar", sagte ich wütend.

„Das wird ein Detektorverhör ergeben. Nach rechts, Gladiator."

Die Lage wurde unangenehm. Sie wußten noch nicht genau, was sie von der Sache halten sollten. Wenn ich mich jedoch in den Tempel bringen ließ, war alles verloren. Außerdem sollte Ebrolo alias Magontin noch in dieser Nacht unschädlich gemacht werden.

Wie vereinbarte sich das mit Atlans Plänen? Hatte er Ebrolo ebenfalls entdeckt? Ich wußte nicht, wozu er sich entschlossen hatte. Ich war zu spät ausgebrochen, und obendrein hatte ich mich noch fassen lassen. Natürlich war ich von den Antis beobachtet worden, sonst hätten die beiden Burschen nicht hinter dem Tor gewartet. Einer Untersuchung durch die Abwehr sahen sie in aller Ruhe entgegen. Es blieb ihnen auch keine andere Wahl mehr, als sich darauf vorzubereiten. Die Landungen von Anne Sloane und Ebrolo bewiesen eindeutig, daß diese Welt nicht mehr zu den unbekannten Planeten zählte.

Wie ich die Antis kannte, würden sie genügend Mittel und Wege finden, um die Gesetze des Imperiums zu ihren Gunsten auszulegen. Für mich wurde es höchste Zeit zu handeln.

Weiter links entdeckte ich einen Felsblock. Er war zehn Meter hoch und doppelt so breit. Als Deckung war er gut geeignet. Ein Blick nach hinten belehrte mich, daß die Antis doch nicht so unerfahren waren, wie ich angenommen hatte.

Keiner von ihnen war so leichtfertig, den Lauf seiner Waffe zu senken. Einen hätte ich niederschlagen können, den zweiten nicht mehr. Der Abstand von Mann zu Mann betrug mehr als drei Meter. Das war zu weit, um sie gleichzeitig packen zu können.

Auf den Gedanken, einen von ihnen als Deckung zu benutzen, kam ich erst gar nicht. Ich kannte die Antis. Jeder von ihnen hätte auf den anderen geschossen, um mich töten zu können.

Mir blieb nur die Flucht übrig, die blitzschnelle Flucht eines Ertrusers, dessen Muskulatur man unterschätzte.

Vor uns tauchte ein Antigravgleiter auf. Ich wich etwas nach links aus, fluchte über eine Schlingpflanze, stolperte nach vorn und verwendete diese Bewegung zum Absprung.

Womit die Antis nie gerechnet hatten, wurde Wirklichkeit. Ich schoß senkrecht in die Höhe, stieß mich dabei nochmals von dem Felsen ab und erreichte dessen Grat, noch ehe die Antis ihre Überraschung verwunden hatten.

Ich ließ mich auch nicht einfach an der anderen Seite herabfallen, sondern sprang aus zehn Metern Höhe zu einem Abhang hinüber, auf dem ich mit Händen und Füßen aufprallte.

Jetzt erst knallte es hinter mir. Ultrablaue Blitze erhellten die Nacht. Das Donnern der Energiewaffen übertönte die Geräusche meiner nächsten Sprünge, die mich endgültig in Sicherheit brachten. Ich legte mit jedem Satz etwa zwanzig Meter zurück.

Die Rufe der Dummköpfe hörte ich schon nicht mehr. Vielleicht hatten sie jetzt erfaßt, wen sie vor ihren Strahlermündungen gehabt hatten.

Anschließend unternahm ich wieder etwas, womit sie wahrscheinlich ebenfalls nicht rechneten. Das Gelände bot vorzügliche Dekkungsmöglichkeiten. Unangefochten, nur von einigen blindlings abgegebenen Strahlschüssen gestört, erreichte ich das Götterstandbild. In dem Loch unter dem Sockel lag der Deflektorgenerator.

Ich sprang durch das nur angelehnte Tor in die Arena zurück, wo ich das Gerät einschaltete.

Von niemandem bemerkt, rannte ich zum Hauptausgang auf der anderen Seite des Geländes hinüber und wartete dort, bis ein Trupp Wachsoldaten die Tore öffnete.

Sie waren zur Suche ausgeschickt worden. Nun schritt ich zwischen ihnen hindurch, und keiner sah mich.

Die Antis interessierten mich nicht mehr. Im Freien angekommen, studierte ich die Nachricht, die Atlan auf einen Zettel geschrieben hatte. Er hatte den Stützpunkt beim Waffenschmied aufgegeben und seinen Segler aufgesucht.

Da ich nicht wußte, wie spät es war, rannte ich davon. Ich mußte die Stadt durchqueren, die Festungswälle überwinden und dann entlang der Küste weiter vordringen. Dazu brauchte ich etwa eine Stunde bei ertrusischem Tempo.

Hier und da vernahm ich das Pfeifen eines Antigravgleiters. Mein vorzüglich abgeschirmtes Gerät wurde aber nicht geortet.

Als ich die alten Kais erreichte, brach bereits die Dämmerung an. Ich war gerade noch rechtzeitig genug gekommen, um das Feuerwerk über der Wasserfläche des neuen Hafens sehen zu können.

Das Dröhnen von Energiestrahlern verriet mir alles. Anschließend vernahm ich das Hämmern einer Maschinenwaffe, deren Mikro-Atomgeschosse die Festungswälle in einem Trümmerhaufen verwandelten.

Die Antis griffen ein großes Segelschiff an. Wenigstens glaubte ich nicht daran, daß Atlan oder der Kurze diesen Unsinn herbeigeführt haben könnten. Wir hatten Ebrolo, ohne Aufsehen zu erregen, festnehmen und den Einsatz sofort abbrechen wollen.

Ich stand lange auf dem gleichen Fleck und sah zu, wie die Salonen von Panik erfüllt davonstürmten. Zweifellos würden die Antis den

Zorn des Kulan-Gottes für die Verwüstungen verantwortlich machen.

Ebrolo hatte sich anscheinend mit allen Mitteln gewehrt. Er mußte sich auf dem Segler aufgehalten haben. Jetzt lebte er nicht mehr, oder es hätte schon ein Wunder geschehen sein müssen.

Ich sprang ins Wasser und schwamm zu Atlans Schiff hinüber. Als ich die Reling erklomm, vernahm ich das Klacken einer Sicherung.

„Ich bin es, Sir, Melbar Kasom", sagte ich leise.

Atlan wurde sichtbar. Er stand im Niedergang zum Laderaum und winkte mir zu.

Unten angekommen, berichtete ich, weshalb ich mich so verspätet hatte.

„Gut, wir haben die Chance verpaßt", sagte der Chef beherrscht. Ich hätte mich selbst ohrfeigen können, so wütend war ich auf mein Mißgeschick. „Beruhigen Sie sich, Kasom. Ebrolo war ein geschulter Kämpfer, der mit seinen natürlichen Waffen ebenfalls umzugehen wußte. Wahrscheinlich hatten die Antis nicht vermutet, auf so erbitterten Widerstand zu stoßen. Es dürfte mehr oder weniger ungewollt zu dem Waffeneinsatz gekommen sein." Der Lordadmiral legte seinen Kombilader zur Seite und trat zu einem Bullauge. Nach langem Überlegen sagte er nachdenklich: „Der Zellaktivator – was ist damit geschehen? Wurde er durch die Explosion vernichtet, oder hat man ihn gefunden?"

Atlan drehte sich um. Ich verzichtete auf eine Antwort und ging zu einer Proviantkiste hinüber. Dort suchte ich mir eine kleine Zwanzig-Pfund-Büchse Saftfleisch heraus und ein Säckchen mit Keksen. Ich wurde davon nicht satt, aber bei solchen Einsätzen muß man auch einmal hungern können.

„Einen eysalischen Ochsen kann ich Ihnen momentan leider nicht anbieten, Herr Leutnant", sagte der Chef.

Ich schluckte das letzte Pfündchen Fleisch hinunter und wollte etwas entgegnen. Atlan ließ mich aber nicht zu Wort kommen. Er schaute immer häufiger auf die Spezialuhr.

Über dem Hafengelände stiegen schwarze Qualmwolken auf. Dort schienen etliche Schiffe auszubrennen.

„Wo bleibt Major Danger?" fragte der Chef schließlich. „Er hat Sie nicht gefunden, oder Sie hätten es erwähnt. Wo kann er sich aufhalten? Haben Sie einen Notruf aufgefangen?"

Ich schüttelte den Kopf. Nein, von dem Kurzen hatte ich weder etwas gesehen noch gehört. Ob ihn eine Nachteule oder ein ähnliches Lebewesen aufgefressen hatte? Ich erschrak vor meinen Gedanken. Vielleicht war mein Kampfgefährte in Gefahr?

Ich redete nicht mehr viel, denn dies entspricht nicht der Art von umweltangepaßten Ertrusern. Statt dessen ging ich quer durch den Laderaum und brach die Kiste mit meinem Einsatzgepäck auf. Zehn Minuten später trug ich eine Kampfkombination.

Als ich meinen überschweren Kombilader überprüfte und ein Rundmagazin mit dreihundert Mikro-Rakgeschossen in die Doppellaufzuführung schob, fühlte ich mich schon wohler.

Atomare Kleinraketen, Gasbomben und Energietornister vervollständigten meine Kleidung.

„Fertig, Sir“, sagte ich schlicht. „Ich habe insgesamt zwanzig Megatonnen TNT in den Taschen. Was soll hier in die Luft fliegen?“

„Ziehen Sie sich wieder aus“, sagte der Arkonide mit einem ironischen Schmunzeln. „Während des Tages unternehmen wir nichts, es sei denn, Danger hätte besondere Entdeckungen gemacht. Ich werde mich nach ihm umsehen.“

„Und ich, Sir?“

„Ohne Antigravgerät macht Ihr Hubkreisler zuviel Lärm. Sie fliegen nur dann, wenn es unbedingt sein muß.“

Ich ging wortlos zur Proviantlast hinüber. Jetzt sollte sich der Herr Lordadmiral wundern.

Ich verspeiste ein Kalbsviertelchen „Made in Terra“, leerte ein mittleres Fäßchen Eysalwein und legte mich dann auf meine Luftmatratze.

„Wenn Sie von Ihrem Rundflug zurückkehren, Sir, und ein Donnergrollen die Festungswälle erschüttert, nehmen Sie nicht an, es wäre eine Bombe explodiert. Wenn ich müde bin, schnarche ich besonders laut.“

Zufrieden mit meiner Erklärung drehte ich mich auf die andere Seite. Genau in diesem Augenblick sprach mein Ohrempfänger an, und Lemys piepsige Stimme kitzelte mein Trommelfell.

„Federball an Netz und Schläger – Stufe eins erreicht. Aktivator im Besitz von Chefpriester. Befindet sich mit Luftgleiter im Anflug auf Haupttempel. Aus Gesprächen entnommen, daß unterirdische Anlagen vorhanden. Vermute Geheimlabors. Einsatz Flotte erscheint gerechtfertigt. Melde mich wieder. Ende."

Ich richtete mich auf. Stufe eins bedeutete höchste Gefahr. Mein Herz pochte stärker, als Atlan zu seinem Funksprechgerät griff. Lemy hatte das altterranische Englisch benutzt, das kein Anti verstand. Eine eventuelle Übersetzung mußte Tage dauern. Bis dahin war die Durchsage nicht mehr aktuell.

Atlan wußte, wie leichtsinnig es war, von Bord aus zu funken. Wenn die OGOLAM eingepeilt wurde, erlebten wir das gleiche Feuerwerk wie Ebrolo. Ich bereitete alles darauf vor, eine energetische Abwehrglocke über den Segler legen zu müssen. In diesem Stadium der Ermittlungen gab es nicht mehr viel zu vertuschen. Jetzt ging es hart auf hart.

Atlan riskierte es, drei Worte abzustrahlen. „Wo sind Sie?"

Der Kurze antwortete sofort. „Unter der Verschalung eines tragbaren Individualorters. Damit wurde Ebrolo gefunden. Der Chefpriester landet soeben im Tempelhof. Ich steige mit aus und bleibe vorerst im Gerät. Vorsicht – Tempel besitzt Energiesperre. Sie flammt auf. Ich . . ."

Die Verbindung wurde undeutlich. Nach einem Knattern schaltete der Kleine ab. Die Störungen waren typisch für einen starken Abwehrschirm.

„Machen Sie sich fertig, Kasom", sagte Atlan. Sein Gesicht war unbewegt. Nur die goldroten Augen des Arkoniden verrieten etwas von seiner Erregung.

„Der Chefpriester?" rief ich überlegend. „Das ist dieser Mahana-Kul, Sir. Wenn ich mich nicht irre, wird es unter den Antis über kurz oder lang zu Mord und Totschlag kommen. Von denen weiß jeder, daß ein Zellaktivator das ewige Leben verheißt."

„Sie sagen es. Schalten Sie den großen Reaktor auf Fernbedienung um. Wir verlassen das Schiff und suchen getrennt das Hauptlager auf. Sie fliegen zuerst los. Sehen Sie zu, daß niemand das Arbeitsgeräusch Ihres Hubkreislers hört. Verwenden Sie auf keinen Fall Ihren Schwerkraftneutralisator. Fertig?"

Ich rannte bereits, um die Schaltung vorzunehmen. Die OGOLAM sollte möglichst erhalten bleiben, auch wenn wir es vorzogen, sie zu verlassen. Atlan wollte die Spezialausrüstung nicht gern verlieren.

Mit dem Hubkreisler flog ich auf die offene See hinaus, wo das Knallen der Rotoren nicht gehört werden konnte.

Weit draußen tauchten die Segel einer salonischen Flotte auf. Eine Armee kehrte von einem Feldzug gegen die Zeluter zurück. Niemand von den barbarischen Arkonidenabkömmlingen ahnte, daß weit über ihnen ein Unsichtbarer die Lüfte durchkreuzte.

Atlan traf eine halbe Stunde später am Steilufer der Küste ein, wo wir eine vom Wasser ausgewaschene Höhle als Hauptdepot ausgebaut hatten. Um das erreichen zu können, war von einem USO-Kreuzer ein U-Boot abgesetzt worden, mit dem der Chef das Versteck ausfindig gemacht und die Vorräte eingelagert hatte.

Hier waren Dinge vorhanden, von denen die Antis nicht zu träumen wagten. Wir besaßen eben die Unterstützung des Imperiums mit all seinen technischen und wissenschaftlichen Möglichkeiten.

18. Lemy Danger

Oh, wie lieblos diese Kerle waren. Der Anti, der den Individualorter trug, brachte mich in höchste Lebensgefahr. Was fiel dem Burschen ein, das Gerät derart durch die Luft zu schlenkern, daß ich von einer Ecke in die andere rutschte?

Vor meinem Gesicht lag das Hochfrequenzteil des Geräts. Mit einer Spannung von vierzigtausend Volt ist nicht zu spaßen. Ich war durchaus nicht daran interessiert, gegrillt zu werden. Natürlich scheue ich keine Gefahr, aber die Aussicht auf einen solchen Tod stimmte mich doch bedenklich.

Ich hätte den Anti am liebsten zerrissen, wenn ich nur aus dem Kasten hätte herausspringen können.

Meine Nerven waren ohnehin schon stundenlang strapaziert worden. Ich hatte den Befehl erhalten, diesen stumpfsinnigen Ertruser zu suchen, der höchstwahrscheinlich den halben Einsatz verschlief oder auf der Suche nach Nahrungsmitteln war.

Natürlich hatte ich ihn nicht gefunden. Schließlich war ich es leid gewesen, Kasom länger zu suchen und war zum Hafen zurückgeflogen. Da es noch dunkel gewesen war und ich Kasom nicht aufspüren konnte, hatte ich mich zu einem Alleingang entschlossen und war zu Ebrolos Schiff hinübergeflogen.

Ein siganesischer Spezialist von meiner Größe – 22,21 Zentimeter – kann es sich wohl zutrauen, einen Unhold wie Ebrolo zu überwinden. Ich wollte den Schurken betäuben und dann den Zellaktivator an mich nehmen.

Es wäre alles planmäßig gelungen, wenn die Antis nicht angegriffen hätten. Es geschah ausgerechnet in dem Moment, als ich in Ebrolos Kabine geschlüpft war und versuchte, den mit einer Waffenprüfung beschäftigten Verräter anzuspringen.

Er hatte die Antis geortet und sofort das Feuer eröffnet. Ohne daß er es bemerkte, hatte ich mich an seinem Seemannsgürtel festgeklammert, da ich nicht mit seinem Energieschirm zusammenstoßen wollte.

Trotz dieser Schutzmaßnahme war Ebrolo gefallen. Fünf Antis hatten seine Mentalenergien absorbiert und ihn erschossen. Ich war mit Mühe und Not davongekommen, aber auch nur deshalb, weil ich es gewagt hatte, meinen Deflektorschirm abzuschalten. So hatte niemand die Eigenstrahlung des Generators orten können, was aus einer so geringen Entfernung wahrscheinlich möglich gewesen wäre.

Als die Antis die Kabine durchsuchten, war ich unter Ebrolos Leiche in Deckung gegangen und hatte versucht, den unversehrten Aktivator zu bergen. Das Gerät besaß ein unglaubliches Gewicht. Ich hatte es kaum anheben können. Anschließend hatte mein Hubkreisler versagt.

Die Mikroschrauben hatten immerhin mein Körpergewicht von 852,18 (!) Gramm zu tragen. Zum Transport des Aktivators war die Hubleistung nicht mehr ausreichend gewesen.

Fünf Minuten später war das Schiff durch eine Zeitbombe zerrissen worden. Ich hatte mich den eilig flüchtenden Antis angeschlossen und mich unter den Abdeckblechen eines Individualtasters versteckt. Auf diese Art hatte ich die Gespräche belauschen können, jedoch war es mir nicht mehr möglich gewesen, meine neue Unterkunft zu verlassen.

Man hatte mich auf einen Antigravgleiter gebracht, auf dem auch der Chefpriester Mahana-Kul Platz genommen hatte. So kam es, daß ich von den Antis in den Tempel eingeschleust wurde.

Anfänglich hatte mich das Spiel erheitert, bis jemand auf den Gedanken gekommen war, das Koffergerät hin und her zu schlenkern. Da hörte bei mir der Spaß auf, und mein Kämpferblut begann zu wallen.

Zum Glück hatte Atlan wenigstens meine Funksprüche empfangen. Ich konnte Funksendungen riskieren, da die Eigenstrahlung des Individualtasters eine Anpeilung meines Senders verhinderte. Ebrolo war tot, weil es die Antis für richtig gehalten hatten, den unbequemen Fremden zu beseitigen.

Ich, Spezialist Lemy Danger, Meister aller Klassen auf Siga, war nun darauf angewiesen, der Gefahr tapfer ins Auge zu sehen und den Kampf gegen etwa zweihundert Antis aufzunehmen.

Meine Waffe war dazu ungeeignet. Ich besaß nur einen Thermostrahler, der dann unwirksam werden mußte, wenn Mahana-Kul auf die Idee kam, seinen Körperschirm aufzubauen. Er konnte nur mit einem Kombilader durchschossen werden.

Selbst wenn es mir gelungen wäre, diesen Mann zu töten, hätte ich den Zellaktivator nicht transportieren können.

Vorerst war es auch überflüssig, daß ich mich mit solchen Fragen beschäftigte. Mein derzeitiges Problem war das Schlenkern des Gerätes, in dem ich mich befand.

Ich stemmte die Füße gegen einen Röhrensockel und preßte den Rücken gegen die brüchig aussehende Isolation eines 50-Ampere-Leiters. Angst hatte ich keine, aber meine Waden zitterten doch.

In dieser Stellung überstand ich den Transport, bis man das Koffergerät endlich absetzte. Als es draußen ruhig wurde, drückte ich die Kunststoffolie zur Seite und streckte den Kopf durch den Spalt.

Man hatte mich, Major Lemy Danger, in einem Lagerraum abgesetzt, in dem unter anderem auch etwa fünfzig Roboter standen.

Die Ungeheuer waren von einer Sorte, die ich gar nicht gern hatte. Die Antis schienen zu wissen, was sie im Fall eines Angriffs erwartete. Also hatten sie sich Kampfmaschinen besorgt, von denen jede einzelne mit allen verfügbaren Salonen-Armeen fertig geworden wäre.

Ich schaltete meinen Hubkreisler ein und flog zur Schulter eines Roboters hinauf. Als ich mich dort aufrichtete, konnte ich bequem die Programmierungsplatte über dem metallenen Genick erreichen.

Ich öffnete den Magnetverschluß und sah mir die Schaltungen an.

Die Kampfmaschinen waren eine Konstruktion der Springer und mit vollpositronischen Steuergehirnen ausgerüstet.

Ergrimmt über die schnöde Behandlung während des Transports beschloß ich, eine halbe Stunde aufzuwenden, um die Maschinen unbrauchbar zu machen. Wer konnte wissen, wozu das gut war.

Im Nebenraum vernahm ich die Stimmen von Männern, die anscheinend sehr erregt waren. Es ging darum, wer den erbeuteten Zellaktivator besitzen sollte. Augenblicklich hing er auf der Brust des Chefpriesters Mahana-Kul, der sich heftig gegen die Zumutung wehrte, die einzigartige Kostbarkeit abzuliefern.

Ich kümmerte mich nicht darum. Meinethalben sollten sie sich gegenseitig die Köpfe einschlagen. Ich hatte vorerst genug mit den Robotern zu tun. Als drüben ein Schuß fiel und jemand fürchterlich stöhnte, wußte ich, daß Antis skrupellos sein können.

Der Streit fing ja gut an. Wenn man so weitermachte, brauchte ich mein Gehirn nicht mehr lange anzustrengen. Ich beschloß abzuwarten.

Meine strategisch wichtige Arbeit wurde jäh unterbrochen. Der letzte Robot wurde mir durch das Aufgleiten einer Geheimtür streitig gemacht.

Heller Lichtschein durchdrang die Dämmerung des Lagerraums. Jetzt erkannte ich erst, daß er neben der großen Halle des Tempels lag. Dort wurden sonst jene Narren empfangen, die an den Götzen Kulan glaubten.

Zwei Antis kamen auf die Öffnung zu. Einer von ihnen war Mahana-Kul. Ich hatte keine Zeit mehr, davonzufliegen, zumal ich es nicht wagte, meinen Deflektorschirm einzuschalten.

Blitzschnell rutschte ich an der Schulter des Kampfrobots hinunter, klammerte mich an den großen Schweißnähten der Brustschale fest und stieß mit dem Fuß das Reparaturluk auf. Es befand sich etwa dort, wo bei einem Menschen die Nieren sitzen.

Ehe ich in der Öffnung verschwand, hörte ich einen weiteren Schuß. Ich sah mich nicht mehr um. Das Geräusch eines fallenden Körpers sagte mir genug. Zugleich vernahm ich das Brummen von anlaufenden Maschinen.

Mahana-Kul schien ein Mann zu sein, der notfalls alles auf eine Karte setzte. Ob er dabei gegen alle ethischen Gesetze verstieß, war ihm gleichgültig. Ich ahnte, daß er seinen Begleiter erschossen hatte.

Ich schaltete meinen Helmscheinwerfer ein und zog die Reparaturklappe hinter mir zu. In Robotkörpern kannte ich mich gut aus. Es war nicht das erstemal, daß ich eine Maschine als Transportmittel und Versteck benutzte.

Ich hielt mich an den Versteifungsstreben fest und sah zu dem Block des Kleinreaktors hinüber, von dem der Robot seine Energie bezog. Noch standen die Einrichtungen still, aber wenn ich meinen Gefühlen trauen durfte, hatte ich die längste Zeit in Ruhe arbeiten können.

Über Mahana-Kuls Vorhaben brauchte ich nicht mehr nachzudenken. Ehe ich einen besseren Halt finden konnte, begannen Relais zu knacken. Der Robot erwachte zum Leben.

Anschließend war die Hölle los. Das Dröhnen und Krachen betäubte mich fast. Der Anti schien alle Kampfmaschinen aktiviert zu haben. Die Fernschaltung war aber nur „meinem" Robot gut bekommen, die anderen reagierten ausgesprochen programmwidrig.

Ein fürchterlicher Gestank drang in meine Nase. Es roch nach verschmorten Isolationen und verbrannten Kunststoffen. Das Dröhnen ließ nach, und ich konnte wieder hören.

Wissen Sie – ich kann es schon verstehen, wenn ein Mann hin und wieder einmal schimpft und dabei Worte gebraucht, die wenig salonfähig sind.

Wenn man aber derart flucht wie dieser Oberpriester, halte ich mir gewöhnlich die Ohren zu.

Als sich der Rasende etwas beruhigt hatte, bemerkte ich erst, daß er hinter meinem Robot in Deckung gegangen war. Anscheinend waren bei dem Chaos allerlei Gegenstände umhergeflogen.

Ich kam jedoch nicht mehr dazu, mich über das verdiente Mißgeschick des Unholds zu freuen, denn eine Sekunde später kämpfte ich schon wieder um mein Leben.

Ich hatte mich einfach geirrt, das war alles. Diese Konstruktion trug die Stabilisierungskreisel in Magenhöhe. Bei allen anderen Robotern hatte ich die stählernen Schwungmassen immer nahe dem Becken gefunden, wo sie nach den Gesetzen der Statik auch installiert sein sollten.

Hier war es anders, und das hatte zur Folge, daß die von magnetischen Stoßfeldern angetriebenen Kreiselscheiben lebensbedrohend wurden.

Hängen Sie einmal mit einem Körperteil, den ich aus Gründen des Anstands nicht wörtlich erwähnen möchte, vor scharfkantigen Schwungmassen, die mit vierzigtausend Umdrehungen rotieren. Jetzt setzte sich der Robot auch noch in Bewegung. Ich klammerte mich an der oberen Querverstrebung fest, in der Reaktor, Strombank und ein Schaltsegment des positronischen Gedächtnisspeichers verankert waren.

Mit den Füßen stand ich auf dem hinteren Lager des Vertikalkreisels, dessen Stahlachse nach meinen Stiefeln zu greifen schien. Bei der geringsten Berührung mußte ich mitgerissen und zerstückelt werden.

Lange konnte ich mich nicht mehr festhalten. In dem Robot brummte und rumorte es, als wollte er explodieren. Mein Gehör nahm die Geräusche zehnmal lauter auf, als es ein terranischer Riese vermocht hätte.

Als ich mir kaum noch helfen konnte, schlug ich auf den Schnellverschluß meines Rückentornisters, der mitsamt Energieaggregat und Hubkreisler nach unten fiel.

Ein Klingen bewies, daß die Kreisel meine Ausrüstung in irgendeine Ecke des Robotkörpers befördert hatten. Es ereignete sich aber nichts.

Als ich von der Last befreit war, konnte ich mich endlich nach oben ziehen und in halsbrecherischer Seiltänzerarbeit die Quertraverse passieren. Ich schlängelte mich zwischen Reaktor und Umformerbank hindurch, rutschte auf einem Hochstromleiter nach vorn und kam schließlich auf der Brustseite an.

Erschöpft suchte ich mir einen Halt. Ich brauchte eine Minute, dann war mein sportlich gestählter Körper wieder fit. Vor allem mußte ich jetzt etwas sehen können. Ich wagte es, die Mündung meiner Energiewaffe gegen die Brustverschalung zu pressen und den Feuerknopf niederzudrücken.

Der schwache Breitstrahl schmolz ein Loch in die Wandung. Ich wartete, bis die glutflüssigen Ränder erstarrt waren und spähte nach draußen. Mein Luk befand sich dicht unter dem Halsstück des Robots.

Der Robot hatte den Beschuß nicht registriert.

Er marschierte ungerührt weiter, schwenkte seine Waffenarme auf alle möglichen Ziele ein und folgte dabei einem Anti, in dem ich Mahana-Kul erkannte.

Der feine Herr war offenbar auf der Flucht vor seinen Kameraden. Das führte ich auf den Zellaktivator zurück, der nach wie vor unter dem Brustumhang des Báalols hing.

Wir waren anscheinend mit einem Fahrstuhl nach unten gefahren. Mein Blickfeld war begrenzt, da ich mein Gesicht nicht an die Schußöffnung pressen konnte. Sie war noch zu heiß.

Immerhin erkannte ich, daß wir uns tief unter den Tempelbauten befinden mußten. Der Robot hatte den Drehkranz seiner Waffenarme nach hinten ausgerichtet. Demnach hatte er den Auftrag erhalten, die Flucht zu decken.

Wahrscheinlich hatte Mahana-Kul sämtliche Kampfroboter mitnehmen wollen. Ich glaubte plötzlich zu verstehen, warum der Bursche so viel darum gegeben hatte, seine Gefährten vorerst zu beruhigen.

Die heftige Diskussion hatte ich teilweise mitanhören können. Mahana-Kul hatte es verstanden, die anderen Vertreter des Báalol-Kults für kurze Zeit zu besänftigen.

Anschließend hatte er sofort gehandelt. Der Mann, den er nachträglich niedergeschossen hatte, war wahrscheinlich ein Vertrauter gewesen. Die erste Panne hatte der Chef der Eysal-Niederlassung mit den Kampfrobotern erlebt. Das hatte ihn aber trotzdem nicht entmutigt, in die geheimnisvollen Tiefen unter dem Tempel zu eilen, wo er sich auf Grund seiner Machtstellung wahrscheinlich am besten auskannte.

Ich nahm sogar an, daß niemand außer Mahana-Kul die entsprechenden Schlüsselgeräte besaß, um die Türen zu öffnen. Weshalb aber zog er sich so eilig von der Oberfläche des Planeten zurück? Was nützte es ihm, sich hier unten zu verstecken? Damit konnte er seinen Aktivator nicht in Sicherheit bringen.

Ich versuchte, den Gedanken logisch zu Ende zu führen. Es gab nur eine sinnvolle Erklärung: Mahana-Kul mußte sich eine Chance ausgerechnet haben. Wenn er Eyciteo II verließ, konnte er Mittel und Wege finden, den einmaligen Apparat für sich zu behalten.

Der Gedanke an Flucht war unter den gegebenen Verhältnissen

aber identisch mit einem Raumschiff. Ich bereitete mich darauf vor, die Steueranlagen so schnell unbrauchbar zu machen, daß der Schurke zum Gefangenen der Unterwelt auf Eysal wurde.

Der Robot hielt an, und ich wagte es, mein Gesicht näher an das auskühlende Schußloch zu bringen.

Ein sechseckiges Stahlschott versperrte den Weg. Es bestand aus einem rötlich glänzenden Metall, dessen Eigenschaften ich nicht kannte.

Der Götzenpriester lauschte lange, bis er sich entschloß, ein stabförmiges Schlüsselgerät gegen ein unsichtbares Schloß zu pressen. Was ging hier unten vor? Wer hatte die Untergrundstadt erbaut?

Der technische Aufwand war beachtlich. Schon die Fahrstuhlverbindung vom Tempel bis zu diesem Ort erregte mein fachmännisches Interesse.

Ich glaube, ich habe in meiner angeborenen Bescheidenheit noch nie erwähnt, daß jeder Spezialist der USO ein abgeschlossenes Studium nachweisen kann.

Ich bin beispielsweise Diplomingenieur für Mikro-Technologie, Fachgebiet ultraenergetischer Schiffsmaschinenbau.

Ich durfte es also wagen, diese Anlagen zu beurteilen, auch wenn sie nicht den Dimensionen entsprachen, die auf meiner Heimatwelt üblich sind.

Hier waren Milliarden verbaut worden. Allein die Ausschachtungsarbeiten, Stollenverkleidungen und Versorgungsinstallationen mußten ein Vermögen gekostet haben. Welches Volk konnte es sich erlauben, auf einer Barbarenwelt so aufwendige Massenbewegungen durchzuführen? Vor allem aber: Wozu sollte das dienen? Man errichtet doch nicht eine Untergrundstadt ohne entsprechenden Sinn und Zweck. Ich wurde argwöhnisch.

Als sich das Sechskantschott öffnete, sah ich in eine Luftschleuse. Wir traten ein. Die soeben durchschrittene Tür schloß sich, und die vordere glitt auf.

Jetzt hielt ich aber doch den Atem an. Ich hatte bei meinen Einsätzen schon viel gesehen, und ich kannte auch die gigantischen Robotfabriken der Terraner und Arkoniden – das aber war etwas, was ich nicht erwartet hatte.

Die Größe der vor mir liegenden Halle war nicht einmal so

beeindruckend, wohl aber waren es die Maschinen, die man hier aufgestellt hatte.

Ich konnte keine Ausführung deuten, so sehr ich mich auch darum bemühte. Es handelte sich um unwirklich aussehende Konstruktionen von völlig verschiedenartiger Form. Hier und da entdeckte ich fluoreszierende Kabelstränge, die Ähnlichkeit mit arkonidischen Feld-Hohlleitern hatten. Ebenso konnte es sich jedoch um flexible Schlauchverbindungen handeln, oder um Transportröhren für längliche Körper.

Noch mehr bedrückte mich die Stille in diesen weiten Räumen. Wenn es sich um Stromerzeuger oder Umformer handelte, so standen sie still. Dennoch hatte ich gefühlsmäßig das Summen von Nebenaggregaten erwartet.

Ich preßte mein Gesicht noch dichter gegen das Schußloch, das inzwischen abgekühlt war. Mein Blickfeld erweiterte sich. Mahana-Kul zögerte. Er benahm sich wie ein Mann, der nur deshalb verbotene Gefilde aufsucht, weil ihm keine andere Wahl bleibt. Nur mein Robot verhielt sich normal, wie man es von einer seelenlosen Maschine erwarten konnte.

Von dem Augenblick an gewann ich die Überzeugung, daß ein USO-Fall nach den Gesetzen des Vereinten Imperiums gegeben war. Wenn ich außerdem noch ein Raumschiff fand, das eine Verbindung zwischen den Báalols und fremden Völkern ermöglichte, gab es überhaupt keine Zweifel mehr.

Eigentlich hatte ich den Plan gefaßt, Mahana-Kul im ersten geeigneten Augenblick kampfunfähig zu machen, um anschließend zu versuchen, den Aktivator in Sicherheit zu bringen. Jetzt zögerte ich.

Das Unerwartete dieser Maschinenhalle schlug mich in seinen Bann. Weiter vorn entdeckte ich eine Wandöffnung, hinter der sich weitere Aggregate abzeichneten. Die Beleuchtung war dürftig, aber wenn sich die Augen daran gewöhnt hatten, konnte man gut sehen.

Wieder kreisten meine Gedanken um den Fragenkomplex: Wer hatte hier gebaut? Wozu sollten die Maschinen dienen? Ich glaubte nicht mehr daran, daß die Báalols dieses Labyrinth erschaffen hatten.

War es vielleicht ein Überbleibsel aus der arkonidischen Kolonisationszeit? Ich sah mich nochmals um, soweit es das Schußloch im Robotkörper erlaubte. Nein, das war niemals von Arkoniden konstruiert worden. Wer aber hatte sich den einsamen Planeten ausgesucht, um auf ihm etwas zu hinterlassen, was allem Anschein nach nicht mehr gebraucht wurde?

Ich sicherte meine Strahlwaffe und steckte sie in die Gürteltasche zurück. Mahana-Kul ahnte nicht, daß sein Schicksal auf des Messers Schneide gestanden hatte.

Wie gehetzt, ängstliche Blicke nach rechts und links werfend, eilte der Anti weiter. Die nächste Halle wurde erreicht. Auch hier entdeckte ich wieder technische Anlagen. Diesmal glaubte ich jedoch, eine Kraftstation gefunden zu haben.

Atomreaktoren, egal von welcher Zivilisation sie erbaut werden, gleichen sich immer. Maschinen dieser Art sind zu sehr an die überall gültigen physikalischen Gesetze gebunden, um ihre Bestimmung verleugnen zu können.

Das war ein Kraftwerk – sogar ein Riesenkraftwerk. Die Leistung wagte ich nicht zu schätzen, aber hier konnten bestimmt einige Millionen Megawatt erzeugt werden.

Ich entschloß mich zu einem Funkspruch, gleichgültig, ob man mich nun einpeilte oder nicht. Ich zog meinen starken Sender aus der Brusttasche und schaltete ihn um auf Hyperfunk. Nur so konnte ich die über mir lastende Felsdecke durchdringen und auf einen guten Empfang hoffen.

Ich gab Dringlichkeitsstufe I und fügte das Kodesignal QXRR-TETRA hinzu.

Lordadmiral Atlan würde nun keine Sekunde länger zögern, die wartende Einsatzflotte zu alarmieren. Wenn ein Spezialist QXRR-TETRA gab, bestand kein Zweifel mehr daran, daß ein Eingreifen der USO dringend erforderlich war.

Schon fünf Sekunden später erhielt ich den Bestätigungsimpuls. Nach einer knappen Minute sprach mein Minikom an. Der Hyperempfänger verriet mir, daß Atlan den Einsatzbefehl in den Raum abgestrahlt hatte. Mahana-Kul hatte nichts davon bemerkt. Er war zu sehr mit seinen eigenen Problemen beschäftigt. Ich dagegen wußte, daß in diesen Augenblicken die Maschinen der USO-Schlachtschiffe auf Maximalwerte hochgeschaltet wurden. Das Geschwader war ohnehin klar zum Alarmstart.

Das bedeutete einen schnellen Vorstoß in den Linearraum, und das bedeutete ferner die Ankunft über Eysal im Zeitraum von nur dreißig

Minuten. Da ich außerdem TETRA durchgegeben hatte, würde der Flottenchef die beiden Hauptquartiere des Imperiums auf Terra und Arkon II benachrichtigen.

Wenn der Großadministrator den Spruch erhielt, würde ein schneller Kreuzer- und Schlachtschiffsverband zusätzlich über Eysal eintreffen, um die Rückendeckung zu übernehmen.

Der Fusionsmeiler des Robots lief auf Hochtouren. Er versorgte die Thermostrahler der Waffenarme mit Energie und lieferte gleichzeitig Betriebsstrom für den Bewegungsmechanismus und den Schutzschirmprojektor.

Es wurde höchste Zeit für mich, die ungemütliche Behausung zu verlassen – aber damit begannen schon die Schwierigkeiten.

Der Robot stand im Gefecht mit mehreren Antis, die plötzlich aus einigen Seitentüren aufgetaucht waren.

Weiter rechts war Mahana-Kul in Deckung gegangen. Seine Gefährten hatten schneller gehandelt, als es ihm lieb gewesen war. Als wir vor einem Hangar angekommen waren, in dem ein kleines Raumschiff stand, hatte der Feuerüberfall begonnen.

Das Boot stand senkrecht auf seinen Steuerflossen. Es handelte sich einwandfrei um eine Konstruktion der Antis. Das Heckluk war geöffnet, und augenblicklich sah es so aus, als sollte es dem Chefpriester doch noch gelingen, das Fahrzeug zu besteigen.

Ich hatte die Gelegenheit, Mahana-Kul gefahrlos überwältigen zu können, ungenutzt verstreichen lassen. Dafür hatte ich jetzt entdeckt, daß es hier unten tatsächlich ein Raumschiff gab. Es war allem Anschein nach in einem Startschacht aufgestellt worden, der nicht von den Antis erbaut worden war. Er gehörte zu den geheimnisvollen Anlagen unter der Oberfläche des zweiten Eyciteoplaneten.

Der Robot kämpfte den Verräter frei und bewegte sich gleichzeitig nach vorn. Jetzt mußte ich mich beeilen. Ich öffnete das Reparaturluk, stellte mich sprungbereit auf den Rand und schätzte die Fallhöhe ab. Es waren etwa eineinhalb Meter zu überwinden – gewagter Sprung.

Vor mir flimmerte das Hochenergiefeld des Abwehrschirms. Ihn konnte ich nur dann passieren, wenn ich den Projektor der Maschine unbrauchbar machte.

Ich hob die Waffe an, ging ins Ziel und drückte ab. Ein Blitz zeugte von der Zerstörungskraft meines Energiestrahls. Gleichzeitig wurde ich von einer Druckwelle aus dem Luk gewirbelt.

Hart schlug ich auf dem Boden auf. Mit einer Rolle fing ich die Bewegung ab und spurtete zum Schleusentor hinüber, hinter dem der Hangar mit dem Schiff lag.

Der Robot kämpfte um sein Gleichgewicht. Er stabilisierte sich, und Sekunden später sprang sein Notaggregat an.

Unentwegt feuernd entfernte er sich. Halb erstickt, Gesicht und Hände von Brandblasen bedeckt, erreichte ich das Außenschott. Mahana-Kul bemerkte mich nicht, obwohl ich mich nicht mehr unsichtbar machen konnte.

Ehe er sich ebenfalls zurückzog, hatte ich bereits den Hangar betreten und befand mich im Aufstieg zum Heckraum des schlanken Bootes.

Die Abgasöffnungen der Überdruckventile gewährten mir einen sicheren Halt. Anschließend kletterte ich an den Druckröhren der Landebeinhydraulik nach oben, faßte dicht vor dem Luk nach dem Geländer der ausgefahrenen Treppe und zog mich in das Schiff hinein.

Ehe ich die zehn Meter höher liegende Zentrale erreichen konnte, verstummte draußen das Dröhnen. Die heiße Luft schien sogar den Chefpriester in die Flucht zu jagen.

Er kam hastig durch die Schleuse, ließ das Innentor zuklappen und stürmte die Leichtmetalltreppe empor. Ich erwartete ihn mit angeschlagener Waffe direkt hinter der Türfassung.

Als sein Kopf sichtbar wurde, erkannte ich, daß der Anti seinen Energieschirm abgeschaltet hatte. Das hatte ich für selbstverständlich gehalten. Kein vernünftiger Mann besteigt ein kleines Raumschiff mit naturgemäß engen Räumen, ohne vorher seine Bewegungsfreiheit herzustellen.

Mahana-Kuls nächster Schritt ließ seine Hüfte für mich sichtbar werden. Ohne ihn vorher zu warnen, visierte ich blitzschnell den an seinem Gürtel befestigten Schutzschirmgenerator an und schoß.

Das Gerät zerbarst in einer blauen Stichflamme. Mahana-Kul griff haltsuchend nach oben, stieß einen Schrei aus und stürzte die Treppe hinunter. Ich sprang mit einigen Sätzen nach vorn und stellte mich auf den Stahlrahmen des Heckluks.

Der Anti richtete sich stöhnend auf und schaute fassungslos in meine Richtung. Er war kaum verletzt worden.

Mit voller Stimmkraft schrie ich nach unten: „Mahana-Kul, ich verhafte Sie im Namen des Imperiums! Falten Sie Ihre Hände hinter dem Nacken zusammen! Stehen Sie auf, und stellen Sie sich mit dem Gesicht zur Wand! Ich warne Sie, die Wirkung meiner Waffe zu unterschätzen!"

Jetzt erst entdeckte er mich.

„Wie?" sagte er, und seine Augen weiteten sich. Er schien um seine Fassung zu kämpfen. Ich geriet in Zorn, als der unverschämte Bursche so unvermittelt zu lachen begann, als wäre er nicht eben erst dem Tod entgangen.

„Aufstehen, Hände hoch!" brüllte ich und visierte seine Brust an. „Ich bin Spezialist Lemy Danger, Major der USO und befugt, Sie festzunehmen! Ich warne Sie nochmals . . ."

Mahana-Kul lachte immer noch, sprang zur Seite und griff dabei zur Waffe. Ich wartete bis zum letzten Augenblick und drückte ab.

Sein Körper wurde vom Glutodem meiner Thermowaffe erfaßt.

Ultrablaues Licht umhüllte ihn. Ich dachte erst, der Schutzschirm hätte wieder zu arbeiten begonnen. Als der seltsame Lichtschein jedoch noch intensiver wurde und ein Heulton aufklang, erkannte ich, was ich mit meinem Schuß angerichtet hatte. Ich mußte den Zellaktivator getroffen haben.

Das Heulen wurde lauter. Mahana-Kul war tot, aber das Gerät erwachte zu einer Tätigkeit, die ich mit größtem Entsetzen verfolgte.

Der eiförmige Körper schien plötzlich in einen anderen Aggregatzustand überzugehen. Er wölbte sich zu einer blauen Energiekugel auf und sandte dabei Strahlungen aus, daß ich mich schleunigst in das Raumschiff zurückzog.

Ein unsichtbarer Strom peinigte mich. Mir war, als sollte jedes Molekül einzeln aufgelöst und die Atomgruppen aufgespalten werden.

Schließlich erfolgte eine Detonation, die mich fast besinnungslos machte. Als sich meine Sinne wieder klärten, war das Leuchten erloschen, und das Heulen war auch verstummt.

Ächzend richtete ich mich auf und kroch nach vorn. Mahana-Kuls Körper war zu einem Bruchteil seiner ehemaligen Größe zusammengeschrumpft. Von dem Zellaktivator war nichts mehr zu entdecken.

Ich kletterte die Leiter hinunter und bemühte mich, den Schaltknopf der automatischen Türöffnung zu erreichen. Er war fast zwei Meter über dem Boden angebracht. Ich konnte ihn nicht fassen.

So setzte ich mich auf den Boden und wartete auf das Kommende. Nach etwa zehn Minuten vernahm ich Melbar Kasoms Gebrüll. Er rief meinen Namen. Ich schrie zurück, was natürlich niemand hörte. Schließlich feuerte ich einen Schuß ab, der Kasom endlich bewog, die Schleuse zu öffnen.

Wie ein riesiges Ungeheuer aus grauer Vorzeit stand er in dem Druckraum. Den Kombilader hatte er schußbereit angeschlagen, und sein überstarker Schutzschirm leuchtete in grünem Licht.

Weit entfernt hörte ich andere Männer rufen, aber das waren Terraner. Die Flotte war also programmgemäß angekommen, und das Landungskommando hatte Ordnung geschaffen.

Kasom schaltete seinen Schirm ab, nahm mich in die Hand und steckte mich brutal in seine äußere Beintasche. Anschließend spürte ich nur noch, daß der Ertruser rannte. Daß er mich dabei ungeheuren Fliehkräften aussetzte, schien der Grobian nicht zu erfassen. Ich wurde durch die Bewegung seines Beines so stark nach vorn und wieder zurückgeschnellt, daß ich das Bewußtsein verlor.

Als ich erwachte, erzitterte der Planet. Ein ungeheures Grollen stieg aus dem Boden empor. Der Kulan-Tempel war zusammengestürzt. Hinter den Trümmern hatten sich jedoch die Berge geöffnet, und riesige Antennen waren aus vorher unsichtbaren Schächten emporgeglitten.

Man hatte mich in ein Tuch gelegt und die vier Enden oben zusammengebunden. Ich fand die Lage entwürdigend und begann deshalb kräftig zu schreien. Jemand öffnete den Knoten, und über mir sah ich Atlans Gesicht.

„Spezialist Danger zur Stelle, Sir“, sagte ich markig.

Aber Atlans Antwort deprimierte mich.

„Was haben Sie da unten angestellt, Sie Unglücksrabe? Nun sprechen Sie doch. Was ist geschehen?“

Kasom erschien ebenfalls. Er schielte unverschämt grinsend auf mich nieder. Ich begann mit meinem Bericht. Als ich ihn beendet hatte, hörte auch das Grollen auf.

Da sagte Atlan betont: „Wissen Sie, daß in der Galaxis sämtliche Strukturtaster durchgeschlagen sind? Der von Ihnen zerschossene Aktivator scheint wie ein Impulsgeber gewirkt zu haben. Die unbekannten Maschinen haben plötzlich angesprochen. Es handelt sich um die größte Hyperfunkstation, die ich jemals gesehen habe. Das Grollen entstand durch die Abstrahlung von fünfdimensionalen Wellen, deren Stärke niemand anmessen konnte. Wußten Sie das, Herr Major?"

Ich schlug die Hände vors Gesicht und schüttelte den Kopf. Atlan setzte mich auf dem Boden ab. Wir befanden uns außerhalb der Tempelmauern. Weiter rechts erkannte ich den ungeheuren Kugelleib eines USO-Schlachtschiffs. Robottruppen kämmten das Gelände durch. Von den Salonen war weit und breit nichts zu sehen.

Drei Tage später landete Perry Rhodan mit dem terranischen Superschlachtschiff ERIC MANOLI. Wissenschaftliche Teams stiegen in die Untergrundstadt hinab, in der die Maschinen wieder schwiegen. Es war nirgends zu Zerstörungen gekommen, nur der Kulan-Tempel war durch die Bodenerschütterungen eingestürzt. Die Wissenschaftler sollten solange auf Eysal bleiben, bis das Geheimnis der Anlage gelöst war.

Die Antis, die den Angriff der USO-Truppen überlebt hatten, blieben auch jetzt noch bei ihrer Behauptung, über die Funktion der Aggregate nichts zu wissen. Sie wären vor etwa dreihundert Jahren auf Eysal gelandet und hätten hier eine Niederlassung errichtet. Dabei sei die Untergrundstadt zufällig gefunden worden, aber die Maschinen wären nie benutzt worden.

Nun, das wußten wir längst. Perry Rhodan ließ die Götzenpriester in Haft nehmen. Sie sollten sich vor einem Gericht des Imperiums verantworten.

Wenige Tage später wurde von einem terranischen Physiker der Begriff Gravitationsenergetischer Stoßfrontgenerator geprägt.

Rhodan persönlich erklärte mir, die Maschinerie sei fraglos durch die Impulse des am 4. 8. 2326 von mir zerstörten Zellaktivators ausgelöst worden. Atlans Vermutungen hatten sich als zutreffend erwiesen.

„Aber, Sir – was soll damit bezweckt werden?“ fragte ich verzweifelt zurück. „Es tut mir sehr leid, daß ich einen Aktivator getroffen habe. Ich bitte um eine Bestrafung, Sir.“

Der große Terraner lächelte mich an und fragte sehr höflich, ob er mich auf die Hand nehmen dürfe.

Jawohl, ich gestattete es. Strahlend schaute ich zu den grauen Augen des Großadministrators hinauf, der immer noch lächelnd meinte: „Es ist bei uns nicht üblich, Herr Major, erstklassige Offiziere, die im Einsatz alles gewagt haben, zu bestrafen. Sie haben den Anti ausreichend gewarnt, und anschließend haben Sie in Notwehr geschossen. So war es doch, nicht wahr?“

„Jawohl, Sir“, sagte ich in strammer Haltung. Dabei stand ich Höllenqualen durch, da ich ständig befürchtete, von der Hand meines höchsten Vorgesetzten zu stürzen.

„Schön, dann wollen wir darüber schweigen. Absichtlich haben Sie das Gerät nicht getroffen. Was der seltsame Gravitationsstoß zu bedeuten hat, wird sich auch noch herausstellen.“

Wir unterhielten uns noch eine Weile sehr freundschaftlich, und dabei wurde mir vorgeschlagen – nicht befohlen, bitte sehr –, zur Erde zu fliegen, um dort einem erlauchten Gremium meine Erlebnisse klarzulegen.

Melbar Kasom war selbstverständlich neidisch. Als ich die ERIC MANOLI bestieg, wo ich sofort mit der Niederschrift meines Berichts beginnen wollte, rief mir der Ertruser nach: „Lassen Sie sich bitte nicht von der Klimaanlage ansaugen, Herr Major!“

Schreckensbleich sah ich dem Unverschämten nach, der betont affektiert davonmarschierte. Dabei reckte er die Brust, als hätte er den Krötenwolf getötet.

Abschließend möchte ich ausdrücklichst betonen, daß ich selbstverständlich freiwillig in die Nüstern des Ungeheuers geklettert bin.

Niemand soll es wagen, einem Lemy Danger nachzusagen, er wäre gegen seinen Willen eingeatmet worden.

19.

Am 1. August des Jahres 2326 näherte sich die EXPLORER-3218 dem System EX-Zannma, passierte die äußeren drei der insgesamt fünf Planeten und flog dann den zweiten, Zannmalon, direkt an. In diesem Augenblick war man 12212 Lichtjahre von der Erde entfernt.

Die EX-3218 war ein 200 Meter großer Raumer mit knapp 400 Besatzungsmitgliedern. Sie unterstand dem Kommando von Oberstleutnant Jak Schonepal. Vor wenigen Stunden hatte man dieses System, das sich im Randbereich der Galaxis befand, entdeckt. Entgegen der sonst üblichen Praxis, neuentdeckte Systeme mit fortlaufenden Nummern zu bezeichnen, hatte man dieses System EX-Zannma und den zweiten Planeten Zannmalon getauft.

Schonepal brachte das Schiff in eine Umlaufbahn und setzte die Spezialistenteams an. In den wissenschaftlichen Abteilungen des Schiffes begann die Arbeit. Zannmalon wurde erforscht, ohne daß der Fuß eines Menschen den Planeten betrat. Instrumente aller Art spien die Ergebnisse ihrer Untersuchungen aus, die zur Auswertung an das Bordgehirn weitergeleitet wurden. Im Informationszentrum lief alles zusammen. Von hier aus erhielt der Kommandant das Endresultat mitgeteilt.

Schonepal blickte zum Ersten Offizier. Captain McNamara war etwas beleibt, aber keineswegs dick zu nennen. Sein Gesicht zeigte stets einen fröhlichen Ausdruck, und er war allgemein als Optimist bekannt. Bei der Mannschaft war er beliebter als Schonepal.

„Sieht gut aus", meinte er und sichtete das eingegangene Material.

Schonepal nickte nur. Er faßte das Ergebnis zusammen. „Zannmalon ist ein Planet vom Erdtyp. Genauso groß, gleiche Gravitation. Sauerstoffatmosphäre. Klima wie gehabt. In den tropischen Zonen dichte Urwälder und breite Ströme. Drei Hauptkontinente, zahlreiche Meere. Es gibt eine Menge erloschener Vulkane, die auch einen Teil der Landschaft formten. Gebirge mittelmäßig hoch. Pole abgeschmolzen. Bisher wurde nur Vegetation festgestellt. Eine Fauna scheint es den Informationen nach nicht zu geben."

„Eine reine Pflanzenwelt also", sagte McNamara und dehnte seine Worte recht eigenartig. „Dann müssen wir uns eben diesmal nicht vor Tieren oder Menschen, sondern vor den Blumen in acht nehmen."

Schonepal zuckte mit keiner Miene. „Genau so ist es, Captain. Wenn es auf dieser Welt nichts als Pflanzen gibt, dann sind sie logischerweise die herrschende Lebensform. Wir wissen, daß es intelligente Pflanzen geben kann. Wir wissen auch, daß manche von ihnen recht angriffslustig sind. Und gefährlich." Er sah Borowski, den Funker, an. „Was gibt es Neues?"

„Die Funkauswertung meldet den Empfang halborganischer Impulse. Keine Sendeimpulse bekannter Art. Vermischt sind die Impulse mit Materieausstrahlung, die jedoch nicht atomaren Ursprungs ist. Radioaktivität nicht vorhanden."

Schonepal nickte langsam. „Irgendwelche Erklärung?"

„Die Funkauswertung betont, daß es sich nicht um künstlich erzeugte Strahlungen oder Sendungen handelt. Mehr weiß man dort auch nicht."

Schonepal war Chefphysiker des wissenschaftlichen Teams. Kommandant der EXPLORER-3218 war er in diesem Fall erst in zweiter Linie. Halborganische Impulse, die von Materieausstrahlung überlagert wurden, kannte er jedoch nicht.

„Was halten Sie davon, McNamara?"

Der Erste Offizier zuckte mit den Schultern. „Pflanzen. Bei denen ist alles möglich. Sie werden es sein, die die Strahlung aussenden. Vielleicht verständigen sie sich so und sind gerade dabei, unsere Ankunft zu melden."

„Spaßvogel." Schonepal blieb ernst, als er das sagte. „Es könnte auch eine Art Abwehrwaffe sein, deren Wirkung sich noch einstellt."

McNamara sah ziemlich verdutzt aus. „Abwehrwaffe, Sir?"

Schonepal nickte grimmig. „Ich bin auf alles gefaßt. Mit der Landung ist es vorerst nichts."

Zwei Stunden später korrigierte das Robotgehirn die Ergebnisse der bisherigen Auswertung und gab tierisches Leben bekannt. Es handelte sich um urwelthafte Wassertiere, die im Äquatorialozean festgestellt wurden. Außer der Vegetation waren sie das einzige organische Leben auf dem zweiten Planeten der Sonne EX-Zannma.

„Also Wasserfauna", sagte Schonepal mit einer Spur von Befriedigung. „Ich glaube, jetzt können wir landen. Übernehmen Sie die Zusammenstellung des ersten Landungsteams."

Das ließ Captain McNamara sich nicht zweimal sagen. Während Schonepal die Landevorbereitungen anlaufen ließ und nach einem geeigneten Platz Ausschau hielt, wählte er die Mitglieder für ein Einsatzkommando aus.

Die EXPLORER-3218 sank langsam tiefer. Sie stand in großer Höhe über dem Nordrand des Äquatorialozeans. Ein breiter Strom kam aus nördlicher Richtung, nachdem er das dort gelegene Gebirge durchbrochen hatte. Vor seiner Mündung ins Meer umschloß er in einer weiten Schleife eine Ebene, die nur geringen Pflanzenwuchs zeigte.

Das Schiff steuerte auf diese Ebene zu.

Schonepal rief Borowski zu: „Läßt sich feststellen, aus welcher Richtung der Strahlungsmischmasch kommt?"

„Nicht genau, Sir. Die Funkauswertung vermutet, daß die Quelle im Gebirge liegt, ist sich jedoch nicht sicher."

„Wir landen in der Ebene. Nach Süden hin haben wir das Meer. Östlich ist ein nur drei Kilometer breiter Landstreifen, ebenfalls vom Meer begrenzt. Im Westen und Norden ist der Strom. Sollten wir angegriffen werden, haben wir eine gute Position zur Verteidigung." Er sah auf. „Also im Gebirge? Nun, wir werden sehen."

Schonepal war nur äußerlich ruhig. Innerlich fieberte er der Landung entgegen, um die Ungewißheit loszuwerden. Er war sich darüber klar, in diesem Augenblick kein guter Kommandant zu sein, aber diese fieberhafte Erregung packte ihn immer, wenn er kurz vor der Landung auf einem unbekannten Planeten stand. Alles konnte passieren. Das Unglaublichste konnte wahr werden. Man konnte Lebensformen begegnen, die sich selbst der größte Phantast nicht vorstellen konnte. Der Dschungel der Milchstraße barg Geheimnisse, die alle Möglichkeiten in sich einschlossen.

Er zwang sich, ruhig zu bleiben.

Auf den Schirmen waren Einzelheiten der fremden Landschaft zu erkennen. An einem nahezu blauen Himmel stand die Sonne, etwas größer als Sol, dafür nur zwei Drittel einer Astronomischen Einheit entfernt. Auf der Ebene, einer fünf Kilometer breiten Halbinsel zwischen Strom und Meer, waren Buschansammlungen zu erkennen, dazwischen Sanddünen und Steppenflächen. Der Strom war zwei Kilometer breit. Weiter im Norden lag das Gebirge, mehr als hundert Kilometer lang, fünf breit und kaum zweitausend Meter hoch. Sein Fuß mit dem Durchbruch des Stromes lag etwa fünfzehn Kilometer nördlich des Landeplatzes.

Schonepal verringerte auf Alarmstufe zwei.

Dann setzte die EXPLORER-3218 auf. Sanft wurde der Stoß von den Teleskopen abgefedert. Die Antigravfelder blieben eingeschaltet, weil das Schiff sonst in den sandigen Boden eingesunken wäre. Das Summen des Antriebs wurde leiser und verstummte. Nur das Robotgehirn stellte seine Tätigkeit nicht ein.

Aus dem Labor kamen weitere Meldungen. Die Atmosphäre des Planeten war in ihrer Zusammensetzung für den menschlichen Organismus geeignet. Schädliche Bakterien wurden nicht festgestellt. Die Spektralanalyse der Vegetation bestätigte das Vorhandensein von Chlorophyll. Fremde Elemente wurden nicht geortet.

Kurze Zeit später verließ McNamara mit seiner Gruppe das Schiff.

Die Sonne war tiefer gesunken.

McNamara wußte, daß ihnen nur noch wenige Stunden bis zur Dunkelheit blieben. Die Rotationsdauer von Zannmalon betrug dreißig Stunden. Trotzdem wurden alle Eintragungen nach Erdzeit vorgenommen.

Sie entfernten sich nicht weit vom Schiff und blieben vorsorglich im Bereich seiner Geschütze. Die Geologen entnahmen dem sandigen Boden die ersten Proben und sortierten sie in die dafür vorgesehenen Behälter. Die Mineralogen halfen ihnen dabei; ihre Arbeitsgebiete trennten sich erst später. Die Bakteriologen holten Luftproben aus verschiedenen Höhen. Am eifrigsten waren die Biologen. Sie begannen sofort die Arten genau zu untersuchen.

Als es dunkelte, kehrten die Spezialisten ins Schiff zurück und begannen mit ihrer Auswertung.

„Der Planet scheint sicher zu sein“, sagte Schonepal zu McNamara. „Normalwache genügt.“

Am zweiten Tag ihrer Landung auf Zannmalon wurden drei Expeditionen gebildet, die in verschiedenen Richtungen vorgehen sollten. Die eine würde das Meerufer in westlicher, die andere in östlicher Richtung erforschen. Die dritte Gruppe sollte genau nach Norden vorstoßen, den Strom überqueren und das Gebiet bis zum Gebirge untersuchen. Oberstleutnant Schonepal selbst führte diese Gruppe an.

Das gepanzerte Fahrzeug rollte auf seinen Raupenketten durch die Steppe auf das Südufer des Flusses zu. Die Vegetation wurde hier immer üppiger. Nur wenige Meter über dem Niveau des Stromes war der Boden feucht und fruchtbar.

In der Kabine des speziell für die Explorerflotte entwickelten Amphibienfahrzeugs saßen die Mitglieder von Schonepals Gruppe. Die zehn Männer und drei Frauen hatten bequem Platz neben ihrer Ausrüstung. Das Fahrzeug wurde von Sergeant Buddy Crack gesteuert, der als Mädchen für alles galt und keinem wissenschaftlichen Spezialteam angehörte.

„Ein direkt gefährlich harmloser Planet", sagte Professor Nordmann, einer der bekanntesten terranischen Kosmologen. Er sah auf die im Wind wiegenden Gräser hinab. „Für mich ist es immer verdächtig, wenn eine fremde Welt so harmlos ist."

Schonepal war anderer Meinung. „Warum sind Sie nicht froh, daß alles glatt geht, Professor? Ich bin es."

„Ihre Natur ist eben unkompliziert, Kommandant. Ich bin nun seit zwei Jahren auf Ihrem Schiff und habe mit Ihnen schon manche fremde Welt entdeckt. Die schlimmsten Überraschungen erlebten wir immer da, wo wir sie am wenigsten erwarteten."

Schonepal lachte belustigt. „Aber, Professor, wer wird denn so schwarz sehen. Seit dreißig Stunden wird Zannmalon genau analysiert, und wir haben bisher nicht das geringste gefunden, das einen Verdacht rechtfertigte."

„Und die Strahlung aus dem Gebirge? Haben Sie die vergessen?"

Schonepal winkte ab. Vor sich sah er das Ufer des Flusses auftauchen. „Wir werden ja sehen, Professor. Wenn der Strom da vor uns aus normalem Wasser besteht, ist der Weg bis zu den Bergen frei."

Das war eine völlig überflüssige Bemerkung. Die Untersuchungen am Vortag hatten ergeben, daß der Fluß keine Gefahren barg. Schon gar nicht, wenn man mit einem Amphibienfahrzeug übersetzte.

Sie erreichten das gegenüberliegende Ufer ohne Zwischenfall. Sergeant Crack fuhr die beiden Turboschrauben wieder ein und ließ den Panzer weiterrollen. Die Böschung war flach und bereitete keine Schwierigkeit. Hinter ihnen, auf der anderen Seite des Flusses, blinkte silbern die Hülle der EX-3218.

„Kurs etwas rechts verlegen", sagte Schonepal zu Crack. „Sehen Sie zu, daß wir das Gebirge beim Fluß erreichen."

Der Fluß, den sie gerade überquert hatten, verlief etwa zehn Kilometer in östlicher Richtung, dann bog er nach Norden ab und verschwand im Gebirge. Crack hatte sich also nur ein wenig östlich zu halten, um genau dort herauszukommen.

Die Landschaft veränderte sich kaum. Es gab mehr Bäume und mehr Hügel. Sie waren steinig und ragten wie die Buckel urweltlicher Riesentiere aus dem Sand.

Sergeant Hoax, Mediziner und Funker in einer Person, hantierte mit seinem Orter. Das Gerät registrierte auch den geringfügigsten Strahleneinfall.

„Die Richtung stimmt noch immer", sagte er und deutete zum Gebirge. „Ziemlich starke Streuung. Muß mehrere Quellen haben."

Schonepal hörte kaum zu. Er nahm Verbindung mit McNamara auf, der im Schiff zurückgeblieben war. „Alles in Ordnung, Captain?"

„Wir haben Sie gut auf den Schirmen, Sir."

Nordmann grinste etwas, als er fragte: „Nun, Schonepal, doch nicht so sicher, daß nichts passieren kann?"

Der Kommandant zuckte ärgerlich mit den Schultern und sah nach vorn. Die Berge waren ein Stück nähergerückt. Sie wirkten höher, als sie den Messungen nach sein konnten. Der Taleinschnitt lag rechts. Der zwei Kilometer breite Strom wurde bis zu zweihundert Metern zusammengepreßt. Er mußte dort tief und reißend sein. Aber noch war die Klamm viel zu weit entfernt, als daß man sie mit dem bloßen Auge hätte erkennen können.

Das Gebirge rückte näher. Links vom Taleinschnitt waren in den Felshängen dunkle Löcher zu erkennen, die Schonepal als Höhlen identifizierte. Es ließ sich nicht genau feststellen, ob diese Höhlen die

Strahlungsquellen bargen. Das Fahrzeug hielt weiter auf sie zu, bog dann aber wieder etwas rechts ab und hielt sich in der Nähe des Flußufers.

Anfänglich war es nur ein fernes Donnern, das in ihren Ohren klang. Es wurde immer lauter und dröhnte schließlich so in ihren Ohren, daß sie ihr eigenes Wort nicht mehr verstanden. Das Bild, das sich dann ihren Augen bot, war in seiner Art einmalig.

In gewaltigen Kaskaden stürzte der gebändigte Strom durch das Gebirge. Er mußte von einer Hochebene kommen und sich dann seinen Weg stufenweise durch den Fels gefressen haben. Der Prozeß war noch nicht abgeschlossen. Später, in Jahrmillionen vielleicht, würde hier ein breites, ebenes Tal entstanden sein, durch das ruhig und tief der Fluß zog. Heute aber noch tobte das Wildwasser, stürzte von Terrasse zu Terrasse, bildete schäumende Seen und grandiose Wasserfälle. Die Luft war voller winziger, leuchtender Perlen, die alles in einen dichten Wasserschleier hüllten und die Teilnehmer der Expedition bis auf die Haut durchnäßten, als sie das Fahrzeug verließen.

Sichtlich beeindruckt standen sie vor dem Naturwunder. Auf der Erde und auf vielen bekannten Welten gab es Gebirgsdurchbrüche von großen Flüssen und gigantische Wasserfälle, aber eine derartige Stufenklamm hatte noch keiner der Expeditionsteilnehmer gesehen.

„Wunderbar!" brüllte Professor Nordmann dem neben ihm stehenden Schonepal ins Ohr. Der Kommandant nickte.

„Ja, ich bin auch schon ganz naß", brüllte er zurück.

Jede Unterhaltung war sinnlos.

Erst als sie wieder in der Kabine des Panzers saßen und das Summen in ihren Ohren allmählich verklang, wurde es besser.

„Auf die Dauer würde man hier taub", erklärte Sergeant Hoax in seiner Eigenschaft als Mediziner. „Das hält niemand aus."

Leutnant Gabriel deutete nach Westen. „Wir sollten uns um die Höhlen kümmern. Die Strahlung kommt von dort."

Buddy Crack setzte das Fahrzeug in Bewegung und ließ es am Rand des Gebirges entlangrollen, genau nach Westen. Schon nach wenigen hundert Metern registrierten die Meßgeräte den stärker werdenden Einfall der geheimnisvollen Strahlung, die direkt aus den Bergen zu kommen schien.

Der Boden war steinig, dennoch wuchsen noch Pflanzen. Aus schmalen Seitentälern stürzten Bäche, die entweder gleich im Sand versickerten oder dem fernen Meer zuliefen. Nirgends zeigte sich ein Tal, das breit genug war, dem Panzerfahrzeug Platz zu bieten. Wollte man in die Berge eindringen, mußte man zu Fuß gehen.

Bei der ersten Höhle machten sie halt.

Schonepal führte die Gruppe an, vier Männer und eine Frau.

Der Geologe Lazarus hielt sich dicht neben Nordmann.

„Die Struktur der Felsen läßt eigentlich eine natürliche Entstehung solcher Höhlen nicht zu", bemerkte er und klopfte gegen das Gestein. „Schon gar nicht durch Wasser. Das Zeug ist viel zu hart. Käme nur vulkanische Tätigkeit in Betracht. Und davon ist ebenfalls nichts zu entdecken."

„Vielleicht hat jemand die Höhle gegraben", meinte Schonepal.

„Das wäre die letzte Möglichkeit, an die ich gedacht hätte", sagte Lazarus und schüttelte den Kopf. „Es mag Möglichkeiten zur Höhlenbildung geben, die uns noch unbekannt sind. Vielleicht finden wir später noch einen Hinweis."

Der einzige Hinweis, den sie entdeckten, vergrößerte das Rätsel nur noch mehr.

Die Höhlengänge waren von verblüffender Gleichmäßigkeit. Sie waren rund und hatten überall einen Durchmesser von etwa fünf Metern. Die Strahlung schien nun aus allen Richtungen zu kommen, und es war völlig unmöglich, ihren Ursprung festzustellen.

Nordmann verbarg sein Mißtrauen keineswegs. „Ich weiß nicht, Kommandant. Mein Gefühl hat mir bisher immer gesagt, wenn etwas nicht stimmt. Es warnt mich vor Gefahren. Und im Augenblick warnt es ziemlich heftig. Wollen wir nicht lieber umkehren? Vielleicht wäre es besser, zuerst eine bewaffnete Gruppe vorzuschicken. Man weiß nie, welchen Gefahren man begegnet – und mein Gefühl hat mich noch nie betrogen."

„Diese Welt scheint unbewohnt." Schonepal gewann seine alte Sicherheit zurück. „Warum sollten wir jetzt umkehren?"

„Es gibt keine logisch begründbare Antwort darauf", sagte Nordmann kurz.

Sie fanden nichts und kehrten nach einer weiteren Stunde ohne Ergebnisse zum Fahrzeug zurück. Auf Zannmalon herrschte jetzt

Mittagsstunde. Man aß von den mitgebrachten Vorräten und legte eine Pause ein. Dann übernahm Leutnant Borowski das Kommando einer weiteren Forschergruppe und drang mit ihr in die zweite Höhle ein.

Während Borowski in den Berg eindrang, brach auf Terra der 3. August 2326 an.

Das Schicksal gab noch vierundzwanzig Stunden zu.

Borowski gab etwas auf Ahnungen, darum hörte er auch auf Nordmann.

„Sie meinen, die Gänge wären von intelligenten Wesen angelegt worden, Professor?"

„Ich bin davon überzeugt. Kein Naturereignis kann solche Höhlen formen. Sie sind viel zu regelmäßig. Die Höhe der Gänge scheint mit dem Zentimetermaß abgemessen worden zu sein. Es steht für mich fest, daß sie künstlich angelegt wurden. Von wem, kann ich allerdings nicht sagen."

„Vielleicht sind die Erbauer ausgestorben."

„Möglich, aber nicht wahrscheinlich", warf Lazarus ein. „Falls dieser Planet tatsächlich intelligentes Leben hervorgebracht hat, muß es bereits vor langer Zeit ausgestorben sein, andernfalls hätten wir Spuren einer Zivilisation entdecken müssen. Dieses Höhlensystem dürfte jedoch höchstens ein Alter von 400 bis 600 Jahren haben. Also ist es wahrscheinlicher, daß Raumfahrer die Gänge angelegt haben. Möglicherweise suchten sie Erze oder seltene Mineralien. Vielleicht haben wir Glück und finden weitere Spuren."

Diesmal drangen sie tiefer in den Berg vor als die erste Expedition. Die Meßinstrumente schlugen wie wild aus und verrieten die Nähe der Strahlungsquelle. Leider zeigten die Ortungszeiger in die verschiedensten Richtungen.

Der Geologe Lazarus verzweifelte bald. „Meiner Meinung nach gibt es nur eine Strahlungsquelle, aber durch die Felsenformation entstehen Streuungen. Wir können uns also nicht auf die Geräte verlassen."

„Dann ist es aber doch merkwürdig, daß wir Schonepals Sender einwandfrei empfangen können", gab Borowski zu bedenken.

„Nein. Funkwellen sind anders als die fremden Strahlen.“ Lazarus ließ das Licht seiner Lampe über die Gangwände spielen. „Möchte wissen, was sich dahinter verbirgt.“

Nordmann achtete nicht auf das Streitgespräch. Er schritt kräftig voran und schien alle seine Bedenken vergessen zu haben. Trotzdem hielt er den Strahler schußbereit in der rechten Hand.

Plötzlich verbreiterte sich der Gang. Die Wände wichen seitwärts in den Fels zurück, die Decke hob sich, wurde fast acht Meter hoch und spannte sich über einen unterirdischen Saal.

Claudia Peggins, die Biologin, stieß einen spitzen Schrei aus.

Nordmann, der neben ihr stand, faßte sie am Arm. „Beruhigen Sie sich, Claudia. Kein Grund zur Unruhe. Das Tier ist schon seit längerer Zeit tot.“

Borowski starrte auf den riesigen Leib des urwelthaften Wesens, das lang ausgestreckt vor ihnen in der Mitte des großen Raumes lag. Es erinnerte ihn entfernt an einen Wal.

Der Schein der Lampen beleuchtete die eingefallene Haut, unter der die Knochen deutlich zu Tage traten. An manchen Stellen war die Haut bereits zerfallen. Hier waren die Knochen deutlich sichtbar geworden. Das einzige, was noch gut erhalten war, war der Kopf des Ungeheuers.

Er hatte einen Durchmesser von fünf Metern. Die Stellen, an denen die Augen gesessen hatten, waren leer. Darunter klaffte ein breiter Spalt, wahrscheinlich das Maul. Abgemagerte Tentakel oder Greifzangen begannen oben und unten im Hinterteil des Kopfes.

„Ein Saurier“, sagte Lazarus verblüfft.

Claudia Peggins hatte sich inzwischen gefaßt. Die Tatsache, daß das Ungeheuer tot war, beruhigte sie sichtlich. Sie trat einen Schritt vor und ließ den Schein der Lampe auf den Kopf fallen. Sie betrachtete ihn mit einer Mischung aus Abscheu und wissenschaftlicher Neugier.

„Nein, das ist kein Saurier. Dafür fehlen alle Merkmale. Allein die Glieder sprechen dagegen. Sehen Sie doch – es sind keine Glieder zur Fortbewegung, sondern Greifwerkzeuge. Zur Fortbewegung hat es überhaupt keine Glieder. Es kriecht wahrscheinlich.“

„Dann eben kein Saurier“, knurrte Lazarus wütend.

Nordmann ignorierte ihn und folgte Claudia Peggins.

„Glauben Sie, daß es intelligent war?“

Die Biologin zuckte mit den Schultern. „Keine Ahnung, Professor. Warum fragen Sie?"

Nordmann ließ den Schein seiner Lampe wandern. „Sehen Sie dort – deswegen."

Erst jetzt erkannten die Männer den wuchtigen Metallblock nur wenige Meter vor dem Kopf des Skeletts. Er hatte die Form eines großen Schrankes und war unzweifelhaft künstlichen Ursprungs. An der Vorderseite waren Hebel angebracht, recht groß und unübersichtlich. Einige Skalen bestätigten den Eindruck, daß es sich um eine Maschine handelte.

In dem Block summte es leise. Demnach war zu vermuten, daß er eine eigene Stromquelle besaß.

„Sehen Sie", wiederholte Nordmann mit einer hilflosen Handbewegung. „Die oberen Gliedmaßen des toten Monsters sind vorgestreckt. Das rechte Glied liegt auf einem Hebel, als habe es ihn herabgedrückt."

„Aber es ist doch unmöglich!" rief Lazarus aus.

Claudia Peggins hatte ihre nüchterne Überlegung wiedergefunden. „Sollten wir jetzt nicht lieber den Kommandanten unterrichten?"

Die Funkverbindung war schnell hergestellt. Schonepal zeigte sich über die Entdeckung im höchsten Grad erregt und befahl, nichts anzurühren. Er wollte mit Hoax und Gabriel sofort kommen.

Als er und seine Begleiter kurze Zeit später eintrafen, starrten sie fassungslos auf den toten Giganten.

„Vielleicht war es nur ein Zufall", sagte Schonepal endlich, als er sich von seiner Überraschung erholt hatte. „Das Monstrum kam zufällig hier ins Gebirge, fand die Höhlen und kroch hinein. Vor der Maschine dort verendete es dann. Die vorgestreckten Gliedmaßen können ein letzter Reflex gewesen sein. Ich glaube nicht, daß es intelligent war. Erstaunlich ist nur, daß wir bisher noch keinem derartigen Wesen auf Zannmalon begegnet sind, ja nicht einmal Spuren fanden. Entweder handelt es sich bei dem Wesen um eine vor mehreren Jahrtausenden ausgestorbene Spezies, oder es wurde von jemandem hierhergebracht. Möglicherweise sogar von den Erbauern dieses Höhlensystems."

„Darf ich einen Vorschlag unterbreiten, Kommandant?" fragte Claudia Peggins. „Das Monstrum hier ist tot und bedeutet keine

Gefahr mehr. Aber es kann uns helfen. Wir sollten es untersuchen. Gestatten Sie, daß ich Proben mit aufs Schiff nehme, um sie mir im Labor anzusehen?"

„Ich habe keine Bedenken. Vielleicht bringt uns das weiter."

Claudia Peggins nickte ihm dankbar zu und bat Borowski, ihr zu helfen. Während die anderen in der riesigen Höhle nach weiteren Hinweisen suchten und Leutnant Gabriel den Metallblock untersuchte, nahmen die beiden Naturwissenschaftler ihre Instrumente und gingen damit dem Monsterskelett zu Leibe.

Es blieb bei der Absicht.

Zuerst brach die Terkonitkreissäge Borowskis ab, als er versuchte, ein Stück des Skeletts herauszuschneiden. Die Säge zerschnitt besten Arkonstahl mühelos, aber sie kapitulierte vor dem Knochengerüst des unbekannten Lebewesens.

Das war die erste Überraschung. Die zweite war erheblich nervenbelastender.

Borowski versuchte nämlich, ein Knochenstück mit dem Hochenergiestrahl seiner Impulswaffe herauszulösen. Zuerst geschah überhaupt nichts, dann aber verfärbte sich das Material und schrumpfte etwas zusammen. Das war alles. Es schmolz nicht und vergaste nicht.

Fassungslos richtete der Biologe sich auf.

„Das gibt es nicht", sagte er mit brüchiger Stimme. „Nicht einmal Terkonit würde der Energie widerstehen – diese Knochen tun es."

Der Kosmologe Nordmann hielt sich nicht lange mit Vermutungen auf. „Mit normalen Mitteln werden wir das Rätsel nicht lösen, Schonepal. Vor uns liegt ein Knochengerüst, daran kann kein Zweifel bestehen. Es gehört zu einem Lebewesen, wie es bisher noch nicht entdeckt wurde. Auch das ist klar. Wenn wir mit den herkömmlichen Mitteln die organischen Überbleibsel nicht untersuchen können, müssen wir eben zu außergewöhnlichen greifen."

„Ein Energiestrahler ist für Knochen außergewöhnlich genug", sagte Borowski und betrachtete die Waffe in seiner Hand mit Mißtrauen.

„Wir schaffen es nicht, einen Knochen auszulösen." Nordmanns Stimme verriet Ungeduld. „Dann müssen wir eben die Hilfsmittel des Schiffes hierherbringen, statt den Knochen zum Schiff."

Sergeant Hoax richtete sich auf. Er hatte ein wenig abseits vor seinem Ortergerät gehockt und Messungen vorgenommen. „Die eigentümlichen Strahlen kommen zwar aus verschiedenen Richtungen, aber sie weisen doch eine merkliche Konzentration in Richtung Nord auf. Ich denke, wenn wir dort suchen, werden wir ihre Ausgangsquelle finden."

„Aber nicht mehr heute", erklärte Schonepal energisch. „Mir reicht das verdammte Skelett."

Nordmann widersprach ihm. „Ich bin nicht Ihrer Meinung, Kommandant. Wir sollten keine Zeit verlieren. Schicken Sie den Raupenschlepper zurück und lassen Sie das Labor herbringen. Während Borowski und seine Mitarbeiter die Reste des seltsamen Ungeheuers untersuchen, können andere Gruppen weiter in das Höhlenlabyrinth vordringen und nach der Ursache der Strahlung forschen. Außerdem könnten sich einige Experten mit dem Maschinenblock dort beschäftigen. Mir ist nicht wohl bei dem Gedanken, daß mein Leben vielleicht von einem dummen Zufall abhängt."

Nach einer kurzen Diskussion wurde Nordmanns Vorschlag angenommen.

Buddy Crack ließ Claudia Peggins und einige Wissenschaftler einsteigen, dann fuhr er in südwestlicher Richtung davon. Dicht am Horizont war die silbern schimmernde Kugel der EXPLORER-3218 im Sonnenlicht zu erkennen. Die Entfernung betrug etwa fünfzehn Kilometer.

Es dauerte eine knappe Stunde, dann kehrte Crack zurück. Mit ihm kam ein ganzes Team hochqualifizierter Techniker und die Spezialisten der fahrbaren Laboratorien. Als sie das riesenhafte Skelett sahen, beeindruckte sie das vorerst nicht besonders. Erst als sie mit ihrer Untersuchung begannen, wurden ihre Gesichter nachdenklicher.

Nach einer Stunde zeigten sie Bestürzung.

Es gab kein Mittel, das Knochenmaterial einer Untersuchung zu unterziehen. Sie konnten nur das spezifische Gewicht feststellen. Es war an jenen Stellen, an denen Strahler angesetzt worden waren, ungleich höher als an den bisher unberührten. Es war so hoch, daß ein Kubikzentimeter Knochen etwa fünf Kilogramm wog.

„Eine Unmöglichkeit!" donnerte Nordmann, offensichtlich wütend darüber, daß ihm ein längst gestorbenes Lebewesen solche Rätsel aufgab. „Auf Tausenden von Welten haben wir Millionen der verschiedensten Lebensformen erforschen können. Immer war es möglich, gewisse Parallelen zu ziehen, Vergleiche zu finden und Erklärungen abzugeben. Das aber hier ...", und er deutete auf das Skelett, „... ist etwas, das es überhaupt nicht geben darf. So ein Wesen kann überhaupt nicht existieren. Lebte es, man würde es mit keinem bekannten Mittel vernichten können. Sie wissen, was das bedeutet."

Natürlich wußten sie es.

Schonepal sagte: „Wenn Sie mit Ihrer Behauptung recht haben, Professor, dann ist es meine Pflicht, der Zentralstelle sofort einen Bericht zu senden. Perry Rhodan muß davon erfahren. Vielleicht hat man auf anderen Welten inzwischen etwas Ähnliches entdeckt. Nur die Zentrale kann davon wissen, weil dort alle Informationen zusammenlaufen. Wir fanden bisher nur einen Kadaver, was aber, wenn jemand ein noch lebendes Exemplar dieser Rasse findet? Was, wenn es sich als angriffslustig und intelligent erweist? Was aber erst, wenn Sie recht haben, Nordmann, und das Biest mit den bekannten Waffen nicht umzubringen ist?"

„Es gibt nichts, was nicht zu zerstören wäre", sagte Borowski.

Nordmann sah ihn an.

„Hoffentlich irren Sie sich nicht", entgegnete er. „Glauben Sie mir, ich selbst wünsche, daß ich unrecht behalte. Aber vor mir ist etwas, das es einfach nicht geben dürfte. Ich finde keine Erklärung, denn nicht nur die Knochen, auch die verbliebenen Hautteile widerstehen allen Untersuchungsmethoden. Ist es überhaupt Haut?"

„Zumindest würde ich es als organische Materie bezeichnen", sagte Borowski, der neben Claudia Peggins stand. „Leider haben Sie recht, Professor – sie läßt sich nicht näher untersuchen. Sogar die schärfsten Säuren laufen daran herunter wie Wasser. Es bleibt keine Spur zurück."

Schonepal trat einen Schritt zurück. „Ich werde mich mit McNamara in Verbindung setzen. Er soll mich mit einem Gleiter zum Schiff zurückbringen. Mal sehen, was die Zentrale der Forschungsflotte dazu meint. Ich erwarte Sie vor der Dämmerung ebenfalls zurück, Nordmann. Sie werden die Führung der Gruppe übernehmen." Er sah ihn an. „Aber keine Unvorsichtigkeiten, hören Sie?"

Der Professor nickte.

„Mir ist mein Leben genauso lieb wie Ihnen das Ihre", sagte er.

Dann ging er zum Ausgang der Höhle zurück und nahm vom Fahrzeug aus Verbindung mit McNamara auf. Zehn Minuten später holte der Gleiter ihn ab.

Von der Höhle aus führten Gänge in drei verschiedene Richtungen weiter. Da Sergeant Hoax die Richtung der konzentrierten Strahlenmenge angeben konnte, wählte der Trupp den mittleren Gang.

Es waren vier Männer und eine Frau, die in das Unbekannte vordrangen.

An der Spitze ging Professor Nordmann. Obwohl er wußte, wie sinnlos es gegenüber einem angreifenden Monstrum war, hielt er in der rechten Hand den schußbereiten Strahler. Die Waffe gab ihm ein wenig von der Sicherheit zurück, die er bei der Untersuchung des Skeletts verloren hatte.

Hinter ihm ging Hoax mit dem Ortergerät. Er trug seine Waffe im Gürtel, weil er keine Hand mehr frei hatte. Die Lampe auf seiner Brust pendelte hin und her. An den Wänden des Ganges tanzten Schatten.

Leutnant Gabriel und Claudia Peggins blieben eng beisammen. Leutnant Borowski bildete den Abschluß. Er hielt seinen Strahler ebenfalls in der Hand. In der anderen trug er seinen Scheinwerfer.

Der Gang war von einer unheimlichen Regelmäßigkeit. Die Wände, der Boden und die Decke waren so glatt, als habe man sie poliert. Das Gestein schimmerte dunkel und manchmal etwas fettig, als sei es mit einer hauchdünnen Glasur überzogen. Es konnte kein Zweifel daran bestehen, daß die Höhle und das Labyrinth der Gänge künstlichen Ursprungs waren.

Die Luft war stickig, aber erträglich. Es war warm.

Als der Gang eine Biegung nach links machte, blieb Hoax stehen. „Die Strahlung kommt weiter von Norden. Wenn wir weitergehen, entfernen wir uns von ihr.“

Auch Nordmann war stehengeblieben. „Sagen Sie, Hoax, was ist das für eine Strahlung? Ich meine, ist sie gefährlich?“

„Nein, das nicht, Professor. Wenigstens enthält sie keine harten Bestandteile. Sie läßt sich am ehesten mit Gravitationsstrahlung vergleichen. Aber sie ist wirklich ungefährlich, soweit sich das nach den bisherigen Erfahrungen sagen läßt.“

„Sie sind sich nicht sicher?“

„Nein, das nicht. Aber die Wahrscheinlichkeit..."

„Gut, gehen wir weiter. Wir müssen es riskieren."

Nach etwa dreißig Metern bog der Gang wieder nach Norden ab. Erneut schritten sie auf die Strahlungsquelle zu.

Der Gang wurde breiter, die Decke höher. Sogar der Boden, der bisher einer flachen Rinne geglichen hatte, ebnete sich. So ähnlich hatte es vorher ausgesehen, als sie sich der ersten Höhle näherten, in der das Skelett lag.

Eine neue Höhle?

Nordmann verlangsamte seine Bewegungen. „Vorsicht! Wenn wir uns der zweiten Höhle nähern, kann es sein, daß wir dem lebenden Vetter der Riesenraupe begegnen. Sie ist sicher nicht schnell in ihren Bewegungen, so daß wir Aussicht haben, fliehen zu können. Haltet die Waffen bereit, obwohl ich kaum glaube, daß sie uns viel nützen."

Sie gingen von jetzt an nebeneinander, denn der Gang war dazu breit genug. Dann weitete er sich plötzlich zu der erwarteten Höhle.

Sie war größer als die erste und hatte Nischen.

Die Nischen waren nicht leer.

Nordmanns Hand mit der Lampe zitterte leicht, als sie den Schein langsam über den Boden und die Wände wandern ließ. Dann blieb das Licht auf dem Inhalt der Nischen stehen.

„Was ist das?" fragte Borowski und kniff die Augen zusammen. „Sieht aus, als hätte hier jemand seine Munition gelagert."

Die etwa zehn bis zwölf Zentimeter langen „Geschosse" waren rund und zwei bis drei Zentimeter dick. Ihre Farbe spielte ins Violette. Sie lagen nicht wohlgeordnet in den Nischen, sondern wahllos durcheinander, als habe sie jemand hineingeschüttet. Sie waren offensichtlich nicht lebendig. Ein Gedanke, der auch absurd erschienen wäre.

„Bohnen", ächzte Sergeant Hoax.

In der Tat sahen die merkwürdigen „Geschosse" eher wie Bohnen- oder Erbsenschoten aus, oder wie Zigarren. Es mußten Tausende und Abertausende sein, die in der großen Höhle lagen.

„Unsinn", sagte Nordmann und ging ein Stück näher an die Nischen heran. „Wie sollen hier Bohnen herkommen? Aber die Vermutung, daß es sich um Lebensmittelvorräte der Raupe handelt, dürfte nicht von der Hand zu weisen sein. Nur – hat jemand ähnliches Gemüse auf Zannmalon wachsen sehen?"

Die Biologin schüttelte den Kopf. Sie starrte immer noch fasziniert auf die Ansammlung der Schoten.

„Nein, leider nicht, Professor. Diese Frucht ist mir unbekannt."

„Vielleicht wächst sie nur im Gebirge, und das haben wir noch nicht erforschen können." Borowski war neben Nordmann getreten. Seine Waffe hatte er in den Gürtel zurückgeschoben, die „Bohnen" schienen für ihn als ernsthafte Gegner nicht mehr in Betracht zu kommen. „Oder nur in den unterirdischen Höhlen. Es gibt ja auf der Erde auch Gewächse, die keine Sonne benötigen, Pilzarten zum Beispiel."

Nordmanns Stimme enthielt Sarkasmus, als er fragte: „Sie meinen also, der Höhlenwurm habe so etwas wie Champignons gezüchtet? Das klingt nicht sehr überzeugend, Borowski."

Der Biologe ließ sich nicht abschrecken. „Erst eine nähere Untersuchung wird uns zeigen, wie weit unsere Vermutungen zutreffen. Sie gestatten, Professor, daß wir einige der Schoten einsammeln und mit zum Schiff nehmen? Bin gespannt, ob sie ebenfalls unseren Methoden widerstehen."

„Sammeln Sie nur." Nordmann nickte und ging weiter. Er schritt die Höhle ab und stellte fest, daß sie vierzig Meter lang und etwa zwanzig Meter breit war. Sie verjüngte sich erneut zu einem Gang, der weiter in den Berg hineinführte.

Sergeant Hoax hatte inzwischen seine Messungen beendet.

„Die Schoten", sagte er, „geben die Strahlung ab. Hier in dieser Höhle befindet sich ein Strahlungsherd. Hat jemand dafür eine Erklärung, wenn es sich, wie vermutet, um Früchte oder so etwas handelt?"

Nordmann wandte sich mit einem Ruck um und sah ihn an. „Was sagen Sie? Die Strahlung geht von den Dingern da aus? Ist das Ihr Ernst?"

„Die Geräte verraten es. Ein Irrtum ist ausgeschlossen."

„Strahlende Bohnen." Borowski grinste.

Nordmann warf ihm einen strafenden Blick zu und bückte sich, um eine der „Bohnen" aufzuheben.

Er hielt sie auf der flachen Hand und betrachtete sie im Schein der Lampen. Die glatte Schale schimmerte violett mit einem Stich ins Grünliche. Eine Naht war nicht zu erkennen. Das Ding war geschlossen und sah nicht zerbrechlich aus.

„Drücken Sie nicht so", warnte Nordmann, als Borowski zupackte.

Der Biologe zuckte mit den Schultern. „Erstens haben wir genug von den Dingern hier liegen, und außerdem fühlt die Schale sich nicht so an, als zerbräche sie sofort. Im Gegenteil, ich habe das Gefühl, wir werden noch einige Überraschungen erleben. Gestatten Sie?"

Er wartete Nordmanns Erlaubnis nicht erst ab, sondern nahm die Schote in seine eigene Hand. Er tastete sie ab und schüttelte schließlich den Kopf. Dann öffnete er seinen Tragbeutel und ließ die Schote darin verschwinden.

„Also, sammeln wir", sagte er dabei zu Claudia Peggins.

Die Schoten besaßen ein ansehnliches Gewicht.

Jede von ihnen gab, wie Hoax versicherte, ein Minimum an Strahlung ab. Die Hauptstrahlung war somit die Summe aller Strahlungswerte. Es war kaum anzunehmen, daß vegetabile Organismen selbständige Sendeanlagen besaßen. Die Schoten waren demnach keine Pflanzen.

Was aber waren sie dann?

Nordmann zerbrach sich nicht weiter den Kopf darüber. „Haben Sie genug eingepackt, Borowski?"

„Etwa zwanzig oder dreißig. Ich denke, das genügt."

„Denke ich auch." Er sah auf seine Uhr. „In zwei Stunden beginnt die Dämmerung. Wir sollten versuchen, bis dahin beim Schiff zu sein."

„Schaffen wir leicht", versicherte Borowski. „Gehen wir."

Beim Skelett hatte sich inzwischen nichts von Bedeutung ereignet.

Die zurückgebliebenen Fachleute hatten versucht, einen Knochen mit Hilfe mechanischer Einwirkung aus dem Gerüst zu lösen, aber es war ihnen nicht gelungen.

Ein Physiker sagte, was sie alle dachten: „Professor, wenn wir jemals einem solchen Tier begegnen, das lebt, wird es besser sein, ihm auszuweichen. Niemand von uns kann sich vorstellen, daß es eine Waffe gibt, mit der es sich töten läßt."

„Meinen Sie?" Nordmann blieb auffallend kühl. „Immerhin ist dieses Exemplar gestorben, wie man sieht."

Er erhielt keine Antwort. Nachdem alle Geräte verstaut waren, machten sie sich auf den Weg nach draußen.

Sie alle waren froh, als sie wieder im Freien standen. Die Sonne war dem Horizont entgegengesunken und stand rechts vom Schiff. Buddy Crack wartete, bis auch der letzte eingestiegen war, dann ließ er den Motor an. Schwerfällig setzte sich das Gefährt in Bewegung und rollte auf den Fluß zu.

Bald verklang das Donnern der Wasserkaskaden hinter ihnen.

Vor ihnen lagen die Wüste, der Fluß und das Schiff.

Im Labor starrte Borowski mit gerunzelter Stirn auf die Schote.

Sie lag auf der Metallplatte des Tisches. Daneben lagen verstreut Messer, Stahlsägen, ein Hammer, ein zerbrochener Meißel, ein kleines Schweißgerät und ein Nadelstrahler.

Die Schote wies keinerlei Kratzer auf.

„Da soll doch der Teufel . . .", knurrte der Biologe. „Sogar zwei Sägen aus molekularverdichtetem Terkonitstahl sind hin. Ich weiß nicht, womit wir es noch versuchen sollen."

Draußen war längst Nacht. Zannmalon hatte keinen Mond, und am Himmel standen nur wenig Sterne. Es war dunkel.

„Vielleicht haben sie in den anderen Abteilungen mehr Glück." Claudia Peggins sah abgespannt aus. „Sie haben alle ihre Schoten bekommen. Einer wird sie schon aufkriegen."

Borowski nahm den Interkom in Anspruch. „Gabriel? Wie weit sind Sie dort?"

„Nichts, Borowski. Keiner hat die Nuß geknackt. Ich habe sie unter die hydraulische Presse gelegt. Der Hammer bleibt einfach stehen. Der Zwischenraum zum Amboß beträgt genau zwei Zentimeter."

Die chemische Abteilung meldete, daß die Schote in den Säurebädern in keiner Weise reagierte.

Hoax von der Medizinischen Abteilung gab durch, daß er die Schote mit allen möglichen Strahlungsarten beschossen habe, ohne jeden Erfolg. Außerdem seien ihm zwei Skalpelle abgebrochen.

Als Borowski den Interkom ausschaltete und sich wieder Claudia Peggins zuwandte, war er blaß. Sein Mund war fest geschlossen, und seine Lippen bildeten einen schmalen Strich. In seinen Augen funkelte es.

„Verdammt." Eine Weile sagte er nichts mehr, dann zuckte er mit den Schultern. „Wir sollten den Kommandanten unterrichten, aber ich weiß nicht, ob wir nicht besser bis morgen warten. Er kann auch nichts ändern. Die verfluchten Schoten sind genauso widerstandsfähig wie das Knochengerüst von dieser Riesenraupe, oder was immer es auch ist. Gehen Sie schlafen. Ich brauche Sie nicht mehr. Sie auch, meine Herren."

Die Wissenschaftler nickten und entfernten sich.

Borowski blieb allein mit der Schote im Labor zurück.

Er betrachtete sie mit Widerwillen, aber auch mit Neugier. Wenn er doch bloß wüßte, ob er einen künstlich gefertigten Gegenstand oder eine unbekannte Pflanzenart vor sich hatte. Wenn er wenigstens das wüßte, würde er gern auch schlafen gehen.

Auf die Wahrheit kam er nicht, so einfach und schrecklich sie auch war.

Oberstleutnant Schonepal ließ sich am anderen Morgen von den Sektionsleitern Bericht erstatten. Die Berichte lauteten übereinstimmend, daß man die Natur der Schote nicht herausgefunden hatte. In gewisser Beziehung, so wurde festgestellt, habe sie eine enge Verwandtschaft mit den Überresten des Riesenwurms gezeigt. Beide waren unzerstörbar.

Sein bisheriger Optimismus schlug in das Gegenteil um. Er begann, Zannmalon zu fürchten.

Captain McNamara saß im Kontrollsitz. Er betrachtete die Instrumente und sagte: „Wissen Sie, was mir am liebsten wäre?"

„Nun?"

„Wenn wir auf der Stelle starten würden. Noch in dieser Minute."

Schonepal mußte innerlich zugeben, daß er denselben Wunsch verspürte. Er ahnte nicht, daß es dafür bereits zu spät war. Selbst ein augenblicklicher Start hätte die EXPLORER-3218 nicht mehr retten können. Er hätte höchstens noch mehr Besatzungsmitgliedern das Leben gekostet. Um genau zu sein: allen.

Das alles jedoch ahnte Schonepal noch nicht. Er verdaute zuerst einmal die Tatsache, daß auch sein Erster Offizier und Kollege von der Abteilung Kosmo-Biochemie ähnlich dachte wie er.

Dann sagte er: „Wie stellen Sie sich das vor – einfach abhauen? Ich habe der Forschungszentrale schon Bericht erstattet. Wie sollten wir denen erklären, warum wir unsere Arbeit hier aufgaben? Kalte Füße? Ist das eine Erklärung?"

„Wir wären nur vorsichtig."

„Ja, das meinen Sie, aber ob die Admirale das einsehen? Nein, wir haben angefangen, und wir werden unsere Aufgabe auch zu Ende führen. Wir werden diese Schoten knacken, und wenn wir sie mit den Bordgeschützen beschießen müßten."

„Diese Hölleneier bringen mich noch um meinen Verstand." Der Erste Offizier sagte es wütend und mit einer Spur von Verzweiflung. „Es muß doch eine Möglichkeit geben, ihre Natur zu enträtseln. Solange wir nichts über sie wissen, sollten wir das Schiff überhaupt nicht mehr verlassen."

„Da bin ich anderer Meinung, McNamara. Die Untersuchungen können ja weitergehen, aber wir sollten nicht versäumen, neue Erkenntnisse zu gewinnen. Wenn die Schoten uns keine Antwort geben, dann vielleicht die Höhlen und Kammern in den Felsen. Ich werde eine Gruppe von Freiwilligen ins Gebirge schicken."

„Bin gespannt, wer sich meldet."

McNamaras Pessimismus erwies sich als falsch. Es meldeten sich mehr, als er erwartet hatte. Schonepal übergab Borowski den Befehl und überließ ihm die Auswahl seiner Begleiter. Eine Stunde später brach die Forschungsgruppe auf. Sergeant Crack war der Fahrer.

Neben ihm saßen Borowski und Hoax. Außerdem waren noch acht Wissenschaftler aller Gebiete mitgekommen. Von denen, die am Vortag an der Expedition teilgenommen hatten, war niemand dabei.

Sie hielten vor einer anderen Höhle. Crack blieb im Fahrzeug zurück, während Borowski mit seinen neun Begleitern in den Tunnel eindrang. Über ihre Funkgeräte blieben sie in ständiger Verbindung.

Die Höhle erwies sich als weitreichender und verzweigter als die beiden anderen vom Vortag. Allerdings hatte sie auch weniger Hohlräume. Die Gänge erstreckten sich weit ins Gebirge hinein und endeten meist in einer kleinen Kammer. In allen diesen Kammern lagerten die geheimnisvollen Schoten. Eine weitere Riesenraupe wurde nicht gefunden.

Gegen Mittag kehrten sie zum Raupenfahrzeug zurück und fuhren in östlicher Richtung zurück. Borowski hatte vorgeschlagen, noch einmal das Gerät zu untersuchen, vor dem der tote Gigant lag.

Der 4. August 2326 war schon einige Stunden alt.

Die Raupe war unverändert, ebenso das Gerät, vor dem sie lag. Einige der Techniker machten sich daran, es zu untersuchen.

Während fünf Mann zurückblieben, drangen Borowski, Hoax und drei Wissenschaftler bis zu den Nischenräumen vor. Auch hier schien alles unverändert zu sein. Das Licht der Handscheinwerfer wurde von den Schoten reflektiert. Die Wände der Höhle schimmerten grünlich.

Hoax setzte sein tragbares Funkgerät ab und orientierte Schonepal. Crack vermittelte. Es wäre zwar auch eine Direktverbindung möglich gewesen, aber die rätselhafte Strahlung der Schoten hatte sich verstärkt. Sie begann, die Funksendungen zu überlagern.

Borowski bückte sich gerade, um eine Schote aufzuheben, als er unter seinen Füßen ein leichtes Zittern bemerkte. Er richtete sich wieder auf und sah seine Begleiter fragend an. „Was war das?"

„Vielleicht ein Erdbeben?" Hoax ließ seinen Sender eingeschaltet. „Im Gebirge ist das möglich."

„Ein Erdbeben ist überall möglich, nicht nur im Gebirge", sagte Borowski. „Vielleicht sollten wir von hier verschwinden. Wenn der Gang verschüttet wird, sitzen wir fest."

Ein zweiter Stoß ließ sie fast taumeln. Die Decke der Felsenhalle hielt. Nur am Rand bröckelte ein Stein ab und polterte zu Boden.

„Los, Hoax. Nehmen Sie den Sender. Wir verschwinden."

Sergeant Crack meldete sich: „Bringen Sie sich in Sicherheit, Leutnant. Hier draußen bebt auch die Erde. Der Panzer schaukelt hin und her wie ein Schiff auf hoher See. Wie soll ich Sie aus dem Berg holen, wenn er zusammenfällt?"

„Keine Sorge, die Felsen halten."

Borowski hörte Schritte, die sich schnell näherten. Er war nicht wenig überrascht, als die fünf Männer, die bei der toten Riesenraupe zurückgeblieben waren, plötzlich in der Nischenkammer auftauchten. Sie waren außer Atem und machten ganz verstörte Gesichter.

„Was ist? Warum sind Sie nicht geblieben, wo Sie waren?"

„Die Maschine, Leutnant. Sie beginnt zu arbeiten."

Borowski starrte den Sprecher an. „Was soll das heißen?"

„Sie hat ihre Tätigkeit aufgenommen, man kann es deutlich hören. Als der erste Erdstoß erfolgte, begann es in ihrem Innern zu summen, einige Zeiger schlugen aus, einige Lämpchen begannen zu leuchten –

kurz, sie arbeitet. Der Erdstoß muß sie entsprechend angeregt haben."

„Wie sollte ...", begann Hoax, wurde aber sofort von Borowski unterbrochen: „Dann war es auch kein gewöhnlicher Erdstoß. Es muß etwas geschehen sein, das niemand voraussehen konnte. Hoax, geben Sie Bericht an Schonepal, während wir uns zurückziehen."

Ein dritter Stoß erfolgte und verzögerte die Flucht ein wenig. Es war gerade die Spanne Zeit, die notwendig gewesen war, die Hölle zu entfesseln.

„Die Schoten!" rief jemand erschrocken.

Borowski sah in die Nischen. Im ersten Augenblick konnte er nicht feststellen, was mit den Schoten los war, aber dann sah er es.

Die Schoten bewegten sich.

Es war, als erhielten sie unsichtbare Schläge. Sie zuckten konvulsivisch. Einige sprangen regelrecht in die Höhe und fielen mitten in der Höhle zu Boden.

Zwei platzten sogar auf.

Entsetzen bannte Borowski, als er sah, was die beiden Schoten enthielten. Die Schalen klappten auseinander und gaben den Inhalt frei – ein raupenähnliches Lebewesen mit rundem Kopf. Es war etwa elf Zentimeter lang, violett gefärbt und in der Mitte merkwürdig eingeschnürt. Etwa wie eine Wespe. Am hinteren Rand des dicken augenlosen Kopfes saßen vier Beißzangen, zwei oben und zwei unten.

Die Schoten waren Eier.

Bereits in dieser ersten Sekunde fiel Borowski die Ähnlichkeit des Tieres mit der toten Riesenraupe auf, aber es schien ihm völlig unmöglich, daß ein so gigantisches Lebewesen wie die Raupe derart kleinen Nachwuchs hatte. Es mußte Jahre dauern, bis die Jungen herangewachsen waren. Außerdem erhielt er keine Gelegenheit, lange darüber nachzudenken.

Die beiden Kleinraupen begannen sich zu bewegen. Erst jetzt erkannte Borowski die winzigen Füße, die unter der Brust saßen. Es waren soviel, daß er sie nicht zählen konnte, aber er schätzte ihre Zahl auf fünfzig.

Auch die anderen Schoten platzten auf. Bald wimmelte die Höhle von Raupen, die sich anscheinend erst mit der neuen Situation abzufinden hatten.

„Wir sollten eine mitnehmen", sagte Borowski, der das Erdbeben vergessen hatte und von der neuen Gefahr noch nichts ahnte. „Vielleicht erhalten wir dann endlich einen Hinweis. Garett, würden Sie so freundlich sein ..."

Garett nickte und beugte sich hinab, um die Raupe zu ergreifen, die vor seinen Füßen lag und sich krümmte, als habe sie Schmerzen. Die anderen Männer sahen fasziniert zu, wie das Tier sich plötzlich noch mehr zusammenkrümmte, um dann plötzlich in die Höhe zu schnellen – mitten hinein in das Gesicht Garetts.

Es war reiner Zufall, daß Borowski den Vorfall genau beobachtete. Er sah, wie das Maul des Tieres weit auseinanderklaffte und eine Reihe feiner Zähne sichtbar wurde. In der Mitte stand ein besonders großer Zahn, etwas gebogen und vorn mit einer Öffnung versehen. Aus dieser Öffnung sprühte ein feiner, milchiger Strahl, der Garett sofort einhüllte.

Als er nach Sekunden verwehte, war Garett nicht mehr vorhanden. Auf der Erde lag ein schleimiger Haufen undefinierbarer Materie.

„Weg hier!" brüllte Borowski und gab Hoax einen Stoß.

Der Funker ließ sein Gerät fallen, das er aufgehoben hatte, und wandte sich zur Flucht. Auch die anderen Wissenschaftler überwanden ihren Schock und setzten sich in Bewegung. Aber die ausgeschlüpften Raupen orientierten sich unheimlich schnell. Sie griffen an. In Scharen stürzten sie sich auf ihre hilflosen Opfer und sprangen sie an. Dabei stießen sie ihren todbringenden Sprühnebel aus, der jede Materie sofort auflöste.

Borowski sah noch, daß drei weitere Männer zu Boden stürzten und sich in Schleim verwandelten, dann raste er los. Mit einem riesigen Satz übersprang er drei oder vier der Raupen und erreichte den Gang. Ohne sich umzuwenden, lief er weiter. Hinter sich hörte er Schritte. Er mußte also annehmen, daß auch den anderen die Flucht gelungen war.

Aber der lange Gang und das durch ihn verursachte Echo täuschte ihn. Als er die Höhle mit dem toten Ungeheuer erreichte, war es nur noch Hoax, der bei ihm war. Von den anderen acht Wissenschaftlern fehlte jede Spur.

„Dort – sehen Sie!" keuchte Hoax und lehnte sich erschöpft gegen die Felswand. „Die Maschine. Was ist mit ihr?"

Borowski sah zu der Maschine hinüber, die vor der Riesenraupe stand. Ein starkes Summen ging von ihr aus, das sich periodisch verstärkte und dann wieder abflaute. Der Boden der Halle vibrierte. Das Metall des Blocks hatte seine Farbe verändert; es glühte rosa. Erst jetzt bemerkten Borowski und Hoax, wie warm es geworden war.

„Das Ding kann jeden Augenblick explodieren. Wir können doch die anderen nicht im Stich lassen ..."

Hoax unterbrach ihn: „Keiner von ihnen lebt noch, Leutnant. Ich habe gesehen, wie die Biester sie erwischten. Schrecklich. Was ist das hier für eine Welt?"

„Schonepal hatte es geahnt. Dennoch kam es zur Katastrophe. Aber ihn trifft auch keine Schuld." Er starrte immer noch auf die Maschine. „Ich möchte nur wissen, ob zwischen den Erdstößen, der plötzlich arbeitenden Maschine und dem Ausschlüpfen der Schoteneier ein Zusammenhang besteht."

Hoax trat unruhig von einem Bein auf das andere. „Wir können hier nicht mehr lange bleiben, Leutnant. Die hornigen Biester sind gleich hier."

Borowskis Gesicht zeigte plötzlich Entschlossenheit, als er seinen Strahler aus dem Gürtel zog. „Wir werden ja sehen, ob sie reiner Energie widerstehen. So leicht dürfen wir uns nicht geschlagen geben."

Immerhin ließ er sich von Hoax dazu überreden, eine Position einzunehmen, die eine sofortige Flucht ermöglichte.

Dann warteten sie.

Zuerst hörten sie nichts außer dem Summen der Maschine. Dann war in der Ferne ein Rascheln zu vernehmen, das sich schnell näherte. Schließlich tauchten die ersten Tiere am gegenüberliegenden Eingang auf.

„Sie springen wie Heuschrecken", flüsterte Hoax bleich. „Mindestens fünf Meter weit. Sie krümmen sich zusammen und schnellen auseinander. Der Schwung läßt sie durch die Luft fliegen."

„Nur sind das keine Heuschrecken, sondern *Hornschrecken*", gab Borowski genauso leise zurück.

Unbewußt hatte er in diesem Augenblick jenen Lebewesen den Namen gegeben, die bald die Milchstraße bedrohen sollten.

Hornschrecken.

Die ersten befanden sich nur noch dreißig Meter entfernt. In wenigen Sekunden konnten sie zu nahe sein. Borowski hob den Strahler, zielte sorgfältig und schoß.

Mindestens zwanzig Hornschrecken wurden von dem fächerartigen Strahl getroffen. Für lange Sekunden waren sie in das grelle Licht getaucht, das jeden Stahlblock zerschmolzen hätte.

Aber keine Hornschrecken.

Dann griffen sie an.

Borowski stieß einen erstickten Schrei aus und ließ seine Waffe fallen.

„Das gibt es doch überhaupt nicht!" rief er dann, drehte sich um und begann davonzulaufen.

Hoax wartete noch einen Augenblick. Er sah, wie auch das Strahlfeuer seiner eigenen Waffe keine Wirkung zeigte. Entweder war die Hülle der Hornschrecken so widerstandsfähig, oder sie besaß die erstaunliche Eigenschaft, auftreffende Energie sofort abzuleiten oder umzuwandeln.

Noch während er überlegte, stoppte plötzlich der Vormarsch der unheimlichen Lebewesen. Wie auf ein Kommando blieben sie liegen, vom rötlichen Leuchten der glühenden Maschine angestrahlt. Hoax konnte sie deutlich sehen, denn sie reflektierten violett alles Licht.

Die Einschnürung in der Rumpfmitte war noch stärker geworden.

Der hintere Teil begann sich zu verformen, und es war Hoax, als entstünde ein neuer Kopf unmittelbar hinter der Einschnürung. Unter anderen Umständen hätte ihn der Vorgang sicherlich sehr interessiert, aber jetzt erschreckte er ihn nur. Ihm kam ein fürchterlicher Verdacht, den er aber sofort wieder verwarf.

Doch – was war bei diesen Biestern eigentlich nicht möglich?

Borowski war Biologe. Er hätte ihn aufklären können. Aber Borowskis Schritte waren längst weit hinter ihm in der Ferne verhallt.

Hoax war kein leichtsinniger Narr, aber er ahnte, daß von seiner Beobachtung unter Umständen das Leben aller abhing. Wenn das, was sich hier anbahnte, Wirklichkeit wurde, dann wurden die Naturgesetze auf den Kopf gestellt.

Die Hornschrecken verhielten sich noch immer passiv. Obwohl voneinander anscheinend unabhängige Lebewesen, gehorchten sie doch einem unsichtbaren Befehlsgeber.

Hoax nahm seinen Strahler hoch und stellte ihn auf Feinbündelung. Der Energiestrahl war jetzt nur noch so dick wie ein Finger und verschickte eine unvorstellbare Energiemenge auf kleinstem Raum. Wo er traf, schmolz selbst Terkonit in Sekunden.

Er richtete ihn auf die vorderste Hornschrecke und betätigte den Feuerknopf.

Erleichterung packte ihn, als er sah, wie das Geschöpf vernichtet wurde.

Es gab also doch ein Kampfmittel gegen sie. Allerdings ließ sich mit einer so feinen Bündelung nichts gegen zehn oder gar tausend Angreifer ausrichten. Man konnte nur einzelne Exemplare töten.

Immerhin ein Hoffnungsschimmer, der jedoch sofort wieder erlosch, als das Unmögliche geschah.

Inzwischen war die Einschnürung so eng geworden, daß sie praktisch die Hornschrecken in zwei Teile trennte. Der zweite, hintere Teil hatte einen eigenen Kopf.

Und er lebte für sich.

Die Hornschrecken hatten sich geteilt, wie eine Zelle sich teilt.

Aus einem Tier waren zwei geworden.

Aus tausend zweitausend.

Aus zehntausend zwanzigtausend.

In einigen Stunden würde es eine Million sein.

Hoax vergaß seinen geringen Teilerfolg und wandte sich zur Flucht.

Er wußte, daß es nun keine Rettung mehr gab, wenn er nicht früh genug das Schiff erreichte.

Borowski hatte den Ausgang des Höhlenlabyrinths erreicht.

Der Platz, an dem Buddy mit dem Raupenfahrzeug gestanden hatte, war leer.

Im ersten Augenblick glaubte der Biologe, daß er sich verirrt und die Höhle aus einem anderen Gang verlassen habe, aber dann sah er die Spuren des Amphibienschleppers. Sie verrieten, daß Crack gewendet hatte und in Richtung Schiff davongefahren war.

Borowski vertrödelte eine volle Minute, ehe er auf den Gedanken kam, sein Armbandgerät einzuschalten. Aus dem winzigen Lautsprecher drangen eine Unzahl von Stimmen, die er nicht sofort unterscheiden konnte. Alle sprachen durcheinander, und jede schien etwas Wichtiges mitteilen zu wollen. Dann begann Borowski zu ahnen, daß eine Panik ausgebrochen war.

Er begriff das nicht. Die Menschen auf dem Schiff konnten doch noch nichts von dem Unheil ahnen, das in den Höhlen seinen Anfang genommen hatte. Hoax hatte keine Gelegenheit mehr gefunden, eine Warnung abzustrahlen. Warum überhaupt war Crack geflohen? Hier draußen waren noch keine Hornschrecken zu sehen.

Er schaltete auf Senden und rief die EXPLORER-3218. Dann schaltete er wieder auf Empfang.

Niemand nahm von ihm Notiz.

Es mußte etwas geschehen sein, das alle bestehende Ordnung über den Haufen geworfen hatte. Vielleicht hing das mit Cracks Verschwinden zusammen, der seinen Posten sicherlich nicht ohne zwingenden Grund verlassen hatte.

Im Funkgerät wurde es leiser. Schonepals Stimme war deutlich zu vernehmen. Er befahl, daß auch der letzte Mann endlich aus dem Schiff verschwinden solle, da man starten müsse.

Das klang nun tatsächlich verrückt.

Wenn das Schiff starten sollte, mußten doch alle an Bord sein, und nicht umgekehrt.

Borowski erfuhr die Auflösung des Rätsels Sekunden später, als es ihm endlich gelang, Verbindung mit Schonepal aufzunehmen. Ehe er dem Kommandanten von seiner schrecklichen Entdeckung berichten konnte, erfuhr er von diesem, daß die zwei Dutzend Schoten an Bord der EXPLORER-3218 ausgeschlüpft seien. Die unheimlichen Lebewesen waren dabei, das Schiff aufzufressen. Es gab nichts, was den Hornschrecken Einhalt gebieten konnte. Terkonit wurde ebenso aufgelöst wie organische Substanzen. Selbst Schutzschirme boten den Hornschrecken keinen Widerstand. Auf eine unerklärliche Weise brachten sie die Schutzfelder zum Zusammenbruch, indem sie ihre Energien absorbierten, bis der Generator überlastet war und seinen Dienst einstellte. Mindestens dreißig Mann der Besatzung waren bei der kopflosen Flucht ums Leben gekommen. Die Biester hatten damit begonnen, sich zu vermehren. Und zwar durch eine Art Zellteilung.

Das war neu für Borowski. Er konnte sich ausrechnen, daß es bereits mehrere tausend Hornschrecken auf dem Schiff gab.

„Sie sind hinter mir her!" brüllte er in das Mikrofon. „Crack ist weggefahren! Was soll ich tun? Von der Gruppe blieb außer mir und Hoax niemand übrig!"

„Wir kommen Sie holen, sobald ich alle Überlebenden in Sicherheit gebracht habe", gab Schonepal zurück. „Wir konnten einige Gleiter und Rettungsboote aus dem Schiff bringen. Sie halten sich in der Luft, damit keins der Biester eindringen kann. Warten Sie dort."

Borowski wollte noch sagen, daß ihm vielleicht nicht mehr viel Zeit blieb, aber er kam nicht mehr dazu. Das Stimmengewirr setzte wieder ein. Außerdem kam Hoax gerade aus der Höhle gestürzt. Er fuchtelte wie wild mit seinem Strahler.

„Sie lassen sich umbringen. Und sie teilen sich, sie teilen sich wie Amöben."

„Ich weiß." In wenigen Worten klärte er den Sergeanten über die Vorgänge auf dem Forschungsschiff auf, dann fragte er: „Was sagen Sie? Man kann sie töten?"

„Wenn man den Energiestrahl fein einstellt, aber was hilft das gegen diese Übermacht, die sich von Sekunde zu Sekunde vergrößert? Wir müssen weg hier. Gleich werden sie die Ausgänge der Höhlen erreichen."

Borowski sah sich um.

„Sie kommen schon!" rief er. „Da, sehen Sie nur! Sie dringen zu Tausenden aus den Tunneln! Und sie springen fünf Meter weit! Jede Flucht ist sinnlos! Wenn Schonepal uns nicht gleich abholt, sind wir verloren!"

Hoax deutete auf die steilen Felsenhänge. „Wir müssen da hinauf. An den glatten Felsen finden sie keinen Halt. Zu dumm, daß Sie Ihre Waffe fortgeworfen haben. Haben Sie wenigstens noch Reservemagazine dabei?"

Borowski nickte und betrachtete den Felsen. Wenn sie noch lange warteten, wurde ihnen der Weg abgeschnitten. „Beeilen wir uns. Wer weiß, wann Schonepal kommt – wenn überhaupt."

Sie rannten auf die Felsen zu, wichen einem Zug von Hornschrekken aus, die gerade mit der zweiten oder dritten Teilung begonnen hatten. Sie wuchsen fast zusehends, bis sie die notwendige Größe erreicht hatten, um sich erneut zu teilen.

Das Erklettern der Felsen erwies sich als schwierig, aber die

Todesangst trieb die beiden Männer voran. Als sie ungefähr fünfzig Meter über der Ebene ein schmales Band erreichten, legten sie eine Pause ein. Unter ihnen lag die Ebene, die sich bis zum Meer erstreckte. Die EXPLORER war deutlich zu erkennen. Darüber schwebten einige dunkle Punkte – die Gleiter und Boote. Einige landeten und nahmen Menschen auf. Dann starteten sie schnell wieder. Dazwischen rollte der Amphibienpanzer. Er hielt auf die EXPLORER zu und blieb plötzlich stehen.

Borowski lauschte auf die Funksendungen und erfuhr, daß Schonepal Crack den Befehl zum Abstoppen erteilt hatte. Die Erklärung war deutlich genug.

„Es ist sinnlos, Crack. Die Hornschrecken, wie die Biester getauft wurden, fressen Sie und Ihren Panzer auf. Bringen Sie sich in Sicherheit, bis wir Sie aufnehmen können. Vielleicht finden wir einen Weg ins Gebirge. Retten Sie Borowski und Hoax. Zu Fuß haben die beiden keine Chance."

Borowski sah, wie der Amphibienpanzer drehte und auf das Gebirge zurückrollte. Wenn er die Richtung beibehielt, geriet er genau in die erste Welle der Hornschrecken.

„Hallo, Crack!" rief er in sein Funkgerät. „Hören Sie mich, Crack? Melden Sie sich!"

Es meldeten sich alle möglichen Leute, nur Buddy Crack gab keine Antwort. Er fuhr stur in sein Verderben. Borowski und Hoax sahen von ihrem sicheren Platz aus zu, wie der Panzer mitten hinein in die kriechende und springende Armee der Hornschrecken fuhr und plötzlich anhielt.

„Verdammt, warum hört der Bursche auch nicht!" knurrte Hoax verblüfft.

Crack eröffnete das Feuer auf die Hornschrecken.

Aus der großen Entfernung war die Wirkung nicht zu erkennen, aber sie konnte nicht groß sein, denn bereits nach wenigen Feuerstößen stellte Crack den Beschuß wieder ein. Die Seitenluke öffnete sich, ein Mann sprang heraus und begann zu rennen.

Er kam nicht weit.

In hilfloser Wut ballten Borowski und Hoax die Fäuste, als sie Buddy Crack sterben sahen. Es dauerte nur wenige Sekunden, dann war es vorüber. Von dem Mann war nichts mehr zu sehen.

Aber auch der Panzer verwandelte sich. Immer mehr sackte er in sich zusammen. Die Hornschrecken bedeckten ihn völlig und bearbeiteten ihn mit ihrer Säure und ihren Beißwerkzeugen. Schließlich war nur noch ein kleiner Hügel aus gallertähnlicher Masse zu erkennen, der keinerlei Ähnlichkeit mit einem Amphibienfahrzeug mehr hatte.

„Hoffentlich entdecken sie uns nicht", flüsterte Hoax heiser. Er sah in die Tiefe. Aus allen Höhlen quollen jetzt die Züge der Hornschrekken und bedeckten den Wüstenboden. „Der Strom wird sie aufhalten."

„Und wenn schon. Auf der anderen Seite vermehren sie sich genauso schnell. Es gibt nur einen Ort, wo wir sicher wären. Auf einer Insel im Ozean."

„Wir sollten das Schonepal mitteilen."

„Der soll uns erst einmal hier abholen."

Erneut versuchte Borowski, Verbindung mit dem Kommandanten zu erhalten. Als das endlich gelang, begannen die ersten Hornschrekken, die Felsen emporzuklettern.

„Schonepal, in zehn Minuten sind wir hier erledigt. Holen Sie uns endlich ab."

„Gleich. Die EX ist geräumt. Wir haben das Schiff aufgegeben, aber es ist uns gelungen, einen Notruf abzustrahlen. Darin wird gebeten, uns so schnell wie möglich von hier abzuholen. Der Notruf enthielt auch die wichtigsten Informationen über die Vorfälle auf Zannmalon, sowie die Warnung, auf keinen Fall auf diesem Planeten zu landen, damit keine Hornschrecken unbemerkt auf andere Welten verschleppt werden können. Stellen Sie sich vor, auch nur eine von ihnen gelangte zur Erde."

Das war allerdings eine furchtbare Vorstellung. Von der Erde aus konnten die Zellteiler in alle Teile der Galaxis gelangen und eine Katastrophe auslösen, die unübersehbar war.

„Sie kommen die Felsen hoch!"

Hoax rief es und deutete nach unten. Borowski vergaß Schonepal für einen Augenblick. Er sah, wie einige der Hornschrecken in die Höhe sprangen und an der glatten Wand kleben blieben. Beim nächsten Sprung verfehlten sie meist ihr Ziel und fielen auf den Boden zurück, manche aber waren geschickter. Sie hatten beim zweiten Sprung sieben oder acht Meter Höhenunterschied überwunden.

Borowski sah eine, die sich mitten im Sprung teilte. Dabei entstand (vermutlich als eine Art Stoffwechselprodukt) eine durchsichtige Flüssigkeit, die schwer zu Boden tropfte. Dort blieb sie liegen und verfärbte sich langsam milchig. Die beiden neu entstandenen Hornschrecken benötigten nur wenige Minuten, um völlig aktionsfähig zu werden. Sie begannen sofort zu wachsen und griffen den Felsen an.

Sie begannen ihn aufzufressen.

Borowski erwachte wie aus einem Alptraum. „Kommandant! Uns bleiben noch fünf Minuten. Die Hornschrecken fressen den Fels. Sie lösen ihn mit ihrer Säure auf und verschlingen ihn. Sie wachsen zusehends und teilen sich dann. Holen Sie uns ab."

„Ich schicke Ihnen einen Gleiter", versprach Schonepal und unterbrach die Verbindung.

Borowski atmete auf.

Der Gleiter erschien bald über ihnen, fand aber keinen Platz zum Landen.

„Hier Leutnant Gabriel, Borowski. Steigen Sie noch sechzig Meter. Da ist ein kleines Plateau, auf dem wir niedergehen können. Schaffen Sie das noch?"

„Wir müssen", erklärte der Biologe. „Wer ist bei Ihnen?"

„Claudia Peggins und Nordmann. Dazu Dr. Lazarus und noch drei Mann."

„Dann sind wir acht. Noch Platz für mehr?"

„Leider nicht. Steigen Sie schon, die Hornbiester sind dicht unter Ihnen."

Hoax kletterte bereits. Er fand immer wieder einen Vorsprung, an dem seine Finger sich festklammern und den Körper nachziehen konnten. Er kam nur langsam voran, aber immer noch schneller als die Hornschrecken, die meist wieder abfielen, wenn sie den Fels nicht richtig ansprangen.

Borowski kletterte dicht hinter Hoax her. Über ihnen schwebte der Gleiter. Gabriel gab Anweisungen und machte sie auf besonders gut erkennbare Vorsprünge aufmerksam.

Nach fünfzehn Minuten erreichten sie das Plateau. Der Gleiter war gelandet und nahm sie auf. Dann startete er wieder.

In geringer Höhe flogen sie über die Ebene dem Fluß zu.

Unten wälzten sich die Hornschrecken gleich brodelndem Magma dem Ufer entgegen. Sie fraßen alles auf. Nicht nur die spärliche Vegetation, sondern auch Felsbrocken und Sandhügel fielen ihrer Gefräßigkeit zum Opfer. Zurück blieben nichts als konturlose Schleimberge und die schimmernden Krusten der erstarrenden Teilungssekrete.

Über der verlassenen EXPLORER-3218 kreisten die Gleiter und Boote wie ein aufgeschreckter Schwarm riesiger Vögel. Allmählich kam Ordnung in den bisher wirren Funkverkehr. Schonepal erließ ein Sendeverbot und erlaubte nur eine Funkverbindung im Notfall.

Das Heer der Hornschrecken aus den Gebirgshöhlen hatte das Ufer des Stromes erreicht. Es staute sich dort.

Wie es schien, scheuten die unheimlichen Lebewesen das Wasser.

Die Terraner erhielten eine Galgenfrist, nicht mehr. Denn lange konnte es nicht dauern, bis aus den zwanzig Schoten, die man auf die EXPLORER gebracht hatte, eine neue Welle von Hunderttausenden von Hornschrecken entstanden war.

Fassungslos mußten die Überlebenden mitansehen, was aus ihrem Schiff wurde.

Die Teleskopstützen waren angefressen worden, und der schwere Raumer begann in dem Boden einzusinken, weil die Schwerkraftregler ausgefallen waren und das Gewicht des Schiffes für den Boden zu groß war. Gleichzeitig verwandelte sich die Hülle, auf der Tausende von Hornschrecken herumkrochen. Sie besprühten sie mit ihrer verderbenbringenden Säure, die ein Chemiker „Schrecksäure" genannt hatte. Langsam, aber sicher, wurde die stolze EXPLORER-3218 zu einem unansehnlichen Berg aus Schleim und schimmernden Krusten, der zusehends in sich zusammensank.

Schließlich war das, was die EXPLORER gewesen war, nur knapp fünfzig Meter hoch.

Die Hornschrecken wanderten weiter, auf der Suche nach neuer Nahrung.

Dann standen sich die beiden Heere am Strom gegenüber.

Über ihnen warteten drei Beiboote und fünf Gleiter, alle bis zum Bersten mit Menschen angefüllt. Ein Namensaufruf hatte bestätigt, daß von den vierhundert Männern und Frauen der Besatzung mehr als einhundertfünfzig ihr Leben eingebüßt hatten.

Die Übriggebliebenen warteten auf das, was geschehen würde. War das Wasser ein Hindernis für die Hornschrecken? Davon hing es ab, was als nächstes geschehen sollte.

Die violetten Massen stauten sich. Die hinteren schoben nach, bis die vordersten Reihen dem Druck nicht mehr widerstehen konnten und sich weiterschieben ließen.

Tausende von Hornschrecken stürzten auf die langsam vorbeiziehende Wasserfläche. Sie versanken nicht, sondern trieben mit der Strömung dem Meer zu. Dann begannen sie zu springen.

Sie wandten dabei die gleiche Methode an wie auf dem Land. Sie krümmten sich zusammen und schnellten auseinander. Der Schwung ließ sie bis zu fünf Meter weit fliegen. Sie tauchten in das Wasser, kamen aber sofort wieder an die Oberfläche, um erneut zu springen.

So erreichten sie das andere Ufer.

Unterwegs begegneten sie ihren Artgenossen, ohne sie zu beachten.

Bald war der Strom mit einer violetten Schicht bedeckt. Wahllos wechselten die beiden Heere das Ufer. Es war offensichtlich, daß sie sich dabei nicht verständigten, sondern rein instinktiv handelten.

Sie waren also nicht intelligent?

Hunderte und Tausende wurden abgetrieben und erreichten das Meer.

Ohne Sinn und Ziel sprangen sie weiter, dem Süden entgegen.

Aber sie kamen nicht sehr schnell voran, denn immer wieder trugen die anrollenden Wogen sie zum Ufer zurück. Aber sie ertranken auch nicht.

Schonepal nahm Verbindung mit den zwei anderen Beibooten und den fünf Gleitern auf. Über Telekom fand eine Konferenz in der Luft statt. Captain McNamara, der das zweite Boot befehligte, schlug vor, im Gebirge einen geeigneten Landeplatz zu suchen. Man könne sich nicht immer in den engen und vollgestopften Booten aufhalten. Leutnant Borowski blieb bei seiner These, nur auf einer Insel sei man vorerst sicher. Zwar würden die Hornschrecken mit der Zeit auch dorthin gelangen, wahrscheinlich aber erst in Tagen oder Wochen.

Sergeant Knüpfl, der Pilot und Kommandant des Bootes, das Dr. Mährlich aufgenommen hatte, stimmte Borowski zu. Er hielt McNamaras Vorschlag, im Gebirge Schutz zu suchen, für unzweckmäßig. Denn gerade im Gebirge, so betonte er, seien die Höhlen. Dort sei die Gefahr am größten.

Die Mehrheit der Gleiterpiloten entschied sich ebenfalls für die Inseln.

Damit war die Entscheidung gefallen.

Bevor Borowski auf Kurs ging, warf er einen letzten Blick hinab auf die Ebene. Der Fluß war fast vom Land nicht mehr zu unterscheiden, denn die schräg einfallenden Sonnenstrahlen wurden überall violett reflektiert. In einer Stunde würde die Dämmerung hereinbrechen. Höchste Zeit, eine Insel zu finden.

Vereinzelte Hornschrecken trieben weit draußen auf dem Ozean. Sie schaukelten mit den Wogen auf und ab, ließen sich aber davon nicht stören. Im vergrößerten Bildschirm erkannte Borowski eine, die sich teilte. Die dabei entstehende Flüssigkeit versank in der Tiefe.

Siebzig Kilometer südlich des Festlands tauchte die Insel im Schein der untergehenden Sonne auf. Die Ebenen lagen bereits im Schatten, während die Bergkegel noch hell angestrahlt wurden. Der Durchmesser der fast runden Insel betrug höchstens zwei Kilometer. Weiter nach Süden lagen weitere Inseln.

„Wo liegt im Süden Festland?“ fragte Borowski den Kommandanten. Er entsann sich nicht mehr der geographischen Vermessungen bei der Umkreisung.

„Etwa zweitausend Kilometer.“

„Dann wird es besser sein, wir fliegen weiter. Je größer der Abstand von den Kontinenten, desto länger unsere Frist. Eine Insel ist so gut wie die andere.“

In zweihundert Kilometern Entfernung fanden sie ein einsames Eiland. In der Mitte erhob sich ein kugelförmiger Berg, kaum dreihundert Meter hoch. Die Insel selbst war drei Kilometer lang und fünfhundert Meter breit. Das Nordufer bestand aus scharfen Klippen und Felsen, während das Südufer ein einziger Sandstrand war. Die Sonne versank gerade unter dem Horizont, als Schonepal den Befehl zur Landung gab.

Noch einmal meldete sich Borowski: „Was ist, wenn auch hier Schoten lagen, aus denen die Jungen inzwischen ausschlüpften?“

„Sehen Sie nur nach unten“, empfahl Schonepal. „Keine Spur von Hornschrecken. Und Sie sind doch wohl, genau wie ich, davon überzeugt, daß sie die Insel längst kahlgefressen hätten, wären sie auch hier. Ich glaube, die Biester lebten bisher nur auf dem Festland.“

Von den vierhundert Mann Besatzung der EXPLORER-3218 hatten zweihundertachtundzwanzig die Katastrophe überlebt. Die erste Nacht auf der Insel war in Ungewißheit vergangen, denn niemand wußte, was in der Dunkelheit um sie herum vorging. Erst als die Sonne am anderen Morgen aufging, ergab ein Erkundungsflug Borowskis, daß keine Hornschrecken oder Schoteneier auf ihr vorhanden waren. Letzteres wurde durch das Fehlen jeglicher Strahlung bestätigt.

Schonepal ordnete an, daß in jedem Boot und Gleiter eine Wache zurückbleiben sollte, damit die Einheiten jederzeit im Notfall starten konnten. Aus den vorhandenen Mitteln wurden Zelte errichtet, damit die Männer mehr Platz erhielten. Die Frauen wurden in einem Rettungsboot zusammengezogen, wo sie eine bequeme und sichere Unterkunft fanden. Eine Überprüfung der vorhandenen Lebensmittel ergab, daß man es im Notfall zwei Monate auf der Insel aushalten konnte. Wasser lieferte ein Bergbach reichlich genug.

Als nächstes teilte Schonepal eine ständige Küstenwache ein. Sie wurde alle zwei Stunden abgelöst und nachts durch fahrbare Scheinwerfer unterstützt. Alle dreihundert Meter wurde ein Mann stationiert, der nichts anderes zu tun hatte, als das Meer zu beobachten. Der Alarm sollte dann ausgelöst werden, wenn die erste Hornschrecke gesichtet wurde. So waren fünfundzwanzig Mann immer damit beschäftigt, einen dreihundert Meter breiten Küstenstreifen nie aus den Augen zu lassen. Die schweren Energiestrahler waren durchaus in der Lage, einzelne Hornschrecken zu vernichten, wenn man sie richtig traf.

Der erste Tag verlief ohne Zwischenfall. Er war angefüllt mit Arbeit und ließ keine Zeit zum Nachdenken. Als endlich die Nacht hereinbrach, hatte jeder das Gefühl, alles für die Sicherheit getan zu haben.

Am zweiten Tag ließ Schonepal auf dem Gipfelplateau des Berges einen Hyperempfänger stationieren, der immer mit zwei Mann besetzt sein mußte. Jeder hoffte, daß der Notruf der EX-3218 empfangen und an die richtigen Stellen im Imperium weitergeleitet worden war. Aber selbst unter den günstigsten Umständen würde die Hilfe frühestens in einigen Tagen eintreffen. Man hoffte, solange hier auszuhalten. Die Errichtung der Empfangsstation, der ein kleiner Hypersender mit geringer Reichweite angeschlossen war, diente dazu, bei Eintreffen der Hilfe Kontakt mit den Rettern herzustellen.

Sergeant Hoax erhielt das Kommando über diese Funkstation.

Vom Gipfel aus ließ sich die ganze Insel übersehen. Ohne die Bedrohung durch die Hornschrecken, die einmal auch bis hierher gelangen würden, wäre das Leben direkt schön gewesen. Ringsum war nichts als Wasser, bis zum Horizont. Einige winzige Pünktchen verrieten weitere Inseln. Das Meer war glatt, und die silbernen Furchen stammten von den Walen, wie man sie der Einfachheit halber nannte.

Unten am Südstrand standen die Zelte und Gleiter. Etwas mehr landeinwärts die Boote. Das Boot der Frauen lag auf dem anderen Ufer des Baches. Dazwischen wuchsen Bäume und Sträucher.

Am Strand faulenzte die dienstfreie Mannschaft. Die Wissenschaftler hatten jede Lust verloren, sich mit den geologischen oder sonstigen Gegebenheiten von Zannmalon zu beschäftigen. Sie hatten nur das Leben im Meer studiert und festgestellt, daß es keine Gefahren für den Menschen barg. Außerdem war der Meeresgrund an der Südseite flach. Man konnte hundert Meter ins Meer hinauswaten, ehe man schwimmen mußte.

Ein Gleiter war unterwegs, um die Umgebung der Insel nach auftauchenden Hornschrecken abzusuchen.

Der Gleiter flog höchstens in zwanzig Metern Höhe über das Meer dahin und hielt den Kurs nach Norden. Sergeant Darelle steuerte. Neben ihm saß Borowski und fungierte als Beobachter.

Die Wasseroberfläche war glatt wie ein Spiegel, von einer Dünung konnte Borowski nichts bemerken. Es herrschte völlige Windstille. In der gläsernen Tiefe zogen manchmal Wale dahin, ganze Rudel und auch einzeln. Man konnte sie deutlich sehen.

„Hundert Kilometer von der Insel“, sagte Darelle, „und noch immer nichts.“

„Danken Sie Ihrem Schöpfer dafür, Sergeant. Im übrigen habe ich sie auch nicht so schnell erwartet – die Hornschrecken, meine ich.“

Vorn tauchte eine Insel aus dem Meer auf. Sie war nicht groß, dafür aber felsig und weit aufragend. Nur an einer Stelle war ein flacher Sandstrand. Dicht daneben in der Bucht zerfurchten die Köpfe der Wale das stille Wasser.

„Auch hier noch nicht", stellte Borowski befriedigt fest. „Die Insel liegt genau zwischen dem Festland und unserem Eiland. Wir werden ihr täglich einen Besuch abstatten müssen. Wenn es hier losgeht, haben wir etwa noch einmal dieselbe Anzahl von Tagen Zeit."

„Hoffentlich stimmt die Rechnung", knurrte Hoax.

Sie flogen einige Schleifen und setzten dann ihre Erkundung nordwärts fort. Der ersten Hornschrecke begegneten sie nach weiteren achtzig Kilometern. Sie hatte im Verlauf von zwei vollen Tagen erst zwanzig Kilometer auf dem Wasser zurückgelegt.

„Wenn Wind und Strömung günstiger wären, ginge es schneller." Borowski starrte aufs Meer hinab. „Das ist der Vorposten, und wir werden ihn töten. Eine bessere Gelegenheit, ihr Verhalten zu studieren, finden wir nie mehr. Es besteht keine Gefahr. Versuchen wir es mit dem Bordstrahler."

„Crack hatte auch keinen Erfolg."

„Crack hatte den Strahler auf breite Streuung eingestellt, den Fehler begehen wir nicht. Feineinstellung, stärkste Konzentration. Fertig, Sergeant?"

Sie standen etwa zehn Meter über der Hornschrecke, die ruhig auf dem Wasser lag und sich vom letzten Sprung ausruhte. Dabei begann sie, sich in der Mitte weiter einzuschnüren. In wenigen Minuten würden es zwei Hornschrecken sein.

„Um so besser", knurrte Borowski grimmig. „Dann haben wir zweimal das Vergnügen."

Aus seiner Stimme sprachen Haß und Verzweiflung. Vielleicht hatte es noch niemals etwas gegeben, was Borowski so haßte wie diese unheimlichen Lebewesen, von denen er ahnte, daß sie die Geißel der Milchstraße würden.

Die Teilung vollzog sich. Während das neu entstandene Tier ruhig liegenblieb, sprang der alte Teil weiter und legte in wenigen Sekunden nahezu hundert Meter zurück. Dann blieb es erneut liegen und begann zu wachsen.

„Es wächst, obwohl es nicht frißt." Hoax sagte es fassungslos.

Vorsichtig näherten sie sich dem Muttertier. Aus zehn Metern Entfernung feuerte Hoax einen kurzen Energieschuß ab, der genau sein Ziel traf. Wasser sprudelte auf und verkochte. Der Wurm hatte seine Farbe verändert und sank langsam in die Tiefe.

Der zweiten Hornschrecke erging es nicht anders.

„Wenn sie einzeln kämen, könnten wir sie leicht erledigen. Wenn die verfluchte Zellteilung nicht wäre, hätte ich keine Angst vor ihnen. So aber . . ."

Borowski verstummte. Er hatte ein ganzes Rudel Hornschrecken entdeckt, die sich in der Art fliegender Fische fortbewegten und südlichen Kurs hatten. Er nickte Hoax zu. Der Sergeant nickte grimmig zurück.

Sie griffen den Schwarm aus einer Höhe von zehn Metern an.

Der kaum armdicke Energiestrahl riß eine Todesfurche in den violetten Teppich. Die Hornschrecken sanken einfach in die Tiefe, wenn sie getroffen wurden. Sie lösten sich nicht auf, wie es jedes Metall getan hätte, aber wenigstens schienen sie tot zu sein.

Sie töteten Hunderte und Tausende, aber dann gaben sie es auf. Es wäre unmöglich gewesen, sie alle zu vernichten, ohne in den aufsteigenden Wasserdampfschwaden restlos die Orientierung zu verlieren und vielleicht abzustürzen.

Als Borowskis erste Wut verraucht war, zuckte er mit den Schultern. „Es ist sinnlos. Vorposten können wir leicht erledigen, aber wenn die Hauptmacht anrückt, bleibt uns nur die Flucht. Ich glaube, wir haben genug gesehen. Ab, Richtung Heimat."

Sie kehrten zur Insel zurück und berichteten Schonepal von ihrer ersten Begegnung mit den nach Süden vordringenden Hornschrecken.

Schonepal sagte nicht viel, aber seine Miene verriet seine Befürchtungen.

Am fünften Tag nach ihrer Landung auf der Insel, es war der neunte August, erhielten sie den unwiderlegbaren Beweis, daß die Hornschrecken ein erstaunliches Maß taktisch klugen Verhaltens an den Tag legten.

Sergeant Knüpfl war der äußere Anlaß der furchtbaren Entdekkung.

Er kam von seinem Posten am Westufer zurück und schlenderte an der Küste entlang, um zu seinem Zelt zu gelangen. Dabei trat er mit dem Fuß in eine zerbrochene Muschelschale. Er begann sofort zu bluten.

Humpelnd erreichte er das Lager, wo er sich sofort bei Dr. Mährlich meldete, der ihm einen Verband anlegte.

„Man weiß nie, welche Vergiftungen man sich hier holen kann", sagte der Arzt dann. „Warten Sie, ich gebe Ihnen noch eine Spritze."

Aber so sehr er auch suchte, er fand das bestimmte Serum nicht.

„Ich werde es noch im Boot haben", knurrte er. „Kommen Sie mit."

Mährlich stützte Knüpfl, der immer noch humpelte.

„Warum müssen Sie auch barfuß herumlaufen", sagte der Arzt ärgerlich. „Das nächste Mal treten Sie noch auf eine Hornschrecke."

„Erwähnen Sie nur das Wort nicht", sagte Knüpfl erschrocken und wurde blaß. „Da würden auch die schwersten Stiefel nichts nützen."

Der Frachtraum des Rettungsboots war nicht sehr groß. Man hatte die Zelte herausgezerrt, aber einige Kisten mit Lebensmitteln und Medikamenten waren geblieben. Mährlich suchte sich die seiner Meinung nach richtige heraus und bat den Sergeanten, ihm beim Heraustragen zu helfen.

Sie stellten die Kiste vor dem Boot auf den sandigen Boden. Während der Arzt den Verschluß aufschnappen ließ, fiel Knüpfls Blick rein zufällig auf die Rückseite des rechteckigen Metallbehälters. Seine Augen wurden ganz starr und rund.

„Da – Doktor – ein Loch."

Mährlich sah auf und klappte den Deckel hoch. „Was reden Sie da?"

„Ein Loch – auf der Rückseite der Kiste. Eingefressen. Gerade groß genug, um eine Hornschrecke durchzulassen."

Mährlich drehte die Kiste um und betrachtete das Loch. Dann trat er einen Schritt zurück. „Holen Sie den Strahler aus der Zentrale. Er hängt neben den Kontrollen. Aber beeilen Sie sich."

„Ich verstehe nicht – wenn das wirklich so ein Biest ist, wie kommt es hierher? Warum haben wir noch nichts bemerkt?"

„Holen Sie den Strahler, dann reden wir weiter."

Knüpfl verschwand mit einem Satz im Boot. Mährlich bewegte sich nicht. Hinter seiner Stirn arbeitete es. Bisher hatten die Hornschrekken nur gefressen und sich vermehrt. Wenn in den Medizinkasten eine eingedrungen war, gab es keine Erklärung dafür, warum sie das nicht auch getan hatte. Es sei denn . . .

Der Sergeant kam zurück. „Haben Sie sie schon gefunden?"

Mährlich gab keine Antwort. Er nahm den Strahler, überprüfte die Einstellung und hob dann vorsichtig die erste Lade mit den Ampullen ab. Darunter lagen die hydraulischen Spritzen.

Nichts.

Erst als Mährlich die vierte Lade abnahm, fanden sie die gesuchte Hornschrecke. Sie lag zusammengerollt zwischen Wattepäckchen und rührte sich nicht. Offensichtlich befand sie sich in einem Erstarrungszustand.

Die beiden Männer waren zurückgetreten und starrten auf das Entsetzliche, das alle ihre Berechnungen über den Haufen warf.

Mährlich schaltete sein Funkgerät ein und rief Schonepal.

„Wer ruft?"

„Dr. Mährlich, Sir. Wir haben eine Hornschrecke gefunden."

Schonepal schwieg nahezu zehn Sekunden. Als er wieder sprach, klang seine Stimme heiser und ungläubig. „Was sagen Sie da, Doktor? Eine Hornschrecke? Hier, auf der Insel?"

„Im Boot von Sergeant Knüpfl. Im Frachtraum. Sie bewegt sich nicht. Sicher eine Art Starre. Sollen wir sie töten?"

„Warten Sie. Ich schicke Ihnen Borowski. Seien Sie vorsichtig."

„Worauf Sie sich verlassen können."

Borowski kam fünf Minuten später. Inzwischen hatte die Hornschrecke sich nicht bewegt. Still lag sie zwischen den Päckchen. Sie sah ganz harmlos aus. Die Beißzangen lagen dicht am Hinterkopf. Das gefährliche Maul war geschlossen.

Borowski betrachtete sie mit finsterer Miene.

„Sie muß noch im Hangar der EX in das Boot eingedrungen sein", sagte er schließlich. „Aber sie hat sich anders benommen als die restlichen. Sie hat ein Versteck gesucht, in dem sie sicher war. Dann hat sie ihre Lebensfunktionen abgeschaltet. Ich wette, sie hat es nicht zufällig getan. Sie wollte unentdeckt bleiben und mit uns auf einen anderen Kontinent, vielleicht sogar auf eine andere Welt gelangen. Dort wäre sie erwacht und hätte mit dem Verdoppelungsprozeß begonnen. Nicht auszudenken."

„Wenn sie jetzt erwacht, geschieht das gleiche, Leutnant."

„Wir müssen sie töten, klar. Aber ich glaube nicht, daß sie von einer Sekunde zur anderen erwacht. Die Medikamente sind zu wertvoll. Wir müssen das Biest in den Sand werfen, ehe wir es vernichten."

Es war eine nervenzermürbende Angelegenheit. Wenn die Hornschrecke erwachte, waren sie verloren. Mährlich kippte den Kasten vorsichtig um. Der Inhalt fiel in den Sand, auch die Hornschrecke. Mit einem Stock schoben sie das Tier dann ein Stück abseits. Dann vernichtete Borowski es mit Genugtuung. Mährlich gab Knüpfl die Spritze und gleich noch ein Beruhigungsmittel dazu. Der arme Sergeant betonte, daß sein Bedarf an Abenteuern für heute gedeckt sei, und humpelte in Richtung Sandstrand, wo er sich unter einen Strauch legte und sofort einschlief.

Borowski unterrichtete Schonepal, der sofort Alarm gab.

Zwei Tage lang wurde jeder Winkel der Boote und Gleiter durchsucht. Nicht das kleinste Fach blieb unberücksichtigt, aber keine Hornschrecke wurde mehr gefunden. Allem Anschein nach war es nur einer einzigen gelungen, rechtzeitig ein Versteck zu finden. Immerhin erklärte Professor Nordmann nach einer Diskussion mit den Biologen, daß nun kein Zweifel mehr daran bestehen könne, daß die Hornschrecken entweder nach einem ererbten Instinkt handelten oder eine gewisse Intelligenz besaßen. Trotz der Durchsuchung der Schiffe sei es auch immer noch möglich, daß irgendwo eine versteckt sei. Vielleicht sogar in einem Reaktor. Aber, so erklärte Nordmann weiter, das spiele keine Rolle mehr. Sie würden eben alle Boote und Gleiter zurücklassen, wenn man sie hier abholte.

Es war der zwölfte Tag auf der Insel, der 16. August 2326.

Wieder waren Borowski und Darelle unterwegs.

Sie waren nach Norden geflogen, zu der hundert Kilometer entfernten Insel in Richtung Festland.

Vorn kam die Insel in Sicht.

Noch bevor sie ihre Ufer erreichten, deutete Darelle aufs Meer hinab. „Da, sehen Sie! Die Hornschrecken!“

Das Wasser wimmelte von ihnen. Teilweise trieben sie einfach im Wind dahin und schienen zu schlafen. Andere Gruppen wieder waren in voller Bewegung. Mit den bekannten Sprüngen versuchten sie, schneller voranzukommen. Nicht alle strebten südlich. Die Richtung war unterschiedlich.

Sie flogen weiter und kreisten dann über der Insel – oder dem, was einmal die Insel gewesen war. Die beiden Männer erhielten einen Vorgeschmack von dem, was ihrer eigenen Insel bevorstand.

Die Berge waren um die Hälfte kleiner geworden. Sie waren mit einer schimmernden Kruste überzogen. Überall krochen und sprangen die violett gefärbten Hornschrecken und suchten nach neuer Nahrung. Von Vegetation war keine Spur mehr vorhanden. Am Ufer drängten sich die Heere der Unersättlichen. Aber die unaufhörliche Teilung im Innern der Insel bewirkte, daß bald kein Platz mehr vorhanden war. Das Wasser blieb der einzige Ausweg.

Immer neue Scharen stürzten sich ins Meer und trieben davon.

Die meisten nach Süden.

Nach Norden zu war die Oberfläche des Meeres violett gefärbt.

Große Teile der Insel waren mit einer milchfarbenen Substanz überzogen. Als Borowski diese Substanz mit den Energiewaffen des Gleiters unter Beschuß nahm, mußte er feststellen, daß sie die Energie absorbierte. Die Schüsse konnten der Substanz nichts anhaben.

Borowski gab Darelle ein Zeichen.

Der Gleiter zog eine Schleife und folgte der schimmernden Armee. Borowski übernahm das Bordgeschütz, und dann griffen sie systematisch von Süden her an und vernichteten die Vorhuten. Langsam, aber sicher, gelang es dem Leutnant, den Zug nach Westen abzudrängen. Die Hornschrecken schienen das Verderben zu wittern. Sie wichen aus.

Aber es waren zu viele.

Nach einer Stunde hatte Borowski mehr als hunderttausend Hornschrecken vernichtet, aber eine Million von ihnen drängte nach.

Es gab keine Möglichkeit, sie aufzuhalten.

Der Tod war auf dem Vormarsch.

Zwei Tage später erreichten die ersten Hornschrecken die Insel.

Es war Mittag. Leutnant Gabriel beendete gerade seine Runde von Posten zu Posten und war am Berghang auf dem Nordufer der Insel angelangt. Der Stand lag hoch über dem Wasser. Steil fielen die Klippen ab, fast senkrecht. Unten war eine enge Bucht, in der die Wale spielten. Es herrschte völlige Windstille, und das Wasser war glatt wie ein Spiegel.

„Heiße Gegend, was?" ächzte Gabriel und dachte an den schönen Sandstrand auf der Südseite. „Nichts gesehen?"

„Nichts, Sir. Die Wale haben's gut."

Gabriel nickte und dachte weiter an den Sandstrand. Und nicht nur an den Strand. Trotzdem betrachtete er die Wale.

Ein besonders großes Tier war ein Stück in die See hinausgeschwommen und schoß wie ein Pfeil durch sein Element. Er ließ eine schäumende Spur zurück. Gabriel kniff die Augen zusammen, als er plötzlich das Aufspritzen hundert Meter vor dem Maul des Wales sah. Er nahm dem Posten das Glas ab und setzte es vor die Augen. Seine Ahnung hatte ihn nicht getäuscht.

Gerade machte die Hornschrecke den zweiten Sprung.

Der Wal schoß vor, öffnete sein Riesenmaul und verschluckte die Hornschrecke.

Gabriel beobachtete ihn weiter, während er auf den Knopf des Senders drückte und Alarm gab.

Der Wal machte kehrt und kam in die Bucht zurück. Er drehte noch einige Runden, dann bäumte er sich plötzlich auf und versank lautlos in der Tiefe. Er war noch einige Sekunden zu sehen, dann verschwand er zwischen den dunklen Riffen.

Genau eine Minute später schwammen in der Bucht zwei kleine Hornschrecken.

Der Posten vernichtete sie durch einen gezielten Energiestrahl.

Gabriel begann zu laufen und erreichte schließlich atemlos das Lager, wo bereits alles in hellem Aufruhr war.

Der Kampf gegen die Hornschrecken begann.

Sie kamen ausschließlich von Norden.

Alle fünf Gleiter waren in der Luft und patrouillierten in immer größeren Kreisen. Ein kurzer Erkundungsflug Borowskis brachte die vorerst beruhigende Erkenntnis, daß keine größeren Heere im Anmarsch waren. Es handelte sich um einen Zug von höchstens zehntausend Tieren. Dahinter war das Meer wieder frei.

Von diesen zehntausend durfte auch nicht eins den Strand erreichen.

Die Gleiter machten sich an ihr Vernichtungswerk, und was ihnen entging, wurde von den jetzt doppelt besetzten Posten erledigt. Nach zwei Stunden lebte keine Hornschrecke mehr. Der erste Angriff der Zellteiler war abgeschlagen.

Aber das ruhige Leben auf der Insel war vorüber.

Von jetzt an war ständig ein Gleiter unterwegs und suchte das Meer nach versprengten Hornschrecken ab. Er zog weite Kreise vor der Küste und hatte den Auftrag, sofort Großalarm zu geben, wenn die Gefahr erneut auftauchte.

Als es dunkelte, wurden Scheinwerfer eingeschaltet. Ein zweiter Gleiter stieg auf und unterstützte den ersten.

Auch an der Küste standen Scheinwerfer. Die Aggregate der Boote liefen auf Hochtouren, um die notwendige Energie zu erzeugen. Die Küste rings um die Insel war in grelles Licht getaucht. Es war unmöglich, daß auch nur eine Hornschrecke unbemerkt ans Ufer gelangte.

Die Insel glich einer belagerten Festung.

Gegen Mitternacht erwies es sich als rettender Gedanke Schonepals, die Posten doppelt besetzt zu halten.

Sergeant Knüpfl, dessen Fuß inzwischen wieder verheilt war, teilte sich mit Kadett Morrell, einem Chemiker, die Arbeit. Er bediente den Scheinwerfer und ließ ihn an den Klippen hin- und herwandern, während Morrell beobachtete und den Energiestrahler bereithielt.

An dieser Stelle war die Küste nicht so steil und hoch wie weiter im Westen. Der Postenstand befand sich nur zwanzig Meter über dem Wasser und dicht am Rand der Klippe.

Es war Wind aufgekommen. Wolken bedeckten den ohnehin finsteren Himmel. Die Wellen klatschten gegen die Felsen. Es wäre unmöglich gewesen, eine treibende Hornschrecke zu entdecken. Morrell machte eine entsprechende Bemerkung.

„Die Gleiter sehen mehr als wir. Es wäre ein Zufall, wenn so ein verfluchtes Biest durchkäme."

Morrell war nicht überzeugt. Er verdoppelte seine Anstrengungen, aber bald schmerzten seine Augen.

Überall waren weiße Schaumkronen auf dem Meer. Jede konnte eine Hornschrecke sein. Die Brecher an den ersten Riffs konnten ganze Armeen sein. Und in den Felsenhöhlen unter der Klippe klatschte es unaufhörlich. Wie sollte man da hören, ob nicht eine Hornschrecke in die Höhe sprang und am Felsen haften blieb?

Rechts und links waren die Lichter der Nachbarposten.

Morrell zündete sich eine Zigarette an. Insgesamt hatte er noch fünfzehn Stück, dann ging sein Vorrat zu Ende. Er würde das Rauchen sehr vermissen. Eigensüchtig bot er Knüpfl keine an, obwohl er wußte, daß auch der Sergeant ein starker Raucher war.

Aus Knüpfls Funkgerät kam Borowskis Stimme. Der Leutnant war in dieser Nacht Offizier vom Dienst, da Schonepal ja auch mal schlafen mußte.

„Alles in Ordnung auf den Beobachtungsposten?"

Jeder Stand gab seine Meldung durch. Auch Knüpfl bestätigte, daß kein Anlaß zur Besorgnis bestünde und bat um Zeitangabe.

Danach war wieder nur das Klatschen der Brecher zu hören.

Morrell lauschte nach rechts. Seine Augen versuchten die Dunkelheit zu durchdringen, die hinter den Scheinwerfern herrschte. Von dem Stand aus führte ein schmaler Pfad durch die Felsen zum Nachbarposten.

Morrell war, als hätte er in dieser Richtung ein Geräusch gehört.

Die Ablösung konnte es noch nicht sein, die kam erst in einer Stunde. Außerdem waren es keine Schritte gewesen. Eher ein Kratzen oder Schleifen. So als würde Stein über Stein geschoben oder gezogen.

„Verdammter Sturm. Man hört schon Gespenster."

Knüpfl nickte. „Geht mir auch so. War da was?"

„Keine Ahnung. Soll ich nachsehen?"

„Mich brächten keine zehn Pferde dazu, jetzt in der Finsternis spazierenzugehen, wenn es nicht unbedingt notwendig wäre. Wir können ja die Lampen herumdrehen."

„Nicht nötig. Ich habe eine Taschenlampe." Morrell zog sie aus der Tasche, schnippte den glühenden Zigarettenrest ins Meer hinab und rückte den Handstrahler im Gürtel zurecht. „Ich seh' mal nach."

„Aber Vorsicht", riet Knüpfl.

Morrell verließ den sicheren Stand und bewegte sich einige Schritte in Richtung des vermeintlichen Geräusches. Rechts stiegen die Felswände genauso steil an, wie sie auf der linken Seite zum Meer abfielen. Der Pfad war nicht mehr als einen Meter breit.

Nach etwa zehn Metern blieb er stehen und lauschte.

Außer den Brechern war nichts zu hören – aber dann war das leise, vorsichtige Schleifen wieder da. Genau vor ihm, keine zwei Meter entfernt.

Morrell knipste die Lampe an und leuchtete auf den Pfad hinab.

Der nicht sehr helle Strahl fiel auf den Körper einer Hornschrecke, die sich gerade zum Sprung krümmte.

„Sergeant!"

Das war alles, was Morrell noch hervorbrachte. Er hatte den Strahler aus dem Gürtel gerissen, konnte ihn aber nicht entsichern, weil er mit der anderen Hand die Lampe hielt. Für eine lange, schreckliche Sekunde stand er wie zu Stein erstarrt, dann ließ er die Lampe fallen, um die rechte Hand frei zu bekommen.

Knüpfl hörte den Schrei, sah das Licht erlöschen und schloß geblendet die Augen, als Morrells Waffe Energie zu speien begann.

Dann flog der Strahler in hohem Bogen in die Tiefe. Er flammte immer noch, auch als er schnell in dem schwarzen Wasser versank. Endlich erlosch er.

„Morrell! Was ist passiert?"

Keine Antwort.

„Morell! Melden Sie sich!"

Erst jetzt kam Knüpfl auf die Idee, den großen Scheinwerfer herumschwenken zu lassen und den Pfad zu beleuchten. Als er das sah, wußte er Bescheid.

Er veränderte den Scheinwerfer nicht mehr, nahm seinen eigenen Handstrahler und ging auf die Stelle zu, an der Morrell gestorben war.

Die Hornschrecke saß mitten auf dem Weg und begann sich zu krümmen.

Knüpfl tötete sie, bevor sie springen konnte.

Dann gab er Alarm.

Bis zum Morgengrauen wurden insgesamt dreiundzwanzig Hornschrecken an Land vernichtet. Als es hell wurde, erkannte man sie früh genug und griff sie auf dem Wasser an.

Schonepal setzte Spezialkommandos ein, die im Verlauf des Tages die Insel durchkämmten. Es wurde keine einzige Hornschrecke gefunden. Damit wurde klar, daß sich die Insel am Tage leicht verteidigen ließ und die größte Gefahr nachts drohte.

Borowski flog Aufklärung und kehrte mit der Nachricht zurück, daß die Hauptmacht der Hornschrecken noch zwanzig Kilometer entfernt sei. Wenn sie die Insel erreichte, gab es außer sofortiger Flucht keine Rettung mehr. Er hatte nur wenig vereinzelte Tiere gesehen und getötet. In der kommenden Nacht würde es ruhiger sein.

Sergeant Hoax konnte gegen Abend dieser erfreulichen Nachricht eine weitere hinzufügen. Er hatte einige verstümmelte Funksprüche aufgefangen, nach denen zu urteilen Perry Rhodan bereits zu ihnen unterwegs war. Es hatte Schwierigkeiten mit der Position gegeben. Soweit Hoax aus den Meldungen heraushörte, war Rhodan mit dem Schlachtschiff ASSOR auf dem Weg zu ihrem System. Es war sein dritter Versuch, Zannmalon zu finden. Die Nacht war ruhig, aber am nächsten Morgen erfolgte der Frontalangriff der violetten Todesarmee.

Boote und Schiffe waren startklar, aber Schonepal befahl die Verteidigung der Insel bis zum letzten Augenblick.

Während auf der Nordseite der Insel die Strahlgeschütze zu feuern begannen und Furchen in die anbrandende Todesarmee rissen, versuchten Borowski und Professor Nordmann, Schonepal umzustimmen.

„Es ist sinnlos, Kommandant. Welchen Zweck hat es, einen Tag länger auf der Insel zu bleiben oder nicht? Gut, in den Booten und Gleitern wird es eng werden, aber das ist besser als tot. Außerdem wird die Gefahr einer unerkannten Verschleppung von Hornschrekken erhöht. Wir schlagen vor, die Insel sofort zu räumen und uns auf den Südkontinent zurückzuziehen, um dort Rhodans Ankunft abzuwarten. Vielleicht ist der Südkontinent noch frei von Hornschrecken, wenn nicht, können wir immer noch in eine Kreisbahn um Zannmalon gehen."

Schonepal betrachtete Borowski nachdenklich, dann gab er den Befehl zum Rückzug.

Die Posten an der Nordküste blieben bis zuletzt. Sie wehrten die Angriffe der ersten Welle ab, konnten aber nicht verhindern, daß immer mehr Hornschrecken das Land erreichten und in das Innere der Insel vordrangen. Die unheimlichen Zellteiler begannen sofort mit ihrer zerstörerischen Tätigkeit und verwandelten die Materie in den widerlichen Schleim, der bald darauf verkrustete und alles überzog.

Die Boote starteten, während die Gleiter die Posten aufnahmen.

Sergeant Darelle steuerte den Gleiter, in dem auch Borowski, Hoax, Nordmann, Gabriel und Miß Peggins waren. Die alte Besatzung war somit wieder beisammen. Sie nahmen drei Posten auf und stiegen auf zweihundert Meter. Von dieser Höhe aus ließ sich das Geschehen auf der Insel am besten beobachten.

Die Hornschrecken erreichten das verlassene Lager und stürzten sich auf alles, was die Terraner zurückgelassen hatten. Im Nu wurden die Zelte und Ausrüstungsgegenstände von der violetten Armee überzogen und verschwanden im Sprühnebel der Säure. Die Geschütze sackten in sich zusammen. Die Hornschrecken erklommen den Berg.

Zwei Stunden später hatten die Hornschrecken auf der Insel keinen Platz mehr. Sie stürzten sich ins Meer und schwammen weiter nach Süden, dem fernen und noch unbekannten Kontinent entgegen.

Schonepal gab das Zeichen zum Aufbruch. In geschlossener Kolonne erreichten sie den Südkontinent. Nachdem feststand, daß die Küste frei von Hornschrecken war, landete man und richtete ein provisorisches Lager ein, stets bereit, innerhalb von Minuten wieder zu starten. Ein Gleiter wurde ausgeschickt, um weiter in das Landesinnere vorzudringen und dieses zu erkunden.

20.

Die ASSOR war ein reguläres Superschlachtschiff der Imperiumsklasse und mit Transformstrahlern bestückt. Der Kugelraumer hatte einen Durchmesser von anderthalb Kilometern und eine Besatzung von dreitausend Mann.

Als Rhodan die Schreckensbotschaft erhalten hatte, war ihm keine Zeit für besondere Vorbereitungen geblieben. Er hatte nur Gucky mitgenommen, weil sonst keiner der Mutanten in Reichweite gewesen war. Der Mausbiber hatte diesen Zufall mit Befriedigung registriert, sich von Iltu mit einigen zärtlichen Klapsen verabschiedet und ihr ewige Treue geschworen. Das war ihm nicht schwergefallen, denn es gab nur drei Dutzend Mausbiber in der ganzen Galaxis, und davon war die Hälfte noch männlichen Geschlechts.

So kam es, daß Gucky mehr durch Zufall das zweifelhafte Vergnügen erhielt, an Rhodans übereilter Hilfsaktion teilzuhaben.

In der Zentrale glühten die Bildschirme. Frontal spannte sich der ovale Übersichtsreflektor. Die Form des Spiralnebels war deutlich auszumachen. Rechts und links verschwammen die Konturen im Halbraum. Die ASSOR flog mit hunderttausendfacher Lichtgeschwindigkeit.

Schweigend versahen die Offiziere ihren Dienst. Ihre Handbewegungen waren ruhig und verrieten nichts von der Nervosität der Männer. Ganz selten nur wurde eine Anweisung gegeben oder eine Information ausgetauscht.

Auch Perry Rhodan sprach nicht viel.

Er stand hinter dem Sitz des Kommandanten und betrachtete die Bildschirme. Seine Züge waren straff und gespannt. In den grauen Augen funkelte ein unbändiger Wille. Sie verrieten Entschlossenheit und zugleich vorsichtige Überlegung. Die Hände lagen auf der Lehne des Pilotensessels.

Weiter rechts nahm der Chefkosmonautiker eine Plastikfolie aus dem Bordgehirn. Er betrachtete die Zeichen und reichte sie wortlos dem Kommandanten.

Oberst Jenkins hatte bereits graue Haare an den Schläfen, aber nichts verriet sonst sein Alter. Seine schlanke Gestalt erinnerte ein wenig an die Rhodans, aber sein Gesicht war weicher. Er nahm die Folie, warf ebenfalls einen Blick darauf und reichte sie dann Rhodan.

„Es sind drei Systeme, die in Frage kommen, Sir. Welches fliegen wir zuerst an?"

Nicht zum erstenmal verwünschte Rhodan die Tatsache, daß der Funkspruch der verschollenen EXPLORER-3218 nur verstümmelt aufgefangen worden war. Die Positionsangabe war ungenau. Zwar wußte man im Hauptquartier des Forschungszentrums, welche Aufgabe Oberstleutnant Schonepal erhalten hatte, aber niemand konnte ahnen, wo er die erste Zwischenlandung vorgenommen hatte.

Die Berechnungen aus der Intensität der Hypersignale und die Position des Frachters, der sie aufgefangen hatte, ließ einige Schlüsse zu. Weiter kannte man die Empfangsreichweite der Funkstation des Frachters. So erhielt man Hinweise, denen man nachgegangen war. Nun blieben nur noch die drei ersten Systeme des Spiralarms. Wenn auf ihnen keine Spur von Schonepal und seinen Begleitern gefunden wurde...

„Der Reihe nach", sagte Rhodan und gab die Folie zurück. „Wir dürfen keine Zeit verlieren. Seit dem Notsignal sind mehr als zwei Wochen vergangen. Wer weiß, was inzwischen geschehen ist."

Nach zwei Stunden stellte sich heraus, daß zwei der in Frage kommenden Sonnen keine Planeten besaßen.

Blieb also nur der dritte Stern, eine gelbliche Sonne vom Sol-Typ.

21.

„Das Meer ist noch frei."

Darelle deutete nach Norden. Bis zum Horizont dehnte sich die Wasserfläche. Darüber wölbte sich der klare hellblaue Himmel. Keine einzige Hornschrecke war zu sehen.

„Wir hätten damals gleich hierhergehen sollen", sagte Borowski. „Das Inselleben war wunderbar. Schade, daß es einen so jähen Abschluß fand. War der reinste Urlaub."

Sie überquerten den Urwald. Flüsse wechselten mit Seen und unterbrachen den grünen Teppich.

Als sie etwa zweihundert Kilometer südlich des provisorischen Lagers waren und umkehren wollten, zeigte der Orter eine geringfügige Strahlung an, die von Süden kam. Drei Minuten später entdeckten sie das violette Heer auf dem Vormarsch. Hinter ihm war kein Urwald mehr, kein grüner Teppich, sondern nur noch die Flüsse und Seen und die von einer milchigen Kruste überzogenen Landstriche.

Nun kamen die Hornschrecken von Norden und Süden.

Darelle steuerte den Gleiter zum Lager zurück. Borowski nahm

Verbindung mit Schonepal auf. Der Kommandant zeigte sich von der bestürzenden Nachricht nur wenig beeindruckt.

Er fragte: „Wieviel Zeit bleibt uns, Leutnant?“

„Vier, höchsten fünf Stunden, Sir. Die Hornschrecken kommen auf dem Land schneller voran.“

„Gut. Dann betrachten Sie Ihre Aufgabe als erledigt. Wir hatten inzwischen Kontakt zu Rhodan. In einer Stunde wird das Superschlachtschiff ASSOR hier landen und uns aufnehmen. Kehren Sie sofort hierher zurück und kümmern Sie sich um Ihre Leute. Das Gepäck muß sortiert und nach versteckten Hornschrecken durchsucht werden. Noch etwas?“

Borowski war viel zu überrascht, um zu antworten. Wortlos schaltete er das Funkgerät ab. Er starrte Darelle an.

Der Pilot nickte und deutete über den Rücken. „Schätze, es war auch Zeit.“

22.

Die ASSOR wurde von ihren Antischwerkraftfeldern gehalten.

In fünfzig Metern Höhe schwebte der riesige Kugelraumer über der Lichtung, die von Schonepals Leuten mit Hilfe der noch vorhandenen Werkzeuge geschaffen worden war. An ihrem Rand standen die drei Boote und die fünf Gleiter. Die Überlebenden des Forschungsschiffs waren damit beschäftigt, jeden einzelnen Gegenstand, der mitgenommen werden sollte, bis in den letzten Winkel zu durchsuchen. Sie wußten, worauf es ankam. Eine einzige Hornschrecke, die in die ASSOR verschleppt wurde, bedeutete ihren Tod.

Rhodan hatte angeordnet, daß alle Forschungsergebnisse von Zannmalon mitgenommen werden sollten.

Dann teleportierte Gucky auf die Lichtung hinab und brachte Schonepal in die Kommandozentrale der ASSOR. Der Kommandant der vernichteten EXPLORER-3218 ließ sich auch durch den ungewohnten Vorgang der Entmaterialisation nicht aus der Fassung bringen und erstattete Rhodan einen ersten Bericht. Er stellte fest, daß die Vorposten der Hornschrecken in knapp hundert Minuten die Lichtung erreichen würden. Mehr Zeit blieb nicht zur Übernahme der Überlebenden.

Es durfte mit Sicherheit angenommen werden, daß die Wissenschaftler im eigenen Interesse so sorgfältig gewesen waren, daß für eine Hornschrecke keine Chance bestanden hatte, sich in das Gepäck einzuschmuggeln. Für eine nochmalige Durchsuchung blieb keine Zeit, wie Schonepal ganz richtig festgestellt hatte.

Von der ASSOR aus wurde eine lange Metalleiter zum Boden hinabgelassen. Jeder mußte einzeln an ihr emporsteigen und konnte so nur das mitbringen, was er selbst zu tragen vermochte. Sie gelangten über die Leiter und Schleuse in einen verschlossenen Hangar. Das Betreten des Schlachtschiffs sollte ihnen erst später gestattet werden, wenn man absolut sicher sein konnte, daß nicht doch eine Hornschrecke mit eingeschleppt worden war.

Perry Rhodans Vorsicht grenzte nach dem Gespräch mit Schonepal an Pedanterie. Rhodan wußte, daß in der Eile noch viel zuwenig getan werden konnte. Die Überlebenden hätten eigentlich nackt an Bord kommen sollen, aber dann hätte man auf die wertvollen Forschungsergebnisse verzichten müssen.

Das umfangreichste Gepäck trug Professor Nordmann. Bevor er die Leiter zur ASSOR hinaufstieg, überprüfte er es gewissenhaft. Aber nicht gewissenhaft genug. Er konnte nicht ahnen, daß er den Tod in das Schiff brachte. Es war einer Hornschrecke gelungen, sich zwischen den verschiedenen Utensilien und Aufzeichnungen des Wissenschaftlers einzunisten. Dies mußte zu einem Zeitpunkt geschehen sein, als der Behälter geöffnet war, denn der Behälter wies keine beschädigten Stellen auf, die auf ein gewaltsames Eindringen hinwiesen. Als Nordmann den Behälter untersuchte, mußte er die zwischen Metallkassetten, Folien und Meßgeräten schlummernde Hornschrecke übersehen haben. Dies sollte sich als verhängnisvoll für die ASSOR erweisen. Später vermochte niemand zu sagen, auf welche Weise die Hornschrecke an Bord gekommen war.

Rhodan saß mit maskenhaft starrem Gesicht vor den Bildschirmen und beobachtete die Geschehnisse auf der Lichtung. Zum erstenmal sah er, was die Hornschrecken vermochten.

Das violette Heer stürmte die verlassene Bastion der Terraner. In Sekundenschnelle waren die Boote und Gleiter vernichtet, in schleimige Berge und schimmernde Krusten verwandelt. Weiter zogen die unheimlichen Lebewesen, und sie ließen eine Landschaft ohne Konturen zurück.

„Es gibt nichts, womit man sie aufhalten könnte", sagte Schonepal, der neben Rhodans Stuhl stand. „Wir haben alles versucht."

Rhodan nahm den Blick vom Bildschirm. „Niemand macht Ihnen einen Vorwurf, Oberstleutnant. Niemand konnte mit einer derartigen Lebensform rechnen. Aber wir müssen dafür sorgen, daß Zannmalon ein Einzelfall bleibt. Keine dieser Hornschrecken darf den Planeten jemals verlassen. Wir müssen versuchen, sie auszurotten, und wenn das nicht gelingt, müssen wir Zannmalon durch eine Arkonbombe zerstören." Er drehte sich um und gab Oberst Jenkins einige Anweisungen. „Versuchen wir es mit normalen Atombomben. Zum letzten Mittel möchte ich nur im Notfall greifen, da wir uns nicht die Gelegenheit entgehen lassen sollten, die Hornschrecken zu studieren. Sie könnten uns wertvolle Hinweise geben."

Gebannt sah Schonepal zu, wie Sekunden später eine nur kopfgroße Bombe in die Tiefe fiel und beim Aufschlag detonierte. Der Feuerball zuckte mitten in der violetten Armee auf. Die freiwerdende Energie riß einen Krater in die Planetenoberfläche. Das Gestein vergaste augenblicklich – und die Hornschrecken im Explosionszentrum ebenfalls. Dann, als der Rauchpilz weitertrieb, war der Krater bereits wieder mit den nachdrängenden Tieren angefüllt. Sekunden später war der Krater nicht mehr zu sehen.

Rhodans Stimme klang spröde, als er sagte: „Sie sind zu töten, aber es hat wenig Sinn. Wir werden später nach Zannmalon zurückkehren müssen, um andere Mittel auszuprobieren. Es hat wenig Sinn, einige Millionen mit unseren Bomben zu vernichten, wenn in wenigen Stunden der alte Zustand wieder erreicht wird, weil sie sich einfach teilen. Die Biologen müßten etwas finden, was die Teilung verhindert. Ja, vielleicht wäre das die Lösung."

Niemand sagte etwas darauf.

Nur Gucky meinte: „Ich würde an deiner Stelle diesen Planeten mit den widerlichen Biestern in eine Sonne verwandeln, Perry. Warum tust du es nicht?"

„Es gibt viele Gründe, Gucky. Ich könnte sie alle aufführen, aber der entscheidende ist schließlich, daß wir überhaupt keine Arkonbombe an Bord haben. Und ohne Arkonbombe läßt sich ein Planet nicht so schnell in eine Sonne verwandeln."

„Ihre Befehle, Sir?" fragte Oberst Jenkins.

Rhodan schien wie aus einem Traum zu erwachen. Noch einmal starrte er auf das Gewimmel der Hornschrecken hinab, die unaufhaltsam dem nahen Strand zustrebten und dabei mehr und mehr wurden. Bald mußte die Schicht meterdick sein. Schwaden fein zersprühter Säure begleiteten die furchtbare Armee. Wie von unsichtbarer Hand gefällt, sanken Bäume und Felsen in sich zusammen.

„Kurs eigener Spiralarm. Ich gebe Ihnen später das genaue Ziel bekannt. Erst will ich mit den leitenden Wissenschaftlern der EXPLORER-3218 sprechen. Strahlen Sie inzwischen einen Hyperfunkspruch ab. Der Planet Zannmalon muß sofort für jeden Schiffsverkehr gesperrt werden. Veranlassen Sie alles Notwendige, Oberst."

Er stand auf und nickte Schonepal zu. In der Messe versammelten sich etwa zwanzig der Überlebenden, um Rhodan einen ausführlichen Bericht zu geben und dem Großadministrator ihre Erfahrungen und Vermutungen mitzuteilen.

Gucky hatte sich in seine Kabine zurückgezogen und schlief. Er hielt das Abenteuer für abgeschlossen.

Ein verhängnisvoller Irrtum, wie sich später herausstellte.

Das gigantische Schiff überschritt die Lichtgeschwindigkeit und glitt in den Halbraum. Hinter ihm wurde die gelbe Sonne schnell kleiner.

Dann war sie verschwunden.

Oberstleutnant Schonepal fuhr in seinem Bericht fort. Ohne ihn zu unterbrechen, hörte Perry Rhodan zu. Es waren noch andere Offiziere und Wissenschaftler in der Kommandozentrale anwesend, aber auch sie schwiegen. Soweit sie nicht selbst zu den Geretteten der EXPLORER-3218 gehörten, mußten ihnen die Geschehnisse wie ein Wirklichkeit gewordener Alptraum vorkommen.

„Nun wissen Sie in großen Zügen, Sir, was geschehen ist. Unser Hilferuf erreichte Sie. Wären Sie nicht herbeigeeilt, wir wären alle verloren gewesen. Bitte, fragen Sie jetzt. Es kann sein, daß ich Einzelheiten vergessen habe. Meine Wissenschaftler haben sich bemüht, den furchtbaren Gegner zu studieren, aber es liegen keine endgültigen Ergebnisse vor."

„Sie sprachen von einer riesigen Raupe, Oberstleutnant." Rhodan wartete die Antwort nicht ab, sondern fuhr fort: „Glauben Sie, daß der Gigant etwas mit den Hornschrecken zu tun hat? Glauben Sie, daß ein Zusammenhang besteht? Glauben Sie außerdem, daß die Maschine, vor der die tote Riesenraupe lag, in der Angelegenheit eine Rolle spielt?"

Schonepal sah einen älteren Wissenschaftler mit jugendlichem Aussehen fragend an. Professor Nordmann nickte.

„Wir wissen es nicht, Sir. Beide Arten sehen sich ähnlich, das bleibt unbestritten. Aber der Größenunterschied ist zu gewaltig, außerdem vermehren sich die Hornschrecken durch Teilung. Sie hätten ein so großes Muttertier nicht nötig. Ich halte das Auftreten beider Arten auf Zannmalon für einen Zufall. Was die Maschine angeht, so bleibt unbestritten, daß sie im Augenblick des Ausschlüpfens der Hornschrecken zu arbeiten begann. Oder kurz vorher. Da wird ein Zusammenhang bestehen, der aber nicht mehr geklärt werden konnte."

Rhodan betrachtete Nordmann eingehend. Seine Menschenkenntnis sagte ihm, daß er es mit einem fähigen Gelehrten zu tun hatte, der sich jedes seiner Worte genau überlegte. An dem, was er zu sagen hatte, gab es nichts zu rütteln.

„Danke. Eine weitere Frage: Es war von Sekreten und Schleim die Rede. Was hat es damit auf sich?"

Diesmal antwortete Leutnant Borowski, der Chef der Biologischen Abteilung des vernichteten Forschungsschiffs. Er sagte: „Die Hornschrecken vernichten ihre Gegner und jegliche Materie durch Besprühen mit einer Säure. Wir nannten sie Schrecksäure. Sie zerfrißt alles, sogar Terkonit, in Sekundenschnelle. Nichts schützt davor. Auch kein Energieschirm. Energiefelder werden absorbiert, bis das Aggregat überlastet ist und zusammenbricht. Aus der von Schrecksäure aufgelösten Materie entsteht ein Brei, der von den Hornschrecken verschlungen wird. Bei der Teilung wird vermutlich als Stoffwechselprodukt eine durchsichtige Flüssigkeit freigesetzt, die sich schließlich mit den Breiresten vermischt, bis eine milchig schimmernde Kruste zurückbleibt. Diese ist so beschaffen, daß selbst der stärkste Beschuß mit Energiestrahlern keine Veränderung hervorrufen kann. Die Kruste ist widerstandsfähiger als jedes Metall, das uns bekannt ist. Wir hatten keine Gelegenheit zu Experimenten, aber wahrscheinlich ist es sogar das einzige Material, das der Schrecksäure widersteht."

Wieder nickte Rhodan. „Danke, Leutnant. Vielleicht wird uns das später weiterhelfen, wenn wir kein anderes Mittel finden, die Hornschrecken zu vernichten. Nun wäre noch die Frage zu klären, wie es auf Zannmalon zu der Katastrophe kommen konnte. Wenn es dort Hornschrecken gibt, so muß es sie dort schon immer gegeben haben. Warum wurden keine Spuren entdeckt, und warum erfolgte das Aufbrechen der Schoteneier und das Ausschlüpfen der Hornschrekken so plötzlich? Wer weiß darauf eine Antwort?"

Schonepal sah seine Wissenschaftler an, dann schüttelte er den Kopf. „Es tut mir leid, Sir. Es mag reiner Zufall gewesen sein. Vielleicht sollte noch betont werden, daß kurz vor der Aktivierung der Maschine und dem Aufbrechen der Schoten ein dreimaliges Erdbeben registriert wurde. Ob es im ursächlichen Zusammenhang mit dem Aufbrechen der Eier steht, ist unbekannt. Vergessen Sie nicht, daß wir überhastet fliehen mußten."

Rhodan stellte noch einige Fragen, erhielt unbefriedigende Antworten und gab schließlich auf.

Genau in diesem Augenblick ertönte die aufgeregte Stimme des Cheffunkers der ASSOR. „Sir – eine Alarmmeldung von der Forschungszentrale. Soll ich durchgeben?"

Oberst Jenkins, der Kommandant der ASSOR, schaute Rhodan fragend an.

Rhodan nickte Schonepal zu. „Ich denke, Sie haben alle eine Ruhepause nötig. Gehen Sie in Ihre Quartiere und warten Sie weitere Anweisungen ab."

Er begab sich zur Hyperfunkstation. Auf dem ovalen Bildschirm der überlichtschnellen Anlage war das Gesicht eines Admirals der Forschungsflotte. Als er Rhodan erkannte, grüßte er kurz.

„Sir, wir haben verschiedene Meldungen überall stationierter Überwachungsschiffe erhalten, daß auch auf anderen Planeten Hornschrecken aufgetaucht sind. Einige Beobachtungsstationen wurden bereits vernichtet. In mehreren Fällen kam jede Hilfe zu spät. Andere Planeten mußten aufgegeben werden, weil sich die Hornschrecken schneller vermehrten, als man sie vernichten konnte. Sir, wir erwarten Ihre Anweisungen."

Rhodans Gesicht war wie aus Stein gemeißelt. Die Zähne gruben sich in die Unterlippe. Die Backenknochen zuckten. Dann sagte er ruhig: „Zählen Sie die Systeme auf, in denen Hornschrecken auftauchten. Beeilen Sie sich, Admiral."

„Falls Sie die Positionen überprüfen und einen Zusammenhang feststellen wollen, Sir, so können Sie Zeit sparen. Wir haben bereits eine entsprechende Untersuchung angestellt."

„Gut. Und das Ergebnis?"

„Es besteht kein Zusammenhang. Die Hornschrecken sind in allen Teilen der bekannten Galaxis aufgetaucht. Bisher wurden sechsundzwanzig Welten registriert, auf denen der violette Tod wütet. Diese Planeten tragen kein Leben mehr. Sie wurden regelrecht von Hornschrecken gefressen. Einige dieser Planeten sind inzwischen von einer schimmernden Kruste überzogen. Es handelt sich um Welten mit geringer Landmasse. Die Wasserflächen sind frei von dieser Kruste. Diese Kruste, so wird berichtet, erweist sich als äußerst widerstandsfähig. Selbst Strahlenschüsse können ihr nichts anhaben, auch läßt sie sich mit keinerlei Werkzeugen bearbeiten. Sie besitzt die Fähigkeit, auftreffende Energien zu absorbieren, wobei eine molekulare Verhärtung der Kruste eintritt. Die Wissenschaftler haben daher dieser Masse den Namen ‚Molekular-Katalytischer-Extrakt', kurz *Molkex,* gegeben. Die Hornschrecken auf diesen von Molkex umspannten Planeten sind inzwischen verschwunden. Anscheinend sind sie mit der Molkexmasse verschmolzen."

Rhodan fragte: „Wieviel *bewohnte* Planeten wurden betroffen?"

„Bisher liegen keine entsprechenden Meldungen vor. Lediglich sieben Welten, die von verschiedenen Imperiumsvölkern als Stützpunkte benutzt werden, sind betroffen."

„Sprechen Sie weiter, Admiral. Wieviel konnten rechtzeitig evakuiert werden?"

Eine Sekunde zögerte der Admiral, dann sagte er: „Zwei, Sir."

Rhodan schwieg lange. Als er wieder sprach, war seine Stimme heiser und spröde: „Geben Sie Großalarm für die Galaxis, Admiral. Suchtrupps sollen auf allen Welten nach Schoten suchen. Sie senden eine unbekannte Strahlung aus und können leicht geortet werden. Sie sind unzerstörbar. Alle Schoten müssen verladen und in den Raum geschafft werden. Am besten wirft man sie in Sonnen, die nicht von Planeten umlaufen werden. Es muß darauf geachtet werden, daß nicht eine einzige Schote zurückbleibt. Strengste Sicherheitsmaßnahmen sind notwendig, um ein Übergreifen der Hornschreckenplage auf andere Planeten zu verhindern. Die Hornschrecken dürften von einem Urinstinkt geleitet werden, der es ihnen erlaubt, jedes beliebige Transportmittel zu benutzen, um in andere Gebiete zu gelangen. Haben sie ein geeignetes Transportmittel gefunden, verfallen sie in einen starreähnlichen Zustand, der erst dann aufgehoben wird, wenn sie das Ziel erreicht haben. Jeder, der einen Planeten betritt, auf dem Hornschrecken oder Hornschreckeneier entdeckt werden, muß sich danach einer genauen Kontrolle unterziehen."

„Ich werde den Befehl sofort weitergeben, Sir. Sonst noch Anweisungen?"

„Leider nicht. Wir können nicht mehr tun. Unsere vordringlichste Aufgabe ist es, die Natur der Hornschrecken zu ergründen, damit wir eine Waffe gegen sie finden. Bis das geschehen ist, sind wir hilflos. Veranlassen Sie die Unterrichtung Terras und Atlans. Die Raumflotte muß sofort eingesetzt werden. Nur wenn wir schnell sind, können weitere verseuchte Welten gerettet werden." Rhodan machte eine kurze Pause und trocknete sich die schweißnasse Stirn ab. „Noch eine Frage, Admiral. Können Sie feststellen lassen, wann auf den betroffenen Welten die Hornschrecken ausschlüpften? Es muß eine Statistik angelegt werden."

„Auch das wurde bereits erledigt, Sir. Das Seltsame ist, daß die Hornschrecken auf allen betroffenen Welten zu derselben Zeit ausschlüpften, nämlich am vierten August."

„Am vierten August?" Rhodan stutzte.

Am vierten August hatte USO-Spezialist Lemy Danger den Zellaktivator Anne Sloanes mit einem Schuß vernichtet, erinnerte sich Perry Rhodan. Ein in der ganzen Galaxis spürbarer Gravitationsschock war die Folge gewesen.

Diese zeitliche Übereinstimmung konnte kein Zufall sein.

Rhodan atmete schwer. Er teilte dem Admiral seine Überlegungen mit und befahl, daß die auf Eysal verbliebenen Wissenschaftler davon unterrichtet werden sollten.

Er sagte: „Der Gravo-Schock aktivierte die Maschine, die Schonepal und seine Begleiter in den Höhlen von Zannmalon gefunden haben. Und er sorgte dafür, daß überall dort, wo es Schoten gab, diese aufplatzten. Die Suche nach weiteren Schoten wird dadurch hinfällig, denn wir können davon ausgehen, daß sie überall aufplatzten. Es geht jetzt darum, die von Hornschrecken verseuchten Welten alle zu finden und eventuell intelligente Eingeborene zu retten."

Rhodan ordnete an, daß alle verfügbaren Einheiten auf die Suche nach Hornschrecken geschickt wurden. Die Ortungsgeräte der Raumschiffe wurden dabei auf jene Werte eingestellt, die man auf Zannmalon in Erfahrung gebracht hatte.

Das Geschenk von *ES*, die fünfundzwanzig ausgestreuten Aktivatoren, erwies sich einmal mehr als zweischneidiges Schwert, dachte Rhodan bitter.

Waren die Hornschrecken die Gefahr, vor der *ES* geflohen war? fragte er sich.

Er konnte sich das nicht vorstellen, aber vielleicht existierte in Zusammenhang mit diesen Ereignissen eine noch größere Drohung, die die Menschen noch nicht in ihrer ganzen Bedeutung erfaßt hatten. Rhodan dachte auch an den Raumsektor, in dem Herkules stand.

Dann jedoch schob er alle diese Gedanken zur Seite. Es galt zunächst einmal, die Hornschreckenplage zu bekämpfen.

Er gab weitere Anweisungen. Dann unterbrach er die Verbindung.

Die Gegenaktion lief an. Der Krieg gegen die Hornschrecken hatte begonnen.

Ein Krieg, bei dem die Hornschrecken alle Trümpfe auf ihrer Seite hatten.

Vorerst wenigstens.

Rhodan ging langsam an seinen Platz zurück.

Oberst Jenkins sah ihm mit besorgtem Gesicht entgegen.

Rhodan setzte sich. Er bemerkte die fragenden Blicke der anwesenden Offiziere und ignorierte sie. Er dachte an Schonepal, dessen Schiff auf Zannmalon von den Hornschrecken vernichtet worden war.

Er dachte an all die Welten, die inzwischen den schrecklichen Lebewesen zum Opfer gefallen waren.

Eine Gefahr war von einem Tag auf den anderen entstanden, wie sie sie noch nie gegeben hatte. Ein relativ kleines Lebewesen, zwölf Zentimeter lang, drohte die Galaxis in den Grundfesten zu erschüttern.

Solange es keine Waffe gab.

Rhodans Entschluß stand fest.

Er gab Oberst Jenkins Blick zurück und sagte: „Wenden Sie die ASSOR, Oberst. Nehmen Sie Kurs zurück auf Zannmalon. Wir müssen versuchen, mehr über die Gefahr, die dort aufgetaucht ist, zu erfahren. Ich werde inzwischen alle bisher bekanntgewordenen Daten über die Hornschrecken zur Erde weiterleiten, wo sich die Wissenschaftlichen Institute damit beschäftigen sollen."

Das Schlachtschiff wendete und nahm Kurs auf das längst in den Tiefen des Alls verschwundene System Zannma. Als es wieder in den Halbraum tauchte und mit millionenfacher Lichtgeschwindigkeit flog, wurde der gelbe Stern wieder sichtbar. Er wurde schnell größer.

Die Sonne EX-Zannma stand mehr als zwölftausend Lichtjahre von der Erde entfernt. Sie erinnerte an Sol, die Sonne der Erde. Aber nur der zweite Planet trug Leben – schreckliches Leben.

23.

Als Gucky erwachte, geschah das ohne ersichtlichen Grund.

Er lag auf der Couch in seiner Kabine, die unmittelbar an die Rhodans anschloß.

Mit einem Ruck richtete er sich auf. Es war durchaus nicht seine Gewohnheit, die auf ihn einströmenden Gedankenimpulse zu sortieren und zu belauschen. Manchmal trieb ihn die Langeweile dazu, und er amüsierte sich köstlich über die Gedanken der Menschen. Im Augenblick aber verspürte er keine Langeweile.

In dem dahinplätschernden Strom der Gedankenimpulse war etwas

Fremdes. Gucky konnte es nicht näher definieren, und er verstand es auch nicht. Es waren Impulse, aber keine menschlichen Denkimpulse.

Er konzentrierte sich.

Nach einiger Zeit vermochte er wenigstens die Intensität abzuschätzen, und er erschrak, als sie sich plötzlich innerhalb weniger Minuten verdoppelte.

Zwar hatte Gucky nicht an den Besprechungen teilgenommen, die Rhodan mit den überlebenden Wissenschaftlern der EXPLORER-3218 geführt hatte, aber er hatte hin und wieder etwas erlauscht. Da war auch von einer merkwürdigen Strahlung die Rede gewesen, die man auf Zannmalon mit den Ortergeräten wahrgenommen hatte. Sie war von den Schoten ausgegangen, jenen Eiern also, aus denen später die Hornschrecken ausgeschlüpft waren. Die Hornschrecken selbst hatten ebenfalls solche Individualimpulse ausgesandt.

Von einer Sekunde zur anderen wurde Gucky hellwach.

Er versuchte nicht mehr, die Impulse zu deuten, sondern konzentrierte sich darauf, die Richtung ihrer Herkunft anzupeilen. Er stellte fest, daß die Streuung gering war. Es würde nicht schwer sein, zur Quelle der Strahlung zu teleportieren.

Vorsichtshalber sprang er zu kurz. Als er wieder rematerialisierte, stand er auf einem Gang. Die Impulse kamen aus dem Raum vor ihm. Die Tür war verschlossen. Mit Hilfe der Telekinese öffnete er sie, ohne sie zu berühren.

Der Raum hinter der Tür wimmelte vor Hornschrecken. Gucky begann zu zählen, dann blieb ihm keine Zeit mehr. Sie hatten ihn bemerkt. Eine krümmte sich zusammen und sprang.

Gucky sprang vor ihr.

Der Mausbiber teleportierte zur Kommandozentrale der ASSOR und begann schrill zu rufen, als er Rhodan neben Oberst Jenkins vor den Bildschirmen stehen sah.

„Perry – Hornschrecken! Hier auf dem Schiff!"

Rhodan schnellte herum. Gucky hatte noch nie einen Menschen so schnell erblassen sehen.

„Gucky!" Rhodan lief auf den Mausbiber zu und packte ihn bei den Schultern. Er mußte sich dabei bücken. „Gucky, was hast du gesagt?"

„Ich habe Hornschrecken gesehen, einen ganzen Raum voll. Mindestens dreihundert. Sie griffen mich sofort an, und ich floh."

„Wo?"

Gucky beschrieb Stockwerk und Korridor. Es war ein abgelegener Teil des Schiffes.

Rhodan ließ Alarmstufe I geben und befahl, die Kampfroboter einzusetzen. Der von Gucky bezeichnete Bezirk wurde geräumt und durch Arkonitschotte abgeriegelt. Die darüber gelegenen Kabinen wurden evakuiert. Oberstleutnant Schonepal und Leutnant Borowski eilten sofort in die Zentrale, als sie die Schreckensnachricht vernahmen.

„Wie konnte das geschehen?" fragte Schonepal. „Die Sicherheitsmaßnahmen waren doch umfassend und fast perfekt."

„Aber nur fast", erwiderte Rhodan gepreßt. „Tatsache ist, daß trotz aller Sicherheitsmaßnahmen eine Hornschrecke an Bord gelangt ist. Das *Wie* ist im jetzigen Stadium nebensächlich. Jetzt geht es darum, die Gefahr zu beseitigen. Welche Maßnahmen würden Sie empfehlen?"

„Es gibt nur eine, Sir. Männer mit Strahlern müssen die Tiere einzeln töten. Gezielte Schüsse, fünf Sekunden lang. Engste Streuung. Solange sie nicht die Übermacht durch Teilung erreichen, besteht Hoffnung."

„Gucky sprach von dreihundert."

Schonepals Stimme klang um eine Nuance verändert. „Dann wird es höchste Zeit, Sir."

„Ich habe Kampfroboter eingesetzt. Sie sind mit je zwei Strahlern bewaffnet. Sie wurden nach den letzten Erkenntnissen so programmiert, daß sie die Hornschrecken vernichten."

Oberst Jenkins mischte sich ein. „Wir nähern uns dem System EX-Zannma, Sir. Ihre Befehle?"

Rhodan schaute auf die Bildschirme. „Gehen Sie vorerst in eine Kreisbahn um den zweiten Planeten, Oberst, damit wir uns auf den Kampf mit den Hornschrecken konzentrieren können. Das hat Vorrang. Rufen Sie mich über Interkom, wenn Sie mich brauchen."

„Wo sind Sie, Sir?"

„Wo ich benötigt werde, Oberst."

Rhodan ging zur Tür. „Schonepal, kommen Sie mit. Könnte sein, daß wir Ihren Rat brauchen."

„Ich komme auch mit", sagte Borowski und trat vor.

Rhodan nickte ihm zu. „Sie haben mehr Erfahrung als ich. Ich bin Ihnen dankbar, wenn Sie mir helfen, die Operation zu leiten."

Sie eilten zum nächsten Lift und begaben sich an den Schauplatz der grausigen Entdeckung. Überall begegneten ihnen bewaffnete Männer und einsatzbereite Kampfroboter. Das ganze Schiff war in Aufruhr. Aber selbst dann, wenn die Hornschrecken nicht erledigt werden konnten, würden sie lange benötigen, den Kugelraumer zu überschwemmen. Sie mußten sich durch dicke Panzerwände aus reinem Terkonit fressen und die nahezu unüberwindliche Armee der Kampfroboter ausschalten.

Zwei Korridore vor dem Abstellraum, in dem Gucky die Hornschrecken entdeckt hatte, trafen Rhodan und seine Begleiter auf einen Teil der Überlebenden von Zannmalon. Borowski begann sofort eine angeregte Unterhaltung mit ihnen. Er berichtete Sergeant Hoax, dem Arzt, von den merkwürdigen Gedankenimpulsen, die Gucky auf das Geschehen aufmerksam gemacht hatten. Dr. Mährlich beteiligte sich an der entstehenden Diskussion.

Dann sagte Borowski schließlich: „Unsere Wissenschaftler sind der Meinung, Sir, daß diese Impulse nur von halbwegs intelligenten Gehirnen ausgestrahlt werden können."

Rhodan schüttelte den Kopf. „Nach den bisherigen Schilderungen halte ich eine Intelligenz der Hornschrecken für absurd. Sie haben sich nicht intelligent verhalten, höchstens von einem starken Instinkt geleitet. Das ist ein gewaltiger Unterschied."

„Aber die Tatsache, daß sich mindestens eine auf der ASSOR versteckt gehalten hatte ..."

„Sie selbst hatten ein ähnliches Erlebnis, als Sie auf der Insel feststellen mußten, daß sich eine im Erstarrungszustand befindliche Hornschrecke im Medizinschrank verbarg. Dieses Verhalten dürfte ein Teil ihres Urinstinkts sein, der ihnen befiehlt, auf diese Weise auch andere Gebiete aufzusuchen, um dort ihre verhängnisvolle Tätigkeit zu entfalten. Irgendwie mußte es wenigstens *einer* Hornschrecke gelungen sein, sich unbemerkt in die ASSOR einzuschleichen. Vermutlich konnte sie sich bereits auf der Insel in das Gepäck verkriechen, noch bevor Ihre Wachen die Vorhut der Hornschrecken zu Gesicht bekam. Als sie auf der ASSOR aus ihrer Erstarrung erwachte, begab sie sich in einen abgelegenen Teil des Schiffes und begann mit dem Teilungsvorgang. Wenn die Hornschrecken tatsächlich intelligent wären, dann hätten sie zweifellos gewartet, bis wir auf einem Planeten gelandet sind."

Einzelne Hornschrecken hatten bereits den Abstellraum verlassen und waren dabei, ins Innere des Schiffes vorzudringen. Sie besprühten die Schottentüren mit ihrer alles zerfressenden Säure und beseitigten alle Hindernisse. Dabei teilten sie sich, wenn sich ihnen dazu Gelegenheit bot. Sie taten es nicht alle gleichzeitig, so daß Borowski die Vermutung aussprach, auch dieser Prozeß könne von ihnen gesteuert werden.

Die Vorhuten wurden von den Robotern und Einsatzkommandos leicht vernichtet. In der ersten halben Stunde des Kampfes konnte sogar Boden gewonnen werden.

Dann wurde ein Stockwerk tiefer Alarm gegeben.

Die Hornschrecken hatten sich durch den Boden gefressen und waren dabei, die Aufenthaltsräume der Mannschaft zu überschwemmen. Trotz des vorher erfolgten Alarms wurden Mitglieder des technischen Personals überrascht und konnten sich nicht mehr rechtzeitig in Sicherheit bringen. Sie wurden von den Zellteilern überrollt.

Als ein Schwarm der Hornschrecken in einer der Nebenschleusen entdeckt wurde, entschloß sich Rhodan zu einem Experiment. Er schickte Kampfroboter vor und ließ dann nach hermetischer Abriegelung vom Schiff die Außenluke der Schleuse öffnen. Über die Bildgeräte beobachtete er, was geschah.

Die Roboter wurden von der Überzahl vernichtet, während die Hornschrecken das Vakuum nicht einmal zu bemerken schienen. Rhodan ließ durch den Ventilationsschacht Giftgas in die wieder verschlossene Kammer einleiten. Die Hornschrecken lebten weiter, teilten sich und setzten ihren Vormarsch fort.

Rhodan nahm den Blick nicht von den Bildschirmen des Interkoms. Er sah, daß eine neue Abteilung der Kampfroboter vorrückte.

Schonepal entsann sich seiner eigenen Erlebnisse auf Zannmalon. Er wußte, daß es keine Rettung für die ASSOR mehr gab, wagte es aber nicht, Rhodan das direkt mitzuteilen.

„Ich würde die Hangars abriegeln lassen, Sir. Die Biester berauben uns sonst des einzigen Fluchtwegs, der uns noch bleibt. Die Beiboote und Kaulquappen müssen einsatzbereit bleiben."

Rhodan sah ihn nun doch an. Sein Blick war ernst. „Sie meinen, wir müßten die ASSOR verlassen?“ Er schüttelte den Kopf. „So schnell dürfen wir nicht aufgeben. Wir haben dreitausend Mann an Bord und fünfhundert Kampfroboter.“

Schonepal verzichtete auf eine Antwort.

Rhodan war nicht der Mann, einen guten Rat unbeachtet zu lassen. „Also gut, Oberstleutnant. Nehmen Sie Ihre Leute und riegeln Sie die Hangars ab. Sie erhalten zweihundert Kampfroboter zur Unterstützung. Sie werden entsprechend programmiert. Sorgen Sie dafür, daß insbesondere die Kaulquappen einsatzbereit bleiben. Nur mit ihnen können wir eine erfolgreiche Rettungsaktion unternehmen. Sie haben recht.“

Schonepal eilte davon.

Rhodan sah wieder auf die Bildschirme. Die Kampfroboter gingen vorsichtig vor, von den Befehlsimpulsen der Kommandostelle geleitet. Aber mit ihren Plasmagehirnen dachten sie auch selbständig und lernten schnell. Längst hatten sie erkannt, welcher Gegner ihnen diesmal gegenüberstand.

Als sie auf die violette Armee stießen, entbrannte eine fürchterliche Schlacht. Rhodan konnte sich nicht entsinnen, etwas Ähnliches jemals gesehen zu haben.

Die Roboter feuerten aus beiden Armen. Ihre schmalen Energiestrahlen fanden stets ihr Ziel, es gab keine Fehlschüsse. In den Reihen der angreifenden Hornschrecken wurden breite Lücken gerissen, aber unaufhaltsam drangen sie weiter vor. Ein geheimnisvoller Instinkt trieb sie immer wieder an, auch dann, wenn es aussichtslos war.

Aber auch Roboter wurden vernichtet. Allmählich brachen ihre Schutzschirme zusammen. Im Verlauf weniger Minuten waren die betroffenen Roboter aufgelöst. Die Hornschrecken fielen über die gallertartige Masse her und verschlangen sie. Dabei entstanden neue Ausscheidungen, die sich mit dem Teilungssekret vermischten.

Es war ein ungleicher Kampf.

Die Roboter kannten kein Zurückweichen. Sie kämpften, bis der letzte von ihnen vernichtet war.

Über ihre Reste hinweg setzten die Hornschrecken ihren Vormarsch fort.

Nach einer Stunde begann Rhodan einzusehen, wie recht Schonepal hatte. Es gab nur eine einzige Möglichkeit, die Besatzung zu retten. Die ASSOR mußte aufgegeben werden. Und zwar sofort.

Unangefochten erreichte er die Kommandozentrale. Oberst Jenkins stand mit unbewegtem Gesicht vor den Kontrollen. Auf dem Panoramaschirm waren Teile von Zannmalons Oberfläche mit den Spuren der Verwüstung zu sehen. Bis auf wenige Oasen war alles von einer Molkexschicht bedeckt. Jenkins drehte sich um, als Rhodan eintrat.

„Sir?“

Rhodan gab den Befehl zur Räumung der ASSOR. Alle Raumfahrer, bis auf eine für den Betrieb des Schiffes notwendige Mindestbesatzung von zweihundert Männern und Frauen, denen sich auch Besatzungsmitglieder der EX-3218 anschlossen, wurden in den Beibooten evakuiert. Ein großes Beiboot blieb an Bord der ASSOR zurück, um der restlichen Besatzung später die Flucht zu ermöglichen. Rhodan gab den Kommandanten der ausgeschleusten Beiboote den Befehl, sich ins Solsystem durchzuschlagen und dabei zu versuchen, Funkkontakt mit Imperiumsschiffen zu bekommen. Alle Beiboote wurden sorgfältig auf Hornschrecken untersucht, aber sie waren zum Glück noch nicht in diese Schiffe vorgedrungen.

Als die Evakuierung abgeschlossen war, gab Rhodan den Befehl, die ASSOR in Richtung Galaxiszentrum zu beschleunigen. Es sollten noch ein paar Experimente durchgeführt werden, mit denen man den Hornschrecken beizukommen hoffte.

Jenkins nahm die ASSOR aus der Kreisbahn und beschleunigte. Die Triebwerke begannen auf Höchsttouren zu laufen. Das Schiff tauchte in den Linearraum ein. Die Geschwindigkeit stieg rapide. Längst war der gelbe Stern Zannma in der Tiefe des Alls versunken.

Die Hornschrecken zeigten keine Reaktion. Unbeirrt kämpften sie weiter und vermehrten sich laufend.

24.

Die Explosion zerriß das Zentrum des Schlachtschiffs.

Die ASSOR fiel sofort in den Normalraum zurück und ging auf Unterlichtgeschwindigkeit.

Gucky nahm Rhodan bei der Hand und teleportierte mit ihm in die Kommandozentrale. Die Erschütterung hatte Oberst Jenkins aus dem Sessel geworfen. Er stand gerade wieder auf und hielt sich die blutende Stirn.

„Der Kalupsche Konverter, Sir. Er muß explodiert sein. Wahrscheinlich sind die Hornschrecken dafür verantwortlich."

„Unsere Position?"

„Knapp viertausend Lichtjahre von Terra, Richtung Randzone."

„Hyperfunk?"

„Ausgefallen."

Rhodan sagte knapp: „Wir räumen die ASSOR."

Zehn Minuten später befand sich die Restbesatzung auf dem Weg zu den Hangars. Rhodan teleportierte mit Guckys Hilfe zu Schonepal, dessen Gruppe sich tapfer hielt und die Hornschrecken nicht weiter vordringen ließ.

Über Funk leitete Rhodan die Evakuierungsmaßnahmen. Nur ein einziger Weg in den verbliebenen Hangar war noch frei. Während Schonepal und seine Begleiter auch weiterhin mit mörderischem Energiesperrfeuer die vordringenden Hornschrecken zurückschlugen, stiegen die übrigen Raumfahrer in die Kaulquappe, die die Bezeichnung K-9 trug.

Als letzter kam Oberst Jenkins. „Ich habe die Verzögerungsautomatik eingeschaltet, Sir. In genau zehn Minuten wird der normale Impulsantrieb zu arbeiten beginnen. Die ASSOR wird mit einfacher Lichtgeschwindigkeit auf den Rand der Galaxis zueilen."

Dann gab Rhodan Schonepal den Befehl, sich mit seiner Gruppe so schnell wie möglich an Bord der K-9 zu begeben.

Die Frauen waren bereits in Sicherheit. Kämpfend zogen sich die Männer zurück. Der Feuerkreis wurde immer kleiner. Das Feuer konzentrierter. Zögernd nur rückten die Hornschrecken nach. Ihr Angriff war langsamer geworden, und sie hatten aufgehört, sich zu teilen.

Als Schonepal die Luftschleuse betrat und die Luke sich schloß, liefen die Triebwerke der Kaulquappe bereits. Das Hangartor öffnete sich. Der Sog riß Tausende von Hornschrecken ins Vakuum hinaus.

Die K-9 nahm Fahrt auf und schoß in den Weltraum.

Schnell blieb die verlorene ASSOR zurück und verschwand schließlich in der Tiefe des Alls. Mit ihrer tödlichen Fracht eilte sie einem unbekannten Ziel entgegen. Nicht mehr lange, dann würde die Schiffsmasse von den Hornschrecken restlos aufgelöst werden. Zurückbleiben würde ein Klumpen Molkex, in den schließlich auch die Körpersubstanz der Hornschrecken aufgehen würde.

Die Kaulquappe beschleunigte und nahm Kurs auf das nächste Sonnensystem, drei Lichtjahre entfernt. In den Sternkarten war es nicht verzeichnet, aber die Orter stellten drei Planeten fest, von denen der zweite annehmbare Bedingungen aufwies.

Als Rhodan die Zentrale der K-9 betrat, gab Jenkins dem Piloten gerade seine Anweisungen. Auch Schonepal und Borowski waren anwesend. Gucky war nicht zu sehen.

„Roter Stern, Größe minimal, Sir. Drei Planeten. Bezeichnung nicht ..."

„Nennen wir ihn ‚Schonepals Stern', denn ohne den Oberstleutnant hätten wir diese Entdeckung nicht machen können." Rhodans Stimme verriet keinen Sarkasmus, als er das sagte. „Versuchen Sie, ihn so schnell wie möglich zu erreichen."

Die Kaulquappe ging in den Linearraum und legte die drei Lichtjahre in weniger als einer Stunde zurück. Vorsichtig näherte sie sich dann dem System. Die Orterabteilungen begannen mit ihren Untersuchungen.

„Entfernung von der Erde ziemlich genau viertausendsechsundachtzig Lichtjahre. Wir haben unsere Position über Hyperfunk durchgegeben und schwachen Kontakt zu einer Basisstation bekommen", sagte Oberst Jenkins. Man sah ihm die Erschöpfung an. „Der zweite Planet kommt in Betracht. Möchten Sie die Ergebnisse hören?" Als

Rhodan nickte, las er die Daten von einer Folie ab. „Sauerstoffatmosphäre günstig, übliche Zusammensetzung. Die Planetenoberfläche strahlt leicht radioaktiv. Ungefährlich auch für längeren Aufenthalt. Sehr heißes und trockenes Klima. Meist Wüstenlandschaft, nur in den Polgegenden reichhaltige Vegetation. Dort dürfte auch eine Landung günstig sein."

„Radioaktiv?" Rhodan wartete, bis der Bildschirm in Funktion trat. Was er sah, wirkte nicht ermutigend. Der etwa erdgroße Planet stand zwar bläulichgrün schimmernd im All, aber seine Oberfläche war pockennarbig und unfreundlich. Riesige ausgeglühte Krater schimmerten glasig und ließen sofort vermuten, was hier geschehen war. Ein Krieg hatte die bestehende Zivilisation ausgelöscht, daran konnte kein Zweifel mehr bestehen. Eine vielleicht blühende Zivilisation hatte sich selbst vernichtet. Daher auch die üppige Vegetation an den Polen. Es waren Mutationen. „Dann nennen wir ihn Hirosha."

Hirosha war eine Atomwüste, auf der kein Leben mehr existieren konnte.

Die K-9 befand sich in der Landekreisbahn. Noch hatte Rhodan sich nicht entschließen können, einen Platz auszusuchen. Die nördliche Polgegend erschien ihm günstig.

Gerade wollte er Oberst Jenkins seinen Entschluß mitteilen, als Gucky in der Zentrale materialisierte. Er sah Rhodan an, hob beide Hände und ließ sie resigniert wieder sinken. Seine Augen waren vor Entsetzen weit aufgerissen. „Es ist besser, wir landen noch nicht, Perry. Auf meinem letzten Inspektionssprung durch die K-9 habe ich festgestellt, daß Hornschrecken an Bord sind. Nicht viele, Perry, aber mindestens zwanzig Stück."

Rhodan erblaßte.

„Ich habe es fast befürchtet", sagte er gefaßt. „Oberst Jenkins, veranlassen Sie die sofortige Ausgabe der flugfähigen Kampfanzüge für jedermann. Schwebepanzer ausschleusen. Lebensmittel bereitlegen. Wir evakuieren die K-9."

Rhodan wollte Zeit genug haben, alle nur erdenklichen Vorsichtsmaßnahmen zu treffen. Wenn auch nur eine einzige Hornschrecke auf den Planeten Hirosha gelangte, gab es keine Rettung mehr.

Die K-9 befand sich auf der Kreisbahn. Das bedeutete, daß alle Gegenstände, die aus ihr entfernt wurden, auch in der Kreisbahn blieben. Auch Menschen.

Oberst Jenkins gab über Interkom bekannt, daß jeder den Raumanzug anzulegen und einsatzbereit zu machen habe. Hinzu kamen die Kampfanzüge der Arkoniden. Mit Hilfe der eingebauten Schwerkraftregler war das spätere Verlassen der Kreisbahn und das Niedergehen auf Hirosha gewährleistet.

Die ersten Männer und Frauen verließen die Kaulquappe.

Aus der großen Hangarluke wurden die Schwebepanzer ausgeschleust. Sie verfügten über eigene Triebwerke und drucksichere Kabinen. Dicht neben der K-9 im Raum schwebend, wurden sie noch einmal von Technikern bis in den letzten Winkel durchsucht. Es wurde keine Hornschrecke gefunden.

Nach und nach verließ die Mannschaft die Kaulquappe.

Inzwischen waren die Hornschrecken weiter vorgedrungen. Gucky meldete erste Wellen aus dem Maschinenraum. Es wurde höchste Zeit zum Handeln, wenn die Gefahr nicht für alle Zeiten um Hirosha kreisen sollte.

Rhodan vergewisserte sich, daß außer ihm und Gucky niemand mehr an Bord war, dann kehrte er in die Zentrale zurück. Die nächsten Hornschrecken würden noch eine halbe Stunde brauchen, bis hierher vorzudringen.

Mit äußerster Vorsicht manövrierte er die K-9 ein Stück aus der Kreisbahn, um die Menschentraube nicht zu gefährden, die schwerelos den Planeten umflog. Das Schlimmste war vorbei, und er konnte sich Zeit lassen. Es kam in erster Linie darauf an, alle Hornschrecken in der K-9 unschädlich zu machen. Sie waren widerstandsfähig und schwer zu töten, aber die Flammenglut einer Sonne würde auch für sie zuviel sein.

Über Funk gab Rhodan Oberst Jenkins seine Anweisungen. „Bleiben Sie in der Kreisbahn, bis ich zu Ihnen zurückkehre. Niemand darf auf Hirosha landen, der vorher nicht eingehend durchsucht wurde. Sie sind mir dafür verantwortlich."

„Verstanden, Sir. Wir warten auf Sie."

Rhodan hatte nicht viel Arbeit, den richtigen Kurs zu berechnen und in den Autopiloten zu programmieren. Gucky war ständig unterwegs und kontrollierte den Vormarsch der Hornschrecken. Das Innere des Schiffes bot ein Bild sinnloser Zerstörung. In den Laderäumen gab es bereits mehrere tausend Hornschrecken.

Als Gucky sich überall umgesehen hatte, sprang er zurück in die Zentrale. „Sie haben den Antriebsraum noch nicht erreicht. Wird noch eine halbe Stunde dauern."

„In einer halben Stunde spielt das keine Rolle mehr." Rhodans Stimme klang grimmig. „In einer halben Stunde hat die K-9 Kurs auf die Sonne." Er gab Gucky die Hand. Mit der anderen schloß er den Helm seines Kampfanzugs und schaltete die Sendeanlage ein. Gucky hätte ihn auch so verstanden. „Du springst in genau fünf Sekunden."

Als die vierte Sekunde anbrach, schob Rhodan den Fahrthebel der K-9 bis zum Anschlag vor. Der Kurs stand fest. Das Schiff würde in einer halben Stunde so weit beschleunigt haben, daß auch der Ausfall sämtlicher Triebwerke den Sturz in die Sonne nicht mehr verhindern konnte.

Dann teleportierte Gucky.

Er machte nur einen kurzen Sprung, aber in der einen Sekunde hatte sich die K-9 bereits so weit von der Gruppe der Raumfahrer entfernt, daß sie nicht mehr zu sehen war. Die Kaulquappe raste davon und war nach drei Sekunden verschwunden.

Rhodan und Gucky schwebten im Nichts. Langsam fielen sie der Oberfläche von Hirosha entgegen. Über Funk nahm Rhodan Verbindung mit Oberst Jenkins auf.

„Geben Sie Peilzeichen, Oberst. Stellen Sie meine Richtung und Entfernung fest."

„Nicht nötig", meinte Gucky leicht verstimmt. „Ich habe verschiedene Gehirnimpulse, nach denen ich mich richten kann. Drei oder vier Sprünge werden genügen."

Zweihundertfünfzig Menschen schwebten schwerelos im All. Scheinbar bewegungslos, aber in Wirklichkeit rasten sie mit Satellitengeschwindigkeit um den Planeten, der sich langsam unter ihnen hinwegzudrehen schien.

Rhodan hatte Zeit.

Zehn Stunden verstrichen damit, daß jeder einzelne genau durchsucht wurde, soweit das im luftleeren Raum möglich war. Zur Vorsicht wurde angeordnet, daß sich jeder bei der Landung sofort seines Kampfanzugs zu entledigen habe, um das Einschleppen einer Hornschrecke am Körper zu verhindern.

Inzwischen stand der Landeplatz fest.

„Wir nehmen die nördliche Hemisphäre", sagte Rhodan bei der letzten Besprechung vor dem Abstieg. „Dort scheint der Atomkrieg nicht so sehr gewütet zu haben. Es gibt dort Wälder und Steppen. Sogar Flüsse und ein kleineres Meer sind zu sehen. Wenn es in dieser Gegend eine Zivilisation gab, so werden wir Reste davon finden." Er machte eine Pause und befahl dann: „Achtung – Einschalten der Rückstoßaggregate in Flugrichtung in einer Minute. Nicht vergessen – Hirosha hat eins Komma drei Gravos."

Nach einer Minute verringerte sich die Umlaufgeschwindigkeit der Menschentraube und der Schwebepanzer. Die Anziehungskraft des Planeten wurde wirksam. Langsam bröckelte der merkwürdige „Satellit" auseinander. Die einen Panzer sanken schneller, die anderen langsamer. Manche Männer stürzten zu schnell und fingen sich mit den Antigravgeräten ab. Man versuchte, möglichst zusammenzubleiben. Beim Eintritt in die Atmosphäre mußte die Geschwindigkeit stark abgesunken sein, um ein Verglühen der Kampf- und Raumanzüge zu verhindern.

Gucky hielt sich in der Nähe von Rhodan.

„Soll ich nicht mal schnell hinunterspringen und mir die Gegend ansehen?"

Rhodan überlegte. Vielleicht kein schlechter Gedanke. Dann wußten sie wenigstens, was sie erwartete. Aber auf der anderen Seite war das völlig gleichgültig. Landen mußten sie auf jeden Fall, auch wenn es Gefahr bedeutete. Ehe er antworten konnte, sprach Gucky weiter: „Schon gut, ich kann ja Gedanken lesen. Dann eben nicht. Ich habe es gut gemeint."

„Das weiß ich, Kleiner. Aber es hat wenig Sinn. Wir werden früh genug sehen, was uns erwartet. Meiner Meinung nach werden wir nicht lange Schiffbrüchige sein. Die Flotte weiß, wo wir sind."

Gucky machte sich darüber seine eigenen Gedanken. Seit die Hornschrecken überall auftauchten, stand die Flotte pausenlos im Einsatz. Sie konnte sich nicht um jeden Hilferuf kümmern. Wenn keine Schiffe so schnell zur Verfügung standen, konnte es Tage dauern, bis man sie abholte.

Als sie etwa zwei Kilometer über einer welligen Steppenlandschaft schwebten, befahl Rhodan, die Antigravgeräte so einzustellen, daß die Schwerkraft des Planeten aufgehoben wurde. Nur er selbst sank weiter und landete Minuten später auf der Oberfläche von Hirosha.

Der Strahlenorter schlug aus. Die Dosis war geringfügig und konnte ignoriert werden. In den Äquatorgegenden würde es schlimmer sein. Der Boden war mit dichtem Gras bedeckt. Es stand fünfzig Zentimeter hoch. Hügel versperrten die Sicht zum Horizont.

Rhodan öffnete den Helm. Die Luft war warm, trocken und würzig. Sie roch nach Blüten und Treibhaus. Rhodan regulierte den Antigrav und machte sich nahezu gewichtslos, um leichter voranzukommen.

Als er auf dem nächsten Hügel stand, überblickte er die Ebene bis zum Waldrand. Rechts war ein schmaler Fluß mit flachen Ufern. Der Platz davor würde sich zum Lagern eignen. Von der Luft her war er gut einzusehen.

„Oberst Jenkins, hören Sie mich?“

Als Rhodan auf Empfang schaltete, vernahm er die Stimmen vieler Menschen. Sie unterhielten sich, und da alle Geräte auf derselben Welle arbeiteten, dauerte es eine Weile, bis Jenkins sich durchsetzen konnte.

„Verständigung gut, Sir. Wie sieht es unten aus?“

„Sie können weiter absteigen. Wo der Fluß die scharfe Biegung nach Osten macht, landen Sie die Panzer. Ich erwarte Sie dort. Sie folgen fünf Minuten später nach. Die Panzer müssen sich so aufstellen, daß sie den Landeplatz notfalls unter Feuer nehmen können. Falls es Hornschrecken wider Erwarten gelungen sein sollte, sich zu verbergen, dürfen sie die Panzerkette nicht durchbrechen, sondern müssen vorher vernichtet werden. Ist das klar?“

„Völlig, Sir. Warten Sie dort auf uns?“

„Sie erhalten laufend Anweisungen. Beginnen Sie mit dem Abstieg.“

Rhodans Vorsicht hätte unter Umständen als übertrieben bezeichnet werden können, aber eben nicht unter *diesen* Umständen. Er ließ die Panzer landen und stellte sie im Viereck auf. Die nachfolgenden Männer gingen auf diesem Viereck nieder. Um sie standen die Panzer, deren Geschütze auf sie gerichtet waren.

Sie entledigten sich ihrer Kampfanzüge und verließen einzeln das

Quadrat. Beim Passieren der Panzerkette wurden sie von Rhodan, Jenkins, Schonepal und Borowski untersucht. Es war unmöglich, daß einer von ihnen eine Nadel unbemerkt mitgeschleppt hätte. Die Frauen, die aus den Panzern stiegen, wurden der gleichen Prozedur unterzogen.

Nach drei Stunden war Rhodan sicher, daß das Gelände innerhalb des Quadrats frei von Hornschrecken war. Da die Rotation Hiroshas fast siebzig Stunden dauerte, blieb Zeit genug. Rhodan ließ die Kampfanzüge einzeln aus dem Schutzgebiet holen und untersuchen. Er wollte auf die unter Umständen lebenswichtige Ausrüstung nicht verzichten.

Zehn Stunden nach der Landung stand fest, daß keine Hornschrekke mit ihnen auf Hirosha gelandet war. Die Geretteten atmeten auf und begannen, sich für ihre Umgebung zu interessieren. Da die Nacht erst in fünfzehn Stunden anbrechen würde, stimmte Rhodan einer Erkundungsexpedition zu. Er übergab Jenkins das Kommando über das Lager und nahm selbst daran teil. Gucky, Schonepal und Borowski begleiteten ihn. Darelle, ein erfahrener Pilot, steuerte den Schwebepanzer.

Die vier Männer saßen in der drucksicheren Kabine. Gucky zwischen Darelle und Rhodan auf dem Vordersitz.

Sie überflogen zuerst den Wald. Es war von oben nicht viel zu sehen, aber einmal glaubte Rhodan, daß sich unten in dem dichten Blätterdach etwas bewegte. Er ließ Darelle kreuzen, aber die Bewegung wiederholte sich nicht. Überhaupt war es erstaunlich, daß es kein tierisches Leben in diesem Dschungel zu geben schien. Die Pflanzenwelt wucherte, wie es nur nach einer Mutation möglich war. Aber wenn Pflanzen den atomaren Untergang einer Zivilisation überstanden hatten, dann auch Tiere. Rhodan war davon überzeugt, daß sie sich verbargen. Sie kannten vielleicht die Gefahr, die ihnen aus der Luft drohte – oder einmal gedroht hatte.

Auf einer riesigen Lichtung entdeckten sie endlich die ersten Lebewesen. Eine Herde vierbeiniger Tiere graste friedlich und bemerkte sie nicht eher, bis sie dicht über ihnen schwebten. Dann allerdings ergriffen die Vierbeiner die Flucht. Mit ihren überlangen Beinen schnellten sie sich vom Boden ab und erreichten erstaunliche Geschwindigkeiten. Darelle hatte Mühe, ihnen zu folgen.

Die Langbeiner verschwanden schließlich im Wald.

Nach einstündigem Flug hatten sie fünfhundert Kilometer zurückgelegt. Eine Anfrage im Lager ergab die beruhigende Gewißheit, daß dort alles in Ordnung war. Die Schiffbrüchigen der ASSOR bereiteten sich auf eine längere Wartezeit vor. Es war durchaus möglich, daß die Positionsmeldung an den Stützpunkt nicht klar durchgekommen war. Man wußte vielleicht, daß die K-9 in Schwierigkeiten geraten war, kannte aber bestimmt die Lage von Schonepals Stern nicht oder nur ungefähr, eine Vermutung, die sich später bestätigen sollte.

Darelle beugte sich vor. „Sehen Sie dort, Sir – eine Stadt."

Die vier Männer gerieten in Aufregung. Eine Stadt – das bedeutete Zivilisation, intelligentes Leben. Aber konnte es auf diesem atomverseuchten Planeten noch intelligentes Leben geben? Hatte der Krieg nicht alles vernichtet? Gab es hier Überlebende?

Der Panzer ging tiefer und näherte sich den Silhouetten der Hochhäuser, die am Horizont auftauchten. Dahinter lag die ruhige Fläche des Ozeans.

Als sie näher kamen, sahen sie, daß es eine zerstörte Stadt war.

Einige der gewaltigen Hochbauten waren zusammengeschmolzen und nur noch Ruinen. Die inneren Gerüste hielten sie und bewahrten sie vor dem völligen Zusammensturz. Andere Gebäude hatte der Luftdruck der Explosionen weggefegt. An ihrer Stelle waren riesige Krater mit der typischen Glasur auf dem Grund. Die Hitze war so groß gewesen, daß alles Material geschmolzen oder verdampft war.

Hier lebte nichts mehr. Auch keine Tiere, wie es den Anschein hatte. Aber das war ein Irrtum. Als Rhodan die Strahlung maß und feststellte, daß ein Aufenthalt in den Ruinen nicht mit einer Gefahr verbunden war, ließ er Darelle auf einem freien Platz landen.

Hier waren die Zerstörungen nicht so gründlich wie im Zentrum der Stadt. Einige der Hafenanlagen waren sogar heil geblieben. Schiffe lagen an Piers. Einige waren gesunken und ragten nur noch mit den Aufbauten aus dem flachen Wasser. In den Hafenstraßen standen verlassene Fahrzeuge. Sie erinnerten an die irdischen Modelle aus dem Jahr 1950.

„Ich steige aus", sagte Rhodan. „Gucky wird mich begleiten, wir können also bei Gefahr unmittelbar in die Kabine zurückkehren. Verschließen Sie die Luke."

Die Decke der Straße war eine Masse, die an Beton erinnerte. Sie war uneben, als sei sie in großer Hitze aufgequollen und dann wieder erstarrt. Rhodan bemerkte nichts Verdächtiges und schritt bis zum nächsten Auto, das vor einem Ruinenhaus stand und nicht beschädigt schien.

Während Gucky in einem zusammengestürzten Laden herumstöberte, untersuchte Rhodan das Auto. Er tat es sehr gründlich, und das Ergebnis war für ihn sehr überraschend. Auf dem hinteren Sitz fand er einige Gegenstände, deren Bedeutung nicht sofort klar wurde. Immerhin waren es keine Gegenstände, die in irgendeiner Beziehung zu der fortgeschrittenen Technik standen, die den Planeten vernichtet hatte.

Rhodan ging weiter bis zum Hafenbecken. Er konnte der Versuchung nicht widerstehen, auch eines der Schiffe zu betreten, um es zu untersuchen. Ihm war eine Vermutung gekommen, und er wollte sie bestätigt finden.

Er fühlte sich um einige Jahrhunderte zurückversetzt. So hatten die Schiffe auf den Meeren Terras in der Mitte des zwanzigsten Jahrhunderts ausgesehen. Und sie waren auch genauso angetrieben worden. Durch Dieselmotoren.

Er fand keinen Toten, wohl aber verblaßte Photos, die keinen Aufschluß darüber gaben, wie alt sie sein mochten. Die darauf abgebildeten Wesen waren Humanoide, wahrscheinlich Abkömmlinge von frühen Arkoniden. Sie hatten sich auf Hirosha selbständig entwickelt, die Atomenergie wiederentdeckt und sich dann gegenseitig vernichtet. Immer wieder war es die gleiche Geschichte. Es gab nichts Unvernünftigeres als ein vernunftbegabtes Wesen.

Im Schiff selbst war nichts zerstört oder verändert. Die Mannschaft mußte es verlassen haben, bevor der Krieg ausbrach. Vielleicht war die Warnung rechtzeitig erfolgt. Aber wo war sie geblieben? Gab es unter den Ruinen der Stadt riesige Schutzräume, in denen die Toten lagen? War der Untergang dieser Welt schon so lange her, daß die Leichen sich längst in Staub verwandelt hatten?

Rhodan kehrte an Land zurück. Er traf mit Gucky zusammen, der nichts von Bedeutung entdeckt hatte. Als sie quer über die verlassene Uferstraße schritten, wurden sie plötzlich von der Seite her angegriffen.

Es waren vierbeinige Tiere mit langen Schwänzen, fast so groß wie der Mausbiber. Sie sahen aus wie ins Riesenhafte vergrößerte Ratten oder Mäuse. Sie stießen ein gellendes Pfeifen aus und rasten auf Rhodan und Gucky zu.

Mutationen ehemals harmloser Tiere. Rhodan wußte plötzlich, daß der Atomkrieg auf Hirosha einer lange zurückliegenden Vergangenheit angehörte. So schnell entstanden keine Mutationen. Sie benötigten Zeit.

Ehe er seinen Strahler hochreißen konnte, begann der Panzer zu feuern. Schonepal bediente das Geschütz. Und er war ein guter Schütze. Die Ratten, wenn man sie so nennen wollte, wurden einfach weggefegt. In Sekunden war der Spuk verschwunden. Einige überlebende Tiere verschwanden quietschend in den nahen Ruinen. Dann war die breite Uferstraße wieder wie leergefegt.

Auf dem Rückflug fanden sie weitere Städte am Ufer des Meeres, das sich bis in Polnähe erstreckte. Sie verzichteten auf eine nochmalige Landung und kehrten ins Lager zurück.

Dort begann sich das Leben zu normalisieren.

Kurz vor Sonnenuntergang versammelte Rhodan die Offiziere der ASSOR und einige der Wissenschaftler der EXPLORER-3218 am Lagerfeuer, das der romantisch veranlagte Leutnant Gabriel, Waffenexperte und Biologe, etwas abseits des eigentlichen Lagers angezündet hatte. In der Nähe gab es genügend trockenes Holz, und so war es kein Wunder, daß die Flammen hoch in den Himmel loderten und die plötzlich beginnende Dämmerungskälte zurückdrängten.

Den meisten Spaß hatte Gucky.

Er saß ganz vorn, dicht vor den Flammen. Er verfolgte ihr Spiel und bewunderte die huschenden Schatten, die sie warfen. Er spürte die wohltuende Wärme, die von der Glut ausging und wußte, daß es eine ganz andere Wärme war als die der Sonne oder atombetriebener Klimaanlagen. Es war eine Wärme, die in das Blut eindrang und bis zum Herzen vorstieß. Es war die Wärme, wie sie nur ein Lagerfeuer geben konnte.

Rhodan ahnte die Gedanken seines kleinen Freundes und lächelte. Der Mausbiber war ein Romantiker, obwohl er es mit Heftigkeit abstritt, wenn etwa Bully das von ihm behauptete. Sein Ferienhaus am Goshunsee in Terrania bewies jedoch das Gegenteil. Nichts liebte

Gucky mehr, als sich dort in der Sonne zu aalen, im Wasser zu tauchen und am offenen Kamin zu träumen. Es kam dann vor, daß er sich tagelang nicht wusch, weil er meinte, das gehöre zur richtigen Erholung. Bully störte seine Einsamkeit oft, wenn er ihn besuchte. Er wohnte gleich nebenan in seinem Bungalow. Und wenn er dann vorsichtig äußerte, es stinke, wurde er kraft Guckys Telekinese postwendend in seinen eigenen Bungalow zurückbefördert. Das allerdings hatte dann nichts mehr mit Romantik zu tun.

Gucky verschob telekinetisch einige Äste im Feuer. Die Flammen loderten höher. Im Westen versank die Sonne hinter den Hügeln. Die Nacht würde nahezu dreißig Stunden dauern. Hirosha besaß nur eine schwache Ekliptik; es gab weder Mitternachtssonne noch den Polartag im Sommer. Es wurde allmählich kühl.

„Es wäre Zeitverschwendung", sagte Rhodan, „wenn wir die lange Nacht verschliefen. Leutnant Borowski hat sich bereit erklärt, während der Dunkelheit eine Expedition zur Tagseite zu unternehmen. Er sucht noch vier Freiwillige, die ihn begleiten. Die Expedition bricht in acht Stunden auf."

Es meldeten sich alle, aber Borowski wehrte lachend ab. Er suchte sich seine Leute aus. Wieder würde Sergeant Darelle den Panzer fliegen. Als Mediziner wurde Dr. Mährlich mitgenommen. Sergeant Hoax, ebenfalls Arzt, sollte als Funker mitmachen. Captain McNamara, ehemals Erster Offizier der EXPLORER-3218, begleitete die Expedition als Chemiker. Sein höherer Dienstrang spielte bei dem Unternehmen keine Rolle. Er wurde Leutnant Borowski unterstellt.

Gucky streckte die Füße aus, den Flammen entgegen. „Und was ist mit mir?"

Rhodan sagte: „Du wirst dich ausschlafen, Gucky. Es wird eine Zeit kommen, in der es wichtig ist, daß du bei Kräften bist."

„Ich soll hierbleiben?"

„Du hast es erfaßt, Kleiner. Ich möchte, daß du in meiner Nähe bist."

Das allerdings war ein Argument, dem Gucky sich widerspruchslos fügte.

Es wurde schnell dunkel und kühl.

Einer nach dem anderen verschwanden die Männer und Frauen in den Unterkünften. Gucky starrte in die kleiner werdenden Flammen.

Die Glut verwandelte sich in Asche.

Wind kam auf und verwehte die Asche.

Von dem schönen Lagerfeuer war nichts geblieben als ein häßlicher, schwarzer Fleck im grünen Gras.

Aber den sah Gucky schon nicht mehr. Er schlief längst.

Über dem Meer holten sie die Sonne ein. Sie stieg im Westen auf und stand bald wieder hoch am Himmel. Am Horizont kam Land in Sicht. Der Panzer flog in geringer Höhe über die kaum bewegte Oberfläche des Meeres dahin und näherte sich dem Festland. Als erstes erblickten sie wieder eine zerstörte Stadt. Alle Anzeichen wiesen darauf hin, daß sie aus der Luft angegriffen worden war. Riesige Krater hatten ganze Viertel dem Erdboden gleichgemacht und glasige Schimmer über die Ruinen nebenan gezogen. Die Hitzewellen hatten die Konstruktionen zerschmolzen und die Gebäude zum Einsturz gebracht. Niemand konnte dieser Hölle entronnen sein.

Einmal entdeckten sie huschende Schatten zwischen den Ruinen, und Mährlich behauptete, daß die Gestalten menschliche Umrisse aufwiesen.

„Vielleicht haben Sie recht", meinte Borowski und gab Darelle einige Anweisungen. „Ich bin mir nicht sicher, aber ich möchte Ihnen zustimmen. Vielleicht gibt es doch Überlebende, und wir könnten von ihnen erfahren, was sich auf dieser Welt zugetragen hat."

Hoax hielt Verbindung mit dem Lager, wo die Funkstation auch während der langen Nacht besetzt blieb. Er gab die Position durch und berichtete von ihrer Absicht, zu landen. Falls die Verbindung aus irgendeinem Grund unterbrochen wurde, sollte sofort eine Hilfsexpedition in Marsch gesetzt werden.

Darelle landete am Stadtrand. Hier waren die Verwüstungen nicht so offensichtlich, und einige der Gebäude standen noch. Die Tatsache der totalen Entvölkerung von Hirosha ließ vermuten, daß nicht nur atomare Bomben, sondern auch noch andere Dinge eine Rolle gespielt hatten. Vielleicht intensive Hitzewellen oder radioaktive Strahlung, die inzwischen nachgelassen hatte.

Borowski machte keine Anstalten, den Panzer zu verlassen.

„Es wird besser sein, wenn wir nicht nach draußen gehen", sagte er.

„Im Panzer sind wir sicher. Darelle, lassen Sie ihn langsam vorrollen. Dort, wo die breite Straße ist. Solange keine Trümmer den Weg versperren, können wir uns die beschwerliche Wanderung ersparen. Außerdem haben wir die Kampfanzüge nicht dabei."

Rechts und links waren die fast unbeschädigten Häuser der Vorstadt. Die Wände standen noch, aber zum Teil waren auch sie etwas zusammengesackt und verformt. Die rechteckigen Schaufenster der Läden – wenn es Läden waren – wirkten wie geometrische Figuren auf dem Zeichenbrett eines Kindes. Manche waren zu Parallelogrammen geworden. Was in den Läden hing, war nicht zu erkennen.

Ein zusammengestürztes Haus versperrte die Straße. Für Darelle war das kein Problem. Der Panzer erhob sich vom Boden und schwebte darüber hinweg. Hinter der Barriere war die Straße wieder frei.

„Mich würde das Innere der Häuser interessieren", sagte Borowski. „Leider kommen wir mit dem Panzer nicht hinein."

McNamara nickte. Seine Augen funkelten unternehmungslustig. „Wie wäre es mit einem Spähtrupp, Leutnant? Wenn Sie mir Feuerschutz geben, bin ich gern bereit ..."

„Kann ich mir denken, Captain. Aber wenn, dann gehe ich mit. Zwei Mann müssen im Panzer bleiben. Wie wäre es, Dr. Mährlich? Wollen Sie uns begleiten?"

Es war eine überflüssige Frage. Darelle und Hoax blieben zurück. Sie blieben nicht sehr gern zurück, aber sie sahen ein, daß man sich nicht der Rückzugsmöglichkeit berauben durfte.

An dieser Stelle war die Straße breiter als sonst. Auch aus anderen Richtungen kamen Straßen und bildeten eine weite Kreuzung. An einem Rand gab es einen tiefen und fast runden Trichter, der alle Häuser, die einmal hier standen, verschlungen hatte. Die Geigerzähler des Panzers tickten häufiger als sonst.

Borowski wählte ein hohes und fast intaktes Gebäude. Die Außenwände waren nicht glatt, sondern sahen so aus, als wären sie mit Wasser bespritzt worden, das sofort erstarrte.

Vor den Eingängen lagen ganze Riegel geschmolzenen und wieder hart gewordenen Materials. Es war von den Wänden herabgetropft und bildete fußhohe Schwellen. Man mußte darüber hinwegsteigen, wollte man in das Innere des Hauses gelangen.

Dr. Mährlich schaute in die Läden. Seine tastenden Hände fanden kein Hindernis. Die Scheiben, wenn es welche gegeben hatte, waren nicht mehr vorhanden. Die Hitze mußte sie geschmolzen und sofort verdampft haben, denn keine Schmelzreste waren zu sehen.

Die Regale waren demoliert. Was auf ihnen gelegen hatte, war nicht mehr da. Kleine, undefinierbare Reste lagen wie Schmutzhäufchen umher. Spuren bewiesen, daß jemand nachträglich in ihnen gewühlt hatte.

Enttäuscht sagte Mährlich: „Es wurde alles vernichtet. Wenn es wirklich Überlebende gibt, so fanden sie nichts mehr, um ihr Dasein zu erleichtern. Wenn man doch nur wüßte, wann es geschehen ist."

Borowski gab keine Antwort. Zusammen mit McNamara betrat er den dunklen Flur, nachdem sie über den Schmelzriegel gestiegen waren. Mährlich folgte ihnen.

Hier drinnen mußte die Hitze nicht so groß gewesen sein. Die Wände waren glatt. Es gab einen Lift, der allerdings nicht mehr funktionierte. Schon lange mußten die Generatoren außer Betrieb sein.

Die Nottreppe hatte die normale Stufenhöhe.

Borowski nahm über Minikom Verbindung mit Darelle auf. „Alles in Ordnung da draußen?"

„Alles klar, Leutnant. Wie sieht es aus?"

„Wir gehen jetzt nach oben. Bisher keine Spuren."

Im ersten Stockwerk wurde klar, daß auch hier die Hitze gewirkt hatte. Sie war stark genug gewesen, alle leichteren Baustoffe zu verbrennen oder gar zu verdampfen. Es gab keine Türen und keine Einrichtungen mehr.

In den Räumen selbst fanden sie nur Staubansammlungen. Nach dem Untergang hatte niemand diese Räume mehr betreten. Es sei denn, er war vorsichtig genug gewesen, alle entstandenen Spuren sorgfältig zu verwischen.

Mehr als zwei Stunden durchwanderten sie das Innere des Gebäudes. Es wurde allmählich klar, daß es mit den Nachbarhäusern in direkter Verbindung stand. Zwischenmauern ohne Durchlässe gab es nicht. So betrachtet schien die ganze Stadt ein einziges Gebäude gewesen zu sein, organisch gewachsen und nur von außen unterschiedlich wirkend.

McNamara, der zurückgeblieben war, rief plötzlich: „Leutnant, kommen Sie her! Ich habe etwas gefunden!"

Es war ein zusammengeschmolzener Klumpen Metall, dessen ehemalige Bestimmung nicht zu erkennen war. Immerhin gab er einen Hinweis auf die Temperaturen, die bei der Katastrophe im Innern des Hauses geherrscht haben mußten. Wenn aber Metall zerschmolzen war, konnte von Holz oder Plastik nichts mehr übriggeblieben sein.

Darelle meldete sich wieder. „Leutnant Borowski, wo sind Sie jetzt?"

„Schlecht zu sagen, da ich Sie nicht sehe. Wir verlassen jetzt das Gebäude und gehen auf die Straße. Peilen Sie uns an, und versuchen Sie uns zu finden."

Als die Sonne wieder auf sie herabschien, atmeten sie erleichtert auf. Drinnen im Halbdunkel der Gänge und Räume wehte der Hauch des Todes, hier draußen aber war die Luft besser und frischer. Allerdings war es fast unerträglich heiß. Die drei Männer sehnten sich zurück nach der Kühlanlage im Panzer.

Darelle gab seine Positionsmeldung durch. Er näherte sich ihrem Standort.

Plötzlich deutete Mährlich aufgeregt zu den zusammengeschmolzenen Resten eines einzelnen Gebäudes, das auf der anderen Seite der Straße stand. „Dort – haben Sie es gesehen? Ein Mensch – oder etwas Ähnliches."

Die Gestalt stand unbeweglich zwischen den Ruinen und sah zu ihnen herüber. Sie war etwa fünfzig Meter entfernt. Ihr Äußeres war menschenähnlich, aber mehr auch nicht. Der runde Kopf war haarlos. Die Ohren, groß und verwachsen, hingen herab. Die obere Partie des Körpers wirkte entstellt. Arme waren keine zu sehen. Die Beine wurden durch die Trümmer verdeckt. Das Gesicht war nicht zu erkennen.

Borowskis Hand tastete nach dem Impulsstrahler. „Vorsicht, McNamara. Keine Bewegung, sonst verschwindet er. Es muß ein Überlebender sein. Wie nehmen wir Verbindung mit ihm auf?"

„Ich gehe zu ihm", erbot sich Mährlich. „Deckt mich, falls Gefahr droht. Aber ich glaube, sie werden uns nicht angreifen."

„Sie?"

„Glauben Sie etwa, er wäre der einzige?"

Mährlich setzte sich in Bewegung und schritt quer über die Straße auf den Unbekannten zu. Er ließ ihn nicht aus den Augen und prägte sich jede Einzelheit ein. Am meisten interessierte ihn das Gesicht. Es war nur entfernt menschlich. Die Augen standen weit auseinander und besaßen sicherlich ein sehr großes Blickfeld. Mehr als hundertachtzig Grad, dachte Mährlich verwundert. Wenn das eine Mutation ist, dann bestimmt in der zweiten oder dritten Generation. So lange also war die Katastrophe schon her.

Als Mährlich noch zwanzig Meter von dem Überlebenden – oder dessen Nachkommen – entfernt war, blieb er stehen. Er blickte in die ausdruckslosen und leeren Augen und fröstelte.

Er hob die Hand.

In diesem Augenblick duckte sich der Unbekannte und war verschwunden. Es war, als habe der Boden sich aufgetan und ihn verschluckt. Mährlich hatte keine Bewegung gesehen. Der Platz war einfach leer geworden.

Er lief auf die Stelle zu und vergaß alle Vorsicht. Hinter sich hörte er Borowski eine Warnung rufen, aber er kümmerte sich nicht darum. Er mußte wissen, wo der Mutant geblieben war, denn daß es ein Mutant gewesen war, daran bestand für ihn kein Zweifel.

„Mährlich – aufpassen! Rechts von Ihnen!“

Zugleich mit der Warnung erfolgte die zischende Entladung eines Energiestrahlers. Keine zehn Meter von Mährlich entfernt spritzte glühendes Material auseinander. Ein Quietschen ertönte. Dann waren huschende, trippelnde Schritte zu hören.

Mährlich war stehengeblieben. Er drehte sich um. „Was ist denn los? Er ist völlig harmlos.“

„Er schickt uns die Ratten auf den Hals, Mährlich. Kommen Sie zurück.“

Von allen Seiten kamen die unheimlichen Tiere, die schon im Hafenviertel der anderen Stadt gesehen worden waren. Sie bildeten Rudel und stürmten aus ihren Verstecken auf die Straße. Dazwischen klang immer wieder das aufreizende Pfeifen aus den Trümmern.

Mährlich riß seine Waffe aus dem Gürtel und sprang zurück. Mitten auf der Straße traf er mit Borowski und McNamara zusammen.

Die Ratten hatten mit den irdischen Ratten nur eine entfernte Ähnlichkeit. Ihre Schnauzen waren spitz und voller Zähne. Ihr Fell, glatt und fleckig, schimmerte rot und hellbraun. Der lange Schwanz war haarlos und dünn. Sie trugen ihn aufrecht und wie zum Stoß nach vorn gerichtet.

Ihre Absichten waren nicht zu verkennen.

Die drei Männer eröffneten ein mörderisches Feuer und nahmen keine Rücksicht.

Die Ratten verschwanden im selben Augenblick, in dem der Panzer von links auftauchte und landete. Darelle kam nicht mehr dazu, ebenfalls in den Kampf einzugreifen.

Später, als sie über das Meer zurückflogen, sagte Mährlich: „Die menschliche Gestalt steht in ursächlichem Zusammenhang mit dem Angriff der sogenannten Ratten. Es handelt sich in beiden Fällen um Mutationen. Der Atomkrieg auf Hirosha liegt somit mindestens fünfzig Jahre zurück. Ich nehme an, auch die Vegetationsgebiete der Pole sind mutiert. Die nächste Expedition sollte dorthin vordringen. Vielleicht finden wir dort bessere Hinweise."

Es dämmerte im Osten, als sie beim Lagerplatz landeten.

Der lange, fast vierzig Stunden währende Tag begann.

Borowski leitete auch die dritte Expedition zum Nordpol von Hirosha.

Es waren nur wenige Breitengrade bis dorthin, und die Vegetation wurde immer dichter. Aber auch hier gab es Ansiedlungen und Ruinen größerer Städte. Die Temperaturen sanken ein wenig, aber es blieb warm.

Der Pflanzenwuchs nahm phantastische Formen an. Bäume standen hundert Meter hoch. Sie standen so dicht, und ihr Blätterdach war derart miteinander verwachsen, daß es unmöglich war, auch nur einen Blick auf den Boden zu werfen. Nur dort, wo die Lebensbedingungen für die Bäume ungünstig waren, gab es Lichtungen, Steppen und auch Sümpfe.

Sie landeten bei den Ruinen einer ausgedehnten Siedlung, die am Fuß eines Gebirges lag. Eine einzige der rätselhaften Hitzebomben hatte sie vernichtet, denn in der Mitte der Stadt war ein gigantischer Krater von nahezu einem Kilometer Durchmesser. Die Ränder waren glasig überzogen und ließen Schlüsse auf die ungeheuren Temperaturen zu, die im Kern der Explosion geherrscht hatten.

Die Strahlung war ungefährlich.

Rhodan und Gucky, die als Beobachter an der Expedition teilnahmen, begaben sich mit Borowski ins Freie. Die Besatzung des zweiten Panzers landete am anderen Ende der Stadt und drang von dort aus in die Ruinen ein. Mit Hilfe ihrer Minikome blieben sie in ständiger Verbindung.

Schonepal kam hinter Rhodan und Borowski her. „Es ist besser, wenn ich Sie begleite. Es genügt, wenn Darelle beim Panzer zurückbleibt."

Niemand hatte etwas dagegen.

Sie wanderten um den Krater herum und gelangten in weniger zerstörtes Gebiet. Einige der übergroßen Ratten ergriffen die Flucht, ohne den Versuch zu unternehmen, sie anzugreifen. Wahrscheinlich fehlte ihnen der anfeuernde Befehl eines menschlichen Mutanten.

„Die Hitze muß alles abgetötet und vernichtet haben", sagte Rhodan, als sie eine Stunde später nach Untersuchung einiger Ruinen den Rückweg zum Panzer antraten. „Ich wundere mich fast, daß es überhaupt Leben gibt. Mährlich hat recht, wenn er die Katastrophe fünfzig Jahre zurückverlegt. So lange könnte es etwa her sein, länger nicht. Es gäbe sonst noch mehr Mutationen. Immerhin ist es erstaunlich, daß in fünf Jahrzehnten die Bäume so hoch wachsen konnten."

„Hier in der Stadt sind kaum Bäume", sagte Borowski.

„Das stimmt – und es ist seltsam." Rhodan überzeugte sich davon, daß sie die Richtung nicht verloren. Schonepal gab der anderen Expedition neue Anweisungen. Auch dort hatte man nichts gefunden. „Ich nehme an, draußen ließ die Strahlung eher nach. Hier ist sie noch wirksam und verhindert eine stärkere Verbreitung der Vegetation."

Als der Panzer in Sicht kam, erreichte sie der Alarmruf der anderen Gruppe. Leutnant Gabriel wollte noch Einzelheiten durchgeben, aber die Sendung wurde plötzlich unterbrochen. Einzelne Hilferufe kamen noch durch, dann war Ruhe.

Rhodan überlegte nicht lange. In großen Sätzen eilte er auf den Panzer zu, aber Gucky holte ihn mit einem Teleportersprung ein und nahm seine Hand.

„Perry, ich bringe dich zu Gabriel und seinen Leuten."

Rhodan nickte und rief: „Borowski, Schonepal – kommen Sie mit dem Panzer nach. Beeilen Sie sich, die anderen brauchen Hilfe."

Gucky teleportierte. Nach zwei Sprüngen erreichten er und Rhodan die Stelle, an der der andere Panzer gelandet war.

Ein dritter Sprung brachte sie schnell in Sicherheit. Sie standen auf dem Dach eines gut erhaltenen Gebäudes und sahen auf das Ruinenfeld hinab, wo etwas Grauenhaftes und Unbegreifliches geschah.

Von den fünf Männern der Gruppe war nichts mehr zu sehen. Der Panzer mit dem Piloten stand an der alten Stelle, aber er wurde von einem riesenhaften Tier angegriffen, das keine zwanzig Meter entfernt zwischen den Trümmern lag und sich langsam aufrichtete.

Es erinnerte an einen Wal oder an einen Wurm, war etwa zwanzig Meter lang und an der stärksten Stelle fünf Meter dick. Der runde Kopf hatte ein breites, weit geöffnetes Maul mit scharfen Zahnreihen. Die Augen saßen dicht nebeneinander, dahinter waren vier Gliedmaßen zu erkennen. Zwei oben und zwei unten, jeweils am Ende des breiten Mauls und damit fast am Hinterkopf. Die Haut war glatt und machte einen widerstandsfähigen Eindruck – ein Eindruck, der sich als richtig erwies.

Der Panzer feuerte auf das Untier.

Der Energiestrahl traf es genau am Kopf, aber zu seinem Entsetzen bemerkte Rhodan keine destruktive Veränderung. Der Strahl perlte völlig wirkungslos ab. Die flammenden Energien flossen nach allen Seiten auseinander und wurden von der Haut absorbiert.

Auf dem Dach fühlte Rhodan sich sicher. „Gucky, hole den Piloten des Panzers, aber schnell. Ich fürchte, er wird nicht viel ausrichten können.“

Gucky verschwand.

Sekunden später stellte der Panzer sein Feuer ein, dann erschien der Mausbiber wieder. Mit ihm materialisierte der Mann, der den Panzer gesteuert hatte. Er starrte schreckensbleich auf Rhodan, und es dauerte Sekunden, ehe er ihn erkannte.

„Sir – die Teleportation . . .“

„Was ist geschehen?“

Der Sergeant erholte sich von seinem doppelten Schrecken. Er streifte Gucky mit einem scheuen Blick, dann begann er stockend zu berichten.

Das Ungeheuer war überraschend in den Ruinen aufgetaucht und hatte Leutnant Gabriel und seine Begleiter angegriffen. Sie hatten ihre Magazine leergeschossen, aber keine Wirkung erzielen können. Im Gegenteil, das Monster schien mit den Strahlschüssen neue Energie getankt zu haben. Es hatte sich auf die Männer gestürzt und sie getötet, ehe sie flüchten konnten.

Dann hatte es sich mit einigen unvorstellbaren Sprüngen voranbewegt und den Panzer angegriffen. Auch hier blieben die Schüsse des Bordgeschützes ohne sichtbare Wirkung, aber wenigstens griff das Untier nicht mehr an.

Rhodan nahm Verbindung mit Darelle auf. „Wie weit sind Sie?"

„Schonepal und Borowski an Bord, Sir."

„Starten Sie. Fliegen Sie in geringer Höhe. Sie finden uns am Westende der Stadt auf einem Gelände. Das Dach sieht stabil aus. Landen Sie bei uns. Auf keinen Fall zu ebener Erde landen. Lebensgefahr. Beeilen Sie sich."

Darelle fragte nichts. Zwei Minuten später tauchte sein Panzer über den Ruinen auf und landete wenige Meter von der wartenden Gruppe entfernt. Schonepal und Borowski stiegen aus. Sie ließen die Ausstiegsluke geöffnet.

Als sie neben Rhodan standen und unten in der Tiefe das Ungeheuer erblickten, stießen sie beide einen überraschten Ruf aus.

Schonepal deutete hinab und sagte mit erstickter Stimme: „Die Riesenraupe! Das gleiche Biest wie auf Zannmalon. Aber es lebt. Himmel, es lebt!"

Rhodan fragte eindringlich: „Sind Sie sicher, Schonepal? Irren Sie sich nicht?"

„Ausgeschlossen, Sir. Die Form ist unverkennbar, wenn wir auch nur das Gerippe fanden. Sie erinnern sich, Sir? In den Höhlen des Gebirges fanden wir die Überreste der Riesenraupe, und später dann die Eier der Hornschrecken. Mein Gott, das bedeutet . . ."

„Nein, keine voreiligen Schlüsse, Schonepal. Noch wissen wir nicht, welche Zusammenhänge zwischen der Riesenraupe und den Hornschrecken bestehen. Sie können rein zufällig sein. Wichtig ist erst einmal, festzustellen, daß die beiden großen Tiere derselben Gattung angehören. Und da sind Sie absolut sicher?"

„Absolut, Sir."

„Merkwürdig, wirklich merkwürdig. Beide Welten sind durch Tausende von Lichtjahren getrennt. Ist das noch ein Zufall?"

Schonepal sah zu, wie sich unten die Raupe zum Sprung krümmte. Sie tat es genauso wie die Hornschrecken. Die Ähnlichkeit war unverkennbar. Gab es doch einen Zusammenhang?

Und dann sprang das Monster.

Es landete wenige Meter vor dem Panzer, kroch weiter und bedeckte ihn dann mit seinem Körper. Was weiter mit dem Fahrzeug geschah, war nicht zu erkennen. Jedenfalls wünschte sich keiner der Männer, jetzt in dem Panzer zu stecken. Der Fahrer war blaß, und seine Augen waren weit aufgerissen.

„Es springt wie die Hornschrecken, nur viel weiter", flüsterte Schonepal.

„Auch das könnte Zufall sein, aber auch in der Erscheinung besteht der Zusammenhang. Schrecklich, dieser Wurm."

„Ein Schreckwurm", hauchte Schonepal, und damit prägte er den Namen für das furchtbare Geschöpf, dem nun zum erstenmal der Mensch gegenübergetreten war. „Hornschrecken und Schreckwürmer – welche Überraschungen hält der unbekannte Teil der Milchstraße noch für uns bereit? Ich frage mich nur, was er auf dieser toten Welt zu suchen hat. Wie kam er hierher? Wie kam er nach Zannmalon? Dieselbe Rasse, unintelligent, unzerstörbar ... Ich habe eine furchtbare Vermutung, Sir."

„Sprechen Sie ruhig weiter", sagte Rhodan und ließ den Schreckwurm nicht aus den Augen. „Was vermuten Sie?"

„Es gibt keine andere Antwort auf unsere Fragen, Sir. Jemand muß den Schreckwurm hierhergebracht haben. Oder von hier nach Zannmalon. Es kann nicht zwei Welten geben, auf denen er unabhängig vorkommt. Wenn sie die Raumfahrt nicht beherrschen, bringt sie jemand. Aber wer? Und vor allem wann? Ist dieser Schreckwurm nach dem planetaren Krieg hierhergebracht worden oder hatten Unbekannte den Krieg entfesselt, um ihren Schreckwurm anschließend auf der entvölkerten Welt abzusetzen?"

Borowski nahm das Fernglas von den Augen. „Ich habe beobachtet, daß sich die Farbe der Haut dort veränderte, wo sie die Energiestrahlungen abfingen. Genauso ist es bei dem Schreckwurm von Zannmalon gewesen. Es scheint eine molekulare Umbildung stattgefunden zu haben. Was hat das zu bedeuten?"

Rhodan gab keine Antwort. Er befahl Darelle, mit dem Panzer die in der Nähe liegenden Ruinen abzusuchen. Er hoffte immer noch, daß jemand den Angriff des Schreckwurms überlebt hatte.

Unten krümmte sich das Monster erneut zum Sprung. Seine Bewegungen waren auffällig langsam und schwerfällig. War es verletzt worden? Besaß es nicht mehr seine ursprünglichen Kräfte?

Dann sprang es. Es landete fünfzig Meter entfernt auf einem freien Platz. Dort drehte es sich langsam um und begann, die Ruinen zu erklettern. Seine Absicht war klar. Es wollte zu den Menschen auf dem Dach.

Wenn auch nicht gerade intelligent, so besaß es doch die Fähigkeit, einen einigermaßen logischen Denkvorgang zu bewerkstelligen.

„Wir müssen fort", sagte Schonepal. „Wir haben auf Zannmalon versucht, die Knochen des Ungeheuers zu untersuchen. Selbst stärkste Bestrahlung machte ihnen nichts aus. Sie waren unzerstörbar. Stahlsägen brachen ab, und die Schweißgeräte konnten sie kaum erwärmen. Wie widerstandsfähig wird erst das lebendige Exemplar dieses Alptraums sein?"

Darelle kehrte zurück. Er hatte die Überreste der vermißten Männer gefunden. Er berichtete stockend, daß es so aussah, als seien die Männer durch den Beschuß mit einem starken Impulsstrahler ums Leben gekommen.

Rhodan zögerte nicht länger. Er stieg als letzter ein und bemerkte verwundert, daß Gucky sich äußerst schweigsam verhielt und in sich hineinzulauschen schien. Das kannte er. Gucky versuchte, irgendwelche Gedankenimpulse aufzufangen.

Darelle ließ den Panzer aufsteigen. In einer Höhe von zwanzig Metern strichen sie dann über den Schreckwurm dahin. Sein Kopf bewegte sich. Das weit aufgerissene Maul zeigte die Zahnreihen. Im dunklen Hintergrund des Rachens war ein glänzender Zapfen, der jedoch nur undeutlich zu erkennen war.

Als der Panzer genau über dem Monster war, schoß aus dem Rachen ein Bündel grellweißer Strahlen. Sie trafen nur das vorstehende Heck des Panzers. Außerdem erloschen sie bereits eine Sekunde nach dem Abschuß.

Darelle stieg schneller. Der Schreckwurm blieb zurück. Jetzt erst fand Rhodan Zeit, das Phänomen näher zu definieren.

„Wie es scheint, kann der Schreckwurm Energie in Form von

Strahlschüssen absondern. Das würde das Aussehen der Getöteten erklären. Ich nehme an, es ist völlig sinnlos, auf ihn zu schießen, wir würden ihm nur einen Gefallen tun. Er nimmt Energie auf, speichert sie in seinem Körper und kann sie jederzeit in sehr gefährlicher Form wieder abgeben. Ein unheimliches Lebewesen."

„Trotzdem sollten wir versuchen, es unschädlich zu machen", erklärte Schonepal entschlossen. „Wenn die Hornschrecken wirklich von den Schreckwürmern abstammen, retten wir damit vielleicht diesen Planeten vor seiner restlosen Vernichtung."

Gucky richtete sich auf. Sein Blick wurde klarer. Er sah Rhodan an. „Ob du es glaubst oder nicht – aber das Biest denkt."

Rhodan war nicht überrascht. „Was denkt es denn?"

„Das kann ich dir leider nicht sagen." Gucky schüttelte mutlos den Kopf. „Es denkt, das ist alles, was ich weiß. Aber es sind keine bewußten Gedanken. Die Impulse sind sehr unklar und verworren, etwa wie bei einem Menschen, der fiebert. Aber sie sind da. Ich kann sie nicht verstehen, nur ein wenig deuten. Sie drücken Wut, Enttäuschung und Schmerzen aus. Auch hilflose Ohnmacht und etwas, das versäumt wurde und wozu es höchste Zeit wäre. Ich glaube, das große Tier lebt nicht mehr lange, aber vorher hat es noch eine Aufgabe zu erledigen."

„Was immer diese Aufgabe ist", sagte Rhodan, „wir sollten versuchen, den Schreckwurm an ihrer Erledigung zu hindern. Aber wie?"

„Mit der ASSOR und der K-9 hätten wir es vielleicht geschafft, ihn zu töten. Aber mit den Bordgeschützen der Panzer ..." Schonepal schüttelte den Kopf. „Vielleicht dann, wenn alle Panzer zusammen feuern."

„Der achte ist nicht mehr zu gebrauchen", sagte Darelle und deutete nach unten.

Der Panzer der zweiten Gruppe wirkte zusammengedrückt, als habe ein unvorstellbares Gewicht auf ihm gelegen. Die Raupen waren abgesprungen und zerrissen. Die Kuppel der Kabine war zersplittert.

Drüben bei den Ruinen kroch der Schreckwurm wieder nach unten. Er krümmte sich zum Sprung, aber er kam nur dreißig Meter weit. Seine Kräfte schienen nachzulassen. Rhodan wagte sich nicht auszudenken, wie weit ein Schreckwurm springen konnte, der bei vollen Kräften war. Vermutlich erreichte er dann doppelte Sprungweite.

„Zurück zum Lager!“ befahl er. „Schonepal hat recht. Wir müssen versuchen, das Ding zu vernichten. Versuch noch einmal, seine Absichten herauszufinden, Gucky. Es wäre ungeheuer wichtig.“

Aber so wichtig es auch war, Guckys Bemühungen blieben ohne Erfolg.

Niedergeschlagen landeten sie schließlich im Lager.

Jeder Panzer war mit zwei Mann besetzt. Rhodan leitete selbst die Aktion. Die Ruinenstadt in der Nähe des Pols war nur zweihundert Kilometer vom Lager entfernt und wurde schnell erreicht. Die Funkgeräte waren alle eingeschaltet, so daß einer hören konnte, was der andere sagte.

Nach dreistündiger Suche wurde immer wahrscheinlicher, daß der Schreckwurm nicht mehr in den Ruinen war. Auch wenn er sich verbarg, so war doch sicher, daß er sich durch einen Angriff bemerkbar gemacht hätte. Oder sollte Guckys Vermutung stimmen und er so geschwächt sein, daß er irgendwo in den unübersichtlichen Trümmern verendet war?

Sie bestatteten die getöteten Männer. Borowski sprach die letzten Worte an ihrem gemeinsamen Grab und überlegte, wie Claudia Peggins sich mit dem Tod Leutnant Gabriels abfinden würde. Die beiden waren mehr als nur befreundet gewesen.

Später zogen die Panzer in aufgelöster Ordnung immer größere Kreise um die Stadt. Sie flogen niedrig und schnell, um ein möglichst ausgedehntes Gebiet absuchen zu können.

Es dauerte fast weitere zwei Stunden, ehe der Pilot des am weitesten östlich vorgestoßenen Panzers plötzlich aufgeregt meldete: „Ein Tier, das wie das beschriebene aussieht, bewegt sich mit großen Sprüngen in südöstlicher Richtung. Es kommt schnell voran.“

„Ihre Position?“ fragte Rhodan und notierte die Daten. Er sah auf die primitive Karte, die von den Kartographen angefertigt worden war. Der Schreckwurm war siebzig Kilometer von der Ruinenstadt entfernt und bewegte sich genau in Richtung des Lagers am Fluß. Er würde dort noch vor Einbruch der Dunkelheit eintreffen.

Aus dem bisherigen Forschungsunternehmen wurde von einer Sekunde zur anderen fürchterlicher Ernst. Wenn der Schreckwurm das Lager überfiel, waren die Folgen nicht abzusehen. Mit den herkömmlichen Mitteln war er nicht zu bekämpfen. Es war sogar fraglich, ob die Bordgeschütze der sieben Panzer ihn töten konnten.

„Verlieren Sie den Schreckwurm nicht aus den Augen, aber halten Sie Sicherheitsabstand. Wir sind in wenigen Minuten bei Ihnen."

Niemand kam auf den Gedanken, es könne sich bei dem entdeckten Tier nicht um dasselbe Exemplar handeln, das ihnen in der Stadt begegnet war. Gucky, der hinter Rhodan in der sonst leeren Kabine des Panzers saß, versuchte erneut, die Gedankenimpulse des Monsters aufzufangen. Er schüttelte verzweifelt den Kopf.

„Gedanken sind das keine – wenigstens keine richtigen. Gefühlssendungen vielleicht. Und das Biest hat recht unfreundliche Gefühle, wenn ich mich nicht irre. Sie gelten uns in erster Linie, aber auch noch anderen Dingen, die ich nicht identifizieren kann. Immer wieder diese noch unerledigte Aufgabe. Und dann Ohnmacht, Zorn und Hilflosigkeit. Sogar Furcht."

„Unverständlich!" rief Rhodan, als er weit vorn in der welligen Ebene einen dunklen Punkt auftauchen sah. „Warum hilflos, wenn er uns alle umbringen kann? Das ist doch ein Widerspruch."

Der dunkle Punkt war der Schreckwurm. Hoch über ihm kreisten bereits drei der Panzer. Die anderen näherten sich aus verschiedenen Richtungen.

Rhodan gab seine Anordnungen. Als sämtliche Panzer einsatzbereit waren, ließen sie sich tiefer sinken, bis sie nur noch fünfzig Meter über der Oberfläche standen. Sie bildeten einen Kreis. Die Bordgeschütze waren auf den Schreckwurm gerichtet, der sich gerade erneut zum Sprung krümmte, um seinen Vormarsch in Richtung Lager fortzusetzen.

Rhodan gab den Feuerbefehl. Er wollte sehen, ob der Beschuß den Wurm am Sprung hindern konnte, wenn er ihn schon nicht sofort tötete.

Aus sieben Geschützen rasten die Energiebündel auf das unheimliche Lebewesen zu und trafen es. Zuerst geschah nichts. Der Wurm blieb reglos liegen, die Krümmung lockerte sich. Die Farbe der Haut begann sich wie bei einem Chamäleon zu verändern. Sie wurde schwarz und straffer. Der Wurm reckte sich, aber Rhodan hatte das unbehagliche Gefühl, daß er es nur aus Wonne tat. Wahrscheinlich badete sich das Tier in der wohltuenden Wärme der Energiestrahlen.

Rhodans einzige Hoffnung bestand in der Annahme, daß man manchmal auch des Guten zuviel tun konnte. Zuviel Hitze und zuviel Energie konnten vielleicht auch einem Schreckwurm schaden.

Die Hoffnung bewahrheitete sich nicht.

Als der Schreckwurm sich schließlich zusammenkrümmte und erneut sprang, geschah das nicht in Richtung des noch weit entfernten Lagers, sondern senkrecht in die Höhe, in Richtung der Panzer.

Damit hatte niemand gerechnet.

Das Ungeheuer sprang höher als fünfzig Meter, als habe das Energiebad ihm neue Kräfte verliehen. Es schoß zwischen den Panzern hindurch, und als es genau über ihnen war, spie sein weit geöffnetes Maul grellweiße Energieblitze. Dabei drehte es sich durch heftiges Schlagen mit dem Hinterteil wie ein Fisch im Wasser.

Einer der Panzer wurde in der Mitte getroffen und stürzte sofort ab. Ein zweiter wurde nur gestreift, aber er begann zu schwanken und glitt mit erheblicher Geschwindigkeit der Planetenoberfläche zu. Dann erst löste sich die Lähmung der Piloten. Die restlichen Panzer stiegen schnell in die Höhe, während der Schreckwurm genauso schnell nach unten fiel.

Es gab eine erhebliche Erschütterung, als er aufschlug, aber das schien ihm nichts auszumachen. Er begann sich sofort wieder zu krümmen und setzte zum zweiten Höhensprung an. Diesmal jedoch waren die Panzer hoch genug. Die wild herumwirbelnden Energiebündel des Schreckwurms erreichten sie nicht mehr.

Er fiel erneut in die Tiefe und machte sich daran, den notgelandeten Panzer anzugreifen. Rhodan gab unverzüglich seine Befehle.

„Borowski, landen Sie neben Jeffers und nehmen Sie ihn mit seinem Piloten an Bord. Gehen Sie kein Risiko ein. Wir versuchen, das Biest abzulenken."

Borowskis Panzer stürzte wie ein Stein in die Tiefe und landete unmittelbar neben dem Fahrzeug, das als zweites abgestürzt war. Die Luke öffnete sich, und die beiden Männer rasten auf Borowski zu, der ihnen beim Einsteigen half. Dann stiegen sie sofort wieder auf. Die ganze Rettungsaktion hatte nicht länger als zehn Sekunden gedauert.

Die Männer im ersten Panzer waren tot. Man sah ihre zerschmetterten Körper durch die Kuppel hindurch auf dem Boden der Kabine liegen. Der Schreckwurm vernichtete das Wrack durch einen Energieschuß aus seinem Maul und reagierte den Rest seiner Wut am zweiten Panzer ab. Dann blieb er liegen und wartete den Angriff der Menschen ab.

„Seine Gedanken sind Hoffnung", knurrte Gucky verblüfft. „Er hofft, daß wir ihm wieder helfen."

Rhodan nickte grimmig. „Natürlich tut er das. Er hat sich verausgabt. Aber wir werden ihm den Gefallen nicht tun. Es wäre unser Tod, wenn wir ihn weiter mit Energie versorgten. Töten können wir ihn auch nicht. Ich weiß überhaupt nicht, was wir noch können." Rhodan beobachtete den unbeweglichen Schreckwurm mit einer Mischung aus Bewunderung und Haß. Er war selbst über die Tatsache verblüfft, daß er ein Lebewesen so sehr hassen konnte. „Wir fliegen zum Lager zurück. Leutnant Borowski, wie geht es Jeffers und seinem Begleiter?"

„Bis auf den Schrecken heil und gesund."

„Ich übernehme sie. Sie bleiben hier, Borowski. Beobachten Sie den Schreckwurm. Melden Sie mir jede Positionsveränderung. Wir müssen stets darüber unterrichtet sein, wie weit er von unserem Lager entfernt ist. Ich lasse Sie in einigen Stunden ablösen."

Im Lager hatte die Nachricht vom Vordringen des Schreckwurms erhebliche Unruhe hervorgerufen. Als die restlichen Panzer landeten, wurden die Besatzungsmitglieder mit Fragen bestürmt. Rhodan ordnete eine Besprechung an und ließ durchblicken, daß mit einer Verlegung des Lagers zu rechnen sei.

Es schien völlig unmöglich, das Lager verteidigen zu wollen. Die Feuerkraft von fünf Panzern reichte nicht aus, das Ungeheuer zurückzuhalten oder gar unschädlich zu machen.

Schonepal, Chefphysiker und Kommandant eines Explorerschiffs, besaß genügend Erfahrung mit außerirdischen Lebewesen, um seine eigene Theorie darlegen zu können. Er wiederholte seine Vermutung, der Schreckwurm sei durch bislang unbekannte Intelligenzen nach Zannmalon und Hirosha gebracht worden. Da aber inzwischen auf vielen anderen Welten Hornschrecken aufgetaucht seien und der Zusammenhang zwischen diesen und dem Schreckwurm offensichtlich sei, könne niemand die Möglichkeit abstreiten, daß jemand versuche, galaktische Zivilisationen zu vernichten. Nicht durch einen direkten Angriff, sondern mit Hilfe dieser unglaublichen Kreaturen.

Zum Schluß sagte Schonepal: „Ich habe den Schreckwurm beobachtet, als er von unseren Geschützen beschossen wurde. Die Verfärbung der Haut gibt mir zu denken. Sie erinnert mich an die Untersuchungen, die wir mit dem Skelett anstellten. Die organische Materie, aus der er besteht, macht bei Energieaufnahme eine Metamorphose durch. Das Zellgewebe verändert sich, wird noch widerstandsfähiger und speichert die Energie. Auf der Oberfläche findet ein Prozeß statt, der durch molekulare und sogar atomare Strukturumbildung eine Verhärtung hervorruft, ähnlich wie es beim Molkex beobachtet wurde. Das Ungeheuer wird unangreifbar. Wie das geschieht, kann ich nicht einmal in der Theorie erklären, aber daß es geschieht, scheint mir unwiderlegbar. Wir haben es mit einer Lebensform zu tun, die es praktisch überhaupt nicht geben kann – und doch gibt es sie."

Niemand konnte wissen oder auch nur ahnen, wie nahe Schonepal der furchtbaren Wahrheit kam.

Rhodan machte die praktische Seite mehr Sorgen. „Wenn wir das Lager räumen, müssen wir einen Ort aussuchen, der sicher ist. Bisher wurde nur ein Schreckwurm auf Hirosha entdeckt, aber es kann mehrere von ihnen hier geben. Falls Schonepal recht hat, dann genügt allerdings jeweils ein Schreckwurm zur Vernichtung einer Welt. Das hätte den zweifelhaften Vorteil, daß wir es nur mit diesem einen Exemplar zu tun haben. Es sollte nicht schwer sein, vor ihm zu fliehen. Allerdings muß es ständig beobachtet werden, um Überraschungen zu verhindern. Die Kampfanzüge sind ständig zu tragen. So ist jeder von uns in der Lage, sich notfalls in Sicherheit zu bringen, denn fliegen kann der Schreckwurm zu unserem Glück nicht. Jeder Einzelangriff auf das Monster ist streng verboten, weil er sinnlos ist. Ich würde es mit einer Atombombe versuchen, wenn wir eine hätten. Die letzte Möglichkeit ist ein Transformstrahler, aber der steht erst dann zur Verfügung, wenn die Flotte uns ein Schiff schickt. Bis dahin müssen wir uns selbst helfen."

Viel mehr war nicht zu sagen.

Die Vorbereitungen nahmen nur eine Stunde in Anspruch. Jeder erhielt seinen Kampfanzug und dazu seine Portion an Ausrüstung. Ein Teil der Lebensmittel fand in den fünf restlichen Panzern Platz.

Als Borowski meldete, daß der Schreckwurm weiter in Richtung des Lagers vordrang, ließ Rhodan die Zelte abbrechen und verstauen.

Schonepal löste Borowski ab.

Das Warten wurde zu einer nervenaufreibenden Belastung.

Fünf Stunden später schien sich Schonepals Theorie zu bestätigen, wenn auch der letzte Beweis noch fehlte.

Rhodan hatte ein wenig geschlafen und war mit Gucky in die Funkstation gegangen. Sergeant Hoax hatte dort Dienst und sollte versuchen, mit dem viel zu leistungsschwachen Hyperkom Verbindung zur Flotte herzustellen. Wenigstens sollte er versuchen, einige Nachrichten zu empfangen.

Letzteres war Hoax gelungen.

„Sir, die Galaxis ist in Aufruhr. Auf weiteren Welten wurden Hornschrecken gesichtet; sie wurden rechtzeitig geräumt. Ein Mittel gegen die Hornschrecken ist noch nicht gefunden worden. Stützpunkt auf Stützpunkt mußte aufgegeben werden. Niemand scheint zu wissen, wo Sie stecken, Sir. Wenn nur unsere Notsignale nicht verlorengingen."

„Wir haben eine Bestätigung erhalten", sagte Rhodan unbewegt. „Jemand muß sie also empfangen und weitergeleitet haben. Ein Rettungsschiff kann jederzeit eintreffen."

Hoax schien nicht so zuversichtlich zu sein. Resigniert wandte er sich wieder den Geräten zu. Sendungen kamen schwach durch. Viele waren nicht zu verstehen, die anderen wirkten verworren.

Als Hoax weitersuchte, kamen starke Impulse durch.

Rhodan lauschte verblüfft. Zwar kannte er die Rafferimpulse nicht auswendig, aber derartige Signale waren ihm völlig unbekannt. Der Sender mußte ganz in der Nähe sein, denn sonst hätten die Signale nicht mit einer solchen Lautstärke durchdringen können.

„Können Sie Peilungen vornehmen, Sergeant?"

„Ich werde es versuchen, Sir." Hoax ließ die Automatik anlaufen und regulierte die Einstellungen. Nach einigen Minuten schüttelte er verwundert den Kopf. „Unmöglich, Sir. Wenn ich den Instrumenten glauben soll, dann handelt es sich um Impulse im UKW-Bereich. Und diese Sendung stammt von diesem Planeten. Wo sollte es hier einen solchen Sender geben?"

Rhodan schaute zu Gucky. Der Mausbiber verstand sofort, was Rhodan von ihm wollte. Er verstand es um so leichter, da ihm schon derselbe Gedanke gekommen war. Mit seinem empfindlichen Gehirn peilte er den Schreckwurm und dessen Gedankenimpulse an.

Sie waren mit den Impulsen im Hyperkom identisch.

„Der Schreckwurm sendet", sagte Gucky fassungslos. „Er strahlt Gedankenimpulse aus."

„Fragt sich nur, wem die Sendung gilt", bemerkte Rhodan.

Gucky meldete: „Da ist noch eine zweite Sendung. Ich würde es eine Kollektivsendung nennen. Es sind gebündelte Gedankenströme. Beide Sendungen überlagern sich teilweise. Die Impulse sind ebenfalls unverständlich und haben keinen Sinn. Sie kommen übrigens aus dem Raum. Richtung Sonne, würde ich sagen."

„Richtung Sonne?" wiederholte Rhodan nachdenklich. „Schonepal behauptete, die Hornschrecken wären Verwandte des Schreckwurms. Sollte er recht behalten? Die K-9 müßte sich jetzt der Sonne nähern und mit ihrer furchtbaren Fracht in sie hineinstürzen. Vielleicht haben wir den telepathischen Gedankenstoß der Hornschrecken aufgefangen, die Verbindung mit dem Schreckwurm aufnahmen. Begleitet wurden diese Gedankenimpulse von Funksendungen des Schreckwurms auf ultrakurzer Welle. Dies bedeutet, daß der Schreckwurm über eine organische Sende- und Empfangsanlage verfügen muß, die in besonderen Situationen automatisch ihre Tätigkeit aufnimmt und die Denkprozesse des Schreckwurms in Funksignale umsetzt. Anscheinend handelt es sich um eine Art Kommunikationsverfahren zwischen den Schreckwürmern, die ihnen die Natur aus einer Laune heraus mitgegeben hat." Er wandte sich an Hoax. „Schalten Sie den Tonspeicher ein, damit wir uns das später noch einmal anhören können. Komm, Gucky. Es gibt Arbeit."

Sie verließen die Funkstation und fanden Schonepal in der Nähe des Panzers, der als Verbindungsstation zwischen Lager und Beobachtungspanzer diente. Er war vor einer halben Stunde abgelöst worden.

„Wo ist der Schreckwurm?"

„Als ich ihn verließ, fünfzig Kilometer von hier. Er war gerade dabei, das Riegelgebirge zu besteigen. Inzwischen dürfte er den Gipfel erreicht haben. Sergeant Illertus hat noch keine Meldung durchgegeben."

In kurzen Worten berichtete ihm Rhodan, was in der Funkstation geschehen war. Schonepal hörte mit großem Interesse zu, und so etwas wie Genugtuung huschte über sein Gesicht.

Mit Überzeugung sagte er: „Ich dachte es mir, Sir. Der Zusammenhang ist bewiesen. Wir werden ja sehen, wie der Schreckwurm auf die Vernichtung der Hornschrecken reagiert. Ich wette, er wird noch wütender als bisher angreifen."

In diesem Augenblick summte der Minikom im Panzer. Schonepal meldete sich. Es war Sergeant Illertus.

Seine Stimme klang aufgeregt. „Der Schreckwurm, Sir, er – er betet."

Schonepal war viel zu verblüfft, eine Antwort zu geben. Er schaute Rhodan fassungslos an.

Gucky sagte: „Soll ich nachsehen, ob der Sergeant übergeschnappt ist, Perry? Ich kenne die Lage des Gebirges und finde ihn leicht."

„Du bleibst hier." Rhodans Stimme klang ungewöhnlich scharf. Er schob Schonepal zur Seite, damit er ins Mikrophon sprechen konnte. „Hören Sie, Illertus, hier ist Rhodan. Berichten Sie genau, was Sie beobachten."

Die Worte des Sergeanten kamen stockend. Man hörte, daß er sich zusammennehmen mußte, um überhaupt einen Ton herauszubringen. „Er erreichte vor etwa zehn Minuten den Gipfel, Sir. Eine flache Kuppe. Dort blieb er liegen. Wir halten den befohlenen Sicherheitsabstand von fünfhundert Metern, aber er ist deutlich zu sehen. Plötzlich, vor fünf Minuten, richtete er sich auf. Sein Oberkörper ist steil nach oben gerichtet. Mit den Greifarmen stützt er sich ab. Es sieht genauso aus, als bete er, Sir. Es ist phantastisch."

„Melden Sie jede Veränderung, Sergeant. Wir kommen zu Ihnen."

Schonepal setzte sich selbst hinter die Kontrollen des Schwebepanzers und steuerte ihn. Nur Rhodan und Gucky begleiteten ihn. Sie gaben Hoax in der Funkstation einige Anweisungen und flogen dann in nordwestlicher Richtung auf das Gebirge zu.

Es war genauso, wie Sergeant Illertus es geschildert hatte. Hoch aufgerichtet beherrschte der Schreckwurm das Gipfelplateau des Berges. Die großen, starren Augen blickten in Richtung der Sonne, die schräg am südlichen Himmel stand.

„Seine Gedankenimpulse sind ein einziges Chaos", sagte Gucky.

„Sie vermischen sich mit anderen Impulsen, die überhaupt nicht zu deuten sind. Es ist unheimlich – und beängstigend."

„Die Hornschrecken auf der K-9", erklärte Rhodan. „Sie müssen instinktiv erkannt haben, daß sie verloren sind. Dies dürfte Vorgänge in ihrem Gehirn ausgelöst haben, die es ihnen ermöglichten, auf telepathischer Basis Verbindung mit dem Schreckwurm aufzunehmen."

Der Beweis für diese Behauptung fehlte, aber sie war die einzige Erklärung für die merkwürdigen Vorgänge. Der Zusammenhang zwischen Schreckwurm und Hornschrecken konnte nicht mehr angezweifelt werden. Erst recht nicht mehr, als die Sendung von der Sonne plötzlich aufhörte.

In diesem Augenblick mußte die K-9 in den flammenden Gasball gestürzt und verdampft sein. Mit ihr die Hornschrecken.

Sekunden später verstummten auch die Sendeimpulse des Schreckwurms im Funkempfänger.

Er blieb noch eine Weile in seiner aufrechten Haltung, dann sackte er zusammen. Ohne sich um die beiden über ihm schwebenden Panzer zu kümmern, begann er dann, den Abhang in südlicher Richtung hinabzugleiten. Oft stürzte er Steilhänge hinab und fiel bis zu hundert Meter in die Tiefe. Beim Aufprall bog sich sein Körper federnd durch. Endlich erreichte er den Fuß des Gebirges und damit die Ebene. Ohne Aufenthalt begann er, mit gewaltigen Sprüngen seinen Vormarsch fortzusetzen. Das Lager war noch fünfundvierzig Kilometer entfernt.

Rhodan gab Sergeant Illertus die Anweisung, das Monster weiter zu verfolgen, dann ließ er Schonepal zum Lager zurückfliegen. Hier war inzwischen alles zur Räumung bereit. Ein Vorkommando hatte fünfhundert Kilometer westlich einen geeigneten Platz gefunden.

Der Panzer landete, und Rhodan stieg aus. Gucky folgte ihm mit Schonepal. Sie sahen die fragenden Gesichter der Männer in den Kampfanzügen, aber welche Antwort hätten sie ihnen geben sollen? Daß jeder Widerstand gegen den Schreckwurm vergeblich war? Daß sogar die Flucht nichts als ein Aufschub war, ein Hinauszögern? Daß, wenn nicht bald ein Schiff der Flotte eintraf, der Schreckwurm der Sieger sein mußte?

Rhodan nickte dem einen oder anderen zu, ließ sich aber auf kein Gespräch ein. Selten in seinem Leben hatte er sich so deprimiert gefühlt. Er sah keinen Ausweg, wenn auch keine unmittelbare Gefahr drohte.

Sergeant Hoax meldete, daß seit dem Abbruch der UKW-Impulse des Schreckwurms der Funkempfang wieder besser geworden war. Für wenige Sekunden hatte sogar Direktverbindung zu einem Schlachtschiff bestanden, war aber wieder unterbrochen worden. „Die Entfernung ist für den leistungsschwachen Empfänger zu groß, ganz zu schweigen vom Sender. Aber ich bin sicher, man hat mein Notsignal und die Positionsmeldung verstanden. Ich bleibe auf Empfang. Sie werden sich wieder melden."

Rhodan atmete auf. „Warum haben Sie mir das nicht gleich gemeldet?"

Hoax grinste verlegen. „Es sollte eine Überraschung sein, Sir. Außerdem wollte ich keine falschen Hoffnungen erwecken. Es kann doch immer noch sein, daß man uns nicht hörte, denn ich erhielt keine eindeutige Bestätigung."

„Unterrichten Sie mich sofort, wenn Sie erneut Verbindung erhalten. Ich bin in der Nähe. Ein Schlachtschiff, sagten Sie? Dann weiß Atlan Bescheid. Unser erstes Notsignal muß demnach aufgefangen und weitergegeben worden sein."

Eine halbe Stunde später meldete Illertus, daß der Schreckwurm sich schneller bewege. Die Sprünge seien zwar nicht weiter geworden, erfolgten jedoch in kürzeren Abständen.

Rhodan sah Gucky an. „Wie ist es, Kleiner? Kannst du noch Gefühlsimpulse empfangen?"

„Schwach, Perry. Sie haben sich nicht geändert. Haß und Sorge. Dazu ein unbändiger Wille, irgend etwas zu vollenden. Ich weiß nicht, was das ist. Aber ich spüre, daß sein Haß uns gilt. Wir stören ihn. Wir müssen erst weg, dann kann er das tun, was er zu tun hat."

Eine Stunde später geschah zweierlei.

Der Schreckwurm war noch zehn Kilometer entfernt – und Hoax bekam Verbindung mit dem Schlachtschiff CANTOR. Es würde in weniger als einer halben Stunde auf Hirosha landen können.

25.

Oberst Hellwege, Kommandant der CANTOR, sah den kleinen rötlichen Stern aus dem Nichts auftauchen, als das Schiff in den Normalraum zurückfiel. Die Bildschirme zeigten drei Planeten. Der zweite war sein Ziel.

Der Einsatzbefehl war direkt von Atlan gekommen, aber es sah ganz so aus, als hätte es vorher Schwierigkeiten gegeben. Die gesamte Flotte befand sich im Alarmzustand. Ein Chaos konnte nur durch straffe Disziplin und eine fast übermenschliche Organisation vermieden werden. Erleichtert wurde diese Aufgabe durch die Zentralisierung der Befehlsstellen.

Hellwege nahm innerhalb des Systems Funkverbindung mit Rhodan auf. Als er von den Vorkommnissen erfuhr, die zur Vernichtung der ASSOR geführt hatten, erblaßte er. Zwar kannte er die Hornschrecken nur aus den Lageberichten, aber das genügte bereits. Von einem Schreckwurm hatte er noch nie gehört. Ein einzelnes Tier, kaum zwanzig Meter lang – und das sollte nicht zu vernichten sein?

Die Farbe kehrte in sein Gesicht zurück. „Ihre Anordnungen, Sir?"

„Sie müssen schnell handeln, oder wir sind gezwungen, das Lager zu evakuieren. Das wäre ein unangenehmer Zeitverlust, den ich vermeiden möchte. Versuchen Sie mit Ihren Geschützen den Schreckwurm anzugreifen und zu vernichten. Sie haben dazu noch zwanzig Minuten Zeit. Peilen Sie unseren Sender an, aber landen Sie nicht. Leutnant Guck, unser Teleporter, wird Ihnen einige Experten in die Zentrale bringen. Dadurch sparen wir Zeit."

„Der Mausbiber?" entfuhr es dem Oberst, aber er setzte rasch hinzu: „Ich freue mich, Leutnant Guck kennenzulernen, Sir."

„Sie erhalten weitere Anweisungen von meinen Beauftragten. Ich bleibe im Lager und leite notfalls eine Evakuierung. Sorgen Sie dafür, daß zwischen uns eine ständige Funkverbindung erhalten bleibt. Im übrigen halten Sie sich an Oberstleutnant Schonepal und Leutnant

Borowski. Ihnen begegnet der Schreckwurm nicht zum erstenmal."

Der grüne Planet wurde schnell größer. Die Landschaftsformationen lösten sich auf und verrieten auch Hellwege, was mit der Welt Hirosha einst geschehen war. Zwei Minuten später stand die CANTOR in zweihundert Meter Höhe über dem Lager und verdunkelte mit ihrer Masse den Himmel.

Gucky sprang zuerst mit Schonepal, dann mit Borowski. Als dritten brachte er Dr. Mährlich in die Kommandozentrale der CANTOR. Die Offiziere machten sich bekannt, dann erklärte Schonepal, welche Bewandtnis es mit dem Schreckwurm hatte.

Er schloß: „Die Feuerkraft von sieben Panzergeschützen ist immer noch wesentlich geringer als die Ihres Hauptgeschützes. Ein Zehntel, würde ich sagen. Ich glaube nicht, daß der Schreckwurm einer solchen Energieballung zu widerstehen vermag. Tut er es allerdings und ist er in der Lage, die Energien aufzunehmen und zu speichern, kann es für uns sehr gefährlich werden. Er kann uns, bildlich gesprochen, mit gleicher Münze zurückzahlen."

„Dagegen helfen unsere Schutzschirme."

„Das ist richtig. Aber wir wissen nicht, ob es ihm möglich ist, auch die Energien eines Schutzschirms zu absorbieren und den Generator zu überlasten. Denken Sie nur an die Hornschrecken, bei denen dies ohne weiteres möglich ist."

Inzwischen hatte die CANTOR Fahrt aufgenommen und sich in nordwestlicher Richtung vom Lager entfernt. Sergeant Illertus nahm Verbindung mit dem Schlachtschiff auf. Er dirigierte es zum Standort des Monsters. Dann wich er seitlich aus und stieg auf drei Kilometer Höhe, um von dort aus laufend an Rhodan zu berichten.

Oberst Hellwege sah den Schreckwurm und begriff nicht ganz, wieso ein solches Tier so gefährlich sein sollte. Vielleicht hatte es außergewöhnliche Eigenschaften, aber unbesiegbar würde es wohl kaum sein. Was hatte es den modernen Energiewaffen schon entgegenzusetzen? Eine widerstandsfähige Haut? Einen organischen Energiestrahler? Na, wenn schon.

Zweihundert Meter über dem Schreckwurm stand die CANTOR. Auf Schonepals Rat ließ Hellwege den Schutzschirm einschalten. Er ließ Energiestrahlen nur in einer Richtung durch. Die CANTOR konnte also feuern, ohne selbst in Gefahr zu geraten.

Schonepal schaute gebannt auf den Bildschirm. Borowski stand neben ihm und schwieg. Dr. Mährlich sah unverwandt auf Hellwege. Sein Gesichtsausdruck verriet, wie gespannt er auf das Ergebnis des Experiments war. Lediglich Gucky schien uninteressiert. Er hockte in einem der Sessel und hatte die Augen geschlossen. Er kontrollierte die Gefühlsimpulse des Schreckwurms.

Hellwege gab der Waffenzentrale den Feuerbefehl.

Der Schreckwurm hatte sich zwar zum Sprung gekrümmt, dann aber in seiner Bewegung innegehalten. Er mußte das über ihm stehende Schiff bemerkt und sich entschlossen haben, den Angriff in aller Ruhe abzuwarten. Den bisherigen Erfahrungen nach betrachtete er ja Strahlschüsse als willkommene Stärkung seines Organismus.

Wie gebannt beobachteten die Männer die Bewegungen des Monsters. Langsam streckte es sich wieder aus. Die vier Gliederarme lagen dicht an dem runden Kopf, dessen Augen weit geöffnet waren. Der Körper selbst bewegte sich nicht mehr.

Dann wurde es plötzlich im grellen Licht der Energiebündel gebadet. Zuckende Blitze schossen auf den Körper des Schreckwurms zu, wurden abgeleitet und an anderer Stelle regelrecht aufgesaugt. Ringsum verdampften Sand und Felsen. Der Boden wurde glasig und verformte sich. Ein Krater entstand, in dessen Mitte das Untier lag und sich wohlig streckte.

Hellwege wurde blaß. Heiser befahl er seinen Waffenoffizieren, sofort auch die anderen Strahler einzusetzen und mit einem massiven Dauerbeschuß zu beginnen.

Zehn Energiegeschütze spien Tod und Verderben gegen den Schreckwurm, der sich plötzlich zusammenkrümmte und mehr als hundert Meter weit sprang. Es war der weiteste Sprung, der je bei ihm beobachtet wurde. Als Rhodan davon erfuhr, befahl er die sofortige Einstellung des Feuers. Über Illertus nahm er direkte Verbindung mit Hellwege auf.

„Es ist sinnlos, Oberst. Sie unterschätzen die Gefahr bei weitem. Versuchen Sie es mit einer Fusions-Katalysebombe. Gehen Sie hoch genug und setzen Sie sich keiner Gefahr aus. Keine Experimente mehr."

Experimente. Als ob die zehn Bordstrahler der CANTOR ein Experiment gewesen wären. Es war an sich völlig unmöglich, daß der

Wurm noch lebte und sich gerade erneut zum Sprung krümmte.

Die Waffenzentrale erhielt ihre Anweisungen, während das Schlachtschiff schnell auf zwei Kilometer stieg. Die Bombe hatte verheerende Wirkung, erzeugte aber keine radioaktiven Rückstände. Eigentlich erzeugte sie bei der Explosion nur eine unvorstellbare Hitze, wie sie im Innern besonders heißer Sterne herrschte. Nur für eine Sekunde, aber das genügte meist, einen riesigen Krater in die härteste Planetenoberfläche zu schmelzen.

Die Bombe fiel und detonierte zehn Meter über dem Schreckwurm.

Ein Blitz flammte auf, der die Bildschirme zu grellen Lichtreflektoren werden ließ. Die Männer mußten die Augen schließen und öffneten sie erst wieder, als Hellwege sagte: „Schon vorbei, meine Herren. Solche Temperaturen hält auch Ihr Monster nicht aus. Es ist tot."

„Ja, es ist tot." Gucky richtete sich auf. Seine Augen waren wieder geöffnet. „Und es muß gewußt haben, daß es sterben würde. Es hat sich darüber gefreut. Wirklich, das Biest hat sich gefreut, weil es uns hereingelegt hat. Versteht das jemand?"

Unten in Hiroshas Oberfläche war ein neuer Krater. Er war flach und groß, aber nicht tief. Auf seinem Grund lag der Schreckwurm. Er lag inmitten der glasigen Überreste von Sand und Fels, halb von ihnen eingeschlossen und nahezu unversehrt.

Aber er rührte sich nicht mehr.

Die CANTOR sank tiefer. Die Außeninstrumente zeigten eine beachtliche Temperatur an. Es würde noch lange dauern, bis die langsam erstarrenden Schmelzmassen abgekühlt waren.

„Es sieht so ähnlich aus wie das Skelett, das wir auf Zannmalon fanden", sagte Schonepal sichtlich beeindruckt. „Das Skelett ist nicht mehr zu zerstören, auch der Kopf nicht. Ich glaube, auch die Hitze einer Sonne könnte den Knochen nichts anhaben."

„Sieht fast so aus", meinte Hellwege und gab Rhodan einen genauen Bericht der Geschehnisse. Die Antwort verblüffte ihn nicht wenig.

„Landen Sie die CANTOR südlich des Flußknies beim Lager, Oberst. Der Alarmzustand ist aufgehoben. Wir werden erst dann starten, wenn wir die Reste des Schreckwurms untersucht haben. Lassen Sie zehn Gleiter und zwei Kaulquappen startbereit machen."

Während ein Trupp Wissenschaftler sich daranmachte, die erkalteten Überreste des Schreckwurms zu untersuchen, umrundete Rhodan mit Schonepal, Borowski und einigen anderen Wissenschaftlern der verunglückten EXPLORER-3218 den Planeten. Er wollte unter allen Umständen feststellen, ob es wirklich nur diesen einen Schreckwurm auf Hirosha gab. Wenn ja, dann war der Schreckwurm nicht zufällig hier oder auf Zannmalon gewesen. Und es würde ihn auch noch auf anderen Welten geben – vielleicht sogar auf Welten, auf denen es später einmal von Hornschrecken wimmeln würde.

Gucky berichtete über die telepathischen Eindrücke, die er von dem sterbenden Monster erhalten hatte. Bedauern war dabei gewesen – Bedauern darüber, eine Aufgabe nicht erfüllt zu haben. Und Genugtuung, daß die Feinde sich irrten. Es hatte sie täuschen können. Worüber, wußte Gucky nicht. Dem Schreckwurm jedenfalls war die Aufgabe wichtiger als das eigene Leben gewesen.

Sie überflogen einige der zerbomten Städte, entdeckten aber nirgends humanoide Mutanten. Entweder gab es keine, oder sie verbargen sich vor ihnen. In der Gegend des Äquators war es so heiß, daß es keine Vegetation mehr gab. Es schien hier auch nie zu regnen, denn Rhodan fand weder Flüsse noch Seen. Es war eine trostlose Landschaft, gegen die die längst zur Sage gewordene Sahara ein Tummelplatz lebhaften Verkehrs gewesen sein mußte.

Am Südpol dehnten sich endlose Savannen und dichte Wälder. Auf den Lichtungen gab es weidende Tiere.

Im schnellen Flug ging es dann zum Nordpol zurück.

Schonepal hatte die Anregung dazu gegeben.

„Der Schreckwurm wurde zuerst in der Ruinenstadt südlich des Gebirgszugs entdeckt. Das Gebirge erinnert mich an jenes Skelett, das wir auf Zannmalon fanden. Es lag in den Höhlen eines Gebirges. Könnte das ein Zufall gewesen sein?"

Auch Borowski lockte das Gebirge. „Wenn wir dort Höhlen finden, die genauso aussehen wie die Hornschreckenhöhlen von Zannmalon, kann der Zusammenhang nicht mehr bezweifelt werden. Dann wüßten wir, daß die Geißel der Galaxis aus zwei Arten von Lebewesen besteht – aus den Hornschrecken und den Schreckwürmern. Offen bleibt nur die Frage, in welchem Verwandtschaftsverhältnis beide zueinander stehen."

Sie fanden die Ruinenstadt am Fuß des Gebirges. Die Kaulquappe landete, und Rhodan stellte eine Expedition zusammen. Er ließ zwei Gleiter ausschleusen und teilte die beiden Gruppen ein. Zusammen mit Gucky und Schonepal flog er dann in westlicher Richtung dem Gebirge zu, während Borowski mit seinen Begleitern den Hang nach Osten hin absuchen sollte.

Dr. Mährlich zeigte nach unten. „Sehen Sie dort, Borowski, die Höhleneingänge. Wie auf Zannmalon."

Borowski spürte, wie eine Gänsehaut über seinen Rücken lief. Die Ereignisse auf Zannmalon lagen noch nicht sehr lange zurück, kaum ein paar Wochen. Sie hatten mit der Entdeckung der Höhlen dort begonnen. Und die Höhlen von Hirosha sahen genauso aus.

Er biß die Zähne zusammen und landete, nachdem er Rhodan unterrichtet hatte. Der andere Gleiter würde weitersuchen und dann zu ihnen stoßen.

„Darelle, Sie bleiben hier." Borowski schüttelte den Kopf, als der Pilot etwas sagen wollte. „Nein, Sie bleiben hier", wiederholte er streng. „Ich will die Gewißheit haben, daß der Gleiter nicht in Gefahr gerät und uns der Rückzug abgeschnitten wird. Bleiben Sie auf Funkempfang und unterrichten Sie Rhodan und die CANTOR, wenn etwas passiert. Sollten Hornschrecken auftauchen, hat die CANTOR sofort mit der gesamten Mannschaft zu starten – das ist nicht meiner, sondern Rhodans Befehl. Ich glaube, Darelle, Sie wissen, worum es geht. Denken Sie an Zannmalon."

Darelle dachte an Zannmalon und nickte.

Borowski bewaffnete sich mit einem Impulsstrahler und kletterte aus dem Gleiter. Es war warm, wenn die Sonne auch schon dem Westen entgegensank. Mährlich und Sergeant Rambelli, einer der Techniker von der CANTOR, gesellten sich zu ihm. Sie trugen ebenfalls die schweren Strahler.

„Feinstrahl einstellen", empfahl Borowski. „Ich glaube immer noch nicht daran, daß wir Hornschrecken finden, denn gäbe es sie, wüßten wir es längst. Aber Vorsicht ist besser als Nachsicht."

Es gab mehrere Höhleneingänge. Sie hatten einen Durchmesser von fünf Metern – etwa so groß wie der Kopf eines Schreckwurms.

Borowski schaltete seine Stablampe ein und ging davon. In den Gängen war es dunkel. Es roch merkwürdig modrig. Der Boden war genauso glatt wie Wände und Decken. Kein Zweifel, die Höhle war nicht natürlichen Ursprungs.

Mehrmals verzweigten sich die Gänge, und Borowski nahm immer den rechten Korridor, um nicht die Orientierung zu verlieren. Von einer organisierten Suche konnte nicht die Rede sein. Wenn es überhaupt einen Erfolg gab, so war er dem Zufall zuzuschreiben.

Als der Gang sich plötzlich verbreiterte, blieb Borowski stehen.

Er hatte vor sich ein Geräusch gehört.

Es war nicht das charakteristische Rascheln der Hornschrecken gewesen, sondern hatte mehr Schritten geglichen. Ein Tappen und Keuchen. Dann ein heiserer Laut wie von einem Ruf.

So erleichtert Borowski auch war, nicht auf die höllischen Hornschrecken gestoßen zu sein, so sehr befremdete es ihn auch, in diesen Höhlen Leben vorzufinden. Zweifellos gab es hier Tiere, denen das verlassene Labyrinth als willkommener Unterschlupf diente.

Oder waren es keine Tiere?

„Da vorn ist etwas", flüsterte er Mährlich und Rambelli zu. „Haltet die Waffen bereit. Wenn wir etwas sehen, ziehen wir uns sofort zurück. Wer weiß, was es auf diesem Planeten noch alles gibt außer Schreckwürmern und mutierten Riesenratten."

Es waren keine Ratten.

Als sie einige Meter weiter vorgedrungen waren, fiel das Licht ihrer Lampen plötzlich auf drei menschenähnliche Gestalten, die sich ängstlich gegen die Felswand drückten und die Hände vor die Augen hielten. Sie waren unbewaffnet. Für Borowski und Mährlich war es kein Problem, ihre Ähnlichkeit mit dem Mutanten in der Stadt auf der anderen Seite des Meeres festzustellen.

Überlebende des Atomkriegs.

Borowski ließ den Strahler langsam sinken. Er hatte keine Ahnung, die wievielte Generation Überlebender ihnen gegenüberstand, aber sicherlich mußte es in ihren Gehirnen Erinnerungen geben. Sie mußten wissen, wie und warum ihre Zivilisation untergegangen war. Die Mutanten waren schlank und hochgewachsen; ihre Schädelform erinnerte an die der Arkoniden, aber das hatte nicht viel zu bedeuten. Abgesehen von den äußerlich wahrzunehmenden Veränderungen der

Gliedmaßen konnte auch das Gehirn mutiert sein. Vielleicht waren sie intelligent, vielleicht aber auch auf die niedrigste Stufe halbintelligenten Lebens zurückgesunken.

„Wir sind Freunde", sagte Borowski in der interkosmischen Verständigungssprache, die von allen Intelligenzen des Imperiums verstanden wurde. Ihre Hauptelemente waren der arkonidischen Sprache entnommen.

Einer der drei Mutanten sagte etwas Unverständliches und gab seinen beiden Gefährten ein Zeichen. Dann drehte er sich um und war im Dunkel des Ganges verschwunden.

„Habt ihr Angst vor uns?" fragte der Biologe und sorgte dafür, daß der Tonfall seiner Stimme sich nicht veränderte. Er hatte die Lampe nicht gelöscht, hielt sie aber so, daß ihr Schein die Mutanten nicht blendete. „Versteht ihr uns? Wir sind gekommen, um euch zu helfen."

Sie sahen ihn mit ihren tiefliegenden Augen an, die den Eindruck erweckten, als könnten sie damit auch in völliger Finsternis sehen. Vorsichtig, um keinen Verdacht zu erwecken, drückte Borowski den Knopf seines Minikoms am Handgelenk ein. Dann sprach er weiter, so als rede er zu den Mutanten: „Darelle, hören Sie mich? Wir sind Mutanten begegnet, und ich weiß nicht, was sie vorhaben. Wenn sie uns angreifen, müssen wir uns wehren. Sie sind unbewaffnet – vorerst. Einer ist weg, vielleicht holt er Verstärkung. Unterrichten Sie Rhodan. Wenn Sie es verstanden haben, bestätigen Sie es durch zweimaliges Summen. Sprechen Sie nicht."

Es summte zweimal.

In diesem Augenblick sagte Rambelli, der ziemlich im Hintergrund stand: „Hinter mir kommt etwas. Es nähert sich durch die Höhle."

„Drehen Sie sich um, Rambelli, und leuchten Sie die Höhle ab. Wir dürfen uns nicht überraschen lassen. Schießen Sie aber nur, wenn Sie angegriffen werden. Benutzen Sie jedoch nur Narkosestrahler."

Die übergroßen Ohren der beiden Mutanten bewegten sich hin und her. Überhaupt schienen sie gut hören zu können, besser jedenfalls als die Terraner. Aber die Geräusche der nähertappenden Schritte waren laut genug. Sie kamen aus allen Richtungen.

„Sie kreisen uns ein", sagte Borowski und ließ die beiden sichtbaren Mutanten nicht aus den Augen. „Mährlich, wir nehmen die beiden hier als Geiseln fest. Sie den rechten, ich den linken. Jetzt!"

Aber so schnell ihre Bewegungen auch waren, die Mutanten waren noch schneller. Als Borowski und Mährlich vorsprangen und nach ihnen griffen, fanden ihre Hände keinen Widerstand mehr.

Die beiden Mutanten hatten sich geduckt und waren im Gang verschwunden. Die Dunkelheit hatte sie eine Sekunde später verschluckt, und da der Gang eine Biegung machte, konnte ihnen das Licht der Lampen nicht folgen.

„Verdammte Geschichte", fluchte Borowski und nahm den Strahler wieder aus dem Gürtel. „Sie sind gar nicht so dumm. Sieht so aus, als wären sie in dem Labyrinth zu Hause und wüßten sich ihrer Haut zu wehren. Rambelli, wie sieht es hinten aus?"

„Es ist still geworden. Vielleicht warten sie ab."

„Worauf sollen sie wohl warten? Wenn wir ihnen wenigstens klarmachen könnten, daß wir ihnen nur helfen wollen." Er entsann sich, daß der Minikom noch eingeschaltet war und Darelle, vielleicht auch Rhodan, jedes seiner Worte verstehen konnte. „Hören Sie, Darelle. Es sieht brenzlig für uns aus. Sie dürfen den Gleiter nicht verlassen, aber benachrichtigen Sie Rhodan. Wir können ihn und Schonepal durch die Gänge leiten. Ich fürchte, wir benötigen Unterstützung."

„Rhodan ist auf dem Weg hierher", erwiderte Darelle. „Ich gebe Ihnen Bescheid, sobald er da ist."

„Es wird aber höchste Zeit", sagte Mährlich in diesem Augenblick und hob die Lampe. Der Schein fiel in einen weiteren Gang und auf eine Gruppe sich anschleichender Mutanten, deren Ohren nach vorn gerichtet waren, als verließen sie sich ausschließlich auf ihr Gehör, nicht auf ihre Augen. Sie bewegten sich schneller, als sie bemerkten, daß man sie entdeckt hatte. Und sie trugen Waffen.

Sie hielten Knüppel und Keulen in den Händen. Einer hatte sogar ein zweischneidiges Schwert.

Mit heiserem Gebrüll drang die Meute auf die drei Terraner ein.

„Feuer!" rief Borowski und zielte auf den Kerl, der ihm am nächsten war.

Der Angriff kam zum Stocken, als die vorderen Wesen gelähmt zu Boden sanken.

Plötzlich meldete Rhodan sich über Minikom. „Wir sind in den Gang eingedrungen. Wo stecken Sie, Borowski?"

„Nehmen Sie bei Abzweigungen immer die rechte, Sir. Sie können uns nicht verfehlen."

Die Angriffswut der unheimlichen Gegner ließ nach. Einzelne Trupps verschwanden einfach in der Finsternis und ließen ihre Genossen zurück. Andere wiederum wehrten sich erbittert und rannten in die jetzt auf Streuung gestellten Narkosewaffen. Borowski begann aufzuatmen. Er war sicher, die Stellung bis zum Eintreffen Rhodans behaupten zu können.

Von der Höhle aus führte ein etwas breiterer Gang genau nach Osten, wenigstens war das die Richtung, die der Kompaß angab. Hier rotteten sich die Mutanten zusammen und wichen keinen Schritt zurück. Es war ganz offensichtlich, daß sie unter allen Umständen verhindern wollten, daß ein Fremder hier eindrang.

Borowskis Neugier verstärkte sich. In dem Gang mußte etwas sein, das für die Mutanten wertvoll war. Vielleicht hausten sie dort, vielleicht gab es aber auch einen anderen Grund.

Als Rhodan und Schonepal endlich in der Höhle eintrafen, war der Kampf vorüber. Der Angriff war abgeschlagen worden. Rambelli war an der Schulter verletzt worden.

Gucky, der draußen gewartet hatte, teleportierte in die Höhle und brachte den Verletzten sofort in die Krankenstation der CANTOR. Sekunden später kehrte er zurück. Längst hatte er Borowskis Gedanken gelesen und von seiner Vermutung erfahren. Er sah sich um.

„Da kommt niemand durch", sagte er und deutete auf die breitere Öffnung in der Höhlenwand. „Zuerst müßt ihr die Mutanten vertreiben. Ob ich mal nachsehe, was sie beschützen wollen? Vielleicht ziehen sie da hinten irgendwo ein Schreckwürmchen groß."

„Ich glaube nicht, daß sie etwas damit zu tun haben", sagte Rhodan. „Aber ich habe nichts dagegen, wenn du nachsiehst. Sei vorsichtig und laß dich nicht abschießen."

„Das schafft nicht einmal Bings", sagte Gucky kichernd und entmaterialisierte flugs. Bings war einer der besten Schützen der Ausbildungsabteilung und seit sieben Jahren Meister der Strahlschußwettbewerbe.

Nach zehn Sekunden war Gucky wieder da.

„Nicht weit von hier, schätzungsweise hundert Meter, ist eine zweite Höhle. Sie ist aber nicht leer ..."

„Hornschrecken oder Schoten", hauchte Borowski entsetzt. „Dachte ich es mir doch..."

„Nein!"

„Ein Schreckwurm?" fragte Schonepal.

Gucky grinste, wurde aber sofort wieder ernst. „Nein, eine Art Maschine."

Niemand stellte noch eine Frage, aber jeder hatte seine eigenen Vermutungen. Sie räumten die bewußtlosen Mutanten beiseite, vertrieben die anderen mit Narkosewaffen und drangen in den breiten Gang vor. Er war nicht höher als die übrigen, schien aber nachträglich erweitert worden zu sein. Auf dem Boden waren Schleifspuren zu erkennen, so als habe man etwas Schweres und sehr Hartes darüber hinweggeschleppt.

Die Mutanten gaben schließlich ihren Widerstand auf. Sie verschwanden so lautlos, wie sie aufgetaucht waren.

„Noch eine Biegung", erklärte Gucky. Er ging neben Rhodan und hielt diesen bei der Hand. Er tat das immer in solchen Situationen, und selbst Rhodans Protest konnte ihn nicht davon abhalten. Im Fall einer plötzlichen Gefahr konnte er so den Großadministrator in Sekundenschnelle in Sicherheit bringen.

Hinter der Biegung wurde der Gang breiter und höher, bis die vier Terraner schließlich in einer großen Höhle standen, die nur zwei Ausgänge hatte.

Die Maschine war ein Metallblock, zwei Meter hoch, anderthalb dick und mehr als fünf breit. Ungefüge Hebel bedeckten die Vorderseite. Eine Reihe bunter Lämpchen war auf der rechten Seite angebracht, aber sie leuchteten nicht. Im Innern der Maschine war es ruhig.

Schonepal und Borowski stießen zugleich einen überraschten Ruf aus.

„Zum Teufel!" Der Oberstleutnant fixierte den Metallblock. „Das kann doch nicht wahr sein!"

„Es ist wahr." Borowski war genauso erstaunt, faßte sich jedoch schneller. „Es ist die gleiche Maschine, wie wir sie auf Zannmalon fanden. Der tote Schreckwurm lag davor, als hätte er etwas damit zu tun gehabt. Eins seiner Greifglieder lag sogar auf einem Hebel. Es sah so aus, als hätte er die Maschine bedient."

„Und auf Hirosha", sagte Rhodan langsam, „gibt es also nicht nur den Schreckwurm, wie auf Zannmalon, sondern auch die Höhlen und die Maschine. Der einzige Unterschied ist, daß diese Maschine desaktiviert ist, während die auf Zannmalon betriebsbereit war. Außerdem gibt es hier keine Schoten. Nun glaubt wohl niemand mehr, daß ein solches Zusammentreffen Zufall ist."

„Ich glaube es schon sehr lange nicht mehr", sagte Borowski und trat auf die Maschine zu, um sie besser betrachten zu können. „Wenn man nur wüßte, was die Mutanten damit zu tun haben. Sie wollten uns daran hindern, sie zu finden. Warum?"

„Sie haben nichts damit zu tun, glaube ich." Rhodan trat neben Borowski und untersuchte den Felsboden nach Spuren. Er fand keine. „Sie fanden die Maschine zufällig. Sie hielten sie für wertvoll, darum beschützten sie sie. Wir können nichts weiter tun. Experten werden die Maschine untersuchen. Immerhin wissen wir nun, daß unser Schreckwurm der einzige auf Hirosha ist. Zu den Mutanten wäre zu sagen, daß ihre Vorfahren den Krieg überlebten, daß sie in den Ruinen oder Gebirgen hausen und diese Höhle wohl mehr durch Zufall entdeckten. Wir dürfen sie nicht mit dem Schreckwurm und der Maschine in Zusammenhang bringen."

Der Rückweg verlief ohne Zwischenfälle. Sie nahmen einen der bewußtlosen Mutanten mit, um ihn später auszuhorchen – ein nutzloses Unternehmen, wie sich dann herausstellte. Sie erfuhren nichts. Auch Gucky, der die Gedankenimpulse empfing, konnte nichts mit ihnen anfangen. Der Grund war sehr einfach: der Mutant wußte selbst nichts. Sein Erinnerungsvermögen reichte bis zu den Ruinen der Urwaldstadt. Jedes Zeitmaß fehlte ihm. Er wußte nicht einmal, ob er vor oder nach dem Untergang seiner Zivilisation geboren worden war. Sie ließen ihn laufen und sahen, wie er blitzschnell im Wald verschwand.

Vor dem Start der CANTOR fand eine letzte Besprechung der leitenden Offiziere und Wissenschaftler statt. Zuvor hatte Rhodan ein langes Hyperkomgespräch mit Atlan geführt, das ihn sehr ernst gestimmt hatte. Dabei erfuhr er auch, daß die im EX-Zannma-System ausgeschleuste Besatzung der ASSOR wohlbehalten nach Terra zurückgekehrt war. Hornschrecken wurden auf ihren Beibooten nicht entdeckt.

Er berichtete darüber zu Beginn der Konferenz. „Die Lage in der gesamten Milchstraße ist viel ernster, als sie es je gewesen ist. Noch nie hatten wir es mit einem so kleinen Gegner zu tun, aber noch nie war der Gegner auch so gefährlich, ja, in mancher Hinsicht sogar unbesiegbar. Inzwischen wurden weitere 250 Planeten entdeckt, die den Hornschrecken zum Opfer gefallen sind. Damit erhöht sich die Zahl der betroffenen Welten auf 276. Eine bewohnte Welt war Gott sei Dank nicht darunter. Die Zahl der befallenen Planeten mit intelligenter Bevölkerung blieb also mit sieben konstant. Wie Sie bereits wissen, handelt es sich dabei ausschließlich um Stützpunktwelten verschiedener Imperiumsvölker, von denen nur zwei rechtzeitig evakuiert werden konnten. Leider ist es vorgekommen, daß Hornschrecken durch Rettungsmannschaften oder flüchtende Stützpunktbewohner verschleppt wurden. Größtenteils wurde dies noch im Weltall entdeckt und die betroffenen Schiffe von den Überlebenden verlassen und vernichtet. Lediglich in neunzehn Fällen wurden auf diese Weise die Hornschrecken auf andere Planeten verschleppt. Wie durch ein Wunder gelangte diese Fracht auf keine dichtbesiedelten Planeten. Lediglich ein Fall ist bekannt, wo dies geschah. Die Bevölkerung dieses Planeten, Arkonkolonisten, konnte jedoch zum Großteil rechtzeitig evakuiert werden, indem Transmitter über der Welt abgeworfen wurden. Die Menschen mußten fast nackt durch die Transmitter gehen. So wurde gewährleistet, daß keine Hornschrecken mitgeschleppt wurden. Inzwischen gilt es als gesichert, daß der von Eysal ausgehende Gravitationsschock die Schoten zum Aufplatzen brachte. Unsere Forscher auf Eysal konnten bisher aber noch nicht herausfinden, wer die dort befindliche Anlage gebaut hat. Wir wissen auch noch nicht, welche Absicht die unbekannten Erbauer mit der Anlage tatsächlich verfolgten. Es wurde mir mitgeteilt, daß auf einigen befallenen Welten die Hornschrecken inzwischen wieder verschwunden sind. Diese Planeten sind von einer dünnen Schicht Molkex überzogen. Die Körpersubstanz der Hornschrecken ist in das Molkex aufgegangen. Ein lebendiger Schreckwurm wurde bisher nirgendwo gefunden. Wir hatten somit als erste das zweifelhafte Vergnügen."

„Immerhin haben wir ihn getötet", sagte Oberst Hellwege stolz.

„Das ist allerdings gelungen“, gab Rhodan zu, „aber ich glaube nicht, daß wir den Erfolg unseren Waffen zuzuschreiben haben, sondern vielmehr der Tatsache, daß der Schreckwurm erschöpft war. Er hatte seine Kräfte verausgabt, oder er war alt. Immerhin wissen wir durch Gucky, daß er noch eine Aufgabe zu bewältigen hatte. Wir haben ihn daran gehindert. Hoffentlich zu unseren Gunsten.“

„Die Maschine“, warf Schonepal als Stichwort ein. Er sagte nicht mehr, sondern nur die beiden Worte.

„Richtig“, sagte Rhodan und deutete auf einige Offiziere. „Ich habe Experten damit beauftragt, sie zu untersuchen. Leider kam nicht viel dabei heraus. Mit keinem bekannten Mittel ließ sich auch nur das kleinste Teil lösen oder ausbauen. Das Metall ist eine unbekannte Legierung, die sich jedoch analysieren läßt. Die Grundstoffe der Legierung sind bekannt. Aber wenn wir die Maschine selbst auch nicht auseinandernehmen konnten, so lassen sich über ihren Zweck gewisse Vermutungen anstellen. Diese wiederum scheinen in Zusammenhang mit den Hornschrecken und dem Schreckwurm zu stehen. Ich bitte Oberstleutnant Schonepal, uns seine Gedanken dazu mitzuteilen. Sie scheinen mir einiges für sich zu haben.“

Schonepal räusperte sich und sagte: „Ich habe schon einmal betont, daß ich es für wahrscheinlich halte, daß der Schreckwurm nach Zannmalon und Hirosha gebracht wurde, und zwar von Intelligenzen, die einen uns noch unbekannten Zweck damit verfolgen. Vielleicht handelt es sich bei dem Schreckwurm um eine Art Hilfskraft für ein Vorhaben, das wir nicht kennen. Wir wissen nicht, ob diese Unbekannten den Atomkrieg entfacht haben, um anschließend ungestört einen Schreckwurm abzuladen, oder ob sich die Bewohner Hiroshas bereits vorher selbst vernichtet hatten. Ich persönlich kann mir nicht vorstellen, daß die Fremden so skrupellos sind, eine ganze Zivilisation auszulöschen, um danach ihrer geheimnisvollen Tätigkeit nachzugehen. Die Gefahr, daß sie dabei entdeckt werden, ist zu groß, zumal es unzählige unbewohnte Welten gibt, auf denen sie ihre Fracht gefahrloser absetzen könnten. Möglicherweise erhalten wir eines Tages auf diese Frage eine Antwort. Nachdem diese Unbekannten ihre Fracht losgeworden sind, müssen sie natürlich darüber informiert werden, was der Schreckwurm tut. Sie üben wahrscheinlich sogar eine gewisse Kontrolle auf ihn aus. Dies alles könnte mit dieser rätselhaften

Maschine geschehen, die möglicherweise vollautomatisch arbeitet und sich nach gewissen Zeitabständen selbst ein- und ausschaltet. Kurz, die Maschine hat meines Erachtens den Zweck, die Schreckwürmer zu kontrollieren und hyperenergetische Gravitationswellen verstärkt an vorhandene Hornschreckeneier weiterzuleiten, um diese zum Platzen zu bringen. Welcher Art die Tätigkeit des Schreckwurms ist, warum auf Hirosha keine Schoten vorhanden sind und welche Zusammenhänge zwischen Schreckwürmer, Hornschrecken, Molkex und der Maschine tatsächlich bestehen, darüber können wir vorläufig keine exakten Angaben machen. Es steht lediglich fest, *daß* Zusammenhänge bestehen *müssen*."

„Man sollte die Maschine sicherstellen", sagte Oberst Hellwege.

Rhodan sah ihn an. „Da wären einige Gründe, die dagegen sprechen, Oberst. Die Intelligenzen, die über den Schreckwürmern stehen, wären gewarnt. Wir kennen die Maschine nicht. Vielleicht ist es möglich, daß sie ferngesteuert zur Detonation gebracht werden kann – eine unangenehme Vorstellung, wenn wir das Ding im Laderaum der CANTOR untergebracht haben und mitten im Raum stehen. Oder, wenn es Empfänger und Sender ist, ist der Unbekannte über alle unsere Bewegungen genau informiert. Nein, dieses Risiko ist mir zu groß. Dennoch will ich herausfinden, was es mit dieser Maschine tatsächlich auf sich hat und ob sie derselben Technologie entstammt wie die Anlage auf Eysal. Ich werde einige der auf Eysal beschäftigten Wissenschaftler hierherbringen lassen, damit sie feststellen können, welche Aufgabe diese Maschine tatsächlich hat und welcher Zusammenhang zwischen ihr und der Anlage auf Eysal besteht. Möglicherweise gelingt es den Wissenschaftlern, mehr aus der Maschine herauszuholen, als wir es konnten. Wenn die Hornschrecken in ursächlichem Zusammenhang mit den Schreckwürmern stehen, haben wir einen unbekannten Gegner in der Galaxis, dem nicht beizukommen ist. Eine einzige Hornschrecke genügt, um ein ganzes Sonnensystem auszuradieren, wenn die Bewohner so unvernünftig sind, von einem Planeten auf den anderen zu flüchten – und dabei die Zellteiler mitnehmen. Unter ganz bestimmten Voraussetzungen ist sogar eine ganze Milchstraße zum Untergang verurteilt – und es sind Voraussetzungen, die bei uns gegeben sind. Ein Teil unserer Milchstraße ist kolonisiert. Die bewohnten Welten sind durch

Raumfahrt oder Transmitter verbunden. Die Gefahr einer Verschleppung der Hornschrecken ist akut. Wenn noch jemand nachhilft, vergrößert sich diese Gefahr. Die einzige Frage, die mich nun noch bewegt, ist diese: Was nützt den Unbekannten eine Welt, die von Hornschrecken befallen und regelrecht aufgefressen wurde?"

Schonepal überlegte. Gucky, der in seiner Ecke auf der Couch hockte und die Gedanken des Offiziers längst kannte, wartete ab.

„Ich habe diesmal keine Theorie", sagte Schonepal zögernd. „Was sollte wohl jemand von einer Welt erwarten, die er mutwillig vernichtet? Es sei denn, es tritt eine weitere Nebenwirkung auf, an die wir bisher nicht dachten. Wenn wir diesen Nutzen kennen, sind wir ein Stück weiter."

Gucky sah etwas verwundert aus.

„Warum sagst du nicht alles, was du denkst?" fragte er respektlos.

„Weil es eine Vermutung ohne jede Grundlage ist", erwiderte Schonepal. „Wir müßten zu einem späteren Zeitpunkt noch einmal nach Zannmalon zurückfliegen, um eine Antwort zu finden. Kein erfreulicher Gedanke, das gebe ich zu. Der Planet wird, wenn sich die Hornschrecken weiter geteilt haben, bereits mit einer Schicht von Molkex bedeckt sein."

Als die Besprechung beendet war, gab Rhodan Oberst Hellwege den Befehl, den Kurs zur Erde errechnen zu lassen. Es wurde Zeit, daß er nach Terra zurückkehrte.

26.

Die Wissenschaftler, die von Eysal nach Hirosha gebracht wurden, um die geheimnisvolle Maschine zu untersuchen, erlitten Schiffbruch. Als sie versuchten, die Apparatur auseinanderzunehmen, aktivierten sie damit eine Selbstvernichtungsanlage. Vor den Augen des Forscherteams verglühte die Maschine zu einem Schlackebrocken.

Auch auf Eysal kam man nicht voran. Es ließ sich weder feststellen, welchem Zweck die Anlage ursprünglich gedient hatte noch wer ihre Erbauer waren. Nur eines stand fest: Die Maschinerie hatte nach ihrer Aktivierung durch den zerstörten Zellaktivator alle Hornschreckeneier in der Galaxis zum Aufplatzen gebracht.

Warum war die Anlage auf Eysal nie zuvor benutzt worden? fragten sich die Spezialisten.

Wozu der ganze technische Aufwand für diese Dinge, die dann erst durch einen offensichtlichen Zufall zum Funktionieren gebracht worden war?

Auch bei den Zusammenhängen, die zwischen Hornschrecken, Molkex und Schreckwürmern bestanden, tappte man noch weitgehend im dunkeln. Immerhin gelang es, ein Übergreifen der Hornschrecken auf weitere Planeten zu verhindern.

Vier Wochen nach den Ereignissen auf Hirosha konnte der erleichterte Perry Rhodan die Meldung entgegennehmen, daß es in der gesamten bekannten Galaxis keine Hornschrecken mehr gab.

Aber es existierten weitere Schreckwürmer.

Und es gab jene Unbekannten, die mit Schreckwürmern operierten.

Das alles waren genügend Gründe für Perry Rhodan, seine Spezialisten jeder nur erdenklichen Spur nachzuschicken, von der man hoffen konnte, daß an ihrem Ende zumindest eine Antwort auf all die vielen Fragen stand, die die Verantwortlichen des Solaren Imperiums beschäftigten.

27.

Als Joel Carso, Kommandant der CAROL D., die kleine Messe seines Schiffes betrat, waren bereits alle von ihm herbestellten Raumfahrer versammelt. Sie befanden sich mitten in einer lauten Diskussion. Sobald sie seine Gegenwart bemerkten, erstarb jedoch alles Gespräch.

Joel trat in den Halbkreis und beobachtete sie, während sie sich setzten. Am linken Ende saß Harney Creeser, ein Hüne von einem Mann, in dem von hundert Leuten neunundneunzig einen Berufssportler vermuteten. In Wirklichkeit war er Geologe und nicht einer der schlechtesten, wie Joel von seiner vorgesetzten Dienststelle erfahren hatte. Creeser hatte auf allen möglichen Außenposten Dienst getan. Er schien für die bevorstehende Aufgabe geeignet wie kein anderer.

Links von ihm saß Karl Halbein. Er war ein kleiner, unscheinbar wirkender Mann. Karl Halbein war Psychotechniker.

Neben Karl Halbein hatte sich Dr. Barbara Spencer in ihrem Sessel niedergelassen, die Biologin.

Dann kam Nino Lamare. Der schlanke, mittelgroße, dunkelhaarige Mann war Biologe. Joel kannte ihn erst seit dem vergangenen Tag, als er sich auf der CAROL D. gemeldet und im selben Atemzug über die Enge der Kabine beschwert hatte.

Im Zenit des Halbkreises, von Nino ein deutliches Stück weit abgerückt, erhob sich Pitter Laurensens steife Gestalt. Pitters Alter war unschätzbar. Wenn er stand, ragte er zwei Meter weit in die Höhe. Aber was ihm die Natur an Größe hatte zuteil werden lassen, das hatte sie ihm an Dicke versagt. Pitter war erschreckend hager. Verknöchert war der Ausdruck, der nicht nur sein Gehabe, sondern auch sein Aussehen beschrieb. Es war nicht erstaunlich, daß Pitter nichts von Nino und Nino nichts von Pitter hielt. Pitter was Biophysiker, Professor am Percival Polytechnical Institute in Augusta.

Links von Pitter hatten sich Eric und Fran Jorgens niedergelassen, die Joel deswegen Sorge bereiteten, weil er sie nicht auseinanderhalten konnte. Sie waren Zwillinge, eineiige noch dazu. Beide hatten sich auf das Studium der Chemie geworfen und es auf diesem Fachgebiet zu erstaunlichen Erfolgen gebracht. Beide waren hochgewachsen und kräftig gebaut. Beide hatten die gleichen wilden blonden Haare, den zusammengekniffenen Mund und die merkwürdige Angewohnheit, beim Sprechen die rechte Hand auf die Wange zu legen. Beide sprachen übrigens mit dem gleichen Tonfall und in der gleichen Stimmlage.

Dann kam Jaycie Ridell, ein Mädchen, das Joel vom ersten Augenblick an Rätsel aufgegeben hatte. Sie war scheu und zurückhaltend. Niemand hätte sie für älter als zwanzig gehalten, obwohl sie achtundzwanzig war. Als Joel sie zum erstenmal sah, zweifelte er daran, daß sie zu einer vernünftigen Tätigkeit zu verwenden wäre. Ihre Papiere wiesen jedoch aus, daß sie Physikerin war, und die Empfehlung, die die Galaktische Abwehr ihr gab, bediente sich einer Reihe von Superlativen. Jaycie war hübsch, und wenn sie versucht hätte, etwas aus sich zu machen, dann wäre sie, wenigstens war Joel davon überzeugt, Barbara Spencer eine ernsthafte Rivalin gewesen. Ihre Zurückhaltung jedoch, der Eindruck der In-sich-Abgeschlossenheit, den sie ausstrahlte, veranlaßte manchen dazu, ihr von Anfang an wenig Beachtung zu schenken und sie in der Folge des Geschehens dann völlig zu übersehen. Joel hatte keine Ahnung, was ein Mädchen wie Jaycie dazu veranlaßt haben könnte, an einem solchen Unternehmen teilzunehmen.

Den rechten Abschluß des Halbkreises bildete Joey Peters. Joey war dreiundfünfzig Jahre alt und sah, als Folge eines mit Nachdruck gelebten Lebens, so aus wie fünfundsechzig. Die Untersuchung hatte jedoch ergeben, daß er gesundheitlich völlig auf der Höhe und den bevorstehenden Anstrengungen voraussichtlich gewachsen sein würde. Joey konnte nichts im besonderen, aber vieles im allgemeinen. Innerhalb der Gruppe fiel ihm keine genau eingekreiste Aufgabe zu. Man hatte ihn sozusagen als Mädchen für alles verpflichtet, und im Endeffekt würde er derjenige sein, an dem alle anderen ihre Laune ausließen. Die Galaktische Abwehr hatte aus psychologischen Gründen darauf Wert gelegt, daß ein solcher Mann der Gruppe angehörte.

Wahrscheinlich wußte Joey, war ihm bevorstand. Er war klein, grauhaarig und ein wenig wohlgenährt. Seine verschmitzten Augen blickten zuversichtlich drein.

Carso war Kommandant eines Kreuzers der Galaktischen Abwehr, und die hier versammelten Wissenschaftler Freiwillige eines Unternehmens, dessen Ausgang völlig ungewiß war.

Nachdem er sie schweigend gemustert hatte und die ersten Anzeichen von Unruhe feststellte, begann er zu sprechen: „Unser Ziel ist Zannmalon. Ich weiß, daß Sie alle sich zu diesem Unternehmen freiwillig gemeldet haben und über unsere Aufgabe unterrichtet wurden. Daher wissen sie auch, daß Zannmalon vor vier Monaten von Hornschrecken heimgesucht und völlig kahlgefressen wurde. Inzwischen ist dieser Planet vollständig mit Molkex überzogen. Die Hornschrecken sind in diesem aufgegangen, lediglich die Wasserflächen sind frei davon." Joel machte eine kurze Pause, um erneut seine Zuhörer zu mustern, dann fuhr er fort: „Unsere Aufgabe ist es, herauszufinden, was auf Zannmalon inzwischen geschehen ist und was es mit diesem Molkex auf sich hat. Obwohl dort keine Hornschrecken mehr existieren, wird unsere Aufgabe nicht ganz ungefährlich sein. Möglicherweise geht die Gefahr, die uns drohen könnte, vom Molkex aus. Außerdem besteht die Möglichkeit, daß wir auf jene geheimnisvollen Fremden stoßen, die allem Anschein nach hinter den Vorgängen der letzten vier Monate stecken. Die CAROL D. wird deshalb nicht landen, sondern sich in den Ortungsschutz der Sonne begeben, um uns gegebenenfalls rechtzeitig zu warnen. Wir werden mit einem Beiboot auf Zannmalon niedergehen und mit unserer Arbeit beginnen. Vielleicht gelingt es uns, Molkexproben zu erbeuten und zur CAROL D. zu schaffen. Die Analytiker auf Terra glauben, daß diese Substanz im Lebenszyklus der Hornschrecken eine weit wichtigere Rolle spielt, als nur die eines Exkrementes. Falls es uns gelingt, genügend Untersuchungsmaterial mitzubringen, könnten entsprechende Analysen die Frage nach dem Zusammenhang zwischen Hornschrecken, Molkex und Schreckwürmern schlüssig beantworten."

Die neun Wissenschaftler hatten Joel schweigend zugehört.

Während nun eine lebhafte Diskussion entstand, raste die CAROL D. ihrem Ziel entgegen.

28.

Die CAROL D. umkreiste Zannmalon in einer Höhe von dreihundert Kilometern.

Aus der blühenden Welt war ein toter kosmischer Brocken geworden.

Joel beobachtete genau, wie die anderen auf den Anblick reagierten. Erst wenn man genauer hinsah und beobachtete, wie sie die Gesichter verzogen und sich eifrig hier und dort zu schaffen machten, als könnte die Beschäftigung sie ablenken, erkannte man den Abscheu und die Furcht, die sie empfanden.

Dabei war Karl Halbein vorläufig der einzige, der wirklich etwas zu tun hatte. Er nahm seinen Enzephalographen in Betrieb und begann auf der Oberfläche von Zannmalon nach den Ausstrahlungen lebender Gehirne zu suchen.

Die Gespräche verstummten, als die ersten Zacken und Linien auf Karls Meßschirm erschienen.

Karl beobachtete eine Zeitlang die huschenden Elektronenspuren, dann drehte er sich schwerfällig um.

„Das ist das einzige, was wir bekommen“, erklärte er mit seinem komischen Akzent.

Pitter Laurensens lange Gestalt schob sich auf ihn zu.

„Sind Sie sicher“, fragte er näselnd, „daß es sich nicht einfach um Störgeräusche handelt?“

Karl verzog das Gesicht zu einem traurigen Grinsen.

„Sie wissen selbst, Professor, wie ein Enzephalograph funktioniert.“ Er schüttelte den Kopf. „Nein, das sind keine Störgeräusche. Es sind Ausstrahlungen unbewußt gedachter Gedanken, wenn ich so sagen darf. Die Impulse ähneln jenen, die uns von den Hornschrecken und ihren Schoten her bekannt sind.“

Joel hatte eine Frage auf der Zunge. Er wartete, bis er sicher war, daß niemand mehr etwas sagen wollte, dann sprach er sie aus. „Können die Impulse von der Molkexmasse stammen, Karl?“

Karl erklärte mit allem Nachdruck, den er in seine hohe Stimme legen konnte: „Ja, Joel. Ich bin überzeugt, daß sie von dorther kommen."

Kurze Zeit später war das Beiboot startbereit, das Joel Carsos Gruppe auf die Oberfläche des Planeten hinunterbringen sollte.

Das Beiboot enthielt alle Geräte, die die Gruppe zur Erfüllung ihrer Aufgabe brauchte. Da man nicht wußte, was sie auf Zannmalon erwartete, und man zudem vermeiden wollte, daß etwaige unbekannte Beobachter auf die terranische Gruppe aufmerksam wurden, hatte man auf die Mitnahme strahlungsintensiver Geräte verzichtet und ausschließlich Ausrüstung gewählt, die sich hyperenergetisch schwer orten ließ. Die Ausrüstung der Gruppe enthielt aus diesem Grund nur einen einzigen Hypersender. An kleineren Transportgeräten gab es nichts weiter als Tragschraubgeräte, die ein einzelner Mensch sich um den Leib schnallte und die ihn, von einer Verbrennungsmaschine betrieben und vom Gürtel aus gesteuert, in der Art eines Hubschraubers durch die Luft trugen.

Eine große Gefahrenquelle war natürlich das Beiboot selbst. Seine Generatoren waren so kräftig, daß man sie wahrscheinlich über eine Entfernung von Millionen Kilometern ausmachen konnte. Joel hatte sich daher dazu entschlossen, das Landemanöver so kurz wie möglich zu halten und das Boot mit allen Besatzungsmitgliedern sofort nach der Landung zu verlassen.

Das Boot glitt auf den Ausgang des Hangars zu. Der Antigrav ließ die gewaltige Belastung nicht spüren, der das Fahrzeug und seine Insassen ausgesetzt waren, während die CAROL D. im Hintergrund verschwand. Nur die Schnelligkeit, mit der die glitzernde Oberfläche des Planeten den Bildschirmen entgegenstürzte, vermittelte einen Eindruck von der Geschwindigkeit, mit der das Boot sich bewegte.

Minuten später tauchte am Bildhorizont eine Hügelkette auf. Joel drückte das Boot weiter hinab. Er hatte sich nicht ohne Grund diesen Teil der Planetenoberfläche als Landeplatz ausgesucht. Die Hügel dort drüben mußten die Überreste des Gebirgsstocks sein, in dessen Höhlen die Männer der EXPLORER-3218 die Überreste eines Schreckwurms gefunden hatten. Die Berge waren Joel als schroff und mehrere tausend Meter hoch geschildert worden. Die Hügel, die Joel jetzt sorgfältig nach wiedererkennbaren Merkmalen durchsuchte, erhoben sich nicht höher als hundert Meter über die Ebene. Ihre Hänge waren sanft, die Kuppen weich abgerundet, als lägen sie schon seit hundert Millionen Jahren hier und hätten sich von den Einflüssen der Witterung formen lassen.

Vor vier Monaten waren sie noch ein Hochgebirge gewesen.

In der schimmernden Schicht der Molkexmasse schien es, abgesehen von den Wasserflächen, nirgendwo eine Lücke zu geben. Glatt und durchsichtig überzog sie die Kuppen der Hügel.

Am Rand des ehemaligen Gebirges setzte das Boot auf. Zwei oder drei Kilometer nordwärts erhoben sich die ersten Hügel. Joel ermahnte seine Begleiter, sich beim Aussteigen zu beeilen und die Tragschrauber so rasch wie möglich startbereit zu machen. Er selbst gab Gino Poppa eine knappe Meldung über den Vollzug der Landung. Dann griff er sich unter den zehn Behältern denjenigen heraus, den er selbst zu transportieren hatte, schnallte sich den Tornister des Tragschraubers um, verließ das Boot und aktivierte den Ortungsschutz.

Zögernd trat er aus der Schleuse hinaus auf die spiegelnde Masse des Molkex. Der Überzug fühlte sich hart an. Joel beugte sich nieder und ließ den Handschuh über die glatte Oberfläche gleiten. Es war nicht anders, als ob er über Glas striche. Die Masse hatte sich erhärtet.

Er hörte Schritte und richtete sich auf. Die Gruppe stand startbereit. Sie hatten sich die Tragschrauber umgeschnallt, und der dürre Pitter Laurensen sah mit der vierflügeligen Schraube einen Meter über seinem schmalen Kopf absolut lächerlich aus.

„Riecht das jemand?“ fragte Jaycie plötzlich und sah sich mißtrauisch um.

„Riecht jemand *was?*“ fragte Joel zurück.

„Diesen merkwürdigen Geruch in der Luft“, antwortete Jaycie, ohne ihn anzusehen.

Joel sog die Luft ein. Er war daran gewöhnt, daß jeder Planet seinen eigenen Duft hatte, deswegen war ihm bisher nichts aufgefallen. Jetzt jedoch, von Jaycie aufmerksam gemacht, bemerkte er den eigenartigen Geruch nach Moder, staubigen Kellern und, darunter gemischt, einen widerwärtigen Gestank wie von Exkrementen.

„Kann nur das Molkex sein“, schnarrte einer der beiden Jorgens, den Blick in die Höhe gerichtet. Joel konnte nicht entscheiden, ob es Eric oder Fran war. Die Ausrüstung machte die beiden Brüder einander noch ähnlicher – wenn das überhaupt möglich war. „Muß einen gewissen Dampfdruck haben", fuhr Jorgens fort. „Molkex-Moleküle unter die Luft gemischt. Wir riechen sie natürlich."

Jaycie nickte nachdenklich. Dann hob sie plötzlich den Kopf.

„Oh, was ich noch sagen wollte", wandte sie sich an Joel. „Zannmalon ist nicht die gesündeste Gegend, was die Kernstrahlung anbelangt."

Joel war überrascht. „Was heißt das?"

Jaycie hob den rechten Arm und betrachtete eines der Instrumente, die sie wie Armbanduhren zwischen Handgelenk und Ellbogen trug.

„Hundert Milliröntgen pro Stunde", las sie ab. Joel zuckte vor Schreck zusammen, aber Jaycie nahm davon keine Kenntnis. Ungerührt fuhr sie fort: „Das heißt, daß wir in längstens dreihundert Stunden eine Strahlungsdosis aufnehmen, die uns gemäß den Strahlenschutzbestimmungen allesamt zu klinischen Fällen macht."

„Wir machen uns so rasch wie möglich auf den Weg", entschied Joel. „Vielleicht gibt es begrenzte Gebiete hoher Strahlungsleistung. Möglich, daß wir zwischen den Hügeln besser dran sind."

Ein paar Minuten später waren sie mitten im Hügelgelände. Joel Carso, der das Land hinter ihnen auch während des Fluges mit seinen Instrumenten beobachtete, hatte nichts Verdächtiges feststellen können. Rings um ihn herum kamen die anderen ebenfalls zum Halt.

„Wir werden uns hier niederlassen" erklärte Joel.

Niemand antwortete ihm. Joel wandte sich ab und glitt auf den Boden hinunter. Als erster setzte Karl Halbein sein Marschgepäck ab und öffnete es. Karls Gepäck enthielt das Zusatzzelt für die Geräte. Joel breitete die dünne Gaze auf dem Boden aus und wartete, bis der kleine Verdichter die Zeltwände prall mit Luft gefüllt hatte.

Als sie ihre Arbeit beendet hatten, inzwischen war es Abend geworden, versammelten sie sich vor dem Gerätezelt, um ihre weitere Vorgehensweise zu besprechen. Sie befanden sich mitten in einer Diskussion, als plötzlich eine Sirene im Innern des Gerätezelts zu heulen begann.

Joel lief zum Gerätezelt. Die Finger zitterten, als sie die Haftklammern zu lösen versuchten. Aber die Tür klappte schließlich auf. Joel stellte fest, daß es der Enzephalograph war, der Alarm geschlagen hatte.

Er schaltete die Sirene aus. Dann las er die Anzeigen ab. Das Gerät registrierte die Ausstrahlung eines Gehirns, das sich in der Nähe des Lagers befand. Es mußte ein einzelnes Gehirn sein, denn der Empfang war deutlich, und es gab im wesentlichen nur eine einzige Sorte von Impulsen an. Sie unterschieden sich von denen des Molkex, kamen ihm aber bekannt vor.

Joel kroch aus dem Zelt hinaus, stemmte sich draußen in die Höhe und schrie: „Tragschrauben anschnallen und startbereit machen! Alle Waffen bereithalten! Es kommt etwas auf das Lager zu! Vorläufig weiß ich noch nicht, was es ist! Aber wir sind besser für alle Fälle vorbereitet!“

Er hörte das Scharren ihrer Füße und sah ihre Schatten sich bewegen.

Das war in dem Augenblick, in dem ein dröhnender Schlag durch den Boden fuhr und die Planetenoberfläche unter dem wuchtigen Aufprall eines unsichtbaren Riesengeschöpfs zu zittern begann.

Impulsiv entschloß sich Joel, der Ursache der Bodenerschütterung entgegenzufliegen, um zu sehen, was sich in der unmittelbaren Umgebung des Lagers befand.

Nachdem er seine Begleiter angewiesen hatte, auf ihn zu warten, flog er los. Er kannte die ungefähre Richtung, aus der die Erschütterung gekommen war.

Bereits nach wenigen Metern sah er ihn.

Aus dem Halbdunkel zwischen den Hügeln schälte sich eine riesige Gestalt. Obwohl Joel noch nie einem derartigen Wesen direkt gegenübergestanden hatte, wußte er, um was es sich handelte.

Es gab keinen Zweifel, es war ein Schreckwurm.

Aber wie kam er hierher? War er von jenen Unbekannten, die allem Anschein nach Schreckwürmer auf verschiedenen Welten aussetzten, hierhergebracht worden?

Joel schob die Frage beiseite und machte sich auf den Rückweg zum Lager. Als er dort ankam, informierte er seine Begleiter. Nachdem sie ihren Schock überwunden hatten, fühlte sich jeder bemüßigt, seine eigenen Theorien zu entwickeln. Schließlich mußte Joel die Diskussion unterbrechen.

„Es hat keinen Sinn, sich über die Frage nach dem Grund der Anwesenheit des Schreckwurms auf diesem Planeten den Kopf zu zerbrechen“, sagte er. „Vorerst müssen wir danach trachten, ihn vom Lager fernzuhalten.“

Er setzte ihnen seinen Plan auseinander. Die Raumfahrer sollten das Lager verlassen und einzeln in einem Umkreis zwischen zweihundert und vierhundert Metern in Deckung gehen. Das Lager würde das erste Ziel des Schreckwurms sein – wenn es nicht gelang, ihn vorher abzulenken.

Er wollte das Startkommando geben, aber ein donnernder Krach riß ihm das Wort vom Mund. Ein heftiger Ruck schoß durch den Boden und brachte die Zelte zum Zittern. Der Schreckwurm war ein zweites Mal gesprungen, und diesmal schien er in unmittelbarer Nähe des Lagers gelandet zu sein.

„Machen Sie sich auf die Beine!“ rief Joel. „Der Wurm läßt sich voraussichtlich eine oder zwei Minuten Zeit bis zum nächsten Sprung. Bis dahin müssen Sie in Deckung sein.“

Die Tragschrauben begannen zu surren. Hastige Hände huschten durch den Schein der Handlampe und bedienten die Gürtelschaltung. Joel sah zu den Hügeln hinauf. Der Schreckwurm hatte die Witterung schon aufgenommen, daran gab es keinen Zweifel. Er befand sich auf direktem Kurs. In diesem Augenblick war er dabei, sich auf dem Hinterleib aufzurichten und den gewaltigen Körper in die charakteristische Schwingung zu bringen. Noch eine Minute, vielleicht zwei . . .

Joel Carso verrechnete sich nur dieses eine Mal. Fast hätte es ausgereicht, die ganze Gruppe restlos zu vernichten.

Es ging alles sehr schnell. Ein kräftiger Windstoß brauste durch das seichte Tal und brachte die Tragschrauben aus dem Gleichgewicht. Hinter dem Wind kam ein hohles, dumpfes Rauschen wie von einer schweren Bombe, die aus großer Höhe abgeworfen wurde. Joels Mitarbeiter, zum Teil schon im Aufstieg begriffen, wurden von der Bö zurückgeschleudert und hatten Mühe, sich auf den Füßen zu halten. Jemand schrie laut auf, aber der Schrei erstarb in dem dröhnenden Brausen, das innerhalb von zwei oder drei Sekunden zu mörderischer Lautstärke anschwoll.

Joel duckte sich instinktiv. Er fühlte, wie der Boden ihm plötzlich entgegensprang und ihn in die Höhe schleuderte. Ein donnernder Krach erfüllte die Luft, und ein zweiter, ungleich heftigerer Sturmstoß trieb die Leute hilflos vor sich her und über den glatten Molkexboden.

Die Bö ließ schließlich nach. Joel überzeugte sich mit ein paar raschen Griffen vom richtigen Sitz seiner Tragschraube. Dann schaltete er den Rotor auf höchste Touren und schoß in die Höhe. In etwa fünfzehn Metern ging er zum Horizontalflug über und richtete den Strahl seiner Handlampe nach unten. Das grelle Licht erfaßte Barbara Spencer und Nino Lamarre, die beide mit den verbogenen Achsen ihrer Schrauben kämpften.

„Bringen Sie das so schnell wie möglich in Ordnung", rief Joel ihnen zu, „und kommen Sie herauf!"

Er suchte weiter. Er fand Joey Peters, Jaycie Ridell und die beiden Jorgens, alle in Ordnung, aber völlig im unklaren, was sie tun sollten. Pitter Laurensen kroch ein Stück weiter hilflos über den Boden. Joel schrie ihm zu, was er tun sollte.

Dann fand er Harney Creeser. Er sah im ersten Augenblick, daß Harneys Tragschraube unbrauchbar geworden war. Harney mußte sie beim Sturz gegen den Boden geschlagen haben. Jetzt saß er auf der Molkexschicht und suchte mit seiner Handlampe die Umgebung ab.

„Nicht!" schrie Joel. „Nicht nach Norden leuchten!"

Harney hörte ihn. Er sah kurz auf, dann schüttelte er störrisch den Kopf und schwenkte die Hand mit der Lampe.

„Sie Narr!" brüllte Joel ihn an. „Sie machen ihn erst recht aufmerksam!"

Unaufhaltsam wanderte der Strahl der Lampe weiter nach Norden. Er glitt über die Zelte hinweg, erfaßte den sanften Hang des nördlichen Hügels und rutschte daran in die Höhe. Ein rasselndes, schabendes Geräusch lag plötzlich in der Luft. Eine Sekunde lang zögerte der Lichtfleck, dann stieg er weiter. Der glatte, schimmernde Boden war plötzlich zu Ende. Darüber, etwas mehr als 150 Meter entfernt, kam etwas Formloses, Graues, in unaufhörlicher, zuckender Bewegung Begriffenes zum Vorschein.

Joel hörte das Surren von Hubschrauben in seiner Nähe.

Harney Creeser fand endlich den Mut zum entscheidenden Schritt. Mit einem entschlossenen Ruck rutschte der grelle Lichtkegel ein paar

Meter weit nach oben – und traf den Schreckwurm mitten im Gesicht.

„Fort!" schrie Joel. „Das Licht macht ihn nervös!"

Wie gebannt betrachtete er das grauenhafte, furchterregende Bild. Aufgeregt pendelte der fünf Meter durchmessende Kugelkopf des Ungeheuers, die Augen ein schimmerndes Gewirr von Facetten, das breite, grinsende Maul ein dünner, leicht gewölbter Strich. Die vier Hornzangen zitterten und peitschten die Luft, als müßten sie nach Halt suchen. Und von unten herauf ragten die Enden des mörderischen Greifzangenpaares in den Lichtkegel.

Schwirrende Tragschrauben schoben sich in Joels Gesichtskreis. Ohne seinen Blick von dem Ungeheuer zu wenden, sah er, wie seine Begleiter sich einer nach dem anderen davonmachten.

„Wir können Harney mitschleppen", sagte eine Stimme neben Joel.

Er drehte sich um. Undeutlich erkannte er einen der beiden Jorgens.

„Das hatte ich vor", antwortete er. „Dazu ist ein Mann genug. Verschwinden Sie! Das Biest wird gleich wieder springen."

Jorgens schüttelte den Kopf.

„Zwei Mann sind besser als einer", wehrte er ab. „Kommen . . ."

Harney hatte den Lichtkegel seiner Lampe unbeweglich auf dem Kopf des Ungeheuers ruhen lassen. Eine ganze Weile mußte er den ungeheuerlichen Anblick förmlich in sich hineingefressen haben. Joel hatte sich nicht um ihn gekümmert. Erst jetzt wurde er aufmerksam, als Harney Creesers wilder Schrei dem Mann neben ihm das Wort vom Mund riß.

„Fort! Nichts wie fort! Das ist der Teufel selbst!"

Joel leuchtete hinunter. Harney kam taumelnd auf die Beine. Die Tragschraube behinderte ihn, aber er war wenigstens noch so weit bei Sinnen, daß er daran dachte, sie abzuschnallen.

„Los!" keuchte Joel. „Wenn er anfängt zu laufen, wird der Wurm springen."

Sie stießen hinunter. Mit unerwarteter Behendigkeit hatte Harney sich inzwischen der Schraube entledigt. Klappernd fiel sie zu Boden. Harney fing an zu rennen.

„Stehenbleiben!" schrie Joel hinter ihm drein. „Anhalten, Sie Narr!"

Harney hörte nicht.

„Wir müssen hinter ihm her!“ rief Jorgens. „Er rennt ins Verderben!“

„Ich fürchte, es ist zu spät“, stellte Joel resigniert fest. „Halt – bleiben Sie hier!“

Jorgens hatte angefangen, seine Tragschraube zu bewegen.

„Wir können doch nicht so einfach...“

„Still!“ befahl Joel. „Hören Sie?“

Das Schaben und Knistern war lauter geworden. Joel richtete den Strahl seiner Lampe nach Norden. Noch einmal kam die häßliche, monströse Gestalt des Wurms ins Blickfeld. Hoch über dem Boden schwebte der Kopf, von dem fleischigen, formlosen Körper getragen. Der Wurm hatte sich aufgerichtet. Wie eine Sprungfeder, kraftvoll gspannt, krümmte sich der Hinterleib.

„Er springt!“ keuchte Joel. „Er will Harney nicht entweichen lassen. Fort, Jorgens!“

Gebannt beobachtete Joel den Wurm, bereit, auf die kleinste verdächtige Bewegung hin zur Seite auszuweichen und die Flugbahn des Ungeheuers hinter sich zu lassen. Hinter sich hörte er Jorgens sich rauschend in Bewegung setzen. Er kam nicht dazu, sich darum zu kümmern, wo Jorgens hinflog.

Der Wurm wuchs weiter in die Höhe. Joel packte die Lampe mit der linken Hand und nahm den Handblaster in die rechte. Der Wurm versetzte den Körper in schwingende Bewegung. Joel nahm genaues Ziel. Noch gab es eine winzige Chance, die Aufmerksamkeit des Ungeheuers von Harney Creeser abzulenken, dessen Schreie von jenseits der südlichen Hügel gedämpft herüberdrangen.

Joel zielte auf das Maul der Bestie und drückte ab. Ein greller Blitz flammte auf und traf den kugeligen Kopf. Der Wurm reagierte nicht. Zu sehr hatte er sich auf den bevorstehenden Sprung konzentriert. Joel bemerkte das entscheidende, kurze Wippen – dann schoß er schräg zur Seite.

Der Sturm erhob sich wieder. Mit wütenden Böen peitschte er durch das Tal. Heulend und orgelnd fuhr der Riesenwurm durch die Luft, über die südlichen Hügel hinweg dorhin, wo Harney Creeser um sein Leben rannte. Joel hatte die Lampe längst abgeschaltet. Er sah nur einen gewaltigen Schatten, der rechts von ihm durch die Nacht flog und für den Bruchteil einer Sekunde die Sterne verdunkelte.

Dann kam der Aufprall. Wie der Donner von zehn schweren Bomben hallte er durch die Finsternis, brach sich an den Flanken der Hügel und rollte zurück. Durch das Grollen hindurch gellte ein menschlicher Schrei.

Der Wind ebbte ab, so plötzlich wie er gekommen war. Die Tragschraube richtete Joel wieder in Normallage. Er schauderte. Er hatte falsch kalkuliert. Dieser Wurm hatte mit einem Sprung 150 Meter zurückgelegt.

Ein zweiter Schrei zerschnitt die Luft.

Zweifach falsch kalkuliert.

Und der wichtigste Teil seiner Aufgabe stand immer noch bevor.

Jenseits der südlichen Hügel, eine dunkle, schattenhafte Masse in der Finsternis, wippte der schreckliche Wurm auf dem zur Feder gespannten Hinterleib. Der Kopf wies jetzt nach Norden. Die Bestie erinnerte sich an das Zeltlager, das sie übersprungen hatte, um sich den Flüchtenden zu holen.

Joel schwebte über die Hügelkuppe. Er atmete tief und zwang die Hand zur Ruhe. Der Wurm schien weniger aufgeregt als zuvor. Das war günstig. Es würde leichter sein, ihn abzulenken. Joel überdachte ein letztes Mal seinen Plan. Es kam darauf an, das Ungeheuer so weit vom Lager abzulenken, daß es an eine Rückkehr nicht mehr denken würde. Ein Schreckwurm verzehrte Energie wie ein irdischer Wurm verrottete Blätter. Energie schleppte Joel genug mit sich herum. Das Problem war, die Lockproben so geschickt zu verteilen, daß die Bestie ihr ursprüngliches Vorhaben aufgab.

Eine der Lockproben, wußte Joel, würde er selbst sein, ob er wollte oder nicht. Und er besaß nicht mehr als eine Eins-zu-eins-Aussicht, das Unternehmen lebend zu überstehen.

Er dachte an Joey Peters, der dann das Kommando würde übernehmen müssen, bis Gino Poppa gelandet war.

Dann schoß er. Die gleißend helle Blastersalve traf den Wurm genau ins Gesicht. Mit einem röchelnden Geräusch riß er das Maul weit auf und ließ die Energie in sich eindringen. Joel sah, wie die glitzernden Augen die Nacht durchsuchten. Als sie zur Ruhe kamen und ihr teuflisch starrer Blick sich auf den Ursprung des Energiestrahls konzentrierte, nahm Joel den Finger vom Auslöser. Mit aller Kraft seiner Muskeln schwang er sich zur Seite und glitt beinahe kopfüber in die Deckung der Hügelkuppe. Dicht über dem nördlichen Hang fing er sich wieder und hing eine Sekunde lang reglos.

Da ging über dem Gipfel des Hügels eine kleine Sonne auf. Fauchend und pfeifend schoß eine grellweiße, heiße Lichtflut über die Kuppe hinweg und stieg schräg in die Nacht hinab. Der Wurm wollte sein Opfer haben. Joel versuchte ihn sich vorzustellen, wie er mit weit geöffnetem Maul einen scharfgebündelten Strahl von Energie ausspie.

Er glitt an der Flanke des Hügels entlang und quer über das seichte Tal hinweg zum Nordhang des nächsten. Er spielte das gleiche Spiel wie zuvor, nur war er diesmal weiter vom Wurm entfernt. Die Bestie hockte immer noch an der gleichen Stelle und wartete auf den nächsten Schuß. Als Joels Blaster aufflammte, ruckte der Kugelkopf herum und hielt nach dem neuen Ziel Ausschau. Wiederum ging Joel eine Sekunde früher in Deckung, als der Wurm sein Maul aufriß und Energie zu speien begann.

Den dritten Vorstoß unternahm Joel aus noch größerer Entfernung. Und diesmal hatte er den gewünschten Erfolg. Der Wurm schoß nicht mehr zurück, er sprang hinter ihm her.

Wieder überwand er dabei eine Distanz von etwa 150 Metern. Joel fragte sich, woran das lag. Er erinnerte sich des Berichts über den Schreckwurm auf Hirosha, der lediglich Sprünge von kaum mehr als 50 Metern geschafft hatte. Lag es daran, daß es damals ein alter Schreckwurm gewesen war und er jetzt einem jungen gegenüberstand?

Joel wich zurück und schoß weiter. Der Wurm schoß zurück, bis Joel ein zweites Mal sich über die Reichweite des Energiestrahls hinaus entfernte. Dann sprang er wieder. Die Jagd schien ihn zu erregen, denn von nun an ließ er zwischen zwei Sprüngen nicht mehr so viel Zeit verstreichen. Es war, als wollte er Joel lebendig haben. Er erwiderte die Schüsse kaum mehr. Sobald Joel sich irgendwo zeigte, krümmte sich der Hinterleib, der gewaltige Körper kam in wippende Bewegung, und die Bestie sprang. Jedesmal fauchte ein heftiger Sturmstoß über das hügelige Land und wirbelte Joel davon. Eine neue Gefahr entstand dadurch. Joel hatte nicht damit gerechnet, daß die Tragschraube den Stoßbelastungen nicht gewachsen sein würde.

Wenn die Schraube einmal versagte, hatte er nur noch wenig Hoffnung, dem Wurm zu entkommen.

Joel versuchte, die Strecke abzuschätzen, die sie jetzt vom Lager entfernt waren. Es mochten fünf Kilometer sein. Er hatte darauf geachtet, sich in möglichst gerader Linie zu bewegen, und der Wurm war wenigstens drei dutzendmal gesprungen. Irgendwann würde das Hügelgelände zu Ende sein, und draußen auf der Ebene gab es keine Deckungsmöglichkeiten mehr.

Joel war gezwungen zu handeln.

Er tauchte hinter einer Hügelkuppe auf und suchte nach dem Ungeheuer. Er fand es in einer weiten, flachen Senke, vielleicht zweihundert Meter entfernt. Er feuerte einen kurzen Schuß gegen den Schatten und ging sofort danach wieder in Deckung, hastig bemüht, sich so weit wie möglich in westlicher Richtung zu entfernen.

Aber diesmal sprang der Wurm nicht. Alles blieb ruhig. Joel hielt am Fuß eines Hügels an, lauschte eine Weile und kehrte dann zurück. Die Tragschraube summte, es herrschte bedrückende Stille.

Der Wurm lag immer noch an derselben Stelle. Joel beobachtete ihn eine Weile, bis er sicher war, daß er noch lebte. Deutlich bemerkte er trotz der Finsternis die kleinen zuckenden Bewegungen des Schattens. Komischer Gedanke. Woran hätte das Ungeheuer auch sterben sollen?

Joel feuerte ein zweitesmal, diesmal länger. Immer noch blieb er bei seiner ursprünglichen Strategie zu schießen und sich dann so rasch und weit wie möglich aus dem Staub zu machen. Aber auch dieses zweite Mal reagierte der Wurm nicht.

Joel war verwirrt. Was war geschehen? Warum änderte der Wurm seine Taktik? Er kehrte zurück und brachte eine dritte Salve an. Diesmal machte er sich nicht mehr die Mühe, sich sofort zurückzuziehen. Er ging in die Deckung der Hügelkuppe zurück, kam aber gleich wieder hervor, als er erkannte, daß der Wurm sich wiederum nicht rührte. Langsam, Meter für Meter, glitt Joel über den Südhang des Hügels hinab, in die Senke hinein, in der die Bestie fast reglos lag. Er wollte aus der Nähe sehen, was da geschehen war.

Etwa fünfzig Meter vom ungeheuren Fleischberg des Wurms entfernt hielt er an. Der harte, energieabsorbierende Panzer der Bestie knisterte leise, während unter kaum wahrnehmbaren Bewegungen des Körpers die einzelnen Ringglieder aneinander rieben. Das Tier lebte noch, daran gab es keinen Zweifel.

Warum reagierte es nicht mehr?

Langsam hob Joel den Blaster. Er getraute sich nicht, seine Lampe zu benutzen. Der Kugelkopf war nur ein matter Schatten hoch oben in der Finsternis, aber er mußte ihn treffen. Einen Treffer an einer anderen Stelle würde der Wurm nicht einmal spüren.

Er drückte ab. Fauchend entlud sich der Schuß – und dann begriff Joel auf einmal, daß er in eine Falle gerannt war.

Schneller als jemals zuvor reagierte der Wurm. Aus der Nähe krachten die schabenden Geräusche seiner Panzerringe wie Gewehrschüsse. Joel warf sich zur Seite und schaltete die Tragschraube auf höchste Leistung. Hoch über ihm in der Finsternis erschien ein kleiner weißer Lichtpunkt. Er schien auf ihn herabzufallen und wuchs dabei. In Bruchteilen einer Sekunde schwoll er zur Kugel, zu einer Sonne, zu einer alles vernichtenden Lichtflut. Brausend und zischend traf die Flut den Boden. Ein glühendheißer Schwall tobender Luft traf Joel von unten und riß ihn in die Höhe.

Vielleicht war das seine Rettung. Der Energiestrahl des Wurmes konnte ihn um nicht mehr als drei oder vier Meter verfehlt haben.

Willig ließ Joel sich treiben, und als die Kraft der heißen Luft nachließ, konzentrierte er alle Leistung seiner Schraube auf den weiteren Aufwärtsflug. In der Höhe lag die Sicherheit. Das Ungeheuer hatte gewartet und sich reglos gestellt, bis der Feind sich nahe genug heranwagte. Die Falle war zugeschnappt, aber sie hatte das Opfer nicht gefangen. Der Wurm würde nicht aufgeben. Er *mußte* jetzt springen.

Joel versuchte, die Entfernung zu schätzen. Er befand sich jetzt etwa zwanzig Meter über dem Kopf des Ungeheuers und war siebzig oder achtzig Meter in nördlicher Richtung davon entfernt. Wenn der Wurm jetzt sprang, dann befand er sich genau im Scheitelpunkt der Sprungkurve. Der Wurm sprang.

Joel war mit seinen eigenen Sorgen viel zu sehr beschäftigt, um die Bestie zu beobachten. Er sah nicht, wie sie sich auf den Sprung vorbereitete – so eilig, wie sie es zuvor noch nie getan hatte. Aber er hörte das ächzende, stöhnende Geräusch, das der mächtige Körper beim Abschnellen verursachte, und er sah durch die Nacht den

Schatten des Kolosses auf sich zukommen. Verzweifelt versuchte er, aus der Sprungbahn zu gelangen. Er verfluchte die Trägheit der Tragschraubenachse und setzte seine Muskelkraft ein, um zur Seite hin auszuweichen.

Da traf ihn der Sturmstoß. Er wirbelte ihn vor sich her, und die Kraft der Tragschraube war gegen ihn wie der Druck eines Fingers gegen eine Panzerplatte. Joel sah, wie die Sterne um ihn herum einen wilden Tanz aufführten. Die Umrisse der Hügel tauchten abwechselnd unten und oben, rechts und links in seinem Blickfeld auf. Es wurde ihm schwindlig. Er wußte nicht mehr, wo er war. In jeder Sekunde erwartete er den vernichtenden Aufprall, mit dem der gewaltige Körper des Wurmes ihn mitten im Flug traf.

Aber es gab keinen Aufprall. Die Luft erzitterte unter krachendem Donner, als der Wurm seinen Sprung beendete und wieder auf dem Boden landete. Der Sturm erstarb so plötzlich, wie er gekommen war. Joel Carso registrierte mit Verwunderung, daß er dem Unheil ein zweites Mal entgangen war.

Diesmal benutzte er die Lampe, um sich zu orientieren. Die Bö mußte ihn schräg nach unten getrieben haben, denn nicht ganz zehn Meter unter sich entdeckte er den Boden der Senke, aus der er zu fliehen versucht hatte. Der Wurm mußte irgendwo im Norden gelandet sein. Joel schwenkte die Lampe und leuchtete zu den Hügeln hinauf.

Er fand sein Ziel sofort. Der Wurm hockte auf der Kuppe eines Hügels, kaum hundert Meter entfernt. Er hatte sich schon wieder auf dem Hinterleib aufgerichtet und den Körper in wippende Bewegung versetzt. Er war fertig zum nächsten Sprung. Diesmal befand sich sein Opfer innerhalb der Sprungweite, außerdem schwebte es schräg unter ihm, und mit dem kräftigen Lichtstrahl der Lampe verriet es obendrein noch seine genaue Position.

Eine Zehntelsekunde lang war Joel unfähig, sich zu rühren. Einen Atemzug lang hielt ihn der Schreck so gefangen, daß er nicht wußte, was er als nächstes tun sollte.

Dann erinnerte er sich des einzigen Mittels, das ihm jetzt noch helfen konnte. Er griff in die Tasche und brachte den eiförmigen Gegenstand zum Vorschein, den er aus dem Lager mitgenommen hatte. Er nahm sich zwei Sekunden Zeit, um die Entfernung abzuschätzen und die Zeitspanne, die ihm noch blieb. Dann drückte er den kleinen Zünder ein und warf das Ei dem Wurm entgegen.

Die Tragschraube zog ihn nach Süden. Jetzt, im kritischen Augenblick, war Joel plötzlich ganz ruhig. Ob er in den paar Sekunden, die ihm bis zum Absprung des Wurmes noch blieben, zwanzig oder dreißig Meter zurücklegte, war völlig gleichgültig. Wenn sein Plan nicht funktionierte, war er in jedem Fall verloren.

Am Fuß des Hügels, dort, wo das Ei gelandet war, glühte ein rotes Licht auf. Es wuchs rasch, und die Farbe wechselte über gelb und grün nach weißblau. Ein Glutball ungeheurer Hitze wuchs aus der Erde und schoß über die Kuppe des Hügels hinaus.

Joel sah noch, wie der Wurm sich abstieß. Er schützte die Augen mit beiden Händen vor der Lichtflut, die von der Glut ausging, und spähte zwischen den Fingern hervor. Er sah den Wurm aus dem Feuer heraus zum Vorschein kommen. Der Sprung war kraftlos und reichte kaum siebzig Meter weit. Es sah so aus, als hätte das Tier im letzten Augenblick seine Absicht geändert. Sofort nach dem Aufprall wandte es sich um und kroch, so schnell es konnte, auf den feurigen Ball der Explosion zu.

Vom Hügel her begann erhitzte Luft sich auszubreiten. Sie trieb Joel vor sich her. Joel brauchte nichts weiter zu tun, als mit der Tragschraube die Höhe zu regulieren, in der er sich bewegte. Die Hitze ringsum nahm ihm fast den Atem.

Er sah, wie das Ungeheuer im Lichtkreis der Explosion verschwand. Das Ei war nichts weiter, als eine langsam zündende Kernbombe, eine Fusionskammer, der von jetzt an bis in zwanzig Stunden ständig neues Fusionsmaterial zugeführt wurde, um die Explosion aufrechtzuerhalten. Zwanzig Stunden lang würde die Bombe ungeheure Energiemengen produzieren und ringsum ausstrahlen. Zwanzig Stunden lang würde der Wurm in einem Energiebad schwelgen, wie er bislang noch keines erlebt hatte.

Joel atmete auf. Die Bewegung der heißen Luft steigerte sich zum Sturm. Er konnte seine Aufmerksamkeit jetzt genau auf die Manöver seiner Tragschraube richten. Der Wurm war abgelenkt. Von jetzt an bis in zwanzig Stunden bedeutete er für niemand eine Gefahr.

Joel versuchte, sich zu orientieren. Er war vom Lager aus nach Westen geflogen. Er hatte keine Zeit gehabt, seinen Kompaß allzu genau zu befragen. Aber wenn er sich jetzt wieder nach Osten hielt, müßte er den Weg zurückfinden.

Er fragte sich, was aus den anderen geworden sei. Dabei fiel ihm ein, daß er, entgegen seinen eigenen Anordnungen, völlig versäumt hatte, sein Armband-Sende- und Empfangsgerät einzuschalten.

Aus dem Empfänger drang eine Serie verworrener Stimmen. Die Sorge um den Rest seiner Gruppe fiel von Joel ab wie eine schwere Last, deren Druck er erst in den letzten Minuten zu spüren begonnen hatte. Er konnte die einzelnen Worte nicht verstehen. Das bedeutete, daß die Raumfahrer sich ohne Hilfe der Armbandgeräte unterhielten. Sie hatten wieder zueinander gefunden, als die Gefahr vorüber war.

Eine einzelne Stimme löste sich plötzlich aus dem Wirrwarr und wurde deutlicher.

„Nun mal mit der Ruhe“, sagte jemand, wahrscheinlich Joey Peters. „Wir vermissen drei Männer. Den Kommandeur, einen Jorgens und Harney Creeser. Wir müssen damit rechnen, daß sie nicht mehr am Leben sind.“

Joel grinste. Joey würde Augen machen, wenn er ihn wieder zu sehen bekam.

„Ich habe Harney schreien hören, während er weglief“, meldete sich Barbara Spencers Stimme. „Er muß verrückt gewesen sein.“

Joel preßte den Empfänger ans Ohr.

Eine andere, dumpfe Stimme fügte hinzu: „Und Eric blieb mit Carso zurück. Wahrscheinlich wollten sie Creeser helfen. Dabei muß es beide erwischt haben.“ Etwas hilflos und kaum mehr verständlich schloß der Sprecher: „Ich bin übrigens Fran. Jetzt kann es wenigstens keine Verwechslungen mehr geben.“

Joel schluckte. Er hatte gewußt, daß einer der beiden Jorgens dem Wurm zum Opfer gefallen war. Die beiden dicht aufeinanderfolgenden Schreie südlich des Lagers, als die Bestie Harney Creeser zu fangen versuchte, waren deutlich genug gewesen. Jemand, den der Wurm anfiel, schrie nur noch einmal.

Joey Peters schien ein regelrechte Stabsbesprechung abzuhalten.

„Was ist das für ein Flammenpilz im Westen?“ fragte jemand, den Joel für Nino Lamarre hielt.

„Und warum ist dieses Ungeheuer nach Westen davongesprungen?“ schloß sich eine sanfte, weibliche Stimme an.

„Du liebe Güte, ich weiß es doch nicht!“ schrie Joey nervös. „Wir kehren jetzt zum Lager zurück. Die Gefahr scheint vorbei zu sein. Wir werden Wachen einteilen und bis morgen früh warten. Wenn es hell ist, können wir uns umsehen. Außerdem müssen wir uns mit der CAROL D. in Verbindung setzen. Leutnant Poppa soll hier das Kommando übernehmen, wenn Captain Carso ausfällt.“

Joel bewunderte seine Energie. Es mochte sein, daß er sich letztlich aus seinem, Joels, Tod nicht allzuviel machte. Aber in der Rolle des Kommandierenden fühlte er sich bestimmt nicht behaglich. Man merkte ihm jedoch davon nichts an. Er gab vernünftige, eindeutige Anweisungen.

Er vergaß nicht einmal seine Pflicht denen gegenüber, die er schon längst für tot hielt. Nach ein paar Minuten tiefen Schweigens hörte Joel seine klare Stimme aus dem Empfänger. „Hier ist Joey Peters. Ich rufe Captain Carso, Doktor Creeser und Doktor Eric Jorgens. Melden Sie sich bitte!“

Joel wußte, daß er den Weg zum Lager zurück nicht finden würde, wenn ihm nicht dauernd jemand Signale gab, nach denen er die kleine, in das Armbandgerät eingebaute Peilantenne richten konnte.

Er hob also das Mikrophon an den Mund und sprach hinein: „Hier bin ich, Joey. Joel Carso meldet sich zurück. Gib mir Signal, damit ich mich zurechtfinde.“

Sie brauchten vier Stunden, um ihn ins Lager zurückzudirigieren.

Joey Peters trat Joel entgegen und erstattete auf fast militärische Manier Meldung.

„Alle da“, erklärte er. „Bis auf Creeser und Eric Jorgens. Der Wurm ist verschwunden.

Er erklärte: „Wir wissen nicht, ob das der einzige Schreckwurm war, oder ob es hier noch mehrere von dieser Sorte gibt. Sollte dies der Fall sein, haben wir genügend Langzünderkapseln, um sie für einige Zeit zu beschäftigen. Ein weiterer Punkt ist die Frage, wieso es möglich ist, daß wir auf diesem Planeten einem Schreckwurm begegneten, obwohl die Überlebenden der EX-3218 damals keinen lebenden Schreckwurm entdeckt hatten. Wir müssen davon ausgehen, daß dieser Wurm hierhergebracht wurde, zu welchem Zweck auch immer. Ich habe das unbestimmte Gefühl, daß wir hier einem Geheimnis auf der Spur sind. Ich schlage daher vor, daß wir zunächst einmal jenes Höhlenlabyrinth aufsuchen, in dem die Leute von der EX-3218 damals die geheimnisvolle Maschine und den toten Schreckwurm entdeckt haben. Obwohl diese Maschine von den Hornschrecken ebenfalls gefressen worden sein dürfte, glaube ich, daß wir dort unter Umständen mehr finden können als hier."

Joels Plan wurde ohne Widerspruch angenommen. Kurze Zeit später ordnete Joel eine mehrstündige Ruhepause an und teilte einstündige Wachen ein.

Dann kroch er in sein Zelt, streckte sich lang aus und versuchte einzuschlafen. Joel fühlte sich am ganzen Körper zerschlagen, und von Rechts wegen hätte er sofort Schlaf finden sollen.

Eine merkwürdige, nagende Unruhe hielt ihn jedoch wach. Er versuchte, die Situation zu überdenken, in der die Expedition sich befand. Es kam ihm vor, als betrachte er ein Bild, an dem der Maler etwas falsch gemacht hatte.

Es war ein kleiner Fehler, irgendwo hinter der Hauptszene verborgen, und er störte das Auge, ohne daß der Betrachter seiner gewahr wurde.

Joel konnte den Fehler nicht finden. Er versuchte sich mit dem Gedanken zu trösten, daß sie am Nachmittag die Höhle finden und vielleicht schon die ersten Molkexproben zur CAROL D. hinaufschießen würden. Im Grunde genommen hatte Harney Creeser doch recht gehabt. Nichts zwang sie eigentlich, lange auf Zannmalon zu bleiben. Was sie brauchten, war ein wenig Glück. Eine Stelle, an der die Molkexmasse dünn genug war, um von mechanischen Kräften ausgerissen zu werden. Einen Hinweis darauf, wo die Höhle lag, und einen offenen Höhleneingang.

Ein bißchen viel Glück auf einmal, dachte Joel. Dann wurde ihm klar, daß er Trugbildern nachhing, anstatt sich wie ein verantwortungsbewußter Expeditionsleiter Gedanken über den Erfolg seines Einsatzes zu machen. Die Frage nach der Herkunft der Schreckwürmer mußte geklärt werden. Die EXPLORER-3218 war sicher gewesen, daß es zur Zeit ihrer Landung keine lebendigen Schreckwürmer gab. Lediglich das Schalengerüst eines toten Exemplars hatte sie gefunden, und dazu ein Lager kapselartiger Gebilde, die sich schließlich als Eier entpuppten. Eier, aus denen Hornschrecken krochen. Damit hatte die Hornschreckeninvasion auf Zannmalon begonnen. Jetzt, vier Monate später, gab es keine Hornschrecken mehr. Für Hornschrecken gab es auf Zannmalon keine Nahrung mehr. Sie *mußten* aussterben, nachdem ihre eigene Art die Planetenoberfläche leergefressen hatte.

Was kam nach den Hornschrecken?

Das Molkex.

Aber welchem Zweck diente das Molkex? Welche Bedeutung hatte es im Lebenszyklus der Hornschrecken?

Es schien aller biologischen Logik zu widersprechen, daß eine Tierart ihre Lebensaufgabe damit erfüllte, einen Planeten leerzufressen und mit einer durchsichtigen Schicht aus einem höchst merkwürdigen Material zu überziehen. Irgendwo mußte dahinter ein Sinn stecken. Joel kam der Gedanke, daß Zannmalon sich in diesen Tagen vielleicht in einer Art Übergangsstadium befände. Übergang wozu? Das war die Frage.

Der Schreckwurm, der sich im Westen in seinem Energiebad labte, hatte nicht den Eindruck gemacht, als wäre er ein altes, übriggebliebenes Exemplar seiner Gattung. Natürlich war es schwer, die Verhaltensweise von Schreckwürmern zu beurteilen. Aber Joel war die Bestie jung und voller Aktivität erschienen.

War das die Antwort? Nach den Hornschrecken kamen die Schreckwürmer? Und die Schreckwürmer waren auf irgendeine Art und Weise wieder dafür verantwortlich, daß schließlich wieder Hornschrecken entstanden?

Aber *woher* stammten die Schreckwürmer? *Woraus* entwickelten sie sich? Und wer legte die Hornschreckeneier? Die Schreckwürmer? Möglich, aber dadurch wurde die Frage nach der Entstehung der Schreckwürmer nicht beantwortet. Irgend etwas fehlte noch in diesem geheimnisvollen Puzzle.

Dann waren da noch die unbekannten Fremden im Hintergrund, die allem Anschein nach Schreckwürmer auf verschiedenen Planeten aussetzten. Was versprechen sie sich davon? Und warum brachten sie einen Schreckwurm nach Zannmalon, nachdem diese Welt von Hornschrecken völlig kahlgefressen worden war? Und wie paßten jener tote Schreckwurm, den die Forscher der EX-3218 hier entdeckt hatten, in dieses Bild? War er etwa auf eine rätselhafte Art und Weise der „Vater" des jungen Schreckwurms? War dieser junge Schreckwurm nicht von den Unbekannten hierhergebracht, sondern auf dieser Welt geboren worden? Hatte er in einer sicheren Höhle das Wüten der Hornschrecken abgewartet, um anschließend ins Freie zu gelangen? Die Raumfahrer der Ex-3218 hatten keine Gelegenheit gehabt, diesen Planeten gründlich zu erforschen, so daß es ohne weiteres möglich war, daß ihnen die Existenz dieses jungen Schreckwurms entgangen war.

Der Schlaf kam schließlich von selbst. Mit der verworrenen Überzeugung, daß Unheil bevorstand, versank Joel in tiefen Schlaf.

Mittag war vorüber, als Joel Carso mit seiner Gruppe aufbrach. Joey Peters blieb im Lager zurück. Er hatte die Aufgabe, das Herannahen eines Schreckwurms sofort zu melden und sich dann auf dem schnellsten Weg in Sicherheit zu begeben. Joel führte drei von den Langzünderbomben mit sich und hoffte, im Fall eines Alarms rechtzeitig zur Stelle zu sein und den nächsten Angriff ebenso wirksam ablenken zu können wie den ersten.

Im Westen stieg weiterhin die Rauchsäule in die Höhe und verkündete, daß die Explosion ungehindert ihren Verlauf nahm. Joel schätzte, daß noch sieben oder acht Stunden vergehen würden, bis die Bombe ausgebrannt war.

Nicht ohne Absicht hielt Joel sich zunächst in nördlicher Richtung, also dorthin, woher der Schreckwurm gekommen war. Vielleicht fanden sie einen Hinweis auf die Art seiner Entstehung. Vielleicht war er tatsächlich aus dem merkwürdigen Höhlenlabyrinth gekommen, das der Angelpunkt zu sein schien, um den sich die Summe der Geheimnisse auf Zannmalon drehte.

In mäßiger Höhe glitten sie surrend über die sanften Rücken der Hügel dahin. Das Land bot überall den gleichen Anblick: toter, schwarzbrauner Boden unter der schimmernden Schicht des Molkex.

Er ertappte sich schließlich bei der Idee, daß eine fremde Intelligenz die Hornschrecken und die Schreckwürmer benützte, um Molkex anzubauen – so, wie die Farmer auf der Erde ihre Getreide und ihren Tabak anbauten. Er verwarf den Gedanken jedoch wieder, weil er ihm zu absurd erschien.

Jaycie und Barbara hatten einander inzwischen in eine Diskussion verwickelt, der Joel nicht mehr folgen konnte, weil ihm das Wissen dazu fehlte. Er fiel ein wenig hinter den beiden Frauen zurück, damit Nino, Pitter und Fran zu ihm aufschließen konnten. Er war etwa in der Mitte zwischen beiden Gruppen, als er Nino schreien hörte: „Seht euch das Loch da unten an! Sieht aus wie der Eingang zu einem Bergwerk!"

Joels erster Gedanke war: Wir haben die Höhle gefunden.

Er besann sich jedoch rasch eines anderen. Das Loch, das Nino entdeckt hatte, lag in der Senke zwischen zwei Hügeln, während der Höhleneingang in einer Hügelflanke liegen mußte. Außerdem verlief der Eingang zur Höhle einigermaßen waagrecht, während das Loch senkrecht in die Tiefe führte.

Joel entschied, daß das Loch untersucht werden müsse. Sie stießen hinunter und stellten sich rings um den Rand der Öffnung herum auf. Das Loch war im großen und ganzen kreisrund, im Detail jedoch unregelmäßig und mit zackigen Rändern. Der mittlere Durchmesser betrug dreizehn bis vierzehn Meter. Joel leuchtete mit der Handlampe hinunter und sah, daß die Öffnung etwa dreißig Meter tief in den Boden hineinreichte. Die Molkexschicht bedeckte auch die Wände des Schachts und den Boden. Das Erdreich am Rand des Loches sah so aus, als sei es erst vor kurzem aufgebrochen worden.

„Hat jemand eine Ahnung, was das bedeuten könnte?" fragte er.

Sie schüttelten die Köpfe.

„Dann muß jemand hinunter", entschied Joel. „Am besten mache ich das selbst. Nino, Sie übernehmen hier inzwischen die Aufsicht." Joel schaltete seine Tragschraube ein, hob vom Boden ab und glitt über den Rand des Loches hinaus bis in die Mitte der Öffnung. Ein paar Sekunden lang durchsuchte er mit seiner Lampe die Dunkelheit des Abgrunds unter ihm. Dann ließ er sich langsam sinken.

Er war enttäuscht. Das Loch wies keinerlei Besonderheiten auf. Die Wände waren ziemlich glatt, und die Molkexschicht überzog sie lückenlos. Die Erde hinter dem Überzug war rostbraun und leblos. Es war ein ganz gewöhnliches Loch. Vielleicht verdankte es seine Entstehung nicht einmal den Hornschrecken, sondern einem anderen, uninteressanten Prozeß.

Joel landete auf dem Boden. Er schaltete die Schraube ab und benutzte die Lampe, um sich umzusehen. Obwohl er überzeugt war, daß er nichts finden würde, untersuchte er Wände und Grund des Loches quadratzentimeterweise. Er ließ sich Zeit. Von oben herab versicherte ihm Nino fortwährend, daß auf der Oberwelt alles ruhig sei.

Ein merkwürdig geformtes Steinstück, das im Boden eine kleine Unebenheit verursachte, erregte Joels Aufmerksamkeit. Der Stein hatte die Form einer unregelmäßigen Pyramide und ragte etwa eine Handspanne weit über das Niveau der Schachtsohle heraus. An der Spitze war er ebenso rostbraun wie die Wände des Loches. Die Basis der Pyramide war jedoch normaler, grauer Fels.

Joel betrachtete das seltsame Gebilde, und ein Gedanke begann sich in seinem Gehirn zu formen. Die Spitze der Pyramide enthielt eine Art von Erz. Die Basis war einfacher Fels. Die rostbraune Farbe deutete auf Eisenoxyd hin. Die Intensität der Farbe schien zu bedeuten, daß es ein unverhältnismäßig reiches Erz gewesen war, das es einst hier gegeben hatte.

Einst hier gegeben hatte... Wohin war es verschwunden?

Joel wünschte sich aus tiefstem Herzen, er hätte Harney Creeser neben sich. Creeser war Geologe. Er hätte nur ein paar Minuten gebraucht, um eine genaue Diagnose aufzustellen.

Joel sah sich weiter um und fand jetzt, da er wußte, wonach er zu suchen hatte, noch andere Erzreste. Den Wänden galt sein größtes Interesse. Er stellte fest, daß die rostbraune Eisenoxydschicht nur hauchdünn war und sich darunter, an vielen Stellen hervorschauend, graue Erde verbarg. Es sah so aus, als hätte hier jemand in aller Eile das eisenhaltige Erz abgebaut und dabei das Loch hinterlassen.

Nachdenklich stieg Joel wieder in die Höhe. Und während er hinaufglitt, erinnerte er sich an die Dinge, die er über die Hornschrekken gelernt hatte. Hornschrecken waren Allesfresser – und das keineswegs in biologischem, sondern in physikalischem Sinn. Man hatte sie Steine verzehren sehen. Energie aller Formen schien ihnen eine willkommene Art der Nahrung zu sein. Es war klar, daß ihr Stoffwechselsystem keineswegs nach den Normen der Galaktobiologie funktionierte. Das zusammengenommen mit dem eilig abgebauten Erzvorkommen, fand Joel, gab ein entmutigendes Bild. Auf einmal hatte er es eilig. Er schoß über den Rand des Loches hinaus, bog die Achse der Tragschraube und kam zwischen Nino Lamarre und Jaycie Ridell zu Boden.

Er berichtete, was er gesehen hatte. Er erklärte auch, welche Schlußfolgerungen er gezogen hatte. Pitter Laurensen widersprach ihm sofort.

„Was wollen Sie damit andeuten?" fragte er. „Daß es in diesem Universum Wesen gibt, die aus jeder beliebigen Materie Körperenergie erzeugen können?"

„Wenn Sie eine bessere Erklärung dafür wissen, warum die Hornschrecken alles fressen, dann sagen Sie es", meinte Joel unwillig.

Die anderen schwiegen. Nur zufällig schaute Joel zu Jaycie Ridell. Er bemerkte, wie sie sich umsah.

„Wenn niemand etwas zu sagen hat", begann sie schließlich, „dann möchte ich darauf hinweisen, daß sich durch Captain Carsos Entdekkung ganz neue Aspekte ergeben."

Alle sahen sie an.

„Eisen", fuhr Jaycie ohne Zögern fort, „gehört zu den stabilsten Stoffen dieser Welt. Trägt man die Bindungsenergie pro Nukleon über der Ordnungszahl der Elemente auf, dann findet man, daß diese Kurve in der Gegend von Eisen und Kobalt ein Maximum hat. Wenn nun die Hornschrecken, die bekanntlich alle Arten von Materie verwerten können, hier ganz eindeutig nur das eisenhaltige Erz in sich aufgenommen haben, während sie den umliegenden Fels unberührt ließen, dann kann man daraus nur den Schluß ziehen, daß Eisen für sie sozusagen eine Delikatesse darstellt."

Aus einem Grund, den Joel nicht verstand, schienen Jaycies Ausführungen Barbara und Nino in höchstes Erstaunen versetzt zu haben. Nur Fran Jorgens lächelte noch dasselbe Lächeln, das man seit dem Tod seines Bruders an ihm gewöhnt war.

„Sie meinen ...", stotterte Barbara, „... daß der Stoffwechselprozeß der Hornschrecken gar nicht auf chemischer Basis vor sich geht?"

Jaycie war plötzlich die selbstsicherste Frau der Welt. „Das scheint auf der Hand zu liegen, nicht wahr?"

„Dann – Sie glauben ..."

Jaycie kam ihr zu Hilfe. „Ja, ich bin ziemlich sicher, daß die Hornschrecken die Energie, die sie brauchen, aus den Atomkernen, nicht aus den Elektronenhüllen beziehen."

Joel wandte sich an sie. „Moment mal. Hat das für uns selbst irgendeine tiefgreifende Bedeutung?"

Jaycie sah seine Ratlosigkeit und ergänzte: „Es könnte einen Prozeß geben, der die Hypermaterie der Molkexschicht wieder in normale Materie zurückverwandelt, nicht wahr? Dabei würde alle Energie freigesetzt, die das Molkex in sich aufgespeichert hat."

Joel nickte, als die furchtbare Erkenntnis ihm zu dämmern begann.

„Folglich stehen wir", schloß Jaycie, „auf einer potentiellen Atombombe von der Größe eines ganzen Planeten."

Sie bewegten sich weiter nach Norden. Vom Lager her meldete Joey Peters, daß alles ruhig sei, und im Westen stand immer noch der Rauchpilz. Alle äußeren Umstände waren so, wie Joel sie sich für ein solches Unternehmen nicht besser hätte wünschen können. Und doch bedrückte ihn die dumpfe Vorahnung, daß es nicht so ruhig bleiben würde, wie es jetzt war.

Joel befahl der Gruppe zu warten, während er an seiner Tragschraube auf fünfhundert Meter Höhe stieg, um nach Norden Ausschau zu halten. Er wollte wissen, ob es sich lohnte, weiter nach Norden vorzudringen. Die Höhle konnten sie dort gewiß nicht finden, sie mußte irgendwo zwischen den Hügeln liegen. Aber eine Stelle, an der die Molkexschicht aufgerissen war, so daß man Proben einsammeln konnte, wäre ihm ebenso willkommen gewesen.

Am Horizont entdeckte er eine Stelle, die dunkler gefärbt war als das umliegende Gelände. Er stieg auf sechshundert Meter und sah, daß der dunkle Fleck ringsum von hellem Boden umgeben war. Er sah aus wie ein Schmutzfleck auf einem weißen Tischtuch, und Joel entschied, daß er interessant genug war, um einen Weiterflug in nördlicher Richtung zu rechtfertigen.

Er sank zu seinen Begleitern hinunter. Sein knapper Bericht erweckte nur mäßiges Interesse. Die meisten hatten genug von der Hitze und hatten bei allem wissenschaftlichen Eifer keine anderen

Pläne mehr, als so schnell wie möglich zum Lager zurückzukehren. Nur Jaycie Ridell war voller Begeisterung.

„Vielleicht finden wir einen anderen Schacht", überlegte sie. „Es ist möglich, daß die Hornschrecken noch andere Leckerbissen gefunden haben, außer Eisen. Vielleicht könnten wir aus weiteren Hinweisen eine detaillierte Hypothese über den Hornschrecken-Metabolismus erarbeiten."

Joel sah sie prüfend an. Sie hing schräg über ihm. Ihre Augen leuchteten. Joel hätte gern etwas zu ihr gesagt, irgendeine nette Bemerkung. Aber bei dem fast euphorischen Tatendrang, in den sie sich hineingesteigert hatte, wußte er nicht, welches die richtigen Worte waren.

„Sie können recht haben, Jaycie", antwortete er.

Dann setzte er sich in Bewegung. Die Gruppe folgte ihm träge. Nur Jaycie gab sich Mühe, dicht neben ihm zu bleiben.

„Kobalt wäre ein weiterer Hinweis", sagte sie eifrig. „Vielleicht haben wir aber auch zu voreilig geschlossen und wichtige Gesichtspunkte außer acht gelassen. Sie könnten zum Beispiel die schweren Elemente ebenfalls für einen Leckerbissen halten, wegen der Radioaktivität, meine ich." Sie verbesserte sich selbst. „Ach nein, das gibt keinen rechten Sinn."

Joel ließ sie plappern, solange es ihr Spaß machte. Sie hatte eine sympathische Stimme, und manchmal ertappte er sich dabei, wie er ihr aufmerksam zuhörte, nur um den Klang ihrer Stimme auf sich einwirken zu lassen.

Sie waren inzwischen bis auf zwei Kilometer an die dunkle Stelle herangekommen. Es zeigte sich, daß es da im Boden eine schüsselförmige Vertiefung gab. Sie war kreisrund und hatte am oberen Rand einen Durchmesser von etwa hundert Metern. Das allerdings war es keineswegs, was Joels Aufmerksamkeit erregte. Es fiel ihm auf, daß das allgemeine Glitzern, das überall sonst den Boden lückenlos überzog, im Umkreis von drei Kilometern riesige Löcher aufwies. Er entdeckte eine solche Stelle senkrecht unter sich und stieß hinunter. Die Idee, die ihm zuerst gekommen war, erschien ihm so atemberaubend unglaublich, daß er sie sofort überprüfen wollte.

Sie erwies sich bei aller Unglaublichkeit als richtig.

In der weiteren Umgebung der Senke war die Molkexschicht an Tausenden von Stellen aufgerissen, und der nackte Boden trat zutage.

Das, erkannte Joel nach kurzem Zögern, war in doppelter Hinsicht von großer Bedeutung. Aus einer unversehrten Molkexschicht Proben herauszuschneiden, war mit den Instrumenten, die sie besaßen, aussichtslos. Eine aufgerissene Schicht dagegen war weniger stabil und leichter angreifbar.

Aber da war noch etwas anderes. Die Senke mitten in der Ebene war an sich ein höchst merkwürdiges Gebilde. Daß ausgerechnet in ihrer Umgebung die Molkexmasse Lücken aufwies, machte sie noch verdächtiger. Joel war sicher, daß sich in dem Loch vor ihnen irgend etwas Geheimnisvolles verbarg, und da es auf Zannmalon keine erfreulichen Geheimnisse zu geben schien, ermahnte er seine Begleiter zur allerhöchsten Vorsicht.

Sie waren inzwischen zu ihm herabgestoßen, umstanden eine der Lücken in der gläsernen Schicht und bestaunten das Wunder. Das heißt, Jaycie in ihrem plötzlich erwachten, undämpfbaren Eifer begnügte sich nicht mit der bloßen Betrachtung. An ihrer Tragschraube glitt sie zum nächsten Loch hinüber, dann zum übernächsten und so weiter – und näherte sich dabei dem Rand der Senke, vor dem Joel Carso sie gerade gewarnt hatte. Joel mußte sie schließlich zurückrufen. Sie folgte sofort, aber ihr Gesicht war rot vor Aufregung, als sie neben Joel landete.

„Wenn Sie mich fragen“, sagte sie hastig, „dann war die Molkexmasse in dieser Gegend vor kurzer Zeit noch flüssig.“

Joel stutzte.

„Wie kommen Sie darauf?“ wollte er wissen.

„Da vorne werden die Löcher in der Schicht immer größer und zahlreicher“, antwortete Jaycie und streckte den Arm aus, um zu zeigen, welche Richtung sie meinte. „Der Boden ist leicht geneigt. Die Molkexflecken, die zurückgeblieben sind, sind an der Vorderseite dick, während sie hinten flach gegen den Boden auslaufen. Sie sehen aus wie erstarrte Tropfen.“

Die Aussicht, eine Spur von flüssigem Molkex zu finden, war erregend. Joel war drauf und dran, Jaycies auffordernder Geste zu folgen und sich an Ort und Stelle umzusehen. Erst im letzten Augenblick erinnerte er sich daran, daß dieses Unternehmen nicht nur aufregend, sondern auch gefährlich war. Er befahl den übrigen zu bleiben, wo sie waren, und bat Jaycie, ihm zu zeigen, was ihr aufgefallen war.

Jaycie flog ihm voran. Sie glitten flach über den Boden und landeten etwa achtzig Meter von der wartenden Gruppe entfernt. Jaycie brauchte nichts mehr zu sagen. Joel sah, was sie gemeint hatte, und er erkannte, daß ihre Beschreibung zutraf. Die Molkexflecken sahen aus wie Wassertropfen am Rand einer fettigen Schüssel. Bevor sie in den Boden der Schüssel hatten hinunterfließen können, waren sie aus irgendeinem Grund erstarrt.

Joel beugte sich nieder und betastete die Masse. Sie war so eisenhart wie an allen anderen Orten. Nichts verriet, was das Molkex zum Fließen gebracht hatte und warum es wieder erstarrt war. Nur eins war klar: Alles Molkex, das es früher hier gegeben hatte, war in die Schüssel hinuntergelaufen. Es mußte dort zehn oder mehr Meter hoch stehen.

Joel richtete sich wieder auf.

„Das gefällt mir nicht, Jaycie", sagte er.

Jaycie gab keine Antwort. Joel spürte ein warnendes Gefühl in sich aufsteigen. Etwas versuchte, ihn auf eine Gefahr aufmerksam zu machen. Die Gefahr kam aus der Schüssel, deren Inneres er von hier aus nicht sehen konnte. Er entschloß sich, die merkwürdige Vertiefung in geringer Höhe zu überfliegen, um einen besseren Überblick zu bekommen. Er wollte Jaycie klarmachen, daß sie zu den anderen zurückkehren und dort auf ihn warten solle. Aber bevor er das erste Wort über die Lippen bekam, begann der Boden zu zittern, und aus dem Loch vor ihm drang ein eigenartiges, stöhnendes Geräusch.

„Zurück!" schrie er.

Jaycie war ganz bei der Sache. Noch schneller als Joel selbst schaltete sie ihre Tragschraube auf Hochtouren und schoß in die Höhe. Joel folgte ihr. Sie trieben schräg nach oben, im Steigen sich vom Rand der Bodenschüssel entfernend. Joel erkannte, daß in der Mitte der Senke ein neues Gebilde aufgetaucht war. Er war sicher, daß er dort nichts als unbestimmtes Halbdunkel gesehen hatte, als er mit Jaycie hierhergeflogen war. Das Ding sah aus wie ein Zuckerhut, der plötzlich in die Höhe gewachsen war. Was es zwischen dem Zuckerhut und dem Rand der Senke gab, konnte Joel nicht sehen. Aber das Glitzern und Blinken verriet ihm, daß das eigenartige Gebilde aus Molkex bestand.

Er wußte nicht, was das zu bedeuten hatte. Er wußte nur, daß sie sich in Gefahr befanden. Er landete nicht, sondern schrie seinen Begleitern aus geringer Höhe zu, sie sollten ihre Schrauben in Bewegung setzen und sich auf wenigstens hundert Meter Höhe begeben. Er war sicher, daß sie dort oben nicht einmal der sprungkräftigste aller Schreckwürmer würde schnappen können.

Dabei hatte er keine Ahnung, ob das, was sich da in der Schüssel bewegte, ein Schreckwurm oder etwa ein noch viel gefährlicheres Ungeheuer war.

Joel wartete, bis er sah, daß alle seinem Befehl gefolgt waren. Er nahm sich ein paar Sekunden Zeit, um Joey hinten im Lager über die neue Entwicklung zu informieren.

Er übergab Nino vorübergehend die Leitung der Gruppe und trieb dann, an seiner Schraube hängend, langsam auf die Senke zu. Als er über den Rand hinwegschwebte, sah er, wie der Zuckerhut sich zu bewegen begann. Wie ein Teig, unter dem die Hefe trieb, glitt er in die Höhe. Gleichzeitig ertönte, lauter als zuvor, dasselbe stöhnende Geräusch, das Joel schon einmal gehört hatte.

Es schien aus der Molkexmasse zu kommen. Die Materie gab den Laut von sich, während sie sich ausdehnte. Joel erschauderte bei der Vorstellung, wie ungeheuer groß die Kraft sein mußte, die das Molkex bewegte – ein Material, das dem heftigsten Beschuß aus Thermo-Strahlgeschützen standhielt.

Er schwebte jetzt über dem Zentrum der Schüssel. Der Zuckerhut war immer noch in Bewegung. Seine Spitze war längst über den Rand der Senke hinausgewachsen. Joel überlegte sich, ob er auf größere Höhe gehen sollte. Es war durchaus möglich, daß das seltsame Gebilde mit einem Ruck zu ihm heraufwuchs. Hundert Meter waren für einen Werkstoff wie Molkex und die Kraft, die unter ihm arbeitete, eine Kleinigkeit. Er hatte noch keinen Entschluß gefaßt, da riß der Zuckerhut unter ihm mit einem dröhnenden Knall auf.

Faustgroße Geschosse aus Molkex pfiffen und fauchten an Joel vorbei. Ein paar Sekunden lang war er damit beschäftigt, den Kopf mit beiden Armen zu schützen. Als die Geräusche nachließen und er wieder freien Ausblick hatte, sah er etwas, was ihm das Blut in den Adern gefrieren ließ.

Der Spalt quer über dem Gipfel des Zuckerhuts hatte sich erweitert und gab den Blick in das Innere des Gebildes frei. Im Innern regte sich etwas. Bunte Panzerringe drangen ans Licht. Mit lautem Dröhnen stieß etwas den klaffenden Spalt noch weiter auf.

Und dann erschien der gewaltige Kugelkopf des schrecklichsten Wesens, das Menschen bisher gesehen hatten.

Joel brauchte ein paar Augenblicke, um zu begreifen, welches Ereignis er soeben miterlebt hatte.

Er war Zeuge der Geburt eines Schreckwurms geworden.

Plötzlich erkannte er, *wo* der Fehler in seinen bisherigen Überlegungen steckte.

Der Lebenszyklus hatte sich geschlossen.

Bei den Schoten, die am 4. August auf 276 Welten aufgebrochen waren, handelte es sich um die Eier von Schreckwürmern. Aus den Eiern der Schreckwürmer entwickelten sich Hornschrecken, die ihrerseits Molkex produzierten, aus dem wieder Schreckwürmer entstanden. Der Kreis war geschlossen. Das Geheimnis der Entstehung der Schreckwürmer war gelöst. Jener Schreckwurm, der sie angegriffen hatte, war auf dieser Welt geboren worden.

Nun galt es noch, die Unbekannten, die all dies inszeniert hatten, zu finden und herauszubekommen, welche Absichten sie verfolgten.

Im selben Augenblick, in dem er sich umdrehte, um zu seiner Gruppe zurückzufliegen, wußte er, daß etwas nicht in Ordnung war. Unter ihm war der Schreckwurm mit Schnaufen und Getöse beschäftigt, sich aus der Molkexmasse zu befreien. Andere Geräusche konnte Joel nicht hören. Aber er sah, daß seine Begleiter sich zusammengedrängt hatten. Joel legte sich schräg und schoß auf das Durcheinander zu. Aus der Nähe hörte er schreiende Stimmen. Die Raumfahrer schienen sich zu streiten. Joel glitt bis auf zehn Meter heran, die Arme schon ausgestreckt, um in das Gewühl eingreifen zu können.

Der Schatten eines Körpers, über sich den blitzenden Kreis der Tragschraube, sank wie ein fallender Stein in die Tiefe. Joel sah ein angstverzerrtes Gesicht dicht vor sich.

„Es ist Jorgens. Er will den Wurm . . .“

Joel verzichtete auf den Rest. Jorgens, der verrückte Fran Jorgens, der für den Tod seines Bruders nichts anderes übrig gehabt hatte als ein fröhliches Lächeln. Joel hatte sich täuschen lassen. Erics Tod hatte

Fran aus dem Gleichgewicht gebracht. Frans Lächeln war das Lächeln eines Geistesgestörten. Es gab keinen Zweifel über Frans Absicht.

Joel schoß hinter ihm her. Der Schreckwurm hatte sich zur Hälfte aus der Molkexmasse befreit. Es sah so aus, als unterbräche er jetzt seine Bemühungen, weil er einen Gegner kommen sah. Fran Jorgens war fast bis auf den Boden hinuntergestoßen, hatte sich dann gefangen und glitt nun in rasender Fahrt auf die Senke zu.

„Halt, Fran!" schrie Joel aus voller Lunge.

Er wußte nicht, ob Fran ihn hören konnte. Er veränderte seine Flugrichtung, um den Wahnsinnigen kurz vor dem Rand der Senke abzufangen. Fran verlangsamte jedoch plötzlich seinen Flug und sah zu ihm auf. Joel beobachtete, wie er hastig in die Tasche griff und einen eiförmigen Gegenstand zum Vorschein brachte.

Eine Langzünderbombe.

„Bleib, wo du bist!" schrie Fran. „Ich werde sie ihm mitten ins Maul legen. Mal sehen, wieviel Feuer er dann noch spucken kann!"

Er wartete Joels Reaktion nicht ab. Seine Tragschraube heulte auf, und er schoß noch schneller als zuvor auf den Kugelschädel des Schreckwurms zu. Joel bremste seine Fahrt. Ein fürchterlicher Gedanke schoß ihm durch den Kopf. Fran konnte nicht wissen, wie er mit Langzünderbomben umzugehen hatte. Es gab eine Knopfstellung, in der der Langzünder unwirksam wurde und die gesamte Ladung momentan explodierte. Fran selbst war nicht mehr zu retten, gleichgültig, wie er den Knopf drückte. Aber die anderen würden sterben, wenn die Bombe voll explodierte.

Eine halbe Ewigkeit schien zu vergehen, bis die Tragschraube darauf reagierte, daß die Fahrt wieder aufwärts gehen sollte. Joel nahm seine Muskelkraft zu Hilfe, um den Flug zu steuern. In voller Fahrt schoß er mitten in die Gruppe der Wartenden hinein. Sie stoben auseinander, und er schrie ihnen zu: „Hinter mir her! Volle Geschwindigkeit!"

Er bremste ein wenig, um zu sehen, ob sie ihm folgten. Sie schienen die Gefahr begriffen zu haben, denn so schnell wie in diesem Augenblick waren sie noch nie einem Befehl nachgekommen. Joel wich zur Seite aus und ließ sie an sich vorbei. Er hatte ihnen die Richtung angegeben. Wenn sie sie beibehielten, hatten sie eine Möglichkeit, der Katastrophe zu entgehen.

Joel sah sich um. Fran Jorgens hatte den Schädel des Wurms erreicht. Ein paar Sekunden lang vergaß Joel die furchtbare Gefahr, in der er sich befand, und beobachtete fasziniert Frans Angriff. Der Schreckwurm, eben erst zum Leben erwacht und von der Helligkeit benommen, besaß nicht annähernd die Geschicklichkeit seiner ausgewachsenen Artgenossen. Noch dazu war er zur Hälfte in der zähen Molkexmasse gefangen. Er konnte Fran nur gefährlich werden, wenn er sich seines Thermostrahl-Organs besann und dem Angreifer eine gebündelte Salve vernichtender Energie entgegenschleuderte.

Fran schien das zu wissen. Er bewegte sich so, daß er sich niemals direkt vor dem breiten Maul befand. Der Wurm bemühte sich, Fran mit den Augen zu verfolgen, aber stets war Fran schneller. Er unternahm einen blitzartigen Vorstoß auf den Kugelschädel zu. Es sah so aus, als zucke die Bestie erschreckt zurück. Wärend Fran sich schon wieder auf dem Rückzug befand, riß sie das Maul auf und versuchte, nach dem Gegner zu schnappen. Fran stieß ein zweites Mal vor. Diesmal war der Wurm gewarnt. Das Maul klappte auf, so weit wie das Portal eines Bürogebäudes. Joel sah, wie Fran den linken Arm nach oben riß, um die flexible Schraubenachse nach vorne zu beugen. Sprungartig erhöhte sich sein Tempo. Mit der Wucht eines Geschosses flog er in die weite finstere Öffnung hinein.

Joel schrie auf. Der Wurm zuckte zurück. Das Maul schloß sich zuckend, aber von Fran war nichts mehr zu sehen. Ohne es zu wissen, setzte Joel sich wieder in Bewegung. Mit hoher Fahrt schoß er hinter den anderen her, die ihn schon mehr als hundert Meter hinter sich gelassen hatten. Abgerissene, panikartige Gedanken versuchten, ein Bild von der Lage zu malen, in der Fran sich jetzt befand. Das Maul des Schreckwurms mußte so groß sein wie ein Einfamilienhaus. Fran würde darin herumwandern können, solange die Schreckstarre des Ungeheuers anhielt. Er wollte ihm die Bombe mitten ins Maul legen, hatte er gerufen. Mit Verwunderung erkannte Joel plötzlich, wieviel Methode sich hinter dem Wahnsinn verbarg. Jedermann wußte, daß ein Schreckwurm von außen her so gut wie unverletzlich war. Seine Energie absorbierende Panzerschicht hielt allen Harm von ihm fern. Aber wer hatte schon eine Ahnung, wie ein Schreckwurm innen beschaffen war. Es mußte verletzbare Organe geben, und darauf hatte es Fran ohne allen Zweifel abgesehen.

Die Bestie schob sich jetzt in die Höhe. Ihre Bewegungen wirkten unkontrolliert und panikerfüllt. Der Fremdkörper in ihrem Maul schien sie mit Angst zu erfüllen. Zuckend und sich windend befreite sich der Hinterleib aus der Molkexmasse. Der Schreckwurm glitt über die Flanke des Zuckerhuts hinab auf den Rand der Senke zu. Joel verlor den Kugelschädel ein paar Sekunden lang aus den Augen.

Vielleicht war das sein Glück. Durch die transparente Masse hindurch sah er plötzlich Feuerschein leuchten. Ein Funke zuerst, sprang er in Bruchteilen einer Sekunde zu blendender Sonnenhelle auf. Der Zuckerhut hob sich vom Boden und wurde aus der Senke in die Höhe geschleudert. Weißblaue Helligkeit beleuchtete einen Atemzug lang das Land. Joel spürte die sengende Hitze der Strahlung durch seine Montur hindurch. Er wandte den Kopf zur Seite und griff mit beiden Händen nach der Schraubenachse, um sie festzuhalten.

Im nächsten Augenblick traf ihn die Druckwelle. Sie brandete mit brüllendem Donner über ihn herein, stellte ihn auf den Kopf und schleuderte ihn wie eine Feder in die Höhe. Es wurde dunkel um ihn herum. Er verlor die Orientierung. Die Luft war brütend heiß, beim Atmen verbrannte sie die Lungen. Joel erschien es eine Ewigkeit, die er zwischen Himmel und Erde, von Finsternis umgeben und als ein Spielball der fauchenden Druckwelle zubrachte.

Aber schließlich lichtete sich das Dunkel. Aus Staub und Qualm tauchten die fernen Umrisse der Hügel auf. Joel fühlte sich schwindlig. Er brauchte eine Weile, um herauszufinden, daß die Hügel unter ihm lagen, nicht etwa vor ihm. Er schätzte seine Flughöhe auf sieben- bis achthundert Meter. Die Tragschraube allein hätte ihn niemals so weit hinaufbringen können. Er verlor stetig, aber langsam an Höhe.

Hinter ihm, im Norden, stand eine Rauchsäule. Der Qualm war so dicht, daß das Gebilde massiv wirkte. Fran Jorgens hatte die Bombe momentan gezündet. Joel beobachtete den Fuß der Qualmsäule eine Zeitlang. Er konnte keine Bewegung außer der des Rauches feststellen. Frans Bombe mußte den Schreckwurm getötet haben.

Eine neue Methode, Schreckwürmer zu bekämpfen, dachte er müde. Nur – wer wird sich bereit finden, sie anzuwenden?

Er setzte sein Armband-Sendegerät in Betrieb. Auf den ersten Rundspruch hin meldeten sich außer Nino alle. Sie waren wohlauf, wenn man von dem Schock absah, der ihre Stimmen zittern machte.

Joey wollte unbedingt eine genaue Schilderung der Ereignisse haben. Aber Joel befahl ihm, den Mund zu halten, und begann, nach Nino Lamarre zu suchen. Nino meldete sich nach dem fünften oder sechsten Anruf. Seine Stimme klang gequält. Die Druckwelle hatte seine Tragschraube verbogen. Er war mehr oder weniger abgestürzt und hatte sich dabei verletzt. Von seinem Standort aus konnte er Joel sehen und dirigierte ihn zu sich her. Während Joel sich ihm näherte, stießen zunächst Jaycie und Pitter zu ihm, dicht über dem Boden fanden sie auch Barbara. Sie sprachen kein Wort.

Nino lag hilflos auf der Erde. Der rechte Arm stand vom Körper ab. Selbst ein Laie konnte sehen, daß er ausgerenkt und gebrochen war.

Joel kniete neben Nino nieder und versuchte den Arm wieder in normale Lage zu bringen.

„Der verdammte Narr", schimpfte Nino. „Wir wollten ihn festhalten, aber er kämpfte wie ein Berserker."

Joel begriff, daß Fran Jorgens gemeint war.

„Ja, ich glaube, er war ein bißchen übergeschnappt."

„Ein bißchen?" protestierte Nino. „Der Tod seines Bruders hat ihn völlig aus dem Gleis geworfen. Seitdem er wußte, daß Eric tot war, dachte er an nichts anderes mehr, als daran, wie er sich an den Schreckwürmern rächen könnte."

Joel wußte nicht, ob sich der Ausflug zum Höhlenlabyrinth jetzt noch lohnte, aber er wollte ihn in jedem Fall durchführen. Jorgens' Bombe war inzwischen ausgebrannt. Da sie nach dem Fusionsprinzip arbeitete, hatte sie nur ein geringes Maß Radioaktivität ausgeschüttet. Es lag keine Gefahr darin, sich dem Explosionsort wieder zu nähern.

Es war die Mühe wert. Lose Molkexbrocken lagen rings um die Senke herum verstreut. Die Senke selbst hatte unter dem Druck der Explosion ihre Form verändert. Sie war tiefer geworden und sah aus wie ein eingesunkener Schachtmund. Der Zuckerhut aus Molkex, von dem Joel Carso immer noch glaubte, daß er ihm das Leben gerettet hätte, indem er den größten Teil des Explosionsdrucks abschirmte, existierte nicht mehr. Joel suchte nach Überresten des Schreckwurms, aber er konnte keine finden.

Das war erstaunlich, denn das Skelett eines Schreckwurms galt als unzerstörbar. Vielleicht dauerte es einige Zeit, bis ein Schreckwurmskelett eine gewisse Festigkeit erlangte.

Sie sammelten so viele Molkexproben ein, wie sie tragen konnten. Dann machten sie sich auf den Rückweg. Die Sonne stand nicht mehr allzu hoch über dem Horizont. Joel wollte im Lager sein, wenn die Bombe erlosch, mit der er gestern nacht die Aufmerksamkeit des Schreckwurms abgelenkt hatte. Es war möglich, daß der Wurm auf der eigenen Spur zurückkehrte und sich von neuem für das Zeltlager zu interessieren begann.

Nino Lamarres Tragschraube war nicht mehr zu gebrauchen. Joel und Pitter nahmen Nino auf und schleppten ihn zwischen sich her. Dadurch verlangsamte sich der Rückflug beträchtlich. Trotzdem erreichten sie das Lager noch vor Sonnenuntergang.

Joel duldete keine Verzögerung. Alle mußten mit Hand anlegen, um ein Dutzend der handspannenlangen Fernlenkraketen fertig zu machen, die die Molkexproben zur CAROL D. hinauftragen sollten. Die kleinen Geschosse waren Meisterwerke der Mikrotechnik von Siga. Sie konnten zu beliebiger Zeit gestartet werden. Selbst wenn die CAROL D. sich im Ortungsschutz der Sonne befand, würden sie sie finden – und wenn sie warten mußten, bis das Schiff in ihrem Ortungsbereich auftauchte.

Gino Poppa wurde über die bevorstehende Sendung unterrichtet. Er versprach, auf der Hut zu sein. Das allerdings war keineswegs sein Hauptanliegen. Von der CAROL D. aus waren inzwischen einige Messungen vorgenommen worden. Außerdem hatte man Kamerasonden ausgeschickt, die die Oberfläche Zannmalons gefilmt hatten. Auch Aufnahmen des Schreckwurms, der das Einsatzteam angegriffen hatte, waren gemacht worden. Poppa war ziemlich aufgeregt, als er über eines der Ergebnisse berichtete.

„Von Zannmalon erstreckt sich ein schwaches elektrisches Feld in Richtung zum Zentralgehirn. Das ist eine merkwürdige Angelegenheit. Denn um stets in der korrekten Richtung zu liegen, muß das Feld seinen Ursprungsort mit der Tageszeit ändern. Der Ursprung wandert also pro Tag einmal um den Planeten herum. Joel, ich habe alle Mikrokataloge nachgesehen, aber so ein Ding ist noch nirgendwo beobachtet worden. Es ist völlig widersinnig. Es sieht so aus, als säße auf der Sonne einer mit einer positiv geladenen Metallplatte, und ein zweiter bewegte sich mit einer negativ geladenen in einem Flugzeug ständig um Zannmalon herum."

Joel hatte eine Idee. „Zannmalon ist das negative Ende des Feldes, sagst du?"

„Ja, ganz eindeutig. Kannst du erklären, woher das . . ."

„Nein, das kann ich nicht. Aber das werden wir noch herausfinden. Fürs erste sieh zu, daß du die Proben ordnungsgemäß an Bord nimmst."

„Wird gemacht, Joel."

„Gut. Ende."

Sie verbrachten eine ruhige Nacht. Im Westen brannte die von Joel gelegte Bombe zu Ende. Aber der Wurm hatte offenbar die Spur verloren. Er kehrte nicht zum Lager zurück. Am nächsten Morgen sah es zunächst so aus, als würden sie ihren ersten ruhigen Tag auf Zannmalon verbringen können. Joel hatte ein paar Pläne, zu deren Durchführung sie sich kaum vom Lager zu entfernen brauchten. Er war der Ansicht, daß er seinen Leuten ein wenig Ruhe gönnen müsse.

Dann rief Gino Poppa von der CAROL D. an. Mit knappen Worten verkündete er: „Zwei unidentifizierbare Objekte befinden sich im Anflug auf Zannmalon. Es handelt sich wahrscheinlich um Raumschiffe. Die äußere Form erscheint unregelmäßig, jedoch antworten sie nicht auf Posbi-Identifizierungskode. Es können also keine Fragmentraumer sein. Ich gehe nun nach Plan F vor. Ende."

Nur eine Sekunde lang hing Joel dem Gedanken nach, wieviel Bedeutung das Wort „Ende" im weiteren Verlauf dieser Aktion noch gewinnen mochte. Dann erwachte er zu entschlossener, zielbewußter Aktivität. Plan F bedeutete, daß die CAROL D. sich zehn astronomische Einheiten von Zannmalon entfernte und dort in völliger Funkstille wartete, bis die Situation auf dem Zielplaneten sich geändert hatte. Plan F wurde in dem Fall befolgt, in dem ein unerwarteter, unkontrollierbarer Eingriff in das Unternehmen Zannmalon von außen her erfolgte. Gino Poppa war sich seiner Sache offenbar sicher. Bei den beiden Raumschiffen handelte es sich um Fremde.

Joel rief seine Mitarbeiter zusammen und teilte ihnen mit, was er erfahren hatte. Dann befahl er Nino Lamarre und Joey Peters, sich für die Abreise fertig zu machen. Und als sie ihn verwundert ansahen, erklärte er ihnen: „Hier unten kann es brenzlig werden. Wir wissen nicht, wer die Fremden sind und was sie vorhaben. Aber es bietet sich für uns die einmalige Chance, herauszufinden, ob diese Fremden mit jenen Unbekannten, die hinter der Schreckwurmgeschichte stecken, identisch sind. Deshalb werden Laurensen, Ridell, Spencer und ich das Vorgehen der Fremden von hier aus beobachten. Die anderen begeben sich sofort an Bord des Beiboots und kehren zur CAROL D. zurück. Wenn uns hier etwas zustoßen sollte, gibt es wenigstens einige Augenzeugen, die auf Terra über die Vorfälle auf Zannmalon berichten können."

Nach einem kurzen Abschied machten sich die Raumfahrer, die zur CAROL D. zurückkehren sollten, auf den Weg zum Beiboot. Joel sah, wie sie zwischen den Hügeln verschwanden.

Ein paar Minuten später sah er das Raumboot starten.

Danach wandte er sich an seine drei Gefährten. „Wir bleiben im Lager, bis die beiden Schiffe gelandet sind. Danach werden wir versuchen, uns dem Landeplatz der Fremden zu nähern, um möglichst viel über sie herauszufinden. Unser ursprüngliches Vorhaben, den Zugang zum Höhlenlabyrinth zu suchen, ist damit hinfällig. Zum einen, weil wir dort wahrscheinlich nichts Neues mehr entdecken können, zum andern, weil wir uns nun auf die Fremden konzentrieren müssen. Ich schlage vor, daß wir uns in die Zelte begeben und die Annäherung der beiden Schiffe auf unseren Geräten beobachten."

Er kroch ins Instrumentenzelt und setzte die Geräte in Betrieb, von denen er nicht geglaubt hatte, daß er sie während des Unternehmens brauchen würde. Es waren streichholzschachtelgroße Kompakt-Orter, deren Reflexschirm aus fluoreszierendem Plastik mitsamt dem Impulssteuermechanismus zunächst aufgeblasen und stabilisiert werden mußte, bevor die ersten Anzeigen empfangen werden konnten. Das Raumboot zeichnete sich als helleuchtender grüner Fleck auf dem Schirm ab. Im Hintergrund aber gab es zwei weitere Lichtpunkte, die sich langsam, aber stetig auf das Zentrum zuschoben.

Die beiden fremden Raumschiffe.

Er erinnerte sich an die Vorschriften. Für den Fall, daß die Gruppe von Schreckwürmern angegriffen wurde, oder für irgendeinen anderen, zunächst unbestimmten Notfall, in dem mit dem Auftauchen von

Schreckwürmern zu rechnen war, war es geraten, wegen des unerhört fein ausgebildeten Ortungsvermögens der Bestien anstelle der konventionellen Thermostrahler altmodische Geschoßwaffen zu tragen. Der Regenerator eines Thermostrahlers erzeugte ohne Pause ein leicht anmeßbares Streufeld, das den Schreckwürmern zur Orientierung dienen mochte. Karabiner jedoch waren, im energetischen Sinne gesprochen, völlig schweigsam.

Und einem Gegner gegenüber, dem selbst die gewaltigste Energieentladung nichts ausmachte, war es ohnehin gleichgültig, welche Waffen man trug.

Sie setzten aus Einzelteilen vier Karabiner zusammen und beluden ihre Taschen mit Munition. Inzwischen waren die beiden Schiffe hinter dem Horizont verschwunden. Die Ortung hatte sie aus dem Erfassungsbereich verloren. Dennoch beschlossen sie, noch etwas abzuwarten und nicht blindlings hinter den beiden Schiffen herzufliegen.

Sie wurden auf eine harte Probe gestellt. Drei Stunden vergingen, ohne daß sich etwas ereignete. Joel wollte gerade den Aufbruchbefehl geben, als die Reflexe auf den Ortungsschirmen plötzlich wieder zum Vorschein kamen. Die beiden Schiffe näherten sich ihrem Standort. Kurze Zeit später ging ein leichter Ruck durch den Boden. Die Fremden waren nur wenige Kilometer vom Lager entfernt gelandet.

„Es ist soweit“, sagte Joel.

Im Flug blieb das Lager hinter ihnen zurück. Als sie den Hang des Südhügels hinaufglitten, erblickten sie über die Kuppe hinweg die beiden unförmigen Ungeheuer, die in wenigen Kilometern Entfernung dicht über dem Boden schwebten und warteten.

Dicht unterhalb der Kuppe gingen sie in Deckung. Joel befahl den anderen, die Köpfe unten zu halten. Er selbst kroch auf den Gipfel des Hügels und hielt Ausschau. Er hatte noch nie im Leben so merkwürdige, asymmetrische Gebilde gesehen. Und wenn Gino Poppa ihm nicht eindeutig mitgeteilt hätte, sie wären aus dem Weltraum gekommen, hätte er es nicht geglaubt.

Es mußten Raumschiffe sein – aber *was* für Raumschiffe.

Ein dreihundert Meter hoher Felsklotz, von Wind und Regen

mehrerer Jahrhunderte bearbeitet, sähe wahrscheinlich so ähnlich aus. Seine Oberfläche wäre allerdings rauh und unscheinbar gewesen, während die der fremden Schiffe im Sonnenlicht glitzerte und schimmerte. Außer den Umrissen war keinerlei Gliederung der Schiffshülle zu erkennen. Joel konnte nicht sehen, ob es irgendwo Schleusenschotte oder andere Zugänge gab. Er versuchte herauszufinden, was das dröhnende Geräusch verursachte und was es zu bedeuten hatte. Außer daß es von den beiden Schiffen ausging, gewann er jedoch keinerlei neue Erkenntnis.

Er drehte sich um, um seinen Begleitern zu berichten, was er sah. Er hatte den Mund noch nicht aufgemacht, da unterbrach ein hartes, schmatzendes Geräusch das ständige Dröhnen. Joel glitt in seine ursprüngliche Stellung zurück. Das Bild draußen auf der Ebene hatte sich verändert. Dicht vor den beiden Schiffen, knapp über dem Boden, schwebte jetzt eine weite Fläche, die so aussah wie Morgennebel, der sich gerade vom Grund gelöst hatte. Joel brauchte ein paar Sekunden, um zu erkennen, daß es Molkex war. Die Schicht hatte sich vom Boden gelöst. In dem weiten, glitzernden Molkexmantel gähnte ein dunkelbraunes Loch.

Vor Joels weit aufgerissenen Augen begann die Molkexfläche sich zusammenzuziehen und zu einem kugelförmigen Gebilde zu ballen. Die entstandene Kugel hatte einen Durchmesser von nicht mehr als drei Metern. Sie schwebte auf das nächste der beiden Schiffe zu. In dessen unregelmäßiger Hülle gähnte plötzlich eine finstere Öffnung. Die Molkexkugel hielt genau darauf zu. Sekunden später war sie verschwunden. Das Loch in der Schiffshülle blieb offen.

Deshalb waren sie also so lange ausgeblieben. Sie hatten auf der anderen Seite des Planeten Molkex eingesammelt und würden ihr Werk nun hier fortsetzen.

Mit dem gleichen unbeschreiblichen Geräusch löste sich weiter im Osten ein weiterer Teil der Molkexschicht vom Boden, ballte sich ebenfalls zur Kugel und verschwand im Leib des ersten Schiffes. Der Prozeß wiederholte sich an einer dritten Stelle. Aber während Joel noch gebannt beobachtete, drang aus der Ferne ein neuer Laut. Es klang wie das Donnern rasch aufeinanderfolgender Explosionen. Die Schiffe nahmen davon keine Notiz. Sie fuhren fort, mit ihren unsichtbaren Geräten Molkex vom Boden zu lösen, es zu Kugeln zu ballen und in ihren Luken verschwinden zu lassen. Auch das zweite Schiff hatte diese Arbeit inzwischen aufgenommen. Es konnte nur noch ein paar Minuten dauern, bis das ganze Land südlich der Hügel frei von Molkex war.

Das neue Geräusch kam ebenfalls aus Süden. Joel erkannte am Horizont eine Reihe von Punkten, die wie Federbälle auf und ab hüpften. Die Gebilde schienen zu klein, als daß sie für das mächtige, dröhnende Donnern verantwortlich sein könnten. Wenigstens dachte Joel das zuerst. Dann aber wuchsen die springenden Punkte an, während sie näher kamen, und er erkannte schließlich, worum es sich handelte.

Da waren mehrere Schreckwürmer im Anmarsch. Von Süden her bewegten sie sich auf die Hügel zu. Joel war ein paar Sekunden lang starr vor Schreck. Es war schwer genug, sich gegen einen einzigen Schreckwurm zu wehren. Das dort aber war wenigstens ein halbes Dutzend.

Schlagartig wurde ihm bewußt, daß das Ziel der Schreckwürmer die beiden Schiffe waren. Sie würden, genauso wie das Molkex, in die beiden Schiffe gehen und Zannmalon verlassen.

Ein weiteres Rätsel schien damit gelöst. Diese Fremden waren es also, die hinter der Hornschreckenplage standen und die Schreckwürmer auf verschiedenen Planeten aussetzten.

Plötzlich wußte er auch, *woraus* die Schiffshülle bestand. Es konnte keinen Zweifel geben, es war *Molkex*.

Jemand, der anscheinend mühelos in der Lage war, das Molkex einzusammeln, besaß auch die Möglichkeit, seine Schiffe damit einzuhüllen.

Eisiger Schreck fuhr Joel durch die Glieder. Diese molkexgepanzerten Schiffe waren praktisch unangreifbar. Es gab keine bekannte Waffe, mit der man das Molkex beschädigen konnte. Joel ahnte, daß diese Begegnung mit den Fremden nicht die letzte sein würde.

Das donnernde Dröhnen schwoll zum ohrenbetäubenden Krachen an, als die Schreckwürmer sich den Hügeln näherten. Die Tiere waren jetzt deutlich zu erkennen. Mit mechanischer Exaktheit vollführten sie ihre gewaltigen Sprünge. Es waren sieben Ungeheuer, die da heransprangen.

Joel behielt recht. Die vordersten Schreckwürmer waren noch etwa vier Kilometer entfernt, als sie ihre Richtung zu ändern begannen. Sie hielten auf die Schiffe zu. Zuerst waren sie trotz der Entfernung noch gewaltige Ungeheuer gewesen, deren bloßer Anblick Furcht und Schrecken verbreitete. Aber während sie sich auf die Schiffe zubewegten, schienen ihre Körper zu schrumpfen. Und als sie schließlich unter den gähnenden, schwarzen Luken standen, da wirkten sie in all ihrer Mächtigkeit wie Zwerge gegen die erdrückenden Kolosse der Raumschiffe.

Zum erstenmal beobachtete Joel sie, ohne das Gefühl drohender Gefahr dabei zu empfinden. Er sah, wie elegant ihre Bewegungen waren, während sie den mächtigen Körper in der Vorbereitung zum Sprung hoben und senkten. Er bewunderte sie, wie sie sich scheinbar schwerelos vom Boden abhoben und in der gähnenden Öffnung der Luke verschwanden, einer nach dem anderen, bis keiner von ihnen mehr zu sehen war.

Plötzlich spürte er, wie der Boden sich unter ihm zu bewegen begann. Es gab einen kräftigen Ruck, und er rutschte von der Kuppe des Hügels herab. Joel streckte die Hände aus und fand an einer Unebenheit im Boden schließlich Halt. Er richtete sich auf und sah, wie vom Fuß des Hügels her die Molkexschicht sich aufzurollen begann.

Einen Atemzug lang war er perplex – nicht so sehr über das Phänomen selbst wie darüber, daß er es nicht vorausgesehen hatte. Aus irgendeinem Grund waren die beiden fremden Schiffe dabei, alles Molkex einzusammeln und mit sich zu nehmen.

Die Entwicklung vollzog sich mit beängstigender Schnelle. Joel hatte gerade noch Zeit, einen unartikulierten Ruf auszustoßen. Er sprang in die Höhe, glitt dabei aus, brachte es aber fertig, seine Tragschraube in Gang zu setzen. Mit unendlicher Erleichterung spürte er den sanften Zug der Schraube und bemerkte, wie der Boden unter ihm zurückwich.

Er sah nach unten. Barbara kam dicht hinter ihm her. Sie befand sich schon außer Gefahr. Aber unter ihr war Pitter Laurensen und brachte es mit seinen nervösen Händen nicht fertig, die Tragschraube in Gang zu bringen. Schnell und zielbewußt, als hätte es plötzlich eine neue Art Leben entwickelt, rollte das Molkex auf ihn zu. In der Luft lag das seltsam zischende und schmatzende Geräusch, das die Ablösung der Molkexschicht begleitete.

Jaycie Ridell befand sich schon zwei Meter über dem Boden, als sie Pitters Dilemma bemerkte. Ohne Zögern schaltete sie ihre Tragschraube aus und glitt auf die Erde zurück. Joel schrie ihr zu, sie sollte Pitter sich allein überlassen und sich selbst in Sicherheit bringen. Aber Jaycie sah nicht einmal auf. Sie machte sich an Pitters Tragschraube zu schaffen, und man brauchte kein Prophet zu sein, um zu wissen, daß sie auf dem besten Weg war, Selbstmord zu begehen.

Joel stellte fest, daß Barbara in Sicherheit war. Nun drosselte er seine Schraube und stieß zu Pitter und Jaycie hinunter. Wilder Zorn flammte in ihm auf, als er die Molkexschicht, sich faltend und rollend, unaufhaltsam näher kommen sah. Er brachte seinen Karabiner in Anschlag und begann zu schießen. Peitschend und krachend entluden sich die Salven. An der harten Masse prallten die Geschosse ab und heulten als Querschläger davon. Das Molkex blieb unbeeindruckt und setzte seinen Vormarsch fort. Jaycie und Pitter standen auf einer kreisförmigen Insel, deren Durchmesser rapide dahinschmolz.

Aus dem Flug heraus packte Joel das Mädchen bei der Schulter. Jaycie schrie auf und stürzte. Joel mußte sie loslassen, aber er blieb hinter ihr, um sie sofort wieder zu fassen. Wie eine Katze wand sie sich am Boden und schnellte in die Höhe. Joel, in blindem Eifer hinter ihr herstoßend, rannte mitten in einen schmetternden Faustschlag, der seinen Flug abbremste und ihn senkrecht aufrichtete.

Verblüfft starrte er in Jaycies wütendes Gesicht.

„Scheren Sie sich fort!“ schrie sie ihn an. „Ich bleibe bei Pitter, was immer auch geschieht. Sie haben kein Recht, mich daran zu hindern.“

Ringsumher knisterte und schmatzte das Molkex. Die Insel hatte kaum noch zehn Meter Durchmesser. Joel überlegte, ob er einen neuen Vorstoß unternehmen sollte. Aber Jaycie brachte blitzschnell ihren Karabiner in Anschlag und hielt ihm den Lauf entgegen.

„Versuchen Sie's“, schrie sie wild.

Joel wich zurück. Die Lage war aussichtslos. Es blieben nur acht bis zehn Sekunden, um Pitters Tragschraube wieder in Gang zu setzen.

Jaycie ließ den Karabiner fallen, als sie sah, daß Joel sich entfernte. Sie sprang zu Pitter zurück und schlang die Arme um ihn.

Dann schloß sich die Molkexschicht über den beiden. Schmatzend und ruckend löste sie sich vom Boden, trieb über die Kuppe des Hügels davon und auf die beiden Schiffe zu.

Mit einem würgenden Gefühl im Hals stieß Joel hinter Barbara her, die inzwischen dicht über dem Boden in die Senke zwischen den Hügeln hineingeglitten war.

Sie blieben in der Luft, bis alles Molkex vom Boden verschwunden war. Die Schiffe, wenn sie ihre Anwesenheit überhaupt bemerkt hatten, schienen sich nicht um sie zu kümmern.

Sie sprachen kein Wort. Als die Hügel ringsum frei von Molkex waren, glitten sie wie auf eine geheime Verabredung hin zu Boden und setzten sich. Barbara hielt die Knie mit beiden Händen umschlungen und schaute gedankenverloren zu den Kuppen der Hügel hinauf. Aus der Ferne, nur noch halblaut jetzt, drang das Krachen und Schmatzen, mit dem sich das Molkex vom Boden löste und zu Kugeln formte.

„Die kleine Jaycie", sagte Barbara plötzlich. „Eines von den Mädchen, das den Weg der Erkenntnis für den einzig gangbaren hält, bis sie plötzlich herausfindet, daß für eine Frau ein einziger Mann mehr wert ist als alle hundert Wissenschaften zusammengenommen."

Joel dachte nach. „Die Psychotests hätten das herausbekommen sollen, nicht wahr?"

Barbara schüttelte langsam den Kopf. „Nein. Das ist kein Komplex. Keine psychische Belastung. Es ist eine abnormale Entwicklung, aber immerhin eine Entwicklung. Man kann so etwas nicht voraussehen. Nicht einmal mit dem besten Analysator."

„Auf jeden Fall war sie das tapferste Mädchen, das ich je gesehen habe", stellte Joel fest.

Er horchte auf. Das Schmatzen und Knistern war plötzlich verstummt. Er stand auf und machte seine Tragschraube betriebsbereit. Aber bevor sie sich noch zu drehen begann, drang über die Hügel hinweg ein dumpfes Brausen. Heftiger Sturm schien im Süden aufzuspringen. Vom trockenen Boden erhoben sich Staubwolken, die über die Hügelkuppen hinweg zu sehen waren.

Und über den Staubwolken erschienen die fremdartigen Formen der beiden Raumschiffe. Mit hoher Geschwindigkeit stießen sie in den blauen Himmel hinein, wurden kleiner und kleiner und verschwanden schließlich ganz. Fast im selben Augenblick erstarb das brausende Geräusch.

Weder Joel noch Barbara sahen das unförmige Ding, das am Landeplatz der beiden Schiffe zurückblieb.

Wortlos wandte Joel sich zu Barbara um.

„Ich darf Sie darauf aufmerksam machen, Captain“, erklärte Barbara trocken, „daß wir jetzt völlig allein sind.“

Joel ging auf sie zu, faßte sie bei den Schultern und küßte sie.

„Ich weiß es, Doktor“, antwortete er und brachte ein trauriges Lächeln zuwege.

Das war der Augenblick, in dem der Schallsturm über sie hereinbrach.

Es war unbeschreiblich. Es waren der Weltuntergang, die Explosionen von Hunderten von Kernbomben und das konzentrierte Arbeitsgeräusch sämtlicher Maschinen des Großen Imperiums auf einmal. Es war ein Tornado aus Donnern, Krachen und Tosen, der selbst den lautesten Schrei von den Lippen wischte, als wäre er nicht gewesen, die Augen zum Tränen brachte und das Gehirn im Schädel vibrieren ließ.

Joel wurde fast ohnmächtig, als das Gebrüll über ihn hinwegbrandete. Er stürzte zu Boden. Er preßte die Hände gegen die Ohren, aber das nützte nichts. Die Geräusche drangen durch die Stirn, durch die Nase, durch die Schädeldecke. Er schrie, aber er konnte seinen eigenen Schrei nicht hören. Mit Mühe kam er auf die Knie und sah Barbara wie wahnsinnig im Kreis herumtanzen. Er stand auf, wankte zu ihr hinüber und packte sie bei den Schultern. Sie blieb stehen und schaute ihn aus blutunterlaufenen Augen an, als kenne sie ihn nicht.

Das, was von Joels Gedanken noch übrigblieb, konzentrierte sich auf einen einzigen Punkt: Wenn das noch fünf Minuten so weitergeht, verliere ich den Verstand.

Er wußte nicht, woher das Geräusch kam. Er wußte nicht, was es verursachte oder welchem Zweck es diente. Aber er wußte, daß er es abschalten mußte, wenn er am Leben bleiben wollte.

Es fehlte ihm die Kraft, sich um Barbara Gedanken zu machen. Er torkelte davon. Ohne daß er sich dessen bewußt wurde, hob er die Hand und schaltete die Tragschraube ein. Er erhob sich vom Boden und glitt nach Süden. Das Geräusch schien schwächer zu werden. Er faßte neuen Mut und erhöhte seine Geschwindigkeit. Eine halbe Minute später wußte er, daß er sich tatsächlich von der Quelle des Geräusches entfernte. Aber gleichzeitig sah er ein, daß er sich innerhalb der kurzen Zeitspanne, die seinem gequälten Gehirn noch blieb, niemals weit genug würde entfernen können, um sich in Sicherheit zu bringen.

Er hielt an und kehrte um. Er sah, daß Barbara ihm gefolgt war. Er winkte ihr zu, weiter nach Süden zu fliegen. Er selbst hielt sich in nördlicher Richtung, dorthin, wo vor kurzem die beiden Schiffe gestartet waren. Einmal drehte er sich noch um und erkannte, daß Barbara ihm auch jetzt noch folgte. Sie war umgekehrt und kam hinter ihm her. Er hielt an, ließ sie zu sich aufschließen und wendete eigenhändig ihre Tragschraube so, daß sie Barbara nach Süden zog. Ein paar Sekunden wartete er, um sich zu überzeugen, daß er Erfolg gehabt hatte. Erst als Barbara über einen der Hügel hinweg auf die Ebene hinaustrieb, machte er sich wieder auf den Weg.

Das Geräusch wurde stärker. Aber was machte das schon aus. Es war gleichgültig, ob das Gehirn im Schädel mit Amplituden von einem oder zwei Millimetern hin und her hüpfte. Joel war nicht mehr Herr seiner Gedanken. Sich selbst überlassen, sprangen und rannten sie in seinem Verstand umher. Und nur ganz im Hintergrund hielt sich das bohrende Bewußtsein, daß er die Quelle des Geräusches erreichen und vernichten mußte, wenn er am Leben bleiben wollte. Er glitt zwischen flachen Hügeln hindurch. Er übergab sich, ohne daß er es merkte.

Er kam in eine Senke, die viel tiefer zu sein schien als alle, die er bisher gesehen hatte. Er trieb auf die Flanke eines Hügels zu, der viel steiler in die Höhe ragte als alle anderen.

Immer noch wuchs die Intensität des Geräusches. Irgendwo im Hintergrund seines Gehirns wußte Joel Carso, daß er nur noch halb am Leben war und daß es bald ganz zu Ende sein würde, wenn das Geräusch nicht aufhörte.

Da sah er den verlassenen Landeplatz schräg unter sich. Ein unförmiger Metallblock stand dort. Der Lärm drang aus dem Block.

Der Schall war eine Waffe.

Nichts weiter als eine Waffe, die alle Fremden töten sollte, die auf Zannmalon den Abtransport der Molkexschicht und der Schreckwürmer beobachtet hatten.

Der Schall soll dich töten, Joel Carso, dachten Joels langsame Gedanken, damit du nirgendwo erzählen kannst, was du gesehen hast.

Müde, schmerzende Finger betasteten den harten Schaft des Karabiners. Kraftlos legte der Daumen sich auf den Auslöseknopf.

Der Lauf des Karabiners hob sich langsam. Der Daumen drückte auf den Auslöser. Geräuschlos in all dem Getöse entlud sich die Waffe.

Die Geschosse trennten die Maschine auseinander. Sie zogen eine gerade, saubere Naht schräg über den Aufbau und zerstörten die wichtigsten Bestandteile im Innern. Von einer Sekunde zur anderen erstarb der mörderische Lärm.

Der Umschwung war zuviel für Joel Carso. An seiner Tragschraube hängend, verlor er das Bewußtsein.

Als er Barbaras Gesicht über sich sah, war er immer noch taub. Er sah Barbara den Mund bewegen, aber er hörte ihre Worte nicht. Müde hob er die rechte Hand, legte sie ans Ohr und schüttelte den Kopf. Barbara verstand. Sie nickte ihm lächelnd zu. Dann machte sie mit dem Arm eine weitausholende Geste. Joel folgte ihr mit dem Blick. Er sah, daß er sich in seiner eigenen Kabine befand. In seiner Kabine an Bord der CAROL D.

Er war auf dem Heimweg.

Einen Tag später hatte er sein Gehör wiedererlangt und erfuhr, wie man ihn gerettet hatte. Der Start der beiden fremden Schiffe war von der CAROL D. aus beobachtet worden. Das Schiff stieß auf Zannmalon hinab und landete in der Nähe des Lagers. Barbara ihrerseits hatte den Geräuschsturm überstanden, beobachtete die Landung des Schiffes und gab Gino Poppa den ersten Bericht über das, was sich in der Zwischenzeit zugetragen hatte. In einem Gleiter hatte Gino selbst die Umgebung des Landeplatzes abgesucht und dabei Joel gefunden, der bewußtlos an seiner unermüdlich arbeitenden Tragschraube hing. Die Maschine war verschwunden – anscheinend hatte sie sich selbst vernichtet.

Und im Augenblick befand sich die CAROL D. zwei astronomische Einheiten von der Erde entfernt und war mehr oder weniger dabei, sich auf die Heimkehr vorzubereiten.

29.

Zum großen Verband der Fragmentraumer, den das Zentralplasma von der Hundertsonnenwelt der USO unterstellt hatte, gehörte auch die BOX-394.

Atlan hatte die BOX-Einheiten in einem weitgezogenen Randgebiet der Galaxis eingesetzt und allen Posbischiffen den Befehl gegeben, sämtliche Planetensysteme, die vor vier Monaten von Hornschrecken heimgesucht worden waren, anzufliegen und Beobachtungen über den Zustand der Planeten anzustellen.

Über das Kommandoschiff BOX-300 erhielt das Hauptquartier der USO in unregelmäßigen Abständen Hyperfunksprüche, in denen kurz mitgeteilt wurde, welche Systeme kontrolliert worden waren.

BOX-394, ein Würfel von zwei Kilometern Kantenlänge war 18 432 Lichtjahre von M 13, dem Kugelsternhaufen im Sternbild Herkules, entfernt. Hier standen die einzelnen Sonnen weit auseinander, und die BOX-394 mußte jedesmal in den Hyperraum gehen, um die Distanzen zwischen den Sternen zurückzulegen.

Wie in jenen vergangenen Zeiten, als die gigantischen Würfel noch die größte Gefahr für die Milchstraße bedeutet hatten, wurde auch heute noch jedes Posbischiff von sechs Plasmagehirnen kommandiert. In der Zentrale befanden sich sechs gewaltige Behälter, in denen der Biostoff aufbewahrt wurde, der mittels hypertoyktischer Verzahnung mit der inpotronischen Steueranlage verbunden war.

Aus dem Hyperraum kommend, schoß der Würfel auf eine blaue Sonne zu, die verloren im Raum zu stehen schien. In der BOX liefen die Robot-Ortungen. Die Werte wurden an die Kommandanten und die Inpotronik durchgegeben.

Das Schiff flog ein kleines System an, das zwei Planeten besaß. Als der augenblickliche Standort des Schiffes der Inpotronik mitgeteilt wurde, stellte sie fest, daß dieses System im Speichersektor vermerkt war. Automatisch griff die Inpotronik auf arkonidisches Wissen zurück und gab die Daten für das System allen wichtigen Stellen im Schiff bekannt.

Nach dem arkonidischen Sternenkatalog besaß der erste Planet einen dürftigen Sauerstoffmantel. Seine Oberfläche hatte Wüstencharakter und wies sehr hohe mittlere Temperaturwerte auf. Die Schwerkraft betrug 0,86 Gravos. Die Galaktischen Händler hatten diese Welt zu einem Notstützpunkt ausgebaut und ihr den Namen Nytet gegeben.

Der zweite Umläufer war ein Gasriese mit gefrorener Atmosphäre. Der Arkon-Sternenkatalog hatte sogar darauf verzichtet, die wichtigsten Daten über ihn zu vermerken.

Nytet war einer jener sieben Stützpunkte, auf dem vor vier Monaten die Hornschreckeneier aufgrund der Gravitationsschockwelle geplatzt waren und der danach von Hornschrecken völlig verwüstet worden war.

Die BOX-394 raste ins System hinein, durchquerte die Umlaufbahn des vereisten Gasriesen, begann abzubremsen und in 100 000 Kilometer über der Welt einer blauen Sonne stehenzubleiben.

Die verschiedenen Ortungen der BOX liefen auf Hochtouren.

Die BOX-394 ging in den freien Fall. Die Geschwindigkeit wurde so weit gesteigert, daß sie für den Umlauf knapp eine Stunde benötigte.

Das Riesenheer der biologisch-positronischen Roboter, die alle den Plasmakommandanten unterstanden, verrichtete in dem riesigen Schiff die erforderlichen Arbeiten. Erregung oder Angst war ihnen fremd. Der plötzliche Alarm, der durch das Schiff hallte, bedeutete für sie nichts anderes als ein Befehl.

Die Inpotronik hatte den Alarm ausgelöst. Von der Energieortung waren noch nie angemessene energetische Impulse aufgefangen worden. Die Steueranlage hatte sie als unbekannte Erscheinung eingestuft und ihre Bedenken an die Kommandanten weitergeleitet.

Während die posbische Energieortung sich weiterhin mit den unbekannten Impulsen beschäftigte, die unzweifelhaft von Nytet kamen, wurden die schweren Waffenkuppeln des Fragmentraumers ausgefahren und die darunter befindlichen überschweren Transformgeschütze auf *feuerbereit* geschaltet.

Die übrigen Ortungen des Schiffes suchten zur Zeit noch vergeblich nach einem Objekt auf Nytet, von dem die rätselhaften Energieimpulse ausgehen mußten. Bevor die Steuer- und Recheninpotronik den

Plasmakommandanten empfehlen konnte, näher an den Planeten heranzugehen, brüllten die Triebwerke schon auf. Der Raumer schien auf Nytet herunterzustürzen.

BOX-394 raste einer flachen, eigenartig abgerundeten Hügelkette entgegen. Auf Nytet gab es kein Molkex mehr.

Mit ungeheuerlichen Kräften bremste das Schiff ab, blieb in dreitausend Metern über einer trostlosen Wüstenlandschaft stehen und ließ unvermindert seine Ortungen spielen.

Gleich von drei Seiten wurde ein unbekanntes Objekt erfaßt.

In Sekundenbruchteilen lagen die Koordinaten fest. Die BOX-394 ging blitzschnell auf Höchstfahrt.

Plötzlich ermittelten die Ortungen neue Werte.

Die Inpotronik hatte die neue Situation sofort erfaßt. Die leicht veränderten energetischen Impulsausstrahlungen deuteten einwandfrei auf einen Körper hin, der sich von Nytet entfernte.

Zur selben Zeit hatten die sechs Plasmamassen in der Zentrale weitere Durchgaben ausgewertet. Die Speicherabteilung der Inpotronik nahm auf: *Unbekannter Flugkörper geortet.*

Trotz der Präzision, mit der Roboter und Maschinen des Fragmentschiffs arbeiteten, konnte die BOX-394 den Start des unbekannten Flugkörpers von Nytet nicht verhindern. Die Ursache lag in keiner Fehlentscheidung, sondern darin, daß die Plasmamengen in der Zentrale nicht beurteilen konnten, ob sie einen Fragmentraumer vor sich hatten oder ein unbekanntes Schiff.

Wertvolle Sekunden verstrichen. Die Objektortung der BOX gab immer noch keine einwandfreien Daten über den unbekannten Flugkörper ab. Dieser nutzte die Zeit, raste dicht über die Oberfläche von Nytet davon und brachte es fertig, hinter der Wölbung des Planeten zu verschwinden.

Bei Zentrale und Inpotronik zugleich liefen endlich die Angaben der Objektortung ein: *Formloser Flugkörper, vollkommen ungeometrische Figur. Durchmesser, grob gemessen: dreihundert Meter. Zahllose Einbuchtungen, Vorsprünge, konvex und konkav gebogene Flächen mit einer an allen Stellen unebenen Oberfläche.*

Knapper meldete die Energieortung: *Unbekannter Flugkörper identisch mit Quelle der energetischen Impulsausstrahlung.*

Die BOX-394 jagte hinter dem rätselhaften Flugkörper her.

In einer Kurve, die einigen physikalischen Gesetzen Hohn zu sprechen schien, umflog das Fragmentschiff Nytet, wechselte dann schlagartig den Kurs, als seine Ortung den flüchtenden Körper wieder erfaßte.

Die BOX-394 begann zu zittern. Die Schiffszelle wurde bis an die Grenze ihrer Festigkeit beansprucht. Die Distanzwerte, die bei Gehirn und Kommandanten hereinkamen, wurden zusehends kleiner.

Das Fragmentschiff holte in unglaublich kurzer Zeit den Vorsprung des unbekannten Raumschiffs auf.

Wieder ging der Hyperfunksender auf vollste Energieleistung. Er arbeitete auf zwei Frequenzen gleichzeitig. Das gesamte Wissen der Inpotronik über diesen Vorfall wurde in einer Kurzmeldung dem Hauptquartier der USO mitgeteilt. Auf der Anrufwelle forderte die BOX-394 das fremde Schiff auf, sofort beizudrehen, andernfalls das Feuer eröffnet würde.

Dreimal, in kurzen Abständen, strahlte dieser Ruf ab.

Ein USO-Schiff dicht vor M 13 funkte dem Posbikasten das Verstanden-Signal.

Noch innerhalb des kleinen Systems befahlen die Plasmakommandanten, das Feuer auf den unbekannten Flugkörper zu eröffnen.

Auf weniger als dreitausend Kilometern Distanz trugen zwei furchtbare Transformstrahlen die Sprengladungen genau ins Ziel. Auf einem winzigen Fleck, der nur dreihundert Meter Durchmesser besaß, entwickelte sich rapid eine Energie von 2000 Gigatonnen TNT.

Wo sich gerade noch ein formloses Raumschiff befunden hatte, stand nun eine grelle Sonne, die Licht und Energie nach allen Seiten versprühte.

Die BOX-394 bremste ab. Die Kommandanten warteten auf die abschließende Meldung ihrer Ortungen.

Die Energieortung meldete: *Unbekanntes Schiff hat Kurs fortgesetzt.*

Das Abbremsmanöver wurde aufgehoben. Wieder ging der Robotraumer auf Höchstfahrt. Beide Schiffe jagten aus dem System hinaus. Die BOX-394 holte abermals schnell auf und ging nun noch näher an das rätselhafte Objekt heran, das zwei Volltreffern aus Transformkanonen widerstanden hatte.

Aus den Kuppeln einer ganzen Breitseite schossen sämtliche Waffen zur selben Zeit. Alle Strahlschüsse verfehlten das Ziel. Der Flugkörper hatte einen Moment vor dem Beschuß den Kurs gewechselt und war dadurch noch einmal seiner Vernichtung entgangen.

Eine Zeiteinheit später traf ein Transformstrahl mit voller Wucht das fliehende Schiff. Die Energiewertmessung zeigte, daß der davonjagende Flugkörper keine Schutzschirme besaß.

Unter der Gewalt der Transformdetonation begann die unebene Außenhülle des ungeometrischen Körpers zu glühen. Mehr Wirkung zeigte der Einschlag nicht.

Jetzt hatten sich die Waffen der BOX-394 eingeschossen. Abermals stürzte sich eine Energiemenge von 2000 Gigatonnen TNT über den unbekannten Raumer. Im Raum entstand eine kleine, grell strahlende Kunstsonne, aber kein Meßwert gab an, daß das Schiff unter der Wucht des energetischen Überfalls vernichtet worden war.

Es schoß zurück.

Sein erster Strahlschuß durchbrach die starken Schutzschirme des Fragmentschiffs. Der zweite Schuß, der unmittelbar folgte, brach bis in die Plasmazentrale des Robotraumers vor.

In einer gewaltigen Explosion verging die BOX-394.

Mit erstaunlich hohen Beschleunigungswerten verschwand das unbekannte Schiff zwischen den am Rand der Milchstraße dünn stehenden Sternen.

Niemand schien den Vorgang beobachtet zu haben. Und doch gab es Zeugen.

Ein terranischer Kreuzer, der sich in unmittelbarer Nähe des Nytet-Systems aufgehalten hatte, war, aufgeschreckt durch die Hypersendung des Posbischiffs, gerade aus dem Linearraum gekommen, als das Fragmentschiff das Feuer auf das unbekannte Raumschiff eröffnete.

Ungläubig und starr vor Schrecken hatte die Besatzung des Kreuzers mitansehen müssen, daß die gefürchteten Transformbomben auf das fremde Schiff keine Wirkung zeigten, und war schließlich Zeuge der Vernichtung der BOX-394 geworden.

Als wenige Stunden später ein USO-Schlachtschiff am Ort des Geschehens erschien und man Nytet einen Besuch abstattete, erkannte man, daß die Meldung der BOX-394 richtig war.

Auf Nytet gab es kein Molkex mehr.

Atlan, der sich sofort mit Rhodan auf Terra in Verbindung setzte, teilte dem Terraner diese Beobachtung mit. Da Rhodan vor wenigen Augenblicken auch die Berichte der Zannmalon-Expedition erhalten hatte, erfuhr Atlan, *was* die Fremden auf Nytet tatsächlich gemacht hatten: Sie hatten die aus dem Molkex hervorgegangenen Schreckwürmer abgeholt und das Restmolkex eingesammelt.

Bald darauf trafen ähnliche Berichte von anderen Fragmentraumern ein. Wo immer die Posbis mit den Unbekannten zusammenstießen, zogen sie den kürzeren.

Rhodan und Atlan erkannten die Tragweite dieser Ereignisse sofort. Die Fremden mußten einem Sternenreich angehören, das über eine beachtliche Macht verfügte.

In nicht allzu ferner Nachbarschaft von Terra und Arkon gab es offensichtlich ein *zweites* Imperium.

ENDE

Perry Rhodan-Buch Nr. 19 „Das zweite Imperium" erscheint am 15. 9. 1984.

QUINTO-CENTER

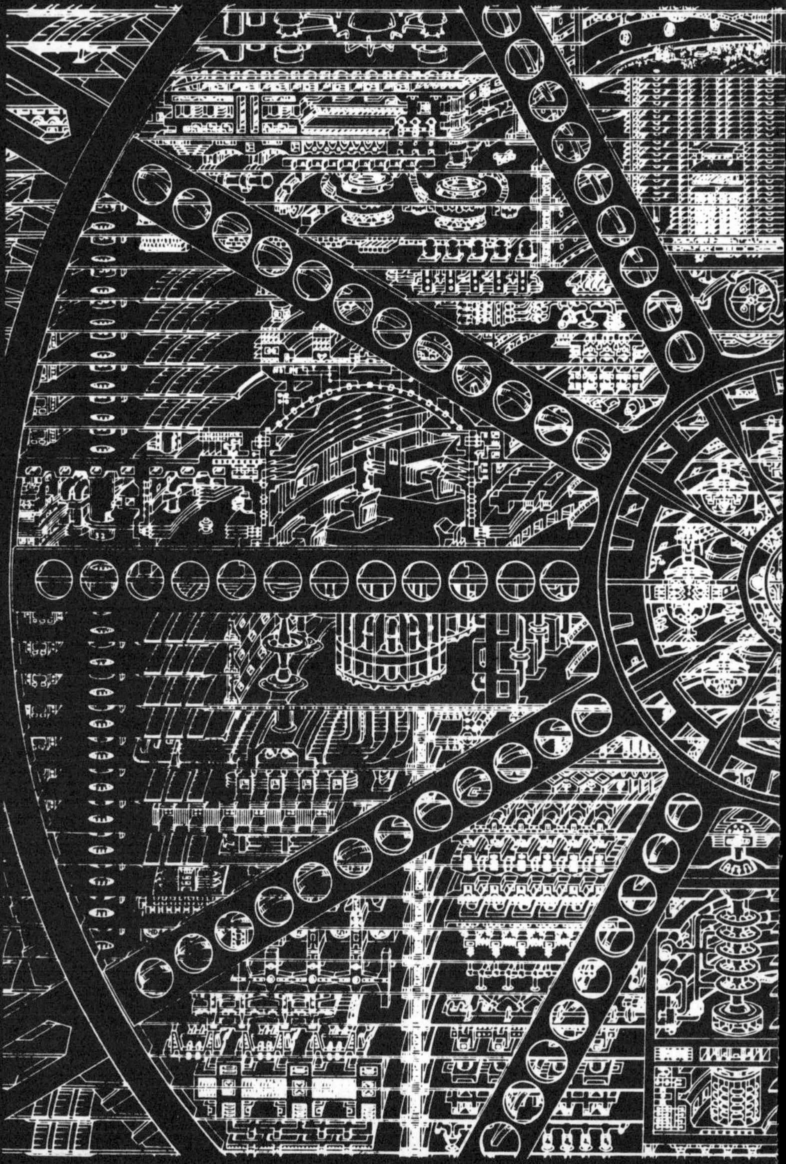